부적

2

THE TALISMAN
by Stephen King, Peter Straub

Korean Translation Copyright © Minumin 2020

Korean translation edition is published by arrangement with
Stephen King and The Seafront Corporation c/o The Lotts Agency, Ltd.
through Danny Hong Agency.

이 책의 한국어판 저작권은 대니홍 에이전시를 통해
The Lotts Agency, Ltd.와 독점 계약한 ㈜민음인에 있습니다.
저작권법에 의해 한국 내에서 보호를 받는 저작물이므로 무단 전재와 무단 복제를 금합니다.

STEPHEN KING

THE TALISMAN

스티븐 킹 · 피터 스트라우브   김순희 옮김

부적 2

PETER STRAUB

황금가지

3부 두 세계의 충돌 ································· 7

20장 체포된 잭과 울프　　　　　　　　　　　9

21장 선라이트 홈　　　　　　　　　　　　　33

22장 설교　　　　　　　　　　　　　　　　54

23장 퍼드 장클로　　　　　　　　　　　　　85

24장 잭, 행성의 이름을 외치다　　　　　　110

25장 잭과 울프, 지옥에 가다　　　　　　　125

26장 울프, 또다시 상자 속으로　　　　　　145

27장 잭 소여, 다시 서둘러 떠나다　　　　192

28장 잭의 꿈　　　　　　　　　　　　　　198

29장 테이어 학교의 리처드　　　　　　　210

30장 테이어 학교에서 일어나는 기묘한 일들　　231

31장 테이어 학교, 지옥이 되다　　　　　　238

32장 "리처드, 네 승객을 내놔!"　　　　　　247

33장 어둠 속의 리처드　　　　　　　　　265

막간극 이쪽 세계의 슬로트/테러토리의 오리스(Ⅲ)　　295

4부 부적 ·················· 311

34장 앤더스   313

막간극 이쪽 세계의 슬로트(IV)   343

35장 초토화된 땅   350

36장 전쟁에 뛰어든 잭과 리처드   405

37장 리처드의 추억   436

38장 여행의 끝   483

39장 포인트 베누티   494

40장 해변의 스피디   517

막간극 이쪽 세계의 슬로트(V)   542

41장 블랙 호텔   553

42장 잭과 부적   577

43장 곳곳에서 들려온 뉴스   604

44장 지진   618

45장 해변에서 많은 일이 결말에 이르다   645

46장 또 하나의 여정   680

47장 여행의 끝   703

에필로그   726

맺음말   727

일러두기

본문에 사용된 이탤릭체, 고딕, 행갈이, 들여쓰기 등은 원문에 따라 반영되었으며,

저자의 의도에 의해 일부 단어는 맞춤법이 틀리게 사용되기도 하였습니다.

3부

두 세계의
충돌

20장
체포된 잭과 울프

1

그날 오후 2시까지 그들은 서쪽으로 160킬로미터 이동했다. 잭은 마치 자신도 달과 함께 달려온 듯한 기분이었다. 그만큼 순조롭게 왔던 것이다. 잭은 참을 수 없이 배가 고팠지만 녹슨 캔에 담긴 물을 천천히 홀짝거리면서 울프가 깨어나기를 기다렸다. 마침내 울프가 부스럭거리며 일어나 말했다.

"이제 준비됐다, 잭."

그러고는 잭을 잡아당겨 등에 업고는 데일빌을 향해 빠른 걸음을 옮겼던 것이다.

울프가 사람들 눈에 띄지 않게 도로 경계석에 앉아 있는 동안 잭은 데일빌 버거킹 매장에 들어갔다. 우선 남자화장실에 들어가 웃통을 벗었다. 환장할 것 같은 고기 굽는 냄새가 화장실까지 쫓아 들어와 입안 가득 군침이 돌게 했다. 잭은 손과 팔, 가슴과 얼굴을 차례차례 씻었다. 그런 다음 수도꼭지 아래 머리를 처박고 액체 비누로 머리를 감았다. 종이 타월은 물기를 닦아 낸 족족 바닥에 버렸다.

마침내 카운터로 갈 준비가 되었다. 유니폼을 입은 소녀는 잭이 주문을 하는 동안 그를 빤히 쳐다보았다. 젖은 머리 때문인가 하고 잭은 생각했다. 주문한 햄버거가 나오길 기다리는 동안에도 소녀는 한 발 뒤로 물러나 배식 창구에 기댄 채 계속 빤히 그를 쳐다보았다.

잭은 유리문 쪽으로 몸을 돌리면서 손에 잡힌 와퍼를 덥석 물었다. 육즙이 턱을 따라 흘러내렸다. 너무 배가 고파서 거의 씹지도 않고 삼켰다. 커다랗게 세 번 베어 물자 커다란 햄버거가 거의 다 없어졌다. 남은 걸 마저 먹으려고 입을 벌리는데 유리문을 통해 울프 주위에 아이들이 몰려 있는 모습이 보였다. 순간 고기는 입안에서 굳어 버리고 위장이 탕 소리를 내며 닫혔다.

잭은 여전히 입안 가득 문 고기와 흐물흐물한 빵과 피클, 양배추, 토마토, 소스를 삼키려 애쓰면서 황급히 가게 밖으로 뛰어나갔다. 아이들은 길가에 서서 울프를 삼면으로 둘러싼 채 아까 여종업원이 잭을 빤히 보던 것과 똑같이 노골적으로 쳐다보고 있었다. 울프는 도로 경계석에 달라붙을 듯 움츠리고 앉아, 등을 구부리고 마치 거북이처럼 목을 말아 넣고 있었다. 귀는 축 늘어져 있었다. 잭은 음식 덩어리가 골프공처럼 목구멍에 턱 걸려서 죽을힘을 다해 삼키려 해야 겨우 조금씩 내려갔다.

곁눈으로 잭의 모습을 발견하자 울프는 눈에 띄게 안도의 숨을 내쉬었다. 도로 경계석에서 일이 미터 떨어진 곳에서 20대로 보이는 청바지 차림의 키 큰 청년이 낡은 빨간색 픽업트럭의 문을 열고 운전대에 기댄 채 히죽거리며 바라보고 있었다.

"울프, 햄버거 먹어."

잭은 애써 대수롭지 않은 일이라는 투로 말했다. 잭이 울프에게 햄버거 상자를 건네주자, 울프는 코를 킁킁거렸다. 이윽고 울프는 고개를 들고 상자에 든 걸 큼지막하게 베어 물고는 꼭꼭 씹어 먹기 시작했다. 깜짝 놀란 아이들은 신기한 듯 더 가까이 다가왔다. 몇 명은 키득거리고 있었다.

금발을 땋아 내려 분홍색 복슬복슬한 포장용 실로 묶은 작은 소녀가 물었다.

"저 사람 뭐지? 괴물인가?"

일고여덟 살 정도의 상고머리 꼬마가 앞으로 나서며 말했다.

"저 사람 헐크야, 안 그래? 진짜 헐크야. 이봐? 이봐? 그렇지? 내 말이 맞지?"

울프는 상자에서 남은 와퍼 햄버거를 마저 끄집어내고는 손바닥에 든 걸 입에 몽땅 털어 넣었다. 양배추 부스러기가 세운 무릎 위에 떨어지고 뺨과 턱에는 마요네즈와 육즙이 묻었다. 그 밖에 모든 것들은 울프의 커다란 이빨에 짓이겨져 걸쭉한 갈색 덩어리가 되었다. 입안에 든 걸 꿀꺽 삼킨 다음에는 상자 안쪽을 핥기 시작했다.

잭이 울프 손에서 슬그머니 상자를 빼앗고는 말했다.

"아냐. 얘는 내 사촌이야. 얘는 괴물도 아니고 헐크도 아니야. 이제 그만 저리로 가. 우리를 내버려 둬, 알겠니? 가던 길 가. 우리를 내버려 두라니까."

아이들은 계속 말똥말똥 쳐다보았다. 울프는 이젠 손가락을 핥고 있었다.

"그렇게 자꾸 쳐다보면 얘가 화를 낼지도 몰라. 얘가 화가 나면 무슨 짓을 할지 그건 나도 몰라."

상고머리 소년은 데이비드 배너가 헐크로 변신하는 것을 자주 봐서 이 괴물 같은 버거킹 육식동물이 화가 나면 어떤 일이 벌어질지 알고 있었다. 소년이 뒷걸음질을 쳤다. 다른 애들도 그 아이를 따라 뒤로 물러섰다.

"가던 길 마저 가라."

잭이 말했지만 아이들은 다시 얼어붙었다.

울프가 산더미만 한 몸뚱이를 일으켜 주먹을 부르쥐고 우렁차게 외쳤던 것이다.

"벼락 맞을, 나를 보지 마라! 날 놀리지 마라! 다들 날 놀리고 있다!"

아이들이 뿔뿔이 흩어졌다. 거친 숨을 몰아쉬며 시뻘게진 얼굴로 울프는 아이들이 데일빌 중심가를 달려 모퉁이로 사라지는 것을 지켜보았다. 애들이 가 버리자 그는 양팔로 가슴을 끌어안고 힐끔 잭을 보았다. 부끄러워 죽고 싶은 얼굴이었다.

"울프는 소리 지르지 말았어야 했다. 그냥 어린애들이었는데."

"잔뜩 겁을 집어먹게 하는 것도 좋은 방법이지."

잭은 소리 나는 쪽을 돌아보았다. 잭이 돌아보니 빨간색 픽업트럭 청년이 여전히 운전대에 기댄 채 그들을 향해 웃음 짓고 있었다.

"나도 이런 덩치는 처음 봐. 사촌이라고 했던가?"

잭은 미심쩍어하며 고개를 끄덕였다.

"아, 난 개인적인 일을 캐물으려는 건 아니야."

청년이 이렇게 말하며 앞으로 걸어왔다. 성격 좋아 보이는 검은 머리의 청년으로 소매 없는 다운베스트와 체크무늬 셔츠를 입고 있었다.

"지금 다른 사람을 놀리거나 하는 건 정말 내키지 않거든."

청년은 말을 멈추고 손바닥을 보이며 손을 올리곤 말을 이었다.

"정말이야. 단지 내 생각에 너희들은 떠돌아다닌 지 좀 된 거 같은데 말이야."

잭은 흘끗 울프를 보았다. 여전히 부끄러운 얼굴로 가슴을 끌어 안고 있었지만 동그란 안경 너머로 이 청년을 노려보고 있었다. 청년이 말했다.

"나도 그런 적이 있거든. 그러니까, 있잖아, 유서 깊은 DHS를 졸업하던 해, 데일빌 고등학교 알지? 나는 히치하이크로 북부 캘리포니아까지 한 바퀴 돌고 온 적이 있어. 어쨌거나, 너희가 서부로 간다면 태워 줄 수 있어."

"안 된다, 재키."

울프가 천둥 같은 목소리로 혼잣말 하듯 말했다.

잭이 물었다.

"서쪽 어디까지요? 우린 스프링필드로 가고 있어요. 거기에 내 친구가 있거든요."

청년이 다시 손을 들며 말했다.

"헤이, 문제없어, 형씨. 내가 카유가 근처까지 갈 건데, 거기서 조금만 가면 바로 일리노이주 경계거든. 버거 하나만 해치우고 바로

떠나자. 쭉 밟으면 한 시간 반 정도면 돼, 그보다 덜 걸릴 수도 있
고. 스프링필드까지 절반 정도 간 셈일걸."

울프가 다시 귀에 거슬리는 소리로 말했다.

"안 된다."

"그런데, 문제가 하나 있어. 앞좌석에 짐이 좀 있거든. 한 사람은
뒤에 타야 할 것 같아. 뒤에 앉으면 바람을 많이 받게 되겠지만."

"그러면 정말 좋겠네요."

잭이 말했다. 솔직한 심정이었다.

"그럼 가서 사 오세요. 정말로요. 우린 여기서 기다릴게요. 고마
워요."

울프가 조바심을 내며 발을 동동 굴렀다.

청년이 문을 열고 들어가자 잭은 울프를 돌아보고 작은 목소리
로 달랬다.

그래서 그 청년 ─ 빌 '벅' 톰슨, 그게 그의 이름이었다. ─ 이 두
개의 햄버거 상자를 들고 픽업트럭으로 돌아왔을 때 차분해진 울
프가 탁 트인 짐칸에 무릎을 꿇고 앉아 양팔을 측판에 걸치고 입을
벌린 채 코를 쳐들고 있었다. 잭은 조수석에 앉아 있었다. 그 옆에
는 커다란 비닐봉지 더미가 가득 쌓여 있었는데, 비닐봉지는 테이
프로 붙인 뒤 스테이플러로 찍어 놓았다. 냄새로 볼 때 가정용 방향
제를 잔뜩 뿌려 놓은 것 같았다. 반투명한 비닐봉지 안에는 양치식
물의 기다란 녹색 잎사귀가 붙은 나뭇가지 같은 것이 보였다. 절단
된 잎사귀에는 싹눈들이 다닥다닥 달려 있었다.

"아직 배가 고픈 것처럼 보여서."

청년은 이렇게 말하고는 울프에게 와퍼 하나를 건네주었다. 그리고 잭과의 사이에 산더미 같은 비닐봉지가 쌓인 운전석에 올라앉았다.

"네 사촌을 나쁘게 말하려는 게 아니라 네 사촌은 햄버거를 입으로 받을 줄 알았어. 자, 이거 받아. 네 사촌은 이미 자기 몫을 해치웠어."

그들은 200킬로미터가 조금 못 되게 서쪽으로 달렸다. 울프는 바람이 머리 위를 휙휙 스치고 가자 좋아서 어쩔 줄 몰랐고, 엄청난 속도와 그의 코를 스쳐 가는 천변만화의 냄새에 반쯤 취해 있었다. 눈은 반짝반짝 빛났고 바람의 미묘한 변화를 하나도 빠짐없이 기억해 두려는 듯 운전석 뒤를 이쪽저쪽 기웃거리기도 하고 빠르게 지나가는 바람에 코를 벌름거리기도 했다.

벅 톰슨은 농부라고 자신을 소개했다. 그는 75분 동안 한쪽 발을 바닥 가까이 댄 채 쉬지도 않고 떠벌였지만 잭에게는 한마디도 묻지 않았다. 이윽고 카유가 마을 경계 밖 먼지가 풀풀 나는 좁은 도로로 차를 휙 돌리더니 멈췄다. 옆에는 10여 킬로미터쯤 달려 나가야 끝이 보일 것 같은 옥수수밭이 있었다. 그는 셔츠 주머니에서 티슈처럼 보이는 흰 종이로 대충 만 시가를 꺼냈다.

청년이 잭의 손바닥에 시가를 올려놓으며 말했다.

"나도 붉은 눈에 대해 들은 적이 있어. 하지만 네 사촌은 좀 별스럽더군. 네 사촌이 흥분하면 이걸 좀 피우게 해 봐, 알겠지? 의사의 지시 사항이야."

잭은 무심코 마리화나 담배를 셔츠 주머니에 넣고 차에서 내렸다. 벅을 올려다보며 인사를 했다.

"고마워요, 벅."

"야, 울프가 먹성이 대단하던데. 어떻게 데리고 다녀? 어디를 갈 때 이랴! 이랴! 하고 외치나?"

울프는 여행이 끝났다는 걸 깨닫고 트럭 짐칸에서 훌쩍 뛰어내렸다.

빨간색 픽업트럭은 기다랗게 흙먼지 기둥을 피워 날리며 멀어져 갔다. 울프가 신이 나서 말했다.

"다시 트럭 타자! 재키! 다시 트럭 타자!"

"아이고, 나도 그랬으면 좋겠어. 자, 당분간은 걸어가자. 누군가가 아마도 지나갈 거야."

잭은 운이 좋아 일이 잘 풀리고 있으니 금방 일리노이주의 경계를 넘을 수 있겠다고 생각했다. 그는 언제나 일단 스프링필드의 테이어 스쿨에 가서 리처드만 만난다면 일이 술술 풀릴 거라고 믿었다. 하지만 잭의 마음은 헛간에서 지낸 때의 기억을 아직 완전히 벗어던지지 못하고 있었다. 그곳에서는 비현실이 현실을 부풀리고 왜곡시킨다. 그러므로 나쁜 일이 다시 일어나기 시작하면, 너무 빨리 진행돼 잭으로서는 감당할 수 없었다. 일리노이주에 도착하기까지는 아주 오랜 시간이 걸렸고, 그 기간 동안 잭은 다시 헛간에 갇힌 자기 자신을 발견하게 된다.

2

두 소년을 당혹스러울 정도로 순식간에 선라이트 홈으로 이끈

일련의 사건은 인구 2만 3,568명이 거주하는 카유가에 들어선 것을 알리는 아주 작은 황량한 표지판을 지나 10분 정도 걸었을 때 시작되었다. 카유가 시내는 아직 어디에도 보이지 않았다. 오른쪽에는 옥수수밭이 끝없이 펼쳐져 있었고, 왼쪽에는 벌거벗은 들판 뿐이어서 구부러졌다가 평평한 지평선을 향해 쭉 뻗어 나가는 길을 알아볼 수 있었다. 잭이 아마도 또 차를 얻어 타려면 마을까지 걸어가야 할 거라고 포기할 무렵 도로에 자동차가 나타나더니 그들을 향해 빠르게 달려왔다.

울프가 기뻐 양팔을 머리 위로 올리며 외쳤다.

"뒤에 타는 거냐? 울프는 뒤에 탄다! 지금 당장 여기!"

"저 차는 반대 방향으로 가는 거야. 진정하고 저 차는 그냥 보내, 울프. 어서 팔을 내려. 아니면 네가 히치하이크를 한다고 생각할 거야."

울프가 내키지 않아 하며 팔을 내렸다. 그 차는 거의 길굽이까지 왔고 곧 잭과 울프를 지나칠 참이었다.

"이젠 뒤에 타면 안 되냐?"

울프가 어린애같이 입을 부루퉁하게 내밀고 물었다.

잭은 고개를 저었다. 그는 먼지 뒤집어쓴 흰색 자동차 문짝에 그려진 타원형 무늬를 응시하고 있었다. 지역 공원 위원회라고 씌어 있거나 주 야생 환경단체라고 적혀 있을 수도 있었다. 아니면 주 정부가 파견한 농업 고문이나 카유가 마을 유지보수 부서의 차일 수도 있었다. 하지만 그 차가 굽이를 도는 순간 잭은 순찰차라는 것을 알아보았다.

"저건 순경이야, 울프. 경찰관이라고. 못 본 척 얌전히 계속 걷기만 해. 경찰이 서라고 하면 골치 아파진다고."

"순찰관이 뭐냐?"

울프의 목소리가 시무룩해졌다. 순찰차는 지금 그를 향해 곧바로 달려오고 있었다.

"순찰관은 울프족을 죽이냐?"

"아니. 경찰은 절대로 울프를 죽이지 않아."

하지만 잭의 말은 아무 소용이 없었다. 울프는 잭의 손을 잡았다. 울프의 손이 떨리고 있었다. 잭이 사정했다.

"나 좀 놔 줘, 제발, 울프. 경찰이 이상하게 생각할 거라고."

울프가 힘없이 팔을 내려뜨렸다.

순찰차가 앞으로 다가올 때 잭은 운전석에 앉은 사람을 흘끗 보고는 몸을 돌려 울프의 상태를 확인하기 위해 몇 발짝 물러났다. 조짐이 좋지 않았다. 운전석에 거만하게 앉은 경찰의 넓적하고 창백한 얼굴에는 예전에 광대뼈였던 자리에 납빛 지방 덩어리가 덕지덕지 붙어 있었다. 울프의 얼굴은 겁에 질린 기색이 역력했다. 계속 눈을 껌벅이고 콧구멍을 벌름거리며 심지어 이를 드러내고 있었다. 잭이 울프에게 물었다.

"아까 트럭 뒤에 탔을 땐 정말 좋았지?"

울프는 두려움이 조금 가셨는지 가까스로 미소를 지었다. 경찰차가 요란한 소리를 내며 지나갔다. 잭은 경찰이 고개를 돌려 그들을 면밀히 살피는 것을 의식했다. 잭이 말했다.

"됐다. 경찰이 지나갔다. 이젠 괜찮아, 울프."

별안간 순찰차 소리가 점점 가까이 다가오는 게 느껴져 잭은 다시 몸을 돌렸다.

"순찰관이 돌아왔다!"

"아마 카유가로 돌아가는 걸 거야. 돌아서서 나 하는 대로 따라 해. 절대로 경찰을 쳐다보면 안 돼."

울프와 잭은 그 차를 못 본 척하며 느릿느릿 걸었다. 그 차는 일부러 그들 뒤로 따라붙는 것처럼 보였다. 울프는 신음 소리인지 늑대 울음소리인지 모를 소리를 냈다.

순찰차가 도로 중앙으로 나와 그들을 추월했다고 생각한 순간 브레이크 등이 번뜩이더니 경찰은 방향을 틀어 그들 앞에 대각선으로 차를 세웠다. 그는 문을 밀어 열고 발을 쿵 내리고는 운전석에서 몸을 일으켰다. 키는 대략 잭만 해서 체중의 대부분은 얼굴과 배가 다 차지하는 것 같았다. 다리는 새 다리처럼 가늘고 그나마 팔과 어깨만이 보통 체격이었다. 꽉 끼는 갈색 경찰복에 갇힌 26킬로그램짜리 칠면조만 한 배가 넓적한 갈색 벨트 아래위로 튀어나와 있었다.

경찰이 한 팔로 열린 문에 기대서며 말했다.

"난 성격이 급해. 어쨌든 얘기는 들어줘야겠지? 빨리 말해."

울프는 어깨를 구부리고 멜빵바지 주머니에 손을 깊이 찔러 넣은 채 잭 뒤로 숨었다.

"경찰 아저씨, 우리는 스프링필드로 가고 있습니다. 히치하이크를 해서요. 아마 해서는 안 되는 일이겠지요?"

"아마 해서는 안 되는 일이겠지요? 이건 또 무슨 개똥 같은 소린지. 네 뒤에 숨은 놈은 뭐냐, 우키(영화 「스타워즈」에 등장하는 온몸에 털이 난 종족—옮긴이)냐?"

잭은 잠시 미친 듯이 머리를 굴려 울프에게 그럴듯하게 어울릴 이야기를 지어냈다.

"제 사촌이에요. 제가 집으로 데려가고 있습니다. 얘는 헬렌 고모와 스프링필드에 살거든요. 그러니까 제 고모요, 고모는 학교 선생님으로 계십니다. 스프링필드에서요."

"저 녀석은 뭐야? 어디서 도망쳐 나온 거 아냐?"

"아뇨, 아뇨, 그런 거 아니고요. 다만……."

경찰이 애매한 눈빛으로 잭을 보았다. 다만 그의 얼굴은 흥분으로 달아오르고 있었다.

"이름은?"

이제 소년은 딜레마에 빠졌다. 그가 어떤 이름을 대더라도 울프는 그를 잭이라고 부를 게 뻔했기 때문이다.

"저는 잭 파커이고요, 쟤는……."

"잠깐. 저 백치한테 직접 듣고 싶은걸. 어이, 너. 이름은 알고 있겠지, 이 칠푼아?"

울프는 잭 뒤에서 꿈지럭대고 턱을 작업복 가슴팍에 문대며 뭐라고 중얼거렸다.

"젊은이, 잘 안 들리는구먼?"

"울프라고요."

울프가 속삭이듯 말했다.

"울프라고? 아하, 그 정도는 알아들어야 했는데. 그게 네 이름이니? 아님 번호만 달아 주디?"

20

울프는 눈을 꼭 감고 다리를 비비 꼬았다.

"이봐, 필."

잭은 이 이름은 울프도 기억하리라고 생각했다. 하지만 그가 말을 끝내자마자 울프는 고개를 들고 허리를 펴더니 외쳤다.

"잭! 잭! 잭 울프!"

이미 틀렸다는 것을 알면서도 잭은 끼어들었다.

"가끔 잭이라고 부를 때가 있어요. 저를 아주 좋아하기 때문이지요. 쟤를 상대해 주는 사람은 저밖에 없거든요. 쟤를 집에 데려다주고 며칠 더 스프링필드에 머무르게 될지도 모르겠어요. 저 아이가 완전히 안정될 때까지 지켜보려고요."

"네 목소리는 이제 좀 지겹구나, 재키. 너랑 이 똑똑한 필잭이 여기 뒷자리에 타는 게 좋겠어. 마을로 가서 이야기를 좀 더 들어 봐야겠다."

잭이 움직일 기미가 없자 경찰은 허리춤에 걸린 커다란 권총에 손을 올려놓았다.

"차에 올라타. 저 녀석 먼저. 왜 네가 학교에 갈 시간에 집에서 수백 킬로미터나 떨어져 있는 데 있는지 알아봐야겠다. 차에 올라타, 지금 당장."

"아, 저 경찰 아저씨."

잭이 입을 열자 뒤에서 울프가 목이 쉰 듯한 목소리로 말했다.

"안 된다. 안 탄다."

"제 사촌한테는 문제가 있습니다. 폐소공포증이 있거든요. 좁은 공간에 들어가면, 특히 차에 타면 애가 이상해져요. 그래서 저희는 픽업트럭밖에 못 얻어 타요, 그래야 짐칸에 탈 수 있거든요."

"*어서 차에 타.*"

경찰이 앞으로 나가 뒷문을 열었다. 울프가 울부짖었다.

"안 된다! 울프는 못 탄다! 냄새 난다, 재키. 저 안에서 *냄새* 난다."

울프가 코와 입술을 찡그리자 물결 모양의 주름이 생겼다.

"네가 안 태우면 내가 해 주지."

경찰이 잭한테 경고했다.

"울프, 얼마 걸리지 않을 거야."

잭이 울프에게 손을 내밀며 달랬다. 울프도 내키지 않는 듯했지만 잠자코 잭에게 손을 잡혔다. 잭은 경찰차 뒷좌석으로 울프를 밀고 갔고, 울프는 말 그대로 길바닥에 질질 끌려갔다.

몇 초 동안은 잠자코 따라가는 것 같았다. 울프가 차 문에 손이 닿을 만큼 가까이 다가갔다. 바로 그때 전신이 부들부들 떨리기 시작했다. 그는 두 손으로 문짝 꼭대기를 꽉 잡고 늘어졌다. 마치 서커스 차력사가 전화번호부를 두 쪽으로 찢을 때처럼, 차 지붕을 찢어 버릴 태세였다.

잭이 조용히 말했다.

"부탁이야. 어쩔 수가 없어."

하지만 울프는 겁에 질린 데다 냄새를 못 참고 구역질을 했다. 울프는 거칠게 고개를 흔들었다. 입에서 침이 질질 흘러나와 차 위에 떨어졌다.

경찰이 잭 뒤로 돌아가 허리에 찬 벨트에서 뭔가를 꺼냈다. 잭은 경황 중에 그것이 총이 아니라는 것만 알 수 있었다. 경찰은 경찰봉으로 노련하게 울프의 머리통을 갈겼다. 상체가 차 위에 푹 쓰러지는가 싶더니 울프는 먼지투성이 길바닥으로 우아하게 미끄러져 뻗어 버렸다.

경찰이 곤봉을 벨트에 꽂으며 말했다.

"넌 저쪽을 잡아. 어떻게든 이 커다란 똥덩어리를 차에 싣고 말 테니."

이삼 분 뒤, 의식을 잃은 울프의 육중한 몸뚱이를 길바닥에 두 번이나 떨어뜨려 가며 간신히 차에 실은 그들은 카유가를 향해 속도를 내어 달리기 시작했다.

"너와 네 백치 사촌의 앞날이 훤하구나, 정말 사촌지간이긴 한지 의심스럽지만."

경찰이 백미러로 잭을 쏘아보았다. 그의 눈은 방금 뜨거운 타르를 바른 길바닥에 떨어진 건포도 같았다.

잭은 온몸의 피가 빠져나가는 듯했고 심장은 두방망이질 치고 있었다. 그때 셔츠 주머니에 있는 마리화나가 생각났다. 호주머니를 손으로 두드려 보고 경찰이 뭐라고 하기 전에 얼른 손을 치웠다.

잭이 말했다.

"신을 다시 신겨야겠어요. 아까 벗겨졌거든요."

"내버려 둬."

하지만 경관은 잭이 몸을 구부려도 더 이상 아무 말 안 했다. 백미러로 볼 수 없는 곳에서 잭은 먼저 다 찢어진 로퍼 한 짝을 다시 울프의 맨발에 신겨 주었다. 그러고는 재빨리 마리화나를 주머니에서 꺼내 입에 넣었다. 입에 물자 괴상한 약초 맛이 나는 퍼석퍼석

마른 부스러기들이 혀로 쏟아져 들어왔다. 이로 짓이기기 시작했다. 목구멍을 할퀴는 듯한 느낌이 들어 발작적으로 몸을 똑바로 세운 다음 손으로 가리고 입을 앙다문 채 기침을 했다. 목이 가라앉자 서둘러 타액으로 걸쭉해진 마리화나를 삼켰다. 잭은 입안에 혀를 굴려 남은 찌꺼기도 말끔히 삼켜 버렸다.

경관이 말했다.

"이제 깜짝 놀랄 일이 좀 있을 거다. 네 영혼에 빛을 쬐게 될 거거든."

"제 영혼에 빛을 쬔다고요?"

잭은 입에 마리화나를 넣는 걸 경찰이 본 건 아닌지 걱정하며 되물었다.

"손에 물집도 생길 테고."

경찰이 이렇게 말하며 백미러 속 주눅 든 잭의 얼굴을 만족스럽게 응시했다.

카유가시의 청사는 불빛이 없는 복도들과 좁은 계단들이 그늘진 미로처럼 얽혀 있었다. 좁은 계단들은 위로 불규칙적으로 뻗어 나가 마찬가지로 좁은 방들로 이어지고 있었다. 물이 흐르는 파이프에서 우르르 소리가 들렸다.

잭과 울프를 오른쪽 끝에 있는 계단으로 데려가면서 경찰이 말했다.

"말해 둘 게 있다, 애들아. 너희는 체포된 건 아냐. 알겠니? 몇 가지 물어볼 게 있어 붙들어 둔 것뿐이야. 그러니 전화를 걸게 해 달라느니 뭐 그런 헛소리 늘어놓지 마. 너희 신분이 뭔지, 그리고 뭘 하려던 참이었는지 말할 때까지 유치장에 가둬 두는 거라고. 알겠지? 감옥이 아니라 유치장이라고. 우린 페어차일드 판사를 뵈러 갈 거야, 치안판사지. 너희들이 사실대로 털어놓지 않으면 아주 곤란해질 거야. 계단을 올라가. 어서!"

경찰은 계단 꼭대기로 올라가 문을 밀어 열었다. 철태 안경을 쓰고 검은 옷을 입은 중년 여성이 저쪽 벽에 비스듬히 놓인 타이프라이터에서 눈을 떼고 올려다보았다.

경찰이 말했다.

"가출자 두 명 추가요. 판사님께 전해 주세요."

비서가 고개를 끄덕이며 수화기를 집어 들더니 판사에게 몇 마디 했다. 그녀의 눈동자가 잭과 울프 사이를 바쁘게 오가더니 마침내 비서가 말했다.

"들어가세요."

경찰은 둘을 떠밀어 대기실을 지나 문을 열고 판사 집무실로 들어갔다. 판사실은 대기실보다 두 배는 컸다. 폭이 넓은 한쪽 벽에는 책들이 빼곡하게 꽂혀 있었고, 다른 벽엔 각종 액자와 졸업장과 임명장 등이 걸려 있었다. 맞은편 기다란 창에는 블라인드가 쳐져 있었다. 어두운색 양복에 주름 잡힌 흰 셔츠를 입고 추상적인 무늬가 있는 좁다란 넥타이를 맨 호리호리한 키 큰 남자가 서 있었다. 그 앞에는 2미터는 됨 직한 홈집투성이 나무 책상이 있었다. 그의 얼굴은 주름살로 입체지도를 그린 것 같았고 머리는 염색을 했는지 아주 새카맸다. 공기 중에는 퀴퀴한 담배 연기가 눈에 보일 듯 배어 있었다.

"그래, 무슨 일로 왔지, 프랭키?"

판사의 목소리는 놀랄 만큼 깊게 울려서 거의 연극조로 들렸다.

"녀석들이 톰슨의 땅을 지나서 프렌치릭 로드에서 어슬렁거리기에 데려왔습니다."

잭을 보자 페어차일드 판사의 주름이 꿈틀거리더니 미소로 변했다.

"신분 증명서 같은 것 있냐, 애야?"

"없습니다, 판사님."

"윌리엄스 경관에게 모두 사실대로 말했나? 경관은 자네 말을 믿지 않는 것 같은데, 아니면 여기로 데려오지 않았을 테니 말이야."

"저는 사실대로 말했습니다, 판사님."

"그럼 일단 자네 얘기를 들어 보지."

판사는 머리 위에 자욱하게 낀 뿌연 담배 연기를 흩트리며 책상을 돌아, 잭과 제일 가까운 책상 모서리에 반은 앉고 반은 기댄 자세로 자리를 잡았다. 실눈을 뜨고 담배에 불을 붙였는데, 잭은 판사의 움푹 들어간 창백한 눈동자가 담배 연기 사이로 그를 쏘아보는 것을 보았다. 자비를 베풀 여지라곤 찾아볼 수 없는 눈동자였다.

다시 식충식물의 세계로 돌아왔다.

잭은 크게 숨을 들이마시고 말문을 열었다.

"제 이름은 잭 파커이고, 쟤는 제 사촌인데, 쟤도 잭이에요. 잭 울프요. 하지만 진짜 이름은 필립입니다. 아빠가 돌아가시고 엄마는 병에 걸리셔서 데일빌에서 우리와 함께 살았습니다. 전 쟤를 스프링필드로 데려다주고 있는 거예요."

"머리가 좀 모자란가?"

"좀 둔한 편입니다."

잭은 말을 마치고 울프를 흘끗 보았다. 울프는 아직 정신을 차리지 못한 듯했다.

판사가 울프에게 물었다.

"엄마 이름은 뭐지?"

울프는 아무런 반응을 보이지 않았다. 눈을 꼭 감고 손을 주머니에 넣고 있었다.

잭이 끼어들었다.

"헬렌입니다. 헬렌 본요."

판사는 책상에서 일어나 천천히 잭을 향해 다가왔다.

"술 먹었니, 얘야? 좀 비틀거리는 것 같은데."

"아닙니다."

페어차일드 판사는 잭 코앞까지 와서 허리를 구부렸다.

"숨을 내쉬어 봐."

잭은 입을 열고 숨을 내쉬었다.

판사는 다시 허리를 펴고 말을 이었다.

"아니군. 술은 안 마셨어. 하지만 그거 하나만 사실대로 말한 거지? 내 앞에서 거짓말을 할 생각이냐?"

"히치하이크를 해서 잘못했습니다."

잭은 지금부터는 바짝 긴장해서 말해야 한다는 것을 깨달았다. 그의 말에 따라 그들의 석방 여부가 결정될 뿐만 아니라 말을 만들어 내기가 어려워지고 있었다. 모든 일이 아주 천천히 진행되고 있는 것 같았다. 헛간에 있을 때처럼 시간이 초침에서 벗어난 듯이 느껴졌다.

"사실 저희는 울프가, 아, 저 말고 여기 이 잭이 차에 타는 걸 아주 싫어해서 거의 히치하이크를 하지 못했습니다. 다시는 안 그러겠습니다. 하지만 나쁜 짓은 아무것도 하지 않았습니다, 판사님, 이것이 있는 그대로의 사실입니다."

"말귀를 못 알아듣는구먼, 젊은이."

판사의 움푹 들어간 눈이 다시금 반짝거렸다. *판사가 이 상황을 즐기고 있다.* 잭은 금세 알아차릴 수 있었다. 페어차일드 판사는 천천히 책상 뒤로 돌아갔다.

"히치하이크가 문제가 아니야. 너희 두 놈은 둘이서만 길에서 떠돌고 있었어. 어디서 왔는지도, 어디로 가는지도 확실치 않고. 말썽을 불러일으키기 십상이지."

판사의 목소리는 진한 갈색 꿀처럼 찐득찐득했다.

"이곳에는 보기 드물게 훌륭한 보호시설이 있어. 참고로 덧붙이자면 주에서 인가하고 예산도 대어 주는 곳이야. 그곳은 너희들 같은 아이들에게 특별히 은혜를 베풀기 위해 세워졌는데, 이름은 '길잃은 아이들을 위한 선라이트 가드너 성서의 집'이야. 가드너 씨는 문제아들을 데려다가 아주 기적적인 일을 해내고 있지. 우리는 몇몇 골칫덩이들을 그에게 보낸 적이 있는데 얼마 되지도 않아서 그 녀석들이 무릎을 꿇고 예수님께 용서를 구하게 만들었지. 정말 대단한 사람이라고 봐도 되겠지, 안 그러냐?"

잭은 침을 꿀꺽 삼켰다. 그의 입술은 헛간에 갇혀 있을 때보다도 더 바싹 말라 있었다.

"저, 판사님, 저희는 서둘러 스프링필드로 가야 합니다. 다들 걱정하실……"

"믿지 못하겠는데."

판사는 주름진 얼굴로 히죽거리며 말을 이었다.

"하지만 말해 둘 게 있어. 너희 실없는 소리 하는 두 녀석이 선라이트 홈으로 떠나자마자 난 스프링필드로 전화해서 헬렌…… 울프? 아니면 헬렌 본이었나?"

"네, 헬렌 본입니다."

이렇게 말하는 잭의 얼굴은 열이 난 사람처럼 새빨갛게 달아오르고 있었다.

"알았어."

판사가 말했다. 울프가 눈을 껌벅이고 고개를 흔들며 잭의 어깨에 손을 얹었다.

판사가 울프에게 물었다.

"정신이 돌아왔나, 젊은이? 몇 살인지 말해 주겠나?"

울프는 다시 눈을 껌벅거리다가 잭을 보았다.

잭이 대신 대답했다.

"열여섯 살입니다."

"너는?"

"열두 살입니다."

"아, 난 자네가 몇 살 더 먹은 줄 알았는데. 이러니 더더욱 자네가 깊은 수렁에 빠지기 전에 올바른 길로 인도해 줘야 하지 않겠나, 어떻게 생각하나, 프랭키?"

"지당하신 말씀입니다."

경찰이 대답하자 판사가 말했다.

"너희는 한 달 뒤에 날 만나러 다시 와야 한다. 그때 기억력이 좀 나아졌는지 살펴볼 거야. 자네는 눈에 왜 그렇게 핏발이 섰지?"

"이 사람들 참 재미있어."

잭이 말하자 경찰이 큰 소리로 꾸짖었다. 잭은 자신이 웃고 있었다는 걸 1초 뒤에야 알아챘다. 판사가 말했다.

"애들을 데리고 가게, 프랭키. 너희는 지금으로부터 30일 뒤면 완전히 다른 사람이 되어 있을 게다. 두고 보렴."

판사는 이미 수화기를 들고 있었다.

붉은 벽돌로 만든 시 청사를 걸어 내려오면서 잭은 프랭키 윌리엄스에게 판사가 그들의 나이를 물은 이유를 물어보았다. 경찰은 계단 발치에서 멈추더니 반쯤 돌아서서 열에 들뜬 얼굴로 잭을 노려보았다.

"선라이트는 대개 열두 살짜리 애들을 받아 열아홉 살쯤에 내보내기 때문이야. 선라이트 가드너의 얘기를 라디오에서 들어 본 적 없니? 이 근방에서 가장 유명한 양반인데, 멀리 데일빌에도 그분의 명성이 퍼졌을 게 틀림없어."

경찰이 히죽거리자 변색한 못 같은 작고 들쭉날쭉한 치아가 드러났다.

3

20분 뒤 그들은 다시 농지에 있었다.

울프는 놀랄 만큼 순순히 순찰차 뒷좌석에 앉았다. 프랭키 윌리엄스는 벨트에서 경찰봉을 꺼내면서 말했다.

"다시 이 맛을 보고 싶은 거냐, 이 별스러운 놈아? 누가 알겠니, 머리가 좋아질지."

울프는 몸을 부르르 떨면서 코를 찡그리더니 잭을 따라 차에 올라탔다. 그러고는 차에 타자마자 한 손으로 코를 막고 입으로 숨을 쉬기 시작했다. 잭은 울프의 귀에 대고 속삭이듯 말했다.

"그곳에서 도망가자, 울프. 이삼일이면 될 거야. 도망갈 방법을 궁리해 보자꾸나."

"떠들지 마."

앞좌석에서 경찰이 말했다.

잭은 이상하게도 마음이 편안했다. 틀림없이 빠져나갈 방법을 찾아낼 수 있을 터였다. 그는 비닐을 씌운 뒷좌석에 느긋하게 등을 기댔다. 울프에게 손을 잡힌 채 창밖으로 스치는 들판을 바라보았다. 프랭키 윌리엄스가 앞좌석에서 소리쳤다.

"저기다. 앞으로 너희들이 살 집이야."

들판 한가운데 초현실적으로 높게 세워진 벽돌 담장이 보였다. 너무 높아서 안이 들여다보이지 않았다. 선라이트의 집을 둘러싼 담장 위에 세 가닥 가시철망이 둘려 있었고, 그 사이에는 시멘트에 유리 조각이 박혀 있었다. 이제 차는 가시 돋친 철사와 매끄러운 철사를 번갈아 둘러쳐 만든 울타리를 지나 황량한 벌판으로 들어서고 있었다.

윌리엄스가 말했다.

"여기가 24만 평방미터야. 전부 담장과 철책으로 둘러싸여 있어. 내 말 믿는 게 좋을걸. 소년들이 직접 세운 거라고."

넓은 담장 한가운데 거대한 쇠문이 있고 선라이트 홈의 건물로 들어가는 도로가 이어져 있었다. 순찰차가 진입로로 들어서자 어떤 전자 신호에 의해 대문이 활짝 열렸다.

경찰이 설명했다.

"TV 카메라다. 너희 둘 같은 초짜를 기다리는 거야."

잭은 앞으로 몸을 구부려 얼굴을 차창 가까이 가져다 댔다. 길 따라 양옆으로 펼쳐진 들판에서 데님 재킷을 입은 소년들이 일하고 있었다. 괭이질이나 갈퀴질을 하는 소년도 있었고, 손수레를 끄는 소년도 보였다. 윌리엄스가 말했다.

"개만도 못한 너희 두 녀석 덕분에 내가 20달러를 벌게 됐다. 페어차일드 판사에게도 20달러가 돌아가게 될 거야. 좋은 일 아니니?"

21장

선라이트 홈

1

잭은 선라이트 홈을 보며 어린이용 완구 블록으로 만든 것 같다고 생각했다. 공간이 더 필요할 때마다 되는대로 지은 것처럼 보였다. 하지만 뒤이어 수많은 창문마다 쇠창살이 쳐져 있는 것이 눈에 들어오자, 무질서하게 퍼져 있는 건물들이 어린이용 완구가 아니라 감옥처럼 느껴졌다.

들판에서 일하던 아이들은 대부분 농기구를 내려놓고 순찰차가 지나가는 것을 지켜보았다.

프랭키 윌리엄스는 진입로 끝 공터로 차를 몰고 갔다. 그가 시동을 끄자마자 키가 큰 사람이 정문으로 나와 두 손을 앞에 모은 채 계단 위에서 그들을 내려다보았다. 길고 굽슬굽슬한 백발이 풍성한 그의 얼굴은 비현실적으로 젊어 보였다. 깎아 놓은 듯, 지극히 남성미가 넘치는 육신은 신이 창조한 것이 아니라면 적어도 성형외과 의사의 손을 빌린 것 같았다. 어딜 가서든 누구에게나 뭐든 팔아 치울 수 있을 것 같은 얼굴이었다. 머리처럼 옷도 하얀색으로 맞춰 입었다, 하얀색 신사복, 하얀색 구두, 하얀색 셔츠 그리고 목에 두른 하얀색 스카프까지. 잭과 울프가 뒷좌석에서 나왔지만, 하얀색 사내는 양복 주머니에서 진녹색 선글라스를 꺼내 쓰고 잠시 동안 두 소년을 살펴보고 나서야 미소를 지었다. 기다란 주름에 양볼이 푹 파이는 미소였다. 이윽고 그가 선글라스를 벗어 다시 주머니에 넣으며 말했다.

"좋아요, 좋아요, 아주 좋아요. 경관님 없었으면 우리는 어떻게 됐을지 모르겠네요, 윌리엄스 경관님."

"안녕하십니까, 가드너 목사님."

"이 아이들은 일반인인가요, 아니면 범죄 활동에 실제로 연루된 발칙한 녀석들인가요?"

"부랑자들입니다."

경찰이 손을 허리에 대고 하얀색 때문에 눈이 부시다는 듯 눈을 가늘게 뜨고 가드너를 올려다보며 대답했다.

"페어차일드 판사님 앞에서 본명을 대려 하지 않았지요. 이놈, 큰 놈은,"

엄지로 울프를 가리키며 말했다.

"아예 입을 열려고 하질 않았고요. 자동차에 싣기 위해 머리를 내리쳐야 했을 정도입니다."

가드너는 안타깝다는 얼굴로 고개를 흔들며 말했다.

"안으로 데리고 들어갑시다. 자기소개를 하게 하지요. 여러 가지 수속 밟을 것도 있으니까요. 그런데 저 두 녀석들이 왜 저렇지요?

그러니까, 말하자면, '만취'한 것 같지 않습니까?"

"그건 저 큰놈 뒤통수를 죽도록 패 주었기 때문일 겁니다."

"으으으으음."

가드너는 가슴 앞에 두 손끝을 모아 삼각형 모양을 만들고는 뒤로 물러섰다.

윌리엄스가 소년들을 쿡쿡 찌르며 계단을 올라 기다란 현관으로 향하게 하자, 가드너는 고개를 갸우뚱 기울이고 새로 도착한 입소자들을 지켜보았다. 계단 꼭대기에 도착한 잭과 울프는 머뭇거리며 현관으로 발을 들여 놓았다. 프랭키 윌리엄스는 이마의 땀을 닦고 씩씩거리며 그들 옆에서 걸음을 멈추었다. 가드너는 모호한 얼굴로 미소를 지었지만 눈으로는 두 소년을 번갈아 살피고 있었다. 목사가 잭에게 왠지 익숙한 냉혹하고 차가운 눈초리를 던지는가 싶더니 다시 주머니에서 선글라스를 꺼내 썼다. 그의 미소는 여전히 어렴풋하고 미묘했으며, 어떤 의미에서는 잘못된 안도감에 싸여 있는 와중에도, 잭은 그 눈빛에 등골이 오싹했다. 그 눈을 전에 본 적이 있었기 때문이다.

가드너 목사는 안경을 콧날 위에 올려놓고 안경테 너머로 희롱하듯 유심히 바라보았다.

"이름은? 이름이 뭔데? 두 신사 양반에게 이름을 물어봐도 되겠나?"

"저는 잭입니다."

잭이 대답하고 곧 입을 다물었다. 어쩔 수 없을 때까지 한마디도 하고 싶지 않았다. 주위의 현실세계가 한순간에 접혀 찌그러지고 테러토리에 튕겨져 돌아온 기분이었다. 하지만 지금 맞닥뜨린 테러토리는 악과 위협으로 가득 차 있었다. 악취 나는 연기, 타오르는 불꽃, 고통에 시달리는 몸뚱이들의 비명이 대기를 가득 채웠다.

힘센 손이 잭의 팔꿈치를 잡고는 잭을 일으켜 세웠다. 잭은 악취와 연기가 아니라 진하고 달콤한 오드콜로뉴 냄새를 맡았다. 너무 많이 뿌린 듯했다. 침울한 잿빛 눈이 그의 눈을 똑바로 쳐다보고 있었다.

"넌 나쁜 애였니, 잭? 아주 나쁜 아이였니?"

"아니요, 저희는 다만 히치하이크를……"

"넌 좀 취한 것 같구나. 너한텐 특별 관리를 해 줘야겠는걸, 그렇지?"

목사의 손이 그의 팔꿈치를 놓아주었다. 가드너는 깔끔하게 물러나면서 다시 선글라스를 밀어 올렸다.

"너도 성이 있겠지?"

"파커입니다."

"그렇구나아아아."

가드너 목사는 날렵하게 안경을 벗고는 마치 춤을 추듯 반 바퀴 돌더니 울프를 유심히 뜯어보았다. 그의 반응만 봐서는 잭의 말을 믿는지 어쩐지 알 수가 없었다.

"어이쿠, 넌 건강한 놈이로구나, 안 그러냐? 아주 크고 건장해. 여기엔 너처럼 크고 힘센 소년이 필요한 일이 있을 거야. 주님을 찬양할지니. 여기 잭 파커 군에게 한 것처럼, 너에게도 이름을 물어봐도 되겠지?"

잭은 불안한 얼굴로 울프를 쳐다보았다. 울프는 고개를 숙이고 거친 숨을 몰아쉬고 있었다. 번들거리는 침이 입 구석에서 흘러나와 턱까지 내려와 있었다. 반은 먼지고 반은 기름기인 시커먼 얼룩이 훔친 운동복 셔츠 앞을 뒤덮고 있었다. 울프는 고개를 흔들었다. 하지만 그 동작엔 아무 뜻도 담겨 있지 않은 듯했다. 어쩌면 파리를 쫓는 것일 수도 있었다.

"젊은이, 이름이 뭔가? 이름이 뭐지? 이름이 뭐냐고? 빌인가? 폴? 아트? 새미? 아니면 무지하게 구닥다리 이름인가 보구나. 설마 하니, 조지?"

"울프."

"아, 그것참 멋진 이름인걸."

가드너가 두 소년을 날카롭게 쏘아보며 말을 이었다.

"파커 군과 울프 군이라. 애들을 안으로 데려가겠어요, 윌리엄스 경관? 마침 바스트 군이 머물고 있으니 정말 다행이지 않아요? 헥터 바스트, 이곳의 반장인데 아마도 울프 군의 일을 잘 처리해 줄 거예요."

가드너가 선글라스 너머로 둘을 응시하며 말을 이었다.

"우리 '성서의 집'의 신조는 주님의 군사가 제복을 입고 행진할 때 가장 좋다는 거야. 헥터 바스트는 네 친구 울프만큼 덩치가 크지, 잭 파커. 그러니 의복과 훈련 모두에서 매우 만족하게 될 거야. 안심이 되지, 그렇지?"

울프가 낮은 소리로 불렀다.

"잭."

"그래."

"머리가 아파, 잭. 깨질 것같이 아프다고."

"그 작은 머리가 아프다고, 울프 군?"

선라이트 가드너 목사가 반쯤 춤추며 울프에게 다가가 부드럽게 그의 팔을 두드렸다. 울프는 홱 하고 팔을 빼더니 대뜸 노골적으로 역겹다는 표정을 지었다. 그 진하고 넌더리나는 남자 향수 냄새가 울프의 민감한 콧구멍에는 암모니아 같은 냄새였으리라는 것을 잭은 짐작할 수 있었다.

울프가 자신을 피했는데도 겉보기에 가드너는 별로 개의치 않는 듯했다.

"괜찮아, 괜찮다고, 젊은이. 안으로 가면 바스트 군이나 싱거 군 같은 우리 반장들이 잘 돌봐 줄 거야. 프랭크, 저 아이들을 홈으로 데리고 가라고 말한 것 같은데요."

윌리엄스 경관은 마치 허리를 핀에 찔린 듯 몸을 움찔했다. 얼굴이 한층 더 벌게진 경관은 자신의 기괴한 몸뚱이를 홱 돌리더니 현관을 지나 정문으로 향했다.

선라이트 가드너는 잭을 보고 다시 눈을 반짝였다. 잭은 옷을 쫙 빼입은 가드너의 모습이 부질없는 자기 유희에 불과하다는 것을 알았다. 흰옷을 입은 그의 내면에는 냉혹함과 광기가 도사리고 있었다. 묵직한 금팔찌가 가드너의 소매에서 내려와 손목 언저리에서 덜그럭거리고 있었다. 공기를 찢는 듯한 채찍 소리가 들렸다. 그제야 가드너의 진회색 눈을 어디서 보았는지 기억해 냈다.

가드너는 오스먼드의 트위너였다.

"젊은이들, 안으로 들어가게."

가드너가 반쯤 허리를 굽히며 열린 문을 가리켰다.

2

안으로 들어가자 가드너가 말했다.

"그나저나 말이야, 파커 군, 우리가 전에 만났을 수도 있을까? 왠지 낯이 익어 보여서 말이야, 안 그런가?"

"전 잘 모르겠는데요."

잭은 성서의 집의 이상한 내부 장식을 조심스럽게 둘러보며 대답했다.

짙은 황록색 카펫 위에 암청색 천으로 겉을 댄 기다란 소파가 벽에 붙어 있었고, 반대편 벽에는 위에 가죽을 덧댄 커다란 책상 두 개가 놓여 있었다. 책상 하나에 앉아 있던 여드름쟁이 10대 소년이 그들을 멍하니 보더니 고개를 돌려 앞에 있는 텔레비전 화면으로 다시 시선을 돌렸다. 화면 속에서는 어느 텔레비전 전도사가 로큰롤을 맹렬히 비난하고 있었다. 그 옆 책상에 앉아 있던 10대 소년은 몸을 바로 세우고는 공격적인 시선으로 잭을 노려보았다. 몸이 호리호리하고 머리는 검은색이었으며, 갸름한 얼굴은 영리하지만 성말라 보였다. 흰색 터틀넥 스웨터 주머니에는 군인들이나 다는 직사각형 이름표가 핀으로 고정되어 있었는데, '싱거'라고 적혀 있었다.

"아무래도 우리가 어디서 본 적이 있는 것 같은데, 젊은 친구? 틀림없어, 우린 만난 적이 있어……. 난 한 번 본 소년의 얼굴은 잊지 않거든, 잊고 싶어도 잊을 수가 없어. 전에 말썽을 일으킨 적 있지 않니, 잭?"

"전 목사님을 만난 적이 없습니다."

방 건너편에 있던 몸집이 큰 소년이 파란색 소파에서 일어나 차려 자세를 취했다. 그 소년도 흰색 터틀넥 스웨터를 입고 군대식 이름표를 달고 있었다. 초조한지 차려 자세를 했다가 벨트를 만졌다가 청바지 주머니에 손을 넣었다가 다시 차려 자세를 하면서 손을 가만두지 못했다. 키는 190센티미터가 넘었고, 체중은 140킬로그램 가까이 되어 보였다. 볼과 이마에는 여드름이 울긋불긋 나 있었다. 이 애가 분명 바스트였다.

선라이트 가드너가 말했다.

"뭐, 나중에 생각이 나겠지. 헥, 이리 와서 신참들을 좀 도와주겠나."

바스트가 험악한 얼굴로 천천히 걸어왔다. 울프에게 바짝 다가가 더한층 흉악한 얼굴로 그를 노려보고는 옆으로 한 발 옮겼다. 만약 울프가 감고 있던 눈을 떴다면, 그 눈에 비친 것은 달 표면처럼 울퉁불퉁한 바스트의 이마와 뻣뻣한 눈썹 아래 그를 노려보고 있는 야비해 보이는 곰같이 작은 눈뿐이었을 것이다. 바스트는 잭을 향해 눈길을 돌리고는 책상 쪽을 향해 손을 까딱거리며 중얼거리듯 말했다.

"이리 와!"

가드너가 감정이 실리지 않은 목소리로 말했다.

"기록부터 하고 끝나는 대로 세탁장으로 가서 옷을 쥐라."

그러고는 잭을 향해 크롬 도금처럼 번들거리는 미소를 지어 보였다.

"잭 파커."

부드러운 목소리였다.

"잭 파커, 자네 진짜 정체가 궁금하군. 바스트, 호주머니에 있는 거 다 꺼내."

바스트가 히죽 웃었다.

선라이트 가드너가 방을 가로질러 눈에 띄게 초조해 보이는 프랭키 윌리엄스 쪽으로 가서는 재킷 안쪽 주머니에서 느릿느릿 기다란 가죽지갑을 꺼냈다. 잭은 목사가 돈을 세어서 경찰의 손에 쥐여 주는 것을 보았다.

"어딜 보고 있는 거야, 코흘리개야."

책상에 앉은 소년이 불러 잭은 소리 나는 쪽으로 홱 고개를 돌렸다. 그 소년은 연필을 가지고 장난을 하고 있었다. 한껏 긴장한 잭이 보기에, 그의 얼굴에 드러난 능글능글한 웃음은 그의 특징적인 분노—내면 깊은 곳에서 부글거리는, 영원히 사그라들지 않을 분노—를 감추는 부적절한 가면 같았다.

"저놈 글 쓸 줄 아니?"

"설마요, 못 쓸걸요."

"그럼 네가 대신 사인해. 제일 위 칸에 활자체로 쓰고 바닥 칸에 사인해. X 자 있는 데다."

싱거는 법률 문서 두 장을 잭한테 내밀었다. 그러고는 연필을 입술에 올리고 의자에 털썩 주저앉더니 보란 듯이 구석으로 푹 쓰러졌다. 아마도 이런 편법이야말로 선라이트 가드너 목사한테 배웠을 거라고 잭은 생각했다.

'잭 파커'라고 활자체로 쓰고 아래 칸에 그 이름의 서명처럼 보일 만한 걸 대충 휘갈겼다. '필립 잭 울프'라고 쓰고 그의 진짜 필체와는 전혀 다른 서명을 했다.

싱거가 서류를 휙 잡아챈 다음 설명을 시작했다.

"이것으로 너희는 인디애나주의 보호 감독 아래 놓이게 되었다. 이 신분은 이후 30일 동안 유지될 것이고, 그 뒤에 더 있겠다는 결정을 내릴 수 있어. 너희는……"

"결정을 내린다고요? 그게 무슨 뜻이죠?"

싱거의 뺨 아래쪽이 슬쩍 붉어졌다. 싱거는 고개를 한쪽으로 휙 돌리고 미소를 짓는 듯했다.

"넌 모르겠지만 여기 있는 애들 60퍼센트 이상이 자의로 사는 거야. 그럴 수 있잖아, 그렇잖아. 너도 남고 싶어 할지 몰라."

잭은 표정을 드러내지 않으려 애썼다.

싱거의 입 끝이 마치 낚싯바늘에 꿰이기라도 한 것처럼 심하게 경련했다.

"여기는 아주 좋은 곳이야. 이곳 험담을 하면 내가 너를 죽도록 패 줄 거야. 이곳은 네가 있었던 곳 중에서 최고일 거야, 장담할 수 있어. 한 가지 더 말해 줄 게 있어. 넌 선택의 여지가 없어. 언제 어디서나 선라이트 홈에 경의를 표해야 해. 알겠어?"

잭이 고개를 끄덕였다.

"저 녀석은 어때? 알아들은 거야?"

잭이 울프를 올려다보자 울프는 눈을 천천히 껌벅거리면서 입으로 숨을 쉬고 있었다.

"그런 것 같아요."

"좋아. 너희 둘은 한 방을 쓸 거다. 아침 5시에 일어나 예배를 본다. 7시까지 밭일을 하고 식당에서 아침식사를 한다. 12시까지 밭일을 하고 난 다음에는 점심을 먹으면서 성경을 읽는다. 이건 모든 사람이 하는 거니까, 너도 뭘 읽을지 생각해 놓는 게 좋을걸. 구약 성경 아가서의 야한 부분을 읽었다가는 혼쩌검을 당할 거다. 점심 뒤에는 다시 일한다."

싱거는 잭에게 날카로운 시선을 던지며 말을 이었다.

"선라이트 홈에서 공짜로 일을 시킬 거라고는 생각지 마. 주와 맺은 협정에 따라 모든 사람은 공정하게 시급을 받는다. 물론 너희가 여기 머무는 데 필요한 경비는 빼고. 의복과 음식, 전기세, 난방비 같은 것 말이야. 그런 걸 다 빼면 시간당 50센트를 받지. 그러니까 일하는 시간에 따라 하루 5달러까지 벌 수 있어. 일주일이면 30달 러지. 일요일엔 선라이트 예배실에서 보낸다. 실제로 *선라이트 가 드너 찬양 시간* 공연을 할 때만 빼고."

싱거의 얼굴색이 다시 벌게져 잭은 알아들었다는 의미로 고개를 끄덕였다. 왠지 그래야 할 것 같았다.

"네가 고분고분 말을 잘 듣고 보통 사람처럼 말버릇이 좋아진다 면, 이걸 대부분 잘 못 하긴 해, 하여튼 그러면 외부 활동반에 들어 갈 수 있어. 외부 활동반은 두 분대로 나뉘는데, 한 분대는 길거리 에서 찬송가 악보나 꽃, 가드너 목사님의 팸플릿을 팔고 다른 분대 는 공항에서 일하지. 어쨌든, 우린 30일이면 너희 두 인간쓰레기를 교화시켜 여기 오기 전까지 얼마나 더럽고 부도덕하며 병들고 형 편없는 삶을 살아왔는지를 깨닫게 해 줄 수 있어. 정확히 지금부터 시작한다."

싱거는 가을 단풍처럼 불타는 얼굴로 벌떡 일어나 책상 위에 조심스레 손끝을 올린 뒤 소리쳤다.

"주머니 속에 있는 것을 다 꺼내. 지금 당장."

울프가 암기한 것처럼 우물거렸다.

"지금 당장 여기."

싱거가 다시 소리쳤다.

"다 꺼내! 하나도 빼지 말고!"

바스트가 울프 옆에 다가섰다. 프랭키 윌리엄스 경관이 경찰차 쪽으로 사라지는 것을 본 가드너 목사가 의미심장한 표정으로 잭 근처로 다가왔다.

가드너가 고양이가 가르랑거리는 듯한 목소리로 잭에게 말했다.

"우리가 경험한 바로는, 개인 소지품이 소년들을 과거에 얽매이게 만들더라고. 해롭더란 말이지. 이렇게 하는 게 아주 효율적이야."

싱거가 울화통을 터뜨리기 직전의 목소리로 고함쳤다.

"주머니 속에 있는 거 다 꺼내 놔!"

잭은 주머니에서 길거리 생활을 하면서 되는대로 쌓인 잔재들을 꺼냈다. 엘버트 팔라마운틴의 부인이 그가 소매로 코를 훔치는 것을 보고 건네준 빨간색 손수건, 종이 성냥 두 개, 전 재산인 지폐와 동전들—세어 보니 6달러 42센트였다.—, 알람브라 호텔의 407호 열쇠. 정말 간직하고 싶은 것 세 가지는 손가락으로 꽉 움켜쥐고 있었다. 잭이 말했다.

"이제 내 배낭을 보고 싶겠네요."

"당연하지, 이 칠푼아. 물론 네 더러운 배낭도 열어 볼 거지만 그

전에 네가 숨기고 있는 것부터 봐야겠다. 내놔. 지금 당장."

싱거가 퍼부어 대자 잭은 마지못해 스피디의 기타 피크와 유리 구슬, 큼지막한 1달러짜리 은화를 주머니에서 꺼내 접어 놓은 손수건 위에 올려놓았다.

"그냥 행운의 부적 같은 거예요."

싱거가 기타 피크를 낚아챘다.

"어이, 이건 뭐지? 내 말은, 이게 뭐냐고?"

"기타 피크예요."

"아, 그렇군."

싱거는 그것을 손에 쥐고 돌려 보고는 냄새를 맡았다. 만약 그것을 깨물었다면 얼굴에 주먹을 날렸을 것이다.

"기타 피크라. 진짜야?"

"친구가 준 거예요."

불현듯 최근 몇 주에 걸친 여행에서 그 어느 때보다도 외롭고 버림받은 기분이 들었다. 쇼핑몰 밖에 있던 스노볼이 떠올랐다. 스노볼은 스피디의 눈으로 잭을 바라보았고, 스스로도 이해는 되지 않았지만, 어떻게 보면 실제로 스피디 파커이기도 했다. 그 파커라는 이름을 잭은 자신의 이름으로 쓰고 있었다.

"훔친 걸 거야."

싱거는 딱히 누구에게랄 것도 없이 중얼거리고는 동전과 유리 구슬 옆에 놓인 손수건 위에 다시 기타 피크를 내려놓았다.

"이제 배낭 속을 보자."

잭이 배낭을 벗어 건네주자 싱거는 몇 분 동안 거칠게 뒤지더니 점점 더 불쾌해하며 낙담한 티를 냈다. 불쾌감은 잭이 넣어 둔 지저분한 옷들 때문이었고, 낙담은 마약 같은 것이 나오지 않았기 때문이었다.

스피디, 지금 어디에 있나요?

싱거가 투덜거렸다.

"가지고 있지 않습니다. 벌거벗겨 찾아볼까요?"

가드너가 고개를 저으며 말했다.

"울프 군한테서 뭐가 나오나 보자."

바스트가 어깨를 더한층 높이 추켰다. 싱거가 말했다.

"그럴까요?

잭이 끼어들었다.

"울프 주머니에는 아무것도 없어요."

싱거가 고함쳤다.

"주머니에 있는 거 다 내놔! 다 내놓으라고! 책상 위에 다 꺼내 놔!"

울프는 턱을 가슴에 묻고 눈을 꽉 감고 있었다. 잭이 물었다.

"주머니에 아무것도 안 들어 있어?"

울프가 고개를 한 번 끄덕였다, 아주 천천히.

"뭔가 있어! 이 머저리 자식이 뭔가 숨기고 있다고! 이봐, 이 머저리 천치야, 주머니에 있는 걸 책상 위에 올려놔."

싱거가 의기양양하게 떠들고는 두 번 짝 소리가 나게 손뼉을 쳤다.

"와, 윌리엄스가 이 녀석을 수색하지 않았다고! 페어차일드도 안 했고! 믿을 수가 없군. 둘 다 너무 엉터리 아냐?"

바스트가 얼굴을 울프 코앞에 갖다 대더니 으르렁거렸다.

"얼른 주머니에 든 걸 책상에 꺼내 놓지 않으면 네 면상을 찢어
줄 테다."

잭이 부드럽게 달랬다.

"어서 꺼내, 울프."

울프는 신음 소리를 냈다. 그러고는 작업복에서 주먹 쥔 오른손
을 꺼냈다. 그는 책상 위로 몸을 구부리고는 손을 앞으로 내밀었다.
그리고 마침내 손가락을 폈다. 성냥개비 세 개와 물에 씻겨 반들반
들해진 작은 돌 두 개가 굴러떨어졌다. 책상을 감싼 가죽 위를 흠집
있고 알록달록한 돌이 굴렀다. 울프가 왼손을 펴자 예쁜 조약돌 두
개가 작은 돌 근처로 굴러갔다.

싱거가 조약돌들을 낚아채며 소리쳤다.

"알약이다!"

가드너가 날카롭게 말했다.

"바보짓 좀 그만해, 서니."

"너 때문에 바보 취급 당했어."

위층으로 올라가는 계단 앞에 도착하자 싱거가 낮지만 격분한
어조로 잭에게 쏘아붙였다. 이 계단은 허름한 장미 무늬 카펫으로
덮여 있었다. 선라이트 성서의 집에서는 오직 1층에 있는 원장실만
훌륭하게 장식을 했고, 나머지는 허름하고 관리가 소홀해 보였다.

"아주 톡톡히 대가를 치르게 될 거야. 내가 장담하지. 이곳에선
아무도 서니 싱거를 바보로 만들 수 없어. 이곳의 실질적인 책임자
는 바로 나니까, 이 두 바보 천치야. 빌어먹을!"

서니는 분노로 이글거리는 갸름한 얼굴을 잭한테 들이밀었다.

"아까는 그 머저리가 그 빌어먹을 돌멩이 하나 가지고 사람을 가지고 놀더군. 두고두고 잊지 못하게 해 주지."

"나도 그 안에 뭐가 들었는지 몰랐다고요."

잭이 말하자, 잭과 울프를 인솔하며 한 발 앞에서 걷고 있던 싱거가 불쑥 멈춰 섰다. 그가 눈을 가늘게 뜨자 얼굴 전체가 줄어든 것 같았다. 무슨 일이 일어날지 깨닫기도 전에 싱거의 손이 날아와 잭의 뺨을 냅다 갈겼다. 울프가 속삭였다.

"잭?"

"난 괜찮아."

잭이 대답했다. 싱거가 잭에게 경고했다.

"나한테 못된 짓을 하면 난 두 배로 갚아 주겠어. 가드너 목사 앞에서 못되게 굴면 네 배로 갚아 줄 거야. 무슨 말인지 알겠어?"

"네, 이해가 된 것 같아요. 그런데 저희 옷은 언제 받나요?"

싱거는 홱 몸을 돌려 계단을 성큼성큼 올라갔다. 잠시 잭은 그대로 서서 싱거의 마르고 신경질적인 등짝이 계단을 올라가는 것을 쳐다보았다. 잭은 스스로에게 말했다. 두고 보자, 너도 오스먼드도. 언젠가는. 그런 뒤 잭은 싱거의 뒤를 따라갔고 울프도 터덜터덜 따라왔다.

상자로 가득한 긴 방에서 멍하니 심드렁한 얼굴의 키 큰 소년이 그들 옷을 찾기 위해 몽유병자처럼 움직이며 선반을 뒤적거리는 동안 싱거가 문가에서 서성대고 있었다.

"신발도 찾아. 이 큰 녀석에게 맞는 규격 신발을 찾지 못하면 네게도 하루 종일 삽을 쥐게 할 테니까.”

문가에 선 싱거가 티 나게 담당 소년의 시선을 피하며 말했다. 진 절머리와 넌덜머리. 이것이야말로 선라이트 가드너에서 얻게 되는 또 하나의 가르침일 것이다.

소년은 마침내 창고 한구석에서 사이즈 13짜리 구두 한 켤레를 찾아냈다. 검은색에 무겁고 뭉툭한 신발은 끈으로 묶어야 해서, 잭이 울프의 발에 신발을 신겨 주었다. 싱거는 그들을 데리고 기숙사로 이어지는 또 다른 계단으로 올라갔다. 그곳에선 선라이트 홈의 진정한 모습을 가리려는 어떠한 시도도 찾아볼 수 없었다. 좁은 통로가 15미터가량 뻗어 나가며 꼭대기 층을 관통하고 있었다. 눈높이에 맞춘 창문이 달린 좁은 문이 기다란 통로 양쪽에 다닥다닥 붙어 있었다. 잭의 눈에는 이른바 기숙사라는 이곳이 감옥처럼 보였다.

싱거가 좁은 복도를 조금 걸어가다 어느 문 앞에서 멈춰 섰다.

“첫날에는 일하지 않는다. 내일부터는 일정대로 움직인다. 그러니 이제 여기서 5시까지 성경을 읽든지 한다. 참회의 시간에 다시 데리러 올 테니 선라이트 제복으로 갈아입고 있어. 알겠나?”

잭이 물었다.

“그 말은 여기에 세 시간 동안 갇혀 있게 된다는 뜻인가요?”

싱거가 다시 얼굴이 벌게지며 폭발하듯 소리쳤다.

“손이라도 잡아 달라는 거냐? 이봐, 네가 자원자였다면 여기저기 걸어 다니게 하거나 견학을 시켜 줄 수도 있어. 하지만 너희는 지역 경찰의 위탁을 받은 주의 피보호자니까 유죄 선고를 받은 범인보다 조금 나은 처지일 뿐이야. 아마도 30일 뒤에는 자원자가 될 거야, 운이 좋다면 얘기지만. 그동안은 방에 처박혀 동물이 아닌 신의 형상을 본뜬 인간답게 행동하는 법을 배워야 해."

싱거는 짜증스레 자물쇠에 열쇠를 꽂아 문을 열고는 그 옆에 섰다.

"안으로 들어가. 난 할 일이 있단 말이야."

"우리 소지품은요?"

싱거가 과장되게 한숨을 쉬었다.

"이런 빌어먹을 놈들, 우리가 너희 소지품을 훔치기라도 할 것 같으냐?"

잭은 대답 대신 침묵을 지켰다.

싱거가 다시 한숨을 내쉬었다.

"좋아. 네 이름이 적힌 폴더에 네 물건을 넣어 보관해 두지. 아래층 가드너 목사님 사무실에 말이야. 네 돈도 함께. 네가 나갈 때까지. 이제 됐냐? 이젠 어서 들어가. 너를 불복종으로 보고하기 전에. 그냥 하는 말 아니다."

울프와 잭은 작은 방으로 들어갔다. 싱거가 쿵 하고 문을 닫자 머리 위 전구에 자동으로 불이 들어와 방 안을 비추었다. 창문 하나 없는 사각형 방에는 철제 2층 침대와 구석에 놓인 작은 세면대와 철제 의자가 있었다. 그것뿐이었다. 하얀 석고보드 벽에는 누런 테이프 자국이 있었다. 아마도 전에 이 방에서 지내던 소년이 사진을 붙였던 모양이다. 자물쇠가 철컥 하고 잠기는 소리가 들렸다. 잭과 울프가 돌아보자 작은 직사각형 창문을 통해 싱거가 잔뜩 벼르는 얼굴로 들여다보고 있었다.

"이제부터 얌전히 있어."

싱거가 히죽거리다 사라졌다.

"안 된다, 재키. 울프는 여기서 못 산다."

천장은 울프의 머리가 닿을 듯 말 듯 낮았다.

"앉아 봐, 울프. 위층에서 잘래, 아래층에서 잘래?"

"뭐라고?"

"아래층에 앉아. 우리 정말 골치 아프게 됐어."

"울프도 안다, 재키. 울프도 안다. 여기는 아주 아주 나쁜 곳이다. 여기서 못 산다."

"어째서 나쁜 곳이야? 내 말은, 어떻게 그걸 알지?"

울프는 아래층 침대에 털썩 앉고는 새 옷을 바닥에 던졌다. 그러곤 하릴없이 침대에 배치된 책과 팸플릿 두 장을 집어 들었다. 그 책은 성경책으로, 파란색 가죽처럼 보이는 인조섬유로 장정되어 있었다. 잭의 침대에 놓여 있는 팸플릿에는 *영원한 은총으로 이르는 숭고한 길*이나 *신은 그대를 사랑하니!* 같은 제목이 적혀 있었다.

"울프는 안다. 너도 안다, 재키."

울프는 험악한 표정으로 잭을 올려다보았다. 그러곤 손에 든 책을 내려다보더니 이리저리 뒤적이다 거의 카드 섞듯이 페이지를 후루룩 넘겼다. 잭이 보기에 울프는 태어나서 처음으로 책을 본 것 같았다.

울프는 잭만 들을 수 있게 아주 낮은 소리로 말했다.

"하얀 남자 말이야."

"하얀 남자?"

울프는 팸플릿 하나를 뒷면을 앞으로 해서 집어 들었다. 뒷면은 온통 선라이트 가드너의 흑백 사진으로 뒤덮여 있었다. 산들바람에 흩날리는 아름다운 머리칼, 두 팔을 벌린 모습은 영락없는 영원한 은총을 받은, 신의 사랑을 받는 존재였다.

울프가 말했다.

"이 사람, 이 사람은 사람을 죽인다, 재키. 채찍으로 죽인다. 여기도 그의 집이다. 울프는 그의 집에 있으면 안 된다. 잭 소여도 있으면 안 된다. 결단코 안 된다. 우리는 여기서 나가야 한다, 재키."

"나갈 거야. 약속할게. 오늘이나 내일은 안 돼. 방법을 연구해야해. 하지만 금방 나갈 거야."

"금방."

울프의 발은 침대 밖으로 한참 튀어나와 있었다.

3

금방 나갈 거야. 잭은 약속했다. 울프가 그렇게 약속해 달라고 했기 때문이다. 울프는 겁에 질려 있었다. 그가 테러토리에서 오스먼드를 보았는지는 모르겠지만 그의 소문을 들은 것은 분명했다. 테러토리에서 오스먼드의 평판은 적어도 울프 가족 사이에서는 모건보다 훨씬 더 나빴을 것이다. 울프와 잭은 둘 다 선라이트 가드너에게서 오스먼드의 얼굴을 알아보았지만 가드너는 그렇지 못했다. 그렇다면 두 가지 가능성이 있었다. 가드너가 모르는 척하면서 그들을 놀리고 있거나 아니면 잭의 엄마처럼 테러토리의 인물과 깊이 연결되어 있으면서도, 그에 대한 자각은 무의식 깊이 숨어 있는 트위너일 수도 있었다.

잭은 후자라고 믿었다. 만일 그 판단이 맞는다면, 잭과 울프는 적당한 때를 기다려 도망갈 수 있을 것이다. 그때까지 관찰하고 동정을 살필 여유가 있었다.

잭은 거슬거슬한 새 제복을 입었다. 뭉툭한 검은색 신발은 한 짝만 해도 몇 킬로그램은 나갔고 좌우의 구분 없이 어느 쪽에 신어도 다 맞는 것이었다. 간신히 울프를 달래 선라이트 홈의 제복을 입혔다. 그리고 나서 둘은 침대에 누웠다. 울프가 코를 고는 소리가 들려왔고, 얼마 후에는 잭도 스르르 잠이 들었다. 꿈을 꾸었는데, 엄마가 어둠 속 어딘가에서 도와달라고, 살려 달라고 부르고 있었다.

22장
설교

1

그날 오후 5시, 복도에 전기벨 소리가 울렸다. 길고 단조롭고 요란한 소리였다. 울프가 침대에서 벌떡 일어나다가 옆머리로 침대 상단의 철제 테두리를 세게 들이받는 바람에 잠에서 깨어날락 말락 하던 잭은 정신이 번쩍 들었다.

비명을 지르는 듯한 벨 소리는 15초 만에 그쳤지만 울프는 잠잠해지지 않았다.

울프는 양손으로 머리를 감싼 채 비틀비틀 방 한쪽 구석으로 가며 소리쳤다.

"나쁜 곳이다, 잭! 지금 당장 여기 나쁜 곳이다! 여기서 나가야 한다! 지금 당장 여기 나가야 한다!"

벽을 쿵쿵 두드리는 소리가 들렸다.

"그 머저리 좀 조용히 시켜!"

다른 쪽 벽에서는 말이 히힝거리는 것 같기도 하고, 비명을 지르는 것 같기도 한 웃음소리가 들렸다.

"얘들아, 이제 너희들 영혼에 햇빛이 비치기 시작하고 있어! 그 덩치 큰 녀석이 내는 소리를 들으니 기분이 아주 좋은걸!"

말이 히힝거리는 듯한 웃음소리, 낄낄거리는 웃음소리가 마치 공포에 휩싸인 비명처럼 다시 터져 나왔다.

"나쁘다, 잭! 울프! 제이슨! 나쁘다! 나빠, 나쁘다⋯⋯."

복도 양옆으로 늘어선 방문들이 모두 열렸다. 투박한 선라이트 홈 신발을 신은 사람들의 덜걱덜걱한 발소리가 들려왔다.

잭은 억지로 몸을 움직여 2층 침대에서 내려왔다. 현실로 제대로 돌아오지 못한 느낌이었다. 깨어 있는 것도 아니고, 그렇다고 자고 있는 것도 아닌 그런 기분이었다. 초라하고 작은 방 안에서 울프에게 다가가는 동안 공기가 아니라 카로 시럽(옥수수로 만든 끈적끈적한 시럽 — 옮긴이) 속을 걷는 기분이었다.

지금 잭은 아주 피곤했다⋯⋯ 너무 너무 피곤했다.

"울프, 울프, 그만둬."

"그럴 수 없다, 재키."

울프가 흐느껴 울었다. 마치 머리가 폭발하는 것을 막으려는 듯 여전히 양손으로 머리를 감싸 안고 있었다.

"그만 울어, 울프. 이젠 복도로 나가야 해."

울프가 흐느끼며 말했다.

"나갈 수 없다, 재키. 여긴 나쁜 곳이다. 나쁜 냄새가⋯⋯."

복도에서 누군가가 — 잭이 생각하기에 헥 바스트 같았다. — 소리쳤다.

"참회의 시간이다!"

누군가가 "참회의 시간이다." 하고 따라 외치자 다들 구호를 외치기 시작했다. *참회의 시간이다! 참회의 시간이다!* 마치 축구 경기장에서 외치는 섬뜩한 응원 구호 같았다.

"여기서 무사히 빠져나가려면 눈에 띄지 않게 얌전히 지내야 해."

"안 된다, 재키. 얌전히 못 있는다, 나쁜⋯⋯."

당장에라도 그들 방의 문이 열리고 바스트나 서니 싱거가 들이닥칠 판이었다⋯⋯ 어쩌면 둘 다 들어올 수도 있었다. '참회의 시간'이 뭔지는 모르겠지만 잭과 울프가 나오지 않았으니 말이다. 선라이트 홈에 처음 들어와 적응하기 전까지는 어느 정도 실수를 용납해 줄지도 모르지만 잭이 보기엔 탈출할 기회를 잡으려면 되도록 빨리 동화되는 것이 좋을 것 같았다. 울프와 함께라면 그리 간단치만은 않을 터였다. 잭은 생각했다. *제기랄, 미안해, 내가 이런 처지에 널 몰아넣었어, 이 덩치야. 하지만 상황이 이렇게 되어 버렸는걸. 우리가 이겨 내지 못하면 그들한테 짓밟히게 돼. 그러니 내가 너에게 심하게 대해도 다 널 위한 일이야.* 잭은 처량하게 한마디 덧붙였다. *그렇게 되면 좋겠어.*

잭이 울프에게 속삭였다.

"울프, 싱거가 다시 나를 때려도 괜찮아?"

"아니다, 잭, 아니다⋯⋯."

"그럼 나랑 복도로 나가자. 명심해야 해. 네가 하는 데 따라 싱거와 바스트가 나를 대하는 태도가 달라질 거야. 싱거가 나를 후려갈겼잖아, 네 조약돌 때문에⋯⋯."

"누군가 그놈을 후려갈겨 줄지도 모른다."

울프는 낮고 부드러운 목소리로 말했지만 별안간 눈이 가늘어지더니 오렌지색으로 불타올랐다. 잠시지만 잭은 울프의 입술 사이로 하얀 이빨이 번쩍이는 것을 보았다. 울프가 히죽 웃은 것이 아니라 이빨이 자란 것처럼 보였다.

잭이 무섭게 말했다.

"그런 건 생각도 하지 마. 그러면 일만 더 골치 아파질 뿐이야."

머리를 감싸고 있던 울프의 손이 툭 떨어졌다.

"잭, 나는 모르겠다……"

"노력은 해 볼 거지?"

잭은 이렇게 말하며 절박하게 문 쪽을 흘깃거렸다.

"노력해 볼 거다."

울프가 부들부들 떨며 소곤거렸다. 눈에는 눈물이 맺혀 있었다.

2

위층 복도라서 늦은 오후의 햇살이 비쳐 들어올 만도 한데 실제는 그렇지 않았다. 마치 복도 양쪽 끝 창문에 빛을 여과하는 필터라도 있는 것처럼 소년들은 밖을 보지 못했다. 밖에는 *진짜* 햇빛이 쏟아지고 있지만 건물 안으로는 들어오지 못했다. 햇살은 기다란 빅토리아풍 창문의 좁은 창턱에 걸려 급사해 버리는 것 같았다.

복도 한쪽에 열 개씩, 양옆으로 스무 개씩 늘어선 방문 앞에는 마흔 명이 서 있었다. 잭과 울프는 제일 늦게 나왔지만 눈치챈 사람은 없었다. 싱거와 바스트 그리고 다른 두 소년이 이미 닦달할 상대를 찾았기에 점호할 틈이 없었던 것이다.

그들의 희생양이 된 소년은 가슴팍이 좁고 안경을 썼으며 열다섯 살 정도로 보였다. 소년은 작업복 바지가 검은 구두 위에 흘러내린 상태로 차려 자세를 흉내라도 내려고 애쓰고 있었다. 팬티는 입고 있지 않았다.

싱거가 물었다.

"아직 관두지 않았어?"

"저는……"

"닥쳐!"

싱거와 바스트랑 함께 있던 소년 하나가 소리쳤다. 네 소년은 작업복 대신 청바지와 깨끗한 하얀색 터틀넥 스웨터를 입고 있었다. 잭은 곧 방금 소리친 소년이 워윅이라는 것을 알게 되었다. 뚱뚱한 네 번째 소년은 케이시였다.

이제는 워윅이 소년을 닦아세우고 있었다.

"우리가 묻기 전에 먼저 말해선 안 된다! 너 아직도 고추 만지냐, 모튼?"

모튼은 떨기만 할 뿐 아무 말도 하지 못했다.

"대답해!"

케이시가 날카롭게 소리쳤다. 그는 땅딸막한 소년으로 얼핏 보면 심술궂은 트위들덤(『거울나라의 앨리스』에 나오는 뚱뚱한 쌍둥이 중 하나—옮긴이)을 닮았다.

모튼이 작은 목소리로 대답했다.

"아니요."

"뭐라고? 큰 소리로 말해!"

싱거가 소리치자 모튼은 울먹였다.

"아닙니다!"

"일주일 동안 안 하면 팬티를 되돌려주마. 이제 바지 올려, 이 쪼그만 애새끼야."

싱거는 하찮은 백성에게 대단한 관용이라도 베푸는 듯한 말투였다.

모튼은 훌쩍거리며 허리를 숙이고는 바지를 올려 입었다.

소년들은 참회와 저녁식사를 위해 아래층으로 내려갔다.

3

참회는 식당 맞은편에 있는 맨 벽으로 둘러싸인 커다란 방에서 진행되었다. 구운 콩과 핫도그의 기가 막힌 냄새가 건너편에서 흘러나오자 울프의 콧구멍이 리드미컬하게 벌름거렸다. 그날 처음으로 침울한 표정이 사라지고 눈이 호기심으로 반짝이기 시작했다.

울프에게는 말하지 않았지만 잭은 '참회의 시간'이 더 걱정스러웠다. 깍지 낀 양손을 머리에 베고 2층 침대에 누워 있다가 천장 한 구석에서 검은 물체를 발견했다. 한순간 죽은 투구풍뎅이거나 곤충의 허물이려니 했다. 가까이 다가가서 보면 아마도 거미줄에 걸려 있는 곤충을 보게 되려니 했다. 하지만 그것은 벌레처럼 생겼지만 생명이 있는 유기체는 아니었다. 그것은 고리볼트로 벽에 박아놓은 구식 소형 마이크로폰이었다. 자세히 보니 그 뒤에 전선이 연결되어 회반죽벽에 거칠게 뚫린 구멍을 통해 빠져나갔다. 그들은 그것을 감추려는 시도조차 하지 않았다. 업무의 하나일 뿐이란다, 애들아. 선라이트 가드너가 더 잘 듣게 하려는 업무.

마이크로폰을 보고, 복도에서 모튼에게 일어났던 작은 소란을 보고 나니 참회라는 것도 화내고 겁주면서 비난을 퍼붓는 거겠구나 싶었다. 어쩌면 선라이트 가드너가 직접 나설 수도 있지만 아마도 서니 싱거나 헥터 바스트가 잭에게 죄를 자백하라고 할 것이다. 방랑 중에 마약을 했다거나, 방랑 중에 한밤중에 남의 집에 침입해 도둑질을 했다거나, 방랑 중에 길마다 다니며 침을 뱉었다든가, 방랑 중에 힘든 하루를 마치고 나면 자위를 했다는 식으로 말이다. 만약에 잭이 그런 일들을 전혀 하지 않았다고 해도, 그들은 잭이 거짓 자백을 할 때까지 추궁할 것이다. 그리하여 잭이 참회의 눈물을 흘릴 때까지 몰아붙일 것이다. 어쨌든 그래도 자신은 그런 위협을 참아낼 수 있겠지만 울프는 어떨지 알 수 없었다.

하지만 가장 신경 쓰이는 것은 선라이트 홈의 아이들이 참회의 시간을 열정적으로 환영한다는 것이었다.

핵심 간부들 — 하얀 터틀넥을 입은 소년들 — 은 방 정면 가까이에 앉아 있었다. 주위를 둘러보자 아이들은 하나같이 비상식적인 기대감을 품고 열린 문을 주시하고 있었다. 잭은 그들이 고대하는 것은 저녁식사가 분명하다고 생각했다. 아닌 게 아니라, 기가 막히게 맛있는 냄새가 났다. 지난 몇 주 동안 어쩌다 한 번 햄버거로 주린 배를 채우고 거의 굶다시피 한 그로서는 더 이상 참기가 어려웠다. 그때 선라이트 가드너가 활발할 걸음걸이로 들어왔고 잭은 아이들의 기대감 서린 얼굴이 희열로 가득 차는 것을 보았다. 그들이 고대하던 것이 저녁식사가 아님은 분명해졌다. 불과 15분 전만 해도 위층 복도에서 바지를 발목까지 내린 채 잔뜩 움츠리고 있던 모튼조차 기뻐서 어쩔 줄 몰라 했다.

소년들이 일어섰다. 울프만 깜짝 놀라고 당황한 얼굴로 코를 벌름거리며 앉아 있었다. 잭이 그의 셔츠를 잡아당겨 일으켜 세웠다.

잭이 중얼거렸다.

"다른 사람들이 하는 대로 똑같이 따라 해, 울프."

가드너가 미소를 지으며 말했다.

"그만 앉으세요, 여러분. 제발 어서 앉으세요."

소년들이 제자리에 앉았다. 가드너는 빛바랜 청바지에 눈이 부실 만큼 하얗고 목이 파인 실크 셔츠를 입고 있었다. 그는 인자한 얼굴로 아이들을 둘러보았다. 소년들은 숭배의 눈으로 가드너를 바라보고 있었다. 대부분의 소년은 그랬다. 한 소년 — 갈색 곱슬머리가 이마에 원숭이처럼 V 자를 그리고, 쑥 들어간 턱과 토미 아저씨의 델프트 도자기(네덜란드 델프트에서 생산된 고급 도자기. 우윳빛 바탕에 파란색 문양을 새겨 넣었다. — 옮긴이)처럼 창백하고 섬세하고 작은 손을 가진 — 이 냉소를 가리기 위해 몸을 돌려 손으로 입을 가리는 모습이 보여, 잭에게는 약간 위로가 되었다. 여기서 무슨 일이 벌어질지는 모르겠지만 분명 아이들 모두가 세뇌된 것 같지는 않았다……. 하지만 많은 아이들이 무방비 상태로 세뇌된 *상태*였다. 큼지막한 뻐드렁니가 난 아이의 경우 흠모의 눈으로 선라이트 가드너를 우러러보고 있었다.

"기도합시다. 헥, 우리를 인도해 주겠나?"

헥이 기도를 시작했다. 빠르고 기계적인 어조였다. 마치 난독증이 있는 사람이 녹음한 다이얼어프레어(기도문을 들려주는 미국의 유료 전화 서비스—옮긴이)를 듣고 있는 기분이었다. "앞으로 다가올 매일, 매주 은혜를 베풀어 주시고, 우리의 죄를 용서해 주시고, 더 나은 사람으로 거듭나게 해 주소서."라고 빠르게 내뱉은 다음, "주 예수의 이름으로 기도합니다."라고 말하고 자리에 앉았다.

"헥, 고맙구나."

가드너가 말했다. 그는 팔걸이가 없는 의자를 가져와 거꾸로 놓고는 다리를 벌리며 의자에 앉았다. 마치 존 포드 감독의 서부영화에서 말 타고 목장을 돌아다니는 카우보이를 보는 듯했다. 오늘 밤그는 무척이나 매력적이었다. 잭이 그날 아침 보았던 빈약하고 자기중심적인 광기는 찾아보기 어려웠다.

"열두 명의 참회를 듣기로 하겠다. 더도 말고 열두 명이다. 자네가 인도해 주겠나, 앤디?"

워윅은 우스꽝스러울 만큼 경건한 얼굴로 헥의 뒤를 이었다.

"감사합니다, 가드너 목사님."

워윅은 이렇게 말한 다음 소년들을 유심히 살폈다.

"누가 먼저 참회를 시작하겠습니까?"

웅성거리는 소리가 났고…… 손이 올라가기 시작했다. 두 명…… 여섯 명…… 총 아홉 명이었다.

워윅이 호명했다.

"로이 오더스펠트."

로이 오더스펠트는 코끝에 종기만 한 여드름이 나 있는 키 큰 소년으로 앙상한 두 손을 비비 꼬면서 일어섰다.

로이는 악을 쓰듯이 선언했다.

"작년에 엄마 지갑에서 10달러를 훔쳤습니다!"

소년의 부스럼 딱지가 있는 지저분한 손이 얼굴을 만지작거리다 여드름을 잡아 아프도록 쥐어뜯었다.

"저는 그 돈을 '게임의 마법사'라는 게임장에 가져가 25센트짜리 동전으로 바꿔 팩맨이나 레이저 스트라이크 같은 여러 가지 게임을 하느라 다 써 버렸습니다! 그건 엄마가 가스 요금을 내려고 모아 놓은 돈이어서 한동안 우리 집은 난방이 끊겼습니다."

로이는 눈을 깜빡거리며 좌중을 둘러보다 말을 이었다.

"그 바람에 동생이 폐렴으로 인디애나폴리스까지 가서 입원해야만 했습니다! 제가 그 돈을 훔쳤기 때문이지요! 참회를 마칩니다."

로이 오더스펠트가 자리에 앉았다.

선라이트 가드너가 좌중에게 물었다.

"로이는 용서를 받을 수 있을까요?"

아이들이 한목소리로 대답했다.

"*로이는 용서받을 수 있습니다.*"

"여기에 로이를 용서할 수 있는 사람이 있습니까, 여러분?"

"*아닙니다.*"

"그럼 누가 로이를 용서할 수 있습니까?"

"*하나님의 독생자이신 예수 그리스도의 힘을 통해 구원받을 수 있습니다.*"

가드너가 로이 오더스펠트에게 물었다.

"예수님께 너의 죄를 사해 주십사고 기도하겠나?"

"꼭 하겠습니다!"

로이 오더스펠트가 떨리는 목소리로 외치며 다시 여드름을 쥐어 뜯었다. 잭이 보니 로이 오더스펠트는 울고 있었다.

"그럼 다음에 어머니가 여기로 오시면 어머니와 동생과 하나님께 죄를 지었다는 것을 고백하고 누구 못지않게 회개하고 있다고 말씀드릴 수 있겠나?"

"물론이지요!"

선라이트 가드너가 앤디 워윅을 바라보며 고개를 끄덕였다. 워윅이 말했다.

"다음 참회자."

참회는 6시에 끝났는데, 그때까지 잭과 울프를 제외한 거의 모든 아이가 자기 죄를 좌중에게 고백하기 위해 손을 들었다. 좀도둑질을 고백한 아이도 몇 명 있었고, 술을 훔쳐 게워 낼 때까지 마셨다고 고백한 아이도 있었다. 물론 마약 얘기도 많았다.

아이들을 지명한 것은 워윅이었지만, 아이들은 선라이트 가드너의 인정을 받기 위해 고백하고…… 고백하고…… 또 고백했다…….

난처해진 잭은 생각에 잠겼다. *가드너 때문에 아이들은 죄를 지은 걸 즐기고 있어. 아이들은 가드너를 사랑하고 그에게 인정을 받고 싶어 해. 그래서 고백만 하면 인정받을 수 있다고 생각하는 거야. 개중에는 저지르지도 않은 죄를 지어내는 멍텅구리들도 있을 거야.*

식당에서 흘러나오는 음식 냄새가 점점 더 진해지고 있었다. 옆에 앉은 울프의 배에서 연신 시끄러운 꼬르륵 소리가 났다. 한번은 어떤 아이가 눈물을 흘리며, 그의 표현에 따르면 '성욕이 넘치는 여자들'의 외설스러운 사진을 보고 싶어서《펜트하우스》잡지를 훔친 얘기를 고백하는 동안 울프의 배에서 너무 크게 꼬르륵 소리가 나서 잭이 팔꿈치로 툭 쳐야 했다.

그날 저녁 마지막 참회가 끝나자 선라이트 가드너는 낭랑한 목소리로 짧게 기도했다. 그러고 나서 청바지와 흰색 실크 셔츠를 입은 소박한 옷차림인데도 눈부실 만큼 환한 빛을 내며 문가에 서서 아이들이 줄지어 나가는 모습을 지켜보았다. 잭과 울프가 그 옆을 지나가자 목사는 한 손으로 잭의 손목을 잡았다.

"전에 널 본 적이 있어."

참회해. 선라이트 가드너의 눈이 요구하고 있었다.

잭은 차라리 말해 버리고 싶은 충동을 느꼈다.

아, 맞아요, 우리 만난 적이 있어요, 네, 당신이 내 등을 피투성이가 될 만큼 채찍으로 때렸잖아요.

"아닙니다."

"오, 아니야, 오, 아니라고. 난 널 만난 적이 있어. 캘리포니아에서였나? 메인? 오클라호마? 어디서 만났지?"

참회해.

"전 목사님을 모르는데요."

잭의 대답에 가드너가 킬킬거렸다. 잭은 돌연 깨달았다. 선라이트 가드너는 잭의 머릿속에 들어와 제멋대로 날뛰고 춤추며 채찍까지 휘두르고 있었던 것이다.

"예수 그리스도를 아느냐는 질문을 받았을 때 베드로도 그렇게 말했지. 하지만 베드로는 거짓말을 했어. 너도 마찬가지인 것 같구나. 텍사스에서 만났나, 잭? 엘파소? 전생에 예루살렘에서 만났나? 아니면 골고다(예수가 십자가에 못 박힌 곳의 지명. '해골'이란 뜻의 아랍어 '굴굴타'의 헬라어 음역으로, 오랫동안 처형장으로 사용되었던 데서 유래한 지명인 듯하다. ─옮긴이), 해골의 언덕?"

"말씀드렸지만……"

"그래, 그래, 알았어, 우리는 만난 적이 있을 뿐이야."

가드너는 또다시 낄낄거렸다.

울프는 선라이트 가드너에게서 되도록 멀찍이 떨어져 있으려 했지만 문가라 딱히 피할 데가 없었다. 냄새 때문이었다. 토할 것 같은, 지긋지긋한 남자 향수 냄새 말이다. 그리고 그 아래 도사리고 있는 광기의 냄새.

"난 한 번 본 얼굴은 결코 잊지 않아, 잭. 장소나 사람은 결코 잊지 않는다고. 어디서 만났는지 반드시 기억해 낼 거야."

목사의 눈동자가 잭으로부터 울프에게로 빠르게 옮겨 갔다가 ─ 목사의 눈초리를 느낀 울프는 잠시 낑낑거리며 물러났다. ─ 다시 잭에게로 돌아왔다.

"저녁 맛있게 먹어라, 잭. 울프도 저녁 맛있게 먹고. 선라이트 홈에서의 진짜 생활은 내일부터 시작이란다."

계단으로 향하던 가드너가 뒤를 돌아보았다.

"난 결코 장소나 얼굴을 잊지 않아, 잭. 꼭 기억해 낼 거다."

잭은 냉철하게 머리를 굴렸다. 맙소사, 그렇게 되면 안 되지. 내가 이 거지같은 감옥에서 3000킬로미터 정도 떨어지기 전까지는……

그 순간 뭔가가 잭을 세게 강타했다. 잭은 복도로 굴러가면서도 균형을 잡기 위해 정신없이 팔을 휘저었다. 머리가 콘크리트 바닥에 부딪혀 눈앞에서 별들이 빙글빙글 돌며 쏟아지고 있었다.

간신히 일어나 앉아 보니 히죽거리는 싱거와 바스트가 함께 서 있고 그 뒤에 흰색 터틀넥 아래로 배가 툭 불거진 케이시가 있었다. 울프는 싱거와 바스트를 보고 있었는데, 완전히 맥이 풀린 듯한 그 자세에서 잭은 심상치 않은 조짐을 읽어 냈다. 잭이 날카롭게 소리쳤다.

"안 돼, 울프!"

울프는 털썩 주저앉았다.

헥 바스트가 슬쩍 비웃으며 말했다.

"아니, 어디 한번 해 보지, 이 머저리야. 저놈 얘기는 듣지 말고. 해 보고 싶으면 어디 한번 덤벼 보라고. 난 저녁식사 전에 워밍업을 하는 걸 좋아하거든."

싱거가 울프를 흘끗 보더니 말했다.

"이 머저리는 그냥 내버려 둬, 헥. 애는 그냥 덩치만 크잖아."

그러고는 잭 쪽으로 고개를 까닥했다.

"여기 *머리*가 있네. 우리가 변화시켜야 할 *머리* 말이야."

싱거는 잭을 내려다보며 어른들이 어린아이를 어르듯 무릎에 손을 얹고 상체를 구부린 채 말했다.

"우리는 너를 바꾸고 말 거야, 잭 파커 군. 믿어도 돼."

잭은 일부러 쏘아붙였다.

"꺼져, 이 애들 괴롭히는 것밖에 모르는 못된 자식아."

싱거는 한 방 맞은 것처럼 몸을 움츠렸다. 옷깃 부근부터 상기되더니 목과 얼굴이 차례로 벌겋게 달아올랐다. 헥 바스트가 으르렁거리며 앞으로 나섰다.

싱거가 여전히 시선은 잭을 향한 채로 그의 팔을 잡고 말했다.

"지금은 아니야. 나중에."

잭은 자리에서 일어서며 두 소년에게 조용히 말했다.

"나를 경계하는구나."

헥터 바스트는 노려볼 뿐이었지만, 서니 싱거는 거의 겁에 질린 것 같았다. 잠시 동안 싱거는 잭의 얼굴에서 강하고 거역할 수 없는 뭔가를 본 것 같았기 때문이었다. 두 달 전 아무것도 모르던 소년이 아케이디아 해변의 작은 마을을 등지고 서쪽으로 걷기 시작했을 때는 볼 수 없었던 것이었다.

4

만약 토미 아저씨가 저녁식사를 보았더라면 미국인들이 농민회관에서 먹는 음식으로 이루어져 있다고 — 딱히 악의는 없이 — 묘사했을 거라고 잭은 생각했다. 소년들이 긴 식탁에 앉자 네 명의 간부들이 음식을 날라 왔다. 그들은 참회의 시간이 끝난 뒤 깨끗한 흰색 취사병 복장으로 갈아입었다.

또 한 번 기도를 한 다음 음식이 차례로 도착했다. 먼저 집에서 구운 콩이 가득한 커다란 유리 그릇이 네 개의 식탁마다 놓였고, 김이 나는 싸구려 핫도그 접시와 통조림 파인애플이 담긴 뚜껑 달린 그릇, '기증품' 또는 '인디애나주 낙농위원회'라고 라벨이 찍힌 우유팩도 많이 나왔다.

울프는 고개를 숙인 채 무서울 정도로 먹는 데에만 몰두하고 있었다. 한 손에는 줄곧 빵이 들려 있어서 음식을 긁어모으거나 국물을 닦아 내는 데 활용했다. 잭이 보고 있자니, 그는 이미 핫도그 다섯 개와 총알처럼 딱딱한 콩을 세 번이나 떠다 먹었다. 그들이 머무는 창이 닫힌 작은 방을 떠올리자 오늘 밤 방독면이 필요하지 않을까 생각했다. 아무래도 필요할 것 같긴 했지만 방독면을 배급받을 수는 없을 터였다. 그는 울프가 네 번째로 콩을 접시에 덜어 내는 것을 울적한 얼굴로 지켜보았다.

저녁식사가 끝나자 아이들이 모두 일어나 줄을 서서 식탁을 치웠다. 잭은 자기 접시와 울프가 먹어 치우고 남은 빵 조각과 우유 주전자 두 개를 들고 주방으로 들어가다 눈을 똥그랗게 떴다. 우유팩에 뚜렷이 새겨진 라벨을 보고 좋은 생각이 났기 때문이었다.

이곳은 감옥도 아니고, 작업장도 아니었다. 아마도 이곳은 기숙학교 같은 곳으로 규정되어 있을 것이다. 그러니 법에 따라 주 감독관의 지도 아래 있을 것이고, 주방은 인디애나주에서 특히 주시하는 곳일 것이다. 위층 방 유리창에는 창살이 쳐져 있다. 문제없다. 하지만 주방 창문에도 창살이 있을까? 없을 것이다. 그랬다간 여러모로 문제가 되었을 테니까.

주방은 탈출 시도를 하기에 적당한 장소가 되어 줄 것이었다. 잭은 주의 깊게 곳곳을 살펴보았다.

그곳은 잭이 캘리포니아에 살 때 다니던 학교의 카페테리아 주방과 아주 흡사했다. 벽과 바닥에는 타일이 깔려 있었고, 커다란 싱크대와 조리대는 스테인리스였다. 찬장은 채소 보관통 정도의 크기였다. 컨베이어 벨트가 돌아가는 오래된 식기세척기가 한쪽 벽에 세워져 있었다. 세 소년이 하얀 요리사 유니폼을 입은 사내의 감독 아래 이 고색창연한 골동품을 작동시키고 있었다. 갸름하고 창백한 사내의 얼굴은 쥐새끼처럼 작아 보였다. 윗입술에 붙어 있는 필터 없는 담배를 보고 잭은 마음속으로 저 사람은 자기편이 될지도 모른다고 생각했다. 선라이트 가드너가 직원에게 담배를 피워도 좋다고 허락했을 리 없기 때문이었다.

벽에는 이 공용 주방이 인디애나주와 미국 정부의 기준에 적합하다는 것을 고지하는 증명서 액자가 걸려 있었다.

역시나, 주방의 불투명한 유리창에는 쇠창살이 없었다.

쥐새끼 얼굴의 사내가 잭을 보고는 아랫입술에 걸쳐 있던 담배를 개수대에 던지며 말을 걸었다.

"싱싱한 신입이로군, 너랑 네 친구 말이야, 맞지? 뭐, 어차피 곧 신선도가 떨어질 테지만. 이곳 선라이트 홈에 오면 엄청 빨리 맛이 가 버리거든. 안 그러냐, 서니?"

그 사내가 건방진 얼굴로 히죽 웃었다. 싱거는 그런 미소에 어떻게 대처해야 할지 몰라 당황한 기색이 역력했다. 싱거는 다시 어린애가 된 듯 혼란스럽고 자신 없는 얼굴이었다.

마침내 그가 입을 열었다.

"아이들하고 얘기하면 안 되잖아, 루돌프."

"그런 규칙 같은 건 볼링 레인으로 굴려 보내거나 허공에 뻥 차 버리다가 안 되면, 네 똥구멍에나 쑤셔 넣는 거란다, 짝꿍아. 너도 알지, 그렇지?"

루돌프가 싱거를 향해 느릿느릿 눈썹을 깜박여 보이자, 루돌프를 바라보던 싱거의 입술이 파르르 떨리다 마구 뒤틀리기 시작했다. 결국 억지로 입술을 앙다물어야 했다.

싱거가 홱 돌아서더니 미친 듯이 외치기 시작했다.

"밤 예배 시간이다! 밤 예배, 자, 가자. 식탁을 마저 치우고 복도에 집합해. 늦었다! 밤 예배 시간이다!"

5

철망으로 감싸인 전구의 불빛에 의지해 소년들이 좁은 계단을 줄줄이 내려갔다. 벽은 눅눅한 회반죽벽이었다. 잭은 울프가 눈을 뒤룩뒤룩 굴리는 것이 마음에 걸렸다.

그런 복도를 지나 들어간 지하 예배실은 정말 경이로웠다. 거의 지하층 전체 ─ 그것만 해도 상당한 크기인데 ─ 가 소박한 현대적인 예배실로 개조되어 있었다. 이곳의 공기는 너무 덥지도 너무 춥지도 않고 아주 쾌적했다. 근처 어딘가에서 환기장치가 작동하는 소리가 조그맣게 들렸다. 중앙 통로를 사이에 두고 다섯 줄의 신도석이 늘어서 있었다. 중앙 통로는 성서대가 있는 연단으로 이어졌고 그 뒤 보라색 벨벳 배경에는 나무로 만든 단순한 십자가가 걸려 있었다.

어디에선가 오르간이 연주되고 있었다.

소년들은 조용히 신도석으로 들어가 앉았다. 성서대에 설치된 마이크 끝에는 전문가용으로 보이는 커다란 흡음 필터가 붙어 있었다. 잭은 자주 엄마를 따라 스튜디오 녹음실에 들어갔고, 종종 참을성 있게 엄마 곁에 앉아서 책을 읽거나 숙제를 하곤 했다. 그동안 엄마는 텔레비전용 더빙을 하거나 발음이 분명치 않은 대화를 다시 녹음하고 있었다. 그래서 잭은 저런 필터가 마이크에서 튀는 소리가 나는 것을 방지하기 위한 장치라는 것을 알고 있었다. 그런 장치를 방황하는 소년들을 위한 종교 기숙시설의 예배실에서 보게 되니 기분이 이상했다. 성서대 양쪽 끝에는 비디오카메라가 두 대 있었는데, 각각 오른쪽과 왼쪽에서 가드너 목사의 옆모습을 포착하게 되어 있었다. 오늘 밤에는 둘 다 불이 꺼져 있었다. 벽에는 묵직한 보라색 휘장이 쳐져 있었다. 오른쪽 벽은 휘장이 쳐져 있었지만, 왼쪽 벽은 휘장이 걷혀 직사각형의 유리벽이 보였다. 케이시는 오른쪽에 있는 전문가용 사운드보드가 달린 오픈릴 테이프 녹음기 위로 허리를 굽히고 있었다. 케이시는 보드에서 헤드폰을 꺼내 머리에 썼다.

잭이 고개를 들어 보니 단단한 나무기둥으로 만든 여섯 개의 완만한 아치가 솟아 있었다. 아치 사이에는 구멍이 송송 뚫린 하얀색 합지가 끼워져 있었다……. 방음장치였다. 이곳은 예배실처럼 보이지만 실제로는 전문적인 텔레비전과 라디오 겸용 스튜디오였다. 순간적으로 지미 스웨거트와 렉스 험버드, 잭 반 임페(모두 미국의 유명 텔레비전 전도사이다. ―옮긴이)가 생각났다.

여러분, 손만 텔레비전 위에 올려놓으세요. 그럼 여러분의 병이 치유될 것입니다!

금방이라도 소리 지르며 웃음을 터뜨릴 것 같았다.

연단 왼쪽의 작은 문이 열리고 선라이트 가드너가 걸어 나왔다. 머리끝에서 발끝까지 흰색으로 휘감고 나온 그를 보자 많은 소년들의 표정이 찬탄에서 노골적인 숭배로 변해 갔다. 하지만 잭은 또다시 격렬하게 터져 나오려는 웃음을 참아야 했다. 성서대로 걸어 나오는 하얀 환영이, 어릴 적에 본 광고 시리즈를 연상시켰기 때문이었다.

잭은 선라이트 가드너가 글래드 맨(미국의 식품 보관용 랩 글래드의 1970년대 TV 광고에 나온 흰 양복을 입은 백발 신사 — 옮긴이) 같다고 생각했다.

울프가 고개를 돌리더니 쉰 목소리로 속삭였다.

"무슨 일이야, 잭? 너한테서 아주 재미있어하는 냄새가 나는걸."

잭은 코웃음이 나오려는 걸 손을 컵처럼 말아 막으려다 손가락에 허연 콧물이 잔뜩 묻고 말았다.

선라이트 가드너는 혈색 좋은 건강한 얼굴을 빛내며 성서대 위에 있는 성경책을 넘겼다. 보기엔 깊은 명상에 든 것 같았다. 잭은 찡그린 헥 바스트의 여드름투성이 얼굴과 길쭉하고 의심에 찬 서니 싱거의 얼굴과 마주쳤다. 대번에 정신이 들었다.

케이시는 유리 부스에 앉아 초롱초롱한 눈으로 가드너를 응시하고 있었다. 가드너가 성경책에서 잘생긴 얼굴을 들어 흐리고 몽환적인, 완전히 광적인 눈을 신도들에게 향한 순간 케이시가 스위치를 켰다. 대형 레코더의 릴이 돌아가기 시작했다.

6

악한 자가 잘된다고 불평하지 말며,

선라이트 가드너가 설교를 시작했다. 그의 목소리는 낮고 듣기
좋으며 사색적이었다.

불의한 자가 잘산다고 부러워 마라.
풀처럼 삽시간에 그들은 시들고
푸성귀처럼 금방 스러지리니
야훼만 믿고 살아라.
테러토리에서 네가 걱정 없이 먹고 살리라.

(잭 소여는 심장이 감당하기 어려울 정도로 빠르게 쿵쾅거리는 것을 느꼈다.)

……네가 걱정 없이 먹고 살리라.
네 즐거움을 야훼에게서 찾아라.
네 마음의 소원을 들어주시리라.
그에게 앞날을 맡기고 그를 믿어라,
몸소 당신께서 행해 주시리라…….
화내지 말고 격분을 가라앉혀라.
불평하지 마라. 자신에게 해로울 뿐이다.

악한 자는 망하게 마련이니,

야훼를 기다리는 자가 테러토리를 물려받으리라.

선라이트 가드너가 성경책을 덮으며 말했다.

"하나님의 성스러운 말씀을 읽는 자에게 축복이 있기를."

가드너는 오랫동안 그의 손을 내려다보았다. 아주 오랫동안. 케이시가 있는 유리 부스에선 테이프 레코더가 돌아가고 있었다. 가드너가 다시 고개를 들었을 때, 잭은 불현듯 마음속으로 그가 외치는 소리가 들렸다. *킹스랜드는 아니겠지? 네가 킹스랜드 에일을 가득 실은 짐마차를 전복시켰다고 말하려는 건 아니겠지, 이 염소 불알만도 못한 바보 자식아? 그런 말을 하려는 건 아니겠지, 서어어어어어얼마아아아아아아아?*

선라이트 가드너는 소년 신도들의 얼굴을 하나하나 자세히 살펴보았다. 그들의 얼굴이 그를 마주 보았다. 둥근 얼굴, 앙상한 얼굴, 멍든 얼굴, 울긋불긋 여드름 난 얼굴, 교활한 얼굴, 젊고 사랑스러운 무방비 상태의 얼굴.

"이 구절이 무엇을 뜻하는가, 소년들이여? 시편 37절을 이해하겠는가? 이 어여쁘고 어여쁜 노래를 이해하겠는가?"

모릅니다. 소년들의 얼굴이 말하고 있었다. 교활한 얼굴, 무방비 상태의 얼굴, 때 묻지 않고 사랑스러운 얼굴, 얽은 자국과 마맛자국 난 얼굴 들이 말하고 있었다. 잘 모릅니다. 학교는 겨우 5학년밖에 안 다녔고, 길거리를 떠돌다가 부랑아가 되어 말썽만 부렸습니다…… 가르쳐 주십시오…… 가르쳐 주십시오…….

난데없이 가드너가 마이크에 대고 악을 썼다.

"그것은 *걱정하지 말라*는 뜻이다!"

울프가 움찔하며 작게 신음 소리를 냈다.

"이제 이 구절이 무슨 뜻인지 알 것이다, 그렇지 않느냐? 너희들도 분명히 들었다, 그렇지 않느냐?"

"옳습니다."

잭 뒤에서 어떤 소년이 소리쳤다.

"*네, 옳습니다.*"

선라이트 가드너가 활짝 웃으며 따라 했다.

"걱정하지 마라! 번민하지 마라! 좋은 말들이야, 안 그러냐, 애들아? 아아아주 좋은 말들이고말고. *네, 옳습니다!*"

"*옳습니다! 옳아요……!*"

"시편에 이르기를 악을 행하는 자를 두려워하지 말라고 하였다! *걱정하지 마라! 아, 옳습니다!* 시편에 이르기를 악한 자와 불의한 자를 두려워하지 말라고 하였다! *번민하지 마라!* 시편에 이르기를 만일 네가 여호와의 길을 걷고 여호와의 말로 말한다면 *모든 일이 이루어질 것*이라고 하였다! 이제 알아듣겠나, 여러분? 그 정도는 알아듣겠지?"

"옳습니다!"

"*할렐루야!*"

헥 바스트가 외치고는 성령이 충만한 표정으로 활짝 웃었다.

"*아멘!*"

도수가 높은 안경을 쓴 사팔뜨기 소년이 화답했다.

선라이트 가드너가 숙련된 솜씨로 마이크를 잡자, 잭은 다시 라스베이거스 라운지에서 공연하는 가수를 떠올렸다. 가드너는 초조하고 빠르게 잔걸음을 치며 앞뒤로 왔다 갔다 하기 시작했다. 가끔 깨끗한 흰색 구두를 신은 발을 살짝 구르기도 하더니, 디지 길레스피(미국의 트럼펫 연주자로서 모던 재즈의 원형이 되는 비밥 스타일을 정착시킨 인물 중 하나로 꼽힌다. ─옮긴이)가 되었다가, 제리 리 루이스(거칠고 정력적인 무대 매너로 인기가 높았던 미국의 로큰롤 가수 ─옮긴이)가 되기도 하고, 다시 스탄 켄튼(미국의 프로그레시브 재즈 음악가 ─옮긴이)이 되었다가, 또다시 진 빈센트(「비밥바룰라」라는 히트곡으로 일세를 풍미한 미국의 로커빌리 가수 ─옮긴이)가 되면서 변신을 거듭했다. 춤으로 신이 있다는 증거를 보여 주려는 것처럼 열에 들떠 있었다.

"안 되지, 두려워하면 안 되지! 그럼, 안 되고말고! 너희에게 음란서적을 보여 주려는 아이들을 두려워 마라! 마리화나 한 모금 정도는 해가 되지 않는다고 유혹하거나 그것을 피우지 않으면 샌님이라고 놀리는 아이들을 두려워하면 안 되지! 그럼, 안 되고말고! 네가 주님을 영접하면 주님과 함께 거닐게 될 것이기 때문이야. 내 말이 맞지?"

"네, 옳습니다!"

"네, 옳습니다! 네가 주님을 영접하면 주님과 함께 말할 수 있을 것이다, 내 말이 맞지?"

"옳습니다!"

"소리가 잘 안 들린다. 내 말이 맞지?"

"옳습니다!"

소년들이 목청 높여 외쳤다. 어느새 많은 아이들이 열광하며 몸을 앞뒤로 흔들어 대고 있었다.

"내 말이 옳다면 할렐루야를 외쳐라!"

"할렐루야!"

"내 말이 옳다면 '네, 옳습니다.'라고 외쳐라!"

"네, 옳습니다!"

소년들이 몸을 앞뒤로 흔들어 대자, 잭과 울프도 어쩔 수 없이 그들을 따라 몸을 흔들었다. 어떤 소년들은 실제로 눈물을 흘리기까지 했다.

가드너는 온화하지만 확신에 찬 얼굴로 아이들 쪽으로 고개를 돌리며 말했다.

"그럼 나에게 말해 보아라. 여기 선라이트 홈에 악을 행하는 자를 위한 장소가 있느냐? 응? 너희 생각은 어떠하냐?"

"없습니다, 목사님!"

깡마른 뻐드렁니 소년이 외쳤다.

"맞았어."

가드너가 연단으로 다시 다가가며 대답했다. 그는 재빨리 마이크를 움직여 익숙한 솜씨로 발밑에서 코드를 치운 뒤 다시 거치대에 걸어 놓았다.

"딱 맞는 대답이었어. 이곳에 고자질쟁이와 거짓말쟁이, 불의한 자를 위한 자리 따윈 없다. 할렐루야를 외쳐라."

"할렐루야!"

소년들이 화답했다.

"아멘. 주님께서 말씀하셨다, 이사야서에서 말씀하셨다, 너희가 주님을 의지하면 하늘로 날아오를 것이며, 아, 그렇고말고! 독수리의 날개로 날아오를 것이며, 열 배나 강한 힘을 얻게 될 거라고 하셨다. 그리하여 내가 감히 너희에게 말하노니 *선라이트 홈은 독수리의 둥지다. 외쳐라, 네, 옳습니다!*"

"*네, 옳습니다!*"

선라이트 가드너는 다시 설교를 멈추고 연단의 양쪽을 붙잡은 채 기도하듯 고개를 숙였다. 아름다운 은발 머리가 차분히 물결치며 아래로 드리워졌다. 다시 입을 연 가드너는 뭔가를 곱씹는 듯 나지막한 목소리로 바뀌었다. 고개는 여전히 숙인 채였다. 소년들은 숨죽이고 귀를 기울였다.

이윽고 가드너가 내뱉은 한마디는 이러했다.

"하지만 우리에겐 적이 있다."

속삭임에 가까운 작은 소리였지만 마이크가 그 소리를 빨아들여 완벽하게 전달해 주었다.

소년들이 한숨을 쉬었다. 마치 가을바람이 불어와 낙엽을 흩뜨린 것 같았다.

헥 바스트는 흉포한 얼굴로 눈알을 굴리며 주위를 둘러보았다. 얼굴에 난 여드름은 열병에 걸린 아이처럼 진한 빨간색으로 불타올랐다. 헥의 얼굴이 말하고 있었다. *그 적이 누군지 나에게 알려 주세요, 네, 어서요, 그 적이 누군지 나에게 알려 주세요, 그놈에게 뜨거운 맛을 보여 줄 테니!*

가드너가 고개를 들었다. 광기 어린 눈에는 눈물이 그렁그렁했다. 그가 다시 말을 이었다.

"그렇다. 우리에겐 적이 있다. 인디애나주가 이곳을 폐쇄하려 한 것만 이번이 두 번째다. 여러분, 그걸 알고 있나? 급진적인 인도주의자들은 내가 이곳에서, 이 선라이트 홈에서 소년들에게 예수님과 조국을 사랑하라고 가르치는 것을 도저히 용납하지 못한다. 생각만 해도 화가 난다는 거지. 그럼 여러분에게 하나 가르쳐 줄까? 아주 오래된 어두운 비밀 하나를 가르쳐 줄까?"

소년들은 상체를 내민 채 선라이트 가드너에게 눈길을 고정했다. 가드너는 음모를 모의할 때처럼 쉰 목소리로 속삭였다.

"우리는 그들을 화나게 하는 것으로 끝나선 안 된다. 우리는 그들의 *간담이 서느을을을해지게 해야* 한다."

"할렐루야!"

"네, 옳습니다!"

"아멘!"

순식간에 다시 마이크를 잡아챈 가드너는 마치 신들린 사람처럼 변했다! 아래위로! 이쪽저쪽! 이따금 1910년 케이크워크(미국 노예 농장주들이 흑인 커플들에게 춤을 추게 하고 케이크를 상으로 준 행사에서 유래한 우아하고 유려한 노래와 춤 양식 —옮긴이)를 공연하는 민스트럴쇼처럼 매끄럽게 투스텝을 밟기도 했다. 그는 리드미컬하게 말을 이어 나가면서 한 팔을 소년들에게 내밀었다가 다시 하늘로 뻗었다. 하느님이 안락의자를 바싹 끌어당기고 그의 얘기에 귀를 기울이실지도 모르니.

"우리는 그놈들의 *간담을 서늘하게 해야* 한다, 네, 옳습니다! 그놈들은 간담이 서늘해진 나머지 칵테일을 또 한 잔 마시거나 마리화나를 또 한 대 피우거나 코카인을 또 한 번 흡입하게 될 테니까! 우리는 그놈들의 간담을 서늘하게 해야 한다. 신을 부정하고 예수를 증오하는 그 잘난 급진적 인도주의자들도 주님의 고결함과 사랑의 냄새를 맡게 된다면, 자신들의 땀구멍에서 비어져 나오는 유황 냄새를 맡고 진저리를 치게 될 테니까, 어머나 세상에!

그래서 그놈들은 감독관 한두 명을 추가로 보내 주방 조리대 밑에 쓰레기를 숨기거나 밀가루에 바퀴벌레를 넣기까지 한 것이다! 심지어는 우리가 아이들을 때린다는 치욕스러운 루머까지 퍼뜨리기 시작했다. 너희가 맞은 적이 있느냐?"

"없습니다!"

소년들은 분연히 외쳤다. 이미 볼에 멍이 생기기 시작한 모든까지 덩달아 맞은 적이 없다고 열광적으로 소리 지르는 모습을 보자 잭은 말문이 막혔다.

"그뿐이냐, 그들은 그 잘난 급진적 인도주의자 뉴스쇼의 잘난 기자들을 떼거지로 보낸 적도 있다! 기자들이 여기 와서 말했지. '우리가 난도질할 사람은 누구입니까? 이미 150번이나 해 봤으니 도덕적으로 옳은 일에 흙탕물을 뒤집어씌우는 덴 전문가죠. 우리는 염려 마세요, 대마초와 칵테일만 조금 가져다주고 방향만 잡아 주세요.'"

도무지 이해가 되지 않는다는 듯 진저리를 치며 울부짖던 선라이트 가드너가 한마디 툭 던졌다.

"하지만 우린 그놈들을 바보로 만들어 주었지, 안 그래?"

웅성거리는 소리, 소년들은 동조하다 못해 금방이라도 들고 일 어설 기세였다.

"그들은 외양간 기둥에 쇠사슬로 묶여 있는 소년을 발견하지 못 했지, 그렇지? 그들은 구속복을 입은 소년도 찾아내지 못했지, 시 내에서 그 지옥불에 떨어질 교육위원회의 비열한 사기꾼들한테 들 은 거랑은 달랐지, 그렇지? 손톱이 뽑힌 아이나 머리를 박박 깎인 아이는커녕 그 비슷한 것도 찾아내지 못했잖아! 기껏 찾아낸 거라 곤 엉덩이를 맞은 적이 있다는 소년 몇 명뿐이었지. 걔들은 정말로 엉덩이를 맞았어, 네, 옳습니다, 그들은 엉덩이를 맞았지. 그리고 그 문제에 관해서라면 양팔에 거짓말탐지기를 달고 전능하신 주님의 왕좌 앞에서 증언할 수도 있다. 성경에도 너희가 매를 아끼면 아이 를 망치게 된다고 쓰여 있기 때문이지. 여러분이 내 말을 믿는다면, 할렐루야를 외칠지니!"

"*할렐루야!*"

"심지어 인디애나 교육청도 나를 제거하여 악마에게 이 깨끗한 들판을 내주고 싶어 했지만 그들도 인정할 수밖에 없었지, 하나님 의 율법이나 인디애나주 법이나 체벌에 관해서는 한마음이라는 것 을 말이야, 매를 아끼면 아이를 망치게 된다!

그들은 행복한 소년들을 발견했지! 그들은 건강한 아이들을 찾아 냈어! 기꺼이 주님과 함께 걷고 주님과 함께 말할 의지를 가진 아이 들을 찾아낸 거야, 아, 할렐루야를 외칠지어다!"

그들은 두말하지 않고 외쳤다.

"'네, 옳습니다.'라고 외쳐 주겠나?"

역시 두말하지 않고 외쳤다.

선라이트 가드너는 연단으로 돌아왔다.

"주님은 당신을 사랑하는 이들을 보호하신다. 주님은 마리화나를 피우고 공산주의를 신봉하는 급진적 휴머니스트들이 지치고 혼돈에 빠진 소년들을 위한 이 휴식처를 빼앗아 가려는 것을 보고만 계시진 않을 것이다.

소위 그 방송국 관계자들한테 거짓 증언을 한 아이들이 몇 명 있었지. 그 텔레비전 뉴스 쇼에서 연일 계속되는 거짓말들을 나도 들었다. 그 중상모략하는 아이들은 비겁하게 화면에 얼굴을 드러내지 않았지만 난 알고 있었어, 네, 옳습니다! 난 그들의 목소리를 알고 있었다. 소년에게 밥을 먹여 주고 밤중에 엄마를 찾으며 우는 아이의 머리를 가슴에 따뜻하게 안아 주다 보면, 그러다 보면, 그 아이의 목소리가 귀에 익게 되기 때문이다.

그 아이들은 지금 여기에 없다. 주님은 그들을 용서하실 테지만, 그러시길 나는 바라지만, 네, 옳습니다! 하지만 선라이트 가드너는 일개 사람에 불과하다."

가드너는 방금 한 말이 수치스러워 견딜 수 없다는 것을 보여 주려는 듯 고개를 푹 숙이고 있었다. 하지만 다시 고개를 들었을 때 그의 눈은 여전히 분노로 이글이글 타오르고 있었다.

"선라이트 가드너는 그들을 용서할 수 없다. 그래서 선라이트 가드너는 그들을 길거리로 다시 쫓아내 버렸다. 그들은 테러토리로 보내진 것이다. 하지만 그들을 먹여 줄 사람은 아무도 없을 것이다. 그곳에는 한밤중에 활보하는 야수들이 그러한 것처럼, 사람을 먹어 치우는 나무들도 있다."

예배실 안에는 겁에 질린 소년들의 침묵뿐이었다. 유리 부스 안에 있던 케이시조차 얼굴이 창백하게 질려 낯설어 보였다.

"성경에 이르기를, 하나님은 카인을 에덴의 동쪽 놋 땅으로 추방하셨다. 내가 여러분에게 이르노니, 길거리로 쫓겨나는 것도 이와 같은 것이다. 너희는 여기 안전한 천국에서 살고 있는 것이다."

가드너는 아이들을 한 명 한 명 보며 말을 맺었다.

"하지만 만약에 너희가 약해진다면…… 만약에 너희가 거짓말을 한다면…… 그때는 재앙이 닥칠 것이다! 지옥문은 작정하고 죄를 지은 소년이나 남자만이 아니라 열심히 예수님을 믿다가 딱 한 번 삐끗한 사람에게도 열려 있는 법이다!

잘 기억해 두어라, 애들아.

잊으면 안 된다.

자, 기도합시다."

23장
퍼드 장클로

1

선라이트 홈에서 어떻게든 탈출하려면 테러토리로 우회하는 수밖에 없다고 결심하기까지는 일주일도 걸리지 않았다. 당장에라도 시도하고 싶은 마음은 굴뚝같았지만 어떤 위험을 무릅쓰더라도 선라이트 홈 건물에서 순간이동을 하는 것만은 피하고 싶었다.

딱히 이유는 없었다. 다만 이곳에서 나쁜 곳은 저쪽 세계에서는 더 나쁠 것이라고 내면의 목소리가 속삭이고 있었다. 아마도 이곳은 어느 세계에서든 나쁜 장소일 터였다……. 마치 사과의 상한 부분이 응어리까지 썩어 들어가는 것처럼 말이다. 어쨌든 선라이트 홈은 나쁜 곳이 틀림없었고, 테러토리에서 선라이트 홈에 해당하는 곳이 어떠한 모습일지는 부득이한 경우가 아니라면 굳이 확인하고 싶지 않았다.

하지만 어딘가 방법이 있을지도 모른다.

울프와 잭을 비롯해 외부 활동반에 들어갈 만큼 운이 좋지 못한 아이들은 — 대부분의 아이들이 여기에 속했다. — 고참들이 '먼 밭'이라고 부르는 곳에서 하루를 보내야 했다. 그곳은 가드너가 소유한 땅의 가장자리였는데, 길에서 2킬로미터 정도 걸어가야 했다. 아이들은 거기서 하루 종일 돌을 골라냈다. 한 해 중 이맘때에는 다른 밭일이 없었다. 마지막 추수는 10월 중순경에 끝났기 때문이다. 하지만 선라이트 가드너가 매일 아침 예배 시간에 지적하듯 돌멩이들은 계절에 상관없이 지천에 널려 있었다.

매일 아침 잭은 농장에 두 대뿐인 쓰러져 가는 트럭의 짐칸에 앉아 먼 밭을 주의 깊게 관찰했다. 그동안 울프는 잭 옆에 찰싹 붙어 고개를 푹 숙인 채 숙취에 시달리는 아이처럼 꾸벅꾸벅 졸고 있었다. 가을엔 중서부에 비가 자주 내려 먼 밭은 늘 질퍽질퍽하고 발이 빠지는 진창이었다. 그저께는 한 아이가 소리 죽여 '진정한 작업화 흡착기'라고 욕했을 정도다.

잭은 마흔 번째로 생각을 곱씹고 있었다. *이대로 도망치는 건 어떨까? 울프에게 그냥 '이제 떠나자!' 하고 소리치고 둘이서 죽어라 도망친다면? 하지만 어디로? 북쪽 끝, 저 나무들이 있는 암벽 쪽으로 가야 해. 거기가 가드너의 땅이 끝나는 곳이니까.*

울타리가 있을지도 모른다.

넘어가면 되지. 그 문제라면, 필요한 경우 울프가 나를 울타리 너머로 던져 줘도 되고.

가시철망이 있을지도 모른다.

아래로 기어서 나가면 되지. 아니면……

아니면 울프가 맨손으로 찢어 버릴 수도 있을 것이다. 그런 일은 생각하고 싶지 않지만 울프에겐 그럴 만한 힘이 있다는 걸 잭은 알고 있었다……. 그리고 잭이 부탁하면 울프는 들어줄 것이다. 그러면 울프의 커다란 손이 갈기갈기 찢어질 것이다. 그러잖아도 지금 울프는 심하게 다친 상태다.

그러고 나선 어떻게 하지?

당연히 순간이동을 한다. 그 길밖에 없다. 선라이트 홈에 속한 땅에서만 벗어난다면 탈출할 기회가 생길 거라고 예의 그 내면의 목소리가 속삭였다.

그리고 싱거와 바스트(잭은 그들이 양아치 쌍둥이라고 생각하게 되었다.)는 트럭을 이용해 그들을 추격할 수 없을 것이다. 12월에 된서리가 내리기 전에 트럭을 타고 먼 밭으로 들어갔다간 짐받이까지 진창에 빠져 꼼짝달싹 못 할 테니까.

그야말로 뛰어서 쫓아오는 수밖에 없을 거야. 시도해 봐야 해. 선라이트 홈에서 시도하는 것보다는 나을 거야. 게다가…….

게다가 잭을 몰아붙이는 것은 울프의 고통이 나날이 심해지는 것만은 아니었다. 엄마를 생각하면 미칠 것 같았다. 잭이 억지로 할렐루야를 외치고 있는 동안 뉴햄프셔에 남겨진 엄마는 서서히 죽어 가고 있었던 것이다.

이제 떠나자. 마법 주스가 있든 없든 시도를 해 봐야 해.

하지만 잭이 준비를 하기도 전에 퍼드 장클로가 먼저 일을 저질렀다.

위대한 정신은 같은 길로 통한다고 하지 않던가. 아멘을 외쳐 주겠니?

2

그 일은 순식간에 일어났다. 잭은 여느 때처럼 퍼드 장클로가 늘상 하는 독설 가득한, 유쾌하지만 실없는 이야기 들을 듣고 있었다. 하지만 다음 순간, 퍼드는 안개가 짙은 들판을 가로질러 암벽을 향해 북쪽으로 달리고 있었다. 퍼드가 내달리기 전까지는 선라이트 홈의 여느 날과 다를 바 없는 따분한 날일 뿐이었다. 추운 데다 잔뜩 찌푸린 날씨는 비가 오거나 눈이 내릴 기미마저 보였다. 잭은 허리도 아프고 주위에 서니 싱거가 있는지도 확인할 겸 허리를 폈다. 서니는 잭을 괴롭히는 걸 즐겼다. 갖가지 방식으로 잭을 성가시게 하고 못살게 굴었다. 발을 밟거나 계단에서 밀어 떨어뜨리거나 세 끼 연속 접시를 빼앗아 내동댕이쳤다. 마침내는 잭도 접시를 받자마자 품에 안고 꽉 움켜쥐는 기술을 습득했다.

잭은 왜 서니가 아이들을 시켜 잭에게 떼로 달려들어 혼쭐을 내주라고 하지 않는지 의문이었다. 아마도 선라이트 가드너가 새로 온 소년에게는 관심을 보이기 때문인 것 같았다. 그런 것은 생각도 하고 싶지 않았고, 그런 생각만 해도 겁이 났지만 만약 그런 이유 때문이라면 일리가 있기는 했다. 서니 싱거가 머뭇거리는 것이 가드너의 지시 때문이라면 더더욱 서둘러 이곳에서 탈출해야 했다.

잭은 오른쪽으로 시선을 돌렸다. 울프는 20미터 정도 떨어진 곳에서 돌을 캐고 있었다. 머리카락이 얼굴을 뒤덮고 있었다. 그 옆에는 철골 구조물처럼 뼈만 앙상한 체격에 뻐드렁니가 난 도널드 키건이라는 소년이 있었다. 도니는 예의 그 놀랄 만큼 뻐드러진 이를 드러내며 흠모의 눈으로 잭을 향해 히죽 웃었다. 축 늘어진 혓바닥

끝에서 침이 흘러내렸다. 잭은 얼른 고개를 돌렸다.

왼쪽에 있는 퍼드 장클로는 손이 델프트 도자기처럼 하얗고 가늘며 이마 선이 V 자를 그리는 바로 그 소년이었다. 잭과 울프가 선라이트 홈에 갇히고 며칠 되지 않아 잭과 퍼드는 단짝이 되었다.

퍼드가 비꼬는 듯한 웃음을 지으며 말했다.

"도니는 너를 사랑해."

"그딴 소리는 집어치워."

잭은 뺨이 달아오르는 것을 느끼며 불쾌한 어조로 맞받아쳤다.

"네가 싫다고만 안 하면 도니는 네 거기도 빨아 줄 거야. 그렇지, 도니야?"

도니 키건은 그들이 무슨 말을 하는지도 모르면서 쉰 목소리로 껄껄거리며 웃었다.

"이제 그만두지 않을래?"

잭은 전에 없이 매우 불쾌했다.

도니는 너를 사랑해.

더욱 화가 난 것은 저 불쌍하고 모자란 도니 키건이 정말로 자기를 사랑하고 있을지도 모른다는 점이었다……. 게다가 도니만이 아닐 수도 있었다. 이상하게도 잭은 자기를 집까지 데려가려다 제인스빌 근처 쇼핑몰 입구에 내려 준 친절한 신사가 생각났다. 잭은 생각했다. *그자가 맨 처음 알아본 거야. 나한테 새로 생긴 뭔가를, 그게 뭔지는 모르겠지만 그자가 맨 처음 알아본 거라고.*

퍼드가 말했다.

"넌 여기서 꽤 인기가 좋아, 잭. 세상에, 내 생각엔 헥 바스트도 너를 빨아 줄걸, 네가 해 달라고 하기만 하면."

잭이 얼굴을 붉히며 대꾸했다.

"야, 너 머리가 어떻게 됐구나. 내 말은……."

별안간 퍼드가 작업하던 돌을 떨어뜨리고 똑바로 일어섰다. 그는 재빨리 주위를 살펴 흰색 터틀넥 소년들이 아무도 자기를 주시하지 않는다는 것을 확인하자 다시 잭을 돌아보았다.

"지금이야, 내 사랑. 정말이지 지루한 파티였어. 나는 정말로 가야 해."

퍼드는 잭을 향해 쪽 하고 입 맞추는 소리를 냈다. 뒤이어 퍼드의 갸름하고 창백한 얼굴에 놀랄 만큼 환한 웃음이 번졌다. 다음 순간 퍼드는 전속력으로 먼 밭 끝에 있는 암벽을 향해 달리기 시작했다. 마치 황새가 긴 다리로 경중경중 뛰어가는 듯한 걸음걸이였다.

분명히 퍼드는 기회를 잘 포착했다. 경비원은 낮잠을 자고 있었거나 적어도 잠깐 졸고 있었다. 페더슨은 워윅과 말처럼 얼굴이 긴 피버디 ─ 외부 활동반인데 교대로 잠시 홈에 돌아와 있었다. ─ 를 상대로 여자 얘기를 하고 있었다. 헥 바스트는 선라이트 가드너를 수행하여 먼시로 볼일을 보러 가는 더할 나위 없는 기쁨을 누리고 있었다. 퍼드가 요행히 타이밍을 맞춰 출발하자마자 놀란 목소리가 외쳤다.

"어이! 여기 좀 봐, 누가 도망치고 있어!"

잭은 이미 여섯 고랑이나 지나 잔뜩 몸을 숙인 채 달려가는 퍼드의 뒷모습을 멍하니 바라보았다. 친구가 모처럼의 계획을 가로채는 것을 보면서도 잭은 잠시 승리의 흥분을 맛보았다. 그리고 마음속으로 퍼드의 성공을 빌어 주었다. *달려! 달리라고, 이 독설쟁이 야! 가라고, 제이슨을 위해서라도 제발!*

"퍼드 장클로다."

도니 키건이 꾸르륵거리며 말하고는 떠들썩한 웃음을 터뜨렸다.

3

소년들은 그날 밤도 언제나처럼 참회를 위해 휴게실에 모였지 만, 참회는 취소되었다. 앤디 워윅이 성큼성큼 들어와 갑자기 이렇 다 저렇다 설명도 없이 참회가 취소되었으며 저녁식사 전 한 시간 동안 '친목'을 다질 거라고 통보하곤 다시 성큼성큼 나갔다.

잭이 보기에 워윅은 군인처럼 다리를 곧게 뻗고 걸으며 권위라 는 가면을 빌려 쓰고 있지만 속으로는 겁을 집어먹은 것처럼 보 였다.

물론 이곳에 퍼드 장클로의 모습은 없었다.

방 안을 한 바퀴 둘러보고 있자니 침울한 가운데 우스꽝스러운 생각이 떠올랐다. 이런 걸 '서로 간의 친목'이라고 한다면, 워윅이 '침묵의 시간'을 가지라고 했을 때 어떤 모습일지 생각도 하기 싫었 다. 아홉 살부터 열일곱 살에 이르는 서른아홉 명의 아이들은 커다 란 장방형 방에 둘러앉아 말 한마디 없이 손만 내려다보거나 상처 딱지를 잡아 뜯거나 시무룩한 얼굴로 손톱만 물어뜯고 있었기 때 문이다. 그들의 표정은 한결같았다. 영락없이 마약을 빼앗긴 마약 중독자의 얼굴이었다. 아이들은 참회를 듣고 싶어 했다. 거기서 더 나아가 참회를 만들어 내고 싶어 했다.

아무도 퍼드 장클로의 얘기를 꺼내지 않았다. 마치 선라이트 가드너의 설교에 눈살을 찌푸리던 퍼드와 그의 창백한 델프트 도자기 같은 손이 결코 존재한 적이 없었던 것처럼 굴었다.

잭은 벌떡 일어나서 소년들에게 외치고 싶은 충동을 간신히 억눌렀다. 그 대신, 어느 때보다 더 골똘히 생각에 잠겼다.

그들이 퍼드를 살해했기 때문에 여기에 나타나지 못한 거야. 그들은 하나같이 미쳐 있어. 광기는 전염되는 게 아닐까? 남미 그 광란의 도가니에서 일어난 일을 생각해 봐. 미러 선글라스를 쓴 사내가 사람들에게 보라색 포도 주스를 마시라고 명령하자 사람들은 '네, 알겠습니다.'라고 대답하고는 마셨잖아.(1978년 사이비 교주 짐 존스가 주도한 인민사원 집단자살 사건을 가리킨다. ─ 옮긴이)

잭은 따분해서 입을 헤벌린 지치고 멍한 표정의 소년들을 돌아보았다. 만약에 선라이트 가드너가 여기로 성큼성큼 걸어 들어오면, 지금 당장 여기로 걸어 들어오면, 저 얼굴들이 얼마나 환하게 빛날지 생각해 보았다.

선라이트 가드너가 시키면 저 아이들도 무조건 그 말대로 따를 거야. 아이들은 그것을 마시겠지, 그리고 나와 울프를 잡고 강제로 입을 벌리고 목구멍에 부어 버리겠지. 퍼드의 말이 맞았어. 그들은 내 얼굴에서 뭔가를 발견한 거야, 테러토리에서 얻게 된 뭔가를. 아마도 그것 때문에 조금은 나를 사랑하는 걸 거야……. 헥 바스트가 나를 그나마 덜 괴롭힌 것도 그 때문일 거야. 그 게으름뱅이는 아무것도, 아무도 사랑해 본 적이 없을 텐데. 그래서, 맞아, 아마도 그들은 나를 조금은 사랑하는 거야……. 하지만 가드너를 훨씬 더 많이

사랑하잖아. 그러니 그들은 시키는 대로 할 거야. 다들 미쳤으니까.

퍼드가 잭에게 말하려던 것도 그런 얘기일 터였다. 잭은 휴게실에 앉아 퍼드가 했던 말을 곰곰이 돌이켜보았다.

퍼드는 부모 손에 이끌려 선라이트 홈에 오게 되었다고 했다. 퍼드의 부모는 기독교에 귀의하면서 새 삶을 살게 된 사람들로 「700 클럽」(미국 근본주의 성향의 기독교 방송국 CBN의 간판 프로그램 — 옮긴이) 에서 누군가 기도를 할 때마다 거실에서 무릎을 꿇을 정도였다. 그들은 퍼드를 이해하지 못하고 마치 별세계에서 온 아이처럼 취급했고, 퍼드가 공산주의자와 급진적 인도주의자가 바뀌치기한 악마의 자식이 분명하다고 믿었다. 그가 네 번째로 집을 뛰쳐나와 바로 그 프랭키 윌리엄스에게 체포되었을 때 그의 부모는 선라이트 홈—당연히 퍼드는 이곳에 갇혀 있었다.—에 오게 되었다. 그들은 선라이트 가드너한테 한눈에 반해 버렸다. 여기에서라면 그들의 꾀 많은 말썽쟁이 반항아가 일으키는 모든 문제가 해결될 것 같았다. 선라이트 가드너라면 퍼드를 훈육하여 주님에게 인도해 줄 것이었다. 선라이트 가드너라면 그가 그릇된 길로 들어섰다는 것을 깨닫게 해 줄 것이었다. 선라이트 가드너라면 타락한 앤더슨 스트리트에서 벗어나게 해 줄 것이었다.

퍼드가 잭에게 말했다.

"엄마 아빠는 『선데이 리포트』에 나온 선라이트 홈에 관한 기사를 보셨어. 그러곤 나에게 하나님은 거짓말쟁이와 가짜 예언자들을 불지옥에 떨어뜨린다는 내용의 우편엽서를 보냈지. 나도 답장을 보냈어. 주방에서 일하는 루돌프가 그 편지를 몰래 부쳐 주었지.

루돌프는 꽤 괜찮은 사람이야."

잠시 멈췄다가 말을 이었다.

"이 퍼드 장클로가 괜찮은 사람을 어떻게 정의하는지 아니, 잭?"

"몰라."

"매수를 잘 당하는 사람."

퍼드가 이렇게 말하고는 쏩쓸한 냉소를 머금었다.

"2달러면 루돌프의 우편 서비스를 이용할 수 있어. 그래서 난 엄마 아빠한테 편지를 썼어. 하나님이 정말 거짓말쟁이한테 불지옥에 떨어뜨리는 벌을 내린다면, 선라이트 가드너는 저세상에 갈 때 석면으로 만든 전신 속옷을 가져가야 할 거라고, 그는 이곳에서 일어나는 일에 대해 종종걸음으로 걷는 말보다도 더 빠른 속도로 거짓말을 주절거리고 있다고 적었지. 《선데이 리포트》에 나온 얘기, 구속복이나 '상자'에 대한 루머는 모두 사실이야. 음, 기자들이 증거를 잡지 못했을 뿐이지. 놈은 미치광이야, 잭, 다만 *머리가 비상한* 미치광이지. 그를 혹시라도 얕잡아봤다간 너나 겁 없는 필 울프 녀석 둘 다 단단히 혼쭐이 날 거야."

"그 《선데이 리포트》 기자들은 평소에 정치인의 부정부패를 찾아내는 데 전문가야. 최소한 엄마한테 듣기로는 그랬어."

"음, 그놈도 겁을 먹긴 했지. 꽥꽥대고 고함치고 비명을 질러 대더군. 영화 「케인호의 반란」에 나온 험프리 보가트를 본 적 있니? 기자들이 여기를 방문하기 전 일주일 동안은 딱 그 모습이었어. 막상 그들이 도착하자 어찌나 상냥하고 합리적인 척하던지. 하지만 그 전 일주일은 정말 살아 있는 지옥이 따로 없었다니까. 미스터 아이스크림은 바지에 지릴 정도였어. 그 주에 놈이 베니 우드러프를 3층에서 걸어차 떨어뜨렸거든. 슈퍼맨 만화책을 갖고 있는 걸 잡아낸 거지. 베니는 세 시간 동안 추운 밖에서 벌을 섰는데 밤이 되도록 자신이 누구고 어디에 있는지도 모를 정도였어."

퍼드가 잠시 쉬었다.

"놈은 방송국 기자들이 온다는 것을 알고 있었어. 주 감독관들이 불시에 점검하러 들이닥쳐도 다 알고 있더라고. 구속복은 다락에 숨기고 '상자'는 건초를 건조시키는 헛간이라고 속여 넘겼지."

퍼드가 다시 한 번 냉소적이고 씁쓸한 웃음을 지었다.

"우리 부모가 나한테 무슨 짓을 했는지 알아, 잭? 가드너에게 내 편지의 복사본을 보냈지 뭐야. 다음에 보낸 편지에 '다 널 위해서야.'라고 아빠가 썼더라고. 그래서 어떻게 됐게? 내 친부모의 호의 덕에 이 퍼드가 '상자'에 갇히는 신세가 되었어!"

퍼드가 다시 씁쓸하게 웃었다.

"한 가지 더 말해 주지. 밤 예배 때 놈이 말한 거 그냥 해 본 말이려니 넘기면 안 돼. 《선데이 리포트》에 제보한 애들은 모두 사라져 버렸어. 어쨌든 그놈이 잡아낸 애들은 하나같이 자취를 감췄어."

지금은 퍼드 자신이 그런 식으로 사라져 버렸어. 휴게실 건너편에서 수심에 잠겨 있는 울프를 바라보며 잭은 마음속으로 중얼거렸다. 잭은 몸이 떨리고 손이 얼음처럼 차가워졌다.

네 친구 필, 겁 없는 울프 녀석.

울프의 털이 다시 자라기 시작한 건가? 이렇게 빨리? 그럴 리는 없다. 하지만 그 순간은 물론 다가오고 있었다. 밀물 썰물처럼 가차 없이 밀려들고 있었다.

그런데 말이야, 잭, 여기에 우리가 이러고 앉아서 이러고 앉아 있는 것의 위험성을 걱정하는 동안 엄마는 어떻게 되는 거지? B급 영화의 여왕인 사랑하는 릴리 카바노 여사는 어떻게 되냔 말이야? 점점 마르고 있는 건 아닐까? 아파하는 건 아닐까? 네가 이 기괴한 감옥에 앉아 뿌리를 내리고 있는 동안 마침내 고통이 쥐새끼같이 날카로운 작은 이빨로 엄마를 물어뜯기 시작한 건 아닐까? 모건은 벼락을 휘둘러 암을 더 악화시킬 준비를 마친 건 아닐까?

구속복 얘기를 들었을 때 정말 큰 충격을 받았다. 게다가 이미 '상자'를 보았는데도 — 쇠로 만든 커다란 흉물로 마치 버려진 냉장고처럼 으스스하게 홈 뒷마당에 세워져 있었다. — 가드너가 실제로 아이들을 그 안에 가두었다는 말이 잘 믿기지 않았다. 먼 밭에서 돌을 고르고 있을 때 퍼드가 낮은 목소리로 차차 설명해 주었다.

퍼드는 이렇게 말했다.

"가드너는 여기에 거대한 무대장치를 세운 거야. 돈을 있는 대로 긁어모으기 위한 허가증 같은 거지. 그의 종교 쇼는 중서부 전역의 라디오와 거의 전국의 케이블 텔레비전, 심지어 개인 방송에서까지 방송되고 있어. 우리는 감금된 청중 같은 거지. 라디오에서 우리는 열렬한 청중이고, 텔레비전에서 우리는 열렬한 방청객이지. 뭐, 로이 오더스펠트가 코끝에 난 여드름을 비틀어 짜고 있을 때만 빼고 말이야. 놈한테는 케이시가 있어. 놈이 총애하는 라디오 및 텔레비전 프로듀서지. 케이시는 날마다 아침 예배를 촬영하고 밤 예배를 녹음해. 그런 다음 모든 음성과 영상을 일일이 잘라 가드너가 빌리 그레이엄 목사(TV를 활용해 복음 전파에 매진한 미국의 유명 목회자 — 옮긴이)처럼 보이고, 우리 소리가 월드시리즈 7차전의 양키 스타디움을 메운 관중처럼 들리게끔 모든 걸 조작해 내는 거지. 케이시가 하는 일은 그것만이 아니야. 놈은 뭐든 수리할 수 있어. 방에 있는 마이크 봤지? 그것도 케이시가 장치한 거야. 모든 소리가 놈의 관제실로 흘러들게 되어 있는데, 그곳으로 가려면 가드너의 개인 사무실을 거쳐야만 해. 마이크는 음성 기동형이라 테이프를 낭비하지 않지. 뭔가 건수가 되는 얘기가 들리면 선라이트 가드너를 위해 녹음해 둬. 듣기로 가드너의 전화에 블루 박스(통신회사의 과금 체계를 우회하기 위한 불법 전자장치 — 옮긴이)를 달아 장거리 전화를 공짜로 쓰게 했다더군. 그뿐이야, 우리 건물 앞을 지나가는 유료 케이블 텔레비전에 선을 이어서 공짜로 사용한다는 건 나도 잘 알고 있어. 하루 종일 군중들 틈에서 예수를 팔아먹고 돌아온 미스터 아이스크림이 편히 기대앉아 시네맥스 채널에서 2편 연속 상영하는 영화를 본다니 재미있지 않아? 미스터 아이스크림은 스피너 허브캡(자동차 운행 속도에 맞춰 빙글빙글 돌아가는 타이어 덮개. 튜닝을 통해 차 소유자의 개성을 드러내는 대표적인 부품 중 하나이다. — 옮긴이)만큼이나 전형적인 미국인이지. 잭, 여기 인디애나주에서는 고등학교 농구 시합을 사랑하는 것만큼 그 애를 사랑해."

퍼드가 콧물을 훌쩍이며 찡그린 얼굴로 목을 뒤틀더니 흙바닥에 침을 뱉었다.

잭이 대꾸했다.

"말도 안 돼."

퍼드가 엄숙하게 말했다.

"이 퍼드 장클로 님은 선라이트에서 벌어지는 바보들의 행진에 대해선 결코 농담을 하지 않아. 놈은 대부호야. 하지만 국세청에 소득 신고를 할 필요가 없지. 지역 교육위원회도 위협하고 있어…….내 말은, 그들이 놈을 극도로 두려워한다는 거야. 이곳에 올 때마다 사실상 *날아다니다시피* 하는 여자가 한 명 있는데 놈의 악의 서린 눈초리에 굴하지 않겠다는 의사 표시인 것 같아. 전에도 말했지만 교육위원회에서 불시에 조사를 나와도 언제나 사전에 알고 있는 것 같거든. 그런 날이면 으레 꼭대기부터 지하실까지 대청소를 하고, 바스트 그 개자식은 캔버스 구속복을 다락에 숨겨 놓고, 상자에는 외양간에서 가져온 건초를 잔뜩 넣어 놓지. 그리고 감독관들이 도착했을 때는 언제나 수업 중이야. 네가 여기 인디애나 버전의 '사랑의 유람선'(원래는 1980년대 인기리에 방영된 호화 여객선을 배경으로 한 코미디 드라마의 제목이지만 여기서는 외부와 고립된 선라이트 홈의 상황을 비꼬아 표현하는 데 쓰였다. ─옮긴이)에 승선한 이래로 몇 번이나 수업을 받았지, 잭?"

"한 번도 안 받았는데."

"내 말이!"

퍼드가 의기양양해서 맞장구를 쳤다. 그는 또다시 예의 그 냉소 어린 쓸쓸한 웃음을 웃었다. 마치 이렇게 말하는 듯했다. *내가 여덟 살 무렵에 무엇을 깨달았을 것 같니? 내 인생이 황공무지하게 엿 같다는 거야. 상황이 그렇게 금방 달라질 것 같지도 않았어. 아니면 영원히 달라지지 않거나. 그래서 낙담하기도 했지만, 그런대로 재*

미있는 구석도 있었지. 무슨 뜻인지 알겠어, 이 풋내기야?

4

잭이 이런 생각에 잠겨 있는데 우악스러운 손이 난데없이 귀 밑 압통점을 쥐어 뒷목을 틀어잡고는 의자에서 그를 일으켜 세웠다. 그러고는 잭의 고개를 돌려 역겨운 입 냄새를 풍기는, 황량한 달 표면 같은 헥 바스트의 얼굴을 감상하도록 했다.

바스트가 말했다.

"네 말썽쟁이 호모 친구가 병원에 실려 갔을 때 나랑 목사님은 먼시에 있었지."

바스트는 목덜미를 잡은 손아귀에 힘을 잔뜩 주었다 조금 늦추기를 반복했다. 마치 고문을 당하듯 몹시 고통스러웠다. 잭이 신음 소리를 내자 바스트는 히죽거렸다. 히죽 웃으며 입술이 벌어지자 구역질 나는 입 냄새가 노골적으로 풍겨 나왔다.

"목사님은 무선호출기로 그 소식을 접했지. 장클로는 전자레인 지에서 45분 동안 돌린 타코처럼 변했어. 그 녀석을 원래대로 되돌리려면 시간이 제법 걸릴 거야."

잭은 생각했다. 놈은 나한테 말하는 게 아니야. 방에 있는 사람 다 들으라고 말하는 거지. 퍼드가 아직 살아 있다는 소식을 전해 주려는 거야.

잭이 반발했다.

"너는 지독한 거짓말쟁이야. 퍼드는……."

그 순간 헥 바스트의 주먹이 날아왔다. 잭은 바닥에 나가떨어졌다. 주위에 있던 소년들이 그를 피해 후다닥 달아났다. 어디에선가 바보처럼 히히거리는 도니 키건의 웃음소리가 들렸다.

분노의 포효가 터져 나왔다. 잭은 어지러운 머리를 들고 정신을 차리려 고개를 흔들었다. 헥이 뒤를 돌아보자 울프가 잭을 보호하려는 듯 막아서고 있었다. 윗입술은 말려 올라가고 머리 위 조명을 받은 둥근 안경이 섬뜩한 오렌지색으로 번득였다.

헥이 히죽거리기 시작했다.

"저 머저리가 마침내 춤을 추고 싶어 하는군. 아, 좋았어! 나도 춤추는 걸 *아주 좋아하거든.* 덤벼 봐, 코흘리개. 이리 와서 춤을 춰 보자고."

아랫입술에 침을 잔뜩 묻힌 채 여전히 으르렁거리며 울프가 앞으로 나서기 시작했다. 헥도 그를 향해 다가왔다. 그 둘에게 자리를 만들어 주기 위해 급하게 뒤로 물러나느라 리놀륨 바닥에 의자 끄는 소리가 시끄러웠다.

"무슨 일이야, 어……."

문가에서 소리가 들렸다. 서니 싱거였다. 더 물어볼 필요도 없이 어떤 상황인지는 불을 보듯 뻔했다. 싱거는 미소를 지으며 문을 닫고 거기에 기대서더니 좁은 가슴팍 위로 팔짱을 끼고 구경할 태세를 갖췄다. 길쭉하니 어둡던 얼굴에 화색이 돌고 있었다.

잭은 다시 울프와 헥 쪽으로 시선을 돌리고는 소리쳤다.

"울프, 조심해!"

울프가 으르렁거리는 듯한 목소리로 대답했다.

"나는 조심한다, 잭. 나는……"

"춤을 춰 보자, 이 등신아."

헥 바스트가 끙 소리와 함께 주먹을 날리자 공기를 가르는 소리가 났다. 시골 소년답게 크게 휘둘러 치는 혹이었다. 그것이 울프의 오른쪽 광대뼈를 치자 울프는 서너 걸음 뒤로 밀려났다. 도니 키건이 날카롭게 히힝 소리를 내며 웃었다. 그제야 잭은 도니가 신이 날 때뿐만 아니라 낙담했을 때도 똑같이 웃는다는 것을 알게 되었다.

바스트의 혹은 상당히 위력적인 일격이었다. 다른 사람이었다면 그 자리에서 결판이 났을 것이다. 하지만 헥터 바스트에게는 불행스럽게도, 그가 울프에게 먹일 수 있었던 것은 그 한 방뿐이었다.

바스트는 의기양양하게 앞으로 걸어 나가 가슴께에서 주먹을 쥐고 또다시 혹을 날렸다. 이번에는 울프가 팔을 뻗어 그의 주먹을 낚아챘다.

헥의 주먹도 컸지만 울프의 주먹은 한층 더 컸다.

울프의 주먹이 헥의 주먹을 삼켰다.

그리고 꽉 닫혔다.

주먹 안에서 처음엔 작고 메마른 막대가 갈라지는 소리가 나더니 곧이어 뚝 부러지는 소리가 들렸다.

헥의 얼굴에서 자신만만한 웃음기가 싹 가시더니 파랗게 얼어붙었다. 다음 순간 헥은 꽥 소리를 지르기 시작했다.

울프가 속삭이는 듯한 소리로 말했다.

"가축을 해쳐서는 안 된다, 이 개자식아. 아, 너희들 성서에는 이 말도 나와 있고 저 말도 나와 있지만…… 울프! 네가 해야 할 일은 『훌륭한 영농의 책』의 6절을 따르는 것뿐이다. 명심해야 한다. 결코……."

바스락!

"……*절대로*……."

으드득!

"*절대로* 가축을 해쳐선 안 된다."

헥 바스트는 무릎을 꿇고 눈물을 흘리며 울부짖었다. 울프가 계속 헥의 주먹을 쥐고 있었기 때문에 한 팔을 위로 쳐든 꼴이었다. 그 모습이 마치 무릎을 꿇고 *하이 히틀러* 경례를 하는 파시스트 같았다. 울프의 팔은 돌처럼 단단했지만 얼굴을 보면 전혀 힘든 것 같지 않았다. 이글거리는 눈만 빼면 거의 고요하다고 할 수도 있었다.

울프의 주먹에서 피가 흘러내리기 시작했다.

"울프, 그만해! 그쯤 해 둬!"

잭이 주위를 재빨리 살피니 서니는 문을 열어 둔 채 사라지고 없었다. 아이들은 대부분 일어서 있었다. 그들은 울프에게서 가능한 한 멀리 떨어져 벽 쪽에 바짝 붙어 있었다. 얼굴에는 경외감과 공포가 뒤섞여 있었다. 방 중앙에서는 여전히 극적인 장면이 연출되고 있었다. 무릎을 꿇은 채 팔을 치켜든 헥 바스트, 그의 주먹을 움켜쥔 울프의 주먹에선 피가 뚝뚝 떨어져 바닥을 적시고 있었다.

사람들이 문으로 우르르 들이닥쳤다. 케이시와 워윅, 서니 싱거, 그리고 덩치 큰 소년 셋이 더 있었다. 뒤이어 안경집 같은 작은 검은색 상자를 한 손에 든 선라이트 가드너도 나타났다.

잭은 새로 들어오는 사람들을 보자마자 울프에게 달려갔다.

"*내가 말했잖아, 그쯤 해 두라고! 지금 당장 여기! 지금 당장 여기!*"

"알았다."

울프가 얌전하게 대답하고 헥의 손을 놓아주었다. 망가진 바람개비처럼 끔찍하게 짓뭉개진 손이 보였다. 헥의 손가락은 들쭉날쭉하게 찌그러져 있었다. 그는 가냘픈 울음소리를 내면서 망가진 손을 가슴에 안았다.

"알았다, 잭."

여섯 명이 달려들어 울프를 붙잡았다. 울프가 반쯤 몸을 돌려 한 팔을 빼내 밀치자, 갑자기 워윅이 벽까지 날아가 우당탕 부딪쳤다. 누군가가 비명을 질렀다.

"저놈 잡아! 꽉 붙잡으라고! 주님을 위해서 꽉 잡으라고!"

가드너가 소리치며 납작한 검은색 상자를 열었다.

잭이 소리쳤다.

"*안 돼, 울프! 그만해!*"

울프가 잠시 몸부림치다가 털썩 주저앉자 소년들이 그를 벽으로 밀어붙였다. 잭의 눈에 그들은 마치 걸리버에게 달라붙은 릴리퍼트 소인들처럼 보였다. 이제는 서너도 울프를 두려워하는 듯했다.

"꽉 잡아."

가드너가 다시 말하고는 납작한 상자에서 번쩍거리는 피하주사기를 꺼냈다. 예의 그 점잔 빼는, 수줍어 보이기까지 하는 미소가 그의 얼굴에 떠올랐다.

"단단히 붙잡아, 주님을 찬양할지니!"

잭이 끼어들었다.

"그럴 필요까진 없잖아요."

울프가 놀란 얼굴로 부르짖었다.

"잭? 잭? 거기 잭이야?"

가드너가 울프를 향해 걸어가면서 잭을 밀쳐 버렸다. 가드너의 몸이 닿는 순간 탄탄한 근육이 느껴졌다. 잭이 모튼을 향해 비틀거리며 다가가자, 모튼은 잭이 마치 전염병에라도 걸린 듯 빽 소리를 지르며 피했다. 뒤늦게 울프가 다시 몸부림치기 시작했지만 상대는 여섯 명으로 수적으로 열세였다. 아마도 변신 중이었다면 이 정도는 문제없었을 테지만.

울프가 울부짖었다.

"잭! 잭! 잭!"

"저놈 꽉 잡아, 주님을 찬양할지니."

가드너는 소곤거리고는 야만스럽게 이를 드러내며 울프의 팔에 주사기를 찔러 넣었다.

울프는 몸이 뻣뻣해지면서 고개를 뒤로 넘긴 채 울부짖었다.

잭은 정신을 잃고 두서없이 이 생각 저 생각을 떠올렸다. 죽여 버리겠어, 이 개자식아. 죽일 거야, 죽일 거라고, 반드시 죽일 거야.

울프는 몸부림치며 요동쳤다. 가드너는 뒤로 물러서서 차가운 눈으로 지켜보았다. 울프가 케이시의 툭 불거진 배를 무릎으로 올려 찍었다. 케이시는 억 하는 소리를 내며 비틀비틀 뒤로 물러났다가 다시 균형을 찾았다. 일이 분도 안 되어 울프는 힘이 빠지더니…… 축 늘어졌다.

잭은 분노의 눈물을 흘리며 일어섰다. 잭은 자신의 친구를 붙잡고 둘러싼 흰색 터틀넥 소년들을 향해 달려들려고 했다. 잭의 눈에 케이시가 울프의 축 늘어진 얼굴에 주먹을 날리는 모습이 들어왔다. 울프의 코에서 피가 흐르기 시작했다.

소년들이 잭을 붙잡았다. 몸부림을 치던 잭은 먼 밭에서 함께 돌을 고르던 소년들의 겁에 질린 얼굴을 보았다.

"저 녀석을 상자에 넣어."

마침내 울프의 무릎이 꺾어졌을 때 가드너가 말했다. 가드너는 천천히 돌아서서 잭을 보았다.

"만약에…… 우리가 전에 어디서 만났는지 말해 준다면 얘기가 달라질 수도 있을 테지만 말이야, 파커 군."

잭은 발끝만 내려다보며 아무 말도 안 했다. 증오로 뜨거워진 눈물이 흐르면서 눈이 견딜 수 없이 쓰라려 왔다.

"그럼 박스에 처넣어. 그놈이 소리를 내기 시작하면 생각이 달라질걸, 파커 군."

가드너가 성큼성큼 걸어 나갔다.

5

잭과 다른 소년들이 아침 예배를 보러 줄지어 내려갈 때까지도 울프는 여전히 상자 안에서 비명을 지르고 있었다. 선라이트 가드너의 눈길이 긴장으로 창백해진 잭의 얼굴에 야유하듯 머물렀다. *이젠 말하려나, 파커 군?*

울프, 우리 엄마 때문이야, 우리 엄마가……

밭일을 맡은 잭과 다른 아이들이 두 그룹으로 나뉘어 트럭을 타러 걸어갈 때도 울프는 여전히 비명을 지르고 있었다. 상자 옆을 지나며 잭은 양손으로 귀를 틀어막고 싶은 충동을 억눌러야 했다. 으르렁거리는 소리, 횡설수설하며 훌쩍이는 소리.

어느 틈에 서니 싱거가 잭 뒤에 바짝 붙어 서 있었다.

"가드너 목사님이 지금 당장 네 참회를 듣기 위해 사무실에서 기다리고 계신다, 코홀리개야. 목사님이 알고 싶어 하는 얘기를 해 주면 곧바로 저 머저리를 상자에서 꺼내 주시겠단다."

서니의 목소리는 비단처럼 부드러웠지만 얼굴은 위협적이었다.

울프는 꺼내 달라고 비명을 지르고 으르렁거리며 사제 대갈못을 박아 고정한 쇠벽에 분노의 주먹을 날리고 있었다.

아, 울프, 우리 엄마잖아······.

"알고 싶어 하는 얘기는 해 줄 수 없어."

잭은 돌연 서니 쪽으로 몸을 돌려, 뭔지는 모르지만 테러토리에서 얻은 힘을 그를 향해 날렸다. 서니는 두 발짝 뒤로 펄쩍 물러났고, 얼굴은 경악을 감추지 못하고 공포로 일그러졌다. 자기 발에 걸려 휘청거리던 서니는 시동이 걸려 있는 트럭 옆에 부닥쳤다. 트럭이 없었다면 땅바닥에 쓰러졌을 것이다.

"알았어. 알았어, 알았으니까 이제 그만해."

서니가 헉헉대면서 말을 뱉어 내······ 거의 우는 소리처럼 들렸다.

"가드너 목사님은 네가 거절하면 네 친구가 너를 찾으며 비명을 지르고 있다는 걸 꼭 말해 주라고 하셨어. 뭔 말인지 알겠냐?"

서니의 메마른 얼굴에는 다시 오만한 표정이 떠올라 있었다.

"울프가 누굴 부르는지는 나도 알고 있어."

"트럭에 타!"

두 사람 옆을 지나가던 페더슨이 그들을 제대로 보지도 않고 험악하게 말했다……. 하지만 서니 옆을 지나갈 때 페더슨은 마치 썩은 냄새를 맡기라도 한 것처럼 얼굴을 찌푸렸다.

잭은 트럭이 달리기 시작한 뒤에도 울프의 비명 소리를 들을 수 있었다. 두 트럭에 달린 소음기는 철삿줄을 물결 모양으로 두른 것에 불과해서 귀에 거슬릴 만큼 털털거리는 엔진 소리가 고스란히 들렸는데도 말이다. 울프의 비명 소리는 약해지지 않았다. 지금 잭과 울프의 마음은 일종의 연결 고리로 이어져 있었다. 심지어 작업반이 먼 밭에 도착했을 때조차 울프의 비명 소리가 들렸다. 그 비명 소리는 단지 그의 마음속에서만 들리는 거라고 생각을 고쳐먹어도 나아지는 것은 없었다.

점심때가 될 무렵 울프가 조용해졌다. 잭은 추호의 의심 없이 즉각 알아차릴 수 있었다. 가드너가 울프의 비명과 으르렁거리는 소리 때문에 혹시라도 사람들의 시선을 끌까 염려하여 울프를 상자에서 꺼내게 지시한 것이었다. 퍼드 사건 이후로 그는 더 이상 선라이트 홈에 이목이 쏠리는 걸 피하고 싶어 했다.

그날 오후 늦게 작업반이 돌아왔을 때 상자의 문은 열려 있었고 안은 비어 있었다. 그들이 같이 쓰고 있는 위층 방으로 가니 2층 침대 아래칸에 울프가 누워 있었다. 잭이 들어가자 울프는 파리한 미소를 지어 보였다.

"머리는 어떠냐, 잭? 멍이 좀 가신 것 같다. 울프!"

"울프, 너 괜찮아?"

"내가 비명을 질렀냐? 참을 수 없었다."

"울프, 미안해."

울프의 얼굴이 이상했다. 너무 하얗고…… 어쩌면 줄어드는 것 같았다.

잭은 생각했다. 울프가 죽어 가고 있어. 아니야, 잭은 생각을 고 쳐먹었다. 모건을 피해 이쪽 세상으로 순간이동 해 온 이후로 울프 는 서서히 죽어 가고 있었어. 하지만 지금은 그 속도가 더 빨라졌 어. 너무 하얗고…… 줄어들고…… 하지만…….

잭은 으스스 소름이 끼쳤다.

울프의 맨다리와 맨팔은 실제로는 맨살이 아니었다. 부드러운 털이 난 고운 가죽이었다. 이틀 전만 해도 털은 없었다. 그 점은 잭 이 확실히 말할 수 있었다.

당장에라도 창가로 달려가 창밖 너머로 달을 찾아서 자신이 17일 을 잘못 계산했는지 확인하고 싶었다.

"변신의 시간이 온 게 아니다, 재키."

울프의 목소리는 메마르고 다소 쉬어 있었다. 그것은 병자의 목 소리였다.

"하지만 그놈들이 나를 가두었던 그 어둡고 냄새나는 상자 안에 서 변신하기 시작했다. 울프! 정말이다. 너무 화가 나고 겁이 났기 때문이다. 너무 소리치고 비명을 질렀기 때문이다. 울프가 소리치 고 비명을 지르면 변신이 저절로 일어난다. 오래 하다 보면 그렇게 된다."

울프는 다리에 난 털을 손으로 빗으며 말을 이었다.

"금방 없어질 거야."

"가드너가 너를 내보내 주는 대신 조건을 내걸었어. 하지만 난 버 텼어. 사실은 말하고 싶었지만······ 울프······ 우리 엄마가······."

잭은 목이 메어 울먹울먹거리다 결국 눈물을 흘리고 말았다.

"쉿, 재키. 울프는 안다. 지금 당장 여기."

울프가 다시금 그 참혹하고 파리한 미소를 짓고는 잭의 손을 잡 았다.

24장
잭, 행성의 이름을 외치다

1

선라이트 홈에서 또다시 일주일이 흘렀으니, 주님을 찬양할지어다. 달도 점점 차오르고 있었다.

월요일에 선라이트 가드너가 미소를 지으며 그들의 형제 페르디난도 장클로가 주님을 따르기로 결심했으니 고개 숙여 하나님께 감사인사를 드리라고 지시했다. 퍼드가 파크랜드 병원에서 몸을 추스르는 동안 그리스도를 위한 영적인 결단을 내렸다고 했다. 그 소식을 전하는 선라이트의 얼굴에선 환한 미소가 떠나지 않았다. 퍼드는 부모에게 수신자부담 전화를 걸어서 주를 위한 전도사가 되고 싶다고 말했고 그들은 장거리 전화로 신의 가호를 있기를 함께 기도했다. 퍼드의 부모는 그날 바로 병원으로 와 그를 데려갔다. *죽어서 서리 내린 인디애나주의 들판 어딘가에 묻은 거야…… 어쩌면 테러토리에 묻었을 수도 있어. 거기엔 인디애나주 경찰의 손이 미치지 못할 테니까.*

화요일은 비가 내려 너무 추웠기에 야외 작업을 할 수 없었다. 대부분의 아이들은 방에서 자거나 책을 읽을 수 있었지만, 잭과 울프로서는 괴롭힘의 시간이 시작된 셈이었다. 울프는 세찬 빗줄기 속에서 헛간과 외양간의 산더미 같은 쓰레기를 길가까지 몇 번이고 날랐다. 잭은 화장실 청소를 맡았다. 워윅과 케이시는 잭에게 이 일을 맡기면서 진짜 지저분한 일을 맡겼다고 생각하고 있을 텐데, 세계적으로 악명 높은 오틀리 주점의 남자화장실을 본 적이 없는 게 분명했다.

그렇게 선라이트 홈에서 일주일이 흘렀으니, "네, 옳습니다."를 외칠지어다.

헥터 바스트는 수요일에 돌아왔다. 오른팔에는 팔꿈치까지 깁스를 했고 커다랗게 늘어진 얼굴은 너무 파리해서 마치 선정적인 볼연지를 찍어 놓은 듯 여드름이 두드러져 보였다.

헥 바스트가 말했다.

"의사가 그러는데 영영 손을 못 쓸 수도 있대. 너랑 네 맹꽁이 친구가 할 말이 많을 것 같은데, 파커."

"너 다른 손까지 못 쓰게 되면 좋겠어?"

잭이 되받아쳤다…… 하지만 겁이 났다. 잭이 헥의 눈에서 본 건 단순한 복수에 대한 갈망이 아니라 살의였기 때문이었다. 헥이 말했다.

"울프 따윈 겁 안 나. 서니가 그러는데, 상자에서 놈의 혼을 다 빼버렸다며. 상자에 다시 안 들어갈 수만 있다면 뭐든지 할 거라더군. 그러니 이제 너쯤은……."

핵의 왼쪽 주먹이 날아왔다. 오른손보다 훨씬 서툴긴 했지만 잭은 그 커다란 소년의 창백한 분노의 표정에 얼이 빠져 있어서 주먹이 날아오는 줄도 몰랐다. 핵의 주먹에 맞은 입술이 일그러지며 괴상한 웃음을 짓는 것처럼 벌어졌다. 잭은 비틀거리며 뒷걸음질해 벽에 부딪쳤다.

문이 열리고 빌리 애덤스가 내다보았다.

"*어서 문 닫아. 아니면 내가 너도 손봐 줄까?*"

핵이 소리 지르자 맞고 싶지 않았던 애덤스는 얼른 문을 닫았다.

핵은 잭을 향해 다가오기 시작했다. 잭은 몸을 제대로 가누지 못하면서도 벽에서 떨어져 주먹을 올렸다. 핵이 걸음을 멈추었다.

"정말 해보겠다는 거냐? 한 손밖에 못 쓰는 사람하고 싸우겠다는 거냐고?"

핵은 피가 얼굴로 몰려 잔뜩 상기된 표정이었다.

3층에서 계단으로 향하는 부산한 발소리가 들렸다. 핵이 잭을 쏘아보았다.

"서니가 오는 소리야. 어서 덤벼. 아니면 썩 꺼지든지. 어쨌든 우리는 널 가만두지 않을 거니까, 이 친구야. 너랑 머저리 녀석 둘 다. 가드너 목사님이 그래도 된다고 했거든. 혹시 네가 목사님이 원하는 것을 말해 주겠다고 하면 얘기가 달라지지만. 부탁이다, 코흘리개야. 절대로 말해 주지 마."

핵이 히죽 웃었다.

2

그렇다, 그들이 상자 안에서 울프한테서 *뭔가*를 빼앗은 건 분명
했다. 복도에서 헥 바스트와 대적한 뒤 여섯 시간이 흘렀다. 참회의
시간을 알리는 벨소리가 곧 울릴 것이다. 하지만 지금도 울프는 아
래층 침대에서 세상모르고 자고 있었다. 밖에는 선라이트 홈의 벽
을 두드리며 쉴 새 없이 비가 내리고 있었다.

열악하기 짝이 없는 환경 때문만은 아니었다. 울프가 뭔가를 잃
은 것이 상자 때문만은 아니라는 것을 잭은 알고 있었다. 심지어 선
라이트 홈 때문도 아니었다. 이 세계 자체가 문제였다. 울프는 단
지 집을 그리워하고 있을 뿐이었다. 울프에게서 생기라곤 찾아볼
수 없었다. 어쩌다 미소를 지을 뿐 소리 내어 웃는 법이 없었다. 점
심시간에 워윅이 울프한테 손으로 집어먹는다고 고함칠 때도 겁이
나는지 움츠러들었다.

*서둘러야 한다, 재키. 내가 죽어 가고 있다. 울프가 죽어 가고 있
다고.*

헥 바스트는 울프를 두려워하지 않는다고 말했다. 정말로 울프
에게는 겁낼 만한 것이 남아 있지 않은 듯 보였다. 헥의 손을 으스
러뜨린 것을 마지막으로 울프는 힘을 드러내지 않았다.

참회의 시간 벨소리가 울렸다.

그날 밤 잭과 울프가 참회의 시간과 저녁식사와 예배를 다 마치
고 방으로 돌아왔을 때 둘의 침대는 흥건하게 젖어 있었고 지린내
가 진동을 했다. 잭이 문을 홱 잡아당겨 열자 서니와 워윅 그리고
반 젠트라는 덩치만 큰 바보가 히죽거리며 복도에 서 있었다.

서니가 말했다.

"우리가 방을 잘못 찾았나 봐, 코홀리개야. 거기에 항상 떠다니는 똥 때문에 화장실인 줄 알았지 뭐야."

반 잰트는 이 말이 재치 있다고 생각했는지 배가 찢어지도록 웃었다.

잭이 한참 동안 그들을 노려보자 반 잰트는 웃음을 그쳤다.

"누굴 쳐다보는 거야, 똥덩어리야? 그 빌어먹을 코라도 부러뜨려 줄까?"

잭은 문을 닫고 한 바퀴 둘러보았다. 울프는 옷을 입은 채 젖은 침대에 누워 자고 있었다. 수염이 다시 자라고 있었다. 하지만 안색은 여전히 창백했고 피부도 축 늘어지고 반들반들했다. 영락없는 병자의 얼굴이었다.

그냥 놔두자, 저렇게 피곤한데 푹 자게 놔두자. 지친 잭은 생각했다.

안 돼. 저 더러운 침대에서 잠들게 놔둬선 안 돼. 절대로 안 돼!

잭은 녹초가 된 몸을 이끌고 침대로 갔다. 울프를 흔들어 깨워 비몽사몽인 채로 냄새 나는 젖은 매트리스에서 일으킨 다음 작업복을 벗겼다. 그런 다음 둘은 몸을 웅크린 채 딱 붙어서 바닥에서 잠을 잤다.

새벽 4시에 문이 열리더니 서니와 헥이 들이닥쳤다. 그들은 잭을 홱 잡아채더니 반쯤 끌다시피 하여 선라이트 가드너의 지하 사무실로 데려갔다.

가드너는 책상 모서리에 발을 올리고 앉아 있었다. 새벽인데도 옷을 완전히 갖춰 입었다. 뒤에는 예수가 갈릴리 바다를 걸어가는 모습을 경외의 눈으로 멍하니 바라보는 제자들의 모습을 그린 그림이 있었다. 오른쪽 유리창 너머로는 케이시가 백치천재(낮은 지능에도 특정 분야에 뛰어난 재능을 보이는 학습 장애자 — 옮긴이)처럼 갖가지 재주를 부리는 어두운 스튜디오가 들여다보였다. 가드너의 벨트 고리에는 묵직한 열쇠 꾸러미가 달려 있었다. 묵직한 열쇠 꾸러미는 그의 손바닥에 놓여 있었는데, 그는 얘기하는 동안에도 그것을 가지고 놀았다.

선라이트 가드너가 가볍게 나무라는 투로 입을 열었다.

"넌 여기 온 후로 한 번도 참회를 하지 않았어, 잭. 참회를 하면 영혼에 유익하단다. 참회를 하지 않으면 구원도 받을 수 없어. 아, 나는 가톨릭에서 말하는 우상 숭배나 이교도적 고해를 말하는 건 아니야. 너의 형제들과 너의 구세주 앞에 바치는 참회를 말하는 거지."

잭이 차분히 대답했다.

"그건 나와 구세주 사이의 일입니다. 목사님도 마찬가지시겠지만요."

두렵고 정신이 혼미한 가운데서도 가드너의 얼굴에 격분한 표정이 퍼져 나가는 것을 보니 웃음을 참기 어려웠다.

"난 마찬가지가 *아니야!*"

가드너가 소리쳤다. 잭은 신장이 터지는 듯한 통증을 느끼고 무릎이 꺾였다.

서니가 끼어들었다.

"가드너 목사님 앞에서는 늘 말조심을 해야 해, 코흘리개야. 여기 있는 우리는 목사님 편이거든."

"너의 믿음과 사랑에 신의 은총이 함께하기를 빈다, 서니."

가드너가 근엄한 얼굴로 말하고는 다시 잭을 주시했다.

"일어서라, 애야."

잭은 가드너의 값비싼 황금빛 목재 책상 모서리를 잡고 간신히 일어났다.

"본명이 뭐냐?"

"잭 파커입니다."

잭은 가드너가 아주 살짝 고개를 끄덕이는 것을 보고 몸을 피하려 했지만 이미 늦었다. 신장에 다시금 터질 듯한 통증이 밀려왔기 때문이다. 그는 비명을 지르며 다시 고꾸라졌다. 그 바람에 이젠 멍 자국이 희미해지고 있는 이마를 가드너의 책상 모서리에 부딪고 말았다.

"어디서 왔어, 이 거짓말이나 하는 시건방진 악마의 자식아?"

"펜실베이니아요."

살집이 있는 왼쪽 허벅지 위쪽에서도 통증이 몰려왔다. 잭은 태아처럼 무릎을 가슴에 붙인 채 하얀 아르메니아산(産) 카펫 위를 굴렀다.

"일으켜 세워."

서니와 헥이 잭을 일으켰다.

가드너는 하얀 재킷 주머니에 손을 넣어 지포 라이터를 꺼냈다. 라이터 톱니바퀴를 튕겨 커다란 노란 불꽃을 일으키더니 천천히 잭 얼굴 가까이 가져갔다. 20센티미터 앞까지 오자 코를 찌를 듯 역한 라이터 기름 타는 냄새가 느껴졌다. 15센티미터. 이제는 열기가 느껴졌다. 7센티미터. 그리고 또 3센티미터, 아니면 어쩌면 그 절반 정도 다가오자, 거슬리는 정도를 넘어서 통증이 느껴지기 시작했다. 선라이트 가드너의 눈이 막연한 행복감으로 빛나고 미소를 띤 입술 끝이 가볍게 떨렸다.

"네! 그겁니다, 하십시오!"

헥이 격하게 숨을 몰아쉬며 말했다. 숨에서 곰팡이가 핀 페퍼로니 냄새가 났다.

"내가 너를 어디서 봤지?"

"우린 만난 적이 없어요!"

잭이 헐떡이며 대답했다.

불꽃이 더 가까워졌다. 눈에서 눈물이 흘러내리기 시작했고 피부가 그슬리는 느낌이 들었다. 잭이 머리를 뒤로 빼려고 애쓰자 서니 싱거가 앞으로 떠밀었다.

"내가 너를 어디서 만났지? 마지막 기회야!"

가드너가 쉿소리를 내며 물었다. 라이터의 불꽃이 그의 검은 눈동자 깊숙한 곳에서 어른거리고 있었다. 두 눈동자 깊은 곳에서 쌍둥이처럼 똑같은 불꽃이 번뜩이고 있었다.

말해, 하나님을 위해서 말하라고!

잭이 헐떡이며 대답했다.

"혹시 만난 적이 있다 해도 기억이 안 나요. 어쩌면 캘리포니아에서……."

지포 라이터가 찰칵 하고 꺼졌다. 잭은 안심이 되어 흐느꼈다.

"데려가."

가드너의 지시에 그들은 잭을 문 쪽으로 홱 밀쳤다.

"그래 봐야 너한테 좋을 거 없어."

선라이트 가드너가 경고했다. 그는 몸을 돌려 물 위를 걷는 예수의 그림을 보며 묵상하는 듯했다. 그가 말을 이었다.

"난 반드시 듣고야 말 거다. 오늘 밤이 아니면 내일 밤, 내일 밤이 아니면 모레 밤. 왜 일을 어렵게 만들지, 잭?"

잭은 잠자코 있었다. 잠시 후 그의 팔이 비틀려 어깨뼈까지 돌아갔다. 신음 소리가 절로 났다. 서니가 속삭였다.

"말씀드려!"

한편으로는 잭도 말하고 싶었다. 아파서가 아니라 왜냐하면……왜냐하면 참회는 영혼에 유익하기 때문이다.

잭은 질척거리는 마당이 기억났다. 외양만 다를 뿐 똑같은 사람이 그에게 누구냐고 물었던 것이 기억났다. 그때 이런 생각을 했던 것도 기억났다. *그런 초점 나간 눈으로 나를 쳐다보지 마요, 그 눈만 아니면 당신이 알고 싶은 얘기를 모조리 말해 줄 수 있으니까, 정말로, 나는 그냥 어린애니까, 아이들은 그러잖아요, 아이들은 다 말하니까, 사실대로 다 말하니까.*

그때 잭은 엄마의 목소리가 기억났다. 엄마는 정말 이 사내에게 속을 다 보여 줄 작정이냐고 거친 소리로 물었다.

"말하고 싶어도 아는 게 없어요."

잭의 대답에 가드너의 입술이 벌어지며 살짝 메마른 미소를 지었다.

"도로 방으로 데려가."

3

선라이트 홈에서 또다시 일주일이 흘렀으니, 형제 자매 여러분, 아멘을 외칠지어다. 또다시 길고 긴 일주일이 흘렀도다.

잭은 다른 애들이 아침 먹은 식기를 반납하고 나간 뒤 주방에서 어슬렁거렸다. 또다시 두드려 맞거나 곤욕을 치를 위험이 있다는 걸 너무나도 잘 알고 있었다……. 하지만 일이 이쯤 되니 그런 것쯤 은 대수롭지 않게 여겨졌다. 겨우 세 시간 전에 선라이트 가드너는 하도 열변을 토해 거의 입술을 태울 지경이었다. 잭은 그의 눈에서 광기를 보았고 그가 심장까지 미쳤다는 것을 느꼈다. 그런 일을 겪 고 나면 얻어맞는 위험을 감수하는 것쯤은 정말 하찮게 보였다.

요리사 루돌프의 하얀 가운은 창밖에 낮게 깔린 11월의 하늘처 럼 회색이었다. 잭이 속삭임이나 다름없는 낮은 소리로 그를 부르 자 루돌프는 충혈된 눈으로 돌아보며 잭에게 냉소적인 시선을 던 졌다. 숨에서 싸구려 위스키 냄새가 물씬 났다.

"어서 나가는 게 좋을걸, 신입. 저들이 한시도 너한테서 눈을 떼 지 않거든."

그걸 내가 모를까 봐요.

잭은 불안한 눈으로 고물 식기세척기를 흘끗 보았다. 그것은 쿵 쿵거리고 쉭쉭거리며 작업하는 아이들에게 용의 숨결 같은 김을 뿜어내고 있었다. 아이들은 잭과 루돌프를 보지 않는 것 같았다. 하 지만 *같았다*는 단어는 실제로는 조작되기 쉬운 단어였다. 소문은 어차피 퍼질 것이다. 오 그렇지. 선라이트 홈에서는 돈을 모두 빼앗 기기 때문에 소문이 일종의 대체 통화 역할을 했다.

"여기서 나가야 해요. 나랑 내 덩치 큰 친구 말이에요. 우리가 저 뒷문으로 나가는 동안 못 보는 척하는 데 얼마면 돼요?"

"네가 줄 수 있는 걸로는 턱도 없어, 여기 들어올 때 빼앗긴 것까지 되찾아서 준다고 해도 모자랄 거야, 짝꿍아."

루돌프는 단호하게 말했지만 잭을 바라보는 그의 표정에는 흐릿하나마 친절함이 묻어 있었다.

그래, 물론 그렇겠지. 다 끝났어, 모든 게 끝나 버렸다고. 기타 피크도, 은화도, 커다란 유리구슬도, 6달러도…… 다 사라졌어. 봉투에 넣어 입구를 봉한 다음 어딘가에 넣어 두었겠지, 아마도 가드너의 지하 사무실에 숨겨 놓았을 거야. 하지만…….

"그럼 내가 차용증을 써 줄게요."

루돌프가 히죽거렸다.

"도둑놈들과 약쟁이들의 소굴에서 그런 말을 듣다니 웃기지도 않는군. 차용증 같은 소린 집어치워, 인마."

잭은 자신 안에 있는 새로운 힘을 모조리 쥐어짜 루돌프에게 발휘했다. 그 힘, 그 새로운 아름다움을 지금까지는 ─ 최소한 어느 정도는 ─ 감춰 왔지만 지금 잭은 그것을 모두 쏟아 내며 루돌프가 뒷걸음질 치는 것을 바라보고 있었다. 그 얼굴은 금세 경악과 혼란으로 어지러워졌다.

잭이 조용히 말했다.

"내 차용증이 믿을 만하다는 것 정도는 알고 있을 텐데요. 주소를 알려 주면 현금을 보내 드릴게요. 얼마면 되죠? 퍼드 장클로가 그러는데 2달러면 편지를 부쳐 준다면서요? 우리가 산책 나갈 때 못 본 척해 주는 데는 10달러면 되겠지요?"

루돌프가 조용히 대답했다.

"10달러, 20달러, 100달러를 준다 해도 안 돼."

루돌프가 슬픈 얼굴로 잭을 바라보자 더럭 겁이 났다. 그의 표정은 지금 잭과 울프가 얼마나 곤경에 처해 있는지를 여실히 보여 주고 있었다.

"그래, 내가 그런 일을 한 적이 있지. 때로는 5달러 받고 해 준 적도 있고. 안 믿을지 모르지만, 때로는 그냥 공짜로 한 적도 있어. 퍼드 장클로한테는 공짜로도 해 주었을 거야. 착한 애였거든. 그 빌어먹을 놈들이……."

루돌프가 물과 세제가 잔뜩 묻어 붉어진 손을 들어 녹색 타일 벽을 향해 휘저었다. 전에 자위하다가 혼이 난 모튼이 그를 바라보고 있었다. 루돌프가 험상궂은 얼굴로 노려보자 모튼은 황급히 고개를 돌렸다. 잭이 필사적으로 물었다.

"그런데 왜 전 안 되죠?"

"두렵기 때문이야, 인마."

"그게 무슨 뜻이죠? 내가 여기에 온 날 밤 서니가 괴롭히려고 했을 땐……."

"싱거! 싱거 따위는 무섭지 않아. 바스트도 겁나지 않아. 녀석이 덩치가 커 봤자지. 내가 두려워하는 건 그놈이야."

루돌프는 경멸스럽다는 듯 한 손을 휘휘 저었다.

"가드너 말인가요?"

"가드너는 지옥에서 온 악마야."

잭의 질문에 불쑥 내뱉었던 루돌프가 망설이다 입을 열었다.

"아무한테도 말한 적 없는 얘긴데 한번 들어 봐. 어느 주인가 급료를 늦게 주는 바람에 그의 지하 사무실로 내려갔지. 평소는 거기 안 가지, 거기 내려가고 싶지도 않지만 그땐 어쩔 수 없었어…… 그러니까, 내가 만나야 할 사람이 좀 있었거든. 급히 돈이 필요했다고, 내 말 무슨 말인지 알지? 그가 복도를 지나 사무실로 가는 것을 보았기에 거기 있는 줄 알았지. 내려가서 방문을 두드리니까 문이 열렸어. 문을 제대로 잠가 놓지 않았던 모양이야. 그런데 있잖아, *꼬마야? 목사는 거기 없었어.*"

이야기가 여기까지 이르자 꾸준히 낮아지던 루돌프의 목소리는 식기세척기의 쿵쿵 쉭쉭 소리에 묻혀 간신히 알아들을 정도가 되었다. 그와 동시에 루돌프는 무서운 꿈을 꾸다 깬 아이처럼 눈을 휘둥그레 떴다.

"처음에는 녹음실에 있나 했지만 거기에 없었어. 예배실에 간 것도 아니었어. 사무실에서 바로 연결되는 문이 없거든. 밖으로 나가는 문은 있지만 그것은 안에서 자물쇠로 잠겨서 빗장이 걸려 있었어. 그럼 어딜 갔다는 거지, 짝꿍아? *어디로 간 거냐고?*"

잭은 알고 있었지만 아무것도 모르는 양 루돌프를 보고 있을 수밖에 없었다.

"가드너는 지옥의 악마일 거야. 본부에 보고하기 위해 불가사의한 엘리베이터를 타고 내려갔을 거고. 그래서 나도 너를 돕고 싶지만 그럴 수가 없는 거야. 포트 녹스의 연방 금괴 보관소를 통째로 갖다준다 해도 선라이트를 거스를 수는 없어. 이제 그만 나가 보아

라. 아직 네가 없는 걸 눈치채지 못했을 거야."

물론 그들은 이미 눈치채고 있었다. 잭이 문을 열고 나가자 워윅이 뒤에서 다가와 양손 깍지를 껴 큼직한 주먹을 만들고는 잭의 등 한가운데를 내리쳤다. 잭이 휘청거리며 사람이 없는 카페테리아 쪽으로 발을 내딛자 난데없이 나타난 케이시가 한 발을 내밀었다. 잭은 걸음을 멈추지 못하고 케이시의 발에 걸려 넘어져 의자를 쌓아 놓은 곳으로 나가떨어지고 말았다. 분노와 수치심으로 눈물이 나오려는 걸 참으며 다시 일어섰다.

케이시가 말했다.

"식기를 반납할 때 그렇게 꾸물거려선 안 돼, 코흘리개야. 그러다 다칠 수도 있어."

워윅이 히죽거리며 말했다.

"그러게. 이제 위로 올라가. 트럭이 출발하려고 대기하고 있으니까."

4

다음 날 새벽 4시, 그들은 잭을 깨워서 선라이트 가드너의 사무실로 다시 데려갔다.

가드너는 마치 잭을 보게 되어 놀랐다는 듯 성경에서 고개를 쳐들었다.

"참회할 준비가 되었나, 잭 파커?"

"아무것도 할 말이⋯⋯."

가드너는 또다시 라이터를 꺼냈다. 그 불꽃이 그의 코끝에서 딱 2센티미터 남겨 둔 지점에서 춤을 추고 있었다.

"참회해. 우리가 어디서 만났지? 반드시 실토하게 할 거야, 잭. 어디지? *어디냐고?*"

날름거리는 불꽃이 어느새 더 가까이 다가와 있었다.

"*토성!*"

잭이 소리쳤다. 겨우 그 말밖에는 생각나지 않았다.

"*천왕성! 수성! 소행성대의 어딘가! 이오! 가니메데! 데이……*"

고통이, 둔탁하고 묵직한 참기 힘든 고통이 아랫배에서 밀려왔다. 헥터 바스트가 잭의 다리 사이로 손을 넣어 고환을 쥐어짰기 때문이다.

헥 바스트가 기분이 좋은지 미소를 지으며 말했다.

"자, 이 정도는 각오했겠지, 지옥에나 가라, 이 잘난 척쟁이야."

잭은 흐느끼며 서서히 바닥으로 쓰러져 내렸다.

선라이트 가드너가 천천히 몸을 숙였다. 그는 참을성 있게……아니, 그보다는 기쁨을 주체하기 어려운 얼굴로 점잖게 말했다.

"다음번에는 네 친구가 이곳에 오게 될 거다. 그놈한테라면 망설일 필요 없지. 잘 생각해 봐, 잭. 내일 밤까지다."

하지만 내일 밤 우리는 이곳에 없을 거야, 잭은 결심했다. 테러토리에 가는 방법밖에 남아 있지 않다면, 테러토리로 가야겠지…….

……테러토리로 돌아갈 수만 있다면.

25장

잭과 울프, 지옥에 가다

1

1층에서 순간이동을 해야 했다. 잭은 테러토리로 순간이동이 가능한가 하는 문제보다는 그 부분에 더 관심을 기울였다. 방에서 가는 게 더 간단하기는 할 테지만, 문제는 울프와 그가 지내는 형편없는 작은 방이 3층, 땅에서 10여 미터 높이에 있다는 것이었다. 테러토리의 지리학과 지형학이 인디애나주의 그것과 얼마나 정확히 일치하는지는 알 수 없었다. 하지만 그들의 목이 부러질 수도 있는 위험은 피해야 했다.

잭은 울프에게 그들이 할 일을 설명해 주었다.

"알겠어?"

"그렇다."

울프가 무기력하게 대답했다.

"그럼 나한테 다시 말해 봐, 친구야."

"아침 먹고 나서 휴게실을 지나 화장실로 간다. 첫 번째 칸으로 들어간다. 내가 없는 걸 아무도 알아차리지 못하면 잭이 들어온다. 그리고 우리는 테러토리로 돌아갈 것이다. 이게 맞아, 재키?"

"맞았어."

잭은 손을 뻗어 울프의 어깨를 꽉 잡았다. 울프가 파리한 미소를 지었다. 잭이 망설이다 말했다.

"이런 일에 끌어들여서 미안해. 다 내 잘못이야."

울프가 상냥하게 대답했다.

"아니다, 잭. 한번 해 보는 거다. 어쩌면……."

울프의 눈에 잠시 작고 간절한 희망의 불빛이 스친 듯했다.

"맞아. 어쩌면 될지도 몰라."

잭이 대답했다.

2

잭은 너무 두렵고 흥분된 나머지 밥이 넘어가질 않았다. 하지만 밥을 먹지 않으면 시선을 끌 수도 있었다. 그래서 톱밥처럼 써걱거리는 달걀과 감자를 입에 욱여넣고 심지어는 기름 낀 베이컨까지 씹어 삼켰다.

날이 마침내 개었다. 지난밤에 서리가 내렸으니 먼 밭에서 돌을 캐는 작업은 딱딱한 플라스틱에 박힌 슬래그(광석을 용해하고 남은 찌꺼기 ─옮긴이)를 꺼내는 것만큼이나 지난할 것이었다.

다들 식판을 주방으로 날랐다.

서니 싱거와 헥터 바스트, 앤디 워윅이 그날의 근무 당번표를 작성하는 동안 소년들은 휴게실로 돌아갔다.

소년들은 멍한 얼굴로 둘러앉아 있었다. 페더슨은 가드너 협회에서 새로 간행한 《더 선라이트 오브 지저스》를 가지고 있었다. 하릴없이 책장을 넘기면서 이따금씩 고개를 들어 소년들을 살펴보았다.

울프가 잭에게 묻는 듯한 표정을 짓자 잭이 고개를 끄덕였다. 울프가 일어나 느릿느릿 휴게실에서 나왔다. 페더슨이 슬쩍 고개를 들어 울프가 복도를 가로질러 길고 좁은 화장실로 들어가는 모습을 보다 다시 잡지를 보기 시작했다.

잭은 60까지 세고 억지로 또다시 60까지 세었다. 그의 인생에서 가장 긴 2분이었다. 혹시라도 서니와 헥이 휴게실로 돌아와 다들 트럭에 타라고 명령할까 봐 죽을 만큼 떨었다. 그런 일이 생기기 전에 화장실에 가고 싶었다. 하지만 페더슨은 바보가 아니었다. 잭이 금방 울프 뒤를 쫓아갔으면 의심할 게 뻔했다.

마침내 잭이 일어나 방을 가로질러 문 쪽으로 걸어갔다. 문은 불가능할 정도로 멀어 보이고, 무거워 보이는 발은 한 걸음도 움직이지 못할 것 같은 시각적인 착각이 일어났다.

페더슨이 고개를 들고 물었다.

"어디 가, 코흘리개야?"

"화장실."

잭은 혀가 바싹바싹 말랐다. 사람들은 겁이 날 때 입이 마른다고 하던데 혀는 왜 이럴까?

"다들 금방 올라올 거야. 참았다가 먼 밭에서 누는 게 좋을 거야."

페더슨이 복도 끝을 고갯짓으로 가리키며 말했다. 복도 끝에는 예배실, 스튜디오, 가드너의 사무실로 이어지는 계단이 있었다.

"똥이 마려운데."

잭이 필사적으로 말했다.

그렇겠지. 너랑 덩치만 큰 얼간이 친구는 하루를 시작하기 전에 서로 고추를 잡아당긴다며. 그래야 일할 기운이 나겠지. 가서 앉아 있어.

하지만 페더슨은 짜증을 내며 이렇게만 말했다.

"참 내, 그럼 얼른 다녀와. 거기 서서 징징대고 있지 말고."

페더슨은 다시 잡지 쪽으로 눈길을 돌렸다. 잭은 복도를 가로질러 화장실로 들어갔다.

3

울프는 엉뚱한 칸에 있었다. 중간 칸에 있었는데, 문 밑으로 크고 투박한 작업화가 삐져나와 있어 한눈에 알아볼 수 있었다. 잭이 안으로 밀고 들어갔다. 둘이 있으니 너무 비좁아서 잭은 울프에게서 나는 지독한 냄새를 의식하게 되었다. 분명 동물 냄새였다.

잭이 말했다.

"좋아, 이제 시도해 보자."

"잭, 나는 겁이 난다."

잭도 웃음소리가 떨려 나왔다.

"나도 마찬가지야."

"어떻게 해야……"

"나도 몰라. 손 좀 줘 봐."

일단 그렇게 시작하는 게 좋을 것 같았다.

울프가 털이 난 양손 — 이제는 거의 동물의 앞발이 된 — 을 잭의 양손에 올려놓았다. 잭은 무시무시한 힘이 흘러 들어오는 것을 느꼈다. 그러고 보면 어쨌든 울프의 힘은 사라진 것이 아니었다. 마치 혹독하게 무더운 계절이 되면 샘물이 때때로 말라 지하 깊은 곳에서 명맥을 유지하는 것처럼, 단순히 보이지 않는 곳에 숨어 있을 뿐이었다.

잭은 눈을 감고 말했다.

"돌아가고 싶다. 돌아가고 싶다, 울프, 도와줘!"

울프가 숨 쉬듯 나직이 말했다.

"알았다. 내가 할 수만 있다면 도와준다! 울프!"

"지금 여기."

"지금 당장 여기."

잭은 울프의 손 또는 앞발을 잡은 손에 힘을 주었다. 리졸 소독약 냄새가 났다. 어딘가에서 자동차 지나가는 소리가 들렸다. 전화벨이 울렸다. 잭은 생각했다. 나는 마법 주스를 마시고 있다. 마음속으로 그것을 마시고 있다, 지금 당장 여기서 그것을 마시고 있다, 냄새를 느낄 수 있다, 보라색의 진하고 새로운 맛을, 나는 느낄 수 있다, 목구멍으로 넘어가는 것을 느낄 수 있다……

그 맛이 목구멍을 가득 채웠을 때 발밑의 세계가 흔들리기 시작했다. 울프가 소리쳤다.

"재키, 된다!"

맹렬하게 집중하고 있던 잭은 깜짝 놀랐다. 잠시 동안 잠을 청할 때 수를 세는 것처럼 이것도 요령이 필요한 게 아닌가 하는 생각이 들었다. 세계는 다시 안정되었고, 리졸 냄새도 다시 몰려왔다. 누군가 퉁명스럽게 전화를 받는 소리가 희미하게 들려왔다.

"네, 여보세요, 누구시죠?"

신경 쓰지 마, 이건 요령 같은 게 아니야, 전혀 아니라고. 이건 마법이야. 이것은 마법이고 아주 어릴 때도 난 마법을 했어. 그러니 다시 해낼 수 있어, 스피디도 그렇게 말했고, 그 앞을 못 보는 가수 스노볼도 그렇게 말했어, 마법 주스는 내 마음속에 있다고…….

잭은 모든 힘과 의지력을 총동원했다……. 깜짝 놀랄 만큼 쉬웠다. 마치 화강암을 향해 주먹을 날렸는데 알고 보니 교묘히 표면에 색을 칠한 종이 반죽이어서 주먹이 바스러질 줄 알았는데 아무런 저항을 받지 않은 꼴이었다.

4

잭은 눈을 굳게 감고 있었다. 발밑 바닥이 먼저 허물어지더니…… 완전히 사라져 버렸다.

이런, 젠장, 어쨌든 우린 떨어지겠군. 잭은 낙심했다.

하지만 사실은 떨어지는 것이 아니라 옆으로 살짝 미끄러진 것이었다. 잠시 후 잭과 울프는 딱딱한 화장실 타일 바닥이 아닌 땅 위에 굳건히 서 있었다.

역겨운 유황 냄새와 하수도가 넘친 것 같은 지독한 냄새가 뒤섞여 몰려왔다. 너무 끔찍한 냄새라 모든 희망이 물거품이 되어 버린 듯한 심정이었다.

울프가 끙끙거리며 말했다.

"제이슨! 저 냄새 뭐냐? 아, 제이슨, 저 냄새 때문에 여기엔 못 있겠다, 재키, 못 있겠다……."

잭은 재빨리 눈을 떴다. 그와 동시에 울프는 잭의 손을 놓고 여전히 눈을 꼭 감은 채 더듬거리며 앞으로 걸어갔다. 어느새 울프의 꽉 끼는 치노 바지와 체크무늬 셔츠가 잭이 울프를 처음 만난 날 입었던 덩치 큰 목동의 오슈코시 작업복으로 변해 있었다. 존 레논 안경도 사라지고 없었다. 그리고…….

……그리고 울프는 1미터 앞 벼랑 끝으로 더듬거리며 다가가고 있었다.

잭은 울프에게 달려들어 양팔로 그의 허리를 감았다.

"울프! 울프, 안 돼!"

울프가 칭얼거렸다.

"재키, 여기 못 있겠다. 여기는 함정이다, 함정들 중 하나다, 모건이 이런 함정들을 만들었다, 아, 모건이 만들었다고 들었다, 냄새로 알 수 있다……."

"울프, 거기 낭떠러지야, 너 떨어진다고!"

울프가 눈을 떴다. 발아래 펼쳐진 연기 자욱한 깊은 골짜기를 보자 입이 딱 벌어졌다. 저 아래 심연에서는 연기 사이로 눈병에 걸려 충혈된 눈처럼 시뻘건 불길이 깜박거리고 있었다.

울프가 칭얼거렸다.

"함정이다. 오, 재키, 저건 함정이다. 저 아래 검은 심장의 용광로가 있다. 검은 심장은 세계의 중심에 있다. 여기 있으면 안 된다, 재키. 여긴 최악으로 나쁜 장소란 말이다."

자칫하면 함정에 빠질 수도 있는 위치에 서서 지옥 또는 세계의 중심에 있는 검은 심장을 내려다보면서 잭이 처음으로 침착하게 생각해 낸 것은 테러토리의 지질학은 인디애나와 다르다는 것이었다. 이 절벽, 이 흉물스러운 함정에 상응하는 곳은 선라이트 홈에 없었다.

문득 머릿속 스치는 생각에 공포로 진저리가 쳐졌다. 1미터만 오른쪽으로 갔더라면. 오른쪽으로 1미터만 갔더라면 다 끝났을 텐데. 울프가 내가 시키는 대로만 했더라면…….

만약 울프가 잭이 시킨 대로 했더라면, 그들은 첫째 칸에서 순간 이동을 했을 것이다. 만약 그랬다면 그들은 이 테러토리의 절벽 아래로 떨어졌을 것이다.

잭은 다리에서 힘이 쭉 빠졌다. 또다시 울프를 붙잡았는데 이번엔 몸을 지탱하기 위해서였다.

울프가 무심코 잭을 붙잡았다. 휘둥그렇게 뜬 눈은 여전히 오렌지색으로 빛나고 있었다. 그의 얼굴은 낙담과 공포로 전율하고 있었다.

"여긴 함정이다, 재키."

이곳은 3년 전 겨울 콜로라도로 휴가 갔을 때 엄마와 함께 구경하러 갔던 거대한 몰리브덴 노천광과 아주 흡사했다. 그들은 스키를 타러 베일로 갔지만 하루는 날씨가 매섭게 추워서 그 대신 사이드와인더의 작은 마을 밖에 있는 콘티넨털 미네랄 회사의 몰리브덴 광산으로 버스 투어를 갔다.

성에 낀 버스 유리창으로 밖을 내다보는 엄마의 얼굴은 꿈꾸는 것 같기도 했고 슬픈 것 같기도 했다.

"엄마가 보기엔 성서에 나오는 초열지옥 같구나, 재키야. 저곳을 하나도 빠짐없이 막아 버렸으면 좋겠어. 아니면 저것들은 지상으로 파멸과 불을 이끌어 낼 거야. 저건 틀림없이 초열지옥이야."

구덩이의 심연 속에서 숨 막힐 듯한 뿌연 연기 기둥이 올라오고 있었다. 독성을 띤 녹색 금속의 굵은 광맥 줄기가 절벽 측면을 가로질러 1킬로미터 가까이 이어지고 있었다. 한 가닥 길이 안쪽 둘레를 따라 나선형으로 뻗어 내려가고 있었다. 이 길을 따라 힘겹게 오르내리는 그림자들이 잭의 눈에 들어왔다.

이곳은 선라이트 홈과 마찬가지로 일종의 감옥이었다. 이들은 죄수들과 그들의 감시자들이었다. 죄수들은 벌거벗은 채 인력거처럼 생긴 수레에 두 사람씩 묶여 있었다. 수레엔 그 번질거리는 녹색 광석 덩어리들이 산더미처럼 쌓여 있었다. 고통이 거친 목판화처럼 굵직하게 새겨진 얼굴에는 검댕이 잔뜩 묻어 있었고, 곳곳에 굵직한 뻘건 상처 자국들이 그어져 있었다.

경비병들이 그들 옆에서 느릿느릿 움직이고 있었는데, 잭은 그들을 보자 경악으로 멍해졌다. 그들은 사람이 아니었다. 어느 기준에서 보아도 인간이라 불릴 수가 없었다. 몸이 심하게 뒤틀린 데다커다란 혹이 나 있었다. 손은 갈고리였고 귀는 미스터 스팍(영화「스타트렉」에 나오는 인물로 바가지 머리에 뾰족한 귀를 가지고 있다. —옮긴이)처럼 끝이 뾰족했다. 잭은 생각했다. *이크, 저들은 가고일*(유럽의 상상 속 괴물로 주로 인간과 새를 합성한 모습으로 묘사된다. —옮긴이)*이야! 프랑*

스 대성당 지붕에서나 볼 법한 끔찍한 괴물이라고. 엄마는 가고일에 관한 책도 있었고 전국에 있는 가고일을 빠짐없이 보러 갈 뻔했지만, 내가 악몽을 꾸고 오줌을 싸는 바람에 그만두었어. 그것들은 여기서 온 것일까? 여기 와서 이것들을 본 사람이 있었던 걸까? 만약 중세시대 사람이 이곳으로 순간이동 해 와서 이곳을 보았다면 지옥의 환영이라고 생각하지 않았을까?

하지만 이곳은 환영이 아니었다.

가고일들은 채찍을 들고 있었다. 바퀴가 덜커덩거리는 소리와 쉬지 않고 밀려드는 찜통 같은 더위 속에서 쉴 새 없이 암석을 캐내는 소리 사이로 채찍을 휘두르는 소리가 들려왔다. 잭과 울프가 지켜보고 있을 때 한 무리의 사람들이 나선형 도로의 꼭대기 근처에서 잠시 숨을 돌리고 있었다. 고개를 숙이고 있었는데 가쁜 숨을 몰아쉴 때마다 목에 굵은 힘줄이 불거졌으며 지친 다리는 후들거리고 있었다.

그들을 감시하고 있는 흉물스러운 것들 — 뼈만 남은 앙상한 등가죽에 뻣뻣한 털이 듬성듬성 나 있고 허리에 두른 천은 다리 사이에 말려 들어간 비틀린 형체 — 이 사람들에게 차례로 채찍질을 하며 찢어질 듯 높은 소리로 울부짖는 말소리를 듣자 잭은 은못이 박히는 것처럼 머리가 아파졌다. 잭이 오스먼드의 채찍을 장식했던 것과 똑같은 은색 금속 구슬을 알아본 순간, 눈 깜짝할 사이에 한 죄수의 팔이 찢겨 나갔고 다른 사람의 목이 떨어져 나간 자리에는 목덜미 살점만 너덜거렸다.

사람들은 바짝 움츠린 채 울부짖었다. 그들의 피는 빛을 잃어 가는 누르스름한 하늘을 배경으로 더욱 선명해 보였다. 그것은 새된 소리로 횡설수설 지껄이며 잿빛으로 도금된 오른팔에 힘을 주고 노예들의 머리 위로 채찍을 날렸다. 죄수들은 비틀거리면서도 마지막 안간힘을 다해 수레를 위로 끌어 올렸다. 한 사람이 기진맥진한 나머지 무릎을 꿇었다가, 앞으로 굴러가는 수레에 부딪치는 바람에 사지를 뻗고 고꾸라졌다. 바퀴 하나가 그의 등 위로 굴러갔다. 쓰러진 죄수의 척추가 바스러지는 소리가 들렸다. 마치 육상 경기의 심판이 출발을 알리는 총소리 같았다.

수레가 균형을 잃고 비틀거리다 넘어져 채취장 꼭대기의 쩍쩍 갈라지고 금이 간 맨바닥에 짐이 다 쏟아지자 가고일은 화가 나서 꽥꽥거렸다. 그것은 두 걸음 만에 쓰러져 있는 죄수한테 달려가 채찍을 들어 올렸다. 죽어 가던 죄수가 고개를 돌렸고, 그 순간 잭 소여와 눈이 마주쳤다.

그것은 퍼드 장클로였다.

울프도 퍼드를 보았다.

둘은 서로의 손을 더듬어 잡았다.

그리고 다시 순간이동을 해서 돌아갔다.

5

그들은 좁고 밀폐된 공간 —실제로는 화장실 칸—에 있었다. 울프가 팔이 부러져라 껴안고 있어서 잭은 숨 쉬기가 힘들었다. 더군다나 한쪽 발은 젖어 있었다. 순간이동을 하면서 어쩌다가 그의 발이 변기에 쑤셔 박힌 것이었다. 아, 이럴 수가. 침울해진 잭은 생각에 잠겼다. 「야만인 코난」(1932년 로버트 E. 하워드가 연재를 시작한, 전사 '코난'이 고대의 황야를 여행하며 여러 기괴한 일을 겪는 판타지 모험담—옮긴이)에서는 이런 일이 한 번도 없었는데.

"잭 안 된다, 잭 안 된다, 여기는 함정이다, 함정이다, 안 된다, 잭⋯⋯"

"그만해! 됐어, 울프! 우리는 돌아온 거야!"

"안 된다, 안 돼, 안⋯⋯"

울프가 말을 하다 말고 천천히 눈을 떴다.

"돌아왔냐?"

"그래, 지금 당장 여기. 그러니 날 좀 놔줘, 갈비뼈가 부러지겠어, 게다가 난 발이 빌어먹을 변기에 빠져⋯⋯"

화장실과 복도 사이의 문이 벌컥 열리더니 안쪽 타일 벽에 쾅 소리를 내며 부딪쳤다. 문에 끼워 넣은 반투명 유리창이 박살날 기세였다.

화장실 칸막이 문이 뜯겨 나갔다. 앤디 워윅이 흘끔 보고는 불같이 화를 내며 경멸이 담긴 세 마디를 내뱉었다.

"빌어먹을 호모 새끼들."

워윅은 아직 어안이 벙벙한 울프의 멱살을 잡고 밖으로 끌어냈다. 울프의 바지에 걸린 철제 화장지 걸이가 통째로 벽에서 떨어져 날아가 버렸다. 화장지는 제멋대로 풀어져 바닥 위를 굴러다녔다. 워윅은 무서운 기세로 울프를 세면기에 밀어붙였다. 마침 세면기는 은밀한 곳과 같은 높이라 울프는 아랫도리를 잡고 바닥에 쓰러지고 말았다.

워윅이 잭을 향해 몸을 돌렸을 때 서니 싱거가 칸막이 문 앞에 모습을 드러냈다. 그는 안으로 들어와 잭의 멱살을 잡았다.

"그래, 이 호……."

서니는 입을 열었지만 더 이상은 말을 안 했다. 잭과 울프가 이곳에 끌려온 이후 서니 싱거는 늘 잭과 대적해 왔다. (하루라도 빨리) 선라이트 가드너처럼 보이고 싶어 하는 교활한 검은 얼굴의 서니 싱거. 코흘리개라는 매력적인 애칭을 만들어 준 서니 싱거. 그들의 침대에 오줌을 싸자는 비열한 아이디어를 생각해 냈음이 틀림없는 서니 싱거.

잭은 오른쪽 주먹을 뻗었다. 헥 바스트처럼 아무렇게나 휘두르는 게 아니라 팔꿈치로부터 부드럽지만 강력하게 나가는 한 방이었다. 잭의 주먹은 서니의 코에 맞았고, 으드득 소리가 났다. 잭은 한순간 너무나 완벽해 숭고하다고 해도 좋을 만족감을 느꼈다.

"이거거든."

잭이 큰 소리로 말하고는 변기에서 발을 빼냈다. 얼굴 가득 함박 웃음이 번져 나갔다. 뒤이어 잭은 울프를 향해 혼신을 다해 텔레파시를 보냈다.

우리가 그렇게 형편없지 않은 것 같아, 울프. 넌 저 개자식의 손을 으스러뜨렸고 난 이 개자식의 코를 박살 냈잖아.

서니가 비명을 지르며 뒤로 나자빠졌다. 코를 막고 있는 손가락 사이로 코피가 뿜어져 나오고 있었다.

잭은 화장실 칸에서 나와 존 L. 설리번(19세기 후반 미국의 국민적 영웅이었던 헤비급 권투 챔피언 — 옮긴이)을 그럴듯하게 흉내 내며 주먹을 올렸다.

"조심하라고 했지, 서니. 이제 네 입에서 할렐루야가 나오게 해주마."

서니가 비명을 질렀다.

"헥! 앤디! 케이시! 거기 누구 없어!"

"서니, 겁이 나는 모양이야. 난 모르겠어. 내가 이해가 안 되는데……."

바로 그때 뭔가가—벽돌이 가득 든 통 같은 것이—목 뒤로 날아와 잭은 세면대 위 거울에 세게 부딪쳤다. 만약 유리여서 깨지기라도 했다면 크게 다칠 뻔했다. 하지만 이곳에서는 모든 거울이 광을 낸 금속이었다. 선라이트 홈에서 자살하는 사람이 나와서는 안 되기 때문이었다.

잭은 한 손을 쳐들어 충격을 다소 막아내긴 했지만 뒤를 돌아 헥 바스트가 히죽거리는 것을 볼 때까지도 여전히 머리가 떵했다. 헥 바스트가 오른팔에 감은 깁스로 잭을 내리쳤던 것이다.

헥을 돌아본 순간 어떤 소름 끼치는 깨달음이 잭의 머리를 스치고 지나갔다. *네놈이었구나!*

"죽을 만큼 아플걸. 하지만 다 약이 될 거야, 코흘리개."

헥이 깁스한 오른팔을 왼손으로 들며 앞으로 나오기 시작했다.

바로 네놈이었어! 저쪽 세계에서 퍼드를 밟고 서서 채찍으로 때려 죽인 것이 네놈이었어. 네놈이었어, 네가 가고일이었어, 그게 네 트위너였다고!

창피를 당했을 때처럼 분노가 뜨겁게 달아올랐다. 헥이 사정거리 안에 들어오자 잭은 세면대에 등을 기댄 채 양손으로 가장자리를 힘껏 부여잡고는 두 발을 날려 정통으로 헥의 가슴을 강타했다. 헥은 휘청거리며 열린 화장실 칸으로 뒷걸음쳤다. 인디애나에 돌아오면서 변기에 빠졌던 구둣발이 헥의 하얀 터틀넥 스웨터에 선명하게 젖은 발자국을 남겼다. 헥은 넋 나간 얼굴로 첨벙 소리를 내며 변기에 주저앉았다. 깁스가 도자기로 만든 변기에 부닥쳐 꽝 소리를 냈다.

다른 자들이 우르르 들이닥쳤다. 울프는 일어서려고 애를 쓰고 있었다. 얼굴에 머리카락이 흘러내렸다. 서니는 여전히 한 손으로 피가 흘러내리는 코를 붙잡은 채 울프 쪽으로 나아갔다. 울프를 발로 걷어차 거꾸러뜨리려는 게 분명했다.

"그래, 어디 울프한테 손가락 하나라도 대 봐, 서니."

잭이 부드럽게 말하자 서니가 움찔했다.

잭은 울프의 팔을 잡고 일으켜 세웠다. 잭은 울프가 꿈속에서 봤던 것처럼 어느 때보다도 무성히 털이 자란 것을 발견했다. *이 모든 것들 때문에 너무 스트레스를 받아서 변신이 빨라지고 있어. 빌어먹을 이 상황은 결코 끝나지 않을 거야, 절대로…… 절대로…….*

잭과 울프는 다른 자들 — 워윅과 케이시, 페더슨, 피버디, 싱거 — 한테서 물러나 화장실 끄트머리로 피했다. 잭에게 걷어차여 들어갔던 칸에서 나오는 헥을 보며 잭은 알아차렸다. 그들은 네 번째 칸에서 순간이동을 했고, 헥이 나오고 있는 칸은 다섯 번째였다. 잭과 울프는 저쪽 세계에서 옆칸으로 돌아올 만큼만 움직였던 것이다.

서니가 코맹맹이 소리로 외쳤다.

"저놈들은 저 안에서 호모 짓을 했단 말이야! 저 백치와 예쁘장한 애가 말이야! 워윅이랑 내가 저놈들이 물건을 꺼내는 걸 봤다니까."

잭의 엉덩이가 차가운 타일에 닿았다. 더 이상 도망칠 데가 없었다. 잭이 울프의 손을 놓자 불쌍한 울프는 멍한 얼굴로 풀썩 쓰러졌다. 잭은 주먹을 다잡았다.

"덤벼 봐. 누가 먼저 할래?"

"우리를 다 상대하겠다는 거냐?"

페더슨이 물었다.

"그래야 한다면 못 할 것도 없지. 어쩔 건데, 나를 주님에게 인도해 주게? 어서 덤벼!"

페더슨의 얼굴에 불안한 기색이 스쳤다. 겁에 질린 케이시의 얼굴에 경련이 이는 것이 똑똑히 보였다. 그들이 멈춰 섰다…… 진짜로 멈췄다. 잭은 한순간 어이없게도 어리석은 희망을 품었다. 소년들은 미친개를 보는 듯한 불편한 얼굴로 그를 주시했다. 미친개쯤이야 처리할 순 있지만…… 처음으로 나서는 사람이 물어뜯길 위험이 있기 때문이었다.

"비켜라, 얘들아."

온화하지만 압도적인 목소리가 들리자 아이들은 기꺼이 양쪽으로 비켜섰다. 아이들은 안도감으로 한결 편해진 얼굴이었다. 가드너 목사가 나타난 것이다. 가드너 목사는 이런 상황을 어떻게 처리해야 할지 잘 알고 있을 것이다.

가드너는 구석에 몰려 있는 잭과 울프 쪽으로 다가왔다. 오늘 아침엔 진회색 바지에 낭만파 시인이 입을 법한 풍성한 소매의 하얀 새틴 셔츠를 입고 있었다. 손에는 예의 그 피하주사기가 든 검은 케이스가 들려 있었다.

가드너가 잭을 보며 한숨을 쉬었다.

"성서에서 동성애에 대해 뭐라고 하는지 아니, 잭?"

잭은 가드너를 향해 이를 드러냈다.

가드너는 예상한 일이라는 듯 슬픈 얼굴로 고개를 끄덕였다.

"참, 소년들은 다 나빠. 이건 자명한 이치야."

가드너가 상자를 열자 주사기가 반짝였다. 예의 그 온화하고 회한에 찬 목소리로 말을 이었다.

"하지만 너랑 네 친구는 남색보다 훨씬 더 사악한 짓을 해 왔어. 선배와 웃어른들이 가는 곳에 다녀왔을 거야, 아마도."

서니 싱거와 헥터 바스트가 깜짝 놀라 불안한 얼굴로 눈짓을 주고받았다.

"이런 죄악은…… 사악함은…… 어느 정도는 내 탓이다."

가드너는 주사기를 꺼내 흘끗 보고는 약병도 꺼냈다. 케이스는 워윅에게 건네주고 주사기에 약물을 가득 채웠다.

"나는 나의 소년들에게서 강요로 참회를 받아 낼 수 있을 거란 생각은 한 번도 해 본 적이 없단다. 하지만 참회를 하지 않고는 구세주를 믿을 수가 없고, 구세주에 대한 믿음이 없으면 죄악이 계속 자라나게 되지. 그러니 심히 유감스럽지만 이제 질문의 시간은 끝났고 하나님의 이름으로 요구할 때가 온 거지. 페더슨. 피버디. 워윅. 케이시. 저놈들을 꽉 붙잡아라!"

소년들은 훈련된 개처럼 명령에 따라 우르르 몰려 나갔다. 그 와중에도 잭은 피버디에게 한 방을 꽂아 넣었지만 곧바로 양손을 붙잡혀 꼼짝 못 하게 되었다.

"내가 때이게 해 주세요!"

서니가 전에 없이 웅얼대는 목소리로 외치고는 눈을 휘둥그레 뜬 채 지켜보고 서 있던 아이들을 팔꿈치로 밀치며 나섰다. 서니의 눈은 증오심으로 번들거렸다.

"내가 저놈을 패 주고 잎다고요!"

가드너가 말했다.

"지금은 안 돼. 나중에 기회가 있을 거다, 어쩌면. 그때를 위해서 기도하자, 알겠지, 서니?"

번들거리던 서니의 눈이 분명 흥분으로 달아오르고 있었다.

"에, 날마다 기도하겠뜹니다."

아주 긴 잠에서 마침내 깨어난 사람처럼 울프가 끙 소리를 내며 주위를 둘러보았다. 울프는 붙잡힌 잭과 피하주사기 바늘을 보는 순간, 잭을 붙잡고 있던 페더슨의 손을 마치 어린애의 손을 치우듯 단번에 떼어 냈다. 목구멍에서 놀랄 만큼 강한 포효가 터져 나왔다.

"안 된다! 잭을 놔줘라!"

가드너가 주사기를 든 채 울프가 볼 수 없는 뒤쪽으로 춤추듯 유연하고 우아하게 걸어갔다. 그 모습을 보며 잭은 마구간 옆 진흙탕에서 마부를 몰아붙이던 오스먼드가 떠올랐다. 가드너가 번득이는 주삿바늘을 약병에 꽂았다. 울프는 마치 자기가 찔리기라도 한 것마냥 빙 돌아서서 우렁차게 고함을 질렀다…… 사실은 이미 가드너가 주사를 놓은 다음이었다. 울프가 주사기를 낚아채려 해 봤지만 가드너는 능숙하게 몸을 피했다.

선라이트 홈에서 매일 하던 대로 멀거니 구경만 하고 있던 소년들이 이제는 불안에 떨며 우르르 문 쪽으로 달려가기 시작했다. 덩치 큰 울프가 저렇게 불같이 화를 내자 함께 있기 두려웠기 때문이다.

"*잭을 놔줘라!* 잭을…… 놔줘라…… 놔줘……."

"*울프!*"

"잭…… 재키……."

울프는 혼란스러운 눈으로 잭을 바라보았다. 눈동자가 요상한 만화경처럼 녹갈색에서 오렌지색으로, 다시 탁한 붉은색으로 변했다. 울프가 털북숭이 손을 잭에게 내밀었다. 그때 헥터 바스트가 울프 뒤쪽으로 다가가 깁스로 내리쳤다. 울프는 그 자리에서 무너져 내렸다.

"*울프! 울프! 만약 울프를 죽인다면 널 가만두지 않을 거야, 이 개새끼들아…….*"

격분한 잭이 눈물범벅이 된 눈으로 바스트를 노려보며 소리 질렀다.

"쉬잇, 잭 파커 군."

가드너가 잭의 귀에 속삭였다. 잭은 팔뚝에 주삿바늘이 꽂히는 것을 느꼈다.

"이젠 그만 조용히 해라. 우리가 네 영혼에 햇빛을 좀 쏘여 줄 테니까. 그리고 나서 무거운 수레를 끌고 꼬불꼬불한 길을 올라가는 것에 대해 어떻게 생각하는지 한번 들어 보자. 할렐루야를 외쳐 주겠니?"

그 한마디 말과 함께 잭은 어두운 망각 속으로 빨려 들어갔다.

할렐루야…… 할렐루야…… 할렐루야…….

26장
울프, 또다시 상자 속으로

1

잭은 그들이 알아차리기 훨씬 전부터 깨어 있었다. 하지만 자신이 누구인지, 무슨 일이 있었는지, 지금 상황이 어떠한지에 대한 인식은 시간이 흐르면서 조금씩 돌아올 뿐이었다. 어떤 면에서 잭은 오랫동안 격렬하게 퍼부어진 포탄 세례에서 살아남은 병사 같았다. 가드너가 주삿바늘을 꽂아 넣은 팔이 쑤시고, 머리가 너무 아파 눈알이 튀어나올 지경이었다. 게다가 목이 타들어 가는 듯한 갈증으로 괴로웠다.

잭은 왼손으로 다친 오른 팔뚝을 만져 보려고 하던 중 의식의 사다리를 한 계단 올라갔다. 손을 움직일 수가 없었던 것이다. 그 이유는 팔이 몸통에 딱 달라붙어 있었기 때문이었다. 곰팡이가 슨 낡은 캔버스 냄새가 났다. 몇 년 동안 다락방에 처박혀 빛을 본 적이 없는 보이스카우트 텐트를 찾아냈을 때 이런 냄새를 맡은 적이 있었다. (둔하게도 거의 감긴 눈으로 그것을 10분 가까이 보고 난 뒤에야) 자신이 무엇을 입고 있는지를 알아차렸다. 그것은 구속복이었다.

퍼드라면 더 일찍 알아차렸을 텐데, 재키야, 잭은 생각했다. 그리고 퍼드를 떠올리자 머리가 빠개질 것 같은 와중에도 정신이 퍼뜩 났다. 몸을 조금 움직이자 지끈거리는 머리와 욱신거리는 팔 때문에 절로 앓는 소리가 나왔다. 도저히 참을 수가 없었다.

헥 바스트: "정신이 드려나 보네요."

선라이트 가드너: "아니야, 깨어나는 거. 황소만 한 악어를 마비시킬 만한 양을 주사했거든. 일러도 오늘 밤 9시는 되어야 깨어날 거야. 꿈을 꾸고 있을 뿐이야. 헥, 오늘 밤에는 네가 올라가서 소년들의 참회를 들어주려무나. 밤 예배는 없다고 전해라. 나는 비행기를 마중하러 갔다고 말해라. 아마도 무척이나 길고 긴 밤이 될 텐데, 이제 시작일 뿐이야. 서니는 남아서 장부 정리를 도와라."

헥: "그놈이 깨어나는 소리를 틀림없이 들었다니까요."

선라이트: "어서 가 봐, 헥. 바비 피버디한테는 울프를 살펴보라고 하고."

서니(킬킬거리며): "그놈도 거기 들어간 게 썩 내키지는 않겠죠?"

아, 울프, 저놈들이 다시 너를 상자에 가두었구나. 미안해…… 내 탓이야…… 모든 게 내 탓이라고……. 잭은 슬픔에 잠겼다.

그때 잭의 귀에 선라이트 가드너의 목소리가 들려왔다.

"지옥불에 떨어질 것들은 구원을 위한 장치에는 그다지 관심이 없어. 내면에 숨어 있던 악마가 사멸하기 시작하면 그들은 끔찍한 비명을 지르지. 이제 가 봐, 헥."

"알겠습니다, 가드너 목사님."

헥이 느릿느릿 걸어가는 소리가 들렸지만 그의 모습은 보지 못했다. 잭은 아직 위를 올려다볼 엄두를 낼 수 없었다.

2

울프는 아무렇게나 용접해서 볼트로 박은 조악한 상자에 갇혀, 마치 산 채로 철제 관에 묻힌 순장의 희생자처럼 하루 종일 울부짖으며 벽면을 피가 날 때까지 두드렸다. 네덜란드 오븐처럼 빈틈없이 맞물린 위에 단단히 이중 볼트까지 채운 문의 아래쪽을, 말하자면 관짝의 발치께를 계속 걷어찼더니 다리에 엄청난 고통이 밀려와 사타구니까지 저려 왔다. 아무리 주먹으로 치고 발로 차더라도 자신을 내보내지 않을 거라는 걸 모르는 것은 아니었다. 마찬가지로 아무리 꺼내 달라고 소리를 쳐도 나갈 수 없다는 것도 알고 있었다. 하지만 울프는 도저히 멈출 수가 없었다. 다른 무엇보다도 갇히는 게 가장 싫었기 때문이다.

울프의 비명은 선라이트 홈 근방은 물론 가까운 들판에서도 들을 수 있었다. 울프의 비명을 들은 소년들은 불안한 얼굴로 아무 말 없이 서로 눈짓만 교환할 뿐이었다.

"오늘 아침 화장실에서 그 녀석을 봤는데 사납게 변했더라."

로이 오더스펠트가 모튼에게 낮고 불안한 소리로 털어놓자 모튼이 되물었다.

"서니 말처럼 걔네들 정말 동성애자일까?"

땅딸막한 철제 상자 안에서 또다시 울프의 울부짖는 소리가 나자 두 소년은 그쪽을 흘끗 보았다.

로이가 신이 나서 말했다.

"그렇다니까! 난 키가 작아서 실제로 보진 못했지만 버스터 오츠는 바로 앞에 있었는데 그 덩치만 큰 백치의 물건이 아크론(미국의 소방용품 제조사 아크론 브래스를 가리킨다. —옮긴이) 소화전만큼이나 크대. 그 애가 한 말이야."

"세상에나!"

모튼이 존경스러운 얼굴로 말했다. 아마도 자신의 평균에 못 미치는 물건을 생각하는 것 같았다.

울프는 하루 종일 울부짖었지만 해가 지기 시작하자 소리가 뚝 그쳤다. 소년들은 새로운 침묵이 불길하게만 느껴졌다. 그들은 종종 서로 눈짓을 보내다가 더 자주 눈짓을 주고받게 되었고, 결국에는 불안을 이기지 못하고 홈 뒷마당의 맨땅 한가운데에 서 있는 직사각형 쇠상자 쪽을 흘끗거렸다. 상자는 길이 180센티미터에 높이 90센티미터로, 서쪽 면에 조잡하게 뚫고 굵은 철망을 씌운 네모난 구멍만 빼면 여지없이 쇠로 만든 관짝처럼 보였다. 상자 안에서는 무슨 일이 일어나고 있을까? 그들은 몹시 궁금했다. 평소 같으면 다른 일은 모두 잊어버리고 몰두해 있었을 참회의 시간에도, 휴게실 창문 쪽으로 눈길이 갔다. 그 창은 상자의 정반대편에 있었는데도 말이다.

그 안에서 도대체 무슨 일이 일어나고 있을까?

헥터 바스트는 아이들이 참회의 시간에 집중하지 못하는 것을 알고 잔뜩 화가 났지만 뭐가 잘못되었는지 딱히 집어낼 수 없었기에 어떻게 하자고 지적할 수도 없었다. 선라이트 홈의 아이들은 으스스한 기대감에 사로잡혀 있었다. 얼굴은 어느 때보다 창백하고 눈은 마약중독자처럼 번들거렸다.

도대체 저 안에서 무슨 일이 벌어지고 있단 말인가?

무슨 일이 일어나고 있는지는 불을 보듯 뻔했다.

울프는 달과 함께 변신하고 있었던 것이다.

네모난 통풍구로 들어오는 햇살의 파편이 점점 더 위로 올라가며 불그스레하게 변해 갈 무렵 울프는 그것이 일어나는 것을 느꼈다. 달과 함께 가기에는 너무 시간이 일렀다. 달은 아직 완전히 차오르지 않았으므로 자칫 울프가 다칠 수도 있었다. 그럼에도 변신은 일어날 것이다. 울프족은 너무 오래 심한 압박을 받으면 때가 되었건 아니건 결국에는 변신해 왔기 때문이다. 울프는 오랜 시간 자신을 억눌러 왔다. 잭이 그러길 바랐기 때문이다. 울프는 이쪽 세계로 온 뒤로 잭을 위해 엄청난 영웅적인 자질을 발휘해 왔다. 그런데도 잭은 그중 일부를 희미하게나마 의심했을 뿐만 아니라 그것이 얼마나 대단한 일인지를 제대로 이해하지 못했다.

하지만 지금 울프는 죽어 가고 있었고 달과 함께 변신하고 있었다. 변신을 앞두게 되자 죽음이 그다지 두렵지 않았다. 신성하다고 할 수도 있는, 어차피 피할 수 없는 숙명이잖은가. 오히려 마음이 놓이고 기쁘기까지 했다. 더 이상 발버둥치지 않아도 되어 다행스러웠다.

울프의 입안에 날카로운 이빨이 솟아나기 시작했다.

3

헥이 나가자 사무실에서는 의자를 옮길 때 바닥이 부드럽게 긁히는 소리가 나고 그 사이로 선라이트 가드너의 벨트에 달린 열쇠꾸러미가 쟁그랑거리는 소리와 더불어 서류 캐비닛 문이 열렸다 닫히는 소리가 들렸다.

"에이벨슨, 240달러 36센트."

계산기 두드리는 소리. 피터 에이벨슨은 외부 활동반이었다. 다른 외부 활동반 아이들처럼 피터도 똑똑하고 품행이 좋을 뿐만 아니라 신체적 결함이 없었다. 잭은 피터를 몇 번밖에 못 보았지만 연재만화에 나오는, 눈이 큰 부랑자 소년 돈디(미국에서 30년 넘게 인기리에 연재된 동명 만화의 주인공. 눈이 큰 다섯 살 전쟁고아가 미국으로 입양되어 오면서 벌어지는 이야기를 다룬다.—옮긴이)와 닮았다는 생각을 하곤 했다.

"클라크. 62달러 17센트."

또다시 계산기 두드리는 소리에 이어 서니가 '합계'를 누르자 계산기가 울렸다. 서니가 말했다.

"너무 실적이 떨어졌군요."

"내가 얘기해 볼 테니 걱정하지 마라. 지금은 너랑 얘기할 시간이 없구나, 서니야. 슬로트 씨가 10시 15분에 먼시시에 도착하셔. 차를 몰고 먼 길을 달려야 하는데, 지각하면 안 되거든."

"죄송합니다, 가드너 목사님."

가드너가 뭐라고 대답했지만 잭의 귀에는 아무 소리도 들리지 않았다. 슬로트라는 이름을 듣고 뒤통수를 한 대 맞은 듯한 충격을 받았기 때문이다. 하지만 내심으로는 동요하지 않았다. 마음 한구석에서는 이런 일이 일어날지도 모른다고 생각하고 있었던 것이다. 잭이 추측해 보자면, 가드너는 처음부터 잭을 의심하고 있었지만 사소한 일로 보스의 심기를 건드리고 싶지 않았을 것이다. 아니면 제힘으로 잭한테서 실토를 받아 내지 못했다는 것을 인정하고 싶지 않았을 수도 있다. 하지만 마침내 그가 전화를 걸었다. 어디로 건 것일까? 동쪽? 서쪽? 잭은 어떻게든 알고 싶었다. 모건은 로스앤젤레스에 있었던 걸까, 아니면 뉴햄프셔?

안녕하세요, 슬로트 씨. 이런 일로 신경 쓰게 해서 죄송하지만 지역 경찰이 한 소년을…… 실제로는 두 소년을 데려왔는데요, 제가 걱정하는 것은 지능이 있는 쪽 아이입니다. 이 애를 제가 아는 것 같아서요. 아니면 저의…… 그러니까 또 다른 제가 그를 아는 것 같아서요. 자기는 잭 파커라고 하지만…… 네? 어떻게 생긴 아이냐고요? 그러니까…….

그렇게 해서 사건이 터진 것이다.

지금은 너랑 얘기할 시간이 없구나, 서니야. 슬로트 씨가 10시 15분에 먼시시에 도착하셔서…….

시간이 거의 다 되었다.

잭, 얼른 집으로 돌아가라고 했잖아……. 이젠 너무 늦었어.

사내애들은 다 나빠. 자명한 이치라니까.

잭은 고개를 살짝 들어 방 건너편을 보았다. 가드너와 서니 싱거가 가드너의 지하 사무실 책상에 함께 앉아 있었다. 서니는 가드너가 불러 주는 대로 알파벳순으로 외부 활동반원의 이름과 숫자를 계산기에 입력하고 있었다. 선라이트 가드너 앞에는 거래내역 원장과 기다란 철제 파일 박스와 함께 되는대로 쌓아 놓은 봉투들이 있었다. 가드너가 봉투 한 장을 들어 앞장에 갈겨쓴 금액을 읽고 있어서 잭은 그 뒷면을 볼 수 있었다. 거기에는 성서를 든 행복한 아이 둘이 손에 손을 잡고 교회를 향해 달려 내려가는 모습이 그려져 있었다. 그 밑에는 '나는 예수를 위한 햇살이 되겠습니다.'라는 문구가 씌어 있었다.

"템킨. 106달러."

그 봉투는 입력을 마친 다른 봉투들과 함께 철제 파일 상자 속으로 들어갔다.

"그 자식이 다시 돈을 빼돌리는 것 같아요."

서니의 말에 가드너가 온화하게 대답했다.

"하나님은 진실을 다 알고 계시지만 기다리시는 거야. 빅터는 괜찮아. 이젠 입 좀 다물고 6시 전에 일을 끝내자."

서니가 계산기를 두드렸다.

예수가 물 위를 걷는 그림이 젖혀져 있어서 그 뒤에 있는 금고가 보였다. 금고는 열려 있었다.

가드너의 책상 위에는 다른 흥미로운 것들도 있었다. 봉투 두 개가 있었는데, 하나는 '잭 파커'라고 씌어 있었고, 다른 하나에는 '필립 잭 울프'라고 씌어 있었다. 그 옆에는 잭의 낡은 배낭도 보였다.

세 번째 것은 선라이트 가드너의 열쇠 꾸러미였다.

잭의 눈은 열쇠에서 사무실 왼쪽에 있는 잠긴 문으로 향했다. 잭이 알기로는 가드너가 밖으로 나갈 때만 사용하는 문이었다. 만약 밖으로 이어져 있다면 말이지만…….

"옐린. 62달러 19센트."

가드너가 한숨을 쉬며 기다란 철제 박스에 마지막 봉투를 넣고 원장을 덮었다. 그가 말했다.

"헥의 말이 맞았어. 우리의 친애하는 잭 파커 군이 깨어났군."

가드너는 자리에서 일어나 책상을 돌아서 잭을 향해 걸어왔다. 가드너의 혼탁한 눈이 광기로 번들거렸다. 그는 주머니에 손을 넣어 라이터를 꺼냈다. 그것을 보자마자 저 깊은 곳에서 공포가 엄습했다.

"파커라는 이름이 진짜가 아니라는 것만 말하면 돼, 애야, 내 말이 맞지? 진짜 이름은 소여지, 안 그래? 아, 그래. 소여야. 그리고 너한테 지대한 관심을 가지고 있는 분이 금방 도착할 거야. 게다가 그분이 흥미를 느낄 만한 일들을 우리는 아주 많이 알고 있지, 그렇지 않니?"

선라이트 가드너가 킥킥거리며 지포 라이터의 뚜껑을 딸칵 하고 열자 시꺼먼 부싯돌 톱니바퀴와 그을음에 찌든 심지가 보였다.

"참회는 영혼에 아주 유익한 거란다."

가드너가 이렇게 속삭이고는 라이터를 켰다.

4

쿵.

"저게 무슨 소리지?"

루돌프가 이중 오븐에서 고개를 들며 물었다. 저녁식사인 커다란 칠면조 파이 열다섯 개가 맛있게 익고 있었다.

"뭐 말이에요?"

조지 어윈슨이 되물었다.

싱크대에서 감자 껍질을 벗기고 있던 도니 키건이 크게 껄껄거리며 웃었다. 어윈슨이 다시 말했다.

"난 아무 소리도 못 들었는데."

도니가 다시 웃었다.

루돌프가 짜증이 난 얼굴로 그에게 소리쳤다.

"이 멍청이, 감자가 가루가 될 때까지 껍질만 벗길 셈이냐?"

"어흑, 어흑, 어흑!"

쿵!

"저것 봐. 이번에는 들었지?"

어윈슨은 계속 고개만 저었다.

루돌프는 갑자기 두려움에 휩싸였다. 그 소리는 상자 ─ 물론 그것은 건초 말리는 헛간이라고 했다. 그 말을 믿는 사람은 아무도 없지만. 상자에는 그 덩치 큰 녀석이 갇혀 있었으니까. ─ 가 있는 곳에서 들려오고 있었다. 그 녀석은 그날 아침 그의 친구와 함께 비역질을 하다가 발각되었다고 했다. 그 친구란 녀석은 그전 날 뇌물을 먹여 몰래 탈출하려고 했다고 했다. 하여튼 그 커다란 녀석은 바스트가 주먹을 날리기도 전에 포악스러운 면모를 드러냈다는 얘기도 있었다……. 어떤 아이들이 말하기를 그 큰 소년은 단지 바스트의 손을 부러뜨린 정도가 아니라 완전히 죽처럼 으스러뜨렸다고 했다. 물론 거짓말이지만, 거짓말이어야 하지만, 하지만…….

쿵!

이번에는 어윈슨도 주위를 두리번거렸다. 루돌프는 갑자기 화장실에 가기로 결정을 내렸다. 어쩌면 3층까지 뛰어 올라갈 수도 있었다. 올라가서 두 시간, 아마도 세 시간쯤 내려오지 않을지도 몰랐다. 뭔가 알 수 없는 일이 임박하고 있었다. 그로서는 상상조차 할 수 없는 일이.

쿵쿵!

칠면조 파이 따위는 안중에도 없었다.

루돌프는 앞치마를 벗어 조리대 위에 던져 놓고 방을 뛰쳐나왔다. 조리대에는 내일 저녁식사 때 먹을 수 있도록 물에 담가 둔 소금에 절인 대구가 놓여 있었다.

"어디 가요?"

어윈슨이 별안간 언성을 높이며 물었다. 떨리는 목소리였다. 도니 키건은 맹렬히 감자 껍질을 깎아 너프 미식축구 공(던지고 잡기 편하게 개조된 어린이용 미식축구 공 — 옮긴이)만 한 감자를 스폴딩(미국의 스포츠용품 제조사 — 옮긴이) 골프공만큼 작게 만들고 있었다. 땀에 젖은 머리가 얼굴을 뒤덮고 있었다.

쿵! 쿵! 쿵쿵쿵!

루돌프는 어윈슨의 질문에 대꾸하지 않았다. 그때쯤에는 거의 뛰다시피 해서 2층으로 올라가고 있었다. 인디애나주는 지금 불경기라 일자리가 드물었고 가드너는 현금으로 급료를 주고 있었다.

그럼에도 루돌프는 새로 일자리를 찾아볼 때가 된 건 아니지만, 스스로 그만두겠다고 말해야 하지 않을까 하는 생각을 하기 시작했다.

5

쿵!

상자의 네덜란드 오븐처럼 악물린 문 위쪽 볼트가 두 쪽으로 부러졌다. 잠시 후 상자와 문 사이에 시꺼먼 틈이 벌어졌다.

잠시 정적이 흘렀다. 이윽고……

쿵!

아래쪽 볼트가 삐걱거리며 휘었다.

쿵!

볼트가 부러졌다.

크고 엉성한 사제 경첩이 달린 상자의 문이 삐걱거리며 열렸다. 두툼한 가죽으로 뒤덮인 거대한 두 발이 발바닥을 위로 한 채 쑥 튀어나왔다. 기다란 발톱이 땅바닥에 푹 박혔다.

울프가 밖으로 나오기 시작했다.

6

잭의 코앞에서 불꽃이 앞뒤로 춤을 추고 있었다. 앞으로 갔다 뒤로 갔다, 앞으로 갔다 뒤로 갔다. 선라이트 가드너는 무대 최면술사와, 「더 레이트 레이트 쇼」(미국의 유명 심야 토크쇼 ─ 옮긴이)에 나온 위대한 과학자의 전기영화에서 주연을 맡은 어떤 원로 배우를 합쳐 놓은 것처럼 보였다. 아마도 폴 무니(1930년대에 활약한 할리우드의 연기파 배우 ─ 옮긴이)를 흉내 내고 싶어 하는 것 같았다. 재미있는 광경이었다. 잭은 그렇게 겁에 질려 있지만 않았더라면 웃음을 터뜨렸을 것이다. 어쨌든 웃었을지도 모른다.

가드너가 마침내 입을 열었다.

"이제 몇 가지 질문을 할 테니 반드시 대답을 해야 한다. 모건 씨라면 너한테서 자백을 받아 내시겠지, 아 물론, 손쉽고, 확실하게! 난 그분에게 수고를 끼치고 싶지 않아. 그러니 너 말이야…… 옮겨 다니는 재주는 언제 터득한 거지?"

"무슨 말씀인지요?"

"언제부터 테러토리에 옮겨 올 수 있었냔 말이다."

"무슨 말씀인지 통 모르겠네요."

불꽃이 더 가까이 다가왔다.

"검둥이는 어디에 있지?"

"누구요?"

가드너가 꽥 소리를 질렀다.

"검둥이 말이야, 검둥이! 파커, 파커스, 이름이 뭐든 말이야! 그자는 어디에 있지?"

"누구를 말하는 건지 모르겠습니다."

가드너가 소리쳤다.

"서니! 앤디! 저놈의 왼손을 풀어서 내 쪽으로 내밀게 해."

워윅이 잭의 어깨를 덮쳐눌러 꼼짝달싹 못 하게 하자, 다른 놈들이 잭의 허리에서 손을 잡아 꺼냈다. 마비가 풀리면서 핀과 바늘로 찌르듯이 콕콕 쑤셨다. 잭은 빠져나가려고 몸부림을 쳤지만 아무 소용없었다. 그들은 그의 손을 잡아당겼다.

"이제 놈의 손가락을 쫙 펴."

서니가 약지와 새끼손가락을 한쪽으로 잡아당기고, 워윅이 검지와 중지를 다른 방향으로 잡아당겼다. 이윽고 놈들이 만들어 놓은 V 자의 아랫부분에 가드너가 지포 라이터의 불꽃을 갖다 대었다. 짜르르한 통증이 왼쪽 팔에 솟구치더니, 이어 온몸으로 퍼져 나가는 듯했다. 살을 태우는 고소한 냄새가 피어올랐다. 잭. 불타고 있었다. 다른 누구가 아닌 잭이.

영겁처럼 느껴지는 시간이 흐른 뒤, 가드너가 라이터를 거두고 찰칵 뚜껑을 덮었다. 그의 이마엔 굵은 땀방울이 송골송골 맺혀 있었고, 숨을 헐떡이고 있었다.

가드너가 말했다.

"악마들은 빠져나오기 전에 무섭게 비명을 지르지. 아, 그렇지, 참으로 그러하지. 안 그러냐, 얘들아?"

"네, 하나님을 찬양할지어다."

워윅이 찬양하자 서니도 끼어들었다.

"하나님을 대신해 벼락을 내리셨군요."

"아, 그래. 나도 안다. 그래, 참으로 잘 알고말고. 난 소년들과 악마들의 비밀을 알고 있으니까."

가드너가 낄낄거리더니 허리를 굽혀 잭의 코앞에 자신의 얼굴을 들이밀었다. 오드콜로뉴의 역겨운 냄새가 코를 찔렀다. 잭에게는 그 냄새도 끔찍했지만 그의 살이 타는 냄새보다는 훨씬 나았다.

"자, 잭. 옮겨 다니기 시작한 지 얼마나 됐지? 검둥이는 어디에 있지? 네 엄마는 얼마나 알고 있지? 누가 네게 말해 주었니? 검둥이한테 무슨 얘기를 들은 거지? 일단 이것부터 대답해 봐."

"무슨 말인지 모르겠다니까요."

가드너가 이를 드러내며 히죽 웃고는 소년들을 돌아보며 말했다.

"여러분, 우리가 이제 이 녀석의 영혼에 햇빛을 쏘여 주어야겠지? 왼팔을 다시 묶고 오른팔을 풀어."

가드너는 다시 라이터 뚜껑을 열고 부싯돌 톱니바퀴에 엄지손가락을 살짝 올려놓은 채 놈들이 잭의 손을 꺼내 놓기를 기다렸다.

7

조지 어윈슨과 도니 키건은 여전히 주방에 남아 있었다.

조지가 불안한 얼굴로 말을 꺼냈다.

"누군가가 저 밖에 있어."

도니는 아무 말도 없었다. 도니는 감자 껍질을 다 벗기고 나서 몸을 녹이려 오븐 앞에 서 있었다. 이제 무엇을 해야 할지는 몰랐다. 참회가 복도 저쪽에서 열리고 있는 것을 알고 있었고, 그곳으로 가고 싶은 마음은 굴뚝같았다. 참회는 안전했고 여기 주방에 있자니 정말 견딜 수 없이 불안했다. 하지만 루돌프는 그들에게 나가도 좋다는 말을 하지 않았다. 그러니 그냥 이 자리에 있는 게 좋을 것 같았다. 조지가 다시 외쳤다.

"바깥에 누가 있어."

도니가 웃었다.

"*어흑! 어흑! 어흑!*"

"젠장, 네가 그렇게 웃으면 구역질이 난단 말이야. 내 매트리스 밑에 새로 나온 캡틴 아메리카 만화책이 있어. 네가 나가서 무슨 일인지 보고 오면 그 만화책 빌려 줄게."

도니는 고개를 저으며 또다시 꺽꺽거리며 당나귀 울음을 웃었다.

조지는 문 쪽을 살펴보았다. 소리. 긁는 소리. 뭔가를 긁는 듯한 소리가 났다. 문을 긁는 소리. 마치 개가 들여 보내달라고 하는 것 같았다. 길 잃고 갈 데 없는 강아지가. 하지만 어떤 길 잃고 갈 데 없는 강아지가 2미터가 넘는 문 꼭대기를 긁을 수 있겠는가?

조지는 창가로 가서 밖을 내다보았다. 어두침침해서 보이는 게 거의 없었다. 상자는 그림자 속에 더 어두운 그림자일 뿐이었다.

조지는 문 쪽으로 다가갔다.

8

목청이 터져라 소리를 질렀다. 잭은 이러다간 틀림없이 목구멍이 찢어지겠다고 생각했다. 이젠 커다란 배를 출렁이는 케이시까지 가세했다. 그들에게 유리한 형세였다. 이제는 세 명 — 케이시, 워윅, 서니 싱거 — 이 잭의 팔을 꽉 붙잡고 그의 손바닥을 불꽃에 들이밀고 있었기 때문이다.

이번에 가드너가 불꽃을 치웠을 때는 잭의 손에 25센트짜리 동전만 한 거뭇거뭇한 물집이 불룩 올라와 있었다.

가드너는 자리에서 일어나 책상에서 '잭 파커'라는 이름이 쓰인 봉투를 가져왔다. 기타 피크를 꺼내고는 물었다.

"이건 뭐지?"

"기타 피크요."

잭은 간신히 대답했다. 양손에 불이 붙은 것처럼 고통스러웠기 때문이었다.

"테러토리에서는 뭐가 되지?"

"무슨 말인지 모르겠는데요."

"그럼 이건 또 뭐지?"

"유리구슬이죠. 당신은 눈 없어요?"

"테러토리에서는 장난감으로 변하나?"

"잘 모르……"

"이건 거울이냐?"

"……글쎄요……"

"이건 빨리 돌리면 사라져 버리는 팽이냐?"

"……무슨 말인지……"

"*너는 알고 있어! 너 다 알고 있잖아, 이 지옥 불에 떨어질 동성애자 새끼야!*"

"……모르겠어요."

가드너가 따귀를 후려쳤다.

가드너는 1달러짜리 은화를 끄집어냈다. 그의 눈이 번들거렸다.

"이건 뭐지?"

"헬렌 고모가 주신 부적 같은 겁니다."

"테러토리에서는 뭐지?"

"라이스 크리스피(미국 켈로그사에서 출시한 쌀로 만든 시리얼 ― 옮긴이) 상자요."

가드너가 라이터를 들어 올리며 말했다.

"마지막 기회다."

"비브라폰(실로폰과 유사한 타악기로 금속 건반에 전기 공명판이 연결되어 있다. ─옮긴이)으로 변해서 「크레이지 리듬」(1928년 브로드웨이 뮤지컬 「여기 하위가 있습니다」에 삽입된 경쾌하고 빠른 박자의 연주곡 ─옮긴이)을 연주하죠."

"다시 저놈 오른손을 꺼내."

잭이 몸부림치며 저항했지만 마침내 그들은 잭의 손을 끄집어냈다.

9

오븐에서는 칠면조 파이가 타기 시작했다.

조지 어윈슨은 거의 5분 동안 문 옆에 서서 열어 볼 용기를 내려고 안간힘을 쓰고 있었다. 그 긁는 듯한 소리는 더 이상 되풀이되지 않았다.

조지가 진심으로 말했다.

"자, 걱정할 일은 아무것도 없다는 걸 보여 주마, 이 겁쟁이야. 주님 안에 거하는 한 두려울 것 없어!"

조지는 이렇게 큰소리를 땅땅 치고는 문을 홱 열었다. 어떤 거대한 털북숭이가 문가 그늘에 서 있는 것이 보였다. 그 눈 속 깊은 곳에서 빨간 불꽃이 타오르고 있었다. 어두침침한 와중에도 조지는 그것의 앞발이 가을바람을 뚫고 치켜 올라갔다가 허공을 가르며 내려오는 궤적을 눈으로 좇았다. 주방의 불빛을 받아 희미하게 번쩍거리던 15센티미터짜리 발톱이 조지 어윈슨의 목을 찢어 내자 머리가 통째로 방을 가로질러 날아갔다. 흩뿌려진 피가 실성한 듯 웃고 있는 도니 키건의 신발을 흠뻑 적셨다. 도니 키건은 실성한 사람처럼 웃고만 있었다.

울프는 네발로 뛰어올라 주방으로 들어섰다. 그러고는 도니 키건은 거들떠보지도 않고 복도로 뛰어갔다.

10

울프! 울프! 지금 당장 여기!

잭의 마음속에서 울리는 울프의 목소리였다. 잭은 이처럼 깊고 우렁차고 위풍당당한 소리는 들어 본 적이 없는 것 같았다. 그 목소리는 예리한 스웨덴산(産) 나이프처럼 고통으로 몽롱해진 그의 의식 속을 파고들었다.

울프가 마침내 달과 함께 달리고 있구나. 그 생각을 하자 잭은 울프의 성공에 기뻐진 한편 슬프기도 했다.

선라이트 가드너는 눈살을 찌푸리며 위쪽을 올려다보았다. 그 순간은 그 자신이 야수가 된 것처럼 보였다, 불어오는 바람에서 위험의 냄새를 맡는 야수.

"왜 그러시죠, 목사님?"

서니가 동공이 확장된 채로 가볍게 헐떡거리면서 물었다. *서니는 이것을 즐기고 있는 거야, 아마도 내가 입을 열면 서니는 실망할 테지.* 잭은 생각했다.

가드너가 입을 열었다.

"무슨 소리가 났어. 케이시. 주방과 휴게실을 둘러보고 와."

"알겠습니다."

케이시가 자리를 뜨자 가드너가 잭을 돌아보며 말했다.

"곧 먼시로 떠나야 해. 모건 씨를 만나는 대로 약간의 정보를 알려 드리고 싶거든. 그러니 지금 털어놓는 게 신상에 좋을 거야, 잭.
또다시 그런 고통을 받고 싶지는 않겠지?"

잭은 미칠 듯이 뛰는 심장 박동이 붉어지는 얼굴이나 더 빠르게
불뚝거리는 목 동맥에서 드러나지 않기를 바라며 가드너를 보았
다. 울프가 상자에서 나왔다면…….

가드너는 한 손엔 스피디가 준 기타 피크를 들고, 다른 손엔 캡틴
파렌이 준 은화를 들고 있었다.

"이것들이 다 뭐지?"

"내가 순간이동을 하면 거북 고환으로 변하죠."

잭은 이렇게 말해 놓고는 히스테리를 부리듯 난폭하게 웃었다.

가드너의 얼굴은 붉으락푸르락하다 못해 검게 변했다. 그가 서
니와 앤디에게 말했다.

"저놈 팔을 다시 묶어, 팔 다시 묶어 놓고 이 지옥불에 떨어질 개
자식의 바지를 벗겨라. 저놈 고환을 달구면 어떻게 나올지 두고 보
자고."

11

헥 바스트는 이제 참회라면 신물이 났다. 통신판매로 주문한 듯
판에 박힌 죄들은 다 한 번씩은 들어 본 것들이었다. 엄마 지갑에서
돈을 훔쳤어요, 학교 운동장에서 마리화나를 피웠어요, 종이봉투
에 본드를 넣고 흡입했어요, 이랬어요, 저랬어요. 코흘리개들이나
할 짓이라 아무런 감흥이 없었다. 끊임없이 찾아오는 다친 손의 통
증을 잊게 하는 것은 아무것도 없었다. 헥은 아래층으로 내려가 소

여라는 놈을 혼내 주고 싶었다. 그놈만 해치우면 다른 소년들과 힘을 합쳐 한때 그를 경악케 하고 멀쩡하던 오른손을 으스러뜨린 저 덩치만 큰 백치를 해치울 수 있을 것이다. 그래, 저 커다란 멍청이만 해치울 수 있다면 얼마나 신날까. 되도록 볼트 커터(굵은 쇠막대를 자르는 공구──옮긴이)를 사용해야지.

지금은 버논 스카다가 단조로운 목소리로 웅얼거리고 있었다.

"……그러니까 나랑 개가 자동차에 키가 꽂혀 있는 것을 본 거야, 내 말 무슨 뜻인지 알지. 그런데 그 자식이 이러는 거야, '저 차 타고 한 바퀴 돌자.' 하지만 그러면 안 된다고 생각해서, 그러지 말자고 했지, 그러니까 개가 또 이래, '너 겁쟁이구나.' 그래서 말했지, '난 겁쟁이 아니거든.' 그랬더니 이래, '그럼 어디 증명해 봐.' 그래서 난 이랬어, '난 절대로 남의 차를 훔쳐 타지 않을 거야.' 그랬더니 개가……."

아, 이런 젠장맞을. 헥은 생각했다. 헥의 손이 절박하게 고통을 호소하기 시작했지만 진통제는 위층에 있는 그의 방에 있었다. 방 저쪽에서 피버디가 턱이 빠져라 하품을 하는 것이 보였다.

"그래서 우리가 한 바퀴 돌았어, 그러고 나서 개가 나한테 와서 이렇게 말하는 거야……."

갑자기 쿵 소리와 함께 문이 안으로 열렸다. 어찌나 세게 부딪쳤는지 경첩이 떨어져 나갔다. 문짝은 벽에 맞고 튕겨 나와 톰 캐시디라는 이름의 소년을 쳤다. 톰 캐시디는 바닥에 나동그라져 그 자리에 쓰러졌다. 뭔가가 휴게실로 뛰어들었다. 처음에 헥 바스트는 세상에 이렇게 큰 개도 있나 하고 생각했다. 소년들은 비명을 지르며 의자에서 벌떡 일어났다……. 그러곤 믿을 수 없다는 듯 눈을 왕방울만 하게 뜬 채로 그 자리에 얼어붙었다. 전에는 울프였던 진회색 야수가 꼿꼿이 서 있었다. 몸에는 아직 갈가리 찢긴 치노 바지와 체크무늬 셔츠의 천 조각들이 매달려 있었다.

버논 스카다가 입을 헤벌린 채 눈알이 튀어나올 만큼 빤히 쳐다보았다.

울프가 뒷걸음질 치는 소년들에게 눈을 부라리다 우렁차게 소리쳤다. 페더슨이 문을 향해 달려갔다. 울프는 천장에 닿을 만큼 키가 컸지만 움직임은 흐르는 물처럼 재빨랐다. 그가 외양간 기둥처럼 우람한 팔을 휘두르자 그의 발톱에 페더슨의 등이 길게 움푹 파였다. 잠시 동안 그의 척추가 똑똑히 보였다. 마치 피로 물든 전화선 같았다. 벽마다 선혈이 낭자했다. 그렇게 큰 부상을 입고도 페더슨은 어기적거리며 멀찍이 한 발을 떼어 복도로 나갔지만 이내 주저앉고 말았다.

울프가 뒤로 돌아섰다……. 그리고 이글거리는 눈으로 헥 바스트를 응시했다. 헥은 이 붉은 눈의 소름 끼치는 털북숭이를 쳐다보며 벌떡 일어섰지만 이미 다리에 힘이 없었다. 헥은 저것이 누구인지…… 적어도 누구였는지 알고 있었다.

예전처럼 따분한 생활로 돌아갈 수만 있다면 뭐든 할 수 있을 것 같은 심정이었다.

12

잭은 다시 의자에 앉아 있었다. 불에 타 욱신거리는 손은 다시 한 번 허리 뒤에 꽉 눌려 있었다. 서니가 가혹할 만큼 구속복을 꽉 조인 다음 잭의 작업복 바지의 단추를 풀고 아래로 끌어내렸다.

가드너가 잭이 볼 수 있도록 지포 라이터를 들어 올리며 말했다.

"자, 내 말 잘 들어, 잭, 단단히 잘 들으라고. 이제부터 내가 다시 질문을 할 거야. 만약에 사실대로 대답하지 않으면, 앞으로 호모 짓거리라면 아주 진절머리가 나게 해 줄 테니까."

이 말에 서니 싱거가 상스럽게 낄낄거렸다. 반쯤 죽어 있던 그 탁한 욕정의 표정이 싱거의 눈에 다시 떠올랐다. 그는 탐욕에 들뜬 역겨운 얼굴로 잭을 응시했다.

"가드너 목사님! 가드너 목사님!"

케이시였다. 고통스러운 목소리였다. 잭은 다시 눈을 떴다.

"위층에서 난리가 났습니다!"

"지금은 방해하지 마라."

"도니 키건이 주방에서 미치광이처럼 웃고 있어요. 게다가······"

서니가 끼어들었다.

"목사님이 지금 방해하지 말라고 하시잖아. 못 들었어?"

하지만 케이시는 너무 경악한 나머지 말을 멈출 수가 없었다.

"······휴게실에서는 반란이라도 일어난 것 같은 소리가 들렸어요! 고함 지르고! 비명 지르고! 게다가 그 소리는 마치······"

별안간 잭의 마음속에서 믿을 수 없을 만큼 강력하고 활기찬 함성이 울려 퍼졌다.

재키! 어디 있냐? 울프! 어디 있냐? 지금 당장 여기!

"······저 위에선 목줄이 풀린 개 떼 같은 것이 돌아다닌다고요!"

가드너가 그제야 눈살을 찌푸리고 입술을 꽉 다문 채 케이시를 쳐다보았다.

가드너의 사무실이야! 지하에 있는! 전에 우리가 와 본 곳 말이야.

아래쪽이냐, 재키?

계단으로 내려와! 계단으로 내려오라고, 울프!

지금 당장 여기!

그때였다. 머릿속에서 울프의 목소리가 사라지고 위층에서 쿵쾅 소리와 비명 소리가 들렸다.

"가드너 목사님? 가드너 목사님, 어떻게 된 일이죠? 이제 무슨……."

케이시가 물었다. 늘 상기되어 있던 얼굴이 새하얗게 질려 있었다.

"입 닥치고 있어!"

가드너가 소리치자 케이시는 마치 따귀라도 맞은 양 움찔했다. 상처입은 눈은 휘둥그레졌고 두툼하게 늘어진 턱 살이 떨리고 있었다. 가드너는 그를 지나쳐 금고 쪽으로 가서 커다란 권총을 꺼내 벨트에 끼웠다. 그제야 비로소 선라이트 가드너 목사의 얼굴에 공포감과 당혹감이 나타났다.

위층에서는 산산이 부서지는 소리가 희미하게 났고 뒤이어 비명 소리가 들려왔다. 싱거와 워윅, 케이시는 초조한 눈으로 위를 올려다보았다. 마치 방공호에 숨어서 점점 커지는 공습 소리에 귀를 기울이며 불안에 떠는 사람들처럼 보였다.

가드너가 잭을 노려보았다. 얼굴은 웃고 있었지만 입 꼬리는 제멋대로 씰룩거렸다. 마치 거기에 줄이 달려, 꼭두각시 인형을 조종

하는 데 서투른 사람의 조종을 받는 것 같았다.

"그놈이 이리로 올 거야, 안 그래? 오기는 하겠지만…… 나갈 수 있을지는 잘 모르겠네."

선라이트 가드너가 중얼거리고는 마치 잭이 대답이라도 한 것처럼 고개를 끄덕였다.

13

울프가 공중으로 뛰어올랐다. 헥 바스트는 간신히 깁스를 한 오른팔로 목을 막을 수 있었다. 하지만 울프가 깁스─그리고 그 안에 남아 있던 손의 일부─를 물어뜯는 순간, 석고가 바스락 가루를 날리며 부서지면서 타는 듯한 통증이 밀려왔다. 헥은 원래 손이 있던 자리를 멍하니 내려다보았다. 손목에서 뿜어져 나온 따뜻한 피가 하얀 터틀넥을 선홍색으로 물들였다.

헥은 징징 울었다.

"제발 부탁해. 제발, 제발, 이제 그만해……."

울프는 헥의 손을 뱉어 냈다. 뱀이 먹이를 덮칠 때처럼, 울프의 머리가 순식간에 헥의 코앞까지 들이닥쳤다. 울프가 헥의 머리를 몸통에서 뜯어냈을 때 그에게는 무엇이 잡아당기는 둔한 느낌밖에 없었고 얼마 후에는 그나마도 사라져 버렸다.

14

피버디는 휴게실에서 다급하게 뛰어나오다 페더슨의 피를 밟고 미끄러져 한쪽 무릎을 찧었다. 하지만 곧바로 일어나 내내 토하면서도 1층 복도를 죽어라 달려갔다. 아이들은 공포에 사로잡혀 사방 팔방으로 뛰어다니면서 비명을 질렀다. 하지만 피버디는 아직 그렇게 이성을 잃을 정도는 아니었다. 위기 상황에서 어떻게 대처해야 하는지를 알고 있었기 때문이다. 비록 *이처럼* 가공할 만한 상황을 예견한 사람은 아무도 없을 테지만 말이다. 피버디가 보기엔 가드너 목사는 정신이 이상해진 원생이 다른 아이를 칼로 찌른다든가 하는 경우를 상정한 듯했다.

선라이트 홈에 처음 들어온 아이들이 대기하는 1층 응접실 너머에는 가드너가 자신의 '학생 조수'라고 부르는 '어깨'들만 사용할 수 있는 작은 사무실이 있었다.

피버디는 그 방에 들어가 문을 잠그고는 전화기를 들고 비상 전화번호를 눌렀다. 잠시 후 프랭키 윌리엄스가 전화를 받았다.

"저 선라이트 홈의 피버디인데요, 최대한 많은 경찰관들을 모아 이쪽으로 와 주세요, 윌리엄스 경관님. 지옥문이……"

밖에서 우지끈 목재가 부러지는 소리에 이어 구슬픈 비명 소리가 들려왔다. 바로 그때 으르렁거리며 짖어 대는 포효가 울리자 비명 소리가 뚝 그쳤다. 피버디가 말을 맺었다.

"……활짝 열린 것 같습니다."

윌리엄스가 짜증스럽게 물었다.

"뭔 지옥이 어쨌다는 거야? 가드너 바꿔."

"목사님이 어디 계신지는 모르지만 목사님도 경관님이 오시길 바랄 겁니다. 사람들이 죽었어요. *아이들이 죽었다고요.*"

"*뭐라고?*"

"많은 인원을 데리고 오셔야 해요. 총도 많이 가지고 오시고요."

또다시 비명 소리. 그리고 뭔가 무거운 것 — 아마도 현관 홀에 있는 낡은 서랍장 — 이 우르르 쿵 하고 넘어지는 소리가 들렸다.

"만약에 기관총도 있으면 가져오세요."

홀에 달린 커다란 샹들리에가 떨어지면서 크리스털이 쨍그랑거렸다. 피버디는 몸을 움츠렸다. 마치 그 괴물이 맨손으로 건물 전체를 찢어발기고 있는 것 같았다.

"젠장, 핵무기라도 가져올 수 있으면 가져오라고요."

마침내 피버디는 엉엉 울면서 말했다.

"뭐라고……"

피버디는 윌리엄스가 말을 마치기도 전에 전화를 끊고는 책상 밑으로 기어들어 양팔로 머리를 감싸 안았다. 그러고는 이 모든 사태가 단지 꿈 — 그가 꾼 가장 끔찍한 악몽 — 이게 해 달라고 간절히 기도하기 시작했다.

15

울프는 휴게실과 현관 사이의 1층 홀에서 미쳐 날뛰다가 서랍장을 넘어뜨릴 때만 잠시 멈추고는 다시 훌쩍 뛰어올라 샹들리에를 그러잡았다. 울프가 타잔처럼 매달려 흔들거리자 샹들리에가 천장에서 떨어져 나오면서 다이아몬드처럼 빛나는 크리스털 구슬이 복도에 깔아 놓은 융단 위로 흩뿌려졌다.

아래쪽이다. 잭이 아래쪽에 있다. 그런데…… 그게 어느 쪽이냐?

그 괴물이 사라지기만 기다리며 극심한 긴장감에 시달리던 한 아이가 더 이상 참지 못하고 숨어 있던 벽장에서 뛰쳐나와 계단을 향해 재빨리 달려갔다. 울프가 그 아이를 낚아채 복도 끝까지 집어 던졌다. 소년은 뼈가 부러지는 퍽 소리와 함께 닫힌 주방문에 부딪 치고는 그 자리에 풀썩 쓰러져 버렸다.

신선한 피 냄새에 취해 울프는 머리가 어질어질했다. 머리털은 피떡이 되어 턱과 입가에 매달려 있었다. 그는 생각에 집중하려고 안간힘을 썼지만 쉽지 않았다. 결코 쉽지 않았다. 이젠 한시라도 빨 리 잭을 찾아내야 했다. 생각할 능력을 점점 잃어 가고 있었기 때문 이다.

울프는 아까 들어갔던 주방 쪽으로 다시 네발로 달려갔다. 그쪽 이 이동하기가 훨씬 더 빠르고 손쉬웠기 때문이다……. 닫힌 문 을 지나치다 문득 기억이 났다. 좁은 곳. 마치 무덤 속으로 내려가 는 것 같았다. 목구멍으로 비집고 들어오던 축축하고 퀴퀴한 냄 새…….

아래쪽이다. 그 문 뒤다. 지금 당장 여기!

"*울프!*"

울프가 우렁차게 소리쳤다. 1층과 2층에서 숨을 만한 곳을 찾아 웅크리고 있던 소년들에겐 점점 커지는 의기양양한 늑대 울음에 불과했지만. 울프는 근육이 울뚝불뚝 불거진 공성망치 같은 두 팔 을 들어 문을 내리쳤다. 문 한가운데가 부서지면서 나무 파편들이 계단통으로 쏟아져 내렸다. 울프는 안으로 들어갔다, 그렇다, 여기 가 목구멍처럼 좁은 그곳이다, 여기서 조금만 더 가면 바로 그 하얀 사내가 새빨간 거짓말을 늘어놓는 동안 잭과 힘이 약한 울프가 앉아서 듣고만 있어야 했던 사무실이 나온다.

잭은 지금 저 아래에 있다. 울프는 잭의 냄새를 맡을 수 있었다.

하지만 그 하얀 사내의 냄새도 났다……. 그리고 화약 냄새도.

조심해야 한다…….

그렇다. 울프족은 조심성이 많다. 울프족은 달리고 찢고 죽일 수 있지만 필요할 경우…… 조심해야 한다는 것을 알고 있었다.

울프는 네발로 기어 연기처럼 소리 없이 부드럽게 계단을 내려 갔다. 두 눈은 브레이크 등처럼 붉게 빛나고 있었다.

16

가드너는 점점 더 초조해했다. 잭이 보기에 가드너는 거의 이성 을 잃기 직전 상태였다. 가드너는 케이시가 신경을 곤두세우고 위 층 소리에 귀 기울이고 있는 스튜디오를 살피다가 또 잭을 감시했 다가, 거기서 또 복도로 통하는 닫힌 문 쪽으로 홱 눈길을 던지는 식으로 삼중 경계를 펼치느라 눈에 쥐가 날 지경이었다.

얼마 전부터 위층에서 들려오던 소리가 거의 대부분 들리지 않 았다.

이제 서니 싱거가 문 쪽으로 다가가며 말했다.

"제가 위로 올라가서 무슨 일인지 알아보고……"

"아무 데도 가면 안 돼! 이리 와!"

서니는 가드너가 때리기라도 한 듯 몸을 움찔했다. 그 틈을 타서 잭이 물었다.

"무슨 일이죠, 가드너 목사님? 조금 초조하신 것 같네요."

서니가 느닷없이 뺨을 후려쳤다. 얼마나 세게 쳤는지 잭은 몸이 흔들릴 지경이었다.

"말조심을 해야지, 코흘리개야! 입 다물고 있어!"

"서니, 너도 불안하구나. 그리고 너 워웍, 저 안에 있는 케이시도……."

가드너가 불쑥 목소리를 높였다.

"저놈 입 좀 틀어막아! 너희들, 뭐라도 해야 할 것 아니니? 나 혼자 여기 일들을 다 처리해야 하니?"

서니가 다시 훨씬 더 세차게 잭의 뺨따귀를 후려쳤다. 코피가 흘렀지만 잭은 미소를 지었다. 이젠 울프가 아주 가까이 있으니까…… 그리고 울프는 조심스럽게 움직이고 있었다. 잭은 가망이 없다는 걸 알면서도 이곳에서 살아서 나갈지도 모른다는 희망을 품기 시작했다.

케이시가 별안간 몸을 곧추세우더니 헤드폰을 벗고 인터폰 스위치를 눌렀다.

"가드너 목사님! 외부 마이크에 사이렌 소리가 잡히는데요!"

가드너의 눈이 휘둥그레지더니 미끄러지듯 케이시 쪽으로 향했다.

"그래? 몇 대나 되냐? 어디쯤 왔지?"

"아주 많은데요. 아직은 멀지만 분명히 이쪽으로 오고 있어요. 틀림없어요."

가드너가 긴장이 풀리는 것을 잭은 보았다. 가드너는 자리에 앉아 잠시 동안 머뭇거리다 손날로 우아하게 입을 닦았다.

위층에서 무슨 일이 벌어지건, 사이렌이 울리건 상관없는 거야.

저자도 울프가 가까이 있다는 걸 알고 있으니까. 그도 나름의 방식으로 울프의 냄새를 맡을 수 있어……. 그게 싫었던 거지. *울프, 우리에게 기회가 올지도 몰라! 기회가 올지도 모른다고!*

가드너가 서니 싱거에게 권총을 건네며 말했다.

"지금으로서는 경찰이나 위에서 일어난 소동을 처리할 시간이 없다. 무슨 일이 일어났는지는 모르겠지만. 중요한 것은 모건 슬로트 씨야. 난 먼시로 갈 거다. 너랑 앤디는 나랑 가게 될 거야, 서니. 내가 차고에서 차를 꺼내는 동안 너는 권총으로 잭을 겨누고 있어. 경적 소리가 나면 밖으로 나오고."

앤디 워윅이 낮은 소리로 물었다.

"케이시는요?"

"그래, 그래, 알았어, 케이시도 함께 가야지."

가드너는 두말없이 동의했다. 잭은 생각해 보았다. *가드너는 너희를 버리고 도망갈 속셈이야, 이 바보 멍청이들아. 너희를 내팽개치고 달아날 거라고, 그가 선셋 스트립(미국 로스앤젤레스 선셋 대로의 번화가로 대형 광고판이 많기로 유명하다. —옮긴이)에 광고판을 세우고 그 사실을 광고한다 해도 너희들 머리로는 백날을 가야 알아차리지 못할 거다. 너희들은 아마도 이곳에 앉아 10년이고 20년이고 경적이 울리기만을 기다리겠지. 그나마 음식이나 화장지가 그때까지 남아 있다면 말이지만.*

가드너가 일어섰다. 서니 싱거가 새로운 중책을 맡아 상기된 얼굴로 책상 뒤에 앉아 권총으로 잭을 겨누었다. 가드너가 말했다.

"저놈의 모자란 친구 놈이 나타나면 쏴 버려."

"그놈이 어떻게 여기로 올 수 있나요? 상자 안에 갇혀 있는데요."

서니가 묻자 가드너가 대꾸했다.

"신경 쓰지 마. 그놈은 악마야, 두 놈 다 악마지, 의심할 여지가 없는 일이야, 자명한 사실이지, 그 머저리가 나타나면 총을 쏘라고, 둘 다 쏴 버려."

가드너는 열쇠 꾸러미를 더듬어 열쇠 하나를 골라냈다.

"경적 소리가 나면 뛰어와."

가드너는 이 말을 남기고 문을 열고 나가 버렸다. 잭은 사이렌 소리를 들으려고 귀를 쫑긋 세웠지만 아무 소리도 들리지 않았다.

선라이트 가드너의 등 뒤로 문이 닫혔다.

17

시간이 더디게 흘러갔다.

1분이 2분 같고, 2분이 10분, 4분이 한 시간 같았다. 잭과 함께 남은 가드너의 '학생 조수' 세 명은 조각상 술래잡기 놀이(술래에게 잡히면 조각상처럼 얼어붙어 부동자세를 유지해야 하는 게임 ─ 옮긴이)를 하다 잡힌 아이들 같았다. 서니는 가드너의 책상 ─ 그가 탐내던 자리 ─ 뒤에 꼿꼿이 앉아 여전히 권총으로 잭의 얼굴을 겨누고 있었고, 워윅은 복도로 통하는 문 옆에 서 있었다. 케이시는 환하게 불을 밝힌 부스에 우두커니 앉아 다시 헤드폰을 끼고 네모난 유리창을 통해 어두운 예배실을 멍하니 응시하고 있었다. 그렇다고 무엇을 보는 것은 아니고 오직 귀에만 온 신경을 쏟고 있었다.

잭이 느닷없이 입을 열었다. 자신의 목소리가 의외로 침착하고 평온해 잭도 조금은 놀랐다.

"다들 알 테지만 가드너는 너희를 데리러 돌아오지 않을 거야."

서니가 발끈했다.

"닥쳐, 코흘리개."

"네가 경적 소리를 기다리면서 숨을 죽이고 있으니까 그러지. 그러다간 얼굴이 파래져서 쓰러질걸."

"저놈이 또다시 지껄이면 이번엔 코를 부러뜨려, 앤디."

서니의 말에도 잭은 아랑곳하지 않았다.

"그래, 어디 한번 내 코를 부러뜨려 봐, 앤디. 총을 쏴서 죽이든지, 서니. 경찰이 오고 있다고, 가드너는 달아났고. 경찰들이 도착하면 구속복을 입은 시체 앞에 서 있는 너희 셋만 발견하게 될 테니까."

잭이 잠시 멈추고 정정했다.

"아니지. 코가 부러진 구속복을 입은 시체지."

"이 자식을 패 줘, 앤디."

서니가 말하자 문가에 있던 앤디 워윅이 구속복을 입고 바지와 팬티가 발목까지 내려온 채 앉아 있는 잭 쪽으로 다가갔다.

잭이 워윅에게 얼굴을 들이밀며 말했다.

"그래, 앤디, 어서 나를 쳐 봐. 난 가만히 있을 테니까. 누워서 떡 먹기겠지."

앤디 워윅이 주먹을 치켜 올렸다가…… 머뭇거렸다. 망설이는지 눈동자가 흔들렸다.

가드너의 책상에는 디지털시계가 있었다. 잭은 잠시 그 시계에 눈길을 돌렸다가 다시 워윅의 얼굴을 보며 말했다.

"벌써 4분 지났어, 앤디. 차고에서 차를 꺼내는 데 얼마나 걸리지? 특히 아주 서두를 때 말이야."

서니 싱거가 선라이트 가드너의 의자에서 벌떡 일어나더니 책상을 돌아 잭에게 덤벼들었다. 갸름하고 음험해 보이는 얼굴이 분노로 이글거리고 있었다. 서니가 잭을 칠 듯이 주먹을 꽉 쥐자, 그보다 덩치가 큰 워윅이 막아섰다. 워윅은 지금 곤혹스러운 표정이었다. 제대로 곤경에 처한 얼굴. 워윅이 만류했다.

"기다려."

"이런 말을 듣고 있어야 해? 내가 정말……"

"케이시한테 사이렌 소리가 얼마나 가까워지고 있는지 물어보지 그래?"

잭이 비아냥거렸다. 워윅이 눈살을 잔뜩 찌푸렸다.

"너희들은 곤경에 처한 거야, 이래도 모르겠어? 그림이라도 그려서 설명해 줄까? 이곳에 있다간 너희만 난처해진단 말이야. 가드너는 그걸 알고 있었어. *냄새*를 맡았던 거지! 여기서 일어난 일들을 죄다 너희들에게 떠넘기고 도망간 거야. 위층에서 들리는 소리를 보면……"

싱거는 느슨해진 워윅의 손아귀를 뿌리치고 잭의 *뺨*을 거세게 후려갈겼다. 잭의 머리가 한쪽으로 돌아갔다가 천천히 제자리로 돌아왔다. 잭이 말을 마쳤다.

"……보통 큰일이 아닐 거야."

"입 다물지 않으면 죽여 버릴 거야."

서니가 식식거렸다.

시계의 디지털 숫자가 바뀌었다. 잭이 약을 올렸다.

"이제 5분 지났어."

워윅이 잠시 멈칫하다가 말했다.

"서니, 이 녀석을 구속복에서 풀어 주자."

"안 돼!"

서니가 외쳤다. 상처받고 격분하고…… 겁에 질려 있었다.

워윅이 얼른 설명에 나섰다.

"목사님이 말했잖아. 전에 말이야. 방송국 사람들이 왔을 때. 절대로 구속복을 보이면 안 된다고 했잖아. 이해하지 못할 거라고. 그들은……"

딸깍! 인터폰 스위치 소리.

공황상태에 빠진 케이시의 목소리가 들렸다.

"서니! 앤디! 경찰이 더 가까이 왔어! 사이렌 소리도! 제기랄! 이제 어떻게 해야지?"

"어서 구속복을 벗겨, 당장."

워윅의 얼굴은 광대뼈 위쪽에 난 빨간 여드름 두 개 빼고는 하얗게 질려 있었다.

"가드너 목사님은 *이렇게도 말씀하셨*……"

워윅이 낮은 목소리로 말했다. 마치 겁에 질려 숨도 제대로 쉬지 못하는 아이가 말하는 것 같았다.

"그 작자가 *뭐라고* 했건 상관 안 해. 우리는 *체포될 거야*, 서니! *체포될 거라고!*"

잭도 사이렌 소리를 들은 것 같았다. 단지 상상일 수도 있었지만.

서니가 참담한 눈으로 이리저리 살피다가 잭을 향해 눈길을 돌렸다. 그가 반쯤 권총을 들어 올리자 한순간 잭은 서니가 정말로 그를 쏘려는 줄 알았다.

하지만 6분이 지난 지금, 신성한 그분으로부터는 여전히 경적 소리가 들리지 않았고, 그것은 곧 *데우스 엑스 마키나*(뒤틀리고 꼬인 사건이 파국을 맞이하기 직전 등장한 신에 의해 단번에 해결되는 연극 기법. 여기서는 이들을 곤경에서 구해 줄 가드너 목사를 가리킨다. —옮긴이)가 이미 먼지를 향해 달려가고 있다는 뜻이었다.

서니가 부루퉁한 소리로 앤디 워윅에게 말했다.

"네가 구속복을 벗겨. 저놈한테는 손끝도 대기 싫어. 저놈은 죄인이야. 게다가 호모잖아."

앤디 워윅의 손가락이 더듬거리며 구속복을 감은 줄을 찾는 동안 서니는 책상 쪽으로 물러나 있었다.

서니가 식식거리며 말했다.

"입 다물고 있어. 한마디만 해 봐, 죽여 버릴 테니까."

오른팔이 풀려났다.

왼팔이 풀려났다.

두 팔은 마치 뼈가 없어진 듯 무릎 위에 힘없이 툭 떨어졌다. 핀과 바늘로 쑤시는 듯한 고통이 다시 몰려왔다.

워윅이 끔찍한 구속 상태에서 잭을 풀어 주었다. 회갈색 캔버스 천과 생가죽 끈으로 만들어진 흉물. 워윅은 손에 든 구속복을 보며 얼굴을 찡그리고는 잽싸게 방을 가로질러 선라이트 가드너의 금고에 집어넣었다.

서니가 명령했다.

"바지 올려. 네 거시기 따위 보고 싶을 것 같아?"

잭은 더듬거리며 팬티를 올린 다음 혁대를 잡았다가 한 번 떨어뜨리고는 간신히 바지를 올렸다.

딸칵! 인터폰 스위치 소리.

공황상태에 빠진 케이시의 목소리가 들렸다.

"서니! 앤디! 무슨 소리가 났어!"

서니가 비명에 가까운 소리로 물었다.

"경찰이 온 거야? 현관에 들어온 거……?"

워윅은 더한층 힘을 주어 금고에 구속복을 욱여넣고 있었다.

"아니야! 그게 아니고 예배실에 들어왔다고! 아무것도 안 보이지만 무슨 소리가……"

유리창이 폭발해 산산조각 나는 소리와 함께 울프가 어두운 예배실에서 스튜디오로 뛰어올랐다.

18

바퀴 달린 의자에 앉아 있다 뒤로 밀려 제어반을 건드리는 바람에 케이시의 비명 소리는 소름 끼칠 만큼 엄청나게 증폭되었다.

스튜디오 안에 잠시 유리 폭풍이 불었다. 울프가 눈을 붉게 번뜩거리며 비스듬한 제어반 위에 네발로 내려앉았다가 반쯤은 기어오르고, 반쯤은 미끄러져서 내려왔다. 긴 발톱으로 다이얼을 멋대로 돌리고 아무 스위치나 마구 누르자, 커다란 오픈릴 소니 테이프 레코더가 돌아가기 시작했다.

"······공산주의자들이다!"

선라이트 가드너가 울부짖는 목소리가 들렸다. 볼륨을 한껏 높인 상태라 "저놈 쏴 버려, 서니, 쏴, 쏴 버리라고!"라고 워윅과 케이시가 외치는 소리가 묻히고 말았다. 하지만 가드너의 목소리뿐이 아니었다. 마치 지옥에서 들려오는 음악 소리 같은, 불안정한 고음의 사이렌 소리가 배경음악처럼 케이시의 마이크를 통해 들려오고 있었다. 한 무리의 순찰차들이 선라이트 홈 진입로로 들어서고 있었던 것이다.

"오, 공산주의자들은 너희들에게 말할 것이다, 음란 서적을 보는 것쯤은 그리 신경 쓸 일이 아니라고! 공산주의자들은 말할 것이다, 공립학교에서 기도 시간을 운영하는 것은 법률 위반이라고! 공산주의자들은 말할 것이다, 미국 하원의원 가운데 열여섯 명, 미국 주지사 가운데 두 명이 동성애자임을 스스로 인정했지만 전혀 문제 될 게 없다고. 그들은 너희들에게 말할 것이다······."

케이시의 의자가 스튜디오와 선라이트 가드너의 사무실 사이의 유리벽으로 굴러왔다. 케이시가 고개를 돌린 순간, 고통으로 툭 불거져 나온 그의 눈을 그들 모두가 보았다. 뒤이어 울프가 제어반 끝에서 펄쩍 뛰어내려 케이시의 배를 들이받았다······ 그리고 물어뜯었다. 그의 턱이 옥수수 절단기처럼 빠르게 덜거덕거렸다. 뿜어져 나온 피가 유리벽에 흩뿌려졌고 케이시는 격하게 몸부림치기 시작했다. 워윅이 고함쳤다.

"저놈을 쏴, 서니, 저 지독한 괴물을 쏴라고!"

"저 괴물 대신 이놈을 쏴 죽일까 해."

서니가 잭을 돌아보며 말했다. 마침내 중대한 결정을 내렸다는 투였다. 서니가 고개를 끄덕이며 히죽거리기 시작했다.

"……그날이 오고 있다, 소년들이여! 오, 그렇다, 심판의 날이 오고 있다, 그날이 오면 저 공산주의자들은, 휴머니스트들은, 지옥불에 떨어질 무신론자들은 깨닫게 될 것이다, 바위도 그들을 막아 주지 못하며, 죽은 나무도 그들을 숨겨 주지 못하리라는 것을! 그들은, 오, 할렐루야를 외쳐라, 그놈들은……"

울프가 으르렁거리며 잡아 찢었다.

선라이트 가드너는 공립학교에 기도 시간이 있는 꼴을 다시는 못 보겠다는 공산주의자와 휴머니스트, 지옥불에 떨어질 마약밀매자 들에 대해 큰 소리로 불평했다.

밖에서 사이렌 소리가 들려왔다. 자동차 문을 거칠게 닫는 소리가 나더니, 아이가 전화 신고 당시 겁에 질린 목소리였으니 조심스레 접근해야 한다고 당부하는 말소리도 들렸다.

"그래, 네가 바로 이 모든 소동을 일으킨 장본인이야."

서니는 45구경 권총을 들어 올렸다. 45구경의 총구는 마치 오틀리 터널의 입구처럼 엄청나게 커 보였다.

바로 그때 커다란 포효가 터져 나오면서 사무실과 스튜디오 사이의 유리벽이 폭발해 안쪽으로 무너져 내렸다. 진회색 털북숭이가 총알처럼 뛰어 들어왔다. 그의 입은 유리 조각에 베여 거의 두 쪽으로 찢어졌고 발도 피투성이였다. 거의 사람 목소리처럼 우렁차게 고함을 지른 데다 울프가 전달하는 생각이 너무나 강력해서 잭은 저도 모르게 비틀거리며 뒤로 물러났다.

가축을 해쳐선 안 된다!

잭이 흐느끼며 소리쳤다.

"울프! 조심해야 해! 서니가 총을……."

서니가 45구경 권총의 방아쇠를 두 번 당겼다. 밀폐된 공간에서 총성이 울리자 고막이 터질 것 같았다. 권총은 울프가 아니라 잭을 향했다. 하지만 울프의 몸으로 파고들었다. 울프가 순간적으로 두 소년 사이로 몸을 날렸기 때문이다. 울프의 옆구리에 총알이 관통해 크고 너덜너덜한 구멍이 뚫리며 피가 쏟아지는 것을 잭은 보았다. 두 개의 총알은 울프의 갈비뼈만 으스러뜨렸을 뿐 잭을 맞히지 못했다. 잭이 왼쪽 뺨을 휙 스치고 지나가는 총알을 느끼긴 했지만.

"울프!"

울프의 날렵하고 유연한 도약이 형편없이 무뎌졌다. 오른쪽 어깨가 앞으로 기우뚱하며 벽에 꽈당 부딪치자 사방에 피가 튀며 슈라인회(프리메이슨의 유관 단체 — 옮긴이)의 페즈(양동이를 엎어 놓은 모양의 챙 없는 원통형 모자 — 옮긴이)를 쓴 선라이트 가드너의 사진 액자가 우수수 떨어졌다.

서니 싱거가 소리 내어 웃으며 울프 쪽으로 몸을 돌려 또다시 총을 쏘았다. 양손으로 총을 들고 있어서 반동으로 어깨가 심하게 흔들렸다. 매캐하고 유독한 화약 연기가 대들보 아래 고여 있었다. 울프는 네발로 서려고 안간힘을 쓰더니 간신히 일어섰다. 상처입고 갈가리 찢긴 고통과 분노의 울부짖음이 녹음기에서 흘러나오는 선라이트 가드너의 우레 같은 목소리를 삼켜 버렸다.

서니가 네 번째로 울프에게 방아쇠를 당겼다. 총알이 그의 왼쪽

팔에 커다란 구멍을 내자 피와 연골이 튀었다.

재키! 재키! 오 재키, 아프다. 너무 아프다…….

재키는 어기적거리며 앞으로 나가 가드너의 디지털시계를 움켜잡았다. 잭의 손에 처음 잡힌 물건이었다. 워윅이 소리쳤다.

"*서니, 조심해! 조심……*."

울프가 피와 털이 엉켜 온통 피떡이 된 몸뚱이로 워윅을 덮쳤다. 워윅이 울프와 몸싸움을 벌였고, 한순간 둘은 거의 춤을 추는 것처럼 보였다.

"*……영원히 불구덩이에서 헤어 나오지 못할 것이다! 왜냐하면 성서에 이르기를……*."

잭은 디지털시계를 들어 젖 먹던 힘까지 다해 돌아서는 서니의 머리통을 내리쳤다. 시계의 플라스틱 부분이 으스러지고, 시간을 알리는 앞면의 숫자들이 멋대로 깜박거리기 시작했다.

서니가 비틀거리며 총을 들려 했다. 잭이 던진 라디오가 포물선을 그리며 날아가 서니의 입에 맞았다. 서니의 입술이 확 뒤집혀져 유령의 집에서나 볼 법한 커다란 미소를 그렸다. 이가 부러지며 으스러지는 소리가 귀에 거슬렸다. 그의 손가락이 다시 방아쇠를 당겼지만, 총알은 그의 다리 사이를 맞혔다.

그 반동으로 서니는 벽에 부딪쳤다가 다시 튀어나오더니 피투성이가 된 입술로 잭을 향해 싱긋 웃었다. 다리를 휘청거리면서도 총을 다시 들어 올렸다.

"지옥불에 떨어질……"

울프가 워윅을 집어던졌다. 워윅은 가볍게 공기를 가르며 날아가, 방아쇠를 당기는 서니의 등에 가서 부딪쳤다. 빗나간 총알은 사운드 스튜디오에서 돌아가고 있던 테이프 릴을 산산조각을 냈다. 울부짖으며 성토하는 선라이트 가드너의 목소리가 뚝 그쳤다. 크게 증폭된 저음의 웅웅 소리가 스피커에서 흘러나오기 시작했다.

울프가 으르렁거리며 서니 싱거에게 절뚝절뚝 다가갔다. 서니는 울프를 향해 45구경을 겨누고 방아쇠를 당겼다. 메마른 딸깍 소리뿐, 총알은 발사되지 않았다. 침 흘리며 웃고 있던 서니의 동공이 흔들렸다.

"안 돼."

서니가 약한 소리로 말하며 또다시 방아쇠를 당겼다…… 당기고…… 또 당겼다. 울프가 다가오자 서니는 피스톨을 던지고는 가드너의 커다란 책상 뒤로 피했다. 피스톨은 울프의 머리통을 맞고 튕겨 나갔다. 울프는 마지막 힘을 쥐어짜 선라이트 가드너의 책상 위로 뛰어올라 서니를 뒤쫓았다. 책상 위에 있던 것들은 모조리 사방으로 흩어졌다. 서니는 뒷걸음질 쳤지만 울프는 그의 팔을 붙잡을 수 있었다.

서니가 비명을 질렀다.

"*안 돼! 안 돼, 그만두는 게 좋을걸, 다시 상자에 들어가게 될 텐데, 여기선 내가 힘깨나 쓴다고, 나는…… 나는…… 나아아아아는……!*"

울프는 서니의 팔을 비틀었다. 살이 찢어지는 소리, 들뜬 어린아이가 맛있게 요리한 칠면조 다리를 찢는 듯한 소리가 들렸다. 어느 순간, 울프의 커다란 앞발에 서니의 팔이 들려 있었다. 서니는 어깨에서 피를 철철 흘리며 휘청휘청 도망갔다. 잭은 피에 물든 하얀 뼈마디를 보았다. 욕지기가 치밀어 고개를 돌렸다.

온 세상이 잿빛으로 물들었다.

19

잭이 다시 고개를 돌렸을 때 울프는 가드너의 사무실에서 벌어진 대학살의 현장 한가운데 서서 비틀거리고 있었다. 누리끼리한 눈이 꺼져 가는 촛불처럼 깜박거리고 있었다. 얼굴에, 팔에, 다리에 뭔가 변화가 일어나고 있었다. 그가 다시 울프로 되돌아가고 있는 것을 잭은 보았다…… 그리고 그것이 무슨 의미인지 완전히 이해했다. 옛 전설에 따르면 은으로 만든 총알만이 늑대인간을 파괴할 수 있다고 했고, 그것은 거짓말이었다. 하지만 분명 전부 다 거짓말은 아니었다. 울프는 변하고 있었고, 그것은 그가 죽어 가고 있다는 뜻이었다.

"울프, 안 돼!"

잭은 울부짖으며 간신히 일어섰다. 울프에게 반쯤 다가갔을 때 피 웅덩이를 밟고 미끄러졌지만 한쪽 무릎을 짚고 다시 일어섰다.

"안 돼!"

"재키……."

목구멍 깊은 곳에서 울려 나오는 가냘픈 울프의 목소리는 으르렁거리는 것처럼 들렸다…… 하지만 무슨 뜻인지는 알아들을 수 있었다.

놀랍게도 울프는 미소를 지으려 애쓰고 있었다.

워윅이 겁에 질려 휘둥그레진 눈으로 사무실 문을 열고 천천히 계단 쪽으로 뒷걸음질 치고 있었다. 잭이 소리쳤다.

"어서 가! 어서 가라고, 꺼지란 말이야!"

앤디 워윅이 놀란 토끼처럼 재빨리 달아났다.

인터폰에서 말소리가 들려왔다. 프랭키 윌리엄스의 목소리가 증폭된 웅웅거리는 신호음을 뚫고 들려왔다. 겁을 집어먹은 듯했지만 한편으로는 섬뜩하고 무시무시한 흥분에 휩싸여 있었다.

"이런, 이것 좀 봐! 누군가 고기 써는 식칼로 난도질을 한 것 같아! 자네들은 부엌에 가 봐!"

"재키······."

울프가 커다란 나무가 쓰러지듯 푹 고꾸라졌다.

잭은 무릎을 꿇고 그의 몸을 뒤집어 주었다. 울프의 뺨에 수북하던 털이 저속촬영을 한 것처럼 으스스할 정도로 순식간에 녹아 없어졌다. 눈도 녹갈색을 되찾았다. 잭의 눈에 울프는 온몸의 힘이 빠져나간 듯이 보였다.

"재키······ 총을 쏘았냐······ 너를? 그자가 쏘았냐······?"

울프가 피투성이가 된 손으로 잭의 뺨을 만지며 물었다.

"아니. 아니야, 울프. 한 방도 안 맞았어. 난 멀쩡해."

잭이 울프의 머리를 껴안으며 말해 주었다.

"나는······."

울프가 눈을 감더니 다시 천천히 눈을 떴다. 그러고는 상상할 수 없을 만큼 다정한 미소를 지으며 이것만은 기필코 말해 주어야 한다는 듯 한마디 한마디 또박또박 정성 들여 말했다.

"나는…… 내 가축을…… 안전하게…… 지켰다."

"그래, 넌 나를 지켜 주었어."

잭의 눈에서 눈물이 흘러나왔다. 눈물이 닿는 곳마다 쓰라렸다. 잭은 기진맥진한 울프의 텁수룩한 머리를 고쳐 안으며 흐느꼈다.

"넌 정말 해냈어, 우리 착한 울프……."

"우리…… 착한 재키."

"울프, 위층에 갔다 올게…… 경찰이 와 있어…… 구급차를……."

"안 된다! 가라…… 어서 가……."

울프가 다시 한 번 온몸의 힘을 쥐어짜 외쳤다.

"*너 없이는 안 돼, 울프!*"

눈물이 앞을 가려 전등불이 이중 삼중으로 뿌옇게 보였다. 잭은 화상을 입은 손으로 울프의 고개를 쳐들었다.

"너 없이는 안 된다고, 알았지? 절대로……."

"울프는…… 이 세계에서 살고 싶지 않다. 냄새가…… 냄새가 너무 지독하다."

울프가 몸을 떨며 넝마가 되다시피 한 널찍한 가슴으로 거친 숨을 몰아쉬었다. 그리고 다시 한 번 미소를 지어 보이려 안간힘을 썼다.

"울프…… 내 말 들어, 울프……."

울프가 부드럽게 잭의 손을 잡았다. 그 순간 잭은 울프의 손바닥에서 털이 녹아내리는 것을 느꼈다. 유령을 목격하기라도 한 것처럼 섬뜩한 기분이었다.

"나는 너를 좋아한다, 재키."

"나도 너를 좋아해, 울프. 지금 당장 여기."

울프가 미소를 지었다.

"돌아간다, 재키……. 나는 느낄 수 있다. 돌아가고 있다……."

별안간 잭이 잡고 있던 울프의 손이 사라진 것 같은 느낌이 들었다. 잭이 소리쳤다.

"울프!"

"집으로 돌아간다……."

"울프, 안 돼!"

심장이 쿵 내려앉더니 꽉 조여 왔다. 이러다 찢어질 것 같았다. 그렇구나, 심장도 찢어질 수 있겠구나 하고 통감했다.

"울프, 돌아와. 사랑해!"

이제는 울프가 가벼워진 느낌이 들었다. 밀크위드(들꽃의 일종으로 꽃이 지고 나면 씨방이 하얗고 투명한 솜털을 단 씨앗들로 가득 찬다.—옮긴이) 씨방 같은 것으로 변하는 느낌이었다…… 일렁이는 환영처럼, 아니면 백일몽처럼.

"……안녕……."

울프가 유리처럼 투명해지고 있었다. 투명해지고 있었다…… 투명해지고 있었다…….

"울프!"

"……너를 사랑해 재액……."

울프가 사라졌다. 누워 있던 바닥에 핏자국만 남았다. 잭은 신음 소리를 냈다.

"아니, 이럴 수가! 어떻게 이런 일이!"

　잭은 황폐해진 사무실에 주저앉아 잔뜩 웅크린 채 신음하며 몸을 앞뒤로 흔들기 시작했다.

27장
잭 소여, 다시 서둘러 떠나다

1

시간은 계속 흘러가고 있었지만 얼마나 지났는지는 알 수 없었다. 잭은 다시 구속복을 입은 것처럼 양팔로 몸을 감싼 채 몸을 앞뒤로 흔들고, 신음하고, 울프가 정말로 죽은 걸까 생각했다.

울프는 죽었어. 어, 그래, 울프는 죽었어. 누가 그를 죽였지, 잭? 누가 죽였지?

언제부터인가 스피커의 웅웅 소리에 삐걱거리는 소리가 섞여 들었다. 잠시 후 타닥거리는 잡음이 고막을 찢을 듯이 커지더니 정전이 되었다. 웅웅 소리와 위층에서 떠드는 소리, 건물 앞에서 공회전하는 엔진 소리도 잭은 거의 알아차리지 못했다.

어서 가. 울프가 달아나라고 했잖아.

난 할 수 없어. 할 수 없다고. 너무 지쳤고, 무슨 일을 하건 안 좋은 일만 생기잖아. 사람들이 죽고…….

작작 좀 해, 자기연민에 빠진 얼간이 같으니! 엄마를 생각해야지, 잭.

안 돼! 너무 힘들어. 날 좀 내버려 둬.

그리고 여왕도 있잖아.

제발 날 좀 혼자 있게 해 달라니까…….

계단 꼭대기에서 문이 열리는 소리를 듣고서야 잭은 일어섰다. 여기 있다가 들키면 곤란했다. 잡히더라도 밖으로, 뒷마당으로 나가야 했다. 악취가 코를 찌르고 피가 흩뿌려져 있고 화약 연기 자욱한 이 방에서, 방금 전까지 고문당하고 친구가 살해당한 현장에서 잡힐 수는 없었다.

간신히 무엇을 해야 할지 생각해 내고는 겉면에 '잭 파커'라고 쓰인 봉투를 집어 들었다. 안을 들여다보자 기타 피크와 1달러짜리 은화, 너덜너덜한 지갑과 랜드 맥널리의 도로 지도가 보였다. 다시 봉투를 기울이자 유리구슬이 보였다. 잭은 최면에 걸린 듯한 기분이 되어 모든 것을 배낭에 넣고 어깨에 짊어졌다.

계단을 내려오는 발소리가 느리고 조심스러웠다.

"……전등 스위치가 어디 있는 거야…….''

"……이상한 냄새가 나네, 마치 동물원…….''

"……조심해, 다들…….''

'나는 예수님을 위한 햇살이 되겠습니다.'라고 쓰인 봉투들을 가지런히 쌓아 둔 철제 파일함에 눈길이 미쳤다. 두 장을 집어 들었다.

지금 여기서 나가다 저들에게 붙잡히면 살인자뿐만이 아니라 도둑놈으로도 몰릴 거야.

상관없었다. 이 순간 잭은 아무 목적 없이 단지 움직임 자체를 위해 움직이고 있었다.

뒷마당은 완전히 버려진 듯했다. 계단 꼭대기로 올라가 뚜껑문을 열고 주위를 살펴보자 뜻밖의 광경이 눈앞에 펼쳐졌다. 현관에서는 번쩍거리는 경광등 사이로 말소리가 들리고 볼륨을 최대한 올린 경찰 무전기에서 때때로 들려오는 잡음과 지령 소리가 끼어들었다. 하지만 뒷마당엔 아무것도 없었다. 말도 안 돼. 하지만 그들이 안에서 발견한 대참상 때문에 혼란에 빠져 우왕좌왕하고 있다면……

그때 왼쪽으로 6미터가량 떨어진 곳에서 웅얼거리는 소리가 났다.

"제기랄! 어떻게 이런 일이 있을 수가 있지?"

잭은 고개를 획 돌렸다. 다져진 흙바닥에 철기 시대에 만든 조악한 관처럼 생긴 '상자'가 놓여 있었다. 안에서 손전등 불빛이 움직이고 있었고, 밖으로 비어져 나온 발바닥이 보였다. 희미한 형체가 상자 옆에 쭈그리고 앉아 문을 조사하고 있었다.

문을 조사하던 경찰이 상자 안에 대고 말했다.

"경첩이 뜯겨 나간 것 같아. 도대체 어떤 사람이 이런 짓을 했는지 알다가도 모를 일이야. 경첩은 강철이야. 그런데 그게…… *휘어져 있다고.*"

안쪽에서 웅얼대는 목소리가 대꾸했다.

"경첩 같은 건 신경 쓰지 마. 이 끔찍한 물건은…… 이 안에 *아이들을 가두었어, 파울리! 틀림없어! 아이들을 가두었다고! 아이들을!* 벽에는 이름의 머리글자도 쓰여 있고……."

웅얼거리는 목소리가 말하는 동안에도 불빛은 계속 움직였다.

"……그리고 성경 구절이……."

불빛이 다시 움직였다.

"……그리고 그림도 있어. 작은 그림이야. 어린애들이 선을 죽죽 그어서 그린 남자와 여자 그림이야……. 이런, 윌리엄스도 이 일을 알고 있었을까?"

"몰랐을 리가 없지."

파울리가 여전히 뜯기고 휘어진 상자 문의 강철 경첩을 살펴보며 대꾸했다.

파울리는 몸을 구부려 안으로 들어가고 그의 동료는 다시 나오는 중이었다. 잭은 딱히 숨을 생각도 안 하고 그들을 뒤로한 채 현관 앞마당을 가로질렀다. 차고 옆을 지나 길가로 나오자 여기서는 선라이트 홈 앞마당에 아무렇게나 대어 놓은 순찰차들이 훤히 보였다. 그 광경을 구경하며 서 있는데 구급차가 사이렌을 울리고 경광등을 번쩍거리며 도로를 찢을 듯이 맹렬하게 달려왔다.

"너를 사랑했어, 울프."

잭이 중얼거리며 팔뚝으로 축축해진 눈가를 닦아 냈다. 아마도 선라이트 홈의 서쪽으로 일이 킬로미터도 못 가서 잡힐 거라고 생각하면서 어둠 속으로 길을 따라 걸어갔다. 하지만 세 시간 뒤에도 잭은 여전히 걷고 있었다. 분명 경찰들은 그쪽 일을 처리하느라 정신이 없었던 모양이다.

2

앞쪽에 고속도로가 나타났다. 고개를 한두 번 넘으면 닿을 듯했다. 지평선에 오렌지색 고압 나트륨 램프가 반짝이고 있었고, 커다란 트럭이 윙윙거리며 바람처럼 달려가는 소리가 들렸다.

잭은 쓰레기로 가득한 좁은 골짜기로 내려가 배수로에서 가늘게 흘러나오는 물로 얼굴과 손을 닦았다. 물이 얼어붙을 듯 차가웠지만 적어도 잠시나마 손의 통증을 가라앉혀 주었다. 오래된 조심성이 거의 저절로 되살아나고 있었다.

잭은 인디애나주의 어두운 밤하늘 아래에서 커다란 트럭 소리를 들으며 잠시 그 자리에 서 있었다.

숲속에서 불어오는 바람결에 머리칼이 휘날렸다. 울프를 잃은 슬픔에 마음이 무거웠지만 그래도 자유를 되찾은 기쁨은 숨길 수 없었다.

한 시간 후에 한 트럭 운전자가 고속도로 갓길에서 엄지를 쳐들고 있는 지친 기색이 역력한 파리한 소년 앞에 차를 세웠다.

잭이 트럭에 올라타자 트럭 운전자가 물었다.

"어디로 가니, 꼬마야?"

잭은 너무 지친 데다 상심이 커서 '무슨 사연인지' 따위에 시달리고 싶지 않았다. 어차피 제대로 기억나지도 않았고, 곧 다시 기억이 나려니 하고 있었다.

"서쪽요. 아저씨가 가시는 곳까지만 태워 주세요."

"그럼 주 중간에서 내려 주마."

"잘됐네요."

잭은 이렇게 말하고 곯아떨어졌다.

커다란 다이아몬드레오 트럭은 서늘한 인디애나주의 밤을 뚫고 달려 나갔다. 테이프 플레이어에서 찰리 대니얼스의 노래가 흘러

나오는 가운데, 헤드라이트 불빛으로 어둠을 밀어내며 서쪽 일리
노이 방향으로 달려 나갔다.

28장
잭의 꿈

1

물론 울프는 여전히 잭의 곁에서 달리고 있었다. 울프는 고향으로 돌아갔지만, 충실한 울프의 커다란 그림자는 일리노이주 고속도로를 달리는 모든 트럭과 모든 폭스바겐 밴과 모든 지저분한 자동차에서 잭과 함께 달리고 있었다. 미소를 짓고 있는 이 유령을 생각하면 가슴이 찢어질 듯 아팠다. 때때로 잭은 거대한 털북숭이 울프처럼 보이는 그림자가 옆에서 껑충껑충 뛰어오거나, 넓은 들판을 뛰노는 모습이 눈앞에 보이는 것 같았다. 자유를 되찾은 울프는 호박색 눈으로 그를 향해 환하게 웃었다. 하지만 눈을 돌리면 그의 손에 포개고 있던 울프의 손이 사라졌다는 것을 깨닫게 되었다. 이제 친구를 영영 잃고 보니 울프 때문에 조바심을 치던 일이 생각나 얼굴이 달아올랐다. 생각해 보면 울프를 버리고 싶었던 적도 셀 수 없이 많았다. 부끄러워 견딜 수 없었다. 울프는…… 울프를 형용할 만한 단어를 생각해 내는 데 시간이 걸렸지만, 그 단어는 고결함이

198

었다. 그리고 이 고결한 존재는 이 세계와는 맞지 않았고, 결국 잭을 위해 목숨을 던졌다.

나는 내 가축을 안전하게 지켰다. 잭 소여는 더 이상 울프의 가축이 아니었다. *나는 내 가축을 안전하게 지켰다.* 길가에 서 있던 묘하게 마음을 끄는 이 소년을 태워 준 트럭 운전사나 보험 판매원들은 — 소년이 거리 생활에 찌들고 부스스했음에도, 전에는 히치하이크를 하는 사람을 태워 준 적이 한 번도 없었음에도 태워 주었다. — 옆으로 눈길을 던졌다가 눈물을 참느라 눈을 깜박거리는 소년을 발견하곤 했다.

잭은 일리노이주를 횡단하는 내내 울프의 죽음을 애도했다. 왜 그런지는 모르겠지만 그는 일리노이주에서는 차를 얻어 타는 데 전혀 어려움이 없을 거라는 걸 알고 있었다. 실제로 그는 종종 엄지를 올리고 다가오는 운전자와 눈만 마주쳐도 즉시 차를 탈 수 있었다. 더구나 대부분의 운전자들은 그의 사연을 캐묻지도 않았다. 혼자 여행하는 이유를 두루뭉술하게 설명하기만 해도 그냥 넘어가는 게 보통이었다. "스프링필드에 사는 친구를 만나러 가는 중이에요."라거나 "차를 인수해서 집으로 몰고 돌아가야 해서요." 정도만 말해도 그들은 "아, 잘됐구나."라고 했다. 듣기는 했을까? 잭으로서는 알 수 없었다. 머릿속에서는 1킬로미터나 쌓아 올린 그림을 한 장 한 장 넘기듯 울프의 모습들이 끝없이 떠올랐다. 테러토리의 가축들을 구하기 위해 강물 속으로 첨벙 뛰어들던 울프, 맛있는 햄버거 냄새가 나는 상자 속에 코를 처박던 울프, 헛간 속에 있던 잭에게 먹을 것을 밀어 넣어 주던 울프, 녹음실로 뛰어 들어와 총알에 맞고 눈 녹듯이 사라져 버린 울프…… 이런 장면을 되풀이해서 떠올리고 싶지 않았지만 자꾸만 눈에 어른거려서 그때마다 눈시울이 뜨거워졌다.

댄빌을 지나 얼마 지나지 않았을 때였다. 땅딸막한 진회색 머리의 50대 사내가 잭을 태워 주었다. 유쾌하지만 완고해 보이는 얼굴이었는데, 20년 동안 5학년을 가르쳤다고 했다. 운전을 하면서 잭에게 줄곧 음흉한 눈길을 던지던 그가 마침내 입을 열었다.

"얘, 춥지 않니? 재킷이 너무 작고 춥겠구나."

"네, 조금요."

선라이트 가드너는 데님 재킷이 추운 겨울에 밭일을 하기에 충분히 따뜻하다고 생각했지만 지금처럼 살을 에는 바람이 부는 날에는 옷깃 사이로 들어온 바람이 모공까지 쑤셔 대는 지경이었다.

사내가 말했다.

"뒷좌석에 코트가 한 벌 있어. 네가 가져라. 아니, 사양할 생각은 말렴. 이젠 네 것이다. 진짜야, 난 괜찮으니까."

"하지만……"

"아저씨 말대로 하렴. 이젠 네 코트야. 한번 입어 보렴."

잭은 의자 등받이 너머로 손을 뻗어 무거워 보이는 기다란 물체를 가져와 무릎에 올려놓았다. 처음엔 무슨 모양인지 짐작도 할 수 없었다. 하지만 커다란 헝겊 주머니와 짤막한 막대 모양의 장식 단추를 찾아내자 그것이 로덴 코트(방수성 좋은 두꺼운 양모로 만든 코트—옮긴이)라는 것을 알 수 있었다. 코트에서 파이프 담배 냄새가 진동했다.

"전에 입던 거야. 어떻게 처분해야 할지 몰라서 차에 두고 다니던 거란다. 작년에 아이들이 이 구스다운 코트를 선물했거든. 그러니 네가 가져도 돼."

잭은 버둥거리며 데님 재킷 위에 커다란 코트를 껴입었다.

"맙소사."

마치 보쿰리프(덴마크에서 생산되어 미국에서 널리 팔리는 향이 첨가된 파이프 담배 — 옮긴이)를 즐기는 곰한테 안겨 있는 기분이었다.

사내가 말했다.

"잘 어울리는구나. 앞으로는 아무리 춥고 바람 몰아치는 거리에 서 있어도 일리노이주 오그덴에 사는 마일스 P. 카이거에게 감사하게 될 게다. 너의 피부를 지켜 주었으니 말이다. 너의 그⋯⋯."

마일스 P. 카이거는 뭔가 더 할 말이 있는 눈치더니 갑자기 입을 다물었다. 여전히 미소를 짓고 있었지만 곧 어색하게 일그러지며 얼이 빠진 표정이 되었다. 카이거는 고개를 앞으로 홱 돌렸다. 희뿌연 아침 햇살을 맞으며 잭은 사내의 뺨 위로 붉은 얼룩 같은 것이 번지는 것을 보았다.

너의 (어떤?) 피부?

오, 그건 안 돼.

네 아름다운 피부. 네 만지고 싶은, 키스하고 싶은, 사랑스러운⋯⋯. 잭은 로덴 코트 주머니에 손을 깊이 찔러 넣고 몸을 잔뜩 움츠렸다. 일리노이주 오그덴에 사는 마일스 P. 카이거는 여전히 앞만 응시하고 있었다.

"으흠."

카이거가 꼭 만화책에 나오는 사람처럼 헛기침을 하자 잭이 인사를 했다.

"코트 감사합니다. 진심이에요. 이 옷을 입을 때마다 생각날 거예요."

"천만에, 괜찮다. 신경 쓸 거 없어."

하지만 이상하게도 잠시 동안 카이거의 얼굴은 저 선라이트 홈의 가엾은 도니 키건과 닮아 보였다.

"저기 좋은 곳이 있단다. 괜찮다면 같이 점심 먹을래?"

카이거가 물었다. 평정심을 가장하려다 오히려 퉁명스럽게 툭툭 내뱉는 말투가 되었다.

"돈이 하나도 없어요."

사실대로 말하면 2달러 38센트가 남아 있었다.

"그런 건 걱정하지 말렴."

카이거는 이미 방향지시등을 켠 상태였다.

그들은 기차칸처럼 생긴 낮은 잿빛 건물 앞, 텅 비어 바람만 몰아치는 주차장으로 들어갔다. 건물 가운데 난 문에는 '엠파이어 식당차'라고 쓰인 네온사인이 달려 있었다. 카이거가 식당의 기다란 창가 앞에 주차하자, 둘은 차에서 내렸다. 이 코트를 입은 덕에 잭은 정말로 하나도 춥지가 않았다. 마치 모직으로 만든 갑옷이 가슴과 팔을 보호해 주는 것 같았다. 번쩍거리는 네온사인 아래 난 문으로 들어가려다 뒤를 돌아보니 카이거는 아직도 자동차 옆에 서 있었다. 잭보다 5센티미터나 클까 싶은 잿빛 머리의 사내가 자동차 꼭대기 너머로 그를 보고 있었다.

카이거가 입을 열었다.

"저기 말이야."

"저기요, 코트 돌려드릴게요."

"아니야, 그건 이제 네 거야. 생각해 보니 난 아직 배가 고프지 않아서 말이야. 이대로 그냥 가면 빨리 달려서, 집에 조금 일찍 돌아갈 수 있을 것 같구나."

"그렇겠네요."

"여기서 기다리면 금방 다른 차를 얻어 탈 수 있을 거야. 내가 장담하지. 네가 발이 묶일 것 같았으면 여기서 내려 주지도 않았을 거야."

"알았어요."

"기다려. 점심을 사겠다고 했으니 약속을 지켜야지."

카이거는 바지 주머니에 손을 넣어 지폐 한 장을 꺼내 자동차 꼭대기 너머로 잭에게 내밀었다. 살을 에는 바람에 머리카락이 날려 이마에 찰싹 달라붙었다.

"받으렴."

"아니요, 진짜로요. 괜찮아요. 사실은 저도 2달러 정도 가지고 있어요."

"이 돈으로 고급 스테이크를 사 먹으렴."

카이거가 차체에 기대 자동차 너머로 지폐를 내밀었다. 마치 물에 빠진 사람에게 구명정을 던져 주려는 것처럼 보이기도 했고, 반대로 구명정에 손을 뻗으려는 것처럼도 보였다.

잭은 마지못해 앞으로 나가 카이거의 힘껏 뻗은 손에서 지폐를 받아 들었다. 10달러짜리였다.

"고맙습니다. 정말이에요."

"자, 신문도 가져가지 그러니, 읽을거리도 필요하지 않니? 그게, 차가 금방 오지 않을 수도 있으니까."

카이거는 이미 차 문을 열고 안쪽으로 몸을 기울여 접힌 타블로이드 신문을 뒷좌석에서 꺼내고 있었다.

"나는 다 읽었으니까."

카이거는 잭에게 신문을 던져 주었다.

로덴 코트 주머니가 제법 넓어서 잭은 접힌 신문을 안에 집어넣을 수 있었다.

마일스 카이거는 잠시 동안 열린 차 문 옆에 서서 잭을 곁눈질하며 말했다.

"이런 말 해도 될지 모르지만 너는 아주 흥미진진한 인생을 살게될 거야."

"이미 아주 흥미진진하게 살고 있는걸요."

잭이 진심을 담아 말했다.

솔즈베리 스테이크는 5달러 40센트였는데 프렌치프라이가 곁들여 나왔다. 잭은 카운터 맨 끝에 앉아 신문을 펼쳤다. 그 얘기는 2면에 실려 있었다. 어제는 인디애나 신문 1면에서 보았다. 제목은 '충격과 공포의 사망 사건, 관련자 체포되다.'였다.

인디애나주 카유가의 어니스트 페어차일드 치안판사와 프랭크 윌리엄스 경관이 공금 횡령과 뇌물 수수 혐의로 기소되었다. 그들의 범행은 '길 잃은 아이들을 위한 선라이트 가드너 성서의 집'에서 여섯 명의 원생이 사망한 사고를 수사하던 중 드러났다. 유명한 전도사 로버트 '선라이트' 가드너는 경찰이 도착하기 직전 현장에서 달아났으며, 아직 체포영장이 나오지는 않았지만, 경찰은 조사를 위해 가드너를 급하게 찾고 있다.

'가드너는 또 다른 짐 존스인가?' 가드너의 사진 밑에 붙은 캡션은 이 같은 의문을 던지고 있었다. 사진 속 완벽한 웨이브 머리를 늘어뜨린 채 아이들을 향해 양팔을 벌린 가드너는 눈부시게 아름다웠다. 주 경찰은 경찰견을 이용해 전기 울타리 근처에서 장례식도 없이 매장된 소년의 사체를 다수 발견했다. 지금까지 발견된 시신은 모두 다섯 구로 대부분 심하게 부패되어 신원확인에 어려움을 겪고 있었다. 그들은 아마도 퍼드 장클로의 신원을 파악할 것이다. 그의 부모는 퍼드에게 진짜 장례식을 치러 줄 것이며, 그동안 그들은 자신이 과연 어떤 잘못을 저질렀는지, 예수님에 대한 자신의 사랑이 *어떻게 해서* 총명하고 반항적인 아들을 저렇게 만들었는지 되새기게 될 것이다.

솔즈베리 스테이크가 나왔다. 스테이크는 짜기만 하고 도무지 무슨 맛인지 모를 정도였지만 잭은 한 조각도 남기지 않고 모두 먹어 치웠다. 그러고는 엠파이어 식당의 설익은 프렌치프라이와 함께 걸쭉한 그레이비소스를 싹싹 긁어 먹었다. 식사를 마칠 무렵, 수염이 텁수룩한 트럭 운전사가 잭 옆에 멈춰 섰다. 기다란 검은 머리엔 디트로이트 타이거스의 모자를 쓰고 늑대 가죽으로 만든 듯한 파카를 입은 이 사내는 두툼한 시가를 문 채 그에게 물었다.

"서쪽으로 가는 거니, 꼬마야? 나는 디케이터(일리노이주 중부의 교통 요지 ─옮긴이)로 가는 중이란다."

스프링필드로 가는 중간쯤에 있는 도시였다. 이렇게 순조로울 수가.

2

그날 밤에는 트럭 운전자가 알려준 대로 하룻밤에 3달러짜리 호텔에 묵었다. 잭은 전혀 다른 두 개의 꿈을 꾸었다. 아니면 그의 침대로 쇄도한 수많은 꿈 가운데 이 두 개만 생각났는지도 모를 일이었다. 아니면 이 둘이 실제로는 서로 연결된 하나의 긴 꿈일지도 몰랐다. 잭은 호텔방 문을 잠그고 한쪽 구석에 있는, 군데군데 금이 가고 얼룩진 세면대에 소변을 보고 나서 베개 밑에 배낭을 숨기고는 다른 세계에서는 테러토리 거울이었던 커다란 유리구슬을 손에 쥐고 곧바로 잠에 빠져들었다. 꿈속에선 영화의 한 장면처럼 열정적인 재즈 음악이 배경음악으로 흐르고 있었다. 하지만 소리가 너무 작아 리드 악기가 트럼펫과 알토 색소폰이라는 것만 간신히 분간할 수 있었다. 잭은 잠결에 생각했다. *리처드, 내일이면 너를 만나고 있겠지, 리처드 슬로트.* 그러고는 리듬의 비탈을 굴러 무의식의 세계에 풍덩 빠져 버렸다.

포연이 자욱한 초토화된 전쟁터를 가로질러 울프가 잭을 향해 달려오고 있었다. 하지만 그들 사이에 거칠게 얽히고설킨 철조망이 군데군데 설치되어 있을 뿐만 아니라, 황폐한 땅에 참호들이 깊게 파여 있어, 둘은 만날 수가 없었다. 울프가 참호 하나를 펄쩍 뛰어 건너다 철조망에 빠질 뻔했다.

—조심해, 잭이 소리쳤다.

울프는 삼중으로 된 철조망에 빠지기 전에 몸의 균형을 잡고는 다치지 않았다는 것을 잭에게 증명해 보이려는 듯 커다란 앞발 하나를 흔들었다. 그러고는 조심스럽게 철조망을 뛰어넘었다.

형언할 수 없는 기쁨과 안도감이 온몸을 관통했다. 울프는 죽지 않았고, 곧 있으면 만나게 될 것이다.

울프는 철조망을 건너와 또다시 앞으로 달리기 시작했다. 기이하게도 잭과 울프 사이의 거리가 두 배가 된 것처럼 보였다. 참호들 위 자욱한 잿빛 포연 때문에 앞으로 달려오는 커다란 털북숭이가 보이지 않았다.

—제이슨! 제이슨! 제이슨! 울프가 잭을 불렀다.

—난 아직 여기 있어, 잭이 대답했다.

—안 되겠다, 제이슨! 울프는 갈 수 없다.

—계속해 봐, 제기랄, 포기하지 말라고! 잭이 울부짖었다.

울프는 도저히 뚫고 들어갈 수 없을 만큼 촘촘히 얽힌 철조망 앞에 잠시 멈춰 섰다. 빠져나갈 만한 틈을 찾으려고 네발로 엎드려 코를 킁킁거리며 앞뒤로 종종거리는 울프의 모습이 포연 사이로 잭의 눈에 들어왔다. 울프가 좌우로 달릴 때마다 거리는 훨씬 더 벌어지고 그때마다 점점 더 당황하는 모습이 똑똑하게 보였다. 결국 울프는 또다시 멈춰 서서 두툼하게 엉킨 철조망을 두 손으로 잡고 틈을 벌린 다음 그 사이로 소리쳤다.

—울프는 못 하겠다! 제이슨, 울프는 할 수 없다!

—사랑해, 울프. 잭이 연기가 피어오르는 들판 너머로 외쳤다.

─제이슨! 조심해라! 그들이 너를 뒤쫓고 있다! 훨씬 더 많아졌다.
울프가 울부짖는 소리가 들렸다.

뭐가 많아졌다는 거냐고 소리쳐 묻고 싶었지만 그만두었다. 잭
도 그 답을 알고 있었다.

그때 꿈의 성격이 바뀌었거나 아니면 새로운 꿈이 시작된 것 같
았다. 잭은 선라이트 홈의 처참하게 파괴된 스튜디오와 사무실로
돌아와 있었다. 화약 냄새와 살이 타는 냄새가 코를 찔렀다. 팔이
뽑힌 싱거의 시신은 바닥에 널브러져 있었고, 케이시의 사체는 산
산조각 난 유리벽에 축 늘어져 있었다. 잭은 바닥에 주저앉아 양팔
로 울프를 안았다. 이번에도 울프를 떠나보내야 한다는 것을 모르
지 않았다. 한 가지 다른 점이 있다면 그것은 울프가 아니었다.

잭은 경련을 일으키고 있는 리처드의 몸을 껴안고 있었다. 리처
드가 죽어 가고 있었다. 실용적인 검은 뿔테 안경 뒤에서 방향을 잃
은 리처드의 눈이 고통으로 희번덕거렸다.

─오, 안 돼, 죽으면 안 돼. 잭은 겁에 질려 속삭였다. 리처드의
팔은 으스러졌고, 가슴팍에는 뭉그러진 살덩이와 피로 물든 하얀
셔츠가 뒤엉켜 있었다. 여기저기서 부러진 뼈들이 치아처럼 하얗
게 번뜩였다.

─리처드가 말했다, 난 죽기 싫어, 제이슨, 넌 하지 말았어야 했
어…… 하지 말았어야 했다고……. 한마디 뱉을 때마다 초인적인
노력을 기울여야 했다.

─너마저 잃을 순 없어, 너마저 잃을 순 없다고, 잭이 애원했다.
리처드의 상체가 잭의 팔 안에서 요동을 치더니 한참 동안 목구

멍에서 가래 끓는 소리가 흘러나왔다. 어느새 리처드가 맑고 고요해진 눈으로 잭의 눈을 응시하고 있었다.

—제이슨. 잭의 이름을 부르는 소리가 악취 가득한 공기 속에 부드럽게 울려 퍼졌다. 그렇게 부르는 게 맞을지도 모른다.

—네가 나를 죽였어, 리처드가 속삭였다. 어쩌면 이렇게 외쳤을지도 모른다. *네가 나을 죽였어.* 입술이 잘 맞물리지 않아 어떤 음은 제대로 발음할 수 없었기 때문이다. 리처드의 눈은 다시 초점을 잃었고, 동시에 잭의 팔에 안긴 그의 몸이 점점 무거워지는 느낌이 들었다. 이제 리처드의 몸에서 생명의 불꽃이 스러진 것이었다. 제이슨 델루시안은 넋을 잃고 하늘만 올려다보았다.

3

—그리고 잭 소여는 일리노이주 디케이터에 있는 싸구려 모텔의 차갑고 낯선 침대에서 벌떡 일어섰다. 그러고는 가로등의 누르스름한 희미한 빛으로 마치 두 개의 입에서 동시에 나오듯 뭉게뭉게 뿜어져 나오는 입김을 보았다. 그는 양손에 호두를 깰 때처럼 힘을 주어 비명이 터져 나오려는 입을 간신히 틀어막았다. 또다시 그의 폐에서 거대한 하얀 깃털 같은 입김이 터져 나왔다.

리처드.

울프는 죽음의 세계를 건너 달려오며 외치고 있었다……. 뭐라고? *제이슨.*

잭의 심장은 장애물을 뛰어넘기 위해 힘차게 발길질하는 경주마처럼 지체 없이 결연한 도약을 감행했다.

29장
테이어 학교의 리처드

1

다음 날 오전 11시, 녹초가 된 잭 소여는 바삭하게 마른 갈색 풀로 뒤덮인 기다란 운동장 끝에 배낭을 내려놓았다. 저 멀리 체크무늬 재킷을 입고 야구모자를 쓴 두 사내가 리프 블로워(강풍을 배출해 낙엽 등을 치우는 기구 — 옮긴이)와 갈퀴를 들고 제일 안쪽 건물들을 둘러싸고 있는 잔디밭에서 낙엽을 치우고 있었다. 잭의 왼쪽으로, 붉은 벽돌로 지은 테이어 학교 도서관 뒤편에 교직원용 주차장이 있었다. 학교 정면의 큼지막한 교문으로 들어서서 나무로 둘러싸인 진입로를 따라가다 보면 커다란 안뜰을 한 바퀴 돌게 되는데, 그 안뜰에는 사방으로 이어지는 좁은 길이 교차하고 있었다. 캠퍼스에서 가장 돋보이는 것은 증기선을 연상시키는, 바우하우스 양식에 따라 유리와 강철, 벽돌로 지은 도서관이었다.

잭은 이미 제2교문에서 도서관으로 이어지는 또 다른 진입로가 있는 것을 보았다. 그 길은 학교 전체를 3분의 2 정도 가로지르다

막다른 골목에 있는 대형 쓰레기장에서 끝나는데, 쓰레기장이 자리 잡은 둥근 땅에서 조금만 경사를 올라가면 분지 모양의 축구장이 나왔다.

잭은 축구장을 가로질러 학교 건물 뒤쪽으로 걸어갔다. 테이어학교 학생들이 학생식당으로 가고 나면 넬슨 기숙사 5동의 리처드의 방을 찾을 수 있을 것이다.

겨울 추위에 말라붙은 풀이 발밑에서 바스락거렸다. 잭은 마일스 카이거의 멋진 코트를 단단히 여며 입었다. 잭의 행색은 비록 초라했지만 적어도 코트만은 명문 사립학교 학생처럼 보였다. 테이어 강당과 상급생이 머무는 스펜스 기숙사 사이에 난 길을 걸어 안뜰 쪽으로 향했다. 스펜스 기숙사의 창가에서 점심시간을 앞둔 나른한 말소리가 들려왔다.

2

잭이 안뜰을 흘깃 보니 살짝 등이 굽은 노인의 푸르스름한 청동상이 있었다. 조각상은 목수의 작업대 높이만 한 대좌에 서서 두꺼운 책의 표지를 들여다보고 있었다. 학교 창립자인 모양이라고 잭은 짐작했다. 노인은 빳빳한 깃에 넥타이를 미끈하게 매고 뉴잉글랜드의 초월주의(19세기 맹목적인 산업화에 반발해 자연으로 돌아가 인간 내면의 진리를 추구하자고 촉구한 사상운동 ─ 옮긴이) 개혁가들이 입던 프록코트를 입고 있었다. 잭 쪽으로 숙인 동상의 머리는 학교 건물을 향하고 있었다.

잭은 길이 끝나는 곳에서 오른쪽으로 돌았다. 앞쪽에 있는 2층 창문에서 난데없이 시끄러운 소리가 터져 나왔다. 소년들이 "에서리지다! 에서리지다!"라며 어떤 사람의 이름을 외치는 듯했다. 그때 마룻바닥에 무거운 가구를 끄는 소리와 함께 알아듣지 못할 새된 비명과 고함이 터져 나왔다.

"에서리지!"

등 뒤에서 문 닫히는 소리가 들려 어깨 너머로 돌아보자 지저분한 금발의 키 큰 소년이 스펜스 기숙사의 계단을 달려 내려오고 있었다. 소년은 넥타이와 트위드 스포츠재킷의 가벼운 차림에 L. L. 빈메인(메인주 포틀랜드에 있는 유명 아웃도어 상점 —옮긴이)의 사냥용 부츠를 신었다. 추위를 막아 줄 거라곤 목에 둘둘 만 노랑과 파랑이 섞인 기다란 스카프뿐이었다. 기다란 얼굴에 서린 강퍅하고 오만한 표정 때문에 지금도 잔뜩 골이 난 독선적인 상급생처럼 보였다. 잭은 로덴 코트의 후드를 푹 뒤집어쓰고 길을 걸어갔다.

키 큰 소년이 닫힌 창문을 향해 소리쳤다.

"아무도 움직이지 마! 너희 신입생들 제자리에 가만히 있어!"

잭이 다음 건물 쪽으로 걸어가는데, 뒤에서 키 큰 소년이 소리쳤다.

"의자 끌지 말랬잖아! 소리 다 들린다고! 동작 그만!"

뒤이어 격노한 상급생이 잭을 불러 세웠다.

잭은 가슴이 큰 소리로 뛰는 것을 느끼며 뒤돌아섰다.

"네가 누군지는 모르겠는데, 지금 당장 넬슨 기숙사로 가. 최대한 긴급하고 신속하게, 지금 당장! 말 안 들으면 사감한테 이를 테다."

"네, 알겠습니다."

잭은 반장이 가리키는 쪽으로 허둥지둥 발걸음을 옮겼다.

"벌써 7분이나 늦었어!"

에서리지가 빽 소리를 지르는 바람에 잭은 깜짝 놀라 종종걸음을 쳤다. 그러자 에서리지가 다시 소리쳤다.

"최대한 신속하게 가라고 했는데!"

잭은 황급히 달리기 시작했다.

비탈을 내려가기 시작했을 때(방향을 제대로 잡았기를 간절히 바랐다. 어쨌든 에서리지가 보던 방향은 맞는 것 같았다.) 검은색 리무진 한 대가 정문으로 미끄러져 들어와 긴 진입로를 따라 차르륵 안뜰로 굴러가는 것이 보였다. 리무진의 시커먼 유리창 너머에 누가 앉았든 재학생 학부모 같은 평범한 사람은 아닌 것 같았다.

그 기다란 검은 리무진은 무례할 만큼 천천히 나아갔다.

아니야, 나 혼자 지레 겁을 먹은 거야, 잭은 생각했다.

그런데도 한 발짝도 움직일 수가 없었다. 리무진은 안마당 끝까지 바싹 다가가 엔진을 켜 놓은 채 멈춰 섰다. 미식축구의 러닝백 선수처럼 어깨가 떡 벌어진 흑인 기사가 운전석에서 내려 뒷좌석 오른쪽 문을 열었다. 처음 보는 은발 노인이 뒷좌석에서 힘겹게 내렸다. 검은색 정장 코트 사이로 티 하나 없이 새하얀 와이셔츠와 새카만 넥타이가 도드라졌다. 노인은 기사에게 고개를 끄덕이고는 본관을 향해 느릿느릿 안뜰을 지나가기 시작했다. 잭이 있는 쪽은 거들떠도 보지 않았다. 기사는 눈이 오는지 살피려는 것처럼 조심스럽게 목을 길게 빼고는 하늘을 올려다보았다. 잭은 뒷걸음을 치며 노인이 테이어 강당 계단으로 올라가는 것을 지켜보았다. 기사는 여전히 목을 빼고 하늘을 살피는 척하고 있었다. 잭은 길을 따라 조심조심 뒷걸음치다가 건물 모퉁이에 몸을 숨길 수 있게 되자 뒤돌아 내달리기 시작했다.

넬슨 기숙사는 네모난 안뜰 맞은편에 있는 3층짜리 벽돌 건물이었다. 1층 두 개의 창문으로 10여 명의 상급생들이 자신들의 특권을 누리고 있는 모습이 보였다. 학생들은 소파에 널브러져 책을 읽거나, 커피 테이블에서 종잡을 수 없는 카드놀이를 하고 있었다. 다른 상급생들은 창가 아래를 나른하게 바라보고 있는 것으로 보아 거기에 텔레비전 세트가 놓여 있는 게 틀림없었다.

언덕 저 위쪽에서 보이지 않는 문이 쾅 닫히는 소리가 들리더니, 키 큰 금발의 상급생 에서리지가 언뜻 보였다. 신입생들을 한바탕 혼내고는 으스대며 자신의 건물로 돌아가는 길이었다.

잭이 건물 정면을 가로질러 모퉁이를 돌려고 하는데 차가운 바람이 얼굴을 때렸다. 건물 옆으로 들어서자 좁은 문 위에 '5동'이라고 쓰인 명판(이번에는 나무 명판이었다. 하얀 바탕에 검은 고딕체 글씨가 쓰여 있었다.)이 보였다. 다시 한 번 모퉁이를 돌자 창문들이 죽 이어져 있었다.

드디어 이곳, 세 번째 유리창 앞에서 잭은 안도의 숨을 내쉬었다. 이곳에서 리처드 슬로트가 안경을 단단하게 귀에 걸고, 넥타이를 똑바로 매고, 손에는 잉크를 살짝 묻힌 채 책상 앞에 꼿꼿이 앉아 죽어라고 두툼한 책을 읽고 있었기 때문이다. 리처드는 창 옆쪽으로 앉아 있었다. 잭은 한동안 소중한 친구의 익숙한 옆모습을 바라보다가 창문을 톡톡 두드렸다.

리처드는 책에서 눈을 떼고 고개를 번쩍 들었다. 뜻밖의 소리에 화들짝 놀랐는지 주위를 거칠게 휘둘러보았다.

"리처드."

잭이 부드럽게 불렀다. 곧이어 친구의 놀란 얼굴이 그를 쳐다보자 모든 게 보상이 되었다. 리처드는 너무 놀란 나머지 얼이 빠져 보였다.

"창문을 열어 봐."

잭은 친구가 자신의 입술을 읽을 수 있도록 입을 크게 벌려 가며 한 단어 한 단어를 발음했다.

리처드는 책상에서 일어났지만 여전히 충격에서 벗어나지 못했는지 천천히 움직였다. 잭이 창문을 여는 동작을 해 보였다. 리처드는 창가로 다가와 문틀에 손을 올리고는 잠시 심각한 얼굴로 잭을 내려다보았다. 그 짧은 동안에 잭의 더러운 얼굴과 감지 않아 떡이 진 머리, 예상치 못한 방문 등을 미루어 상황을 파악하고 있었던 것이다. *도대체 넌 지금 무슨 짓을 벌이고 있는 거야?* 마침내 리처드가 창문을 올렸다.

"어, 사람들은 대부분 문을 사용하는데."

잭이 웃음이 나오려는 것을 참으며 말했다.

"맞는 말이야. 내가 보통 사람처럼 보였으면 나도 그렇게 했겠지. 뒤로 좀 물러나 줄래?"

그 말에 리처드는 허를 찔린 얼굴이 되어 몇 발짝 뒤로 물러섰다.

잭은 창턱까지 발돋움하여 머리부터 들이민 다음 미끄러져 들어왔다.

"어우."

"그래, 오랜만이다, 이런 상황이라도 만나서 반갑다고 해야겠지? 그런데 내가 이제 금방 점심 먹으러 나가야 하거든. 샤워 좀 하고 있을래? 다들 식당으로 갈 테니까."

리처드는 말을 너무 많이 했다 싶어 깜짝 놀랐는지 거기서 입을 다물었다.

잭은 리처드를 대할 때 신중을 기해야겠다는 생각을 했다.

"미안하지만 돌아올 때 나 먹을 것도 챙겨 올 수 있겠니? 굶어 죽을 지경이라서."

"와, 대단해. 갑자기 사라져서 우리 아빠를 포함해 주변 사람들을 모조리 기함하게 할 때는 언제고, 이제는 강도처럼 이곳에 들이닥쳐서는 나에게 음식을 훔쳐 달라고 하는군. 멋지군, 멋지고말고. 좋지 뭐, 왜 안 되겠어."

"우리 할 얘기가 많아."

리처드가 주머니에 손을 넣은 채 몸을 앞으로 살짝 숙이며 말했다.

"만약에 말이야, 만약에 네가 오늘 당장 뉴햄프셔로 돌아가거나, 만약에 내가 우리 아빠한테 전화해도 된다면, 그래서 너를 데리러 이곳으로 오신 아빠와 함께 돌아간다면, 남은 음식을 좀 싸다 주지."

"꼬마 리치야, 내가 너한테는 뭐든지 다 얘기할게. 뭐든지. 물론 돌아가는 얘기도 할 거고."

리처드가 고개를 끄덕이며 말했다.

"어쨌든 도대체 지금까지 어디에 있었던 거니?"

리처드는 두꺼운 안경알 너머 눈시울이 붉어지는가 싶더니 갑자기 눈을 크게 깜박거렸다.

"도대체 너랑 네 엄마가 우리 아빠한테 한 행동을 *어떻게* 설명할 생각이냐? 제길, 잭. 난 정말로 네가 뉴햄프셔로 돌아가야 한다고 봐."

"돌아갈 거야. 약속할게. 하지만 먼저 할 일이 있어. 어디 앉아도 되겠니? 지쳐서 쓰러질 것 같아."

리처드는 고갯짓으로 침대를 가리켰다가, 다시 잭에게 더 가까운 의자 쪽으로 — 늘상 하는 손버릇대로 — 한 손을 휘저어 보였다.

복도에서 문들이 쾅 닫히는 소리가 나고 시끄러운 말소리가 리처드의 방 옆을 지나가더니, 사람들이 우르르 몰려가는 발소리가 들려왔다.

"선라이트 홈에 대한 기사를 읽어 봤니? 나도 거기에 있었어. 거기서 내 친구 두 명이 죽었지, 그런데 말이야, 리처드, 그중 한 명은 늑대인간이었어."

리처드의 얼굴이 딱 굳었다.

"그래, 그것참 놀라운 우연의 일치군. 왜냐하면……"

"정말 선라이트 홈에 있었다고, 리처드."

"알았다고. 좋아. 일단 30분만 기다려. 먹을 걸 가져올 테니. 그런 다음 옆방에 누가 사는지 알려 줄게. 어쨌건 이번 일은 시브룩섬에서 했던 이야기 같은 거지? 바른 대로 말해야 해."

"응, 그렇게 볼 수도 있겠지."

잭은 어깨를 흔들어 마일스 P. 카이거의 코트가 저절로 흘러내려 의자 등받이에 걸리게 했다.

"다녀올게."

리처드가 머뭇거리며 잭에게 손을 흔들어 보이고는 문을 나섰다. 잭은 신발을 벗어 던지고 눈을 감았다.

3

리처드가 언급한 '시브룩섬 이야기'는 잭도 분명히 기억하고 있었다. 마지막으로 시브룩섬 리조트를 방문한 휴가의 마지막 주에 일어난 일이었다.

필립 소여가 살아 있을 때 두 집안은 거의 해마다 함께 휴가 여행을 다녔다. 필립 소여가 세상을 떠난 그해 여름에 모건 슬로트와 릴리 소여는 그 전통을 지키려고 그들이 가장 행복한 여름을 보낸 사우스캐롤라이나주 시브룩섬의 오래된 대형 호텔에 네 사람의 방을 예약했다. 하지만 그 결과는 신통치 못했다.

두 소년은 함께 어울려 노는 데 익숙했고, 시브룩섬 같은 휴양지에도 익숙했다. 어린 시절 리처드 슬로트와 잭 소여는 리조트 호텔과 햇볕이 쨍쨍 쏟아지는 광활한 해변을 날다람쥐처럼 돌아다니며 놀았다. 하지만 지금은 말로 표현할 수 없지만 뭔가가 변했다. 생각도 못 한 엄청난 일이 그들의 삶을 침범했기에 어딘지 어색하고 불편했다.

필 소여의 죽음은 미래의 색깔을 완전히 뒤바꿔 버렸다. 시브룩섬에서 보낸 그 마지막 여름날 잭은 자신이 아빠 책상 뒤 의자에 앉는 걸 원하지 않을지도 모른다는 생각을 하기 시작했다. 인생에서 그 이상을 추구하길 원했다. 하지만 그 이상 무엇을 추구한다는 걸까? 잭이 진실로 알고 있는 몇 안 되는 것 가운데 하나가 있었으니, 이 강력한 '그 이상'은 백일몽과 관련이 있다는 것이었다. 일단 내면에 있는 그것과 대면하기 시작하자 다른 것도 깨닫게 되었다. 친구인 리처드는 이 '그 이상'의 가치를 느낄 수 없을 뿐만 아니라 실제로 그와는 정반대의 가치를 원한다는 것이 분명해졌다. 리처드는 인생에 무관심했으며, 그가 보기에 중요하지 않은 일에는 관심이 없었다.

잭과 리처드는 점심과 저녁 칵테일 시간 사이의 한가한 때에 살며시 빠져나왔다. 그렇다고 멀리 간 것은 아니고 호텔 뒤쪽이 내려다보이는 소나무 언덕으로 올라갔을 뿐이다. 두 사람 아래로는 거대한 직사각형 수영장에 담긴 깨끗한 물이 햇빛을 받아 반짝거렸다. 릴리 카바노 소여 부인이 넓은 수영장을 끝에서 끝까지 오가며 유연하고 능숙하게 수영을 즐기고 있었다. 수영장 뒤 테이블에서는 리처드의 아빠가 벙벙하고 보송보송한 테리클로스(타월을 만드는 재료가 되는 천—옮긴이) 가운을 입고 하얀 발에 샌들을 신고 앉아, 한 손으로는 클럽 샌드위치를 먹고 다른 손으로는 유선 전화기의 다이얼을 돌려 전화를 걸고 있었다.

"저런 일을 하길 원해?"

잭이 리처드에게 물었다. 리처드는 아무렇게나 누워 있는 잭의 옆에—언제나 그렇듯—단정하게 앉아 책을 읽고 있었다.『토머스 에디슨 전기』였다.

"내가 뭘 원하냐고? 나중에 커서 말이지? 아마 아주 멋질 거야. 내가 그런 걸 원하는지는 잘 모르겠지만."

리처드는 잭의 질문에 조금은 곤혹스러운 듯했다.

"네 꿈은 뭐야, 리처드? 넌 늘 연구 화학자가 되고 싶다고 했잖아. 왜 그런 말을 한 거지? 무엇 때문이냐고?"

"내가 연구 화학자가 되고 싶기 때문이지."

리처드가 미소를 지으며 말했다.

"무슨 말인지 모르겠어? 연구 화학자가 되고 싶은 *진짜 이유가* 뭐냐고? 재미있을 것 같아서? 암을 치료해서 수많은 생명을 구하기 위해서?"

리처드가 잭을 빤히 쳐다보았다. 넉 달 전에 쓰기 시작한 안경 때문에 두 눈이 다소 커 보였다.

"암을 치료할 수 있을 것 같지는 않아, 어림없지. 하지만 중요한 건 그런 게 아니야. 중요한 건 사물이 어떻게 움직이는지 그 원리를 발견해 내는 거야. 중요한 건 사물이 겉으로 어떻게 보이건 간에 실제로는 일정한 질서에 따라 움직인다는 뜻이지. 너도 잘 생각해 보면 알 수 있을 거야."

"질서라고."

"응, 그런데 왜 웃는 거지?"

잭이 히죽 웃으며 말했다.

"넌 내가 미쳤다고 생각하겠지만 난 오히려 이 모든 것, 부자들이 골프공만 쫓아다니면서 전화통을 붙잡고 소리를 질러 대는 이 모든 것들이 다 역겨운 짓거리라는 걸 밝혀 낼 뭔가를 찾고 싶어."

"이미 역겨워 보여."

리처드가 웃음기 없는 어투로 응수했다.

"때때로 질서보다 인생에 더 중요한 게 있다는 생각은 안 드니?

약간의 마법 같은 게 있으면 어떨까, 리처드?"

잭이 리처드의 영문을 모르겠다는, 의심 가득한 얼굴을 유심히 보며 말했다.

"있잖아, 넌 종종 혼란만 일으키려 하는 아이 같아. 날 놀리는 거니? 네가 마법을 꿈꾼다는 건 내가 신봉하는 모든 것을 파괴하겠다는 말이나 같아. 실제로 그건 현실 자체를 파괴하는 거라고."

리처드는 살짝 상기된 얼굴이었다.

"어쩌면 현실은 하나가 아닐지도 몰라."

"『이상한 나라의 앨리스』에서라면 물론 그렇겠지!"

리처드가 버럭 성질을 내고 소나무들 사이로 쿵쿵거리며 걸어가 버렸다. 그제야 잭은 백일몽에 관한 자신의 속마음을 얘기한 탓에 친구가 크게 화가 났다는 것을 알아차렸다. 잭은 긴 다리를 이용해 금세 리처드를 따라잡았다.

"절대 널 놀리려던 게 아니야. 그건 그냥, 네가 왜 화학자가 되려는지 그 이유가 궁금했을 뿐이야."

리처드는 갑자기 걸음을 멈추고 진지한 얼굴로 잭을 올려다보았다.

"이제 그런 얘기 그만해. 골치 아파. 아까 그건 그냥 '시브룩섬 이야기'일 뿐이야. 이제 미국에 제정신 박힌 사람은 예닐곱 명밖에 안 남은 건가. 가장 친한 친구마저 완전히 정신이 나갔으니."

그 후로 리처드 슬로트는 잭이 조금만 비현실적인 일을 입에 올려도 발끈하며 '시브룩섬 이야기'라며 묵살해 왔다.

4

리처드가 식당에서 돌아올 무렵, 잭은 깨끗하게 샤워를 마치고 젖은 머리가 두개골에 찰싹 달라붙은 채 느긋하게 리처드의 책상에 앉아 책장을 넘기고 있었다. 리처드가 기름이 묻은 종이 냅킨에 상당한 양의 음식을 싸서 돌아왔을 때, 잭은 책상에 놓인 책이 『유기화학』과 『수학 퍼즐』이 아니라 『반지의 제왕』과 『워터십 다운의 열한 마리 토끼』였다면 앞으로 나눌 대화가 더 수월하지 않을까 생각하고 있었다.

잭이 물었다.

"점심은 뭐였어?"

"운 좋은 녀석. 남부풍 프라이드치킨이야. 먹이사슬에 얽혀 희생된 동물이 아니니 슬퍼하지 않고 먹을 수 있는 몇 안 되는 요리지."

리처드는 기름 묻은 냅킨에 싼 것을 잭에게 건네주었다. 튀김옷을 두툼하게 입힌 네 개의 치킨 조각이 거의 믿을 수 없을 만큼 진하고 구수한 냄새를 풍겼다. 잭은 허겁지겁 입에 욱여넣었다.

"대체 얼마나 굶었기에 그렇게 돼지처럼 꿀꿀거리며 먹는 거니?"

리처드가 안경을 밀어 올리며 좁은 침대에 앉았다. 트위드 재킷 안에 고상한 무늬가 있는 갈색 브이넥 스웨터를 입고 있었는데, 그 자락을 바지 벨트 안에 단정하게 집어넣고 있었다.

잭은 잠시 갈피를 잡을 수가 없었다. 저렇게 꼼꼼하게 단추를 채우고 스웨터를 벨트 안에 여며 넣는 아이와 테러토리에 대해 얘기하는 게 과연 가능할까 하는 의문이 들었기 때문이다. 잭이 가볍게 말했다.

"가장 최근에 식사한 게 어제야, 어제 정오쯤. 그래서 조금 배가 고팠어, 리처드. 치킨 가져다줘서 고마워. 정말 맛있는걸. 내가 먹어 본 것 중 최고의 치킨이었어. 넌 참 멋진 친구야. 나를 위해 이렇게 퇴학당할 위험까지 무릅쓰다니 말이야."

리처드가 눈살을 찌푸린 채 스웨터를 쓱 잡아당겼다.

"지금 농담이 나오니? 네가 여기 있는 걸 누가 알기라도 하면 난 퇴학당할 거라고. 그러니 실없는 소리 집어치워. 우린 어떻게 네가 뉴햄프셔로 돌아갈 수 있는지 그 방법을 찾아내야 해."

잠시 침묵이 흘렀다. 잭은 상황을 관망하는 표정이 되었고, 리처드는 단호한 표정이 되었다.

잭이 입안에 가득한 치킨을 씹으며 우물거렸다.

"내가 무슨 일을 하고 있는지 궁금할 거야, 리처드. 하지만 정말이지, 쉬운 일은 아니겠지만."

"넌 예전 같지 않아. 너는 마치…… 철이 든 것 같아. 하지만 그게 다가 아니야. 넌 변했어."

"나도 알아. 내가 변한 거. 9월 이후 나와 함께 있었다면 너도 조금은 달라졌을 거야."

잭은 미소를 지으며 언짢은 기색을 숨기지 않고 있는 모범생 차림의 리처드를 바라보다, 리처드의 아빠에 대해서는 한마디도 해서는 안 된다는 것을 깨달았다. 그런 짓을 할 수는 없었다. 다른 일로 리처드가 알게 되는 건 잭이 어쩔 수 없었다. 하지만 잭은 그 정도로 냉혹한 심장의 소유자가 아니었다. 자기 입으로 그런 일을 폭로할 수는 없었다.

친구 리처드는 여전히 찡그린 얼굴로 잭을 바라보고 있었다. 잭이 말문을 열기를 기다리는 게 틀림없었다.

이성으로 똘똘 무장한 리처드가 불가사의한 일을 납득하도록 설득하는 일은 나중으로 미루고 싶어서였을까, 잭은 다른 이야기를 꺼냈다.

"옆방에 있는 아이는 학교를 그만두는 거니? 밖에서 보니까 침대에 가방이 놓여 있더라고."

"음, 그래, 아주 흥미로운 얘기지. 그러니까 내 말은, 네가 아까 말한 얘기 때문에 흥미롭다는 뜻이야. 그 아이는 떠날 거야. 사실은, 이미 떠났어. 다른 사람이 와서 짐을 가지고 가겠지. 네가 또 이 얘기로 어떤 동화를 지어낼지 모르겠지만 옆방 아이 이름은 루엘 가드너야. 네가 도망쳤다고 주장하는 선라이트 홈을 운영하던 그 목사의 아들이지."

리처드는 잭이 발작적으로 기침을 해 대는 것을 모른 척하고 말을 이었다.

"여러모로 볼 때 루엘은 평범한 아이는 아니었어. 아무도 그 아이가 떠난다고 해서 슬퍼하지 않을걸. 그 애 아빠가 운영하는 그곳에서 아이들이 죽었다는 보도가 나오자마자 그 애한테 테이어 학교를 그만두라는 전보가 왔어."

잭이 목에 걸렸던 치킨 덩어리를 간신히 넘기고 물었다.

"선라이트 가드너의 아들이라고? 그자가 아들이 있었다고? 게다가 여기에 다녔다고?"

리처드가 간단히 말했다.

"학기 초에 입학했어. 아까 말하려고 했던 게 바로 그거야."

갑자기 잭의 눈에 테이어 학교가 아주 위험한 공간으로 느껴졌다. 리처드는 도저히 이해할 수 없을 터였다.

"어떤 아이였어?"

"사디스트였어. 가끔씩 루엘의 방에서 아주 기괴한 소리가 들렸어. 한번은 뒷마당에 있는 쓰레기통에서 눈이 몽땅 뽑히고 귀가 잘려 나간 죽은 고양이를 본 적도 있어. 너도 개를 보면 고양이를 학대하고도 남을 애라는 걸 금방 눈치챌걸. 게다가 그 애한테서 고약한 잉글리시 레더(가죽 향을 연상시키는 진한 남성용 향수 브랜드 — 옮긴이) 냄새가 났던 것 같아."

리처드가 잠시 골똘히 생각하더니 물었다.

"너 정말 선라이트 홈에 있었던 거 맞아?"

"30일 동안. 거기는 지옥이었어. 적어도 지옥의 옆집 정도는 되었지."

잭은 숨을 들이마시고는, 여전히 찡그리고 있지만 이제 적어도 반은 설득된 리처드의 얼굴을 바라보았다.

"받아들이기 어려울 거야, 리처드, 나도 알지. 하지만 나랑 함께 지냈던 친구는 늑대인간이었어. 그 친구가 날 위해 목숨을 던지지 않았다면, 지금 여기 나와 함께 있을 거야."

"늑대인간이라고. 손바닥에 털이 나 있고, 보름달이 뜨는 밤이면 피에 굶주린 괴물로 변신하는 그것 말이지."

리처드는 생각에 잠겨 작은 방을 한 바퀴 둘러보았다.

잭은 리처드의 시선이 다시 자신을 향할 때까지 기다렸다가 말했다.

"내가 왜 이러고 있는지 알고 싶지 않아? 내가 왜 히치하이크를 하며 이 나라를 횡단하고 있는지 알고 싶지 않냐고?"

"그 얘기 그만두지 않으면 나 소리 지를 거야."

"음, 난 우리 엄마의 목숨을 구하려는 거야."

막상 말을 하고 나니 잭에게 이보다 더 명쾌한 문장은 없는 것처럼 느껴졌다. 마침내 리처드가 폭발했다.

"도대체 어떻게 어머니를 구하겠다는 건데? 너희 어머니, 암인 것 같다며. 우리 아빠가 말씀해 주셨겠지만, 그분은 의사와 과학이 필요하다고…… 그런데도 떠난 거야? 무엇으로 엄마를 구한다는 건데? 마법으로?"

잭의 눈이 벌겋게 충혈되기 시작했다.

"맞았어, 리처드, 내 오랜 동지야."

잭은 팔을 들어 이미 축축하게 젖은 눈을 팔뚝 안쪽 자락으로 찍어냈다.

"어, 야, 진정해, 야 진짜……. 울지 마, 잭, 그러지 마, 부탁할게, 얼마나 슬픈 일인지 나도 알아, 내 말은 그 뜻이 아니라…… 그건 그냥……"

신경질적으로 스웨터를 잡아당기던 리처드가 어느새 소리도 없이 방을 가로질러 와 어색하게 잭의 팔과 어깨를 두드렸다.

"난 괜찮아, 리처드, 네 눈에 어떻게 보이건 이건 황당무계한 망상이 아니니까."

잭은 팔을 내리고 앉은 자세를 바로 했다.

"아빠는 날 보고 방랑자 잭이라고 하셨어. 아케이디아 해변의 할아버지도 그렇게 말했고."

잭은 리처드가 자신의 뜻을 이해해 줄 거라는 추측이 틀리지 않기를 간절히 바랐다. 리처드의 얼굴을 보았을 때 자신이 옳았음을 알 수 있었다. 친구는 다정하게 걱정해 주는, 진지한 얼굴로 잭을 바라보고 있었다.

이제 잭이 이야기를 시작할 차례였다.

5

두 소년의 주위에서는 기숙학교답게 고요함과 활기가 교차하는 넬슨 기숙사의 일상이 계속되고 있었고, 간간이 고함과 환호성에 웃음소리가 뒤섞여 들렸다. 문 앞을 지나는 발소리는, 소리를 애써 죽이고는 있었지만, 한시도 끊이지 않았다. 위층 방에서는 규칙적으로 쿵쾅거리는 소리가 들려왔고 때때로 음악 소리도 들려왔다. 잭이 들어 보니 블루 오이스터 컬트(미국 헤비록 그룹 — 옮긴이)의 레코드였다. 잭은 먼저 백일몽에 관해 말해 주었다. 백일몽에서 스피디 파커를 만난 얘기도 해 주었고, 소용돌이치는 모래 구멍에서 들려온 목소리를 흉내 내기도 했다. 그런 다음 스피디의 '마법 주스'를 마시고 맨 처음 테러토리로 순간이동한 얘기도 들려주었다. 잭이 말했다.

"하지만 그건 싸구려 와인 같은 거였어, 알코올중독자들이 마시는. 나중에 그게 다 떨어지고 나서야 마법 주스가 없어도 순간이동을 할 수 있다는 걸 알게 됐지. 내 힘만으로도 할 수 있다고."

"그렇구나."

리처드가 이도 저도 아니게 말을 받았다.

잭은 리처드에게 테러토리의 모습을 있는 그대로 정확하게 설명해 주려고 애썼다. 짐마차가 다니던 길, 여름궁전의 풍광, 시간을 뛰어넘는 독특한 그 무엇, 캡틴 파렌, 죽어 가는 여왕을 통해 트위너의 존재를 알게 된 일, 그리고 오스먼드, 올핸즈 빌리지의 참상과 변경 도로라 불리는 서부 도로 등에 대해서 설명했다. 그가 모은 신비스러운 물건들, 즉 기타 피크와 유리구슬, 은화도 보여 주었다. 리처드는 그것들을 집어 들어 돌려 보고는 아무 말 없이 되돌려 주었다. 뒤이어 잭은 오틀리 주점에서 보낸 비참한 나날도 들려주었다. 오틀리 얘기를 들을 때 리처드는 말을 잊은 채 동그랗게 눈을 뜨고 귀를 기울였다.

서부 오하이오주 주간고속도로 70번의 루이스버그 휴게소에서 있었던 일을 설명할 때는 신중을 기해 모건 슬로트와 오리스의 모건에 관한 부분은 생략했다.

처음 울프를 만난 순간, 오슈코시 오버올 작업복을 입고 눈에서 빛을 내뿜는 거인의 모습을 얘기할 차례가 되자 다시금 눈물이 차올랐다. 울프를 차에 태우려고 소동을 벌인 일과 그와 함께 다니며 짜증을 냈던 일을 고백하며 잭이 눈물을 글썽이자 리처드는 적잖이 놀란 눈치였다. 그럭저럭 울음을 가라앉힌 다음에는 한동안 괜찮았다. 울프가 처음 변신하던 얘기를 눈물을 흘리거나 목이 메지 않고도 이야기해 나갈 수 있었다. 그러다 다시 말이 막혔다. 이야기가 퍼드 장클로에 이르자 분노로 말을 제대로 잇지 못하고 다시 눈시울이 붉어졌던 것이다.

리처드는 한참 동안 말이 없다가 일어나 옷장 서랍장에서 깨끗한 손수건을 가져다주었다. 잭은 킁 하고 코를 풀고는 말을 맺었다.

"이런 일들을 겪은 거야. 전부는 아니지만 대강은 말한 셈이지."

"너 무슨 책을 읽은 거니? 무슨 영화를 봤냐고?"

"야, 됐다."

잭이 벌떡 일어나 배낭을 챙기려고 방을 가로지르자 리처드가 팔을 뻗어 잭의 허리를 잡았다.

"네가 꾸며 낸 얘기라곤 생각 안 해. 네가 한 말 다 믿는다고."

"진짜?"

"그럼. 사실 어떻게 생각해야 할지 갈피가 안 잡히긴 해. 하지만 네가 일부러 나한테 거짓말을 할 리는 없잖아."

리처드는 손을 내리며 말을 이었다.

"네가 선라이트 홈에 있었던 거 믿어, 그래, 믿는다고. 그리고 울프라는 네 친구가 거기서 죽었다는 얘기도 믿어. 하지만 미안한데, 테러토리 이야기는 받아들이기가 쉽지 않아. 네 친구가 늑대인간이라는 얘기도 그렇고."

"그럼 내가 미쳤다고 생각한다는 거구나."

"어쨌든 그동안 힘들게 지냈던 것 같아. 하지만 난 우리 아빠한테 전화도 걸지 않을 거고, 이대로 너를 떠나보내지도 않을 거야. 오늘 밤에는 내 침대에서 자. 헤이우드 사감이 취침 점호를 하러 오면 넌 침대 밑에 숨으면 돼."

리처드는 마치 책임자가 된 듯한 분위기를 살짝 풍기며 뒷짐을

지고 찬찬히 방 안을 뜯어보았다.

"너는 일단 휴식을 취해야 해. 분명 그 영향도 있을 거야. 그런 끔찍한 곳에서 죽을 고비를 넘겼으니 제정신이 아닌 게 당연하지, 이제 넌 푹 쉬어야 해."

"그래, 난 휴식이 필요해."

잭이 시인했다.

리처드가 시선을 위로 향한 채 말을 이어 나갔다.

"좀 이따 교내 농구 연습을 하러 가야 하니까 넌 여기 숨어 있어. 돌아올 때 식당에서 음식을 더 가져다줄게. 중요한 것은 넌 푹 쉬고 나서 집으로 돌아가야 한다는 거야."

"뉴햄프셔는 더 이상 내 집이 아니야."

잭이 대답했다.

30장
테이어 학교에서 일어나는 기묘한 일들

1

창밖으로 코트를 입고 추위에 몸을 웅크린 채 도서관과 학교 이 곳저곳을 오가는 소년들이 보였다. 그날 아침 잭에게 호령한 상급생 에서리지가 스카프를 휘날리며 그 옆으로 바삐 걸어갔다.

리처드는 침대 옆 좁은 벽장에서 트위드 스포츠재킷을 꺼냈다.

"아무리 생각해도 넌 뉴햄프셔로 돌아가야 할 것 같아. 난 지금 농구를 하러 가야 해. 안 그러면 프레이저 코치가 돌아오는 대로 운동장 열 바퀴를 돌게 할 거야. 오늘은 대리 코치가 훈련을 시키지만 프레이저는 만약 땡땡이를 쳤다간 혼꾸멍이 날 거라고 했단 말이야. 깨끗한 옷 좀 빌려 줄까? 네가 입을 만한 셔츠는 있어. 아빠가 뉴욕에서 보내 주신 건데, 브룩스 브라더스(미국에서 가장 오랜 역사를 자랑하는 신사복 소매상 ─옮긴이)는 사이즈가 엉망이라서."

"어디 한번 보자."

잭의 옷차림은 아는 사람이 볼까 두려울 정도로 남루했다. 때에

절어 뻣뻣해진 옷을 볼 때마다 픽펜이 생각났다. 만화 「피넛츠」에 나오는, 항상 먼지 구름을 몰고 다녀 사람들이 피해 다니는 등장인물 말이다. 리처드는 비닐 포장을 뜯지도 않은 하얀 버튼다운 셔츠를 잭에게 건네주었다.

"아주 좋은데, 고마워."

잭은 포장에서 셔츠를 꺼내 핀을 뽑기 시작했다. 약간 작을 것 같았다.

"재킷도 있으니까 한번 입어 봐. 벽장 끝에 걸려 있는 블레이저야. 입어 봐, 알았지? 넥타이도 매는 게 좋겠어. 다른 사람이 들어올 수도 있으니 대비해야지. 혹시라도 누가 들어오면 세인트루이스 컨트리 데이(미국 미주리주에 있는 사립학교 — 옮긴이)에서 온 교환 학생 기자라고 하면 돼. 해마다 두세 명이 우리 학교에서 그쪽으로, 그쪽 학교에서 우리 학교로 방문하거든. 상대 학교의 신문 제작에 참여하기 위해서지. 저녁식사 전에 한번 보러 올게."

리처드가 문 쪽으로 걸어가며 말했다. 그의 재킷 주머니에는 볼펜 두 개가 꽂혀 있고, 단추는 모두 채워져 있었다.

몇 분 안에 넬슨 기숙사에는 완전한 정적이 찾아왔다. 밖을 내다보니 커다란 도서관 유리창 너머로 책상 앞에 앉아 있는 학생들이 보였다. 오솔길이나 바짝 마른 갈색 잔디밭에는 개미 한 마리 보이지 않았다. 4교시 시작을 알리는 종소리가 끈덕지게 울렸기 때문이다. 잭은 기지개를 켜고 하품을 했다. 종소리와 수업 시간, 농구 연습 같은 그 모든 익숙한 학교생활에 둘러싸이자 마음이 놓였다. 어쩌면 하루 더 머물 수 있을지도 몰랐다. 어쩌면 넬슨 기숙사 전화로 엄마한테 전화를 할 수 있을지도 몰랐다. 밀린 잠을 실컷 보충할 수 있으리란 건 확실했다.

벽장에 가 보니 리처드가 말한 곳에 블레이저가 걸려 있었다. 아직도 한쪽 소매에 정가표가 달려 있었다. 슬로트가 뉴욕에서 보낸 것을 리처드가 한 번도 입지 않은 것이었다. 셔츠와 마찬가지로, 블레이저도 한 치수 작아서 어깨가 조금 끼었지만, 재단을 여유 있게 해서 소매 밖으로 하얀색 셔츠의 커프스가 1센티미터 정도 나와 있었다.

잭은 벽장 안 행거에서 넥타이 하나를 꺼내 들었다. 빨간색 바탕에 파란색 닻 모양 패턴이었다. 잭은 타이를 목에 두르고 끙끙거리며 간신히 매듭을 매었다. 거울에 자신의 모습을 비춰 보고 소리 내어 웃었다. 마침내 그는 해낸 것이다. 근사한 새 블레이저와 클럽 타이, 눈처럼 새하얀 셔츠, 구겨진 청바지를 살펴보았다. 이제야 본래의 자신을 찾은 것이다. 그는 영락없는 명문 사립학교 학생이었다.

2

잭이 보기에, 리처드는 존 맥피(심층 취재를 통해 논픽션의 새 영역을 개척했다고 평가받는 미국의 퓰리처상 수상 저술가 — 옮긴이)와 루이스 토머스(미국의 의사이자 시인, 수필가, 어원학자 — 옮긴이), **스티븐 제이 굴드**(미국의 고생물학자이자 진화생물학자. 진화생물학의 최고 권위자이면서도 쉽고 대중적인 과학 서적을 다수 발표했다. — 옮긴이)의 신봉자가 되어 있었다. 잭은 리처드의 책장에서 마음에 드는 제목의 책을 뽑아 들고 침대로 돌아왔다. 『판다의 엄지』(1981년 전미도서상을 수상한 스티븐 제이 굴드의 에세이집 — 옮긴이)라는 책이었다.

농구 연습을 하러 나간 리처드는 이래도 되나 싶을 정도로 늦도록 돌아오지 않았다. 잭은 작은 방 안에서 서성거렸다. 대체 리처드에게 무슨 일이 일어났기에 돌아오지 못하는지 상상도 할 수 없었다. 하지만 머릿속에서는 이런저런 나쁜 일들이 자꾸만 떠올랐다.

다섯 번짼가 여섯 번째 손목시계를 본 뒤에서야 운동장에 학생들이 한 명도 없다는 것을 알아차렸다.

리처드에게 무슨 일이 일어났건 그 일은 학교 전체에 걸치는 일인 모양이었다.

오후 시간이 죽은 듯 고요했다. 잭은 리처드도 죽었을 거라고 생각했다. 어쩌면 테이어 학교 전체가 죽었을지도 모른다. 잭은 전염병과 죽음을 나르는 악귀였던 것이다. 리처드가 식당에서 가져다 준 치킨 말고는 하루 종일 아무것도 먹지 못했지만 배고픈 줄도 몰랐다. 너무 괴로운 나머지 감각마저 무뎌진 것이었다. 그는 가는 곳마다 파멸을 몰고 다녔다.

3

이윽고 복도에서 발소리가 들려왔다.

위층에서 둥, 둥, 둥 하고 울리는 베이스 연주 소리가 희미하게 들려왔다. 곧이어 그것이 블루 오이스터 컬트 그룹의 레코드에서 흘러나오는 소리라는 게 생각났다. 문밖에서 발소리가 멈췄다. 잭은 황급히 문으로 다가갔다.

리처드는 문간에 서 있었다. 밝은 금발의 두 소년이 타이를 반쯤 늘어뜨린 채 방 안을 흘끗 보고는 복도를 따라 지나쳐 갔다. 복도에서는 록 음악이 한결 선명하게 들렸다. 잭이 따지듯 물었다.

"대체 오후 내내 어디 있었던 거야?"

"그게, 좀 이상한 일이 있었어. 오후 수업이 모두 취소되었어. 더프리 씨는 아이들이 탈의실에 가는 것조차 허락하지 않았고. 그러고는 다들 농구 연습을 해야 했어. 그건 훨씬 더 괴상한 일이었지."

"더프리 씨가 누군데?"

리처드는 막 요람에서 굴러떨어진 아기를 보듯 잭을 쳐다보았다.

"더프리 씨가 누구냐고? 우리 학교 교장이잖아. 우리 학교에 대해 아무것도 모르는구나."

"모르지, 하지만 몇 가지 생각나는 건 있어. 농구 연습이 뭐가 그렇게 괴상했다는 건데?"

"아까 프레이저 코치가 오늘 자기 대신 친구를 보냈다고 말했잖아? 음, 그 사람은 우리가 땡땡이를 치면 그 벌로 운동장을 돌게 하겠다는 말도 했지. 그래서 그 친구가 앨 맥과이어(미국의 유명 대학 농구팀 감독이자 스포츠 해설가 — 옮긴이) 같은 사람일 거라 생각했거든, 알잖아, 아주 잘나가는 운동선수. 테이어 학교는 이렇다 할 운동부 전통이 없어. 어쨌든, 나는 대리 코치로 진짜 특별한 사람이 올 거라고 생각했거든."

"내가 맞혀 보지. 새로 온 코치가 스포츠와 아무 관계가 없는 사람 같지 않았어?"

리처드가 깜짝 놀라 턱을 치켜들었다.

"맞아. 정말로 그랬어."

리처드가 곰곰 생각하는 얼굴로 잭을 바라보았다.

"그 사람은 계속 줄담배를 피웠어. 게다가 머리가 정말 긴데 개기름까지 흘렀다니까. 코치라고는 도저히 볼 수 없었어. 솔직히 말해, 코치라면 누구나 대놓고 무시할 만한 사람이었어. 심지어 눈도 약간 맛이 가 있었다니까. 마리화나를 피우는 게 분명해."

리처드는 스웨터 자락을 잡아당기며 말을 이었다.

"농구에 대해선 정말 하나도 모르는 것 같더라고. 심지어 패턴 훈련도 안 시켰어. 준비운동을 하고 나면 으레 하던 건데 말이야. 농구장을 뛰어다니며 슈팅 연습을 하자 이번엔 우리한테 고함을 치는 거야. 거기다 웃기까지 하더라고. 그 표정은 마치 아이들이 농구하는 걸 보면서 태어나서 이렇게 우스꽝스러운 광경은 처음이라고 여기는 것 같았다니까. 스포츠가 우습다고 생각하는 코치를 본 적 있니? 심지어 준비운동을 할 때도 이상했어. '좋아, 이젠 팔굽혀펴기를 해.'라고 말하고 담배만 피웠거든. 횟수도 안 세고 구령도 안 붙이고, 다들 그냥 각자 알아서 해야 했지. 그런 다음에는 이러더라. '좋아, 몇 바퀴 뛰어 봐.' 그 사람은…… 정말 제멋대로였어. 내일 프레이저 코치한테 일러야겠어."

"나라면 프레이저 코치나 교장한테 불평하지 않겠어."

"오, 알겠다. 더프리 씨가 그들 중 하나, 그러니까 테러토리 사람이라는 거로군."

"아니면 그들을 돕는 사람이거나."

"너 말이야, 뭐든 거기다 꿰맞추고 있는 거 모르겠니? 뭐든 일이 잘못될 때마다 말이야. 그건 너무 쉬워. 모든 걸 그런 식으로 설명하면 되니까. 그런 식으로 사람이 미쳐 가는 거라고. 넌 실재하지도 않는 것들과의 연관성을 찾고 있어."

"게다가 있지도 않은 것들을 보지."

리처드가 무심한 척 어깨를 으쓱해 보였지만 참담한 표정을 지우지는 못했다.

"네가 말한 거다."

"잠깐만. 내가 뉴욕주 앙골라에서 붕괴된 건물에 대해 얘기해 준 거 기억나?"

"레인버드 타워 말이군."

"기억력 하나는 끝내 준다니까. 하여튼 나는 그 사건이 내 탓이라고 생각해."

"잭, 너 또……"

"미친 생각이라고, 알아. 있잖아, 만약에 우리가 저녁 뉴스를 보러 나가면 누가 일러바칠까?"

"안 그럴걸. 어쨌든 다들 지금 공부하는 시간이니까. 그런데 왜?"

이곳에서 무슨 일이 벌어지고 있는지 알고 싶어서야. 잭은 속으로 생각했지만 입 밖에 내지는 않았다. 소규모 화재나 지진 말이야. 그들이 지나오고 있다는 뜻이지. 나를 찾기 위해. 우리를 찾기 위해.

"바람 좀 쐬려고, 리처드 내 오랜 동지야."

잭은 리처드의 뒤를 따라 연녹색 복도를 걸어갔다.

31장
테이어 학교, 지옥이 되다

1

잭이 먼저 뭔가 달라졌다는 것을 알아차렸고 곧 그게 무슨 일인
지도 알아차렸다. 아까 리처드가 없을 때도 비슷한 일이 있었던 터
라 더 민감했던 것이다.

블루 오이스터 컬트 그룹의 「타투 뱀파이어」의 귀청을 찢을 듯한
헤비메탈 음악 소리가 어느새 끊겨 있었다. 휴게실에 있는 텔레비
전에서는 아까까지만 해도 뉴스 대신 「호건의 영웅」(제2차 세계대전
중의 포로수용소를 무대로 한 미국의 텔레비전 시트콤—옮긴이)이 방영되고
있었는데, 지금은 그마저도 정지화면 상태였다.

리처드가 잭을 향해 돌아서서 뭔가 말하려고 입을 열었지만, 잭
이 선수를 쳤다.

"아무래도 이상해, 그리들리(1898년 미국-에스파냐 전쟁 당시 사령관
조지 듀이가 장교 그리들리에게 "준비되면 발포하게, 그리들리."라는 지시를 내리
고 전투를 개시하여 대승을 거둔 데서 유래한 말. 여기서 그리들리는 전우를 뜻한

238

다.—옮긴이). 원주민들의 북소리가 그쳤어. 너무 조용해."

"아하, 또 그 얘기."

리처드는 심드렁하게 대꾸했다.

"리처드, 뭐 좀 물어봐도 돼?"

"그래, 당연하지."

"겁나지 않니?"

리처드의 얼굴을 보면 이렇게 말하고 싶은 듯했다, *아니, 무섭긴 뭐가 무서워. 저녁 이맘때면 넬슨 기숙사는 언제나 조용해.* 하지만 불행하게도 리처드는 거짓말이라곤 손톱만큼도 할 줄 몰랐다. 사랑스러운 친구 리처드. 잭은 리처드의 마음이 파도처럼 일렁이는 것을 느꼈다. 리처드가 마침내 대답했다.

"그래, 조금 무섭긴 해."

"한 가지 더 물어봐도 돼?"

"그래."

"우리가 왜 속삭이고 있지?"

리처드는 말을 잃은 채 한참 동안 잭을 응시하더니 다시 녹색 복도를 걸어 내려가기 시작했다.

복도의 다른 방들은 문이 활짝 열려 있거나 살짝 열려 있었다. 4호실의 반쯤 열린 문에서 아주 익숙한 냄새가 풍겨 나와, 잭은 손끝을 모아 텐트처럼 만든 손으로 문을 끝까지 밀어 열었다. 잭이 물었다.

"누가 약쟁이지?"

"무슨 소리야?"

리처드가 어리둥절한 얼굴로 되물었다.

잭이 소리가 나도록 킁킁거리며 말했다.

"냄새 안 나?"

앞서 가던 리처드가 잭 쪽으로 와 방 안을 들여다보았다. 두 책상의 전기스탠드가 다 켜져 있었고, 한쪽 책상에는 역사 교과서가 펼쳐져 있었다. 나머지 책상에는 《헤비메탈》 잡지도 한 권 놓여 있었다. 벽에는 포스터로 도배를 하다시피 했다. 코스타델솔(스페인 남부의 아름다운 해변으로 유명한 휴양지 — 옮긴이), 사우론의 성을 향해 곳곳이 파이고 연기가 피어오르는 모르도르 평원을 힘겹게 걷는 프로도와 샘(영화 「반지의 제왕」의 한 장면이다. — 옮긴이), 에디 반 헤일런(미국의 헤비메탈 그룹 반 헤일런의 기타리스트 — 옮긴이)의 포스터였다. 펼쳐진 《헤비메탈》 잡지 위에 놓인 이어폰에서 끽끽거리는 음악 소리가 희미하게 흘러나왔다. 잭이 물었다.

"친구를 몰래 침대 밑에 숨겨 주었다고 퇴학당한다면, 마리화나를 피운 학생은 손바닥 몇 대로 끝나지 않을 텐데."

"물론 퇴학당하겠지."

리처드는 넋을 잃고 마리화나를 쳐다보고 있었다. 리처드는 그 어느 때보다, 심지어 잭이 손가락 사이에 난, 이제 아물어 가고 있는 화상 자국을 보여 주었을 때보다도 훨씬 더 당혹과 충격에 사로잡힌 것 같았다. 잭이 말했다.

"넬슨 기숙사는 텅 비어 있어."

"웃기지 마!"

리처드가 날카롭게 응수했다. 잭이 복도를 가리키며 다시 말했다.

"그래도 그게 현실이잖아. 우리만 유일하게 남겨진 거야. 게다가 서른 명도 더 되는 소년들을 소리 하나 없이 기숙사 밖으로 데려나가는 게 가능하다고 생각해? 그들은 이곳에서 그냥 나간 게 아니야, 사라져 버린 거지."

"테러토리로 건너갔다는 말을 하려나 보구나."

"그건 나도 몰라. 아직 여기 있을지도 모르지. 이곳의 조금 다른 차원에 말이야. 어쩌면 테러토리에 있을지도 모르고 클리블랜드에 있을지도 모르지. 분명한 것은 우리가 있는 이곳에는 없다는 거야."

"문 닫아."

리처드가 퉁명스럽게 말했다. 잭이 미적거리자, 리처드가 직접 나서서 닫아 버렸다.

"저걸 끄려고 그러는……"

"저거엔 손끝 하나 대고 싶지 않아. 알잖아, 저런 건 보고해야 해. 둘 다 헤이우드 사감한테 보고해야 한다고."

"정말 고자질을 할 생각이야?"

잭이 흥미진진한 얼굴로 묻자 리처드가 분한 얼굴로 중얼거렸다.

"아냐……. 그럴 수는 없겠지. 어쨌든 난 저런 거 싫어."

"학칙에 어긋나니까."

"그래."

안경 너머로 리처드의 눈이 "바로 그거야. 어쩌면 그렇게 정곡을 찌르니."라고 말하듯 번뜩였다. 여기서 잭이 언짢은 티를 냈다고 해도 리처드는 아무 말 못 했을 것이다. 리처드는 다시 복도를 따라 걸어가기 시작했다. 그가 말했다.

"이곳에서 대체 무슨 일이 일어나고 있는지 알아야겠어. 그냥 하는 말 아니야, 난 알아낼 거야."

꼬마 리치야, 그건 마리화나보다 네 건강에 훨씬 더 해로울 텐데. 잭은 속으로 생각하며 친구의 뒤를 따라갔다.

2

두 소년은 라운지에 서서 밖을 내다보았다. 리처드가 안뜰 쪽을 가리켰다. 저물어 가는 저녁 햇살 아래 창립자 테이어의 푸르스름한 청동상 주위에 한 무리의 소년들이 산만하게 모여 있는 것이 잭의 눈에 들어왔다. 리처드가 화를 내며 외쳤다.

"저 녀석들이 담배를 피우고 있어! 안뜰 한가운데서 *담배를 피우고 있다고!*"

잭은 복도에서 맡은 마리화나 냄새를 떠올리며 리처드에게 말했다.

"담배를 피우고 있지, 그래, 하지만 담배 자판기에서 나오는 그런 담배는 결코 아니야."

리처드는 화가 나서 주먹으로 유리창을 두드렸다. 리처드는 괴이하게 아이들이 사라진 기숙사도, 가죽 재킷을 입고 줄담배를 피우던 대리 코치도 까맣게 잊은 눈치였다. 심지어 자꾸 정신 나간 소리를 하는 잭도 안중에 없는 듯했다. 예의에 어긋나지 않는 한도에서 분노하는 리처드의 얼굴은 이렇게 말하고 있었다. *학생들이 무리를 지어 마리화나를 피우다니, 그것도 학교 창립자의 청동상 옆*

에서, 이건 지구가 평평하다는 말만큼이나 터무니없는 짓이야, 아니면 소수가 2로 나누어질 때도 있다는 말만큼이나 얼토당토 않는 일이라고.

잭은 친구가 너무 가여웠다. 하지만 또한 학교 친구들 사이에서 튀다 못해 별종 취급까지 받았을 것이 틀림없는 리처드의 성격이 존경스럽기도 했다. 잭은 리처드가 앞으로 받게 될 충격을 감당할 수 있을지 다시금 걱정되었다.

"리처드, 쟤들은 테이어 학생들이 아니지?"

"맙소사. 너 정말 머리가 어떻게 *되었나* 보구나, 잭. 저 애들은 상급생들이야. 한 명도 빠짐없이 다 아는 작자들이라고. 저기 물색없이 가죽으로 된 비행기 조종사 모자를 쓴 놈은 노링턴이고, 초록색 운동복 바지를 입은 놈은 버클리라고. 가슨도 보이고…… 리틀필드…… 스카프를 한 놈은 에서리지야."

"정말 에서리지야?"

"*그렇다니까!*"

리처드가 빽 소리쳤다. 그러고는 느닷없이 창문 걸쇠를 풀어 밀어 열고는 차가운 공기 속으로 몸을 내밀었다.

잭이 리처드를 잡아 끌어당기며 말했다.

"리처드, 제발, 내 말을 좀……."

리처드는 아랑곳하지 않고 돌아서서 차가운 황혼 속으로 몸을 내밀며 큰 소리로 외쳤다.

"*야!*"

안 돼, 그들 눈에 띄면 안 돼, 리처드, 제발…….

"야, 이놈들아! 에서리지! 노링턴! 리틀필드! 대체 거기서 뭐 하는 짓거리야!"

잡담 소리와 거친 웃음소리가 뚝 그쳤다. 에서리지의 스카프를 한 놈이 리처드의 목소리가 나는 쪽으로 돌아서서, 고개를 살짝 젖히고 두 소년을 올려다보았다. 도서관 불빛과 겨울 황혼의 음울한 잔광이 그의 얼굴에 비친 순간, 리처드는 황급히 양손으로 입을 막았다.

불빛 아래 드러난 얼굴의 오른쪽 절반은 실제로 에서리지와 조금 닮긴 했다. 좀 더 나이 든 에서리지, 모범적인 명문 사립학교 학생이라면 가지 않을 수많은 곳에 다녀오고, 모범적인 명문 사립학교의 학생이라면 하지 않을 수많은 일을 한 에서리지랄까. 얼굴의 나머지 절반은 상처들이 뒤엉킨 덩어리 같았다. 이마 밑 울퉁불퉁한 살덩어리 틈으로 예전에 눈이었을 반짝이는 초승달 모양이 보였다. 마치 반쯤 녹은 기름 덩어리에 깊숙이 박아 넣은 구슬 같았다. 왼쪽 입 꼬리에는 기다란 송곳니 하나가 튀어나와 있었다.

잭은 확신했다. *저건 트위너야, 저 아래 있는 건 에서리지의 트위너라고. 저기 있는 게 전부 트위너들일까? 리틀필드의 트위너와 노링턴의 트위너와 버클리의 트위너 등등, 그런 걸까? 정말 그런 걸까?*

"슬로트!"

에서리지의 트위너가 외쳤다. 그것은 넬슨 기숙사 쪽으로 휘청휘청 두 발짝 걸어왔다. 이제 진입로의 가로등 불빛이 일그러진 그것의 얼굴을 정면으로 비추고 있었다.

리처드가 속삭였다.

"창문 닫아. 얼른 닫으라고. 내가 착각했어. 저건 에서리지랑 비슷하기는 하지만 그가 아니야. 아마도 에서리지의 형이거나, 누가 에서리지 형의 얼굴에 커피 같은 것을 쏟아서 골이 잔뜩 났나 봐. 어쨌든 에서리지가 아니야. *그러니 창문을 닫아, 잭. 얼른 닫으라고…….*"

저 밑에서 에서리지 트위너가 그들을 향해 휘청거리며 또 한 발짝 옮겼다. 그것이 히죽 웃자 흉물스러운 기다란 혓바닥이 입안에서 굴러떨어졌다. 그 모습은 마치 무심코 불면 말려 있던 리본이 쫙 펴지는 생일 파티용 피리 같았다.

그것이 소리쳤다.

"슬로트! 네 승객을 내놔!"

잭과 리처드는 동시에 반사적으로 주위를 살피고는 서로의 긴장한 얼굴을 바라보았다.

밤하늘에서 늑대 울음소리가 메아리쳤다……. 어느새 밤이 찾아와 석양은 저물어 버렸던 것이다.

리처드가 잭을 바라보았다. 잠시지만 잭은 리처드의 눈에서 진정한 증오 같은 것을 읽었다. 리처드 아버지의 모습이 언뜻 스치고 지나갔던 것이다. *왜 넌 여기 와야만 했니, 잭? 응? 왜 날 이렇게 끔찍한 곤경에 처하게 한 거지? 왜 이런 빌어먹을 시브룩섬 이야기 같은 일들을 나한테 떠안겼냐고?*

잭이 부드럽게 물었다.

"내가 떠나 줄까?"

잠시 리처드의 눈에 궁지에 몰린 자의 분노가 남아 있었지만 곧 원래의 상냥한 표정으로 돌아왔다. 이윽고 리처드가 부산스레 손으로 머리를 쓸어내리며 대답했다.

"아니야, 그건, 넌 아무 데도 가면 안 돼. 밖에는…… 밖에는 들개들이 있어. 잭, 무시무시한 들개들이 테이어 교정에 있다고! 내 말은…… 너도 봤지?"

"그래, 나도 봤어. 꼬마 리치야."

잭이 따스하게 말하자 리처드는 단정하게 정돈한 머리를 다시 쓸어내리더니 헤집어 헝클어 버렸다. 잭의 단정하고 학칙을 준수하는 친구가 도널드 덕의 상냥하지만 엉뚱한 발명에 골몰하는 사촌, 자이로 기어루스처럼 보이기 시작했다.

"보인턴을 불러, 보안요원이야, 그 사람을 불러야 해, 보인턴을 불러, 아니면 경찰을 부르거나, 아니면……"

안뜰 저 먼 끝의 숲속에서, 층층이 쌓인 어두운 그림자 사이로 늑대 울음소리가 울려 퍼졌다. 서서히 높아지며, 불안정하게 흔들리는 늑대 울음소리는 거의 인간의 소리처럼 들리기도 했다. 리처드가 그쪽을 보더니 병든 노인처럼 입술을 떨며 애원하듯 잭을 쳐다보았다.

"창문 좀 닫아 줘, 잭, 알았지? 열이 나는 것 같아. 오한이 오는 건지도 모르겠네."

"걱정 마, 리처드."

잭은 얼른 문을 닫아 최대한 늑대 울음소리를 차단했다.

32장
"리처드, 네 승객을 내놔!"

1

"이것 좀 도와줘, 리처드."

잭이 끙끙거리며 말했다.

"난 책상을 옮기고 싶지 않아, 잭. 거기로 옮기면 안 된다니까."

리처드가 어린애가 훈계하는 듯한 목소리로 말했다. 눈 밑 다크
서클은 방금 전 라운지에 있을 때보다 한층 더 두드러졌다.

저 밖 안뜰에서 또다시 늑대 울음소리가 허공으로 울려 퍼졌다.

이제 문은 침대로 막혀 있었고, 리처드의 방은 원래의 모습을 조
금도 찾아볼 수 없었다. 리처드는 우뚝 선 채 눈을 껌벅거리며 이
모양을 휘 둘러보았다. 그러고는 침대로 가서 담요를 끄집어냈다.
입을 다문 채 잭에게 한 장을 건네고는 자기 담요를 바닥에 깔았다.
주머니에서 잔돈과 지갑을 꺼낸 뒤 책상에 단정하게 올려놓았다.
그다음엔 담요 한가운데 누운 뒤 양쪽 끝을 잡아당겨 덮고는 똑바
로 바닥에 누웠다. 안경은 여전히 쓰고 있었고, 말은 없지만 얼굴에

는 참담한 심정이 고스란히 드러나 있었다.

바깥은 답답한 꿈속에 있는 것처럼 적막했다. 그나마 저 멀리 덜 컹거리며 고속도로를 오가는 트레일러트럭 소리만이 어쩌다 정적을 깰 뿐, 넬슨 기숙사 전체가 으스스할 만큼 고요했다. 리처드가 입을 열었다.

"밖에 있는 것들 얘기는 하고 싶지 않아. 하지만 그 정체는 알아낼 거야."

"그래, 리처드. 그 얘긴 하지 말자."

잭이 달래듯이 말했다

"잘 자, 잭."

"잘 자, 리처드."

리처드는 지칠 대로 지쳐 파리해진 얼굴로 미소 지었다. 그 미소에는 여전히 다정함이 가득해 잭의 마음은 따뜻해지면서도 쓰라렸다. 리처드가 말했다.

"지금도 난 네가 와서 기뻐. 이 모든 것에 대해서는 내일 아침에 얘기하자. 그때가 되면 정리가 될 거야. 나도 열이 내릴 테고."

리처드는 오른쪽으로 몸을 돌린 뒤 눈을 감았다. 5분이나 흘렀을까, 딱딱한 바닥인데도 깊이 잠들었다.

잭은 한참 동안 일어나 앉아 암흑 속을 내다보았다. 때때로 스프링필드 애버뉴를 달리는 자동차 불빛이 보였다. 헤드라이트와 가로등이 완전히 사라진 것처럼 보일 때도 있었다. 마치 테이어 학교가 현실에서 미끄러져 나가 잠시 알 수 없는 곳에 머물다가 곧 다시 미끄러져 돌아오는 건가 싶었다.

바람이 점차 거세지고 있었다. 바람이 안뜰에 있는 나무들을 스치자 그나마 얼어붙은 채 붙어 있던 낙엽들이 우수수 떨어지고 나뭇가지들이 뼈끼리 부딪치는 듯한 소리를 냈다. 이제 바람은 학교 건물 사이를 빠져나가며 차가운 비명을 지르고 있었다.

2

"그자가 오고 있어, 에서리지의 트위너가 오고 있다고."

잭이 비장한 얼굴로 중얼거렸다. 한 시간 정도 흐른 뒤였다.

"으응?"

"신경 쓰지 말고 마저 자. 너는 보면 안 돼."

하지만 리처드는 일어나 앉았다. 그의 눈이 넬슨 기숙사 쪽으로 걸어오는 구부정하고 다소 뒤틀린 형태에 초점을 맞추기도 전에 캠퍼스 전체가 한눈에 들어왔다. 리처드는 엄청난 충격을 받고 까무러칠 듯 놀랐다.

몽크손 체육관 담장의 담쟁이덩굴은 그날 아침까지만 해도 메마르긴 해도 여전히 희미하게 녹색을 띠고 있었지만, 지금은 보기 싫을 정도로 누렇게 말라비틀어졌다.

"*슬로트! 네 승객을 내놔!*"

갑자기 리처드는 다시 잠이 들고 싶다는 생각뿐이었다. 독감이 다 나을 때까지(그는 잠이 깨면서 그것이 단순한 오한이나 열이 아니라 진짜 독감이어야 한다고 결정해 버렸다.) 푹 잠을 자고 싶었다. 독감과 발열 때문에 그렇게 무시무시하게 뒤틀린 환각을 본 것이다. 창가에 서 있으면 안 되었던 것이다…… 아니, 그 전에 잭이 창문을 통해 들어오게 하면 안 되었던 것이다. 이런 생각을 하자마자 리처드는 한없이 부끄러워졌다.

3

잭은 재빨리 곁눈으로 리처드의 기색을 살폈다. 창백한 얼굴과 툭 불거진 눈을 볼 때 리처드는 마법의 나라를 향해 조금씩, 조금씩 빨려 들어가고 있었다.

밖에 있는 괴물은 키가 작았다. 다리 밑에서 기어 나온 트롤처럼 생긴 그것은 기다란 발톱이 자란 손을 무릎까지 늘어뜨린 채 하얗게 서리 내린 풀밭 위에 서 있었다. 군인들이 입는 더플코트를 입고 있었는데, 왼쪽 주머니 위에 '에서리지'라고 스텐실로 찍혀 있었다. 재킷은 지퍼를 내려 열어젖히고 있었다. 그 사이로 찢어지고 헝클어진 펜들턴 셔츠(아메리카 원주민의 전통문양을 도입한 미국적 스타일의 모직 체크무늬 셔츠 — 옮긴이)가 보였는데, 피나 토사물 자국으로 보이는 시커먼 얼룩이 한쪽에 튀어 있었다. 헝클어진 파란 넥타이에는 가로올이 두드러진 직물에 에서리지의 머리글자 *E*가 금실로 수놓여 있었으며, 꺼칠꺼칠한 풀씨 두 개가 기괴한 넥타이핀처럼 넥타이에 붙어 있었다.

오직 이 새로운 에서리지의 반쪽 얼굴만 멀쩡해 보였다. 머리에는 먼지가 잔뜩 쌓이고 옷에는 낙엽이 붙어 있었다.

"슬로트! 네 승객을 내놓으라니까!"

잭은 다시 한 번 에서리지의 기괴한 트위너를 내려다보았다. 빠르게 진동하는 소리굽쇠처럼 눈구멍 속에서 떨리고 있는 그것의 눈과 마주치자 도저히 눈길을 돌릴 수가 없었다. 간신히 고개를 돌렸다.

잭은 끙 소리와 함께 내뱉었다.

"리처드! 그것의 눈을 들여다보면 안 돼!"

리처드는 대답이 없었다. 그 대신 약에 취해 매사에 흥미 없는 사람처럼 히죽거리고 있는 트롤 버전의 에서리지를 내려다보고 있었다.

덜컥 겁이 난 잭이 친구의 어깨를 밀쳐냈다. 리처드가 느닷없이 잭의 손을 가져다 자기 이마에 대고 물었다.

"내 머리가 얼마나 뜨거워?"

잭은 살짝 따뜻하기만 한 리처드의 이마에서 손을 떼고 말했다.

"아주 뜨거운걸."

거짓말이었다. 리처드가 안도의 한숨을 내쉬며 말했다.

"그럴 줄 알았어, 빨리 병원에 가야겠어, 잭. 항생제를 먹어야 해."

"*우리한테 그놈을 내놔, 슬로트!*"

잭이 말했다.

"책상으로 창문을 막자."

"*너는 안전할 거야, 슬로트!*"

에서리지가 외쳤다. 그것은 안심시키려는 듯 싱긋 웃었다. 어쨌거나 오른쪽 얼굴은 그랬지만, 왼쪽은 여전히 시체처럼 입을 딱 벌린 채였다.

리처드는 불안한 표정이면서도 말투만은 오싹할 만큼 침착했다.

"어쩌면 저렇게 에서리지랑 닮았지? 어째서 유리창이 막고 있는

데도 목소리가 저렇게 뚜렷하게 들려? 얼굴은 왜 또 저 모양이래?"

리처드의 목소리는 조금 날카로웠지만 마지막 질문을 던지고 나서는 방금 받은 충격에서 다소 회복되었다. 이 순간 그 질문은 적어도 리처드 슬로트에게는 그 무엇보다 중요한 질문이었던 것이다.

"저것이 어떻게 에서리지의 넥타이를 손에 넣었지, 잭?"

"나도 모르겠어."

우리는 시브룩섬으로 다시 돌아온 게 틀림없어, 꼬마 리치야. 아마도 우린 네가 토할 때까지 죽어라 춤을 추게 될 것 같아.

"어서 그놈을 내놓으라고. 슬로트. 말 안 들으면 우리가 가서 끌고 나올 테니!"

에서리지 괴물이 사악한 포식자처럼 히죽 웃자 하나뿐인 송곳니가 드러났다.

"그놈을 어서 내보내, 슬로트, 그는 죽은 목숨이야! 그놈은 이미 죽었다고, 어서 내놓지 않으면 너는 시체 썩는 냄새를 맡게 될 거야!"

"저 망할 책상 옮기는 것 좀 도와줘!"

잭이 작은 목소리로 재촉했다.

"그래, 응, 좋아. 책상을 옮기고 나서 난 누울 거야, 좀 있다가 병원에 갈 수도 있고. 어떻게 생각해, 잭? 뭐라고 말 좀 해 봐. 좋은 계획이지?"

리처드의 얼굴은 정말 좋은 계획이라고 말해 주길 잭에게 애원하고 있었다.

"일단 상황을 좀 지켜보자고, 급한 일부터 먼저 하자. 책상 말이야. 놈들이 돌을 던질지도 모르거든."

4

곧이어 리처드는 다시 잠에 빠져 잠꼬대를 하면서 신음 소리를 냈다. 그것만으로도 불길했는데, 얼마 후에는 심지어 눈에서 눈물이 흘러나오기 시작했다.

리처드는 갈팡질팡하며 울먹이는 다섯 살짜리 아이처럼 칭얼거렸다.

"난 포기 못 해, 절대로 포기 못 해, 아빠가 보고 싶어, 아빠가 어디 있는지 제발 좀 알려 줘, 아빠가 벽장에 들어갔는데 지금은 벽장에 없어, 아빠가 보고 싶어, 아빠는 내가 어떻게 해야 할지 알려 주실 거야, 제발……."

잭은 리처드의 피부가 차갑게 식어 가는 것을 뚫어져라 보고 있었다.

그때 돌멩이 하나가 창문을 깨고 들어와 잭은 비명을 질렀다.

돌멩이가 창문을 가로막은 책상 뒷면을 때리자 깨진 유리 조각들이 책상 양쪽 틈새를 비집고 날아와 바닥에 산산이 흩어졌다.

"네 승객을 내놓으라고, 슬로트!"

"안 돼."

리처드가 담요 속에서 온몸을 비틀며 신음했다.

"우리한테 내놓으라고! 우린 그를 시브룩섬으로 돌려보낼 거야. 시브룩섬으로, 그놈의 원래 집으로 돌려보낸다고!"

밖에서 들려오는 외침 소리에 낄낄거리는 웃음소리와 동물이 울부짖는 소리가 섞여 들었다.

돌멩이가 또 하나 날아들었다. 잭은 본능적으로 몸을 움츠렸지만 이 돌도 책상 뒷면에 부딪쳐 튕겨 나갔다. 개들이 요란하게 짖고 울부짖으며 으르렁거렸다.

리처드가 잠결에 중얼거렸다.

"시브룩섬은 안 돼, 아빠는 어디 있지? 어서 그 벽장에서 나왔으면! 제발, 부탁이야, 시브룩섬 사건 같은 건 싫어, 제바이알⋯⋯."

결국 잭이 무릎을 꿇고 리처드를 흔들며 말해 주어야 했다. 어서 일어나라고, 그건 그냥 꿈이라고, 그러니 일어나라고, 제발 좀 부탁인데, 일어나라고!

"제에발제에발제에발."

밖에서 인간이 아닌 것들이 입을 모아 외치는 거친 소리가 점점 커지고 있었다. 그 소리들은 마치 웰스의 『모로 박사의 섬』(H. G. 웰스의 공상과학소설로, 동물을 인간으로 변이하고자 생체실험을 자행한 어느 박사의 광기를 다룬다.—옮긴이)에 나오는 반인반수들의 코러스처럼 들렸다.

"일여나, 일여나, 일여나!"

두 번째 코러스가 뒤를 이었다. 개들도 울부짖었다.

돌들이 소나기처럼 날아와 더 많은 유리창을 깨고 들어왔다. 책상 뒷면이 돌에 맞아 흔들거릴 정도였다. 리처드가 괴성을 질렀다.

"아빠가 벽장에 있어! 아빠, 나와, 제발 나오라고, 나 무섭단 말이야!"

"제에발, 제에발, 제에발!"

"일여나, 일여나, 일여나!"

리처드가 허공에 대고 손을 휘저었다.

돌들이 날아와 책상에 부딪쳤다. 이제 곧 커다란 돌이 날아와 싸

구려 가구 정도는 단숨에 뚫어 버리거나, 심지어 엎어뜨릴 수도 있
겠다고 잭은 생각했다.

바깥에서는 그것들이 소름 끼치는 트롤 목소리로 낄낄거리고 울
부짖으며 같은 말을 반복했다. 어느새 크게 무리를 이룬 개들도 덩
달아 울부짖으며 으르렁거렸다.

"아빠아아아아아아아아아······!"

리처드의 오싹한 비명 소리가 점점 커졌다.

잭이 리처드를 철썩 쳤다.

리처드가 눈을 번쩍 뜨더니 잠시 얼떨떨한 얼굴로 잭을 올려다
보았다. 마치 꿈속에서 온전한 분별력에 몽땅 불을 지르고 나온 것
처럼 보였다. 이윽고 그는 몸을 떨며 깊은 숨을 들이마시고는 한숨
을 내쉬었다.

"악몽을 꿨어, 열이 난 탓도 있겠지. 끔찍했어. 하지만 무슨 꿈을
꾸었는지 정확히 기억이 안 나!"

마치 잭이 금방이라도 그 꿈에 대해 물어보기라도 할 것처럼 리
처드가 날카롭게 못을 박았다.

"리처드, 방 밖으로 좀 나갔다 오자."

리처드가 제정신이냐는 얼굴로 잭을 쳐다보았다.

"이 방을 나가자고? 나 못 나가, 잭. 나는 열이 있어····· 39도는
확실히 넘을 거야. 40도가 넘을지도 모르고. 못 나가······"

"기껏해야 1도 정도밖에 안 올랐어, 리처드. 어쩌면 그 정도도 안
될지도 몰라······."

잭이 차분히 달랬지만 리처드는 들은 척도 하지 않았다.

"열이 펄펄 끓는 것 같다니까!"

"그것들이 돌을 던지고 있어, 리처드."

"환각은 돌을 던지지 못해, 잭. 이건 시브룩섬 이야기 같은 거야. 이건……."

리처드가 마치 정신적으로 결함이 있는 사람에게 간단하지만 아주 중요한 사실을 설명하듯 말을 이어 가는데, 또다시 한 무더기의 돌멩이들이 창문으로 날아들었다.

"네 승객을 내놔, 슬로트!"

"어서 나가자, 리처드."

잭이 리처드를 일으키며 말했다. 잭은 리처드를 붙잡고 문밖으로 나갔다. 지금 잭은 리처드에게 미안해서 견딜 수가 없었다. 울프에게 느꼈던 것과 똑같은 그런 미안함은 아니지만…… 점점 그것과 가까워지고 있었다.

"안 돼…… 몸이 아파…… 열이 나…… 난 못 나가……."

뒤에서 더 많은 돌멩이들이 책상 뒷면을 쿵쿵 때렸다.

리처드는 꽥 비명을 지르며 물에 빠진 아이처럼 잭을 와락 움켜잡았다.

밖에서 정신이 나간 것처럼 낄낄거리는 소리가 들려왔다. 개들은 울부짖으며 서로 싸워 댔다.

리처드는 하얀 얼굴이 더한층 창백해지더니 몸이 휘청거렸다. 잭이 얼른 일어났지만 미처 손쓸 사이도 없이 리처드는 루엘 가드너의 문 앞에서 쓰러지고 말았다.

5

리처드는 단순히 기절한 것이어서 잭이 엄지와 검지 사이 예민한 살을 손톱으로 꼬집자 금세 정신을 차렸다. 리처드는 밖에서 일어나고 있는 일에 대해 입을 다물었을 뿐만 아니라 잭이 하는 말을 못 알아듣는 척했다.

두 소년은 계단을 향해 조심스럽게 복도를 걸어갔다. 휴게실 앞에 이르렀을 때 잭이 고개를 내밀어 안을 보더니 휘파람을 불었다.

"리처드, 이것 좀 봐!"

리처드가 마지못해 안을 들여다보았다. 휴게실은 말 그대로 아수라장이었다. 의자들은 뒤집히고, 소파 위에 있던 쿠션들은 칼로 난도질을 당해 속이 터져 나왔다. 맞은편 벽에 걸린 창립자 테이어의 유화 초상화도 흉측하게 훼손되었다. 누구는 크레용으로 그의 단정한 은발에 악마의 뿔을 그려 놓았고, 또 누구는 코밑에 수염을 그려 놓았으며, 또 누구는 손톱 다듬는 줄 같은 것으로 사타구니를 그어 조잡한 남근 모양을 만들어 놓았다. 트로피 케이스의 유리도 박살이 나 있었다.

도저히 믿기 어려운 광경을 앞두고 경악에 사로잡혀 멍해진 리처드의 얼굴을 보면서도 잭은 거의 신경을 쓰지 않았다. 요정들이 이 세상의 것 같지 않은 빛을 내뿜으며 복도를 몰려다녔다거나 용들이 안뜰을 덮쳤다는 얘기가 오히려 리처드가 속속들이 알고 있고, 또 애정을 갖고 있는 테이어 학교가 이토록 무참히 짓밟힌 상황보다 더 받아들이기 쉬울 것이다……. 리처드가 상류층을 위한 명문 학교라 확신한 테이어였을 것이다. 잭은 알 수 있었다, 아빠들이 벽장 속으로 들어가 다시 돌아오지 않는, 오랫동안 의지할 데라곤 없었던 세상에서 굳건한 방패막이가 되어 주었으리라…….

"누가 이런 짓을 한 거지? 그 괴물들이 한 짓이야. 바로 그놈들이라고."

리처드가 화를 내며 물었다가 스스로 답을 내놨다. 그러고는 의심이 구름처럼 뭉게뭉게 피어나기 시작하는 얼굴로 잭을 바라보더니 난데없이 외쳤다.

"콜롬비아인들 짓일 거야. 콜롬비아인들이라고. 이건 마약 전쟁 같은 거야, 잭. 네 생각에도 그런 것 같지?"

잭은 미친 듯이 웃음이 터져 나오려는 것을 간신히 참았다. 오직 리처드 슬로트만이 상상해 낼 수 있는 생각이었다. 그들은 콜롬비아인들이었다. 일리노이주 스프링필드에 있는 테이어 학교에서 코카인 영역 전쟁이 벌어진 것이다. 친애하는 왓슨, 이건 아주 기초적인 걸세, 자네는 이 문제의 7.5퍼센트밖에 못 해결했군.

"그럴 수도 있겠지. 위층들을 살펴보자."

"도대체 뭐 하러?"

"음…… 다른 사람들을 찾을 수도 있잖아. 누군가가 위에 숨어 있을지도 모르고. 우리처럼 정상적인 사람 말이야."

잭도 이 말을 믿지 않았지만 말하고 보니 그럴듯하긴 했다.

리처드는 잭을 한 번 보고 나서 아수라장이 된 휴게실을 다시 쳐다보았다. 리처드의 얼굴에 근심 서린 고뇌의 표정이 다시 돌아왔다. 그의 얼굴은 이렇게 말하고 있었다. *난 이런 것 정말 보기 싫어, 하지만 무슨 까닭인지 지금은 이것이 내가 정말로 보고 싶은 것이*

되어 버렸어. 끔찍하지만 피할 수가 없어, 레몬을 씹거나 손톱으로 칠판을 할퀴거나 포크로 도자기 세면대를 긁는 것처럼 말이야.

리처드가 큰 교실에서 강연하듯 괴상한 말투로 말했다.

"마약이 이 나라에 만연해 있어. 바로 지난주에《뉴 리퍼블릭》 잡지에서 마약 확산에 대한 기사를 읽었거든. 잭, 밖에 있는 사람들은 다 마약을 했을 거야! 코카인을 하고 있을 거라고! 저 사람들은⋯⋯."

"그만해, 리처드."

잭이 조용히 말을 잘랐다.

"계단을 올라갈 수 있을지 모르겠어. 나는 열이 심해서 계단 못 오를 것 같아."

리처드가 기운이 없는지 투덜거렸다.

"자, 이제 유서 깊은 명문 테이어 학교를 한번 믿어 보자고."

잭은 계속 위층으로 리처드를 인도했다.

6

2층 층계참에 이르렀을 무렵 넬슨 기숙사 내부를 억누르고 있던, 잔잔하다 못해 숨통이 막힐 듯한 고요를 깨뜨리는 소리가 터져 나왔다.

개들이 바깥에서 으르렁거리며 짖어 댔던 것이다. 수십 마리 정도가 아니라 수백 마리가 몰려온 것처럼 들렸다. 갑자기 교회 종이 울려 땡그랑 소리가 요란했다.

종소리에 온갖 잡종 개들이 완전히 흥분해서 안뜰을 이리저리 뛰어다녔다. 개들은 서로를 공격하며 풀밭 위를 구르고 또 굴렀다. 잔디밭은 곧 누더기처럼 헝클어진 잡초밭이 되고 말았다. 개들은 아무거나 닥치는 대로 공격했다. 잭이 보고 있자니 한 마리는 느릅나무를 들이받았고 다른 놈은 창립자 테이어의 조각상을 향해 맹렬히 덤비고 있었다. 그놈이 단단한 청동상을 물어뜯고 주둥이로 후벼 파자 피가 솟구쳐 여기저기 흩뿌려졌다.

잭은 속이 메슥거려 고개를 돌렸다.

"자, 이제 가자."

잭이 말하자 리처드도 군소리 없이 뒤따라왔다.

7

2층은 완전히 뒤죽박죽이었다. 가구들은 엎어지고, 유리창은 산산조각 나고, 소파며 침대에서 비어져 나온 솜들이 굴러다니고, 원반처럼 던져진 레코드판과 여기저기 널린 옷가지들이 쑥대밭을 이루었다.

3층은 열대우림 같은 뜨겁고 눅눅한 수증기가 가득 차 구름이 낀 듯 뿌옜다. '샤워실'이라고 적힌 문에 다가갈수록 열기는 사우나처럼 뜨거워졌다. 그들이 처음 마주친 증기구름은 덩굴손처럼 가늘어져 계단까지 기어내려 왔지만 곧 안개처럼 불투명해졌다.

"여기서 있어, 나 올 때까지 기다려."

"알았어, 잭."

잭의 말에 리처드는 차분하게 대답했다. 물론 북을 치는 듯 요란한 샤워기 물소리에 묻히지 않도록 목소리를 높이는 것도 잊지 않왔다. 그러면서도 부옇게 김이 서린 안경은 닦으려고 하지 않았다.

잭은 문을 열고 안으로 들어갔다. 열기와 습도가 높아 눈앞이 자욱했다. 들어서기가 무섭게 땀과 뜨거운 수증기에 옷이 흠뻑 젖어버렸다. 타일로 마감한 샤워실은 물소리 때문에 북을 치듯 요란했다. 스무 개의 샤워기에서 빠짐없이 물이 쏟아져 나오고 있었고, 스무 개의 샤워기에서 뿜어져 나온 세찬 물줄기는 한결같이 타일 바닥 한가운데 쌓여 있는 운동장비들을 향하고 있었다. 물은 그 엄청난 짐 더미 사이를 비집고 하수구로 흘러가고 있었지만, 그 속도가 너무 느려 샤워실이 물바다로 변하고 있었다. 잭은 신발을 벗고 샤워실을 한 바퀴 돌았다. 물에 젖거나 데지 않도록 물줄기를 피해 샤워기 밑으로 다녔다. 누가 샤워기들을 틀어 놨는지 몰라도 냉수 나오는 수도꼭지는 손도 대지 않은 모양이었다. 잭은 샤워기들을 하나하나 모두 껐다. 이런 일을 해야 할 이유는 전혀 없었다. 잭은 날벼락이 떨어지기 전에 여기서 — 넬슨 기숙사와 테이어 학교 교정에서 — 나갈 방법을 생각해야 하는 마당에, 이런 허튼 짓으로 시간을 낭비한 자신을 꾸짖었다.

딱히 이유는 없었지만 굳이 말하자면 아마도 혼란한 와중에 질서를 세우고 싶어 하는 사람이 리처드만은 아닐지도 몰랐다⋯⋯ 질서를 세우고 그것을 유지하고 싶어 하는⋯⋯.

복도로 돌아오자 리처드가 보이지 않았다.

"리처드?"

잭은 심장 박동이 빨라지는 것을 느꼈다.

대답이 없었다.

"리처드!"

엎질러진 향수가 허공에 불쾌하고 진한 냄새를 풍기고 있었다.

"리처드, 대체 어디 있냐고!"

리처드의 손이 잭의 어깨에 닿자, 잭은 꽥 소리를 질렀다.

8

"아까는 왜 그렇게 소리를 지른 거야? 나밖에 없었잖아."

나중에 리처드가 물었다.

"그냥 좀 초조해져서."

잭이 기운 없는 목소리로 대답했다.

두 소년은 3층에 있는 한 소년의 방에 앉아 있었다. 소년의 이름은 앨버트 험버트, 묘하게 듣기 좋은 이름이었다. 리처드에 따르면, 앨버트 험버트의 별명은 살덩어리 앨버트로, 학교에서 제일 뚱뚱하다고 했다. 앨버트의 방엔 놀랄 만큼 다양한 패스트푸드가 쌓여 있어서 잭은 그 말을 믿을 수밖에 없었다. 그것은 한 소년의 보물창고였고, 그 아이의 악몽은 농구팀에서 쫓겨나거나 삼각법 시험에 낙제하는 것이 아니라 밤에 일어났을 때 링딩(크림이 든 조그만 초콜릿 케이크 — 옮긴이)이나 리세스 피넛 버터컵(허쉬에서 만든 땅콩버터가 든 초콜릿 과자 — 옮긴이)이 없을 때가 아니었을까. 주위에는 온갖 것이 널려 있었다. 마시멜로 플러프(부드러운 크림 형태의 마시멜로 — 옮긴이)가 담긴 유리 항아리가 깨져 있었지만 잭은 그다지 좋아하지 않는 것이었다. 리코리시 휩(가는 타래나 막대 모양의 감초 젤리 — 옮긴이)도 지나쳤다. 살덩어리 앨버트는 리코리시 휩 상자를 벽장 위쪽 선반에 감춰 놓았다. 상자 뚜껑에는 다음과 같이 적혀 있었다. *생일 축하한다, 아들아, 사랑하는 엄마가.*

어떤 사랑하는 엄마들은 리코리시 휩 상자를 보내고, 어떤 사랑하는 아빠들은 브룩스 브라더스의 블레이저를 보내는구나. *만약에 차이가 있다면 그것은 제이슨만이 알고 있겠지.* 잭은 진절머리가 났다.

살덩어리 앨버트의 방에는 슬림 짐(미국의 육포 브랜드 — 옮긴이)과 페퍼로니 슬라이스, 소금과 식초를 뿌린 감자 칩 등 먹을 것이 가득해서, 엉성하나마 한 끼를 때울 수 있었다. 이제 그들은 쿠키 한 통을 다 먹어 가고 있었다. 잭이 복도에서 앨버트의 의자를 가져와 창가에 앉자 리처드는 앨버트의 침대에 앉았다.

잭이 마지막 남은 쿠키를 내밀자, 리처드가 고개를 저어 거절하면서 말했다.

"그래, 너 정말 예민해 보여. 사실은 그거 피해망상이야. 지난 두어 달 동안 길거리에서 고생해서 그렇게 된 거야. 집에 가서 엄마를 만나면 다 좋아질 거야, 잭."

잭이 다 먹은 페이머스 아모스(미국 로스앤젤레스의 유명 쿠키 전문점 — 옮긴이) 포장지를 버리며 말했다.

"리처드, 그딴 소린 그만해. 저 바깥 너희 학교 교정에서 무슨 일이 일어나고 있는지 *보이지?*"

리처드가 입술을 한 번 핥은 뒤 대꾸했다.

"내가 설명했잖아. 나는 열이 있어. 그러니 이 모든 건 현실이 아닐 거야. 설령 무슨 일이 벌어지고 있더라도, 아주 평범한 일이 일어나고 있는 거야. 그런데 내 머릿속에서 그것들을 왜곡시키고 과장하는 거지. 그게 한 가지 가능성이야. 다른 가능성은…… 그냥…… 마약밀매자들일 거야."

리처드가 살덩어리 앨버트의 침대에서 앞으로 다가앉았다.

"너 약물을 시도해 본 적 없니, 응, 잭? 길거리 생활을 할 때 말이야."

리처드의 눈에서 예전에 익히 보아 왔던, 예리한 지성의 빛이 불현듯 되살아나고 있었다. 그 눈동자는 이렇게 말하고 있었다. *현실성 있는 설명을 하나 제시하지, 이 광기에서 벗어나는 현실성 있는 방법을 말이야, 잭은 어떤 이상한 약물 밀매 사기에 휘말린 거야, 저 사람들은 전부 잭을 좇아서 여기까지 온 거고.*

"시도한 적 없어. 나는 언제나 너를 현실의 대가라고 생각해 왔거든, 리처드. 나는 네가 네 두뇌를 사실을 왜곡하는 데 쓰는 날이 올 거라고는 꿈에도 생각해 본 적이 없어."

잭은 진절머리를 내며 말했다.

"잭, 그냥…… 실없는 소리 한번 해 본 거야, 너도 알잖아!"

"일리노이주 스프링필드에서 마약 전쟁이 벌어졌다고? 지금 시브룩섬 이야기를 하고 있는 게 누구라고 생각해?"

바로 그 순간 앨버트 험버트의 창문을 깨고 돌멩이가 날아들어 깨진 유리가 바닥에 산산이 흩뿌려졌다.

33장

어둠 속의 리처드

1

리처드는 비명을 지르며 한 팔로 얼굴을 가렸다. 유리 조각들이 사방에 날아다녔다.

"그놈을 내보내, 슬로트!"

잭이 일어났다. 분노가 서서히 그를 엄습해 오기 시작했다.

리처드가 잭의 팔을 잡았다.

"잭, 안 돼! 창문에서 떨어져!"

"집어치워, 못 듣고 있겠어, 내가 무슨 피자야, 내놔라 마라 하게?"

감정이 격해진 잭은 거의 으르렁거리다시피 했다.

에서리지 괴물이 길 건너편에 서 있었다. 안뜰 가장자리의 보도 위에서 그들을 올려다보고 있었다.

"여기서 꺼져!"

잭이 그 괴물을 향해 외쳤다. 불현듯 머릿속에 영감이 번뜩 떠올라, 잠시 머뭇거리다 큰 소리로 외쳤다.

"여기서 나갈 것을 명령한다! 너희들 모두! 나의 엄마인 여왕의 이름으로 여기서 떠날 것을 명령한다!"

에서리지 괴물은 마치 누가 채찍으로 얼굴을 갈긴 것처럼 움찔했다.

하지만 한 대 맞은 듯 깜짝 놀란 표정은 곧 사라지고 에서리지 괴물은 히죽 웃기 시작했다.

"그 여자는 죽었어, 소여!"

괴물이 소리 높여 외쳤다. 하지만 길거리에서 구른 경험 덕분일까, 잭의 눈은 날카로워졌다. 승리를 가장하는 괴물의 얼굴에서 흠칫 불안해하는 기색을 감지한 것이다.

"로라 여왕은 죽었고 네 엄마도 죽었어…… 뉴햄프셔에서 죽었어…… 죽어서 *시체 썩는 냄새가* 진동을 한다고."

"*썩 꺼져!*"

잭이 호령했다. 잭이 보기에는 에서리지 괴물이 당황하고 화가 나서 다시 몸을 움츠리는 것 같았다.

리처드가 창백하고 심란한 얼굴로 창가에 있는 잭의 곁에 다가섰다.

"너희 둘 지금 뭐라고 외치고 있는 거야? 너희 어머니가 뉴햄프셔에 있는 걸 에서리지가 어떻게 아는 거지?"

리처드가 저 아래 길 건너편에 서 있는 가짜가 히죽거리는 모습을 뚫어져라 응시하며 물었다.

에서리지 괴물이 목청을 높였다.

"*슬로트! 네 넥타이는 어디 있지?*"

리처드는 허를 찔린 사람처럼 얼굴을 찌푸리고는 얼른 맨살이 드러난 목 언저리에 손을 올렸다. 에서리지 괴물이 다시 목청을 높였다.

"네 승객을 내놓는다면 이번에는 이쯤 해 두고 넘어가지, 슬로트! 놈을 내보내면 모든 일이 원래대로 돌아갈 거야! 네가 원하던 거잖아, 그렇지?"

리처드는 거의 무의식적으로 고개를 끄덕이며 ― 잭은 그 점을 확신할 수 있었다. ― 에서리지 트위너 괴물을 내려다보고 있었다. 얼굴은 고통으로 일그러지고 눈에 맺힌 눈물이 반짝 빛났다. 그는 모든 것이 원래대로 돌아가기를 바랐다. 정말로 바랐다.

"이 학교를 사랑하지 않니, 슬로트?"

에서리지 괴물이 앨버트의 창문을 향해 우렁차게 외쳤다.

"그래, 사랑해, 당연히 사랑하지."

리처드가 울음을 삼키며 중얼거렸다.

"이 학교를 사랑할 줄 모르는 애송이들한테 어떤 벌을 주는지 너도 알고 있지? 그러니 그놈을 우리한테 내놔! 그놈이 아예 여기 온 적이 없는 것처럼 해 줄 테니까!"

리처드가 천천히 몸을 돌려 잭을 바라보았다. 오싹할 만큼 멍한 눈이었다.

잭이 부드럽게 말했다.

"네가 결정해, 꼬마 리치야."

에서리지 괴물이 외치고 있었다.

"소여는 마약을 가지고 있어, 리처드! 종류도 네댓 개는 된다고!

코카인, 마리화나, 헤로인까지! 서부 여행 경비를 마련하려고 온갖 종류의 마약을 팔았던 거야! 네 앞에 나타났을 때 입고 있던 고급 코트가 어디서 났을 것 같아?"

"마약이었군. 나도 알고 있었어."

리처드가 몸까지 부르르 떨면서 안도의 한숨을 내쉬었다.

"하지만 넌 믿지 않잖아, 마약 따위가 학교를 바꿀 순 없어, 리처드. 게다가 걔들이······"

"그놈을 내보내, 슬······."

에서리지 괴물의 목소리가 작아지더니 점점 희미해지고 있었다.

두 소년이 다시 아래를 내려다보자 그것은 사라지고 보이지 않았다.

잭이 부드럽게 물었다.

"너희 아빠가 어디로 간 건지 생각해 본 적 있어? 벽장에서 나오지 않고 어디로 사라졌다고 생각해, 리처드?"

리처드가 천천히 돌아서서 잭의 얼굴을 바라보았다. 평소엔 그토록 침착하고 지적이고 차분하던 리처드의 얼굴이 지금은 주름 하나까지 파르르 떨리고 있었다. 가쁘게 가슴팍을 들썩이던 리처드가 돌연 궁지에 몰린 사람처럼 잭을 와락 붙잡고 그의 품속으로 쓰러지듯 안겼다.

리처드가 잭을 보며 비명을 질렀다.

"그 괴, 괴, 괴물이 나를 만졌어어어!"

리처드의 몸이 언제 끊어질지 모르게 팽팽히 당겨진 철사처럼 잭의 품에서 파르르 떨고 있었다.

"그것이 나를 만졌어, 그것이 나, 나를 마, 만졌다고, 거기 있던 뭔가가 나를 마, 마, 만졌다고. 그런데 난 그게 뭐, 뭐, 뭔지 도무지 모르겠단 말이야."

2

열이 펄펄 끓는 머리를 잭의 어깨에 파묻은 채 리처드는 요 몇 년 동안 가슴속에 담아 두었던 얘기를 토해 냈다. 그것은 찌그러진 총알처럼 단단하게 굳어 작은 응어리가 되어 있었다. 리처드의 얘기를 들으며, 잭은 자기 아빠가 차고에 들어가 사라졌다가…… 두 시간쯤 뒤에 블록을 돌아 나오는 것을 보았을 때가 기억났다. 그것도 힘든 일이었지만 리처드에게 일어난 일은 훨씬 더 최악이었다. 그것은 리처드가 철벽처럼 현실을, 오직 현실만을 타협 없이 고집하는 이유를 설명하고도 남았다. 또한 판타지라면 무조건 질색을 하고 심지어 과학소설까지 거부하는 이유도 설명해 주었다…… 잭이 학생 시절 경험에 비춰 보면, 리처드 같은 이과생들은 과학소설이라면 아주 환장을 했다…… 과학에 근거한 소설이기만 하면 무조건 읽었다. 누구나 이름은 들어 봤을 로버트 A. 하인라인, 아이작 아시모프, 아서 C. 클라크, 래리 니븐의 작품들이 그것이었다. 반면에 로버트 실버버그나 배리 말츠버그의 형이상학이 가미된 헛소리는 질색했다. 그러다가 또 항성의 사분면이나 대수학과 관련된 이야기가 나오면 질릴 때까지 읽어 댔다. 하지만 리처드는 달랐다. 그는 판타지를 치가 떨리게 싫어해서 숙제가 아니라면 그 어떤 소설도 손에 잡지 않았다. 어릴 때도 임의로 책을 골라 독후감을 내야 할 때면 잭한테 책을 고르게 하곤 했다. 어떤 책을 골라 주건 이렇다 저렇다 말도 없이 숙제를 위해 묵묵히 읽곤 했다. 리처드를 즐겁게 하면서도 그의 관심을 돌리게 할 이야기를 찾아내는 것이 — 어떤 이야기라도 상관없었다. — 잭에게는 하나의 도전과제 같은 것이었다. 잭이 좋은 소설과 이야기를 읽으면서 때때로 느낀 감동들을 리처드도 느낄 수 있기를 바랐다…… 잭이 느끼기에 좋은 책은 백일몽만큼이나 유익했으며, 저마다 자기만의 테러토리를 가지고 있었다. 하지만 잭은 리처드에게서 감동이나 전율은커녕, 어떤 반응도 이끌어낼 수 없었다. 『붉은 망아지』(미국 작가 존 스타인벡의 중편 소설로, 어린 소년 조디가 붉은 망아지를 사고로 잃고 성장해 가는 과정을 그렸다. — 옮긴이), 『드래그스트립 데몬』, 『호밀밭의 파수꾼』, 『나는 전설이다』, 어떤 책을 권해도 리처드의 반응은 언제나 한결같았다. 눈살을 찌푸린 채 따분한 얼굴로 읽고 나서는 눈살을 찌푸리게 하는 따분한 독후감을 제출해서 영어 선생님이 어쩌다 기분이 좋은 날 B-를 주었을 뿐, 대부분 C를 받았다. 영어에서 C를 많이 받는 바람에 몇몇 학기에 우등상을 받지 못한 적도 있었다.

잭은 내내 손에 땀을 쥐거나 전율하며 윌리엄 골딩의 『파리 대왕』을 읽었다. 때로는 행복의 도가니에 빠지고 또 때로는 벌벌 떨기도 하면서, 특별히 재미있는 이야기를 읽을 때면 언제나 소망하는 것이 이루어지기를 간절히 바랐다. 결코 그 이야기가 끝나지 않고 우리네 인생처럼 돌고 돌아 영원히 계속되기를 간절히 바랐던 것이다.(다만 인생은 이야기보다 훨씬 더 따분하고 훨씬 더 무의미하긴 하다.) 한번은 리처드가 독후감 마감 기한이 다 되어 가는 걸 보고 이 책이면 분명 리처드의 마음을 사로잡을 거라고, 이 책이면 소설에 대한 리처드의 생각을 돌릴 수 있을 것이라고 생각하며 자신이 닳도록 읽은 책 한 권을 준 적이 있었다. 고도에 표류한 소년들이 야만적으로 변해 가는 이야기를 읽으면 리처드도 반응을 보일 거라고 자신했던 것이다. 하지만 리처드는 『파리 대왕』도 전에 다른 소설들과 마찬가지로 묵묵히 읽고는 술이 덜 깬 상태에서 교통사고 피해자를 검시한 병리학자 정도의 열의밖에 보이지 않는 독후감을 썼다. 잭이 화가 나서 소리를 질렀다. *이해가 안 되네, 도대체 좋은 책을 거부하는 이유가 뭐니, 리처드?* 리처드는 어리둥절한 얼굴로 잭을 보았다. 정말로 잭이 왜 화를 내는지 이해하지 못하는 눈치였다. 리처드는 이렇게 대꾸했다. *음, 정말로 잘 꾸며 낸 이야기라는 게 있긴 하니?*

그날 잭은 꾸며 낸 이야기를 완강히 거부하는 리처드를 보며 당혹을 금치 못했다. 하지만 이제는 리처드를 제대로 이해할 수 있을 것 같았다. 어쩌면 그가 원했던 것보다 훨씬 더 깊이 이해해 버린 것일 수도 있었다. 어쩌면 리처드는 이야기책의 표지를 열 때마다 열린 벽장문을 연상했을 것이다. 어쩌면 현실에 실재하지 않는 사람들을 마치 완벽하게 실재하는 사람처럼 그린 선명한 색의 책 표지를 넘길 때마다 고통스러웠던 그날 아침을 떠올렸을 것이다. 이야기책을 볼 때마다.

3

리처드는 아빠가 커다란 침실에 딸린 벽장으로 들어가는 것을

본다. 접이식 문이 뒤로 닫힌다. 다섯 살이었는지 아니면…… 여섯 살이었는지…… 일곱 살이 아니었던 것만은 확실하다. 5분이 지나고, 10분이 지나도, 아빠가 벽장에서 나오지 않자 슬슬 겁이 난다. 리처드는 불러 본다. 아빠를 부르지만

(목청이 터지도록 부르지만 피가 나오도록 외쳐 부르지만)

아빠에게서 아무런 대답이 없고 점점 더 큰 소리로 외치고 벽장 쪽으로 점점 더 다가가고 15분이 흘러도 아빠는 돌아오지 않고 결국에 리처드는 접이식 문을 열고 안으로 들어간다. 동굴 같은 암흑 속으로 들어간다.

그리고 어떤 일이 벌어진다.

아빠의 코트와 정장과 스포츠재킷을 헤치고 나아간다, 거친 트위드와 부드러운 면직물 사이로 가끔 매끄러운 실크를 지나친다, 옷감과 좀약과 어두운 벽장의 공기 냄새가 사라지고 새로운 냄새가 나기 시작한다, 뜨겁고 뭔가가 타는 듯한 냄새다. 리처드는 아빠를 소리쳐 부르며 더듬더듬 앞으로 걸어간다. 리처드는 벽장 뒤에 불이 나 아빠가 그 속에서 타고 있는지도 모른다고 생각한다. 뭔가 타는 냄새가 났기 때문이다……. 별안간 발밑 마룻바닥이 꺼지고 그는 시커먼 먼지 속에 서 있다. 기다란 눈자루 끝에 포도송이 같은 눈이 달린 기괴한 검은색 곤충들이 보풀로 덮인 그의 슬리퍼 주위를 깡충거리며 뛰어다닌다. 아빠! 리처드가 절규한다. 코트와 정장들이 사라져 버리고, 마룻바닥도 꺼지고, 그가 밟고 있는 것은 보송보송한 하얀 눈이 아니라 악취가 나는 시커먼 먼지구덩이다. 그곳에서 이 불쾌한 시커먼 벌레들이 껑충거리며 뛰어나오는 것이 틀

림없었다. 이곳은 아무리 상상의 날개를 펼쳐도 『나니아 연대기』의 나니아가 결코 아니다. 리처드의 외침에 이상한 울부짖음이 화답한다. 비명 소리와 광기 어린, 실성한 듯한 웃음소리다. 시커먼 바람에 실려 연기가 그의 주위에 맴돈다. 리처드는 돌아서서 자신이 온 방향으로 비틀거리며 나아간다, 시각장애인처럼 양손을 뻗어 미친 듯이 코트를 더듬어 찾고, 희미하지만 매캐한 좀약 냄새가 나지 않나 찾는데……

갑자기 어떤 손이 그의 손목을 스르르 휘감았다.

아빠야? 리처드가 묻지만 아래를 내려다보니 인간의 손이 아니라 꿈틀거리는 빨판으로 뒤덮인 비늘 달린 녹색 물체가 보인다, 그 녹색 물체는 기다란 고무 같은 팔에 이어져 있고, 그 팔의 주인은 어둠 속에서 노란 눈을 치켜뜬 채 굶주린 얼굴로 잭을 뚫어져라 쳐다보고 있다.

리처드는 날카로운 비명을 지르고 눈물을 흘리며 어둠 속으로 무턱대고 뛰어든다…… 그리고 더듬거리던 손끝에 아빠의 스포츠 재킷과 정장이 다시 닿자마자, 반가운 정상적인 세계의 쟁그랑거리는 옷걸이 소리가 들리자마자, 또다시 저 녹색의 빨판투성이 손이 무미건조하게 그의 목 뒤에서 왈츠를 추고는…… 사라져 버린다.

리처드는 차갑게 식은 스토브에서 하루 묵힌 재처럼 창백한 얼굴로, 그 빌어먹을 벽장 문 앞에서 벌벌 떨면서 세 시간을 기다린다. 다시 벽장 안으로 들어가기도 겁나고, 초록색 손과 노란색 눈을 다시 보게 될까 봐 두려워하며, 점점 더 아빠가 돌아가신 게 틀림없다고 확신한다. 네 시간이 지날 무렵, 아빠가 벽장이 아니라 침실과 위층 복도로 통하는 문으로 — 리처드 뒤에 있는 문으로 — 돌아왔을 때부터 판타지 같은 건 철저히 거부하기로 결심한다. 리처드는 판타지의 존재를 부정하기로, 읽기는커녕 만지지도 않기로, 타협하지도 않기로 결심했다. 간단히 말해, 그는 겪을 만큼 겪었던 것이다, 다시는 쳐다도 보고 싶지 않을 정도로. 리처드는 펄쩍 뛰어 아빠한테로, 사랑하는 모건 슬로트한테로 달려간다. 어찌나 세게 안았는지 한 주 내내 팔이 아팠다. 모건은 리처드를 들어 올리고는 웃는 얼굴로 왜 그렇게 얼굴이 창백하냐고 물었다. 리처드는 미소를 띠며 아침에 먹은 게 체해서 그런 건데 지금은 한결 좋아졌다고 대답한다. 그러고는 아빠의 뺨에 뽀뽀를 하고 땀과 오드콜로뉴 냄새가 뒤섞인 냄새를 흠뻑 들이마신다. 그날 오후 리처드는 모든 동화책 —『리틀 골든 북스』 시리즈와 팝업북들,『아이 캔 리드』시리즈,『닥터 수스』시리즈,『청소년을 위한 그린 페어리 북』시리즈 — 을 상자에 넣어 지하실에 내려다 놓고 다짐한다.

"지금 지진이 일어나 지하실 바닥이 갈라져 그 책들을 모조리 삼켜 버린다 해도 상관없어. 오히려 마음이 편해질 거야. 오히려 너무 마음이 편해져서 온종일 웃다 못해 주말까지도 배꼽을 잡고 웃을걸."

그런 일은 일어나지 않았지만 리처드는 책이 이중으로 어둠 — 상자의 어둠과 지하실의 어둠 — 속에 갇히자 크게 마음이 놓였다. 리처드는 아빠의 접이문이 달린 벽장 안으로 다시 들어가지 않은 것과 마찬가지로 다시는 그 책들을 보지 않는다. 비록 때때로 침대 밑이나 벽장 안에 뭔가가 있는 것 같은 꿈이나 노란 눈의 괴물이 나오는 꿈을 꾸기는 하지만, 그 녹색의 빨판으로 뒤덮인 손에 대해서 한 번도 생각하지 않는다, 그 기이한 시간이 테이어 학교를 덮쳐 잭 소여의 품에서 평소답지 않게 울음을 터뜨리기 전까지는.

리처드는 겪을 만큼 겪었던 것이다. 다시는 쳐다도 보고 싶지 않을 정도로.

4

리처드가 자신의 얘기를 털어놓고 충분히 울고 나면 본래의 냉정하고 이성적인 자아를 — 어느 정도는 — 회복하리란 희망을 잭은 품고 있었다. 리처드가 이 모든 사실을 믿든 말든 상관없었다. 리처드가 이 말도 안 되는 상황 가운데 극히 일부라도 받아들일 수 있다면, 우수한 머리로 잭을 도와 여기에서 도망칠 수 있는 방법을…… 어쨌든 테이어 교정에서 빠져나가고, 리처드가 이성의 끈을 완전히 놓아 버리기 전에 그의 현재의 삶의 방식에서 벗어날 방법을 찾을 수 있을 터였다.

하지만 일은 그런 식으로 진행되지 않았다. 잭이 리처드와 얘기를 좀 해 보려 해도, 자신의 아빠 필 소여가 차고로 들어가 나오지 않았던 일을 얘기하려 해도, 리처드는 들으려 하지 않았다. 그날 벽장에서 일어난 일을 털어놓기는 했지만(뭐랄까, 리처드는 여전히 그것이 환각이었다는 생각에 고집스럽게 매달려 있었다.), 리처드는 이미 겪을 만큼 겪었던 것이다. 다시는 쳐다도 보고 싶지 않을 정도로.

다음 날 아침, 잭은 아래층으로 내려가 자신의 짐과 리처드에게 필요할 만한 물건들 — 칫솔, 교과서, 공책, 갈아입을 옷가지들—을 가져왔다. 그날은 둘이 살덩어리 앨버트의 방에서 지내야 겠다고 잭은 결정했다. 거기서는 안뜰과 교문 쪽을 내려다보며 감 시할 수 있었다. 다시 밤이 돌아오면 밖으로 빠져나갈 수 있을 것 이다.

5

잭은 앨버트의 책상을 뒤져 아동용 아스피린 병을 찾아냈다. 잠 시 그것을 바라보고 있자니 이 작은 오렌지색 알약에서도 벽장 선 반에 숨겨 놓은 리코리시 휩 상자만큼이나 헤어진 앨버트에 대한 엄마의 사랑이 느껴졌다. 병을 흔들어 알약 여섯 알을 꺼내 건네주 자 리처드는 멍하니 약을 받아 먹었다. 잭이 말했다.

"이쪽으로 와서 좀 눕지 않을래?"

"싫어."

리처드의 말투는 짜증나고 초조할 뿐만 아니라 이루 말할 수 없 이 불행하게 들렸다. 그는 곧 창가로 몸을 돌렸다.

"난 보초를 서야 해. 그래야…… 그…… 그 사감한테 자세하게 보 고할 수 있으니까. 나중에 말이야."

잭은 리처드의 이마를 가볍게 만져 보았다. 그의 머리는 차갑다 못해 싸늘할 정도였지만 잭은 거짓말을 했다.

"이마가 더 뜨거워졌는걸, 리처드. 어서 눕는 게 좋겠어. 그래야 약이 효과가 날 거 아냐."

리처드는 애처로울 정도로 반색을 하며 잭을 쳐다보았다.

"더 뜨거워졌어? 정말?"

잭은 진지하게 대답해 주었다.

"그래. 그만 와서 자."

리처드는 누운 지 5분도 채 못 되어 잠이 들었다. 잭은 살덩어리 앨버트의 안락의자에 앉았다. 의자에도 침대처럼 스프링이 있었다. 리처드의 파리한 얼굴이 점점 더 환해지는 햇빛 속에서 밀랍처럼 창백한 빛을 발했다.

6

그럭저럭 시간이 흘러 4시쯤 잭도 잠이 들었다. 일어나 보니 사위가 어둠에 잠겨 얼마 동안 잤는지 알 수 없었다. 잭이 아는 거라곤 아무 꿈도 꾸지 않았다는 것뿐이었고, 그 점은 참으로 다행이었다. 리처드가 불편한지 뒤척거렸다. 곧 잠이 깰 것 같았다. 잭은 자리에서 일어나 기지개를 켜다 허리가 뻣뻣해서 움찔했다. 그러고는 창가로 가서 밖을 내다보자 눈이 둥그레지면서 얼어붙은 듯 꼼짝 않고 서 있었다. 제일 먼저 그의 머리를 스친 생각은 이것이었다. *리처드에게 이 꼴을 보일 순 없어. 할 수만 있다면 그러고 싶지 않아.*

오 맙소사, 한시라도 빨리 여기서 나가야겠어. 어떤 이유에선지 저것들이 겁을 먹고 우리에게 곧장 쳐들어오지 못하고 있지만 말이야. 잭은 겁에 질려 다짐했다.

하지만 정말로 리처드를 여기서 데리고 나갈 수 있을까? 그것들은 잭이 탈출은 꿈도 못 꾸고 있으리라 생각할 것이다. 잭은 알 수 있었다. 잭이 친구에게 이런 광란의 현장을 더 이상 보여 주기 싫어

할 거라 믿고 있을 것이다.

순간이동을 하자, 재키야. 순간이동을 해, 너도 알잖아. 그리고 리처드도 데리고 가야 해. 이곳은 점점 엉망이 되고 있잖아.

그럴 순 없어. 테러토리로 순간이동을 하게 되면 리처드를 완전히 망가뜨릴 수 있다고.

지금 그게 문제야? 넌 해야 해. 어쨌든 그게 최선의 방법이야. 어쩌면 유일한 방법일 수도 있어. 저것들이 그것까지 생각하진 못할 테니까.

어느새 잠이 깬 리처드가 일어나 앉으며 물었다.

"잭? 잭, 다 끝났지? 그냥 꿈이었지?"

안경을 벗은 리처드의 맨얼굴은 낯설어 보였다.

잭은 침대에 앉아 한 팔로 리처드의 어깨를 감싸 안으며 달래듯 나지막한 목소리로 말했다.

"아니. 아직 끝나지 않았어, 리처드."

"열이 더 심해졌어."

리처드가 잭의 팔을 치우며 말했다. 리처드는 창가로 다가가며 오른손 엄지와 검지로 조심스레 안경다리를 잡아 안경을 집어 들었다. 안경을 쓰고 밖을 내다보니, 반짝이는 눈을 가진 형체들이 이리저리 돌아다니고 있었다. 그는 한참 동안 그 자리에 서 있더니 전혀 리처드답지 않은 행동을 했다. 보고 있는 잭조차도 믿을 수가 없었다. 리처드는 안경을 벗고 일부러 바닥에 떨어뜨렸다. 한쪽 안경알이 와그작 갈라지는 으스스한 소리가 났다. 그러고는 일부러 안경을 짓밟아 안경알 두 개를 가루로 만들어 버렸다.

리처드는 안경을 집어 들고 흘끗 보더니 아무렇게나 살덩어리 앨버트의 쓰레기통에 던져 버렸다. 하지만 안경은 한참 빗맞았다. 그의 얼굴은 부드럽지만 단호한 표정으로 이렇게 말하고 있었다. *더 이상 보고 싶지 않아, 그러니 이젠 보지 않을래, 그리고 그 문제는 얘기 다 끝났잖아. 난 이미 겪을 만큼 겪었다고, 다시는 쳐다도 보고 싶지 않을 정도로.*

리처드가 대수롭지 않은 일이라는 투로 덤덤히 말했다.

"저것 좀 봐, 내가 안경을 깨 버렸네. 하나가 더 있었는데 2주 전에 체육관에서 부러뜨렸어. 안경이 없으면 나는 시각장애인이나 다름없는데 말이지."

잭은 저 말이 진심이 아니라는 것을 알았지만 너무 당황해서 아무 말도 할 수 없었다. 리처드가 방금 보여 준 과격한 행동에 어떻게 대처하는 게 좋을지 하나도 생각나지 않았다. 그것은 광기를 목도한 자가 벌이는 최후의 계획적인 저항과도 같은 것이었다.

리처드가 말했다.

"열도 더 심해진 것 같아. 아스피린 더 있어, 잭?"

잭은 책상 서랍을 열고 말없이 리처드에게 약병을 건넸다. 리처드는 예닐곱 알을 먹고 다시 자리에 누웠다.

7

밤이 깊어 갔다. 리처드는 이 상황에 대해 논의하기로 거듭 약속했건만 그때마다 약속을 어겼다. 그는 지금으로선 떠날 방법을 의논하기는커녕 그 어떤 얘기도 들을 여력이 없다고 말했다. 다시 열이 나기 시작해서 점점 더 심해진다고도 주장했는데, 열이 41도, 못해도 40도는 될 거라고 우기기까지 했다. 그러고는 다시 자야 한다고 억지를 부렸다.

잭이 소리 질렀다.

"하느님 맙소사, 리처드! 왜 자꾸 날 피하기만 하는 건데! 네가 이런 모습을 보일 줄은 꿈에도 몰랐어……."

리처드가 앨버트의 침대에 벌렁 누우면서 대꾸했다.

"무슨 바보 같은 소리냐! 내가 아프다고, 잭. 왜 자꾸 아픈 사람을 붙잡고 이 모든 미친 짓거리에 대해 의논하자는 건데."

"리처드, 내가 널 떠나서 사라져 버려도 되니?"

리처드가 어깨 너머로 잠시 잭을 바라보더니 천천히 눈을 깜박였다.

"안 돼."

그러곤 다시 잠에 빠져들었다.

8

9시가 되자 캠퍼스에는 또다시 그 불가사의한 정적의 시간이 찾아왔다. 아마도 리처드는 자신의 이성이 곧 무너질 것 같은 압박감이 이젠 좀 수그러든 것을 알아차린 것 같았다. 곧바로 잠에서 깨어 침대 위에서 다리를 흔들었으니 말이다. 벽에는 갈색 반점 같은 것이 생겨 있었고, 그는 잭이 다가올 때까지 그것을 응시하고 있었다.

"난 아주 좋아진 것 같아, 잭. 하지만 떠나는 얘기 같은 건 우리한 테 좋지 않을 거야. 더구나 어둡기도 하고……."

리처드가 서둘러 말을 이어 나가려는데 잭이 단호하게 막았다.

"오늘 밤엔 떠나야 해. 그들은 우리가 나오기만 기다리고 있어. 벽에는 곰팡이가 자라고 있잖아. *저것이* 안 보인다는 말 따위는 하지 마."

이렇게 말하는데도 리처드는 체념에 가까운 미소를 지어 보일 뿐이어서, 잭은 화가 머리끝까지 치밀었다. 잭은 리처드를 사랑하지만 지금 이 순간은 기꺼이 그를 곰팡이가 잔뜩 슨 가까운 벽으로 집어던질 수 있었다.

바로 그 순간, 길고 두툼한 흰색 벌레가 살덩어리 앨버트의 방으로 꿈틀거리며 들어오기 시작했다. 그것들은 마치 알려지지 않은 방법으로 곰팡이가 그것들을 낳기라도 한 것처럼 갈색 곰팡이 반점에서 기어 나오고 있었다. 그것들은 비틀고 몸부림치며 갈색 반점 밖으로 절반 정도 몸통을 내밀고 있었다. 마침내 바닥으로 툭 떨어지자 침대를 향해 무턱대고 기어오기 시작했다.

잭은 리처드의 시력이 자신이 기억하는 것보다 훨씬 더 나빠지지는 않았을 텐데, 그를 마지막으로 만난 뒤로 악화된 걸까 하고 의아해했다. 잭은 자신의 추측이 옳았다는 것을 바로 확인할 수 있었다. 리처드의 눈은 그렇게 나쁘지 않았다. 어쨌든 벽에서 기어 나오고 있는 끈적끈적한 물체를 알아보는 데는 아무런 지장이 없었다. 리처드는 비명을 지르며 잭에게 착 달라붙었다. 혐오감으로 이성이 마비된 얼굴이었다.

"벌레야, 잭! 오, 맙소사! 벌레야! 벌레라고!"

"우린 아무 일 없을 거야, 그렇지, 리처드? 아침이 올 때까지 기다리기만 하면 돼, 그렇지? 아무 일 없을 거야, 그렇지?"

잭이 자신도 미처 알지 못했던 엄청난 힘으로 리처드를 떼어 내어 제자리에 앉혔다.

웃자란 구더기처럼 생겨서 통통하게 살이 오른 하얗고 창백한 벌레들은 처음엔 수십 마리, 뒤이어 수백 마리가 꿈틀꿈틀 기어 나왔다. 어떤 것들은 바닥에 떨어지면서 터져 버렸고 나머지는 바닥을 가로질러 그들을 향해 느릿느릿 기어오고 있었다.

"벌레라고, 맙소사, 우린 여기서 나가야 해, 여기서 나가야⋯⋯"

"하느님 감사합니다, 이제야 말이 통하는군."

잭은 배낭을 왼쪽 어깨에 메고는 오른손으로 리처드의 팔꿈치를 붙잡아 문 쪽으로 떠밀었다. 발밑에서 벌레들이 짓이겨져 사방으로 튀었다. 이제 그 벌레들은 갈색 곰팡이 반점에서 밀물처럼 쏟아져 나왔다. 앨버트의 방 전체에서 역겨운 벌레들이 계속해서 튀어나오고 있었다. 천장에 생긴 반점에서 튀어나온 한 무리의 하얀 벌레들이 잭의 머리와 어깨에 떨어져 꿈틀거렸다. 잭은 최대한 벌레들을 털어 낸 다음 비명을 지르며 팔을 허우적거리는 리처드를 떠밀어 방을 빠져나왔다.

잭은 생각했다. 이제 길을 떠나는 거야. 하느님, 우리를 굽어살펴 소서, 우리는 정말로 길에 나섰습니다.

9

두 소년은 다시 휴게실로 갔다. 알고 보니 리처드는 테이어 학교 캠퍼스에서 빠져나갈 방법에 대해 잭보다도 아는 게 없었다. 잭은 한 가지는 잘 알고 있었다. 정적을 가장한 저들의 흉계에 속아 넘어가 넬슨 기숙사의 출입문으로 나가는 일은 결코 없으리란 것이었다.

휴게실의 큼지막한 창문을 통해 부지런히 왼쪽을 살피던 잭은 납작한 팔각형의 벽돌건물을 발견했다.

"저게 뭐야, 리처드?"

"응?"

리처드는 어둑어둑해지는 안뜰로 느릿느릿 흘러내리는 끈적끈적한 흙탕물을 내려다보고 있었다.

"저 작고 납작한 벽돌건물 말이야. 여기서는 잘 안 보이는데."

"아. 그거 기차역이야."

"그게 뭔데?"

리처드는 여전히 진흙물을 뒤집어쓴 안마당을 불안한 눈으로 내려다보고 있었다.

"그 이름은 더 이상 의미가 없어. 우리 학교 양호실도 그래. 우유 공장이라고 부르거든. 거기에 진짜 낙농창고와 병에 우유를 담는 공장도 있었기 때문에 그래. 어쨌든 1910년경까지는 있었어. 그게 우리 전통이야, 잭. 그건 매우 중요한 일이야. 내가 테이어 학교를 좋아하는 이유이기도 하지."

리처드는 진흙탕이 되어 버린 캠퍼스를 다시금 쓸쓸히 내려다보았다.

"어쨌든 어떤 경우에도 내가 테이어 학교를 좋아하는 이유 중 하나야."

"우유 공장이라고, 알겠어. 그럼 기차역은 왜 그렇게 불리는데?"

리처드는 테이어 학교와 전통이라는 두 개의 개념을 곱씹는 일에 서서히 빠져들고 있었다.

"스프링필드의 이쪽 땅은 예전에 철도 종착역이었어. 사실 옛날에는……"

"얼마나 오래전 일이니, 리처드?"

"아. 1880년대나 1890년대인 것 같은데. 너도 알잖아……."

리처드가 말끝을 흐렸다. 그는 근시안으로 휴게소를 한 바퀴 둘러보았다. 잭이 보기엔 벌레가 더 있는지 확인하려는 눈치였다. 하지만 그곳에는 한 마리도 없었다…… 적어도 아직까지는. 하지만 그는 이미 벽에 생기기 시작한 몇몇 갈색 반점을 볼 수 있었다. 벌레들은 아직 여기 없지만 곧 기어 나올 것이다. 잭이 재촉했다.

"자, 리처드, 넌 다른 사람이 멍석을 깔아 주지 않아도 말을 잘했잖아."

리처드가 살짝 미소를 짓고는 다시 잭 쪽으로 시선을 돌렸다.

"스프링필드는 19세기의 마지막 20년 동안 미국에서 서너 손가락 안에 꼽히는 어마어마한 규모의 철도 종착역이었어. 여기는 지리적으로 사통팔달하는 곳이었거든."

리처드는 오른손을 얼굴 쪽으로 올려, 학자들이 으레 하듯 집게손가락으로 코에 걸린 안경을 밀어 올리려 했다. 그러나 안경이 거기에 없다는 것을 알아차리자 당황한 얼굴로 손을 내렸다.

"스프링필드에서 출발해서 사방팔방으로 뻗어 나가는 주요 철도 노선이 있었어. 우리 학교는 앤드루 테이어가 가능성을 알아보

있기에 존재할 수 있었던 거야. 그는 철도 수송으로 큰돈을 벌었지. 주로 서부 해안으로 가는 화물 수송에 치중했어. 그는 동부만이 아니라 서부로 향하는 화물 수송이 갖는 잠재력에 주목한 최초의 사람이었어."

별안간 밝은 불빛이 잭의 머리에 쏟아져, 강렬하고 눈부신 빛으로 머릿속 모든 생각을 감싸 주었다.

"서부 해안으로 간다고?"

잭은 배 속이 요동을 쳤다. 밝은 빛이 그에게 비춰 준 새로운 형태가 무엇인지 아직 알 수는 없지만, 그의 머릿속에 떠오른 단어는 불꽃처럼 명료하기 그지없었다.

부적!

"지금 *서부 해안*이라고 했어?"

"물론이지. 잭, 귀가 잘 안 들려?"

리처드가 이상하다는 듯 잭을 보며 말했다.

"아니."

스프링필드는 미국에서 서너 손가락 안에 꼽히는 어마어마한 규모의 철도 종착역이었어⋯⋯.

"아냐, 난 괜찮아."

그는 서부로 향하는 화물 수송이 갖는 잠재력에 주목한 최초의 사람이었어⋯⋯.

"음, 네 표정이 잠깐 좀 이상했어."

이렇게 말할 수도 있겠지, 그는 아마도 변경 도로로 향하는 철도 수송이 갖는 잠재성에 주목한 최초의 사람일 거야.

잭은 알고 있었다. 하나부터 열까지 알고 있었다. 스프링필드는 여전히 어느 면에서는 요충지였다. 어쩌면 여전히 출발점일 수도 있었다. 어쩌면 바로 그런 이유 때문에 이곳에서 모건의 마법이 지대한 영향을 끼치고 있는지도 몰랐다.

리처드가 말을 이었다.

"석탄 더미와 선로 변환 구역, 기관차와 유개 화차 차고가 있고, 저기서 십억 킬로미터가 넘는 선로와 측선이 뻗어 나갔어. 지금 테이어 학교가 있는 이 지역 전체에 해당해. 여기 땅을 몇 미터만 파 내려가도 숯과 선로의 잔해와 온갖 것들이 나왔지. 하지만 지금 남은 거라곤 저 작은 건물뿐이야. 기차역 말이야. 물론 진짜 기차역은 아니지. 보다시피 너무 작잖아. 저건 역무실이야. 저기서 역장이나 역지기가 업무를 보았어."

"그거에 관해선 모르는 게 없구나."

잭이 거의 자동적으로 대꾸했다. 머릿속은 여전히 방금 전 쨍하게 비쳐 들어온 빛으로 가득했다.

리처드가 대수롭지 않은 일이라는 투로 말했다.

"그게 테이어 학교의 전통이니까."

"지금은 무엇으로 쓰는데?"

"저 안에는 소극장이 있어. 연극 클럽이 공연하는데, 최근 2년 동안은 연극 클럽이 별로 활동을 하지 않았지."

"잠겨 있을까?"

"왜 기차역을 잠그겠어? 누가 1979년에 상연된 「판타스틱스」의 무대 배경막이라도 훔쳐 갈까 봐?"

"그럼 우리도 안에 들어갈 수 있어?"

"응, 들어갈 수 있겠지. 하지만 왜……"

잭이 탁구대 바로 너머에 있는 문을 가리키며 물었다.

"저 안엔 뭐가 있어?"

"자동판매기들이 있지. 동전을 넣는 전자레인지도 있어서 간식이랑 냉동음식을 데워 먹을 수 있어. 잭……"

"가 보자."

리처드가 힘없이 웃으며 말했다.

"잭, 나 다시 열이 나는 것 같아. 우린 그냥 여기 잠깐 있는 게 좋을 것 같아. 밤에는 소파에서 자면 되고……"

"벽에 저 갈색 반점들이 안 보여?"

잭이 손으로 가리키며 단호하게 말했다.

"그래, 안경이 없으니 당연히 안 보이지!"

"이봐, 저기 반점들이 있다고. 한두 시간 안으로 저 하얀 벌레들이 알을 까면……"

"알았어."

리처드가 냉큼 대답했다.

10

자동판매기들에서는 악취가 코를 찔렀다.

잭이 보기엔 안에 있는 게 모두 상한 것 같았다. 치즈 크래커와 도리토스, 잭스, 튀긴 돼지 껍데기 위에는 파랗게 곰팡이가 슬어 있었고, 녹은 아이스크림이 아이스크림 기계에서 뚝뚝 흘러내려 개

287

울을 이루고 있었다.

잭은 리처드를 창가로 데려가 창밖을 내다보았다. 여기선 기차역이 아주 잘 보였다. 그 너머에는 철조망 울타리와 캠퍼스에서 갈라져 나온 측면도로가 보였다.

"이제 곧 탈출하는 거야."

잭이 속삭이며 잠긴 창문 고리를 풀고 위로 밀어 올렸다.

우리 학교는 앤드루 테이어가 가능성을 알아보았기에 지금까지 존재할 수 있었던 거야…… 네 눈에도 가능성이 보이니, 재키야?

잭은 가능성을 찾아낸 것 같은 생각이 들었다.

"밖에 혹시 그것들이 있지 않을까?"

리처드가 불안해하며 물었다.

"없어."

잭은 대충 슬쩍 보고는 대답했다. 그것들이 있건 말건 상관없었다, 이제는.

미국에서 서너 손가락 안에 꼽히는 어마어마한 규모의 철도 종착역…… 철도 수송으로 큰돈을…… 주로 서부 해안으로…… 서부로 향하는 화물 수송이 갖는 잠재력에 주목한 최초의 사람이었어…… 서부…… 서부…… 서부…….

간척지 냄새와 쓰레기 썩은 내가 뒤섞인 후텁지근하고 눅눅한 악취가 창문으로 들어왔다. 잭은 한 발을 창턱에 올린 뒤 리처드의 손을 잡았다.

"이제 가자."

겁에 질린 리처드가 비참하리만큼 침울한 얼굴로 뒤로 물러섰다.

"잭…… 난 모르겠어……."

"이곳은 곧 무너질 거야. 조금 있으면 이 방에도 벌레들이 기어 들어올 테고. 자, 이제 가자. 내가 여기 창가에 있는 모습을 들키기라도 하면 몰래 도망갈 기회를 영영 잃게 될 거야."

리처드가 울부짖었다.

"난 지금 이 상황이 전혀 이해가 안 되거든! 대체 여기서 무슨 일이 벌어지고 있는 건데!"

"그만하고 어서 가자. 정 그러면 널 두고 갈 거야, 리처드. 하느님께 맹세코, 두고 갈 거야. 널 사랑하지만 우리 엄마가 죽어 가고 있어. 내가 떠나면 넌 혼자 힘으로 헤쳐 나가야 해."

리처드는 잭의 얼굴을 보고 ― 안경을 끼지 않고도 ― 그 말이 진심이라는 것을 깨달았다. 그는 잭의 손을 잡으며 속삭였다.

"무서워."

"나도 마찬가지야."

창틀에서 뛰어내리자 곧 잭의 발이 진흙투성이 풀밭에 닿았다. 리처드도 옆으로 뛰어내렸다.

잭이 속삭였다.

"기차역까지 뛰어가는 거야. 45미터 정도 될 거야. 기차역이 열려 있으면 안으로 들어가고, 닫혀 있으면 최대한 넬슨 기숙사 측면에 숨자. 아무도 우리를 보지 못했다는 걸 확인하고 사방이 여전히 조용하면……."

"그다음엔 철조망 쪽으로 가고."

"맞아."

아니면 순간이동을 해야 할지도 몰랐다. 하지만 지금은 거기까지 생각하지 않기로 했다.

"측면도로로 가는 거야. 테이어 학교 부지에서만 벗어나면 모든 일이 다시 잘 풀릴 거야. 일단 400미터 정도 걸어가서 뒤를 돌아보면 기숙사와 도서관에 평소처럼 환하게 불이 켜져 있을 거야, 리처드."

"그러면 얼마나 좋을까."

리처드가 너무 간절하게 말해서 잭은 가슴이 아팠다.

"좋아, 넌 준비됐어?"

"그런 것 같아."

"기차역으로 달려서 이쪽 벽에 바짝 붙어. 몸을 낮춰서 덤불에 가려지게 해야 해. 저기 보이지?"

"응."

"좋아…… 달려!"

두 소년은 넬슨 기숙사를 등지고 기차역을 향해 나란히 달렸다.

11

그들이 목적지에 절반도 채 못 갔을 때였다. 입에서 하얀 입김을 내뿜으며, 질척한 운동장을 힘겹게 박차며 달리고 있는데, 난데없이 교회 종이 울리기 시작하더니, 듣기 싫은 쨍그랑 소리가 끝도 없이 계속되었다. 덩달아 개들이 화답하듯 일제히 짖어 댔다.

그들이 돌아왔다, 그들 모두가 반장으로 모습을 바꾸고 있었다. 잭이 리처드의 손을 더듬어 찾자, 리처드도 잭의 손을 찾았다. 두 소년은 두 손을 꼭 마주 잡았다.

리처드가 비명을 지르며 잭을 왼쪽으로 끌고 가려 했다. 어찌나
세게 잡았는지 손가락뼈끼리 마찰을 일으켜 손이 마비될 것 같았
다. 늑대들의 대장 격인 깡마른 흰색 늑대가 기차역을 돌아 그들을
향해 달려오고 있었다. 잭이 보기엔 그것은 리무진에서 나온 그 노
신사였다. 다른 늑대와 개 들도 그 뒤를 따랐다……. 그제야 저들
중 일부는 개가 아니라는 것을 확신한 잭은 속이 메스꺼워졌다. 반
만 변형된 소년들도 있었고, 선생으로 추정되는 어른들도 있었다.

"더프리 씨야! 더프리 씨라고! 맙소사, 저건 더프리 씨야! 더프리
씨! 더프리 씨라고!"

리처드가 자유로운 손으로 대장 늑대를 가리키며 절규했다.(이런,
안경을 잃어버린 사람치곤 썩 잘 보는걸, 꼬마 리치야. 잭은 생각했다.)

잭은 처음으로 테이어 학교의 교장을 보았다. 은발에 커다란 매
부리코를 가진 자그마한 노인이, 장날에 오르간 연주자가 데리고
다니는 원숭이 같은 털북숭이 몸뚱이로 쭈그러들어 있었다. 더프
리는 개들과 소년들을 이끌고 네발로 빠르게 달려왔다. 머리에 쓴
사각모가 위아래로 미친 듯이 들썩거렸지만 떨어지진 않았다. 더
프리가 잭과 리처드를 향해 히죽거리는 와중에 니코틴으로 누렇게
변색한 혀가 길게 축 늘어졌다.

"더프리 씨야! 세상에! 맙소사! 더프리 씨라고! 더프……"

리처드는 자꾸만 잭의 손을 세게 잡아끌며 왼쪽으로 가려 했다.
잭이 체격은 더 컸지만 리처드는 겁에 질려 제정신이 아니었다. 곳
곳에서 폭발이 일어나 대기를 뒤흔들었다. 그 역겨운 쓰레기 냄새
가 점점 더 코를 찔렀다. 땅속에서 뿌지직뿌지직 진흙이 비어져 나

오는 소리가 나지막이 들려왔다. 하얀 늑대를 필두로 한 무리가 점점 거리를 좁혀 오자 리처드는 그것을 피해 잭을 철조망 울타리 쪽으로 끌고 가려 했다. 그것은 옳은 선택이기도 했고, 틀린 선택이기도 했다. 그들이 가야 할 곳은 울타리가 아니라 기차역이었기 때문이다. 그들의 목표는 기차역이었다. 기차역이 미국에서 서너 손가락 안에 꼽히는 어마어마한 규모의 철도 종착역이었기 때문이다. 앤드루 테이어가 서부로 향하는 화물 수송이 갖는 잠재력에 주목한 최초의 사람이었기 때문이다. 앤드루가 본 잠재성을 이제는 잭도 볼 수 있었기 때문이다. 이 모든 것은 물론 잭의 직관일 뿐이었지만, 여러 세계에 걸친 문제를 다루면서 그는 믿을 수 있는 것은 오직 자신의 직관뿐이라는 것을 점차 확신하게 되었다.

더프리가 목에서 고르륵고르륵 소리를 내며 외쳤다.

"네 승객을 보내 줘, 슬로트! 네 승객을 보내 주라고. 걔는 너하곤 안 맞아."

그런데 왜 승객이라고 부르는 걸까? 잭이 잠시 이런 생각을 하고 있는 와중에도 리처드는 다짜고짜 잭을 반대 방향으로 끌고 가려고 안간힘을 쓰고 있었다. 잭은 리처드를 다시 끌어당겨 흰색 늑대를 필두로 달려오는 잡종 개들과 소년들, 선생님들을 향해, 다시 말해 기차역 쪽으로 방향을 틀었다. 승객이 뭔지 알려 줄까? 승객은 기차를 타는 사람이지. 그런데 승객은 어디서 기차를 타지? 바로 기차역이야……

"잭, 물릴 것 같아!"

리처드가 비명을 질렀다.

더프리를 추월한 늑대가 그들을 향해 펄쩍 뛰었다. 쩍 벌린 늑대의 입은 팽팽히 당겨진 덫처럼 열려 있었다. 바로 그들 뒤에서 넬슨 기숙사가 둔탁한 으드득 쿵 소리를 내며 상한 멜론처럼 쩍 갈라졌다.

이제는 잭이 리처드의 손을 꽉 잡다 못해 손가락뼈를 으스러뜨릴 듯 힘을 주고 있었다. 밤하늘에선 미친 듯이 종소리가 울려 퍼지는가 하면 화염병 불길이 타오르고 폭죽이 따다닥 터져 나가고 있었다.

잭이 소리쳤다.

"꽉 잡아! 꽉 붙잡으라고, 리처드. 이제 출발이다!"

잭은 잠시 생각을 정리했다. *모든 게 뒤바뀌었어. 이젠 리처드가 내 가축이고, 내 승객이야. 하느님 우리를 굽어살펴소서.*

"잭, 무슨 일이야? 무얼 하려는 거야? 그만해! 그만두라고! 그만……"

리처드는 여전히 비명을 지르고 있었지만 잭은 더 이상 듣지 못했다. 돌연 승리의 예감이 찾아와, 스멀스멀 다가오던 파멸의 기운이 검은 달걀처럼 쫙 깨어지고, 머릿속에 빛이 흘러넘쳤다. 빛과 맑고 달콤한 공기, 너무 맑아서 1킬로미터 떨어진 곳에서 농부가 무를 뽑아도 그 냄새를 맡을 수 있는 공기. 돌연 잭은 테이어 학교의 안뜰을 한달음에 건너뛸 수 있을 듯한 기분이 되었다……. 아니면 등에 날개를 동여맨 사람들처럼 날아오를 수도 있을 것 같았다.

오, 이젠 더러운 쓰레기 악취와 어둠의 구렁텅이를 지나가는 듯한 불쾌한 기분은 사라지고, 그 자리를 빛과 투명한 공기가 메우고 있었다. 그 순간, 잭의 내면에 있던 모든 것이 투명해지고 광채로 가득했다. 그 순간, 모든 것이 무지개, 무지개, 무지개였다.

잭은 또다시 테러토리로 순간이동을 한 것이다. 이번에는 찌그러진 종소리와 개들의 으르렁 소리를 들으며 점점 타락해 가는 테이어 캠퍼스를 쏜살같이 내달리다 이곳으로 온 것이다.

그리고 이번에는 모건 슬로트의 아들 리처드를 데려온 것이다.

이쪽 세계의 슬로트/테러토리의 오리스(Ⅲ)

오전 7시, 잭과 리처드가 순간이동으로 테이어 학교를 벗어난 직후, 모건 슬로트가 테이어 학교 정문 밖 도로 경계석까지 차를 몰고 가서 세웠다. 그곳에는 '장애인 전용' 표지가 있었다. 슬로트는 그 표지판을 무심한 얼굴로 흘깃 보고는 주머니에 손을 넣어 코카인 병을 꺼내 한 번 흡입했다. 몇 초 뒤 세상은 영롱한 색깔로 물들고 생기가 흘러넘쳤다. 정말 멋진 선물이 아닌가. 그는 테러토리에서 그것이 자라는지, 거기서 자라는 건 효능이 더 좋을지 궁금했다.

가드너는 사태를 보고하기 위해 새벽 2시에 비벌리힐스에 사는 슬로트를 깨웠다. 스프링필드에서는 한밤중이었다. 가드너의 목소리는 떨리고 있었다. 잭 소여를 한 시간 차이로 놓쳤으니 모건이 대뜸 격분해서 분통을 터뜨릴 상황이라 유난히 겁을 집어먹고 있던 것이다.

"그 꼬마가…… 그 나쁜 자식이…….."

슬로트는 대뜸 격분하지 않았다. 오히려 지극히 차분했다. 숙명

이 아닐까 하는 생각마저 들었는데, 아무래도 어설픈 말장난으로
'오리스 전하'라고 부르고 있는 또 하나의 자신 때문에 이런 생각이
드는 것 같았다.

"진정해, 최대한 빨리 갈 테니까. 조금만 버텨 봐."

슬로트는 가드너를 위로하고는 그가 뭐라 대답하기도 전에 전화
를 끊어 버렸다. 그러고는 다시 침대에 누웠다. 양손을 배 위에 올
려놓고 눈을 감았다. 잠시 무중력 상태⋯⋯ 아주 잠시⋯⋯ 그리고
밑에서 움직임이 감지되었다. 뒤이어 마차의 가죽 봇줄이 삐걱거
리는 소리에 이어 거친 철제 스프링들이 텅텅 울리더니 마부의 욕
지거리가 들렸다.

슬로트가 눈을 떴을 때는 오리스의 모건이 되어 있었다.

언제나처럼 그가 처음 느낀 것은 순전한 환희였다. 이에 비하면
코카인쯤은 어린애 아스피린에 불과했다. 가슴은 좁아졌고 몸무게
도 줄었다. 모건 슬로트의 심박 수는 1분에 85 정도였고 화가 났을
때는 1분에 120이었다. 오리스는 1분에 65 정도보다 높게 나오는
적이 별로 없었다. 모건 슬로트의 시력은 양쪽 다 2.0이었는데도
오리스의 모건이 시력이 훨씬 좋았다. 그는 승합마차의 측벽에 생
긴 미세한 틈까지도 찾아낼 수 있었고, 창가에 하늘거리는 망사 커
튼의 촘촘함에 경탄할 수도 있었다. 코카인이 슬로트의 코를 막아
후각을 약화시킨 데 반해 오리스의 후각은 더할 나위 없이 맑아서
먼지와 흙과 공기의 냄새를 정확하게 가릴 수 있었다. 마치 분자를
하나하나 감지하고 분간할 수 있는 것 같았다.

모건이 뒤로하고 온 텅 빈 더블 침대에는 아직도 그의 커다란 몸

뚱이 자국이 남아 있었다. 그는 지금 롤스로이스보다 더 호화로운 마차 좌석에 앉아 변경의 끝을 향해 서쪽으로 달려가고 있었다. 변경 역이라고 불리는 곳에 있는 앤더스라는 이름의 사내를 찾아가는 중이었다. 그는 이런 일들을 알고 있었고, 자신이 정확히 어디 있는지도 알고 있었다. 왜냐하면 오리스는 여전히 여기, 그의 머릿속에 있어서 백일몽을 꿀 때 우뇌가 이성적인 좌뇌에게 말을 하듯이 낮지만 완벽히 맑은 소리로 그에게 말을 걸었다. 가끔 오리스가 잭이 아메리카 테러토리라고 여기는 곳으로 이동했을 때에는 슬로트가 이와 똑같이 낮은 무의식의 목소리로 오리스에게 말을 걸었다. 이동이 이루어지고 한쪽이 트위너의 몸으로 들어가면, 그 결과 온화한 빙의 상태가 되는 것이다. 슬로트는 더 폭력적인 빙의 사례에 대해 읽은 적도 있었다. 그 주제에 그다지 흥미가 있는 건 아니지만. 가난하고 불운한 게으름뱅이들이 다른 세계에서 온 미친 히치하이커들——어쩌면 그들을 미치게 한 것은 미국이라는 나라 그 자체일지도 몰랐다.——에게 몸을 빼앗기고 고통받는 처지가 되는 모양이라고 추측했다. 아니, 단순히 가능성 있는 정도가 아니었다. 그가 처음 두세 차례 도약했을 때 늙은 오리스의 머릿속에 나쁜 영향을 끼친 게 확실했다. 비록 그 자신도 겁에 질리고 극도로 흥분한 상태였지만 말이다.

마차가 심하게 덜컹거렸다. 변경에서는 길만 찾을 수 있다면 그것으로 감사해야 했다. 오리스가 자리를 고쳐 앉자 굽은 발에 묵직한 통증이 느껴졌다.

위쪽에서 마부가 중얼거렸다.

"정신 차려, 벼락 맞을 놈."

허공을 가르는 소리와 채찍 소리.

"어서 달려, 빌어먹을 것들아! 달리라고!"

아주 잠시지만 이곳에 있게 된 것이 기뻐서 슬로트는 히죽거리고 있었다. 필요한 것은 이미 알고 있었다. 오리스의 목소리가 속삭여 주었기 때문이다. 승합마차는 날이 새기 전에 변경 역 — 다른 세계에서는 테이어 학교 — 에 도착할 것이다. 그들이 거기서 우물거리고 있다면 붙잡을 수 있을 것이다. 놈들을 놓치더라도 초토화된 땅이 그들을 기다릴 것이다. 리처드가 지금 소여 녀석과 함께 있다는 사실을 생각하니 울화가 치밀었다. 하지만 정 희생이 필요하다면…… 흠, 오리스는 친아들을 잃고도 살아남았으니까.

잭이 이처럼 오래 살아남을 수 있었던 유일한 이유는, 괘씸하게도 그가 단일한 존재였기 때문이었다. 그 애송이가 한 장소에서 순간이동을 하면, 언제나 떠난 장소와 같은 곳에 도착했다. 반면에 슬로트는 늘 오리스가 있는 곳으로 가기 때문에 목적지에서 아주 먼 곳에 떨어지곤 했다……. 지금도 같은 경우였다. 휴게소에서는 그도 운이 좋았지만 소여가 더 운이 좋았다.

오리스가 중얼거렸다.

"네 운도 곧 끝장 날 게다, 꼬맹아."

마차는 또다시 심하게 덜컹거렸다. 그는 얼굴을 찡그렸다가 이내 다시 히죽 웃었다. 적어도 상황은 단순해지고 있었다. 최후의 대결이 더 넓고 더 깊은 의미를 띠게 되겠지만.

그 정도면 충분했다.

슬로트는 눈을 감고 팔짱을 꼈다. 잠시 동안 굽은 발에 또다시 둔중한 고통이 밀려왔고…… 그리고 눈을 떴을 때 슬로트는 자신의 아파트의 천장을 올려다보고 있었다. 언제나처럼 역겨운 살덩이가 얹어지는 순간이 오고, 깜짝 놀란 심장은 심박수가 두 배가 된 후에도 더욱 빠르게 뛰었다.

슬로트는 일어나서 웨스트 코스트 비즈니스 제트에 전화를 걸었다. 70분 뒤 그는 LA 국제공항을 떠나 하늘을 날고 있었다. 리어 제트기가 급상승하며 이륙하자 언제나처럼 제트 엔진이 엉덩이에 달린 듯한 느낌이 들었다. 그는 스프링필드에 중부 표준시 5시 50분에 도착했다. 지금쯤은 오리스도 테러토리의 변경 역에 가까이 가고 있을 터였다. 슬로트는 헤르츠 세단을 렌트해서 여기 도착했다. 미국 여행은 그 나름의 이점이 있었다.

슬로트가 차에서 내리는데 마침 아침 종이 울리기 시작했다. 그는 자신의 아들이 얼마 전에 떠나 버린 테이어 교정에 발을 들였다.

모든 것이 평일 아침의 테이어 학교다운 모습이었다. 교회 종이 평범한 아침 곡조를 울리고 있었다. 클래식 곡인 건 알겠는데 무슨 곡인지는 확실치 않았다. 테데움(가톨릭에서 국가적 경사에 부르는 찬미의 노래 ─옮긴이) 같기도 했지만 그것도 아니었다. 학생들은 슬로트를 지나쳐 식당으로 가거나 아침 운동을 하러 갔다. 평소보다 아주 조금 조용한 것 같기도 했고, 표정은 다들 똑같이 불안한 꿈을 꾼 것처럼 창백하고 약간 멍해 보였다.

물론 모두들 그런 꿈을 꾸었지, 슬로트는 생각했다. 그는 넬슨 기숙사 앞에서 잠시 발을 멈추고 생각에 잠긴 채 그곳을 바라보았다.

그들은 그저 본인들 모두가 본질적으로 비현실이라는 사실을 모르고 있었다. 두 세계 사이의 얇은 공간 근처에 사는 생명체들은 그럴 수밖에 없었다. 측벽으로 가자 관리인이 모조 다이아몬드처럼 땅바닥에 흩어져 있는 유리 조각을 치우고 있었다. 그의 굽은 등 너머로 넬슨 기숙사 라운지가 보였는데, 그곳에서는 평소와 달리 말이 없어진 살덩어리 앨버트가 멍하니 앉아 벅스 버니 만화를 읽고 있었다.

슬로트는 기차역을 향해 걸음을 옮기며 오리스가 이쪽 세계로 맨 처음 순간이동 했을 때를 생각해 보았다. 그때를 떠올리며 향수를 느꼈다. 곰곰이 생각해 보면, 참으로 기괴하다고 할 수 있었다. 어쨌든 그는 거의 죽을 뻔했던 것이다. 아니, 두 *사람 다* 거의 죽을 뻔했다. 하지만 그것은 1950년대 중반의 일이고, 이제는 그 *자신이* 50대 중반이다. 그 차이는 이 세계에 중요한 영향을 미치게 된다.

슬로트는 사무실에서 돌아오는 중이었고, 태양은 얼룩진 보랏빛과 희부연 노란빛으로 물든 로스앤젤레스의 연무 아래로 넘어가고 있었다. 이것은 로스앤젤레스 스모그가 심해지기 전의 일이었다. 선셋 대로에서 페기 리의 최신 음반 광고판을 바라보고 있는데, 마음속으로 한기가 감돌기 시작했다. 마치 무의식 어딘가에서 돌연 샘이 솟아 나와 섬뜩하고 낯선 뭔가를 흘려 놓은 것 같았다. 마치…… 마치……

(마치 정액 같은)

……하지만 그것이 무엇인지 정확히 알 수 없었다. 그것은 급속히 따듯해지더니 정체를 드러냈다. 이윽고 그는 그것이 그, 바로 오

리스라는 것을 깨달았다. 곧이어 비밀의 문이 열린 것처럼 모든 게 완전히 뒤바뀌었다. 한쪽 벽에는 책장이, 다른 벽에는 치펜데일(18세기 영국에서 로코코 취향을 바탕으로 여러 지역의 양식을 절충해 확립한 가구 스타일―옮긴이) 양식의 화장대가 놓였다. 둘 다 방 안 분위기와 완벽히 어울렸다. 어느새 앞부분이 총알 모양인 1952년형 포드 운전석 뒤에 오리스가 앉아 있었다. 오리스는 갈색 더블브레스트 슈트와 존 펜스키 넥타이를 매고 가랑이로 손을 내리고 있었다. 아파서가 아니라 조금은 역겨운 호기심 때문이었다. 당연히 오리스는 팬티를 입은 적이 없었으니까.

그가 기억하기로, 포드를 몰다가 인도에 올라갈 뻔한 순간이 있었다. 뒤이어 모건 슬로트―지금은 무의식이 된―가 운전을 맡자, 오리스는 편하게 길을 가면서 보이는 것마다 눈을 휘둥그레 뜨고 구경했다. 너무 기뻐서 반쯤 돈 것 같았다. 모건 슬로트의 남은 부분도 함께 기뻐했다. 그는 친구를 처음으로 새집에 초대해서 친구가 자기만큼 새집을 마음에 들어 했을 때처럼 즐거웠다.

오리스는 팻 보이 드라이브인으로 천천히 들어가 처음 보는 모건의 지폐를 만지작거리다가 햄버거와 프렌치프라이와 초콜릿 밀크셰이크를 주문했다. 그의 입에선 말이 술술 나왔다. 마치 물이 샘에서 솟아 나오듯 무의식적으로 말하고 있었다. 오리스는 첫 입을 먹을 때는 머뭇거렸지만…… 그 이후로는 울프가 처음 와퍼를 게걸스럽게 먹던 때와 같은 속도로 걸신들린 듯 먹어 치웠다. 그는 한 손으론 프렌치프라이를 입에 욱여넣으면서 다른 손으론 라디오 다이얼을 돌려, 유혹적이고 왁자한 비밥과 페리 코모(빙 크로스비, 프랭크 시나트라와 인기를 겨루며 40년 넘게 미국의 대중음악계를 주름 잡은 인기 가수—옮긴이)와 빅밴드(15명 이상의 멤버로 구성된 재즈 오케스트라—옮긴이), 그리고 초창기의 리듬 앤 블루스를 차례로 들었다. 그는 밀크셰이크를 단숨에 들이켜고는 방금 전 주문한 것을 다시 주문했다.

두 번째 햄버거를 반쯤 먹었을 때 그는—오리스뿐만 아니라 슬로트도—속이 메슥거리기 시작했다. 갑자기 양파 튀김이 너무 자극적으로 느껴지며 넌더리가 나더니, 자동차 배기가스 냄새가 코를 찔렀다. 그의 팔이 난데없이 미칠 듯이 가려워서 더블브레스트 슈트를 벗어 버리고(두 번째로 주문한 모카 셰이크가 부주의로 쓰러지는 바람에 아이스크림이 포드 자동차의 시트에 질질 흘러내렸다.) 팔을 보았다. 가운데가 곪은 보기 싫은 빨간 반점이 생겨나 점점 퍼지고 있었다. 그는 속이 울렁거려서 창밖으로 몸을 내밀었다. 밖에 있는 쓰레기통에 게우고 있는데, 바로 그때 오리스가 그로부터 빠져나가 자신의 세계로 돌아가는 것이 느껴졌다…….

"괜찮으세요, 선생님?"

"으응?"

깜짝 놀라 몽상에서 깨어난 슬로트가 주위를 둘러보았다. 상급생으로 보이는 키가 큰 금발 소년이 그 앞에 서 있었다. 사립학교 학생의 옷차림이었다. 흠 잡을 데 없는 파란색 플란넬 블레이저에 노타이셔츠와 바랜 리바이스 청바지를 입고 있었다.

그 소년이 머리를 쓸어 올리자 다른 아이들과 똑같이 멍하니 꿈을 꾸는 듯한 눈이 드러났다.

"전 에서리지라고 합니다. 도와드릴 일이 없나 해서요. 선생님은…… 길을 잃으신 듯 보여서요."

슬로트가 미소를 지었다. 그는 이렇게 말하고 싶었지만 생각으로 그쳤다. *아니, 그렇게 보이는 건 자네지, 이 친구야.* 모든 게 다 좋았다. 소여 녀석이 아직 잡히지 않았지만 슬로트는 그가 어디로 가고 있는지 알고 있었고, 그건 재키가 사슬에 매여 있다는 뜻이었다. 그것은 눈에 보이진 않지만 사슬인 것은 틀림없었다.

"옛 생각에 잠겨 있었을 뿐이네, 아주 오래전 말이야. 내가 길을 잃었을까 걱정하는 거라면, 난 여기가 처음이 아니라네, 에서리지 군. 우리 아들이 여기 학생이거든. 리처드 슬로트 말일세."

에서리지의 눈이 잠시 훨씬 더 몽롱해졌다. 혼란스럽고 난감한 얼굴이었지만 곧 다시 환해졌다. 그가 외쳤다.

"아, 리처드요!"

"난 곧 교장 선생님을 만나러 올라갈 걸세. 그 전에 이 근처를 둘러보고 싶어서."

"예, 뭐, 그러셔도 되지요. 그런데 저는 오늘 아침 식당 당번이라서요, 괜찮으시면……."

에서리지가 손목시계를 보면서 말했다.

"난 괜찮네."

에서리지가 가볍게 고개를 끄덕이고 애매하게 웃어 보이고는 식당으로 달려갔다.

에서리지가 사라지는 뒷모습을 지켜보던 슬로트는 넬슨 기숙사와 이곳 사이의 땅바닥을 유심히 살펴보았다. 부서진 유리창도 다시 주의 깊게 관찰했다. 틀림없었다. 넬슨 기숙사와 이 팔각형 벽돌

건물 사이 어딘가에서 두 소년이 테러토리로 옮겨 간 게 거의 확실했다. 마음만 먹으면 그도 소년들을 뒤쫓을 수 있었다. 그냥 문으로 들어가서 ― 문은 잠겨 있지 않았다. ―사라지면 되는 것이다. 그런 다음 지금 이 순간 오리스의 몸이 존재하는 곳에 다시 나타나면 되는 것이다. 오리스는 이 근처 어딘가에 있을 것이다. 어쩌면 역지기 앞에 나타나게 될지도 몰랐다. 어쨌든 테러토리의 목표 지점에서 150킬로미터 이상 떨어진 곳으로 옮겨 가는 일만은 피해야 할 것이다. 그 먼 거리를 따라잡으려면 짐마차를 타야 하거나, 더 심한 경우에는 아버지의 표현대로 자기 다리를 이동 수단으로 삼는 수밖에 없는 것이다.

소년들은 십중팔구 이미 가 버렸을 것이다, 초토화된 땅으로. 그렇다면 그 땅이 두 소년을 끝장 낼 수도 있을 것이다. 그리고 선라이트 가드너의 트위너인 오스먼드는 앤더스가 알고 있는 정보를 모조리 쥐어 짜낼 수 있을 것이다. 오스먼드와 그의 무시무시한 아들. 이제는 옮겨 갈 필요도 없다.

잠시 들여다보기만 하면 될 것이다. 아주 잠깐 동안 다시 오리스가 된다는 즐거움과 상쾌함을 누리기만 하면 된다.

물론 확실하게 해 두려는 것이다. 어릴 때부터 지금까지, 그의 인생 전체가 확실하게 해 두는 훈련이었다.

슬로트는 에서리지가 근처에서 어슬렁거리지 않는지 한 차례 확인한 다음 기차역의 문을 열고 안으로 들어갔다.

퀴퀴하고 침침하지만 놀랍게도 향수를 자아내는 냄새가 풍겼다. 오래된 분장도구와 무대 배경막의 냄새. 잠시 옮겨 가는 것보다 훨썬 더 대단한 일을 한 게 아닌가 하는 생각을 했다. 시간을 거슬러 그와 필 소여가 연극에 미친 대학생이었던 시절로 돌아온 듯한 기분이었다.

이윽고 눈이 어둠에 익숙해지자 드물게 보는 감상적인 소도구들—「까마귀」의 무대를 위한 아테나 여신의 흉상과 화려한 금박을 입힌 새장, 책장을 가득 메운 가짜 책표지들—이 눈에 들어왔다. 뒤이어 자신이 테이어 학교의 허울뿐인 '소극장'에 있다는 것이 생각났다.

슬로트는 잠시 발을 멈추고 먼지 냄새를 깊숙이 들이마셨다. 그러고는 작은 창으로 들어와 자욱한 먼지 사이로 퍼져 나가는 빛줄기를 향해 시선을 돌렸다. 햇살은 잠시 흔들리더니 돌연 램프가 환히 밝혀진 것처럼, 더 깊은 황금빛으로 변해 버렸다. 그는 테러토리에 있었던 것이다. 그렇게 간단하게 테러토리에 온 것이었다. 그 변화의 속도에 너무 들뜬 나머지 한순간 발을 헛디딜 뻔했다. 이동할 때는 대개 시간이 정지되고 한곳에서 다른 곳으로 미끄러지는 듯한 느낌이 든다. 이러한 휴지기는 슬로트와 오리스라는 두 자아의 물리적 신체 사이의 거리와 정비례하는 것 같다. 한번은 슬로트가 일본에서 미친 닌자에게 협박받는 할리우드 스타들에 대한 끔찍한 소설 문제로 쇼 브라더스와 협상을 하고 나서 옮겼는데, 너무 오랫동안 멈춰 있어서 두 세계 사이에 있는 무의미한 텅 빈 연옥 어딘가에서 영영 길을 잃을까 봐 걱정한 적이 있었다. 하지만 이번에는 그들이 가까이 있었다…… 아주 가까이! 그것은 드물게 찾아오는 그 순간과 같다고, 슬로트는 생각했다.

(오리스는 생각했다.)

남자와 여자가 섹스를 하다가 정확히 동시에 오르가즘에 이르고 함께 섹스를 끝내는 그 순간.

바싹 마른 페인트와 캔버스 냄새가 테러토리의 밝고 상쾌한 기름이 타는 냄새로 바뀌어 있었다. 책상 위에 놓인 램프는 불꽃을 낮게 펄럭이며 거무스름한 연기를 내보내고 있었다. 슬로트의 왼쪽에는 탁자가 있고, 그 위에는 조잡한 접시에 남은 음식물이 식은 채 굳어 있었다. 접시는 세 개였다.

오리스는 평소처럼 굽은 발을 살살 끌면서 앞으로 걸어갔다. 접시 하나를 기울여 펄럭거리는 램프 불빛에 비추자 구역질나는 기름 자국이 보였다. *누가 이 접시로 먹었을까? 앤더스인가, 제이슨인가, 아니면 리처드…… 내 아들이 살아 있다면 러슈턴이 되었겠지?*

러슈턴은 대저택에서 멀지 않은 호수에서 수영하다 물에 빠져 죽었다. 피크닉을 간 날이었다. 오리스와 그의 아내는 와인을 실컷 마셨다. 태양은 뜨거웠고, 아기 티를 갓 벗은 소년은 낮잠을 자고 있었다. 오리스와 그의 아내는 사랑을 나눈 뒤 달콤한 오후의 햇살 속에서 잠이 들었다. 그는 아이의 울음소리에 눈을 떴다. 러슈턴이 잠이 깨어 물속으로 들어간 것이었다. 얼마간 개헤엄을 칠 수 있었지만 키보다 깊은 곳에 이르자 겁에 질리고 만 것이었다. 오리스는 절뚝거리며 달려가 물속으로 뛰어들어 전속력으로 아이가 허우적거리고 있는 곳으로 헤엄쳐 갔다. 발 때문에, 이 빌어먹을 발 때문에 그는 수영을 제대로 하지 못했고, 아마도 그 때문에 아이의 생명을 구하지 못했을 것이다. 그가 도착했을 때 아이는 이미 가라앉고

있었다. 오리스는 아이의 머리카락을 잡고 호숫가로 끌어내었지
만…… 그때 이미 러슈턴은 파랗게 질려 숨을 거둔 상태였다.

그 후 6주가 못 돼 마거릿은 스스로 목숨을 끊었다.

7개월 뒤 모건 슬로트의 어린 아들이 웨스트우드 YMCA 풀장에
서 패들을 잡고 어린이를 위한 초보 수영 강습을 받던 중 물에 빠
져 죽을 뻔한 일이 있었다. 물에서 끌어냈을 때 리처드는 러슈턴처
럼 파랗게 질린 채 숨을 쉬지 않았다…… 하지만 안전요원이 심폐
소생술을 행한 덕분에 목숨을 구했다.

하느님이 벌을 내리셨다. 오리스는 생각했다. 그때 저 멀리에서
들려온 희미한 코골이 소리에 고개를 돌렸다.

역장인 앤더스가 구석에 놓인 짚자리에 누워 있었다. 킬트 치마
는 볼썽사납게 엉덩이까지 말려 올라가 있었다. 근처에는 와인을
담은 황토 주전자가 나뒹굴고 있었고, 거기서 흘러나온 와인이 그
의 머리카락을 흠뻑 적셨다.

앤더스는 다시 코를 골더니 나쁜 꿈을 꾸는지 신음 소리를 냈다.

*아무리 끔찍한 꿈을 꾸고 있다 해도 이젠 네 미래만큼 불길한 꿈
은 없을 거야.* 오리스는 음울한 전망을 내놓고는 망토를 펄럭이며
한 걸음 더 가까이 다가가 무자비한 눈으로 앤더스를 내려다보았다.

슬로트는 살인을 계획할 수 있지만, 그때마다 옮겨 가서 살인을
실행하는 것은 오리스였다. 단조로운 레슬링 중계가 이어지는 동
안 베개로 갓난아이인 잭 소여를 질식시키려 한 것은 슬로트의 몸
을 빌린 오리스였다. 유타주에서 필 소여의 암살을 감독한 것도 오
리스였다.(마찬가지로 테러토리의 필 소여인 필립 소텔, 여왕의 평민 출신 남편

을 암살할 때도 감독했다.).

오리스가 미국 음식과 미국 공기에 알레르기 반응을 일으켰듯 슬로트도 피를 좋아했지만 결국 알레르기를 일으켰다. 슬로트의 계획을 실행하는 것은 한때 쿵쾅 발소리 모건이라고 조롱받던 오리스의 모건이었다.

내 아들이 죽었는데 그놈의 아들은 아직 살아 있어. 소텔의 아들은 죽었는데 소여의 아들은 아직 살아 있어. 하지만 이런 일은 바로잡을 수 있어. 그렇게 될 거고. 너희한테는 부적이 없어, 귀염둥이 꼬맹이들아. 너희들은 방사능에 피폭된 오틀리로 가고 있어. 이제 너희가 죽을 차례야. 하느님이 벼락을 내리실지니.

"그리고 하늘이 가만있으면 내가 반드시 바로잡을 테다."

슬로트가 소리치자 바닥에 누워 있던 사내가 마치 그 소리를 들은 것처럼 다시 신음했다. 오리스는 그를 걸어차 깨우려고 한 발 더 다가가다 고개를 들었다. 멀리서 말발굽 소리와 희미하지만 마구가 부딪치며 삐걱대고 댕그랑거리는 소리, 기수들의 거친 고함 소리가 들렸다.

저 소리는 오스먼드일 것이다. 잘됐다. 여기 일은 오스먼드에게 맡기자. 오리스는 굳이 나서서 어차피 술이 덜 깬 작자를 취조할 생각이 없었다. 무슨 말을 할지는 듣지 않아도 뻔했다.

오리스는 쿵쾅거리며 걸어가 문을 열고 복숭앗빛 테러토리의 빼어난 일출을 감상했다. 기수들의 소리가 다가오는 방향은 이쪽, 즉 일출 방향이었다. 그는 잠시 감미로운 빛살을 흠뻑 마시고 다시 서쪽으로 몸을 돌렸다. 서쪽 하늘은 여전히 갓 생긴 멍처럼 푸른빛이었다. 대지는 어두웠지만…… 나란히 달리는 한 쌍의 선로가 새벽 빛을 받아 눈부시게 반짝이고 있었다.

이 녀석들, 너희는 이제 죽은 목숨이야. 오리스는 흡족한 얼굴이 되었다…… 뒤이어 그보다 훨씬 더 만족스러운 생각이 떠올랐다. 그들은 이미 죽었을지도 몰랐다.

"좋아."

오리스가 눈을 감은 채 소리 내어 말했다.

잠시 후 모건 슬로트는 테이어 학교 소극장의 문을 잡고 있었다. 눈을 뜬 채 서부 해안으로 돌아가는 여행을 계획하고 있었다.

추억을 더듬어 가는 작은 소풍이 될지도 모르겠다고 슬로트는 생각했다. 캘리포니아의 포인트 베누티라는 마을로 가는. 어쩌면 먼저 동쪽으로 되돌아가 여왕을 알현한 뒤…….

"바닷바람은 건강에 좋을 거야."

슬로트가 아테나 여신의 흉상을 보고 말했다. 그러고는 다시 소극장 안으로 들어가 주머니에서 작은 병을 꺼내 한 번 더 흡입했다.(이제 캔버스와 분장도구 냄새는 거의 잊고 있었다.) 다시 기분이 상쾌해지자 자동차를 향해 되돌아 내려가기 시작했다.

4부

부적

34장
앤더스

1

잭은 여전히 달리고 있었지만 별안간 허공을 달리고 있다는 사실을 깨달았다. 만화 주인공이라면 600미터 아래로 수직 추락하기 전에 영문을 모르고 있다가 깜짝 놀란 표정을 지을 여유가 있을 것이다. 하지만 그들의 경우는 600미터가 아니었다. 잭은 디딜 땅이 없다는 걸 깨달은 뒤 ― 곧장 ― 1.2~1.5미터 정도를 곤두박질쳤다. 여전히 발을 구르는 채로. 그는 흔들거리면서도 수직으로 서 있었지만 리처드가 와서 덮치는 바람에 둘 다 굴러떨어졌다.

"조심해, 잭!"

리처드가 비명을 질렀지만 눈을 꼭 감은 것으로 보아 스스로 조심할 생각은 없는 게 분명했다.

"늑대를 조심해! 더프리 씨도 조심하고! 조심…….."

리처드가 숨도 쉬지 않고 비명을 질러 대는 통에 잭은 전에 없이 겁에 질렸다. 리처드는 미친 것 같았다. 완전히 미쳤다.

"그만해, 리처드! 그만하라고, 우린 괜찮아! 그것들은 다 사라졌어!"

"에서리지를 조심해! 벌레도 조심해! 조심해야 해, 잭!"

"리처드, 그것들은 *사라졌어!* 눈을 뜨고 주위를 봐, 제이슨을 위해서라도!"

잭은 자신도 주위를 둘러볼 기회가 없었지만 마침내 도착했다는 건 알 수 있었다. 공기는 고요하고 달콤했으며 밤하늘은 축복처럼 따스한 미풍이 살랑일 때를 제외하면 완벽한 적막이었다.

"*조심해, 잭! 조심하라고, 잭! 조심해, 조심⋯⋯.*"

넬슨 기숙사 밖에서 개로 변신한 소년들이 소리치던 일이 떠오르며, 불쾌한 메아리처럼 머릿속에서 맴돌았다. *일여나, 일여나, 일여나! 제에발, 제에발, 제에발!*

"*조심해, 잭!*"

리처드가 울부짖었다. 그는 얼굴을 땅바닥에 처박고 있어서 알라 신에 눈에 들기로 작정한 열혈 이슬람교도처럼 보였다.

"*조심해! 늑대야! 반장도 조심하고! 교장도 왔어! 조심⋯⋯.*"

리처드가 영영 돌아 버린 건가 싶어 당황해하던 잭은 리처드 목 뒤 옷깃을 잡아 머리를 획 잡아당기고는 뺨을 철썩 때렸다.

리처드의 입에서 시끄럽게 쏟아져 나오던 말이 뚝 끊겼다. 그는 입을 딱 벌린 채 잭을 보았다. 파리한 뺨에 벌겋게 찍힌 잭의 손자국이 마치 희미한 붉은 타투처럼 보였다. 잭은 미안했지만 지금은 그들이 있는 곳이 어딘지 알아내는 것이 더 급했다. 불빛이 비치고 있었다. 그렇지 않다면 손자국도 볼 수 없었을 것이다.

잭은 더 알아보지 않아도 그 문제에 대한 대답을 어렴풋하게나

마 알 수 있었다. 그것은 너무 확실해서 의문의 여지가 없었다…….
적어도 지금까지는 그랬다.

변경이야, 재키야. 넌 지금 변경에 도착한 거야.

하지만 그 문제를 숙고할 여유가 없었다. 리처드가 정신을 차리
도록 달래야 했기 때문이다.

"괜찮아, 리치?"

리처드는 깜짝 놀라, 망연자실하고 상처입은 얼굴로 잭을 쳐다
보았다.

"네가 날 때렸어, 잭."

"그냥 한 대 쳤을 뿐이야. 히스테리를 부리는 사람한텐 그렇게 하
잖아."

"나는 히스테리를 부리지 않았어! 난 태어나서 한 번도 히스테리
를 부린 적이 없…….."

리처드는 말을 끊고 벌떡 일어나 주위를 휘둘러보았다.

"늑대야! 늑대를 조심해야 해, 잭! 저 울타리를 넘어가면 늑대들
이 우리를 노리지 못할 거야!"

잭이 리처드를 잡고 뒤로 끌어당기지 않았다면 그는 즉시로 어
둠 속을 전속력으로 달려 이제 다른 세계의 것인 철책을 넘어갔을
것이다.

"늑대는 없어. 리처드."

"응?"

"우리가 도착했어."

"무슨 말을 하는……."

"여긴 테러토리야, 리처드! 우리가 테러토리에 왔다고! 우린 순간이동을 한 거야!"

그리고 너 때문에 내 팔이 빠질 뻔했어, 이 의심 많은 녀석아, 다음번에 누군가를 데려가야 한다면 정말 작은 꼬마를 선택할 거야. 아직 산타클로스와 부활절 토끼를 믿는 그런 꼬마 말이야. 잭은 욱신거리는 어깨를 문지르며 생각했다.

"말도 안 돼. 잭, 테러토리 같은 게 어디 있다고 그래."

리처드가 느릿느릿 말하자, 잭이 엄숙하게 물었다.

"그렇지 않다면 어째서 그 거대한 하얀 늑대가 네 엉덩이를 물어뜯지 않은 거지? 너희 학교의 그 잘난 교장도 있었는데?"

리처드가 잭을 보며 뭔가 말하려는 듯 입을 열었다가 다시 다물었다. 그리고 이번에는 좀 더 주의를 기울여 주위를 둘러보았다.(적어도 잭은 그러기를 바랐다.) 잭도 덩달아 주위를 돌아보며 따뜻하고 맑은 공기를 들이마셨다. 모건과 그가 이끄는 지랄 발광하는 미치광이들이 언제 들이닥칠지 알 수 없었지만, 지금만은 다시 이곳에 돌아온 순전히 동물적인 즐거움을 누리지 않을 수 없었다.

두 소년은 들판에 서 있었다. 끝에 수염이 달린 노르스름한 꺽다리 풀—밀은 아니지만 밀과 아주 흡사한, 어쨌든 먹을 수 있는 곡물—이 밤하늘을 향해 사방으로 뻗어 나가고 있었다. 따스한 미풍이 그 위로 신비로우면서도 사랑스러운 잔물결을 일으켰다. 오른쪽에는 약간 언덕진 곳에 목조 건물이 서 있었고, 그 앞에 박힌 말뚝 위에는 램프가 밝혀져 있었다. 너무 밝아서 쳐다보기도 어려운 노란 불꽃이 유리 램프 속에서 또렷이 타오르고 있었다. 잭은 그

건물이 팔각형이라는 것을 알아보았다. 두 소년은 램프 불빛이 그린 원의 가장자리에 도착했다. 그 빛의 원 뒤쪽에 금속으로 된 뭔가가 있어 램프 불빛을 반사해 희미한 빛을 흩뿌리고 있었다. 잭은 은빛으로 은은하게 빛나는 그것을 곁눈으로 흘낏 보고…… 이내 모든 상황을 알아차렸다. 충분히 예상했던 일이기에 그리 놀랍지 않았다. 이로써 두 개의 아주 커다란 퍼즐 조각—하나는 아메리카 테러토리에, 다른 하나는 바로 여기 있는—이 딱 맞아떨어진 것이다.

그것은 철도 선로였다. 어둠 속에서 그것이 어느 쪽을 향하고 있는지 볼 수 없었지만 그 철로가 어디로 향하고 있는지 잭은 알 것 같았다.

서쪽이었다.

2
"자, 저기 가 보자, 리처드."

"싫어."

"왜지?"

"너무 말도 안 되는 일들이 벌어지고 있잖아."

리처드가 입술에 침을 묻히며 말했다.

"저 건물 안에 뭐가 있을 줄 알고. 개가 있을 수도 있고 미치광이가 있을 수도 있잖아."

리처드가 다시 입술을 핥았다.

"아니면 벌레가 있을 수도 있고."

"말했잖아. 우린 지금 테러토리에 있다고. 그 광기는 모두 사라지고 없어. 여긴 아주 깨끗해. 제기랄, 리처드, 냄새가 달라진 거 모르겠어?"

"테러토리 같은 건 없어."

리처드가 가느다란 목소리로 말했다.

"주위를 둘러봐."

"싫어."

리처드의 목소리는 모기 소리만큼 작아졌다. 밉살맞은 아이가 막무가내로 고집을 부리는 것 같았다.

잭은 수염이 수북이 달린 풀 한 줌을 뽑아 리처드에게 보여 주었다.

"이것 좀 보라고!"

하지만 리처드는 고개를 돌렸다.

잭은 리처드를 잡아 흔들고 싶은 충동을 가까스로 억눌렀다.

그 대신 풀을 땅바닥에 던져 버리고는 마음속으로 열까지 센 뒤 언덕으로 올라가기 시작했다. 아래를 내려다보니 지금 그는 가죽 바지 같은 걸 입고 있었다. 리처드도 같은 차림이었지만 프레데릭 레밍턴(서부 개척시대의 생활상을 주로 그린 미국의 화가 — 옮긴이)의 그림에서 빠져나온 듯한 빨간 반다나를 목에 두르고 있었다. 자신의 목을 만져 보니 같은 스카프가 둘러져 있었다. 몸을 더듬어 보자 저 마일스 P. 카이거가 준 무척이나 따뜻했던 코트가 이제 멕시코풍 서라피(멕시코 남자들이 어깨에 걸치는 기하학무늬의 모포 — 옮긴이)로 변해 있었다. 틀림없이 난 타코벨 광고에 나오는 모습일 거야. 이런 생각을 하며 잭은 싱긋 웃었다.

잭이 리처드를 혼자 놔두고 언덕을 오르자 그의 얼굴에 당황한 기색이 역력했다.

"어디 가는 거야?"

잭은 흘끗 리처드를 보고는 다시 돌아왔다. 양손으로 리처드의 어깨를 잡은 뒤 진지하게 그의 눈을 쳐다보았다.

"여기 이러고 있을 순 없어. 누군가가 우리가 순간이동 하는 것을 보았을 거야. 그들이 지금 당장 우리를 쫓아오지 못한다 해도 언제 또 쫓아올지 모르잖아. 그건 나도 몰라. 이 모든 일을 관장하는 원리에 관해, 난 다섯 살짜리 아이가 자석에 대해 아는 정도밖에 몰라. 그리고 다섯 살짜리 아이들이 자석에 대해 아는 거라곤 그것이 때로는 끌어당기고 때로는 밀어낸다는 거지. 하지만 당분간은 그것만 알면 돼. 우린 여기서 나가야 해. 내 얘기는 여기까지."

"난 꿈을 꾸고 있는 거야. 확실해."

잭은 곧 무너질 듯한 목조 건물을 향해 고갯짓하며 대꾸했다.

"나랑 같이 가도 되고, 아니면 여기 있어도 돼. 여기 있겠다면 저곳을 살펴보고 곧 돌아올게."

"이건 모두 꿈이라고!"

안경을 잃어버린 리처드가 맨눈을 부릅떴지만, 그 눈은 생기를 잃은 데다 왠지 탁해 보였다. 그는 별들이 처음 보는 낯선 모습으로 배치되어 있는 테러토리의 밤하늘을 잠시 올려다보고 부르르 떨더니 눈길을 돌렸다.

"나 열 나잖아. 독감에 걸린 거야. 요새 독감이 유행이라고. 이건 망상이야. 넌 내 망상에 초대받은 특별 출연자고, 잭."

"그래, 시간이 될 때 망상 배우 조합에 사람을 보내 내 AFTRA(미국 텔레비전 라디오 연예인 조합—옮긴이) 명함을 보내 주마. 그동안 여기서 기다려 줄래, 리처드? 이게 전부 꿈이라면 걱정할 일도 없는 거잖아."

잭은 다시 언덕을 올라갔다. 리처드와 몇 번만 더 이런 『이상한 나라의 앨리스』 속 다과회에서나 오갈 법한 대화를 주고받다가는 잭 *자신*도 미쳐 버릴 것 같았다.

그가 언덕을 반쯤 올라갔을 때 리처드가 뒤쫓아 왔다.

잭이 말했다.

"돌아온다니까."

"알아. 그냥 같이 가는 게 낫겠다 싶어서. 어쨌든 이 모든 건 꿈이잖아."

"알았어. 만약 저 위에 사람이 있으면 한마디도 하지 마. 내 생각엔 저기에…… 내 생각엔 저기 창문으로 누가 나를 보는 것 같아."

"그럼 어떻게 할 건데?"

리처드의 질문에 잭이 미소를 지으며 대답했다.

"그때그때 상황 봐 가면서 하자, 꼬마 리치야. 뉴햄프셔를 떠난 이후 늘 그런 식으로 살아왔어. 그때그때 상황 봐 가면서 말이야."

3

그들은 현관에 이르렀다. 리처드가 별안간 공황상태에 빠져 잭의 어깨를 세게 움켜잡았다. 잭이 맥 빠진 얼굴로 리처드를 돌아보았다. 리처드가 발명하고 이름 붙인 '캔자스시티 움켜잡기'는 다급한 상황이라고 해서 그 위력이 약해지거나 하지 않았던 것이다.

"왜 그래?"

"이건 꿈이야. 맞아. 난 증명할 수 있어."

"어떻게?"

"우리는 더 이상 영어로 말하고 있지 않아, 잭! 우린 다른 언어로 말하고 있어, 그것도 완벽하게 말이야. 하지만 이건 영어가 아니야!"

"맞아. 이상하지?"

잭은 다시 계단을 오르기 시작했다. 리처드는 뒤에 남아 입을 딱 벌리고 서 있었다.

4

잠시 후 정신을 차린 리처드가 잭을 따라 황급히 계단을 올랐다. 계단의 판자들은 뒤틀리고 헐거워서 금방이라도 부서질 것 같았다. 그 사이로 아까 본 수염투성이 곡물들이 자라고 있었다. 깊은 어둠 속에서 두 소년은 벌레들이 졸면서 붕붕거리는 소리를 들을 수 있었다. 귀뚜라미가 갈대를 긁는 소리보다는 듣기 좋은 소리였다. 여기서는 벌레들이 내는 소리도 더 달콤하구나, 잭은 생각했다.

밖에 있는 램프는 이제 그들 뒤에 있었다. 그들의 그림자도 그들 앞에 드리워져, 현관을 가로질러 문을 향해 수직으로 올라갔다. 그 문에는 오래되어 빛바랜 표지가 있었다. 잠시 동안 잭의 눈에는 그 것이 러시아어만큼 판독 불가능한, 낯선 키릴어로 쓰인 것처럼 보였다. 이윽고 그들은 그 글자들을 분명히 알아볼 수 있었다. 놀랄 것도 없이 그 글자는 기차역이었다.

잭은 노크를 하려고 손을 들다가 고개를 흔들었다. 아니다, 그는 노크를 하지 않을 것이었다. '기차역'이란 표지가 가리키듯 이곳은 사유지가 아니라 공공건물이었다. 그레이하운드(미국의 장거리 시외 버스 회사—옮긴이) 버스나 암트랙(미국의 철도여객공사—옮긴이) 기차를 기다리는 대기실이자, 프렌들리 스카이스(1965년 유나이티드 항공사가 서비스 개선을 약속하며 대대적으로 홍보한 '친절한 비행을 약속합니다(Fly the friendly skies)'라는 슬로건에서 나온 말로, 여기서는 공항을 가리킨다.—옮긴이)의 화물구역이었다.

잭은 문을 밀어 열었다. 친절한 등불과 분명히 적대적인 목소리가 동시에 현관 밖으로 흘러나왔다.

갈라진 목소리가 소리쳤다.

"썩 꺼져, 이 악마야! 어서 꺼지라고, 나는 아침에 갈 테니까! 내 말을 믿어! 기차가 차고에 있어! 가 버려! 내가 꼭 간다고, 가, 그러니 이제 그만 가 줘…… 나 좀 쉽게 가라고!"

잭은 눈살을 찌푸렸고 리처드는 입을 딱 벌렸다. 실내는 깨끗했지만 세월의 흐름이 느껴졌다. 판자들은 너무 뒤틀린 나머지 벽이 울퉁불퉁하게 일어났고, 포경선만큼이나 커다란 역마차 그림이 한쪽 벽에 걸려 있었다. 벽과 마찬가지로 판자가 울퉁불퉁하게 일어난 고풍스러운 카운터가 방 한가운데를 가로질러 방을 둘로 나누고 있었다. 카운터 뒤쪽 벽에는 한쪽 기둥에 '도착 역마차'라고 쓰인 슬레이트 표지판이 있었고, 다른 기둥에는 '출발 역마차'라고 쓰인 슬레이트 표지판이 있었다. 고풍스러운 슬레이트 표지판을 보며 잭은 거기에 뭔가를 게시한 이후 아주 오랜 시간이 흘렀으리라

추측했다. 만약 누군가가 그 위에 부드러운 분필로라도 뭐라 쓰려고 했다면 슬레이트 표지판은 산산조각 나 비바람에 닳고 닳은 바닥에 떨어졌을 것이다.

카운터 한편에는 잭이 본 것 중 가장 큰 모래시계가 세워져 있었다. 1.5리터짜리 샴페인병만큼이나 큰 것으로, 초록색 모래가 채워져 있었다.

"나 좀 혼자 내버려 뒤, 알았지? 내가 간다고 약속했잖아, 갈 거라고! 제발, 모건! 측은지심을 가져! 내가 약속했잖아, 못 믿겠으면 차고를 보라고! 기차는 출발 준비를 마쳤어. 정말이야, 준비 다 됐다고!"

이런 식으로 빠르게 지껄이는 말이 계속 터져 나왔다. 그 소리를 쏟아 낸 구척장신의 노인은 오른쪽 구석에 움츠리고 있었다. 잭이 보기엔 어림짐작으로도 그 노인네가 190센티미터가 넘었다. 몸을 굽실거리고 있었음에도 기차역의 낮은 천장에서 머리까지 10센티미터도 차이 나지 않았다. 일흔일 수도 있었고, 나이에 비해 젊어 보이는 여든일 수도 있었다. 눈처럼 하얗게 센 수염이 눈 밑에서 시작해, 가슴팍에서 아기 배냇머리처럼 가늘어져 있었다. 어깨는 누군가가 아주 오랜 세월 무거운 짐을 나르도록 부려먹은 것처럼 구부정했지만 여전히 딱 벌어졌다. 눈가에는 깊은 주름이 자글자글했고, 이마에는 굵은 주름이 꿈틀거리고 있었다. 피부는 누르스름한 밀랍 색이었다. 밝은 진홍색 실이 섞인 하얀색 킬트 옷을 입고 있는 그는 겁에 질려 사시나무처럼 떨고 있었다. 굵직한 지팡이를 휘두르고 있었지만 위엄은 느껴지지 않았다.

그 노인이 리처드 아빠의 이름을 입에 올렸을 때 잭은 날카로운 눈길로 리처드를 쳐다보았다. 하지만 리처드는 지금 그런 작은 문제를 알아차릴 만한 상태가 아니었다.

"난 할아버지가 생각하는 그 사람이 아니에요."

잭이 노인에게 다가가며 말했다. 노인이 새된 소리로 외쳤다.

"저리 꺼져! 허튼소리 하지 마! 악마는 천사의 가면을 쓰게 마련이지! 썩 꺼져! 내가 한다고 했잖아! 기차는 출발 준비를 마쳤고 아침이 밝자마자 떠날 수 있다잖아! 내가 떠난다고 했으니까 진짜 떠난다고, 이제 꺼져, 알겠지?"

배낭은 이제 어깨에 메는 작은 가방으로 변해 있었다. 잭은 가방을 카운터로 가져가 안을 뒤졌다. 거울과 돈 막대기는 치워 두고 손가락으로 원하던 것을 잡아 꺼냈다. 그것은 아주 오래전 캡틴 파렌이 준 동전이었다. 한쪽에는 여왕의 모습이, 다른 한쪽에는 그리핀이 새겨져 있었다. 그는 탕 소리가 나게 동전을 카운터에 내려놓았다. 부드러운 불빛에 로라 델루시안의 아름다운 옆모습이 드러났다. 잭은 엄마의 옆모습과 너무도 흡사한 그 모습에 다시금 경탄하고 말았다. 두 사람은 처음부터 저렇게 닮았을까? 두 사람이 저렇게 닮아 보이는 것은 내가 자꾸 그렇게 생각해서일까? 아니면 난 정말로 그들을 하나로 합치는 역할을 하고 있는 걸까?

잭이 카운터 쪽으로 다가갈수록 노인은 몸을 웅크린 채 점점 더 뒤로 물러나 마치 건물 밖으로 밀려날 것만 같았다. 마침내 그가 발작적으로 홍수처럼 단어를 쏟아 내기 시작했다. 마치 서부 영화에 나오는 악당이 술을 요구하듯 잭이 동전을 카운터에 올려놓자, 노인은 말을 뚝 그치고 동전을 뚫어져라 보았다. 눈이 둥그레지고 침으로 번들거리는 입가가 실룩거렸다. 그는 휘둥그레진 눈으로 잭의 얼굴을 올려다본 뒤에야 비로소 잭을 알아보았다.

"제이슨 님이시다."

노인이 떨리는 소리로 소곤거렸다. 방금 전 힘없이 호통 치던 모습은 온데간데없이 사라졌다. 그 목소리는 이제 공포가 아니라 경외심으로 떨리고 있었다.

"제이슨 님!"

"아니에요. 제 이름은……."

잭은 말을 멈추었다. 낯선 언어를 쓰는 상황에서 잭이라는 단어가 튀어나오지는 않을 것이다. 하지만…….

"제이슨 님!"

노인이 울부짖으며 무릎을 꿇었다.

"제이슨 님, 오셨군요! 당신이 오셨으니 이제 모든 일이 잘 풀리고, 예, 모든 일이 잘 풀리고, 모든 일이 잘 풀리고, 모든 것이 제자리를 찾아 돌아가겠군요!"

"이보세요, 할아버지, 사실은……."

"제이슨 님! 제이슨 님이 오셨으니 여왕님도 건강해지실 겁니다, 예, 모든 것이 제자리를 찾아 돌아갈 것입니다!"

잭은 눈물을 흘리며 찬양하는 역지기 노인을 어떻게 대해야 할지 몰라 쩔쩔맸다. 차라리 겁에 질려서 사납게 굴 때가 나았다. 리처드를 돌아보았지만…… 도움을 기대하기는 어려웠다. 리처드는 문 왼쪽 바닥에 큰대자로 누워 있었던 것이다. 잠이 들었거나 잠자는 모습을 그럴듯하게 흉내 내고 있거나 둘 중 하나였다. 잭은 끙 소리를 뱉었다.

"이럴 수가."

노인은 무릎을 꿇은 채 흐느끼며 횡설수설하고 있었다. 단순히 터무니없기만 한 상황이 우주적인 희극으로 급속히 확대될 조짐을 보였다. 잭은 칸막이를 젖히고 카운터 뒤로 갔다.

"오, 일어나라, 나의 착하고 충직한 신하여."

잭은 침울해하며 예수나 부처도 이와 같은 문제를 겪었는지 궁금해졌다.

"일어나라, 신하여."

"제이슨 님! 제이슨 님!"

노인이 흐느꼈다. 그가 몸을 굽혀 잭의 샌들 신은 발에 입을 맞추기 시작하자, 하얗게 센 기다란 수염이 샌들을 신은 잭의 발을 가렸다. 그의 입맞춤은 그냥 키스 정도가 아니라 건초 헛간에서 꼭 껴안은 연인들이 쪽 소리를 내며 할 법한 격렬한 입맞춤이었다. 잭은 속수무책으로 낄낄거리기 시작했다. 리처드를 데리고 간신히 일리노이주에서 빠져나와, 여기 변경의 어딘가, 밀도 아닌 곡물이 열리는 밭 한가운데 쓰러져 가는 기차역에 서 있는데, 리처드는 문 옆에서 자고 있고, 이 낯선 노인은 연신 발에 입을 맞추며 기다란 수염으로 발을 간질이고 있었던 것이다.

"일어나라!"

잭이 킥킥거리며 소리쳤다. 뒤로 물러서려 했지만 카운터에 부딪혔다.

"일어서라, 착한 신하여! 그 빌어먹을 발로 일어서라, 어서, 그만 하면 됐다!"

"제이슨 님!"

쪽!

"모든 일이 잘 풀릴 겁니다!"

쪽쪽!

그리고 모든 것이 제자리를 찾아갈지니. 잭은 환장할 지경이었다. 노인이 샌들 사이 발가락에 입을 맞추자 킬킬 웃음이 나왔다. *테러토리에서도 로버트 번스*(소박한 농민들의 정서를 주로 노래한 18세기 스코틀랜드의 국민 시인 —옮긴이)*의 시를 읽는 줄 몰랐는걸. 하지만 추측건대 그들은 분명······*.

쪽, 쪽, 쪽.

안 돼. 더 이상은 안 되겠어, 정말 못 참겠어.

"일어섯!"

잭이 버럭 소리를 질렀다. 그제야 노인은 일어섰지만 잭의 눈을 쳐다보지도 못한 채 몸을 떨며 흐느꼈다. 하지만 그의 놀랄 만큼 넓은 어깨에 다시 힘이 들어갔고, 낙담한 표정도 사라졌다. 그 모습을 보자 잭은 티는 내지 않았지만 기분이 좋았다.

5

노인과 제대로 얘기를 나눌 수 있게 되기까지는 족히 한 시간 이상이 걸렸다. 얘기를 시작하려고만 하면, 마차 전세업자인 앤더스 노인이 또다시 '오, 제이슨 님, 나의 제이슨 님, 당신은 얼마나 위대하신지'를 시작하려고 해서, 그때마다 잭은 최대한 빨리 그를 진정시켜야 했다…… 틀림없이 여차하면 또다시 발에 입맞춤을 할 기세였다. 그래도 잭은 노인이 좋았고 그 마음도 이해가 되었다. 그의 마음을 알기 위해서는 예수나 부처가 동네 세차장이나 또는 학교에서 점심을 먹기 위해 줄을 선 사람들 사이에 나타났을 때 어떤 기분일지를 상상하는 것만으로 족했다. 잭은 눈앞에 놓인 또 한 가지 분명한 사실을 받아들여야 했다. 잭의 내면에 앤더스를 상대하면서도 전혀 놀라지 않는 부분이 있다는 사실이었다. 그는 자신이 잭이라고 생각했지만, 한편으로는 점점 더 실감하고 있었다…… 또 다른 자아가 있다는 것을.

하지만 그는 이미 죽었어.

사실이었다, 결코 부인할 수 없는 사실이었다. 제이슨은 죽었고 아마도 오리스의 모건이 그의 죽음과 연관이 있을 것이다. 하지만 제이슨 같은 사람에게는 다시 살아날 방법이 있는 걸까?

앤더스를 붙잡고 이야기하다 보니 시간이 많이 흘렀지만 잭은 딱히 시간을 낭비했다는 생각이 들지 않았다. 그 덕에 리처드가 자는 척하는 게 아니라 정말로 다시 잠이 들었다는 것을 확인할 수 있었던 것이다. 리처드가 잠들어 차라리 다행인 것은 앤더스가 모건에 대한 이야기를 아주 많이 했기 때문이었다.

한번은 앤더스가 말하기를 이곳이 알려진 세계에서 마지막 마차역이라고 했다. 그것은 '변경 정거장'이라는 이름을 풀어서 말한 것이라고도 했다. 여기 너머부터는 세계가 무시무시한 곳이 된다는 이야기도 했다.

"얼마나 무서운 곳이지?"

"저도 모릅지요."

앤더스가 파이프에 불을 붙이며 말했다. 암흑 속을 바라보는 그의 얼굴은 암담해 보였다.

"'초토화된 땅'에 관한 이야기가 있습지요. 하지만 저마다 다릅니다. 그 얘기들은 한결같이 이렇게 시작합죠. '나는 초토화된 땅 가장자리에서 사흘 동안 길을 잃은 사람을 만난 사람을 알고 있다네. 그는 말하기를……' 하지만 저는 이렇게 시작하는 얘기는 들어 본 적이 없습죠. '*내가* 사흘 동안 초토화된 땅 가장자리에서 길을 잃었는데 *내가* 말하거니와……' 둘 사이의 차이를 아시겠지요, 제이슨 주인님?"

"알겠네."

잭이 천천히 대답했다. *초토화된 땅.* 말만 들었는데도 팔과 목 뒤에 털이 곤두섰다.

"그렇다면, 아무도 그 정체를 모른다는 건가?"

"확실히는 모르죠, 하지만 제가 들은 것의 4분의 1이라도 사실이라면……."

"무슨 얘기를 들었느냐?"

"저 밖에는 아주 흉물스러운 것들이 있는데 오리스의 광산이 거의 정상으로 보일 정도라지요. 그곳에는 불덩어리들이 언덕과 공터를 따라 굴러가면서 기다란 검은 자국을 남긴다고 합지요. 그 자국들은 낮에는 시커메요, 어쨌든, 그런데 밤이 되면 은은하게 빛을 낸다고 하네요. 그 불덩이에 너무 가까이 가게 되면 끔찍하게 아프다고 합지요. 머리카락이 빠지고 빨갛게 덴 상처는 온몸으로 번지고 그러다 토하기 시작하는데, 나아지는 사람도 있지만 대부분은 토하고 또 토해서 위장이 파열하고 목구멍이 터지는데 그다음엔……."

앤더스가 일어섰다.

"주인님! 안색이 왜 그러시지요? 창밖에 뭔가가 보이시나요? 저 두 배로 빌어먹을 철로 쪽에서 유령이라도 보셨나요?"

앤더스는 창문 쪽을 휘둘러보았다.

방사능 피폭이야, 앤더스는 모르지만, 방사능 피폭의 증상을 거의 정확히 묘사하고 있어. 잭은 생각했다.

작년 자연과학 시간에 핵무기에 대해, 그리고 방사능에 피폭될 경우 어떻게 되는지 배웠다. 잭의 엄마가 우연히 핵 동결 운동과 핵발전소 확산 방지운동에 참여하게 되어, 잭도 관심을 가지고 있던 터였다.

'초토화된 땅'에 관한 설명은 방사능 피폭 증상과 정확히 들어맞았다! 그러자 또 다른 생각이 꼬리를 물었다. 서부는 첫 번째 핵실험이 실행된 곳이었다. 그곳에서 히로시마 원자폭탄의 시제품이 탑에 매달렸다가 폭발하자, 주민이 백화점 마네킹들로 구성된 교외 지역들이 완전히 파괴되었고, 군인들도 핵폭발과 그에 뒤따르는 불기둥이 실제로 어떤 결과를 가져오는지 어느 정도 정확히 파악할 수 있었다. 결국 그들은 *진짜* 아메리카 테러토리의 마지막 보루인 유타주와 네바다주로 돌아가 간단하게 지하에서 핵실험을 재개했다. 잭이 알기로 그 거대한 황무지에는, 그 얽히고설킨 광산과

메사(꼭대기는 평평하고 가장자리는 벼랑으로 된 언덕 — 옮긴이)와 골짜기로 이어진 불모지 가운데에는 정부 소유의 국유지가 상당히 많았다. 그곳에서 폭탄 실험만 이루어지는 것은 아닐 것이다.

여왕이 죽는다면, 그 빌어먹을 것들을 얼마나 많이 슬로트가 이곳으로 들여올 것인가? *이미* 얼마나 많은 것들을 들여왔을까? 이 마차와 철도 겸용 노선의 수송 시스템도 그런 목적을 위한 것은 아닐까?

"안색이 많이 안 좋습니다, 제이슨 님, 진짜로요. 백지처럼 하얘요. 맹세할 수도 있어요!"

"괜찮다. 앉아라. 그대 얘기나 더 들어 봐야겠다. 파이프에 불을 붙여라. 불이 꺼졌구나."

잭이 찬찬히 타이르자, 앤더스는 입에 물고 있던 파이프를 빼서 다시 불을 붙이고 잭과 창문을 번갈아 보았다……. 이제 그의 얼굴은 암담하다 못해 두려움으로 초췌해졌다.

"그 얘기들이 사실이라면 곧 알게 되지 않을까요?"

"그게 무슨 뜻이냐?"

"제가 내일 아침 동이 트는 대로 '초토화된 땅'을 가로지르기 위해 출발하기 때문입죠. 저 차고에 있는 오리스의 모건의 악마의 기계를 몰고 신만이 아시는 끔찍한 악마의 물건을 나르기 위해 출발하니까요."

잭은 앤더스를 쳐다보았다. 가슴이 쿵쾅거리고 피가 거꾸로 솟아 머리에서 웅웅 소리가 나는 듯했다.

"어디로? 얼마나 멀리? 바다로 가는 거냐? 커다란 물가로?"

앤더스가 천천히 고개를 끄덕였다.

"네, 물가로 갑니다. 그리고……."

앤더스는 목소리를 낮추고 기운 없는 소리로 소곤거렸다. 그러고는 또다시 어두운 창문 쪽으로 눈길을 돌렸다. 마치 이름 붙일 수 없는 무언가가 안을 들여다보며 엿듣고 있다고 생각하는 듯했다.

"거기서 모건을 만나 그의 물건을 받기로 되어 있습죠."

"그래서 어디로 가는 거냐?"

"블랙 호텔로요."

앤더스가 나지막이 떨리는 소리로 말을 맺었다.

6

잭은 또다시 낄낄 웃음이 터져 나올 것 같았다. 블랙 호텔이라. 마치 선정적인 추리소설의 제목 같았다. 하지만…… 그럼에도 불구하고…… 이 모든 일들이 호텔에서 시작되지 않았는가? 뉴햄프셔 알람브라 호텔에서, 대서양이 바라보이는 해변에서. 아니면 다른 호텔이 또 있단 말인가? 어쩌면 태평양 해안에도 오래된 건물을 되는대로 이어 붙인 흉물스러운 빅토리아풍 호텔이 있을까? 그곳에서 오랫동안 계속된 잭의 이상한 모험이 끝나게 되어 있단 얘긴가? 알람브라와 그 옆에 지저분한 놀이공원과 똑같은 것이 있다는 것일까? 그렇게 생각하니 제법 설득력이 있었다. 기묘하기는 하지만 얘기가 딱 들어맞았다. 트위너라든가 트위너끼리 연결된다는 아이디어에도 힘을 실어 주었다…….

"왜 그런 눈으로 저를 보시지요, 주인님?"

앤더스는 불안하고 속상한 목소리로 물었다. 잭은 급히 눈길을 돌리며 말했다.

"미안하네. 잠시 딴생각을 했을 뿐이네."

잭이 안심시키기 위해 미소를 지어 보이자, 마차 전세업자도 머뭇거리며 미소로 답했다.

"그런데 나를 그렇게 부르지 않았으면 좋겠군."

"제가 뭐라고 불렀나요. 주인님?"

"주인님이라고 했네."

"주인님요?"

앤더스는 혼란스러워 보였다. 노인은 잭의 말을 그냥 따라 한 것이 아니라 설명을 해 달라고 반문한 것이었다. 잭은 이 문제에 매달리다 보면 "누가 1루야?", "누가 2루야?"라는 대사가 되풀이되는 상황(미국의 코미디언 듀오 애벗과 코스텔로의 「1루수가 누구야」 만담을 가리킨다. 1루수의 이름이 '누구', 2루수의 이름이 '무엇', 3루수의 이름이 '모르겠어'인 야구팀을 소개하면서 반복적으로 웃음이 유발된다. ─옮긴이)이 되어 버릴 것 같았다.

"그 문제는 됐다, 하나도 빠짐없이 말해 주어라. 할 수 있겠느냐?"

잭이 앞으로 몸을 숙이며 묻자, 앤더스는 흔쾌히 대답했다.

"네, 노력해 보겠습니다, 주인님."

7

처음에는 더듬거리며 천천히 말했다. 앤더스는 독신이었고, 평생토록 홀로 변경을 지켰다. 그래서 한창때에도 남과 말할 기회가 별로 없었다. 이제 그의 앞에 적어도 왕족이나 어쩌면 신적인 존재일 수도 있는 소년이 나타나 말을 하라는 명령을 내린 것이었다. 하지만 차츰차츰 그의 말은 빨라졌고 결론이 뭔지는 모르겠지만 무지하게 흥미진진한 이야기가 끝나 갈 무렵에는 청산유수로 말을 쏟아 냈다. 앤더스의 악센트에도 불구하고 잭은 이야기를 따라가는 데 어려움이 없었다. 로버트 번스 시인의 스코틀랜드 악센트로 번역하면서 들었기 때문이다.

앤더스가 모건을 알고 있었던 건 단순히 그가 변경의 주인이었기 때문이다. 그의 진짜 칭호인 오리스의 모건은 그다지 대단한 건 아니었다. 하지만 실제적인 문제에서 오리스는 변경의 주인이었다. 오리스는 변경의 동쪽 끝에 있는 군대 주둔지였으며, 그 광대한 초원에서 제대로 정비된 유일한 지역이었다. 모건은 오리스 전체를 완벽하게 통치했기에 자연스럽게 변경의 나머지까지 통치하게 되었다. 또한 나쁜 울프들이 지난 15년간 모건에게 투항하기 시작했다. 처음에는 나쁜 울프가 드물었으므로(앤더스가 사용한 '나쁜'이라는 말이 잭의 귀에는 '광견병에 걸린'이라고 들렸다.) 투항하는 자도 극소수였다. 그 후 몇 년이 흐르자 갈수록 그 수가 증가했다. 앤더스가 듣기로는, 여왕이 병석에 든 이후, 변신술을 익힌 목자들 가운데 절반 이상이 부패병에 걸렸다고 했다. 오리스의 모건의 지휘 아래 있는 생명체들뿐만이 아니었으며, 심한 경우에는 한 번 보기만 해도 사람이 미쳐 나갔다는 것이었다.

오틀리 주점의 엘로이 귀신이 생각나 몸서리를 치던 잭이 물었다.

"우리가 지금 있는 변경의 이 부분에도 이름이 있나?"

"뭐라굽쇼?"

"지금 우리가 있는 이 지역 말이야."

"진짜 이름은 없습니다, 주인님, 하지만 사람들이 엘리스브레이크스라고 부르는 걸 들어 본 적은 있지요."

"엘리스브레이크스."

아직 뚜렷하지 않고 많은 면에서 부정확하긴 했지만 테러토리의 지형도가 마침내 잭의 머릿속에 그려지기 시작했다. 테러토리는 미국 동부에, 변경은 미국 중서부와 대평원(엘리스브레이크스? 이곳은 일리노이주인가, 네브래스카주인가?)에 해당하고, '초토화된 땅'은 미국 서부와 일치했다.

잭이 앤더스를 오랫동안 뚫어져라 쳐다보자 마침내 이 마차 전세업자가 다시 불쾌한 기색을 보였다. 잭이 사과했다.

"미안하구나. 계속해라."

앤더스가 말하길, 그의 부친은 변경 역에서 '동쪽으로 다니는' 마지막 마부였으며, 앤더스는 부친의 수습생이었다. 하지만 그 시절에도 동부에서는 거대한 혼란과 폭동이 이어지고 있었다. 선왕의 시해와 뒤를 이은 짧은 전쟁의 여파로 일어난 폭동은 선량한 로라 여왕의 즉위와 함께 전쟁이 끝난 이후에도 계속 확산되어 오염되고 비뚤어진 '초토화된 땅'에서 동쪽을 향해 꾸준히 번져 나갔다. 악마가 서쪽에서 내내 그 모든 일을 조정해 왔다고 믿는 이들도 있다고 했다.

"무슨 뜻인지 잘 모르겠구나."

잭은 내심 무슨 뜻인지 알 것 같았지만 짐짓 이렇게 말했다.

"땅끝 말입지요, 거대한 물가에 있는, 제가 가야 하는 곳이지요."

달리 말해, 그 일은 아빠가 온 곳과 같은 장소에서 시작되었다…… 아빠, 나, 리처드…… 그리고 모건, 늙은 블로트.

앤더스가 말하길, 소요 사태는 변경까지 번져서 이제는 일부이기는 하지만 울프족까지 부패시켰다. 얼마나 부패되었는지는 아무도 몰랐지만, 마차 전세업자는 잭에게 그 부패를 막지 못하면 그로인해 그들이 곧 절멸할 거라고 토로했다. 폭동은 이곳까지 번졌고, 소문으로는 어느새 여왕이 앓아누워 죽을 날만 기다리고 있는 동쪽에까지 침범했다는 것이다.

"설마 사실은 아니겠지요, 주인님?"

앤더스는…… 거의 사실이 아니라고 말해 주길 애걸하는 듯했다. 잭이 그를 보며 물었다.

"내가 그 답을 알고 있어야 한단 말이냐?"

"당연하죠, 주인님은 여왕의 아드님이 아니신가요?"

잠시 온 세상이 쥐 죽은 듯 고요해졌다. 밖에서 붕붕거리던 벌레들의 달콤한 노래도 뚝 그쳤고, 힘들게 느릿느릿 숨을 내쉬던 리처드도 순간 정지한 듯했다.

심지어 잭의 심장도 박동을 멈춘 것 같았다…… 어쩌면 그중에서 잭의 심장이 제일 꼼짝도 하지 않는 것 같았다.

이윽고 잭은 극히 차분한 목소리로 입을 열었다.

"그래…… 내가 그분의 아들이다. 그건 사실이고…… 여왕님께서는 많이 편찮으시지."

"하지만 돌아가시는 건 아니죠? 여왕님이 돌아가실까요, 주인님?"

앤더스가 고집스레 물었다. 이제 그의 눈은 노골적으로 호소하고 있었다.

잭이 슬쩍 미소를 지으며 말했다.

"그건 두고 보면 알 것이다."

8

앤더스가 말하기를, 소요가 일어날 때까지 오리스의 모건은 잘 알려지지 않은 변경의 영주에 불과했다고 한다. 그는 느끼하고 불쾌한 냄새가 나는 어릿광대였던 아버지에게 희가극에나 나올 법한 칭호를 물려받았다. 모건의 부친은 평생 사람들의 조소를 받았는데 죽은 이유 때문에도 웃음거리가 되었다고 한다.

"모건의 부친은 하루 종일 복숭아 와인을 먹은 뒤 설사병이 나서 설사를 하다 죽었습죠."

사람들은 그 노인의 아들도 웃음거리로 만들려고 만반의 준비를 하고 있었지만 오리스에서 교수형이 집행된 뒤로 조소는 곧바로 사라졌다. 그리고 늙은 왕이 살해되고 소요가 일어나기 시작했을 때 모건은 승승장구했고, 그 모습은 마치 불길한 징조를 알리는 별이 하늘 높이 올라가는 것과도 같았다.

앤더스가 말하길, 이 모든 일들은 이 머나먼 변경과는 아무 상관이 없었다고 한다. 이처럼 광막한 땅에서는 정치란 아무 의미도 없었으니까. 단지 울프족 내부의 변화만이 실제적인 변화를 가져올 수 있었지만, 나쁜 울프들이 대부분 '다른 세계'로 가 버리고 난 후로는 그마저도 큰 의미가 없어져 버렸다.(잭의 귀가 들렸다고 고집하는 내용은 다음과 같았다. "그 일은 우리를 거의 괴롭히지 못했지요.")

이 머나먼 서부까지 여왕이 아프다는 소식이 전해지고 채 얼마 안 되어, 모건은 기괴하게 뒤틀린 노예들을 광산에서 다시 동쪽으로 이송했다. 이 노예들을 감독하는 자들 중에는 훔쳐 온 울프족 외에 더 기이한 생명체들도 있었다. 감독들의 우두머리는 늘 채찍을 가지고 다니는 끔찍한 사내였다. 그는 일이 시작되었을 때는 거의 항상 여기 있었지만 얼마 후 자취를 감추었다. 앤더스는 그 처참한 몇 주, 몇 달 동안 여기서 8킬로미터 남쪽에 있는 집에 처박혀 살았고, 그가 떠나는 것을 보고 좋아서 어쩔 줄 몰랐다. 소문에 의하면 일이 정점에 이르자 모건이 채찍을 가진 사내를 동쪽으로 다시 불렀다는데, 앤더스는 이것이 사실인지 아닌지는 몰랐지만 상관하지 않았다. 그는 때때로 뼈만 앙상하니 왠지 모르게 섬뜩해 보이는 작은 소년을 데리고 다니던 그 사내가 사라진 것이 그저 흐뭇할 뿐이었다.

잭이 다그치듯 물었다.

"그자의 이름은 모르느냐?"

"주인님, 이름은 모릅니다. 울프족은 그를 가리켜 채찍의 사내라고 불렀습죠. 노예들은 그를 악마라고 불렀고요. 둘 다 맞는 말 같습니다."

"그자가 멋쟁이처럼 옷을 입었나? 벨벳 코트 말이야. 버클이 달린 구두도 신었던가?"

앤더스가 고개를 끄덕였다.

"향수 냄새가 독하진 않았고?"

"네! 네, 그렇습니다!"

"그 채찍 끝에는 쇠장식이 달린 생가죽 줄이 늘어져 있었겠군."

"네, 주인님, 그렇습니다. 악마의 채찍입지요. 그는 채찍질을 아주 기가 막히게 잘했습지요, 네, 정말 그랬습죠."

그자는 오스먼드다. 그자는 선라이트 가드너다. 그가 모건이 진행하는 모종의 사업을 감독하러 여기에 와 있었다……. 그리고 여왕이 병에 걸리자 오스먼드는 여름궁전으로 소환되었다. 나는 그곳에서 그와 처음으로 만나 즐겁게 인사를 나누었지.

"그자의 아들은 어떻게 생겼나?"

잭의 질문에 앤더스가 느릿느릿 말을 이었다.

"뼈만 붙어 있었죠, 한쪽 눈을 불안정하게 희번덕거렸고요. 그게 제가 기억하는 전부입니다. 아들은…… 주인님, 채찍 사내의 아들은 보기가 어려웠습니다. 울프족은 그의 부친보다 그 아들을 더 두려워하는 것처럼 보였지요. 채찍이 없었는데도 말입니다. 사람들은 그가 *희미하다고* 했습니다."

"희미하다고."

잭은 골똘히 생각에 잠겼다.

"네, 아무리 찾아도 보기가 어려운 사람을 가리키는 말입니다. 투명인간은 말도 안 됩니다. 울프족들이 그렇게 말했습지요. 하지만 트릭을 알기만 하면 누구나 자신을 *희미하게* 만들 수 있답니다. 울프족이 대부분 그렇게 했고, 이 조그만 애녀석도 그걸 알았던 겁니다. 그러니 제가 기억나는 것은 그 아들이 빼빼 마른 데다 한쪽 눈을 희번덕거리고, 끔찍한 매독에 걸린 사람처럼 추악했다는 것뿐입지요."

앤더스가 잠시 말을 멈추었다.

"그는 작은 것들을 괴롭히기를 좋아했습죠. 그가 그것들을 현관 아래로 데려가면 어디에서도 들어 보지 못한 처참한 비명이 들리곤 했죠……."

앤더스는 말을 하다 말고 부르르 떨었다.

"그래서 제가 집 안에 틀어박혀 있었던 겁니다, 아시겠죠. 전 아주 작은 동물들이 고통을 참지 못하고 울부짖는 소리를 견딜 수가 없었습니다. 기분이 아주 나쁘니까요."

앤더스의 말을 듣자 100여 개의 새로운 의문들이 잭의 마음속에 피어났다. 그는 특히 앤더스가 울프족에 대해 알고 있는 것을 모조리 알고 싶었다. 그들의 얘기를 듣는 것만으로도 기쁨과 더불어 그의 울프에 대한 가슴 뻐근해지는 그리움이 가슴속에서 솟구쳤다.

하지만 시간이 촉박했다. 앤더스는 날이 밝는 대로 서쪽으로 '초토화된 땅'을 가로지르게 되어 있었다. 모건 자신이 인솔하는 미친 선생과 학생 무리가 마치 전세업자가 '다른 곳'이라고 일컫는 곳에서 언제 튀어나올지 알 수 없었다. 리처드가 잠이 깨어 그들이 얘기를 나누고 있는 모건이 누구인지 그리고 그 *희미한* 녀석이 누구인지 궁금해할 수도 있었다. 그 *희미한* 녀석은 넬슨 기숙사 옆방에 살던 그 녀석이 아닌가 하는 의심이 들었다. 잭이 재촉했다.

"그들이 왔어, 그 무리가 왔다고, 오스먼드는 그들의 우두머리야. 적어도 부름을 받아 떠나 있거나, 인디애나주에서 저녁예배를 집전해야 할 때만 빼고……."

"주인님?"

앤더스가 혼란스러운지 다시 답답한 표정이 되었다.

"그들이 왔고, 그들은 만들었어…… 무엇을 만들었지?"

잭은 자신이 이미 그 대답을 알고 있다고 확신했다. 하지만 앤더스의 입을 통해 듣고 싶었다.

"철도 선로를 세웠지요. 철로는 서쪽으로 뻗어서 '초토화된 땅'으로 갑지요. 내일 제가 그 철로를 따라 기차를 몰고 가야 합지요."

앤더스가 부르르 몸을 떨었다. 잭이 단호하게 말했다.

"아니다."

가슴속에서 태양처럼 뜨거운 흥분이 솟구쳐 올라, 잭은 자리에서 벌떡 일어났다. 또다시 머릿속에서 한 가지 생각이 떠올랐다. 굵직한 것들이 딱 맞물리면서 굉장히 설득력이 있겠다는 생각이 들었다.

잭의 얼굴에 굉장히 아름다운 빛이 어리자 앤더스는 쿵 소리를 내며 무릎을 꿇었다. 리처드가 그 소리에 잠이 깨어 비몽사몽한 얼굴로 일어나 앉았다.

"그대가 아니라 내가 갈 거야. 그리고 저 아이도 함께 갈 거고."

잭이 리처드를 가리키며 말했다.

"잭? 대체 무슨 얘기를 하는 거야? 저 사람은 왜 바닥 냄새를 맡고 있지?"

잠이 덜 깬 리처드가 근시안 특유의 멍한 얼굴로 잭을 바라보며 물었다.

"주인님…… 정 그러시다면 물론 어쩔 수 없지만…… 하지만 무슨 연유인지…….”

"그대가 아니라 우리가 간다고. 당신 대신 우리가 기차를 탈 거란 말이야."

"하지만 주인님, 무엇 때문인지요?"

앤더스가 여전히 고개를 들 엄두는 내지 못한 채 가까스로 물었다.

잭 소여는 어둠 속을 바라보며 말했다.

"왜냐하면 저 철로 끝에 뭔가가 있기 때문이야. 철로 끝일 수도 있고, 아니면 그 근처일 수도 있지만, 하여튼 그곳엔 내가 손에 넣어야 하는 뭔가가 있어."

이쪽 세계의 슬로트(Ⅳ)

12월 10일, 옷을 잔뜩 껴입은 모건 슬로트가 릴리 소여의 침대 곁에 놓인 불편해 보이는 작은 나무 의자에 앉아 있었다. 추워서 두툼한 캐시미어 코트로 온몸을 꽁꽁 휘감고 손은 주머니에 깊숙이 찔러 넣고 있었지만, 이런 차림새와는 아랑곳없이 그는 아주 즐거운 시간을 보내고 있었다. 릴리가 죽어 가고 있었다. 축구장만 한 침대에 누운 여왕일지라도 한 번 가면 영영 돌아올 수 없는 그곳으로 릴리는 떠나가고 있었다.

릴리의 침대는 그만큼 크지 않았고, 여왕답지도 않았다. 병마로 인해 곱던 얼굴이 상하고 핼쑥해져서 20년은 더 늙어 보였다. 슬로트는 릴리의 퀭하니 들어간 눈과 거북 등딱지 같은 이마를 찬찬히 뜯어보았다. 한 줌도 안 될 만큼 피폐해진 그녀의 몸은 담요와 시트 아래서 웅크리고 있었다. 슬로트는 알람브라 호텔에 릴리 카바노 소여 혼자만 남도록 두둑이 돈이 지불되었다는 사실을 잘 알았다. 돈을 지불한 당사자가 바로 그였기 때문이다. 그녀의 방에는 더 이상 난방이 들어오지 않았다. 그녀는 호텔의 유일한 손님이었다. 프런트 직원과 주방장 외에 아직 알람브라 호텔에 남아 있는 종업원은 포르투갈 출신 하녀 세 명으로, 그들은 종일 로비를 청소했다. 릴리에게 담요를 몇 겹씩 덮어 준 것은 그들임에 틀림없었다. 슬로트는 복도 건너편의 스위트룸을 차지하고, 프런트 직원과 하녀들에게 릴리를 잘 지키라고 명령해 두었다.

릴리 소여가 눈을 뜰 수 있는지 알아보기 위해 슬로트가 말을 걸었다.

"얼굴이 좋아 보여, 릴리. 호전될 기미가 보이는 것 같아."

릴리는 간신히 입만 움직여 말했다.

"당신 입에서 그런 인간다운 얘기가 나오다니 별일이군, 슬로트."

"난 당신의 가장 친한 친구잖아."

슬로트의 대꾸에 릴리가 눈을 떴다. 그녀의 눈은 슬로트를 실망시킬 만큼 생기가 있었다. 그녀가 속삭였다.

"썩 꺼져 버려. 역겨우니까."

"난 당신을 도우려는 거야, 잊지 말아 줘. 서류는 다 갖춰 놓았어, 릴리. 당신은 서명만 하면 돼. 일단 서명만 하면 당신과 당신 아들은 평생이 보장되는 거야."

릴리를 유심히 살피던 슬로트는 그녀의 상태를 확인하고 어두운 표정이 되었다.

"그나저나, 잭을 찾고는 있는데 별다른 성과가 없어서. 최근에 연락 온 적 있나?"

"연락 안 온 거 잘 알잖아."

슬로트의 기대와 달리 릴리는 눈물을 보이지 않았다.

"어서 데려와야 하지 않아?"

"꺼져."

"내가 화장실을 좀 쓸 거야, 당신이 괜찮다고 하면."

슬로트가 일어섰지만 릴리는 그러거나 말거나 눈을 감아 버렸다.

"어쨌든 그 애한테 별일 없어야 할 텐데."

슬로트가 침대 옆을 천천히 지나며 말했다.

"애들이 길거리에서 돌아다니다간 무슨 일을 당할지 몰라."

릴리는 여전히 입을 다물고 있었다.

"그런 일은 생각하기도 싫지만 말이야."

슬로트는 침대를 지나 화장실 문손잡이를 잡았다. 릴리는 겹겹이 쌓인 시트와 담요 밑에 구겨진 티슈처럼 누워 있었다. 슬로트는 화장실 안으로 들어갔다.

슬로트는 양손을 비비더니 살며시 문을 닫고 세면대 위의 수도꼭지를 두 개 다 틀었다. 코트 주머니에서 작은 갈색의 2그램짜리 병을 꺼내고, 안주머니에서는 거울과 면도날과 황동 빨대가 든 작은 케이스를 꺼냈다. 거울에 순도 100퍼센트의 페루 코카인 덩어리를 0.125그램 정도 떨어뜨리고는 마치 의식을 치르듯 면도날로 다져서 짧고 굵은 두 줄기로 나누었다. 그런 다음 황동 빨대를 댄 코카인 줄기를 코로 흡입하고, 잠시 숨이 헐떡였다가 혁 들이쉬고는 이삼 초 정도 숨을 멈추었다.

"아아."

비강이 터널처럼 넓어졌다. 저 안쪽에서 코카인 가루가 점막에 닿으며 약효가 돌기 시작했다. 슬로트는 손을 물에 적시고 코가 헐지 않도록 엄지와 집게손가락의 물기로 콧구멍을 적셨다. 그런 다음 수건으로 손과 얼굴을 닦았다.

모건 슬로트는 하염없이 상념에 잠겼다. *사랑스러운 그 기차, 그지없이 사랑스러운 그 기차. 내 친아들보다 더 자랑스러운 그 기차.*

모건 슬로트는 두 세계를 넘나들어도 변하지 않는 그의 소중한 기차를 상상하며 해롱거렸다. 그토록 오래도록 간직해 온 계획이 처음으로 가시화된 결과물이었기 때문이었다. 현대적인 과학 기술을 테러토리에 들여가려는 계획. 필요한 짐을 가득 싣고 포인트 베누티에 도착한다. 포인트 베누티! 코카인이 뇌 속에서 폭발하자 언제나처럼 메시지가 들려왔다. 모든 일이 잘 풀릴 거다, 모든 일이 잘 풀릴 거다. 꼬마 재키 소여가 만에 하나라도 기묘한 작은 마을 포인트 베누티를 떠날 수 있다면 억수로 운이 좋은 것이다. 사실 애초에 그곳에 도착하는 것만으로도 운이 좋다고 봐야 한다. 그러려면 '초토화된 땅'을 지나야 하니까. 하지만 마약이 점점 퍼지면서 슬로트는 어떤 점에서 잭이 위험하고 비뚤어진 포인트 베누티에 가는 것이 차라리 낫겠다는 생각이 들었다. 잭이 살아남아, 단순히 판자와 못, 벽돌과 돌로 만들어진 것이 아니라 어떤 면에서 살아 있는 블랙 호텔에 들어가는 것이 낫겠다는 생각이 들었다…… 왜냐하면 잭이 그 작은 손으로 부적을 훔쳐 올 수 있을지도 모르기 때문이다. 만약 그렇게만 된다면…….

그렇다, 그 굉장한 일이 벌어진다면 모든 일이 잘 풀릴 것이다.

그리고 잭 소여와 부적 모두 두 동강이 날 것이다.

그리고 그는, 이 모건 슬로트는 마침내 그의 재능이 받아 마땅한 캔버스를 손에 쥐게 될 것이다. 잠시 그는 별이 빛나는 광대한 하늘을 향해, 침대에서 뒤엉킨 연인처럼 단단히 연결된 세계들을 향해, 부적이 보호하는 모든 것을 향해, 몇 년 전 아진코트를 샀을 때 그토록 갈망했던 모든 것을 향해 팔을 벌리고 있는 자신의 모습을 보았다. 잭이 그 모든 것을 그에게 가져다줄지도 모른다, 그토록 감미로운 영광을.

이런 생각을 자축하기 위해 슬로트는 주머니에서 다시 약병을 꺼내 면도날과 거울의 의식을 거치지 않고 병에 달린 작은 숟가락으로 새하얀 치유의 가루를 떠서 먼저 한쪽 콧구멍으로, 다시 다른 쪽 콧구멍으로 들이마셨다. 그래, 얼마나 감미로운가.

코를 벌름거리며 슬로트는 침실로 돌아왔다. 릴리는 다소 생기 있어 보였지만 지금 그는 기분이 너무 좋아 그녀가 여전히 생명을 부지하고 있다는 사실에도 침울해지지 않았다. 기이할 정도로 움푹 파인 눈구멍 속 형형한 릴리의 눈이 그를 좇았다. 그녀가 불쑥 말했다.

"블로트 아저씨한테 혐오스러운 버릇이 새로 생겼군."

"그리고 당신은 죽어 가고 있고. 어느 쪽을 선택하겠소?"

"그 짓을 실컷 하다 보면 당신도 나처럼 죽어 가는 신세가 될 텐데."

릴리가 적개심을 드러내거나 말거나 슬로트는 삐걱거리는 나무 의자에 다시 앉았다.

"제발 릴리, 어른답게 굴어, 요즘 코카인을 안 하는 사람은 없어.

당신은 요즘 세상이 어떤지 몰라. 수년 동안 그랬지. 당신도 좀 해 볼 테야?"

슬로트는 주머니에서 약병을 꺼내 작은 숟가락에 붙은 사슬을 붙잡고 흔들었다.

"어서 나가."

슬로트가 약병을 그녀의 얼굴에 더 가까이 가져가 흔들었다.

릴리가 먹이를 노리는 뱀처럼 민첩하게 침대에서 일어나 앉아 그의 얼굴에 침을 뱉었다.

"이런 나쁜 년!"

슬로트가 흠칫 물러서며 뺨으로 흘러내리는 침을 닦으려고 손수건을 급히 찾았다.

"그 허튼 짓거리가 그렇게 근사하다면 왜 몰래 화장실에서 하는 거지? 대답할 필요도 없어. 그냥 나를 혼자 내버려 둬. 다시는 당신을 보고 싶지 않아, 블로트. 어서 그 꼴사나운 엉덩이 좀 치워 줘."

"당신은 홀로 죽게 될 거야, 릴리."

어느새 냉혹하고 무자비한 기쁨으로 가득 찬 슬로트가 심술궂게 말했다.

"당신은 홀로 죽게 될 거라고, 이 우스꽝스러운 작은 마을은 당신에게 극빈자 장례식을 치러 줄 테지, 당신 아들도 죽게 될 거야, 그를 기다리며 도사리고 있는 것을 감당하지 못할 테니까 말이야. 아무도 다시는 당신 모자의 얘기를 듣지 못할 거야."

슬로트가 릴리를 향해 히죽 웃고는 하얀 털로 뒤덮인 통통한 손을 공처럼 말아 쥐었다.

"애셔 돈도르프 기억나, 릴리? 우리 고객이었잖아?「플래너건과 플래너건」시리즈에서 조연으로 나왔지.《할리우드 리포터》에서 그에 관한 기사를 읽었어. 몇 주 전 기사였지. 거실에서 권총 자살을 시도했지만 조준을 제대로 못 해, 죽지는 못한 채 위턱만 날리고 혼수상태라는 거야. 앞으로 몇 년 동안 그러고 있다가 썩어 없어지겠지."

슬로트는 이맛살을 찌푸리며 그녀를 향해 몸을 굽혔다.

"내가 보기에는, 당신과 우리 애셔는 공통점이 많아."

릴리는 돌처럼 차가운 시선으로 뒤돌아보았다. 방금 전까지만 해도 그녀의 눈은 두개골 깊숙이 움츠러들어 있었으나, 이 순간 그녀는 한 손에 22구경 소총을 들고 다른 손엔 성서를 든 서부 개척 시대의 불굴의 여전사처럼 보였다.

"내 아들은 나를 구하러 올 거야, 잭이 내 목숨을 구할 거라고, 당신도 그 애를 막을 수 없을 거야."

"글쎄, 정말 그럴까? 두고 보면 알겠지."

35장
초토화된 땅

1

"그래도 괜찮으시겠습니까, 주인님?"

앤더스가 잭 앞에 무릎을 꿇으며 물었다. 흰색과 빨간색이 섞인 킬트 자락이 치마처럼 땅바닥에 둥글게 퍼졌다.

"잭?"

리처드가 짜증이 나는지 다짜고짜 빽 소리를 질렀다.

"그대라면 안전하겠는가?"

잭이 앤더스에게 물었다. 노인은 하얗게 센 커다란 머리를 갸웃 거리며 잭이 수수께끼라도 낸 듯 곁눈으로 흘깃거렸다. 그 모습은 마치 덩치 큰 강아지가 얼떨떨해하는 것처럼 보였다.

"내 말은, 나도 그대만큼 안전할 거라는 뜻이네. 그뿐이야."

"하지만 주인님……."

"잭?"

또다시 리처드의 불만스러운 목소리가 들렸다.

"잠이 들었어, 이제 슬슬 잠이 깨어야 할 텐데, 우린 아직 이 괴상한 곳에 있네, 그러니 나는 아직 꿈을 꾸고 있는 거야…… 하지만 이젠 좀 잠에서 깨고 싶어, 잭, 이런 꿈을 계속 꾸고 싶지 않아. 싫어. 정말이야."

그리고 그게 네가 그 빌어먹을 안경을 부순 이유지. 잭은 그렇게 혼잣말을 하고는 소리 높여 말했다.

"이건 꿈이 아니야, 꼬마 리치. 우린 이제 길을 떠나야 해. 기차 여행을 해야 한다고."

"응?"

리처드가 얼굴을 비비며 일어나 앉았다. 앤더스가 치마를 입은 덩치 큰 하얀 강아지라면 리처드는 갓 잠에서 깬 아기나 다름없었다.

"하지만 제이슨 님, 정말 그게 당신의 뜻입니까? 정말 그 악마의 기계를 타고 '초토화된 땅'을 지나가시렵니까?"

이제 앤더슨은 금방이라도 눈물을 흘릴 기세였지만, 그것은 안도의 눈물일 거라고 잭은 생각했다.

"물론이다."

"여기가 어디야? 그놈들이 뒤쫓아 오지 않는 거 맞아?"

리처드가 끼어들자 잭이 그를 향해 몸을 돌렸다. 리처드는 우툴두툴한 노란색 바닥에 일어나 앉아 멍청한 얼굴로 눈을 끔뻑거렸다. 여전히 공포감이 안개처럼 그의 주위에 떠돌고 있었다. 잭이 대답해 주었다.

"좋아, 내가 네 질문에 대답해 주지. 우리는 테러토리의 엘리스브레이크스라는 지역에 있어……."

"머리가 아파."

리처드가 눈을 감아 버렸다. 그러거나 말거나 잭은 계속 설명해 나갔다.

"그리고 우리는 이 사람의 기차를 타고 '초토화된 땅'을 가로질러 블랙 호텔로 갈 거야. 블랙 호텔까지는 못 가더라도 되도록 가까이 접근할 거야. 그게 다야, 리처드. 믿든지 말든지 그건 네 마음대로 해. 우리가 그 일을 빨리 해낼수록 우리를 찾으려고 혈안이 된 그것들에게서 일찌감치 자유로워지는 거지."

"에서리지, 더프리 씨."

리처드가 속삭이며 세월의 흐름이 느껴지는 기차역의 내부를 둘러보았다. 그들을 쫓는 추적자들이 벽에서 갑자기 튀어나오기라도 할 것처럼 겁먹은 얼굴이었다.

"있잖아, 이거 뇌종양이야, 그거 때문이라고, 내 두통 말이야."

리처드가 잭을 바라보며 완벽하게 이성적인 말투로 선언했다.

"나의 주인 제이슨 님, 얼마나 친절하신지, 고귀하신 분, 이렇게 친절하시다니요, 천하디 천한 종에게, 이렇게 친절하시다니요, 축복받은 주인님 곁에 있을 자격도 없는 이에게……."

앤더스가 몸을 지나치게 숙이며 절하는 바람에 머리칼이 울퉁불퉁한 마룻장에 뿌리를 내린 것 같았다. 그가 앞으로 기어 나오자 또 다시 넋을 잃고 발에 입맞춤을 할까 싶어 잭은 덜컥 겁이 났다.

보다 못한 리처드가 끼어들었다.

"너무 앞으로 나와 있는 것 같네요."

"일어나라, 제발, 앤더스, 일어나, 어서, 그만하면 됐다."

잭이 뒷걸음치며 말했다. 늙은 앤더스는 '초토화된 땅'에 가지 않아도 된다는 안도감에 알아듣지 못할 말을 지껄이며 계속 앞으로 기어왔다.

"일어서!"

잭이 고함치자, 앤더스는 이마를 찡그린 채 고개를 들었다.

"네, 주인님."

느릿느릿 일어나는 앤더스에게서 고개를 돌린 잭이 리처드에게 말했다.

"뇌종양이어도 일단 이리 와 봐, 리처드. 먼저 우리가 이 기차를 운전할 수 있는지부터 알아봐야 해."

2

앤더스는 길고 울퉁불퉁한 카운터 뒤로 돌아가서 서랍 하나를 뒤지고 있었다.

"이게 악마들에게 효험이 있을 겁니다, 주인님. 괴상한 악마들은 모두 한꺼번에 달려들죠. 살아 있는 것처럼 보이지 않지만, 실제로는 살아 있습죠. 맞습니다요."

앤더스는 서랍에서 잭이 본 중에서 가장 길고 두툼한 양초를 꺼냈다. 그러고는 카운터 위에 놓인 상자에서 길이 30센티미터가량의 갸름하고 무른 나뭇조각을 골라 한쪽을 불붙은 등불에 가져다 대었다. 나뭇조각에 불이 붙자 앤더스는 그것을 이용해 커다란 양초에 불을 붙였다. 그러고 나서 그 기다란 '성냥'을 앞뒤로 흔들자 마침내 불꽃이 꺼지며 연기가 구불구불 피어올랐다. 잭이 물었다.

"악마들?"

"괴상한 네모난 것들입지요. 그 안에 악마들이 있는 것 같습니다. 때때로 그것들은 엄청난 불을 내뿜으며 불꽃을 일으키지요! 보여 드릴 테니 따라오십시오, 제이슨 님."

한마디 말도 없이 앤더스가 문 쪽으로 미끄러지듯 달려갔다. 따듯한 양초 불빛 덕분인지 잠깐 동안 얼굴에 난 주름이 보이지 않았다. 잭은 그를 따라 밖으로 나가 아름답고 광대한 테러토리의 풍경 속으로 들어섰다. 스피디 파커의 사무실 벽에 걸린, 불가해한 힘으로 가득한 사진이 생각났다. 그리고 자신이 실제로 그 사진 속 장소 근처에 있다는 것을 깨달았다. 친숙한 산이 저 멀리서 모습을 드러냈다. 그 작은 언덕 아래로 곡식이 자라는 들판이 부드럽고 넓은 무늬를 그리며 사방으로 물결 지어 나갔다. 리처드 슬로트는 잭 옆에서 이마를 문지르며 머뭇머뭇 나아갔다. 나머지 경관과 조화를 이루지 않는 은색 금속 띠들이 서쪽으로 거침없이 뻗어 있었다.

"차고는 뒤에 있습죠, 주인님."

앤더스가 부드럽게 말하며 거의 수줍게 기차역 옆쪽으로 몸을 돌렸다. 잭은 저 멀리 보이는 산을 다시 한 번 흘끗 보았다. 이제 그것은 스피디의 사진 속에 나오는 산과 조금 다른 것도 같았다. 그것은 더 새롭고, 동부보다는 서부 산에 가까운 형상이었다.

"제이슨 님이 뭐 어떻다는 거지? 저 사람은 너를 알고 있다고 생각하는 것 같아."

리처드가 잭의 귀에 대고 속삭였다.

"설명하자면 길어."

리처드가 반다나를 세게 잡아당기고는 잭의 알통을 와락 움켜쥐었다. '캔자스시티 움켜잡기'였다.

"학교는 어떻게 됐어, 잭? 그 개 떼들은 어떻게 됐냐고? 여기는 어디야?"

"그냥 따라와. 넌 아마 아직 꿈을 꾸고 있는 것 같아."

"그래, 맞아, 그렇지? 난 아직 자고 있는 거야. 네가 테러토리에 대해 온갖 이상한 얘기를 해 줘서 지금 내가 테러토리에 관한 꿈을 꾸고 있는 거라고."

리처드가 안도의 한숨을 내쉬며 말했다.

"그래."

잭은 리처드에게 맞장구쳐 주고는 앤더스의 뒤를 따라갔다. 그 노인은 커다란 양초를 횃불처럼 높이 올리고 언덕 뒤를 돌아서 조금 더 큰, 또 다른 팔각형 목조건물 쪽으로 걸어갔다. 두 소년은 키 큰 노란색 수풀을 지나 그 뒤를 따라갔다. 또 다른 투명한 램프에서 흘러나온 불빛이 양쪽으로 뚫려 있는 이 두 번째 건물의 모습을 비췄다. 마치 팔각형에서 서로 마주 보는 두 개의 면이 깔끔하게 잘려 나간 듯했다. 은색 철로가 이 뻥 뚫린 자리로 뻗어 들어갔다. 커다란 차고에 도착하자 앤더스가 뒤돌아 서서 소년들을 기다렸다. 불꽃이 치솟으며 탁탁 소리를 내는 양초를 높이 쳐든 모습과 기다란 수염과 기이한 옷차림 때문에 앤더스는 전설 속 피조물처럼도 보였고, 동화 속 요정이나 요술쟁이 또는 마법사처럼도 보였다.

"여기 있습니다. 처음 왔을 때부터 쭉 있었습죠. 악마들이 운전하는 걸 겁니다."

앤더스가 음울한 표정으로 두 소년을 바라보자, 얼굴 주름이 한 층 더 깊어지는 듯했다.

"지옥의 창조물입니다. 아시다시피 역겨운 물건들입지요."

소년들이 앞에 서자 앤더스는 어깨 너머로 돌아보았다. 잭이 보기에 앤더스는 기차가 있는 차고에 있는 것조차 내키지 않는 눈치였다.

"짐은 절반쯤 실어 놓았습죠. 냄새가 지옥처럼 지독하답니다."

잭은 앤더스를 잡아끌며 열린 차고 안으로 들어섰다. 리처드는 눈을 비비며 비틀비틀 뒤따라왔다. 서쪽을 향한 채 철로 위에 작은 기차가 있었다. 특이하게 생긴 엔진과 유개화차, 무개화차가 팽팽하게 고정된 방수포로 덮여 있었다. 이 마지막 차량에서 나오는 냄새를 앤더스가 그렇게 싫어했던 것이다. 그것은 테러토리의 냄새가 아닌, 금속과 윤활유에서 풍기는 고약한 냄새였다.

리처드는 곧바로 차고 안 한쪽 구석으로 몸을 숨기고는 벽에 등을 기댄 채 바닥에 앉아 눈을 감았다.

"운전하는 법을 아시나요, 주인님?"

앤더스가 낮은 목소리로 물었다.

잭은 고개를 흔들고 철로를 따라 기차 맨 앞 칸으로 걸어갔다. 그렇다, 그곳에는 앤더스가 말한 '악마들'이 있었다. 잭이 예상한 대로 그것은 배터리 박스였다. 배터리 열여섯 개를 두 줄로 넣어 놓은 금속 용기가 운전실 앞에 있는 네 개의 바퀴 위에 올려져 있었다. 기차의 앞부분은 배달 사환의 자전거 수레보다는 정교해 보였다. 하지만 자전거가 있어야 할 곳에는 잭한테 그 무언가를 떠올리게 하는 운전석이 있었는데…… 그게 뭔지 금방 떠오르지 않았다. 앤더스가 뒤에서 중얼거렸다.

"악마들은 수직 막대에게 말을 한답니다."

잭은 운전석으로 올라가 보았다. 앤더스가 말한 '막대'는 3단 기어 레버였다. 이윽고 운전석이 무엇과 닮았는지 기억났다. 기차 전체가 골프 카트와 같은 원리로 작동하고 있었다. 배터리 구동에 전진, 중립, 후진의 3단 기어만 있었다. 아마도 테러토리에서 작동할 수 있는 유일한 기차이리라. 모건 슬로트가 자신의 필요를 위해 특별 제작했음이 틀림없었다.

"상자들 안에 있는 악마들이 불을 내뿜고 지지직거리는데, 막대에 말을 걸면 그 막대가 기차를 움직입죠, 주인님."

앤더스가 걱정스레 운전석 곁에서 서성였다. 찡그린 얼굴에는 놀라울 정도로 주름살이 가득했다. 잭이 노인에게 물었다.

"아침에 떠날 작정이었나?"

"네."

"한데 기차는 출발 준비가 되어 있고?"

"그렇습니다, 주인님."

잭이 고개를 끄덕이며 기차에서 뛰어내렸다.

"화물은 뭐라고 했지?"

앤더스가 침울한 목소리로 대답했다.

"악마의 물건들입죠. 나쁜 울프족을 위한 거예요. 블랙 호텔로 가져갈 것들입니다요."

지금 떠나면 모건 슬로트를 앞지를 수 있어, 잭은 생각했다. 그는 또다시 잠을 자려고 뒤척거리는 리처드를 불안스레 건너다보았다. 황소고집에 건강 염려증 환자인 '이성적인' 리처드가 없었다면, 잭은 결코 슬로트의 칙칙폭폭에 우연히 다다를 수 없었을 것이고, 그랬다면 슬로트는 잭이 블랙 호텔 근처에 도착하기가 무섭게 '악마의 물건들' ― 틀림없이 일종의 무기 ― 을 사용하여 잭을 공격했을 것이다. 왜냐하면 블랙 호텔이 이번 원정의 종착지라고 이제 잭은 확신하고 있었기 때문이었다. 그리고 모든 것으로 미루어 볼 때 지금은 무력하고 짜증만 부리고 있지만 리처드가 이 원정에서 상상 이상으로 중요한 역할을 할 것이 분명해 보였다. 소여의 아들과 슬로트의 아들. 필립 소텔 왕자의 아들과 오리스의 모건의 아들. 한순간 세계의 전체 상황이 훤히 보이는가 싶더니, 블랙 호텔에서 무엇과 맞닥뜨릴지는 모르지만 리처드가 그것을 해결하는 데 없어서는 안 될 존재라는 생각이 퍼뜩 스치고 지나갔다. 하지만 지금 코를 훌쩍거리며 입을 벌린 채 자고 있는 리처드를 보자 그 생각은 절로 사라져 버렸다.

"저 악마의 물건들을 살펴봅시다."

잭은 기차를 따라 한 바퀴 둘러보다가 새로운 사실을 알아냈다. 팔각형 차고의 바닥이 두 부분으로 나뉘어 있는데, 커다란 디너 접시처럼 생긴 둥근 원이 대부분을 차지하고 있었다. 차고 바닥과 원 사이에는 틈이 있고, 그 원의 경계 너머는 벽까지 뻗어 있었다. 원형의 기관차 차고 얘기는 들어 본 적이 없지만 그 원리는 이해할 수 있었다. 바닥의 원 부분은 180도로 회전할 수 있었다. 대개는 기차나 객차가 동쪽에서 들어와 동쪽으로 나아갔다.

방수포는 두꺼운 갈색 밧줄로 화물 위에 꽁꽁 묶여 있었는데 털이 많아서 강철로 만든 수세미 같았다. 잭은 끙끙거리며 방수포의 한쪽 끝을 들어 올리고 주의 깊게 아래를 내려다보았지만 보이는 것은 암흑뿐이었다. 그가 앤더스를 향해 돌아서며 외쳤다.

"나를 도와라."

노인은 앞으로 걸어 나와 인상을 찌푸린 채 날랜 솜씨로 힘을 주어 단번에 매듭을 풀었다. 방수포가 풀리면서 축 늘어졌다. 그 끝을 들어 올리자 무개화차의 절반에 '기계 부품'이라고 스텐실로 찍힌 나무 상자가 한 줄로 늘어서 있는 것이 보였다. 총이다. 잭은 생각했다. 모건은 그에게 저항하는 울프족을 노리고 있다. 방수포를 덮은 나머지 절반은 투명한 비닐로 층층이 둘러싼, 잘 짓눌리는 물질을 담은 커다란 직사각형 상자들이 차지하고 있었다. 잭은 이 물질이 무엇인지는 몰랐지만 원더 브레드(미국의 썰어서 포장한 식빵 상품명 — 옮긴이)가 아닌 것만은 분명했다. 그가 방수포를 내려놓고 뒤로 물러서자 앤더스가 두꺼운 밧줄을 잡아당겨서 다시 매듭을 지었다.

"우리는 오늘 밤 떠날 것이다."

잭이 방금 결심한 생각을 말했다.

"하지만 제이슨 주인님…… 초토화된 땅으로…… 이런 한밤중에…… 주인님이 아시는지 모르겠지만……."

"나도 잘 알고 있다. 최대한 허를 찔러야 하기 때문이야. 모건과 함께 울프족이 채찍 사내라고 부르는 자가 나를 찾으러 올 것이다.

이 기차가 예상 도착 시간 열두 시간 전에 나타난다면 리처드와 나는 무사히 탈출할 수 있을 것이야."

앤더스가 침울한 얼굴로 고개를 끄덕이며 방금 전 알게 된 불행을 체념하며 받아들이는 특대형 강아지의 모습으로 다시 돌아갔다.

잭은 입을 딱 벌리고 앉은 채로 자고 있는 리처드를 다시 돌아보았다. 잭의 마음을 눈치챈 것처럼 앤더스도 잠들어 있는 리처드 쪽을 돌아다보았다. 잭이 물었다.

"오리스의 모건도 아들이 있었나?"

"있었지요, 주인님. 짧은 결혼 생활에 자식을 얻었습죠. 러슈턴이라는 사내아이였지요."

"러슈턴은 어떻게 되었지? 나도 짐작이 가기는 하는데."

앤더스는 대수롭지 않다는 투로 대답했다.

"죽었습죠. 오리스의 모건은 아버지가 될 운명이 아니었나 봅니다."

잭은 그의 적수가 공기를 찢고 나와 울프의 가축들을 거의 몰살시키던 기억을 떠올리며 부르르 몸을 떨었다.

"우리는 떠날 거야. 리처드를 운전석에 앉히도록 도와주겠나, 앤더스?"

"주인님…… 서해안까지 가려면 적어도 이틀, 어쩌면 사흘이 걸릴지도 모릅니다. 드실 것은 있으신지요? 저와 저녁식사를 하시지 않겠습니까?"

앤더스가 고개를 떨구었다가 다시 들며 부모라도 된 양 걱정스러운 얼굴로 잭을 바라보았다.

잭은 고개를 저으며 부적을 찾기 위한 이 여정의 마지막 발걸음을 내딛고 싶어 조바심을 쳤지만, 그때 배 속에서 돌연 꼬르륵 소리가 났다. 문득 살덩어리 앨버트의 방에서 링딩과 오래된 페이머스 아모스 쿠키를 먹은 이후 아무것도 먹지 못했다는 데 생각이 미쳤다. 잭이 말했다.

"음, 30분 정도 늦는 건 상관없을 것 같다. 고맙네, 앤더스. 리처드를 일으키도록 도와주지 않겠나?"

어쨌든 잭 스스로 생각하기에도 '초토화된 땅'을 건너고 싶어서 환장한 건 아니라는 생각이 들었다.

두 사람은 리처드를 일으켰다. 리처드는 눈을 뜨고 미소를 짓더니 마치 겨울잠을 자는 쥐처럼 다시 곯아떨어졌다.

"음식을 먹어야 해, 진짜 음식 말이야. 밥 좀 먹을래, 동지?"

"난 꿈속에선 아무것도 먹지 않아."

리처드가 초현실적으로 이성적인 대답을 하고는 하품을 하면서 눈을 비볐다. 점차 몸을 가누더니 앤더스와 잭에게 기대지 않고 혼자 힘으로 섰다.

"솔직히 말하면, 너무 배가 고프긴 해. 정말 긴 꿈을 꾸고 있는 것 같아, 그렇지, 잭?"

리처드는 그게 마치 자랑거리라도 되는 것처럼 말했다.

"맞아."

"그런데 저게 우리가 탈 기차야? 만화에 나오는 것 같은걸."

"맞아."

"저거 운전할 수 있어, 잭? 지금 내 꿈속인 거는 알지만……."

"어려워 봤자 내 낡은 장난감 기차 세트를 운전하는 정도일 거야. 나도 운전할 수 있고, 너도 마찬가지야."

"난 싫어, 저 기차엔 절대 타고 싶지 않아. 난 기숙사 방으로 돌아가고 싶어."

리처드가 다시 움츠러들며 칭얼대는 목소리로 말했다.

"그 대신에 이리 와서 뭘 좀 먹어, 그런 다음 우린 캘리포니아로 가는 거야."

어느새 잭은 리처드를 차고 밖으로 끌어내고 있었다.

그렇게 소년들은 '초토화된 땅'에 들어가기 직전에 테러토리의 가장 멋진 면모를 접하게 되었다. 앤더스는 기차역 주위에서 자라는 곡물로 만든 것이 분명한 달콤한 빵을 두툼하게 썰어 주고, 부드러운 고기로 만든 케밥과 통통하고 즙이 많은 생소한 야채와 매콤한 핑크색 주스를 가져다주었다. 잭은 그 주스가 왠지 파파야 같았지만 그게 아니라는 것은 알고 있었다. 리처드는 너무 행복해서 넋이 나간 상태에서 씹어 먹느라 잭이 닦아 줄 때까지 국물이 턱으로 흘러내리는 것도 몰랐다. 딱 한 번 이런 말을 했다.

"캘리포니아, 알고 있었어야 하는데."

잭은 리처드가 캘리포니아는 광기로 악명이 높다는 얘기를 하려나 보다 싶어 되묻지 않았다. 그보다 두 사람 때문에 부족해질 앤더스의 식량이 더 걱정되었다. 하지만 노인은 그나 그의 부친이 작은 난로를 만들어 놓은 카운터 뒤에서 뭔가를 꼼지락거리더니 더 많은 음식을 안고 돌아왔다. 옥수수 머핀과 송아지다리 젤리, 그리고 닭다리같이 생겼지만 맛은 알 수 없는 뭔가……. 유향 같기도 하고 몰약 같기도 하고 꽃 같기도 한 그 맛이 혀끝에서 터지자 잭 역시 침을 흘릴 것 같았다.

세 사람은 따듯하고 세월이 느껴지는 방에 있는 작은 탁자에 둘러앉았다. 식사가 끝나자 앤더스는 거의 수줍게 레드와인이 반쯤 찬 커다란 비커를 내놓았다. 마치 누군가가 써 놓은 대본대로 움직이는 듯한 기분을 느끼며, 잭은 작은 잔을 들이켰다.

3

두 시간 뒤 졸음이 밀려오기 시작하자 잭은 그 많은 음식을 먹어 치운 것이 엄청난 실수는 아니었을까 하고 걱정이 되었다. 우선, 엘리스브레이크스와 기차역을 떠나는 게 수월치 않을 듯했다. 두 번째로 리처드가 문제였다. 심각할 정도로 정신이 이상해질 조짐이 보였다. 무엇보다 세 번째로, '초토화된 땅'이 있었다. 리처드도 앞으로 만만치 않겠지만 '초토화된 땅'은 훨씬 더한 광기를 감추고 있기에 절대적으로 고도의 집중력이 필요했다.

식사가 끝나자 세 사람은 차고로 돌아왔고 그때부터 일이 터지기 시작되었다. 잭은 앞으로 무슨 일이 일어날지 두려웠고 지금 생각해 보면 그 두려움은 아주 정상적인 것이었다. 아마도 앞일에 대한 두려움 때문에 평소보다 처신이 서툴렀으리라. 첫 번째 어려움은 앤더스에게 캡틴 파렌이 준 동전을 선사하려고 했을 때 닥쳤다. 앤더스는 마치 사랑하는 제이슨이 등 뒤에서 칼이라도 꽂은 것처럼 반응했다. 신성모독! 잔학무도! 동전을 주겠다고 제안함으로써 잭은 그 늙은 마차 전세업자를 단순히 모욕한 것을 넘어 그의 종교적 신념에 먹칠을 한 셈이었다. 초자연적으로 부활한 신적인 존재는 신하들에게 돈 따위를 제공해서는 안 되는 모양이었다. 앤더스는 너무 격앙한 나머지 배터리가 들어찬 금속 상자인 그 '악마의 상자'를 손으로 사정없이 내리쳤다. 잭은 앤더스 눈에 기차 말고도 다른 타깃이 띄었다면 족히 내려치고도 남았으리란 걸 능히 짐작할 수 있었다. 잭은 간신히 반휴전 상태에 이르렀다. 앤더스는 돈은 물론이고 그의 사과조차 받으려 하지 않았다. 노인은 소년이 얼마나 낙담했는지를 깨닫고야 마침내 화를 누그러뜨렸다. 하지만 잭이 캡틴 파렌이 준 동전은 다른 기능과 역할이 있을 거라고 설명해 준 뒤에야 평소의 그로 돌아왔다.

"당신은 온전한 제이슨 님이 아니군요. 그럼에도 여왕의 동전은 당신의 운명으로 나아가도록 당신을 이끌어 줄 것입니다."

노인이 침울하게 말하고는 다시 고개를 세게 흔들었다. 마지막 인사로 손을 흔들 때조차 눈에 띄게 열의가 떨어졌다.

하지만 진짜 골치 아픈 것은 리처드였다. 어린아이처럼 허둥대던 그는 순식간에 걷잡을 수 없는 극심한 공포에 사로잡혔다. 리처드는 한사코 운전석에 타는 것을 거부했다. 그 순간까지 그는 기차에 눈길도 주지 않은 채, 겉보기에는 관심 없는 척 멍한 얼굴을 하고는 차고 주위를 서성거렸다. 하지만 잭이 진짜로 자기를 그 기차에 태울 작정이라는 것을 깨닫자 아주 기겁을 했다. 기묘하게도 캘리포니아까지 간다는 생각을 하자 더욱 심란해진 모양이었다.

잭이 강제로 기차에 태우려 하자 리처드는 고함을 질렀다.

"싫어! 싫어! 난 갈 수 없어! 난 기숙사 방으로 돌아가고 싶어!"

잭이 진력을 내며 말했다.

"그것들이 우리를 쫓아올지 몰라, 리처드. 그러니 출발해야 한다고. 이건 모두 꿈이야, 기억나지?"

그는 손을 뻗어 리처드의 팔을 잡았다.

"오 나의 주인님, 오 나의 주인님."

앤더스가 커다란 차고에서 우왕좌왕 돌아다니며 중얼거렸다. 잭은 이번만은 마차 전세업자가 자기를 부르는 것이 아니라는 것을 알았다.

"난 내 방으로 돌아가야 해!"

리처드가 큰 소리로 울부짖었다. 눈을 아플 정도로 질끈 감아 두 관자놀이를 연결하는 한 줄기 기다란 주름이 파인 것처럼 보였다.

울프를 차에 태울 때와 똑같은 일이 다시 반복되고 있었다. 잭은 기차로 리처드를 끌고 가려 했지만 리처드는 노새처럼 꿈쩍도 안 했다. 리처드가 소리쳤다.

"거기는 가기 싫다니까!"

"글쎄, 그렇다고 여기 있을 수는 없잖아."

잭은 소용없을 줄 알면서도 다시 한 번 리처드를 기차 쪽으로 잡아당겼다. 이번에는 30~60센티미터 정도 움직였다.

"리처드, 바보짓 좀 그만해. 여기 혼자 남고 싶어? 테러토리에 혼자 버려지고 싶냐고?"

리처드가 도리질을 쳤다.

"그럼 나랑 가자. 이젠 떠나야 해. 이틀 뒤면 캘리포니아에 있을 거야."

"승산 없는 게임 아닐까요?"

앤더스가 두 소년을 보면서 혼잣말을 했다. 리처드는 한사코 고개를 흔들어 대며 유일하게 이해 가능한 거절의 표현을 하다가 다시 말했다.

"난 저 기차 타기 싫어, 저 기차도 안 타고 그곳에도 안 갈 거야."

"캘리포니아 말이야?"

리처드가 입술을 한일자로 꾹 다물고는 다시 눈을 감았다.

"이런 젠장. 나 좀 도와주겠나, 앤더스?"

장신의 노인이 낭패하다 못해 넌더리난다는 얼굴로 잭을 쳐다보고는 방을 가로질러 와 강아지를 안듯 가볍게 리처드를 안아 올렸다. 리처드는 정말로 강아지처럼 깨갱거렸다. 앤더스는 리처드를 푹신한 운전석 의자에 내려놓았다.

"잭!"

'초토화된 땅'에 혼자 가게 될까 봐 덜컥 겁이 난 리처드가 소리쳐 불렀다.

"나 여기 있어."

잭은 사실 이미 옆 운전석에 올라타고 있었다.

"고마워요, 앤더스, 건강하세요."

잭이 마차 전세업자 노인에게 인사하자 그는 침울한 얼굴로 고개를 끄덕이고는 차고 한구석으로 물러섰다. 리처드가 울기 시작했지만 앤더스는 무심히 쳐다보기만 했다.

잭이 시동 버튼을 누르자 '악마의 상자'에서 거대한 파란 불꽃 두 개가 치솟고 엔진이 윙윙거리기 시작했다.

"자, 출발이다."

잭이 말하고 조심스럽게 기어를 전진으로 놓았다. 기차는 차고에서 미끄러지며 나아가기 시작했다. 리처드는 훌쩍거리며 무릎을 끌어안았다. "말도 안 돼."라거나 "이건 꿈이야." 따위를 중얼거리며 ── 잭의 귀에는 주로 쉬쉬 소리만 들렸다. ── 무릎 사이에 얼굴을 묻었다. 마치 몸으로 원을 만들려고 하는 듯했다. 잭은 앤더스에게 손을 흔들어 작별을 고했고, 노인도 손을 흔들어 주었다. 환한 차고 밖으로 나온 그들을 어둡고 광대한 하늘이 보듬어 주었다. 마치 뒤따라오기로 결심이라도 한 듯 앤더스의 그림자가 그들이 지나온 입구 쪽으로 모습을 드러냈다. 기차는 원래 시속 50킬로미터 정도였지만 지금은 12~14킬로미터에 그쳤다. 정말 견딜 수 없이 느렸다. 서쪽으로 가야 해, 서쪽으로, 서쪽으로, 서쪽으로, 잭은 중얼거렸다. 앤더스는 차고 안으로 뒷걸음질 쳐서 들어갔다. 노인의 수염이 떡 벌어진 가슴 위로 흘러내리자 마치 서리가 내린 듯했다. 기차가 요동을 치며 앞으로 나아갔다. 다시 한 번 파란 불꽃이 치지직거리며 하늘로 치솟았다. 잭이 앉은자리에서 몸을 돌려 무슨 일이 있나 살폈다.

"싫어!"

리처드가 빽 고함을 지르는 바람에 하마터면 잭은 운전석에서 떨어질 뻔했다.

"가기 싫어! 거기 가기 싫다고!"

리처드는 무릎에 파묻고 있던 고개를 들었지만 아무것도 볼 수 없었다. 여전히 눈을 꼭 감고 있었기 때문이다. 그의 얼굴은 마치 꽉 쥔 주먹처럼 찌그러져 있었다. 잭이 말했다.

"조용히 해."

철로 앞에는 끝없는 들판에 곡물이 나부끼고 있었고, 서쪽 구름 위로 노인의 치아처럼 삐죽빼죽한 산들이 흐릿하게 모습을 드러냈다. 잭은 마지막으로 따스하고 환한 작은 오아시스 같은 기차역과 팔각형의 차고가 느릿느릿 뒤쪽으로 멀어지는 모습을 어깨 너머로 흘끗 보았다. 불빛이 비치는 문가에 앤더스의 키 큰 그림자가 서 있었다. 잭이 마지막으로 손을 흔들어 인사하자 키 큰 그림자도 손을 흔들어 화답했다. 잭은 또다시 몸을 돌려 끝도 없이 이어진 곡식밭을 굽어보았다. 멀리서 보면 모든 게 시적으로 보였다. 이것이 '초토화된 땅'이라면 앞으로 이틀은 분명 더없이 순탄할 것이다.

물론 '초토화된 땅'은 결코 그 곡식밭과 비슷하지도 않았다. 달빛이 비치는 어둠 속에서도 잭은 곡물이 말라비틀어지고 드문드문 덤불로 변하는 것을 알아차릴 수 있었다. 기차역을 떠난 뒤 30분 정도 지났을 때 눈에 띄게 변화가 시작되었다. 심지어 색깔조차 이상해지다, 거의 인공적인 색으로 변해서 잭이 보았던 아름답고 자연스러운 노란색은 강렬한 열의 근원에 너무 가까이 간 것 같은 황색이 되었다. 모든 생기가 표백된 그런 황색이었다. 리처드도 같은 상태였다. 한동안 그는 숨을 헐떡거리다 실연당한 소녀처럼 부끄러운 줄도 모르고 소리 없이 흐느꼈다. 그러고는 꾸벅거리며 잠이 들었다.

"돌아갈 수 없어."

리처드는 잠결에 중얼거렸다. 아니면 잭이 그렇게 들었다고 생각하는 것인지도 몰랐다. 리처드는 잠을 자면서 점차 작아지는 것 같았다.

바깥의 경치가 완전히 이질적으로 변해 가기 시작했다. 엘리스 브레이크스의 광활한 평원이 검은색 나무들이 빽빽한 어두운 작은 골짜기와 비밀스러운 작은 구덩이 들로 돌연변이를 일으킨 듯했다. 커다란 바위들과 해골, 알, 커다란 이빨 들이 사방에 널려 있었다. 땅 자체도 변해서 모래가 훨씬 많아졌다. 기차가 지나가는 골짜기의 경사면도 두 배나 높아졌다. 양옆으로 보이는 거라곤 낮은 덩굴식물로 뒤덮이고 덤불이 우거진 불그스름한 낭떠러지뿐이었다. 때때로 숨을 곳을 찾아 총총거리는 동물을 보곤 했지만 불빛이 너무 약하고 동물이 너무 빨라서 무슨 동물인지는 알 수가 없었다. 하지만 잭은 그 동물이 밝은 대낮에 로데오 드라이브 한가운데에 꼼짝 않고 서 있다 해도 여전히 알아볼 수 없으리란 으스스한 생각에 사로잡혔다. 머리통이 우리가 흔히 생각하는 것보다 두 배는 더 커서 이 동물은 사람의 눈에 띄지 않는 편이 낫겠다는 생각이 들었다.

한 시간 반이 지났을 무렵 리처드가 잠을 자며 신음을 했고, 기차는 완전히 낯선 풍경 사이를 달리고 있었다. 두 번째로 폐소공포증을 일으키는 좁은 골짜기에서 빠져나왔을 때, 갑자기 시계가 활짝 열려 잭은 깜짝 놀랐다. 처음엔 다시 백일몽의 땅인 테러토리로 돌아온 느낌이었다. 바로 그 순간 잭은 사방이 어두운 속에서도 자라지 못해 찌부러지고 구부러진 나무들을 보고 그 냄새를 알아차렸다. 아마도 그 냄새는 그의 의식 속으로 서서히 침투해 들어오고 있었던 모양이다. 하지만 시커먼 들판에 드문드문 서 있는 나무들이 고통에 시달리는 야수처럼 비비 꼬인 것을 본 뒤에야 공기 속에 스며 있는 희미하지만 부인할 수 없는 부패의 냄새를 마침내 알아차렸다. 부패, 지옥불. 이것이 테러토리의 악취였다. 아니면 그 비슷한 것이거나.

오래전 말라 죽은 꽃들에서 풍기는 냄새가 땅 전체에 깔려 있었고, 그 아래는 오스먼드에게서 느껴졌던 것 같은, 더 거칠고 더 강렬한 악취가 배어 있었다. 모건이 ―어느 쪽 모건이건 간에 ―이런 현상의 원인을 제공했다면, 어떤 의미로는 테러토리에 죽음을 불러온 셈이었다. 적어도 잭은 그렇게 생각했다.

이제 얽히고설킨 골짜기와 구덩이는 더 이상 보이지 않았고 대지는 거대한 붉은 사막으로 변했다. 이 거대한 사막의 경사면에는 제대로 자라지 못해 기묘하게 변형된 나무들만이 점점이 보일 뿐이었다. 잭의 눈앞에는 은빛 철로가 어둠 속 불그스레한 사막을 구불거리며 뻗어 나가고 있었고, 옆으로는 텅 빈 사막이 어둠 속으로 지나쳐 갔다.

붉은 땅은 어쨌든 텅 빈 것처럼 보였다. 몇 시간이 지나도록 철로의 경사면에 몸을 숨기고 있는 기형적인 작은 동물 외에는 전혀 눈에 띄는 것이 없었다. 이따금 시야 구석에서 뭔가가 미끄러지듯 움직이는 것 같았지만, 돌아보면 그것은 이미 사라진 뒤였다. 처음엔 뭔가가 쫓아오는 것 같았다. 그러고 나서는 정신없는 와중에도 이삼십 분 동안 테이어 학교의 개로 변신한 괴물한테 쫓기는 상상을 했다. 잭이 돌아볼 때마다 뭔가가 움직임을 멈추었다. 비비 꼬인 나무들 뒤에 숨거나 모래 속으로 쏙 빠져 버렸다. 이러는 동안 '초토화된 땅'의 광활한 사막은 텅 비거나 죽은 땅이 아니라 미끄러져 다니는 숨어 있는 생명체로 가득한 땅으로 변했다. 잭은 기어를 세게 앞으로 밀어(마치 그렇게 하면 뭐가 좀 나아지기라도 하듯), 작은 기차가 속도를 높이도록, 더 빨리 달리도록 했다. 리처드는 의자 깊이 몸을 묻은 채 훌쩍이고 있었다. 잭은 개도 아니요 사람도 아닌 그런 기괴한 괴물들이 그들을 향해 달려드는 상상을 하면서 부디 리처드가 계속 눈을 감고 있기를 기도했다.

"안 돼!"

리처드가 또다시 잠결에 고함을 질렀다.

잭은 운전석에서 떨어질 뻔했다. 에서리지와 더프리 씨가 그들을 향해 달려오는 모습이 눈에 *보이는* 듯했다. 그것들은 혀를 축 늘어뜨리고 어깨를 씰룩거리며 다가왔다. 다음 순간 그가 본 것은 단지 기차 그림자라는 것을 깨달았다. 달려오는 학생들과 교장의 환영은 생일 케이크의 촛불처럼 한순간에 꺼져 버렸다.

"거기는 안 가!"

리처드가 고함쳤다. 잭은 조심스럽게 숨을 들이마셨다. 그는, 그들은 안전했다. '초토화된 땅'의 위험성은 과대평가되었으며, 대부분 전해지는 말뿐이었다. 머잖아 태양이 다시 떠오를 것이었다. 잭은 눈높이까지 손목시계를 들어 올려 시간을 보았다. 그들이 기차를 탄 지 두 시간도 채 되지 않았다. 잭은 입이 찢어져라 하품을 하며 저 기차역에서 너무 많이 먹은 것을 후회했다.

잭은 생각했다, 식은 죽 먹기야, 이 정도쯤은…….

잭이 앤더스 노인이 로버트 번스의 악센트로 전해 주었던 깜짝 놀랄 이야기들을 다시금 되새기려는 순간, 불덩이들이 날아와 그의 흐뭇한 기분을 박살 내기 시작했다.

4

지름이 최소 3미터는 될 뜨거운 빛 덩어리들이 치지직 소리를 내며 지평선 위로 굴러 떨어지더니 대뜸 기차를 향해 화살처럼 똑바로 날아왔다.

"이런 젠장!"

잭은 혼잣말로 중얼거렸다. 앤더스가 불덩어리에 대해 얘기한 것이 기억났다. *그 불덩이에 너무 가까이 가게 되면 끔찍하게 아프다고 합지요…… 머리카락이 빠지고…… 빨갛게 덴 상처는 온몸으로 번지고…… 그러다 토하기 시작하는데…… 토하고 또 토해서 위장이 파열하고 목구멍이 터지는데…….* 잭은 침을 꿀꺽 삼켰다. 마치 못을 한 움큼 삼킨 느낌이었다.

"제발 도와주세요."

잭이 큰 소리로 외쳤다. 거대한 빛 덩어리는 똑바로 그를 향해 돌진해 왔다. 마치 그것에게 의지가 있어 잭 소여와 리처드 슬로트를 지구상에서 완전히 지워 버리기로 결심한 듯했다. *방사능 피폭. 위가 오그라들고 고환까지 얼어붙는 듯했다. 방사능 피폭. 토하고 또 토해서 위장이 파열하고…….*

앤더스가 차려 준 흠잡을 데 없는 저녁식사가 목구멍으로 올라올 것 같았다. 맹렬한 에너지를 띤 불덩이가 지글지글 불똥을 튀기며 기차를 향해 똑바로 쉬지 않고 굴러왔다. 그것이 지나간 자리에는 은은히 빛나는 황금빛 자국이 길게 이어졌는데, 불가사의하게도 그 자국마다 새로이 불타는 줄기가 뻗어 나와 딱딱 소리를 내며 붉은 땅 위를 가로질렀다. 땅에 부딪쳐 튀어 오른 불덩이가 커다란 테니스공처럼 급히 방향을 꺾었다가, 별 피해를 끼치지 않고 왼쪽으로 떨어져 나갔을 때, 처음으로 잭은 내내 뒤따라오고 있다고 생각했던 그 피조물들을 잠깐이나마 분명히 알아볼 수 있었다. 멀어지는 불그스레한 황금빛 불덩어리와 땅바닥에 남은 궤적에 어린 잔광 들이, 줄곧 기차를 뒤쫓아 오고 있었음이 분명한 기형적인 야수 떼를 비추었다. 그것은 개들이었다. 아니면 한때 개였거나 조상이 개였을 것이다. 잭은 리처드가 아직 자고 있는지 확인하기 위해 불안한 눈길을 흘끗 던져 보았다.

기차 뒤에서 쫓아오는 그 피조물들은 뱀처럼 바닥에 납작 엎드려 있다시피 했다. 잭이 관찰한 바로, 그것들은 개의 머리를 갖고 있었지만, 몸뚱이는 뒷다리가 있었던 흔적만 남아 있을 뿐 털도 꼬리도 없었다. 젖은 몸뚱이가 갓 태어난 생쥐처럼 털도 나지 않고 핑크빛으로 빛났는데, 몸을 보인 게 못마땅하다는 듯 으르렁거렸다. 잭이 철로 경사면에서 본 것이 바로 이 끔찍한 돌연변이 개들이었다. 파충류처럼 엎드린 채 짖어 대던 그것들은 쉭쉭거리고 으르렁거리며 기어서 달아나기 시작했다. 그것들도 불덩이와 그것이 땅에 남긴 불 자국이 두려웠던 것이다. 이윽고 불덩이 냄새가 훅 끼치더니, 불덩이들이 마치 화라도 난 것처럼 재빠르게 지평선을 향해 움직였다. 그와 동시에 제대로 자라지 못한 채 늘어서 있던 나무들이 화염에 휩싸였다. 지옥불, 부패.

다시금 활활 타는 불덩이들이 지평선 위에서 천천히 날아와 소년의 왼쪽을 위협적으로 스쳐 지나갔다. 빗나간 인연과 좌절된 희망과 사악한 욕망의 냄새. 심장이 목구멍 밖으로 튀어나올 것처럼 초조한 가운데에서도 잭은 불덩어리 때문에 퍼진 역겨운 냄새에서 이 모든 것을 짐작할 수가 있었다. 야옹야옹 소리가 나더니, 돌연 변이 개의 무리는 저마다 흩어져 이빨을 번쩍이며 위협하거나, 바스락 소리를 내며 은밀하게 움직이거나, *쉭쉭거리며* 다리 없는 무거운 몸을 끌고 붉은 먼지 속으로 사라져 갔다. 얼마나 많은 놈들이 있었을까? 불타는 나무줄기에 머리를 숨기려던 기형의 개 두 마리가 잭을 향해 긴 이빨을 드러냈다.

그때 또 다른 불덩어리가 널따란 지평선 위로 요동치며 뛰어올라 기차 길이만큼 먼 곳에서 빛나는 궤적을 넓게 남기며 소용돌이쳤다. 그 순간 완만한 곡선을 그리는 사막 암벽 아래 금방이라도 쓰러질 듯한 작은 오두막이 언뜻 눈에 들어왔다. 그 앞에는 사람처럼 보이는 거대한 형체가, 남자가 잭을 쳐다보고 있었다. 체격이 크고, 털북숭이에, 힘도 세고, 악의에 차 있을 것처럼 보였다…….

잭은 앤더스의 작은 기차가 형편없이 느리며, 그 덕에 자신과 리처드가 그들을 더 가까이 살펴보려고 노리는 것들에게 무방비로 노출되어 버렸다는 것을 절감하고 있었다. 첫 번째 불덩이가 개로 변신한 무시무시한 괴물들을 쫓아 보냈지만 '초토화된 땅'에 사람이 살고 있다는 사실은 더 큰 문제를 야기할 수 있었다. 은은히 빛나던 궤적의 불빛이 약해지기 전에 잭은 오두막 앞에 선 그 커다란 형체가 기차의 진로를 눈으로 좇고 있다가 기차가 지나갈 때 털투성이 머리를 돌리는 것을 보았다. 방금 전 잭이 본 것이 개라면 사람은 과연 어떻게 생겼을까? 타오르던 불덩이가 사그라질 무렵, 그 사람처럼 생긴 것이 허둥지둥 오두막 모퉁이를 돌았다. 엉덩이 밑으로 두툼한 파충류의 꼬리가 흔들리는가 싶더니 얼마 후 오두막 옆쪽으로 미끄러지듯 사라졌다. 다시 어둠이 밀려오자 아무것 ─ 개, 사람 형상의 괴물, 오두막 ─ 도 보이지 않았다. 잭은 정말로 그것을 보았는지 스스로도 확신이 서지 않았다.

리처드가 자면서 뒤치락거렸다. 잭은 속도를 내고 싶어 속절없이 기어만 밀어 댔다. 개 짖는 소리는 점차 뒤로 사라져 갔다. 잭은 땀으로 범벅된 손을 눈높이까지 올려 손목시계를 보았다. 마지막으로 시간을 본 뒤 겨우 15분밖에 지나지 않았다. 또 하품이 나와 화들짝 놀랐다. 기차역에서 과식한 것을 다시 한 번 후회했다.

리처드가 울부짖었다.

"안 돼! 싫다고! 거기 가지 않을 거야!"

거기? 잭은 궁금했다. '거기'가 어디지? 캘리포니아인가? 아니면 어딘가 위험한 곳, 리처드의 길들이지 않은 말처럼 위태로운 자제력이 슬그머니 무너지게 될 곳일까?

5

리처드가 잠을 자는 동안, 잭은 밤새 서서 기어를 잡은 채로 불덩이가 남긴 궤적들이 불그스름한 지표면을 따라 깜박거리는 모습을 바라보았다. 말라 죽은 꽃과 숨겨진 부패의 냄새가 공기를 가득 메웠다. 때때로 돌연변이 개나 다른 가여운 피조물들이 짖는 소리가 들렸다. 그 소리는 풍경 가운데 점점이 박혀 있는, 제대로 자라지 못해 땅속으로 파고든 나무들의 뿌리에서 나오곤 했다. 늘어선 배터리에서는 이따금 타닥거리며 파란색 전기 불꽃이 튀었다. 리처드는 단순히 수면 상태를 넘어, 그에게 필요하고 스스로도 원하는 무의식의 상태에 빠져 있었다. 그는 더 이상 고통스럽게 절규하지 않았다. 실제로 운전석 한구석에 몸을 묻은 채 얕은 숨만 쉬고 있었다. 마치 숨을 쉬는 것만으로도 가진 것보다 더 많은 에너지를 쓰게 되는 듯했다. 잭은 빛이 다가오기를 기도하면서도 두려웠다. 아침이 밝으면 동물들을 볼 수 있게 될 것이다. 하지만 또 어떤 동물을 보게 될지 누가 알겠는가?

때때로 잭은 리처드 쪽으로 눈길을 던졌다. 친구의 피부는 기이할 만큼 창백해서, 유령 같은 잿빛이 돌고 있었다.

6

어둠이 느슨해지며 아침이 밝아 오기 시작했다. 사발처럼 파인 동쪽 지평선 위로 분홍색 띠가 떠올랐다. 곧 그 아래서 장밋빛 줄무늬가 솟아오르더니 희망 찬 분홍색을 하늘 높이 밀어 올렸다. 잭의 눈은 그 줄무늬만큼이나 붉게 충혈되었고 다리도 저렸다. 리처드는 운전석에 대자로 누운 채 여전히 거의 마지못한 듯 제한적으로 숨을 쉬고 있었다. 리처드의 얼굴은 정말 이상할 정도로 잿빛이었다. 꿈을 꾸는지 눈꺼풀이 푸들거렸다. 잭은 그의 친구가 또다시 비명을 지르지 않기를 간절히 바랐다. 리처드가 입을 딱 벌렸지만 소리를 지르지는 않고 혀끝을 내밀었다. 혀로 윗입술을 핥고 콧물을 들이마시고는 다시 몽롱한 혼수상태로 빠져들었다.

비록 잭은 앉아서 잠시 눈을 감을 수 있기를 간절히 바랐지만 리처드를 깨우지는 않았다. 새벽빛이 '초토화된 땅'을 세세히 비출수록, 점점 더 리처드가 앤더스의 덜컹거리는 작은 기차를 참아 낼 수 있는 한, 계속 인사불성 상태로 있기를 바라게 되었기 때문이다. 리처드 슬로트가 '초토화된 땅'의 괴이한 광경을 목도했을 때 어떤 반응을 보일지 결코 보고 싶지 않았던 것이다. 다리도 조금 쑤시고 지쳐서 쓰러질 것 같았지만 이것은 잠시 동안의 평화를 위해 치러야 할 최소한의 대가였다.

곁눈으로 흘깃 보았을 때 잭의 눈에 들어온 풍경 속에는 시들시들하고 심하게 손상을 입은 것들뿐이었다. 달빛 아래에서는 나무가 드문드문 보이는 광대한 사막 같았지만, 이제 잭은 이 '사막'이 보통의 사막과는 전혀 다르다는 사실을 받아들여야 했다. 그가 붉은색을 띤 여러 종류의 모래라고 생각했던 것은 푸석푸석한 가루 같은 흙이었다. 성인 사내가 빠지면 무릎은 아니라도 발목까지는 빠질 것 같았다. 이 척박하고 메마른 흙에서도 비참하지만 나무가 자라고 있었다. 똑바로 보면 이것들은 밤에 본 것과 같이 심각하게 성장이 방해받아 다시 비비 꼬인 뿌리 밑으로 도망가려고 안간힘을 쓰고 있는 듯했다. 이것만으로도 충분히 불길했다. 어쨌든 이성적인 리처드는 눈 뜨고 보지 못할 터였다. 하지만 나무 한 그루를 곁눈으로 비스듬히 보면, 그것이 고통스러워하는 살아 있는 생명체라는 것을 알 수 있었다. 틀어진 나뭇가지는 고통에 겨운 비명을 지르다 굳어 버린 얼굴 위로 들어 올린 팔이었던 것이다. 나무를 정면에서 보지 않는 한, 그는 고통에 찬 얼굴들을 세세히 알아볼 수 있었다. 떡 벌린 입, 뚫어져라 보는 눈, 축 늘어진 코, 두 뺨에 길게 아로새겨진 고통의 주름들. 그것들은 잭을 향해 악다구니를 하고 애원하며 울부짖고 있었다. 아무도 귀 기울이지 않는 나무들의 목소리는 연기처럼 허공 속에 걸려 있었다. 잭의 입에서 신음이 나왔다. '초토화된 땅'의 모든 것이 그러하듯이, 이 나무들도 오염되었던 것이다.

붉은 땅은 양쪽으로 수십 킬로미터씩 뻗어 있었다. 매캐한 냄새가 날 것 같은 노란색의 풀숲이 군데군데 자라고 있었는데, 그 선명한 색깔 때문에 오줌이 생각나기도 하고, 새로 페인트를 칠했나 싶기도 했다. 그 기다랗고 흉측한 색의 풀이 아니었다면 오아시스를 닮았다고 말할 수도 있었을 것이다. 풀숲마다 옆에 작은 물웅덩이가 있었기 때문이었다. 물은 검은색이었고 수면에는 기름이 떠 있었다. 어떻게 보면 물보다 더 걸쭉했다. 그 자체가 오염된 기름이었던 것이다. 잭이 두 번째로 발견한 가짜 오아시스는 기차가 지나가자 느릿느릿 잔물결을 일으켰다. 처음엔 그 검은 물이 그가 더 이상 보고 싶지 않은 나무들처럼 고통 속에 살아가는 물체일까 봐 무서웠다. 그때 잠깐이지만 걸쭉한 그 물 위로 무언가가 펄쩍 뛰어오르는 것을 보았다. 넓적한 검은색 등이나 옆구리 같은 것이 꿈틀대다가 크고 탐욕스러운 입으로 허공을 덥석 물었다. 비늘을 보니 웅덩이 물로 퇴색되지 않았다면 그 생명체는 무지갯빛이었을 것 같았다. 잭은 생각했다, 맙소사, 저게 물고기란 말이야? 어림잡아 6미터는 되어 보였다. 작은 웅덩이에서 살기에는 너무 컸다. 물고기는 기다란 꼬리로 물을 휘젓더니, 그 커다란 몸뚱이가 웅덩이 속으로 다시 풍덩 미끄러져 들어갔다. 웅덩이가 무지하게 깊은 게 틀림없었다.

잭은 재빨리 지평선으로 눈길을 돌렸다. 순간적으로 둥근 머리 같은 것이 지평선 위로 고개를 내민 것 같았기 때문이었다. 게다가 그 머리가 별안간 움직이자 잭은 또다시 충격을 받았다. 이것은 네스호의 괴물을 만난다면 받을 충격에 비견할 만했다. 어떻게 *지평선* 위로 머리가 올라올 수 있단 말인가?

마침내 잭은 그 지평선이 진짜 지평선이 아니란 것을 알게 되었다. 밤새도록 시야가 미치는 곳만 바라보다 보니 '초토화된 땅'의 크기를 터무니없이 과소평가한 것이었다. 잭은 마침내 모든 걸 이해했다. 태양이 다시금 세상을 비추기 시작하자 그는 자신이 넓은 계곡 속에 있으며 멀리 양쪽의 가장자리는 세상의 끝이 아니라 산줄기 꼭대기의 울퉁불퉁한 바위라는 것을 알 수 있었다. 사람이 되었든 뭐가 되었든, 주위를 둘러싼 산줄기 너머 잭의 시야가 미치지 않는 곳에서 그를 쫓아올 수 있었다. 그러자 작은 오두막 옆으로 미끄러지듯 사라진 악어 꼬리가 달린 사람 형상이 떠올랐다. 그가 밤새도록 따라오며 잭이 잠들기를 기다렸는지도 모르는 일 아닌가?

기차는 돌연 급격히 속력이 떨어지더니 타는 듯이 붉은 골짜기를 덜커어엉덜커어엉 지나갔다.

잭은 자신을 에워싼 산들을 전체적으로 훑어보았지만 아침 햇살이 저 멀리 높다란 바위산을 금빛으로 물들이는 풍경만 보일 뿐이었다. 잭은 운전석을 샅샅이 살펴보았다. 그 순간만은 공포와 긴장 때문에 피곤이 간데없이 달아나 버렸다. 리처드는 팔 한 짝을 올려 눈가를 가리고는 계속 잠을 잤다. 사람이 되었든 뭐가 되었든, 그들이 지쳐 떨어지기를 기다리며 기차와 함께 달리고 있을지도 모르는 일이었다.

왼쪽에서 뭔가가 거의 알아채지 못할 만큼 천천히 움직이는 것을 느끼자 잭은 숨이 턱 막혔다. 거대한 뭔가가 주르르 미끄러지는…… 잭은 대여섯 명의 악어인간이 언덕을 넘어 그를 향해 기어오는 모습을 본 것 같았다. 양손으로 햇빛을 가리고 그들을 목격했다고 생각되는 부분을 응시했다. 바위산들은 가루 흙과 같이 붉은 색으로 물들어 있었으며, 그 사이로 깊은 산길이 산마루를 넘고 우뚝 솟은 바위 틈새로 지나가고 있었다. 두 바위 사이에서 움직이고 있는 것은 사람과 조금도 닮지 않은 형상이었다. 그것은 뱀이었다. 적어도 잭은 그렇게 생각했다……. 그것이 산길의 가려진 부분으로 미끄러져 들어가 버려서 잭은 파충류의 크고 둥글며 윤기나는 몸뚱이가 바위 뒤로 사라지는 것만 보았을 뿐이다. 그 생명체의 피부에는 기이한 이랑과 함께 불에 탄 자국이 있었고, 사라지기 직전에 옆쪽에 검은색의 너덜너덜한 구멍이 보인 것도 같았다……. 잭이 목을 길게 빼고 그것이 나타날 만한 곳을 올려다보기가 무섭게, 보는 것만으로도 기가 죽을 만큼 거대한 벌레가 머리의 4분의 1을 붉은 먼지 속에 묻은 채 그를 향해 회전하며 다가오는 것이 보였다. 그것은 반쯤 감긴 흐릿한 눈이 달려 있었지만 영락없는 벌레의 머리를 가지고 있었다.

또 다른 동물이 바위 아래에서 튀어나왔다. 커다란 머리에 몸을 질질 끄는 그것을 향해 벌레의 커다란 머리가 돌진했다. 잭이 보니 도망치는 피조물은 돌연변이 개 중 한 마리였다. 벌레는 우체통 입구처럼 생긴 입을 벌려 미쳐 날뛰는 돌연변이 개를 날렵하게 물어 올렸다. 뼈가 부서지는 소리가 똑똑하게 들려왔다. 개가 울부짖는 소리는 그쳤고, 거대한 벌레는 마치 알약을 먹듯 손쉽게 그 개를 삼켰다. 어느새 벌레 괴물은 불덩어리가 남긴 검은 궤적 바로 앞에 서게 되었다. 잭이 보고 있자니 그 기다란 괴물은 유람선이 대양의 수면 아래로 가라앉듯 흙을 파고 사라져 버렸다. 불덩이가 남긴 궤적이 해를 끼칠 수 있다는 것을 알고 벌레답게 그 아래로 굴을 파고 들어갔던 것이다. 추악하게 생긴 그것은 붉은 흙 속으로 완전히 모습을 감췄다. 잭은 노란색으로 빛나는 풀숲이 군데군데 보이는 기다란 붉은 경사면을 불안스레 둘러보았다. 언제 다시 그것이 땅 위로 올라올지 걱정스러웠다.

저 벌레가 기차를 삼키러 오지는 않으리란 걸 논리적으로 확신한 잭은 다시 주위 바위 언덕의 굴곡을 자세히 살펴보기 시작했다.

7

그날 오후에 리처드가 잠이 깨기 전에 잭이 본 것들:

언덕 너머로 그들을 지켜보고 있는 머리가 틀림없이 적어도 하나.

그를 향해 전속력으로 덜컹거리며 굴러오는 치명적인 불덩이 두 개 더.

처음에 커다란 토끼라고 생각했던 머리 없는 해골이 깨끗이 발라 먹고 철로 옆에 던져 놓은 인간의 아기라는 걸 알고 역겨웠음.

바로 그 옆에는 그 아기의 둥근 두개골이 무른 땅에 반쯤 파묻힌 채 반짝 빛나고 있었음. 그리고 그 밖에:

지금까지 본 놈들보다 기형 정도가 심한 머리 큰 개들이 배가 고파 침을 흘리며 애처롭게 기차를 향해 기어오고 있었음.

인간이 거주하는 판잣집 세 개가 기둥에 의지한 채 두껍게 모래가 깔린 바닥에 서 있었음. 이것은 '초토화된 땅'이라는 악취 나는 오염된 황야 어딘가에서 누군가가 계획을 세워 먹이를 찾아다니고 있다는 의미임.

깃털 대신 가죽을 뒤집어쓴 작은 새는 진정한 테러토리의 동물다운 특징을 보여 줌. 얼굴은 수염 난 원숭이를 닮았고, 날개 끝에는 섬세하게 생긴 손가락이 튀어나와 있었음.

그중에 최악인 것은(보았다고 생각한 것을 제외하고) 검은 웅덩이에서 물을 마시고 있는 정체를 도무지 종잡을 수 없는 동물 두 마리. 그 동물은 긴 이빨과 인간의 눈, 돼지의 앞다리를 닮은 상체, 커다란 고양이의 뒷다리를 닮은 하체를 가지고 있었음. 얼굴은 털이 엉겨 붙어 있었음. 기차가 그 동물들 옆을 지나칠 때 수컷의 고환이 베개만큼 부어 올라 땅바닥까지 축 늘어져 있는 것을 보았음. 무엇 때문에 저런 흉물이 되었을까? 핵 피폭 때문이라고 추측됨. 핵 외에 그 어떤 것도 저렇게 기형을 유발할 수는 없기 때문. 태어날 때부터 오염된 그 생명체들은 마찬가지로 오염된 물에 코를 킁킁거리다 지나가는 작은 기차를 보며 으르렁거렸음.

우리 세계도 언젠간 이렇게 될지 몰라, 잭은 생각했다. 얼마나 특별한 선물인가.

8

그 무렵 잭은 뭔가를 본 듯한 *생각*이 들었다. 피부가 화끈거리고 가려웠다. 마일스 P. 카이거가 준 코트가 변한 서라피 같은 웃웃은 진작 운전석 바닥에 내팽개져 있었고, 정오가 되기도 전에 홈스펀 셔츠도 벗어 버렸다. 입안에서는 지독한 맛이 났다. 녹슨 철과 상한 과일이 뒤섞인 시큼한 맛이었다. 이마에서 눈으로 땀이 흘러내렸다. 너무 피곤한 나머지 땀이 흘러들어 따가운데도 눈을 뜨고 선 채로 꿈을 꾸었다. 지긋지긋한 개들이 크게 무리를 지어 언덕 너머로 허둥지둥 달아나는 것을 보았고, 머리 위 붉게 물든 구름이 열리며 그와 리처드를 향해 불타는 긴 팔이, 악마의 팔이 뻗어 나오는 것을 보았다. 오리스의 모건이 나타났는데, 키가 4미터 가까이 되는 모건이 검은 옷을 입은 채 그 주위에 벼락을 내리꽂으며 땅을 쪼개자 거대한 먼지 회오리가 피어오르고 땅이 움푹 파였다. 그리고 마침내 잭은 눈을 감았다.

리처드가 신음하며 중얼거렸다.

"안 돼, 싫어, 싫다니까."

오리스의 모건이 한 줄기 안개처럼 사라지고 따갑던 잭의 눈이 번쩍 떠졌다. 리처드가 불렀다.

"잭?"

기차 앞으로 펼쳐진 붉은 땅에는 불덩이들이 남긴 검은 궤적 외에는 아무것도 없었다. 잭은 눈을 비빈 다음 힘없이 기지개를 켜고 있는 리처드를 보았다.

"나 여기 있어. 몸은 좀 어때?"

리처드가 잿빛이 된 핼쑥한 얼굴로 눈을 껌벅이며 딱딱한 좌석에 등을 대고 앉았다. 잭이 말했다.

"괜한 걸 물어봤네. 미안해."

"아니야, 많이 좋아졌어, 정말이야."

그 말을 듣자 잭은 조금이나마 긴장이 풀렸다.

"아직 머리는 아프지만, 많이 나아졌어."

"잠꼬대를 많이 하더라…… 음…….”

잭은 리처드가 눈앞에 놓인 현실을 어느 정도나 견뎌 낼지 알 수 없어 뒷말을 얼버무렸다.

"자면서. 응, 그랬을지도 모르지."

리처드가 얼굴을 씰룩였다. 하지만 이번에는 잭도 리처드가 비명을 지를까 봐 지레 긴장하지 않았다.

"이게 꿈이 아니라는 거 나도 알아, 잭. 내가 뇌종양이 아니라는 것도 알고."

"여기가 어딘지도 알아?"

"기차 안이지. 그 할아버지의 기차 말이야. 난 그 할아버지가 말한 '초토화된 땅'에 있는 거야."

"이런, 두 배로 놀랐는걸."

잭이 미소를 지으며 말하자 리처드의 창백한 잿빛 얼굴에 홍조가 떠올랐다.

"그런 걸 도대체 어떻게 알게 된 거지?"

잭이 물으면서도 아직 리처드의 변화를 믿어도 될지 확신이 서지 않았다.

"음, 이게 꿈이 아니라는 건 알고 있었어."

리처드의 볼이 더한층 붉어졌다.

"내 생각에…… 진실을 부정하는 짓을 멈출 때가 된 것 같아. 우리가 테러토리에 있다면 그건 그런 거지. 아무리 불가능한 일이더라도 말이야."

리처드는 잭과 눈이 마주쳤다. 잭은 리처드의 눈에 웃음기가 있는 것을 발견하고 놀랐다. 리처드가 물었다.

"기차역에 있던 어마어마하게 큰 모래시계 기억나?"

잭이 고개를 끄덕이자 리처드가 말했다.

"바로 그것 때문이었어, 정말로…… 그걸 보았을 때 내가 상상해 낸 물건만 있는 게 아니란 걸 깨달았어. 왜냐하면 내가 그런 물건을 상상해 낼 수 없다는 걸 알고 있었으니까. 난 못 하지. 그냥…… 할 수가 없어. 원시적인 시계를 발명하려 해도 톱니바퀴며 커다란 도르래 같은 갖가지 재료가 필요하잖아…… 그렇게 간단한 일이 아니야. 그러니 내가 상상해 낸 것이 아니야. 그러므로 그것은 현실인 거지. 그러므로 그 밖에 다른 것도 전부 현실이고."

"그래, 지금 기분은 어때? 넌 아주 한참 동안 잠을 잤는데."

"아직 좀 피곤해. 고개를 들 수도 없을 정도야. 유감스럽게도 대체로 그리 개운치는 않아."

"리처드, 이건 물어봐야겠어. 캘리포니아에 가는 걸 두려워하는 무슨 이유라도 있는 거니?"

리처드가 아래를 내려다보며 고개를 저었다.

"블랙 호텔이라고 불리는 곳에 대해 들어 본 적 있어?"

리처드는 계속 고개만 저었다. 그가 진실을 말하고 있지는 않았지만, 감당하기 어려운 진실과 최선을 다해 마주하고 있다는 건 잭도 알 수 있었다. 더 어려운 일 ─별안간 잭은 더 어려운 일이 너무나 많을 거라는 확신이 섰다. ─이 기다리고 있을 터였다. 아마도 그들이 블랙 호텔에 실제로 도착할 때까지는. 러슈턴의 트위너와 제이슨의 트위너. 좋아, 우리는 함께 부적의 집이자 감옥인 곳으로 가는 거야. 잭이 말했다.

"그래, 알았어, 그나저나 좀 걸을 수 있니?"

"응."

"좋았어, 지금 하고 싶은 일이 있어서 말이야. 내 말은, 이제 네가 뇌종양으로 죽을 상황이 아니라니까 하는 말인데, 네 도움이 필요해."

"무슨 일인데?"

리처드가 떨리는 손으로 얼굴을 비비며 물었다.

"무개화차에 있는 상자를 한두 개 열어 무기가 될 만한 것이 있는지 알아보려고."

"난 총이 싫은 정도가 아니라 아주 증오해. 너도 그럴 거야. 아무도 총이 없었다면 네 아빠도……"

"그래, 돼지도 날개가 있다면 하늘을 날겠지. 난 누가 우리를 쫓아오고 있다고 확신해."

"그럼, 그건 아마 우리 아빠일 거야."

리처드가 희망찬 목소리로 대답했다. 잭은 신음 소리를 내며 기어를 전진에서 풀었다. 기차가 눈에 띄게 속력을 잃기 시작했다. 이윽고 기차가 멈추자 잭은 기어를 중립으로 놓았다.

"어때, 내려갈 수 있겠어?"

"아, 물론이지."

리처드는 서둘러 일어서다가 무릎이 꺾이면서 다리가 휘청거리더니 의자에 털썩 주저앉았다. 얼굴은 더한층 잿빛이 되었고 이마와 윗입술에 땀방울이 맺혔다. 그가 작은 소리로 말했다.

"아, 못 내려갈 것 같아."

"그냥 편하게 생각해."

잭이 리처드 곁으로 가서 한 손을 그의 팔꿈치에 올리고, 다른 한 손으로 땀이 맺힌 따듯한 이마를 짚었다.

"편히 쉬어."

잠시 눈을 감았던 리처드가 잭의 눈을 들여다보았다. 그 표정에는 완벽한 신뢰가 담겨 있었다. 리처드가 말했다.

"너무 서둘렀어. 너무 오랫동안 같은 자세로 있었더니 온몸이 저려서 그래."

"그럼 살살해."

잭은 씩씩거리는 리처드를 도와 일으켜 세웠다.

"아파."

"잠시면 돼. 네가 도와주어야 해, 리처드."

리처드가 시험 삼아 한 발을 내디디고는 다시 씩씩거렸다.

"아야야."

리처드는 다른 발을 앞으로 내디뎠다. 그러고는 앞으로 조금 몸을 굽히더니 손바닥으로 허벅지와 종아리를 두드렸다. 잭이 보고 있자니 리처드의 얼굴이 변했다. 하지만 이번에는 고통스러운 표정이 아니라 깜짝 놀라서 거의 얼굴 근육이 후들거릴 듯했다.

잭은 친구의 시선을 따라가다 기차 앞을 미끄러져 지나가는 깃털이 없는 원숭이 얼굴의 새를 보았다. 잭이 말했다.

"그래, 여기는 재미있는 것이 아주 많아. 저 방수포 아래서 총을 찾을 수 있다면 기분이 훨씬 더 좋아질 텐데."

"저 산줄기 너머에는 무엇이 있을 것 같니? 같은 것들이 더 많이 있을까?"

"아니, 저 너머에는 더 많은 사람들이 살고 있을 것 같아. 그것들을 사람이라고 부를 수 있다면 말이지. 누군가 우리를 지켜보는 것을 두 번 본 적이 있어."

순식간에 리처드의 얼굴이 두려움으로 뒤덮이는 것을 보고 잭이 말했다.

"그것들은 결코 학교에서 온 것이 아니야. 하지만 그것만큼 사악할 수 있어. 너를 겁주고 싶지 않지만, 난 '초토화된 땅'에 대해 너보다 조금은 더 많은 것을 보았어."

"'초토화된 땅'이라."

리처드는 의심스럽다는 투였다. 그는 오줌 색깔의 풀밭이 우둘투둘 돋아나고 붉은 흙이 깔린 골짜기들을 곁눈으로 훑어보았다.

"아…… 저 나무…… 아…….."

"나도 알아. 넌 저것들을 무시하는 법을 배워야 할 거야."

"도대체 누가 이런 황폐한 땅을 만들었을까? 이건 결코 자연이 아니야."

"어쩌면 언젠간 그 누군가를 찾아낼 수도 있겠지."

잭은 리처드가 운전석에서 내려오는 것을 도와주었다. 둘 다 바퀴 위를 덮은 좁은 발판에 서게 되자 잭이 경고했다.

"저 흙가루 위로는 절대 내려가지 마. 얼마나 깊은지 알 수가 없어. 너를 거기서 끌어내는 일은 없었으면 해."

리처드는 부르르 몸을 떨었다. 하지만 그것은 그의 시야 한구석에 또다시 고뇌에 차서 절규하는 나무들이 들어왔기 때문이었다. 두 소년은 함께 멈춰 있는 기차 가장자리를 걸어가서 텅 빈 유개화차 안으로 들어갔다. 거기서부터 열차의 지붕으로 올라가는 금속 사다리가 보였다. 유개화차의 저쪽 끝에는 무개화차로 내려가는 사다리가 하나 더 있었다.

잭은 두툼한 털투성이 밧줄을 당기며 앤더스가 어떻게 그토록 수월하게 매듭을 풀었는지 그 방법을 기억해 내려 애썼다.

리처드가 사형 집행인의 올가미처럼 매듭이 진 고리를 내밀며 말했다.

"잭, 여길 풀어야 하는 것 같은데?"

"한번 해 보자."

리처드 혼자 힘으로 매듭을 풀기에는 역부족이었지만 잭이 거들어 삐죽 솟은 줄을 잡아당기자 그 '올가미'가 부드럽게 풀리고 방수포가 털썩 상자들 위로 무너져 내렸다. 잭이 가장 가까운 상자—'기계 부품' 상자—를 끌어당기자 '렌즈'라고 쓰인, 전에 본 적 없는 더 작은 상자 더미가 모습을 드러냈다. 잭이 말했다.

"바로 이거야. 쇠지렛대가 있었으면 좋았을 텐데."

잭이 골짜기 가장자리를 힐끗 쳐다보자 극심한 고통에 시달리는 나무가 입을 열고 소리 없는 절규를 부르짖고 있었다. 저쪽 어디에서 또 다른 머리가 고개를 내밀고 넘겨다보고 있는 건 아닐까? 그 거대한 벌레가 그들을 향해 미끄러져 다가올지도 몰랐다.

"자, 이 상자들의 뚜껑을 밀어서 열어 보자."

잭이 말하자 리처드가 잠자코 다가왔다.

상자 뚜껑을 들어 올리려고 여섯 번 시도하고 나자, 잭은 뚜껑이 들썩이면서 못이 삐걱거리는 것을 느낄 수 있었다. 계속 뚜껑을 들어 올리려 애쓰고 있는 리처드를 보며 잭이 말했다.

"그만해도 돼."

리처드는 힘을 쓰기 전보다 더 창백하고 기운이 없어 보였다.

"뒷일은 내가 맡을게."

리처드는 뒤로 물러서서 작은 상자 위에 쓰러지듯 주저앉았다. 그는 몸을 곧추세우고 늘어진 방수포 아래를 탐색하기 시작했다.

잭은 커다란 상자 앞에 자리를 잡고 이를 앙다물었다. 뚜껑 한쪽 모서리에 손을 얹고 길게 숨을 들이마신 다음 근육이 부들부들 떨릴 때까지 밀어붙였다. 막 손을 떼려는 순간 못이 다시 삐걱거리며 나무판자에서 빠지기 시작했다. "야아아!" 하고 기합을 내지르며 상자 뚜껑을 들어 올렸다.

기름으로 끈적끈적한 통 안에 잭이 한 번도 본 적 없는 종류의 총이 여섯 자루 들어 있었다. 주유기가 나비로 변신하면 이런 모양일까, 반은 기계고, 반은 곤충인 것처럼 보였다. 한 자루를 꺼내 자세히 살펴보고는 작동법을 이리저리 궁리해 보았다. 그건 자동총이어서 탄창이 필요했다. 그는 몸을 구부리고 총열을 이용해 '렌즈'라고 쓰인 상자의 뚜껑을 뜯어 열었다. 예상대로 두 번째로 연 작은 상자에는 윤활유를 잔뜩 머금은 탄창들이 플라스틱 완충재 속에 파묻혀 있었다. 리처드가 뒤에서 말했다.

"그건 우지 기관단총이야. 이스라엘에서 쓰는 기관총이지. 내가 알기로 최신 유행 제품이야. 테러범이 제일 좋아하는 장난감이지."

"그걸 어떻게 알았어?"

잭이 다른 총을 꺼내려 팔을 뻗으며 물었다.

"그야 텔레비전에서 봤지. 어떻게 알았겠냐?"

잭은 탄창을 시험해 보았다. 처음에는 권총에 거꾸로 넣었지만 마침내 정확한 위치를 알아냈다. 그다음엔 안전장치를 발견하고 풀었다가 다시 잠갔다. 리처드가 말했다.

"정말 손도 대기 싫게 생겼어."

"너도 하나 갖고 있어야 해. 그러니 불평하지 마."

잭은 탄창 하나를 리처드에게 건네주고는 잠시 생각했다가 상자에서 탄창을 전부 꺼내 두 개는 주머니에 넣고 두 개는 리처드에게 던졌다. 리처드는 어찌어찌 둘 다 받아 들었다. 잭은 나머지 탄창을 어깨에 메는 작은 가방에 넣었다.

"어?"

리처드가 의아해하여 잭이 대답했다.

"이건 보험이야."

9

운전석으로 돌아오자마자 리처드는 자리에 털썩 주저앉았다. 사다리 두 개를 오르내리고 바퀴 위의 좁은 금속 발판을 조심조심 디디느라 녹초가 된 모양이었다. 그래도 몸을 일으켜 잭이 앉을 자리를 내주고는 잭이 다시 기차를 출발시키는 모습을 반쯤 감긴 무거운 눈으로 지켜보기는 했다. 잭은 서라피를 집어 들어 총을 닦기 시작했다.

"뭐 하는 거야?"

"윤활유를 닦아 내는 거야. 내가 다 닦고 나면 너도 하는 게 좋을걸."

그날 하루의 나머지 시간 동안 두 소년은 덮개가 없는 기차 운전석에 앉아 땀을 흘렸다. 울부짖는 나무를 못 본 체하고 지나치는 풍경에서 풍기는 부패한 악취와 굶주림을 무시하려 기를 썼다. 잭은 리처드의 입 언저리에서 빨간 부스럼들이 부풀어 터진 것을 보았다. 잭은 결국 리처드의 손에서 우지 기관단총을 낚아채 윤활유를 말끔히 닦아 내고 탄창을 끼웠다. 갈라 터진 입술에 땀방울이 떨어져 쓰라렸다.

잭은 눈을 감았다. 어쩌면 골짜기 위로 내다보는 머리를 본 적이 없을지도 몰랐다. 어쩌면 그것들은 그들을 쫓아오는 게 아니었을 수도 있었다. 배터리가 치지직 소리를 내더니 커다란 불꽃이 타닥거리며 치솟는 소리가 들렸다. 그것을 보고 리처드가 펄쩍 뛰는 것도 느껴졌다. 다음 순간 잭은 맛있는 음식이 나오는 꿈을 꾸며 잠이 들었다.

10

리처드가 어깨를 흔들어 트럭 타이어만 한 피자를 먹고 있는 세계에서 잭을 끌어냈을 때는 그림자가 골짜기 위로 날개를 펼쳐 울부짖는 나무들의 고통을 어루만지려던 무렵이었다. 나무들은 여전히 낮게 구부리고 손으로 얼굴을 가리고 있었지만 낮게 깔린 희미한 저녁 빛 속에서 아름다워 보였다. 어두운 붉은색의 흙가루도 희미한 빛을 머금었다. 그림자는 대지를 따라 자신의 모습을 새기며 끝이 보이지 않을 만큼 멀리 뻗어 나갔다. 끔찍한 노란색 풀도 그윽한 오렌지색으로 녹아 들어갔다. 저물어 가는 붉은 햇살이 골짜기 가장자리의 바위들을 비스듬히 자기 빛으로 물들였다. 리처드가 말했다.

"네가 이걸 보았으면 해서."

리처드의 입가에는 조그만 부스럼이 더 생겨나 있었다. 리처드가 힘없이 웃었다.

"정말 특별한 것 같아…… 스펙트럼 말이야."

잭은 리처드가 황혼의 색채 변화에 대한 과학적인 설명을 늘어놓을까 봐 겁이 났다. 하지만 그의 친구는 물리학을 논하기에는 너무 지치거나 아팠다. 두 소년은 황혼이 지며 주위의 모든 색채가 짙어지고, 마침내 서쪽 하늘이 찬란한 보랏빛으로 물드는 모습을 말없이 지켜보았다.

리처드가 물었다.

"이 기차에 또 뭐가 실려 있는지 알아?"

"뭔데?"

잭이 물었지만 사실 답이 궁금한 건 아니었다. 어차피 좋은 얘기는 아닐 테니까. 그는 내일도 또다시 이토록 아름답고, 이토록 큰 울림을 주는 석양을 볼 수 있으면 좋겠다는 생각뿐이었다.

"플라스틱 폭탄이야. 전부 1킬로그램 단위로 포장되어 있지. 1킬로그램 단위라고 한 건 어쨌든 내 짐작일 뿐이지만. 그거면 도시 하나를 통째로 날려 버릴 수 있을걸. 잘못해서 이 총들 중 하나가 폭발하거나, 누군가가 폭탄이 든 상자를 총으로 쏘면 이 기차가 있던 자리에는 땅속에 뚫린 구멍밖에 안 남을걸."

"너나 나나 그런 어리석은 짓은 안 할 거야."

잭은 이렇게 대답하고는 석양에 몸을 맡겼다. 이 석양은 기이한 전조처럼 보였고, 모든 일이 다 이루어진 것 같은 꿈을 꾸는 것도 같았다. 알람브라 호텔을 떠난 이후로 겪었던 그 모든 일이 주마등처럼 머릿속을 스쳐 갔다. 잭은 작은 찻집에서 차를 마시다 갑자기 지치고 늙은 여인이 되어 버린 엄마를 보았다. 뒤이어 나무밑동에 앉아 있는 스피디 파커와 가축들을 돌보는 울프와 무시무시한 오틀리 주점의 스모키와 로리를 보았다. 선라이트 홈의 헥 바스트, 서니 싱거 같은 증오스러운 얼굴들도 차례차례 지나갔다. 울프를 생각하면 유독 가슴이 찢어질 듯 아팠다. 이유는 알 수 없었지만 끝없이 펼쳐지며 짙어져 가는 석양이 그 모든 것을 상기시킨 것이다. 리처드의 손을 잡고 싶어졌다. 잭은 생각했다, *잡으면 되지. 왜 안 돼?* 그러고는 의자 너머로 손을 뻗어 지저분하고 땀이 찬 친구의 손을 잡았다. 리처드가 말했다.

"너무 아파, 예전하고는 달라. 배가 뒤집힐 것 같고 얼굴이 온통 따끔거려."

"이곳에서 빠져나가면 다 좋아질 거야."

잭은 이렇게 말해 놓고도 의아스러웠다. *하지만 그 증거가 뭐지, 의사 선생? 네가 그를 오염시키고 있지 않다는 증거라도 있나?* 증거는 없었다. 그는 자신이 새로이 발명한(새로이 발견한?) 생각으로 스스로를 위로했다. 블랙 호텔에서 무슨 일이 일어날지는 알 수 없지만, 블랙 호텔에 가면 리처드가 아주 중요한 역할을 하게 될 거라는 생각을 했던 것이다. 잭은 리처드 슬로트가 필요해질 것이다. 단지 리처드가 플라스틱 폭탄과 비료 부대를 구분할 수 있기 때문만은 아니다.

리처드는 전에 블랙 호텔에 가 본 적이 있을까? 혹시 그는 실제로 부적 근처에 가 본 건 아닐까? 잭은 친구를 흘끗 보았다. 리처드는 얕은 숨을 힘겹게 몰아쉬고 있었다. 잭의 손 위에 놓인 리처드의 손은 밀랍으로 만든 조각상처럼 차가웠다.

리처드가 총을 무릎에서 치우며 말했다.

"이 총 못 들고 있겠어. 냄새만 맡아도 속이 울렁거려."

"알았어."

잭은 남은 손으로 총을 가져와 자신의 무릎에 올려놓았다. 나무 하나가 서서히 주변 시야로 들어와 고통에 몸부림치며 소리 없이 울부짖었다. 곧 돌연변이 개들이 찾으러 나올 것이다. 그는 고개를 들어 왼쪽, 그러니까 리처드가 있는 쪽 언덕들을 훑어보았다. 바위들 사이로 미끄러지며 다니는 인간을 닮은 형체가 보였다.

11

"이봐, 이봐, 리처드."

보고도 믿지 못할 광경에 잭은 리처드를 불렀다. 잭이 받은 충격과는 상관없이 타는 듯이 붉은 석양은 계속 아름다울 수 없는 것들을 아름답게 하고 있었다.

"왜? 너도 아파?"

"저 위에서 사람을 본 것 같아. 네 쪽 말이야."

잭은 다시 커다란 바위들을 살폈지만 움직이는 것은 아무것도 없었다. 리처드가 대답했다.

"상관없어."

"그러지 마. 놈들은 때만 기다리고 있는 거 모르겠어? 날이 어두워져 우리가 그들을 볼 수 없게 되면 그 즉시 우리를 습격해 올 거라고."

리처드는 왼쪽 눈만 살짝 떠 건성으로 그쪽을 보고는 대꾸했다.

"아무도 안 보이는데."

"나도 그래, 지금은. 하지만 뒤로 가서 이 총을 가져오길 정말 잘했어. 똑바로 앉아 정신 차리고 있어, 리처드, 살아서 여기서 나가고 싶다면 말이야."

"이런, 넌 너무 감상적이라니까. 내 눈에는 정말 저 위에 아무것도 없는 것 같은데, 잭. 날이 어두워지고 있어. 그건 아마 네 상상……"

리처드는 그렇게 말하면서도 자리에 고쳐 앉으며 두 눈을 떴다.

"쉿. 두 명이야. 한 놈 더 있는 걸까?"

또 다른 놈이 골짜기 꼭대기의 바위 사이에서 소변을 보는 모습을 본 것 같았다.

"애초에 누가 있기는 했을까 의심스럽네. 어쨌든 누가 있더라도 왜 우리를 해치려 하겠어? 그러니까, 내 말은……."

잭은 고개를 돌려 기차 앞에 뻗어 있는 철로를 내려다보았다. 절규하는 나무줄기 뒤에서 무언가가 움직였다. 개보다 덩치가 더 큰 그놈을 잭은 머리에 새겨 두었다.

"어, 저쪽 위에서 또 다른 놈이 우리를 기다리고 있는 것 같은걸."

공포심이 엄습하여 잭이 잠시 옴짝달싹하지 못했다. 저 세 놈의 공격으로부터 스스로를 보호하려면 뭘 어떻게 해야 할지 생각나지 않았다. 배 속이 차갑게 굳는 것 같았다. 무릎에서 우지 기관단총을 집어 말없이 바라보며 이 무기를 정말 사용할 수 있을지 의문이 들었다. '초토화된 땅'의 기차 강도들도 총을 가지고 있을까?

"리처드, 미안한데, 이번에는 저놈들이 문제를 일으킬 것 같거든. 그렇게 되면 네 도움이 필요하다고."

"뭘 도와?"

리처드의 목소리가 갈라져 나왔다. 잭이 총을 건네주며 말했다.

"총을 받아, 그리고 우리가 무릎을 꿇어야 할 것 같아, 그래야 저놈들의 타깃이 되지 않을 테니까."

잭이 무릎을 꿇자 리처드도 물속에서 움직이듯 슬로모션으로 그를 따라 했다. 뒤에서 기다란 울음소리가 들려왔고, 위에서도 또 다른 울음소리가 들렸다.

"저놈들도 눈치챈 거야, 우리가 그들을 봤다는 것을. 하지만 어디 있는 거지?"

리처드의 질문은 거의 즉시 답을 얻었다. 어두운 보랏빛 석양 속에도 볼 수 있는 한 사내 — 혹은 사람처럼 보이는 그 무엇 — 가 은신처에서 뛰쳐나와 기차를 향해 경사면을 달려 내려오기 시작했던 것이다. 누더기 옷이 뒤쪽으로 펄럭거렸다. 그놈은 인디언처럼 소리를 지르며 양손으로 무언가를 들어 올렸다. 그것은 휘어지는 막대기였는데, 가느다란 무언가가 공기를 가르며 날아와 머리 옆을 스쳐 지나가는 소리를 들을 — 제대로 보지는 못했다. — 때까지도 잭은 저것이 무엇에 쓰는 걸까 궁리하고 있었다.

"세상에! 저놈들은 활과 화살을 들고 있어!"

잭의 말에 리처드는 신음을 토해 냈다. 잭은 리처드가 여기저기 토해 토사물을 뒤집어쓰게 될까 봐 걱정이 되었다. 잭이 말했다.

"저놈을 쏘아야 해."

리처드는 침을 꿀꺽 삼키고 대답이 아닌 이상한 소리를 내었다.

"말도 안 돼."

잭은 우지의 안전장치를 풀었다. 고개를 들고 누더기를 입은 놈이 등 뒤에서 또 다른 화살을 쏘려는 것을 보았다. 그 화살이 조준을 정확히 했다면, 다시는 아무것도 보지 못했을 것이다. 하지만 화살은 운전석 옆을 강타했을 뿐, 아무런 해도 입히지 못했다. 잭은 우지를 홱 잡아 올려 방아쇠를 당겼다.

잭이 예상치 못한 엄청난 일이 벌어졌다. 그는 기관총이 얌전히 그의 손에 들린 채로 총알 몇 발만 순순히 발사시킬 거라고 생각했다. 하지만 우지는 그의 손에서 동물처럼 날뛰며 고막이 터져라 요란한 소리를 냈다. 화약 냄새가 코를 찔렀다. 누더기 사내는 기차 뒤에서 팔을 내밀었다. 그가 부상을 입어서가 아니라 재미로 그런 것이었다. 잭은 마침내 방아쇠에서 손가락을 떼기로 했다. 얼마나 많은 총알을 낭비했고 얼마나 많은 총알이 탄창에 남아 있는지 알 수가 없었다. 리처드가 물었다.

"놈을 쐈어? 놈을 해치웠냐고?"

그 사내는 크고 평평한 발을 퍼덕이며 골짜기 사면을 뛰어 올라 가고 있었다. 그제야 잭은 그것이 발이 아니라는 것을 알았다. 그 사내는 커다란 접시처럼 생긴 것을 신고 달리고 있었다. 눈이 많이 왔을 때 신는 신발이 '초토화된 땅'에 오면 저런 모습이 될 듯했다. 놈은 몸을 숨기려고 나무 한 그루를 향해 달려가고 있었다.

잭은 양손으로 우지를 집어 들고 짧은 총신을 내려다보았다. 그 러고는 부드럽게 방아쇠를 당겼다. 총은 두 손 안에서 덜컥 흔들렸 지만 처음보다는 덜했다. 총알이 넓은 아치를 그리며 발사되었고, 적어도 그중 하나는 의도된 타깃에 맞았다. 그 사내가 트럭에 치인 것처럼 옆으로 휘청거렸기 때문이었다. 발에 신었던 눈신도 멀리 날아가 버렸다.

"네 총을 줘."

잭이 리처드한테서 두 번째 우지를 받아 들었다. 여전히 무릎을 꿇은 채 기차 정면에 있는 어두운 그림자를 향해 탄창의 반을 쏟아 부은 뒤 거기서 지켜보고 있던 놈이 죽었기를 바랐다.

또 다른 화살이 기차에 달가닥 부닥쳤다. 곧이어 또 다른 화살이 유개화차 옆면을 제대로 때려 텅 소리를 냈다.

리처드는 부들부들 떨며 운전석 바닥에 주저앉아 울부짖고 있었다.

"내 총 장전해 줘!"

잭은 주머니에서 탄창을 꺼내 리처드의 코 밑에서 장전해 보였다. 두 번째 습격자를 찾아 골짜기 옆면을 올려다보았다. 곧 날이 저물 테고 그러면 너무 어두워져 골짜기 안에 뭐가 있는지 아무것도 보이지 않을 것이었다.

리처드가 소리쳤다.

"그놈이 보여. 그놈이 보인다고. 바로 저기야!"

리처드는 바위 사이로 조용히, 하지만 급박하게 움직이는 그림자를 가리켰다. 잭은 두 번째 우지 탄창의 나머지 반을 그것을 향해 난사했다. 총알이 다 떨어지자 리처드는 그 기관총을 받아 들고 장전된 총을 잭의 손에 들려 주었다.

오른쪽에서 어떤 목소리가 들려왔다. 얼마나 멀리서 들려오는지는 분간할 수가 없었다.

"조은 소년덜, 조은 소년덜, 네가 멈추면 나도 이제 멈춘다. 알아냐? 그럼 모두 끝난다, 이 거래가. 조은 소년덜, 그 총을 나한테 파라라. 그걸로 아주 마는 놈들을 죽일 수 있다."

"잭!"

극도로 흥분한 리처드가 잭에게 속삭여 경고했다.

"화살과 활을 버려!"

잭이 여전히 리처드 옆에서 쭈그리고 앉은 채 소리치자 리처드가 속삭였다.

"잭, 너 설마!"

"지금 그거를 던지인다, 소년덜아 그만하고, 그 총을 나한테 파라라, 알아냐?"

그 목소리는 여전히 그들 앞에서 들려오고 있었다. 뭔가 가벼운 것이 흙먼지를 피우고 있었다. 잭이 대꾸했다.

"알았다. 우리가 볼 수 있는 곳으로 나와."

"알아따."

잭이 기어를 잡아당겼다. 기차는 관성의 힘으로 나아가다가 마침내 멈출 것이다. 잭이 리처드에게 속삭였다.

"내가 소리 지르면 최대한 빨리 이것을 밀어, 알겠지?"

"이런, 젠장."

리처드가 숨을 헐떡였다.

잭은 리처드가 방금 건네준 총의 안전장치가 풀려 있는지 확인했다. 이마에서 가늘게 흘러 내려온 땀방울이 곧바로 오른쪽 눈으로 들어갔다. 목소리가 말했다.

"이제 모두 조타, 그려, 소년덜은 이러서라, 그려. 이러서라, 소년덜아."

일여나, 일여나, 제에발, 제에발.

목소리가 들리는 곳으로 기차는 천천히 다가갔다. 잭이 작은 소리로 말했다.

"기어에 손을 올려놔. 곧 올 거야."

리처드가 떨리는 손으로, 저런 작고 어린아이 같은 손으로 뭘 할 수 있을까 싶은 손으로 기어 레버를 잡았다.

잭은 불현듯 앤더스 노인이 울퉁불퉁한 나무바닥에 무릎을 꿇은

채 던졌던 질문이 생각났다. *하지만 괜찮으시겠습니까, 주인님?* 잭
은 그 질문을 대수롭지 않게 생각하고 경솔하게 대답했다. 스모키
업다이크를 위해 술통을 나르던 소년에게 '초토화된 땅'이 대수롭
게 여겨졌겠는가?

이제 잭은 바지에 오줌을 쌀까 봐 너무 걱정이 되었다. 리처드가
테러토리판 마일스 P. 카이거의 로덴 코트에 토할까 봐 걱정하던
것은 비할 바가 못 되었다.

운전실 옆 어둠 속에서 커다란 웃음소리가 터져 나왔다. 잭은 몸
을 바로 세우고 총을 바짝 잡아당겼다. 하지만 묵직한 몸뚱이가 기
관차 측벽에 충돌해 달라붙자 소리를 지르고 말았다. 리처드가 기
어를 밀어 전진으로 놓자 기차가 덜컹 앞으로 움직이기 시작했다.

털이 부숭부숭한 맨팔이 운전석 옆을 꽉 잡고 있었다. *서부영화
가 따로 없군.* 잭은 생각했다. 다음 순간 사내의 상체가 그들 위에
우뚝 서 있었다. 리처드는 비명을 질렀고 잭은 팬티에 똥을 지릴 뻔
했다.

그 얼굴은 이빨이 거의 대부분을 차지했는데, 그 얼굴에서 송곳
니를 드러낸 방울뱀과 같은 본능적인 사악함이 엿보였다. 그 기다
랗고 구부러진 이빨에서 뚝뚝 떨어지는 물방울을 보며 잭은 본능
적으로 독액일 거라고 짐작했다. 두 소년 위에 불쑥 나타난 그 생명
체는 작은 코를 빼면 뱀의 머리통을 가진 사람처럼 생겼다. 그놈이
물갈퀴가 있는 손에 쥔 칼을 들어 올렸다. 잭은 너무 놀라서 겨냥도
하지 않은 채 발작적으로 방아쇠를 당겼다.

그 생명체가 일변하여 잠시 비틀비틀 물러나는가 싶더니, 다음

순간 물갈퀴가 달린 손과 칼이 보이지 않았다. 그놈이 피가 흐르는 잘린 팔을 앞쪽으로 휘두르는 바람에 잭의 셔츠에 붉은 얼룩이 생겼다. 그 순간 편리하게도 이성이 외출을 해 준 덕에 잭은 본능에 따라 우지로 정확히 그 생명체의 가슴을 겨누고 방아쇠를 당길 수 있었다.

얼룩덜룩한 가슴 한가운데에 커다랗게 붉은 구멍이 뚫렸고, 독액이 뚝뚝 듣는 이빨들이 딱딱 마주쳤다. 잭이 계속 방아쇠를 누르자 우지 기관단총 총신이 저절로 올라가 놈의 머리를 박살 냄으로써 일이 초 만에 살육을 끝냈다. 그러자 그것이 사라졌다. 운전석 옆 커다란 핏자국과 잭의 셔츠에 남은 피 얼룩만이 두 소년이 꿈을 꾼 게 아니라는 것을 보여 줄 뿐이었다. 리처드가 소리 질렀다.

"조심해!"

"내가 놈을 해치웠어."

잭이 헐떡이며 대답했다.

"그놈은 어디로 간 거지?"

"떨어져 죽었어."

"네가 그놈의 손을 쏘아서 잘라 냈잖아. 그거 어떻게 한 거야?"

리처드가 속삭이듯 물었다.

잭은 양손을 들어 올려 얼마나 떨리는지 확인했다. 주위에 매캐한 화약 냄새가 가득했다.

"그냥 총을 잘 겨누는 사람을 흉내 낸 거야."

잭은 손을 내리고 입술을 핥았다.

열두 시간 뒤 태양이 다시 '초토화된 땅' 위로 솟아올랐을 때 두 소년은 누구도 잠들어 있지 않았다. 밤새 그들은 무릎에 총을 올려놓고 아주 조그만 소리도 놓치지 않으려고 귀를 쫑긋 세우며 병사처럼 굳건하게 앉아 있었다. 기차에 탄약이 얼마나 남았는지를 떠올리며 잭은 문득문득 골짜기 입구를 향해 몇 차례 총을 겨누었다. 그 두 번째 날 동안 혹시라도 이 머나먼 '초토화된 땅'에 사람이나 괴물이 있었더라도 그 누구도 소년들을 방해하지 않았을 것이다. 잭이 피곤한 와중에도 추측해 보건대, 그것은 곧 놈들도 총의 위력을 안다는 뜻이었다. 또한 서해안과 아주 가까운 이곳에서는 아무도 모건의 기차에 얽히고 싶어 하지 않는다는 뜻이기도 했다. 리처드에게는 이런 얘기를 하지 않았다. 그의 눈은 초점 없이 흐릿했으며 거의 항상 열에 들떠 있었다.

12
그날 저녁 무렵 잭은 매캐한 공기 속에서 바다 냄새를 맡았다.

36장

전쟁에 뛰어든 잭과 리처드

1

그날 밤 일몰은 더 넓게 비춰 나갔다. 기차가 대양에 가까이 갈수록 경치가 탁 트이기 시작하면서 웅장한 장관은 점차 보이지 않게 되었다. 잭은 비바람에 깎인 언덕 꼭대기에서 기차를 멈추고 무개 화차로 다시 올라갔다. 그는 거의 한 시간 동안 — 음울한 색조가 하늘에서 사라지고 반달이 동쪽 하늘로 올라올 때까지 — 여기저기 쿡쿡 찔러 보더니 '렌즈'라고 쓰인 상자 여섯 개를 가지고 돌아왔다. 잭이 리처드에게 말했다.

"열어서 한번 세어 봐. 그대를 '탄창 지킴이'로 임명하노라."

"대단하군. 내가 공부한 게 언젠간 쓸 데가 있을 줄 알았지."

리처드가 힘없는 목소리로 말했다.

잭은 다시 무개화차로 돌아가 '기계 부품'이라고 표시된 상자 뚜껑을 들어 올렸다. 그동안 거칠고 쉰 듯한 울음소리가 어둠 속 어딘가에서 들려왔다. 그 뒤를 이어 고통에 찬 비명이 귀를 찢을 듯 울려 퍼졌다.

"잭? 잭, 다시 거기 간 거야?"

"여기야!"

잭이 외쳤다. 그리고는 두 사람의 세탁부가 담장 너머로 서로 소리치는 것과 같은 모습을 연출하는 게 그다지 현명치 못하다는 생각이 들었지만, 리처드의 목소리를 들으니 거의 공황상태에 빠지기 직전이었다.

"금방 돌아올 거지?"

"금방 갈게!"

잭은 우지의 총신을 지렛대 삼아 더 빠르고 더 힘차게 상자 뚜껑을 들어 올렸다. 그들은 '초토화된 땅'을 거의 지나가고 있었지만 잭은 여전히 기차를 너무 오래 세워 놓기가 찜찜했다. 기관총 상자를 통째로 운전실로 가져갈 수 있다면 좋을 테지만 상자가 너무 무거웠다.

이것은 무겁지 않다, 내 우지 기관총이니까. 잭은 이렇게 생각하며 어둠 속에서 피식 웃었다.

"*잭?*"

거의 이성을 잃은 리처드가 날카롭게 소리를 질렀다.

"참고 기다려, 동지."

"동지라고 부르지 마."

상자 뚜껑에서 못이 빠지는 시끄러운 소리가 나면서 뚜껑을 벗겨 낼 수 있게 되었다. 잭이 윤활유가 묻은 기관총 두 정을 잡고 돌아오려 할 때 또 다른 상자가 눈에 띄었다. 휴대용 텔레비전 세트만

한 상자였다. 얼마 전까지만 해도 방수포에 겹겹이 덮여 있던 것이었다.

잭이 희미한 달빛을 받으며 유개화차 위를 잽싸게 달려가는데 얼굴에 미풍이 살랑거렸다. 깨끗한 바람이었다. 부패의 기미도, 부패의 흔적도 없고, 오직 깨끗하고 축축한 공기와 의심할 바 없는 소금 냄새만 느껴졌다. 리처드가 짜증을 내며 보챘다.

"도대체 뭘 하는 거야? 잭, 여기 총이 있어! 총알도 있고! 도대체 왜 더 가져오려는 건데? 네가 돌아다니는 동안 뭔가가 여기로 기어 올라올 수도 있었잖아."

"총을 더 가져오려는 거야. 기관총은 과열되기 쉬우니까. 총알을 더 가져오려는 거야. 총 쏠 일이 많을지도 모르니까. 있잖아, 나도 텔레비전을 보거든."

잭은 다시 무개화차로 향했다. 그 네모난 상자에 무엇이 있는지 알고 싶었다.

리처드가 그를 붙잡았다. 공황상태를 이기지 못한 그의 손이 새 발톱처럼 살을 파고들었다.

"리처드, 괜찮을 거야……"

"뭔가가 너를 휙 잡아챌지도 몰라!"

"우리는 블랙 호텔에 거의 다……"

"뭐가 튀어나와서 나를 밀어 잡아챌지 몰라! 잭, 제발 나를 혼자 두지 마!"

리처드가 울음을 터뜨렸다. 잭에게서 고개를 돌리지도 않았고, 두 손으로 얼굴을 가리지도 못했다. 일그러진 얼굴에 눈물을 펑펑

쏟으면서 그냥 그 자리에 서 있었다. 그 순간 리처드는 처절할 정도로 무력한 모습이었다. 잭은 리처드를 감싸 안았다.

"뭐가 나타나 너를 죽여 버리면 난 어떻게 하란 말이야? 생각을 해 봐, 나 혼자 이곳에서 어떻게 벗어날 수 있겠어?"

리처드가 흐느끼며 말했다.

나도 몰라, 정말 모르겠어. 잭은 생각했다.

2

그리하여 리처드는 무개화차의 탄약 저장소로 가는 잭의 마지막 여행에 동참하게 되었다. 그 말은 곧 리처드가 사다리를 타고 올라갈 때 받쳐 주고, 유개화차 꼭대기를 지날 때 손잡아 주고, 조심스럽게 바닥에 내려 주어야 한다는 뜻이었다. 마치 다리를 저는 할머니가 도로를 건너게 도와주는 것과 같았다. 이성적인 리처드는 정신적으로는 회복되었지만 체력적으로는 계속 나빠지고 있었다.

판자 사이로 윤활유가 흘러나오고 있었지만 그 네모난 상자에는 '과일'이라고 쓰여 있었다. 그것은 새빨간 거짓말은 아니라는 것을 상자를 열어 보고야 알았다. 그 상자는 파인애플로 가득했다. 단지 그것은 파인애플 모양의 수류탄이었을 뿐이다. 리처드가 나직한 목소리로 말했다.

"세상에 마상에나."

"마상이 누구인지는 모르지만, 나 좀 도와줘. 우리는 각자 셔츠에 네다섯 개 정도는 넣어 갈 수 있을 거야."

"이렇게 많은 무기가 왜 필요한 건데? 군대라도 상대할 셈이야?"

"아마 그럴걸."

3

리처드는 잭과 함께 유개화차 꼭대기를 건너 돌아오던 중 하늘을 올려다보았다. 순간 현기증을 느끼고 휘청거렸지만 잭이 붙잡아 준 덕분에 기차 옆으로 떨어지지는 않았다. 하늘의 별자리가 북반구와 남반구는 물론 어디에서도 본 적이 없는 패턴이라는 것을 깨달았던 것이다. 난생처음 보는 별들이 하늘 저 높이에서 빛나고 있었…… 하지만 거기에도 일정한 패턴이 있었다. 그렇다면 이렇게 듣도 보도 못한, 상상 속에서나 존재할 법한 이 세계 어딘가에도 선원들이 있어 그 별들에 의지해 항해를 할지도 모르는 일이었다. 그런 생각을 하며 리처드는 이것이 현실이라는 것을 절절히 실감할 수 있었다. 이 모든 것이 도저히 부정할 수 없는 현실이라는 것을 깨달았던 것이다.

바로 그때 아득히 멀리서 들려오는 듯한 잭의 목소리에 현실로 돌아왔다.

"야, 리치! 제이슨! 너 기차 옆으로 떨어지겠어!"

마침내 두 소년은 운전석으로 돌아왔다.

잭은 기어를 전진으로 놓고 가속장치 막대를 밀었다. 오리스의 모건의 지나치게 큰 플래시라이트가 다시 앞을 비추기 시작했다. 잭은 운전석 바닥을 흘끗 보았다. 우지 기관단총 네 정, 탄창이 열 개씩 스무 더미, 맥주 캔 따듯이 핀을 뽑는 수류탄 열 개가 있었다.

"이제는 충분히 무기를 갖추지 못했다 해도 어쩔 수 없어."

"대체 뭐가 있다는 거야, 잭?"

잭은 고개만 저을 뿐이었다.

"네 눈엔 내가 아주 물정 모르는 멍청이로 보이나 보다, 응?"

잭이 싱긋 웃으며 대답했다.

"언제나 그렇지, 동지."

"동지라고 부르지 마!"

"동지…… 동지…… 동지!"

리처드는 이번에는 오래된 농담에도 슬쩍 미소만 지을 뿐이었
다. 별로 웃지도 않은 데다 입가에 벌겋게 일어난 부스럼만 두드러
져 보였지만…… 안 웃는 편보다는 나았다.

리처드가 기관총 탄창을 옆에 밀어 놓고 잭의 서라피를 뒤집어
쓰고는 운전석 한구석에 자리를 잡으며 물었다.

"나 다시 자도 돼? 그렇게 사다리 오르고 탄환 운반하고 하느
라…… 너무 지쳐서 몸이 아픈 게 틀림없어."

"그렇게 해. 나는 괜찮으니까."

잭은 사실 다시 기운이 솟는 것을 느꼈다. 머잖아 그 힘을 쓸 일
이 있을 것 같았다.

"바다 냄새가 나."

리처드의 목소리에서 사랑과 혐오, 향수와 공포가 복합적으로 느
껴져 잭은 깜짝 놀랐다. 리처드의 눈은 어느새 스르륵 감겨 있었다.

잭은 가속장치 막대를 끝까지 밀었다. 이제 끝이 ─ 모든 게 끝
나지는 않더라도 ─ 멀지 않다는 생각이 그 어느 때보다 더 강해
졌다.

4

달이 지면서 초라하고 비참한 '초토화된 땅'의 면모는 더 이상 찾아보기 어려워졌다. 곡식이 자라는 들판이 다시 나타났다. 엘리스 브레이크스에서 자라던 알곡보다는 거칠었지만 깨끗하고 건강한 느낌을 주었다. 잭의 귀에 희미한 갈매기 소리 같은 것이 들려왔다. 처절할 만큼 외로운 소리였다. 완만하게 펼쳐지는 드넓고 탁 트인 들판에서 희미하게 과일 냄새가 났고 공기 중에는 소금기가 감돌았다.

한밤중이 지날 무렵 기차는 웅웅거리며 나무들 사이를 지나가기 시작했다. 나무들은 대부분 상록수였는데, 그 솔향기가 공기 중의 짭짤하고 톡 쏘는 냄새와 어우러지면서 그가 향하는 곳과 그가 떠나온 곳이 하나로 연결되는 듯한 느낌을 받았다. 잭과 엄마는 한번도 캘리포니아 북부에서 오래 머문 적이 없었다. ─ 어쩌면 블로트가 그곳에서 자주 휴가를 보내기 때문일 수도 있었다. ─ 하지만 잭은 엄마가 멘도시노와 소살리토(두 곳 모두 캘리포니아 북부의 유명 해안 휴양 도시이다. ─ 옮긴이) 일대의 땅이 뉴잉글랜드와 아주 흡사해서, 소금통형 가옥(전면은 2층이고 후면은 단층인 소금통 모양의 주택 ─ 옮긴이)과 코드곶(미국 매사추세츠주 남동부에 있는 반도로 뉴잉글랜드의 관광 명소이기도 하다. ─ 옮긴이)까지도 찾아볼 수 있다고 얘기해 주었던 것이 기억났다. 그래서 뉴잉글랜드를 배경으로 영화를 찍으려는 영화사들은 미국 대륙을 횡단하기보다는 조금 북부로 올라가 영화를 찍었는데, 관객들은 그 차이를 거의 알아차리지 못했다고 했다.

결국은 이렇게 될 거였구나. 어떤 이상한 운명에 의해 결국 내가

떠나온 곳으로 돌아가고 있어.

　리처드: *군대라도 상대할 셈이야?*

　잭은 리처드가 잠든 것이 고마울 정도였다. 덕분에 그 질문에 답하지 않아도 되니까, 적어도 지금 당장은.

　앤더스: *악마의 물건들입죠. 나쁜 늑대족을 위한 거예요. 블랙호텔로 가져갈 것들입니다요.*

　악마의 물건은 우지 기관단총과 플라스틱 폭탄, 수류탄이었다. 그 악마의 물건은 여기 있지만 나쁜 울프족은 없다. 그런데도 유개화차는 비어 있었다. 잭은 이제야 모든 게 이해가 되었다.

　너한테 들려줄 이야기가 있어, 꼬마 리치, 네가 잠이 들어서 정말 다행이야. 너한테 그 얘기를 안 해 줘도 되니까. 모건은 내가 가고 있다는 사실을 알고 있어. 깜짝 파티를 계획하고 있지. 케이크에서 알몸의 소녀가 아니라 늑대인간이 뛰쳐나올 거라는 점만 다르지. 그들은 파티 선물로 우지 기관단총과 수류탄을 선사할 속셈이야. 음, 우리는 말하자면 그의 기차를 탈취한 셈이고 예정보다 열 시간에서 열두 시간 정도 앞서고 있어. 하지만 만일 우리가 테러토리의 칙칙폭폭을 타려고 대기 중인 울프족의 소굴을 향해 가고 있는 거라면 ― 우리가 하고 있는 일이 바로 그거지만 ― 우리도 최대한 많은 깜짝 선물을 준비해야 하는 거야.

　잭은 손으로 얼굴 한쪽을 쓸었다.

　모건의 특공대가 있는 곳에서 되도록 먼 곳에 기차를 세우고 그들의 소굴에서 빙 돌아가는 것이 나을 것이다. 더 쉽고 더 안전할 것이다.

하지만 그러면 나쁜 울프족을 물리칠 수 없게 되는 거야. 알겠어, 리치?

운전석 바닥에 쌓여 있는 무기를 내려다보던 잭은 자신이 과연 모건의 울프 여단을 급습할 수 있을지 걱정되었다. 특공대원들이 어지간해야지, '방랑하는 접시닦이의 왕'인 잭 소여와 '비몽사몽' 조수가 한 팀이라니. 잭은 자신이 이성의 끈을 놓아 버린 게 아닐까 걱정되었다. 아무래도 그런 것만 같았다. 그게 바로 그가 계획하고 있는 일이었으니까. 저놈들은 습격 같은 건 전혀 예상하지 못할 테지만…… 너무 머릿수가 많고, 엄청나게 많고, 정말 진저리가 나게 많았다. 그는 채찍질을 당했고 울프는 살해당했다. 리처드의 학교는 파괴되었고 리처드는 온전한 판단력을 상실했다. 그리고 모르긴 몰라도 모건 슬로트는 다시 뉴햄프셔로 돌아가 엄마를 괴롭히고 있을 것이었다.

이성을 잃었건 아니건, 복수의 시간이 다가왔다.

잭은 몸을 굽혀 장전된 우지 기관단총을 집어 들고는 앞으로 뻗었다. 그 앞에 철로가 뻗어 있었고 소금기는 꾸준히 진해졌다.

5

새벽녘에 잭은 가속장치 막대에 기대 깜박 잠이 들었다. 그런 장치에는 데드맨 스위치(조종자가 의식 상실 등으로 조종 능력을 상실한 경우 저절로 작동이 멈추도록 만들어진 장치 — 옮긴이)가 달려 있다는 것을 알았어도 잭은 그다지 편히 쉬지 못했을 것이다. 동이 틀 무렵 리처드가 잭을 깨웠다.

"저 앞에 뭐가 있어."

앞을 보기 전에 잭은 리처드부터 자세히 살펴보았다. 날이 밝아 햇빛을 받으면 리처드가 더 건강해 보이길 바랐다. 하지만 흐릿한 여명 속에서도 리처드가 아프다는 사실을 숨길 수는 없었다. 새 날이 밝아 온 세상이 환해지는 와중에도 리처드는 피부톤의 주된 색조가 회색은 노란색으로 바뀔 뿐…… 달라지는 게 없었다.

"이봐! 기차! 너 말이야, 빌어먹게 큰 기차, 안녕하냐!"

목구멍을 긁어 대며 외치는 소리는 거의 동물의 울부짖음처럼 들렸다. 잭은 다시 앞쪽을 보았다.

두 소년은 좁다란 방어진지에 다가가고 있었다.

위병소 밖에 울프족 하나가 서 있었다. 하지만 잭이 사랑하는 울프와 닮은 거라곤 불타는 오렌지색 눈뿐이었다. 이 울프족의 머리는 마치 커다란 낫으로 정수리 꼭대기의 둥그런 부분을 싹둑 잘라 낸 것처럼 지나치게 납작했다. 울뚝불뚝한 얼굴을 빈약한 주걱턱이 받친 모양은 마치 교수대 위에서 간당거리는 바위를 연상시켰다. 뜻밖의 환희에 사로잡혀 있는 이 순간에도 얼굴에 탁하게 드리워진 야만적인 어리석음은 감춰지지 않았다. 땋은 머리가 양 볼에 늘어져 있었고 이마에는 X 자 모양의 흉터가 있었다.

그 울프는 용병처럼 차려입고 있었다. 아니면 잭이 용병의 제복은 저런 모습일 거라고 생각했는지도 몰랐다. 헐렁한 녹색 바짓가랑이가 검은 부츠 위에서 부풀어 있었다. 하지만 부츠는 발가락 부분이 잘려서, 기다란 발톱이 달리고 털이 무성한 발가락이 튀어나와 있었다.

"*기차다!*"

기차가 50미터 앞까지 이르자 그 울프가 짖듯이 으르렁거렸다. 그놈은 펄쩍펄쩍 뛰기 시작하더니 야만스럽게 히죽거리며 캡 캘러웨이(미국의 재즈 가수. 1930년대 초부터 1940년대 후반까지 미국의 가장 인기 있는 빅 밴드 중 하나를 이끄는 리더로 활동했다. ― 옮긴이)처럼 손가락을 퉁겨 딱 소리를 냈다. 엉긴 침이 추접스럽게 턱에서 흘러내렸다.

"*기차다! 기차야! 우라질 기차가 지금 당장 여기!*"

그놈의 입이 놀랄 만큼 크게 벌어지면서 부러진 창처럼 뾰족한 누런 이빨들이 보였다.

"*너희들 우라지게 일찍 왔다, 좋아, 좋아!*"

"잭, 저게 뭐야?"

당황한 리처드가 잭의 어깨를 와락 움켜잡으며 물었다. 그래도 목소리까지 떨지 않은 건 칭찬해 줄 만했다.

"울프족이야. 모건의 부하지."

이런, 잭, 모건의 이름을 말하다니. 머저리 같으니라고!

하지만 지금은 그런 일에 신경 쓸 때가 아니었다. 기차가 위병소 바로 옆까지 오자 그 울프는 기차에 올라탈 기세였다. 잭이 지켜보니, 그놈은 펄쩍거리며 먼지를 풀썩이는가 하면 끝이 잘려 나간 부츠를 신은 발로 쿵쿵거리며 날뛰었다. 탄띠처럼 맨몸에 두른 가죽 벨트에는 칼이 꽂혀 있을 뿐 총은 없었다.

잭은 재빨리 우지의 제어장치를 단발로 바꾸었다.

"모건? 모건이 누구야? 어떤 모건을 말하는 건데?"

"나중에 얘기하자."

잭은 아주 작은 점 —그 울프족—에 정신을 집중했다. 그리고는 의식적으로 크게 웃어 보이는 한편 우지가 눈에 띄지 않게 낮추어 잡았다.

"앤더스 기차다! 환장하게 잘됐다! 지금 여기!"

기관차 오른쪽으로 커다란 꺾쇠처럼 생긴 손잡이가 발판처럼 넓은 디딤대 위에 튀어나와 있었다. 턱에 침을 질질 흘리며 야비하게 웃는 모습이 누가 봐도 제정신이 아닌 울프족이 그 손잡이를 잡고 디딤대 위로 가볍게 올라섰다.

"이봐, 그 노인네는 어디 있냐? 울프! 그 노인이 어디······"

잭은 우지를 들어 그 울프의 왼쪽 눈을 쏘았다.

거센 돌풍 앞에 선 촛불처럼 이글거리던 오렌지색이 순식간에 꺼져 버렸다. 그 울프족은 엉터리 다이빙을 하듯 디딤대에서 뒤로 나가떨어지더니 쿵 소리와 함께 맥없이 바닥에 쓰러졌다.

"잭!"

리처드가 잭을 끌어당겼다. 리처드의 얼굴은 아까 그 울프족의 얼굴만큼 흥분으로 일그러져 있었다. 단지 그것은 환희가 아니라 두려움 때문이라는 것이 다를 뿐이었다.

"너 우리 아빠 말한 거야? 아빠가 이 일하고 상관있어?"

"리처드, 날 믿니?"

"응, 하지만······"

"그럼 잊어버려. 잊어버리라고. 지금은 그럴 때가 아니야."

"하지만······"

"총을 집어."

416

"잭······"

"리처드, 총을 집으라니까!"

리처드가 허리를 굽히고 우지를 집어 들었다.

"난 총이 싫어."

"그래. 나도 알아. 나도 그리 좋아하지 않아, 꼬마 리치. 하지만 지금은 복수의 시간이야."

6

철로는 이제 높다란 방책을 향해 다가가고 있었다. 방책 뒤에서는 끙 하는 신음 소리와 고함 소리, 환호하는 소리, 박자에 맞춘 박수 소리와 함께 규칙적인 리듬에 맞춰 부츠 굽으로 맨땅을 찍는 소리가 들려왔다. 그 밖에 거의 알아들을 수 없는 다른 소리도 들렸지만 잭은 어렴풋하게 짐작할 수 있을 뿐이었다. 그들은 *군사작전 훈련*을 하고 있었다. 위병소와 다가오는 방책 사이는 800미터나 떨어져 있었고 이렇게 소란스러운 속에서 한 발의 총소리를 들을 수는 없었을 것이다. 게다가 기차는 전동식이라 거의 소리가 나지 않았다. 급습하기에 썩 좋은 조건이었다.

철도는 방책 옆 닫힌 이중문 아래로 사라졌다. 거칠게 깎은 통나무 사이로 햇살이 비쳐 들어오는 것이 잭의 눈에 언뜻 들어왔다.

"잭, 속도를 줄이는 게 좋겠어."

이중문까지는 150미터 정도 남아 있었다. 문 뒤에서는 으르렁거리는 듯한 소리로 구호를 외치고 있었다.

"*우호 외쳐! 하나둘! 셋넷! 우호 외쳐!*"

잭은 다시금 H. G. 웰스의 소설에 나오는 반인반수가 떠올라 부르르 몸을 떨었다.

"안 돼, 동지. 저 문을 뚫고 지나가야 해. 피시 치어('컨트리 조 앤드 더 피시'라는 밴드가 노래에 앞서 관중과 함께 'F-I-S-H'를 연호하곤 했는데, 1969년 우드스톡 페스티벌에서는 평소와 달리 'F-U-C-K'를 연호하여 침체된 분위기를 일순간 달아오르게 만든다. 이 장면은 우드스톡 페스티벌 다큐멘터리에도 남아 전세 역전의 대표적인 사례로 언급되곤 한다. — 옮긴이)나 하렴."

"잭, 너 미쳤구나!"

"알아."

100미터. 배터리가 윙윙거리고 파란 불꽃이 지글지글 솟구쳐 올랐다. 양옆으로 맨땅이 스쳐 지나갔다. 잭은 생각했다. *여기엔 곡식이 자라지 않지, 극작가 노엘 카워드*(20세기 초중반 영국 연극계를 대표하는 배우이자 극작가 — 옮긴이)*가 모건 슬로트에 관한 희곡을 쓴다면 그를 '말라 죽은 영혼'이라고 불렀을 거야.*

"잭, 이 꼬물거리는 작은 기차가 탈선하면 어쩌지?"

"응, 그럴지도 모르지."

"문을 통과했는데 철도가 끝나 버리면 어쩌지?"

"그렇게 되면 우리에게 불리한 상황 한 가지가 추가되는 거겠지?"

50미터.

"잭, 너 정말 제정신이 아닌 거 같아, 내 말 맞지?"

"네 말이 맞는 것 같아. 안전장치 풀어, 리처드."

리처드가 안전장치를 풀었다.

쿵쿵…… 끙 하는 신음 소리…… 행진하는 사내들…… 가죽끼리 마찰하여 삐꺽거리는 소리…… 고함 소리…… 인간이 아닌 것이 비명을 지르듯 웃어 대자 리처드는 움찔했다. 그럼에도 리처드의 얼굴에서 굳은 결의가 엿보였기에, 잭은 자랑스럽게 싱긋 웃었다. *리처드는 내 옆에 머물기로 한 거야. 이성적인 리처드건 아니건, 그는 정말로 내 곁을 지키기로 결심한 거야.*

25미터.

찢어지는 비명 소리…… 꽥꽥거리는 소리…… 쩌렁쩌렁한 명령 소리…… 그리고 파충류의 둔탁한 울음소리 ─ 그루우우-우우우우! ─ 에 잭은 목 뒤의 털이 곤두서는 기분이었다.

"이곳에서 벗어나기만 하면 데어리퀸에서 칠리 핫도그를 사 줄게."

"구역질 나!"

리처드가 소리치더니 놀랍게도 웃기 시작했다. 그 순간 병색 어린 노란색이 얼굴에서 조금 가시는 듯했다.

5미터. 그리고 나무기둥으로 만든 이중문은 그냥 단단해 보이는 정도가 아니라, 아주 철통같이 단단해 보였다. 잭은 엄청난 실수를 저지른 건 아닌지 슬슬 걱정이 되었다.

"엎드려, 동지!"

"동지라고 부르지 마……"

기차가 방책 문을 들이받는 순간, 두 소년은 앞으로 고꾸라졌다.

7

문은 실제로 상당히 단단했을 뿐만 아니라 안에서 커다란 통나무 두 개로 이중 빗장을 걸어 놓았다. 모건의 기차도 무지무지하게 크지는 않았고 '초토화된 땅'을 오랫동안 거쳐 오느라 배터리도 거의 다 닳았다. 충돌이 발생하면 틀림없이 탈선을 할 테고 소년들은 만신창이가 되어 목숨을 잃는 게 당연했다. 하지만 문에는 아킬레스건이 숨어 있었다. 현대적인 미국식 공정에 따라 제조된 새로운 경첩을 발주는 해 두었다. 하지만 아직 도착하지 않은 상태였기 때문에 기차가 문에 부딪치자 낡은 쇠경첩은 딱 하고 부러졌다.

시속 40킬로미터 속도의 기차는 부서진 문을 정면에서 밀어젖히고 방책 안으로 들어갔다. 방책 주변에 장애물 코스가 세워져 있었는데 떨어져 나간 문이 기차 앞에 붙어 넉가래 역할을 해서 문 정면에 있던 임시로 만든 장애물들을 뒤집어엎고 굴러 떨어뜨려서 산산조각을 냈다.

또한 문은 체벌로 연병장을 달리고 있던 울프족 하나를 들이받았다. 그의 발은 달리고 있는 문짝 밑으로 들어가 으깨져서 주문 제작한 부츠와 함께 떨어져 나갔다. 찢어지는 비명과 함께 으르렁거리면서 변신이 시작되었다. 그 울프족은 순식간에 전화선 보수 기술자가 사용하는 스파이크처럼 길고 날카롭게 자라난 발톱으로 문짝 위를 기어 올라가기 시작했다. 이제 문은 방책 안으로 12미터 정도 들어와 있었다. 놀랍게도 그 울프족은 잭이 기어를 중립에 놓기도 전에 문 꼭대기까지 올라왔다. 이윽고 차가 멈춰 서자, 문이 넘어져 엄청난 흙먼지가 날리면서 그 불운한 울프족을 깔아뭉갰다. 기차의 마지막 차량에 깔린 울프족의 절단된 다리에서는 여전히 털이 자라고 있었다. 앞으로도 족히 몇 분 동안은 계속 털이 자랄 기세였다.

캠프 안 상황은 잭이 기대한 것보다는 나았다. 군사시설이 으레 그렇듯 병사들은 일찍 일어나 있었다. 대부분의 인원이 밖으로 나와 괴상한 군사 훈련과 보디빌딩을 하고 있었다.

잭이 리처드에게 소리쳤다.

"*오른쪽을 맡아!*"

리처드가 못 알아듣고 소리쳤다.

"*뭐라고?*"

잭은 입을 크게 벌렸다. 그리고 울부짖었다. 길가에서 차에 치여 죽은 토미 우드바인 아저씨를 위해, 진흙탕에서 채찍에 맞아 죽은 이름 모를 마부를 위해, 퍼드 장클로를 위해, 선라이트 가드너의 피투성이 사무실에서 살해된 울프를 위해, 엄마를 위해, 그리고 무엇보다도 그의 또 다른 엄마인 로라 델루시안 여왕을 위해, 그리고 여러 테러토리에서 자행되는 죄악을 위해 제이슨으로서 울부짖었던 것이다. 우레 같은 목소리로.

"*싹 다 죽여 버려!*"

잭 소여/제이슨 델루시안이 고함을 지르며 왼쪽으로 기관총을 난사했다.

8

잭 쪽에는 황량한 연병장이 있었고 리처드 쪽에는 기다란 통나무집이 한 채 있었다. 통나무집은 로이 로저스(미국 가수이자 배우로 제2차 세계대전 당시 최고의 서부극 스타로 활약했다. — 옮긴이) 영화에 나온 오두막처럼 생겼지만 리처드는 막사일 거라고 생각했다. 사실 이곳은 전체적으로 잭으로 인해 들어선 이 괴상한 세계에서 지금까지 본 것 중에서 그나마 익숙해 보였다. 이런 곳을 텔레비전에서 많이 보았기 때문이다. 예를 들어 CIA의 지원 아래 중남미 국가들을 전복하려는 저항세력들은 이런 곳에서 훈련을 받았다. 단지 그런 훈련소는 대개 플로리다에 있고 지금 막사에서 쏟아져 나오는 것이 *쿠바인*이 아니라는 점만 달랐다. 리처드는 저들의 정체가 *뭔지* 짐작도 할 수 없었다.

몇몇은 중세 시대 그림에 나오는 악마와 사티로스(그리스 신화에 나오는 반인반수의 모습을 한 숲의 정령들로 디오니소스를 추종한다.—옮긴이)를 연상시켰다. 어떤 것들은 퇴화된 인간처럼, 거의 석기시대 원시인처럼 보였다. 한 놈이 이른 아침 햇살 속으로 휘청거리며 나왔는데, 몸 전체가 비늘로 뒤덮인 채 눈꺼풀을 껌벅거리고 있었다······ 리처드의 눈에는 직립보행을 하는 악어처럼 보였다. 그것은 주둥이를 들어 올리더니 그와 잭이 아까 들은 괴상한 소리를 내질렀다. 그루우우-우우우우! 리처드가 이 지옥에서 튀어나온 듯한 피조물들이 대부분 혼란에 빠져 우왕좌왕하는 모습을 보고 있는데, 잭의 우지 기관단총이 천둥 같은 소리와 함께 그 세계를 산산이 찢어 버렸다.

잭이 있는 쪽에서는 20여 명의 울프족이 연병장에서 준비운동을 하고 있었다. 위병소의 그 울프족처럼 대부분 녹색 군복바지에 발가락 부분이 잘린 부츠를 신고 탄띠를 매고 있었다. 그 경비병처럼 납작한 머리에 어리석고 본질적으로 사악해 보였다.

울프족들은 어설프게 팔 벌려 뛰기를 하다 말고 동작을 멈추고 굉음을 내며 쳐들어오는 기차와, 그 앞에 달라붙어 있는 문과, 잘못된 곳에서 잘못된 시간에 연병장을 돌고 있다가 기차 앞부분에 찌부러진 채 붙어 버린 불운한 그들의 친구를 보았다. 잭이 울부짖고 난 뒤에야 비로소 도망치기 시작했지만 때는 이미 늦은 뒤였다.

모건이 엄선한, 5년에 걸쳐 강인함과 잔인함, 모건에 대한 경외심과 충성심을 시험해 손수 뽑은 울프족 여단 대부분이 잭의 손에서 빠르게 쏟아지는 기관총 세례 한 번에 맥없이 쓰러졌다. 그들은 가슴에 구멍이 뻥 뚫리고 머리에서 피를 철철 흘리며 비틀비틀 뒷걸음질을 쳤다. 당혹하고 분노한 늑대들이 으르렁거리는 소리와 고통에 못 이겨 절규하는 소리가 들려왔다…… 하지만 많은 수는 아니었다. 대부분은 그 자리에서 절명했다.

잭은 빈 탄창을 꺼내고 새것을 꺼내 끼웠다. 연병장 왼쪽으로 울프족 넷이 몸을 피했고, 가운데에는 두 놈이 총알을 피해 바닥에 납죽 엎드려 있었다. 두 놈 다 부상을 당하긴 했지만 이제 그를 향해 돌진하고 있었다. 기다란 발톱에 흙덩이가 뭉텅뭉텅 파였고, 얼굴에서는 털이 돋아났으며 눈은 이글이글 불타오르고 있었다. 그들이 기차 앞까지 왔을 때 잭은 울프족들의 입에서 송곳니가 자라 어느새 턱을 뒤덮은 철사 같은 털 사이로 비죽 튀어나오는 것을 보았다.

잭은 이제 뜨겁게 달궈진 총신을 힘겹게 끌어 내리며 우지의 방아쇠를 당기고 있었다. 묵직한 반동 때문에 총구가 자꾸만 위로 올라갔다. 공격에 나섰던 두 놈은 너무 심하게 내팽개쳐져서 마치 공중제비를 하는 것처럼 휙 나가떨어졌다. 다른 네 울프족은 멈추지 않았다. 그들은 2분 전만 해도 대문이었던 곳을 향하고 있었다.

합숙소처럼 생긴 막사 건물에서 쏟아져 나온 온갖 괴물들은 그제야 모건의 기차를 몰고 온 낯선 자들이 친구가 아니라는 것을 깨닫게 된 것 같았다. 힘을 모아 공격해 오지는 않았지만 뭐라고 웅얼거리며 무리를 지어 앞으로 걸어 나오기 시작했다. 리처드가 우지의 총신을 가슴 높이의 기관차 측벽에 올려 발포했다. 쏟아지는 산탄총알에 찢어발겨지면서 괴물들은 뒤로 물러나기 시작했다. 그중 염소처럼 생긴 괴물 두 놈이 손과 무릎 — 또는 발굽 — 으로 기어 막사 안으로 총총히 도망갔다. 리처드는 다른 세 놈이 총에 맞아 빙 돌며 쓰러지는 것을 보았다. 어지러울 만큼 야만적인 환희가 온몸을 휩쓸었다.

총알이 악어 괴물의 연녹색 배를 뻥 뚫어 버리자 거무스레한 체액 — 피가 아니라 고름 — 이 쏟아져 나오기 시작했다. 그놈은 뒤로 벌렁 넘어졌지만 꼬리가 쿠션 역할을 해서 다시 튕겨 올라 리처드 쪽 기차 옆면으로 펄쩍 뛰어올랐다. 그놈은 다시 거칠고 격렬하게 울부짖었다…… 그런데 리처드의 귀에는 그 울음소리에 소름끼치게도 여성적인 뭔가가 섞여 있는 것 같았다.

리처드가 우지의 방아쇠를 당겼다. 아무 일도 일어나지 않았다. 탄창이 비었던 것이다.

악어 괴물은 느리고 어설프지만 굳건한 결의를 가지고 달려왔다. 그것의 눈은 살기 어린 분노와…… 지성으로 번뜩였다. 양쪽 유방의 흔적이 비늘로 덮인 가슴팍에서 펄쩍거렸다.

리처드는 악어 인간에게서 눈을 떼지 않은 채, 몸을 숙인 다음 바닥을 더듬어 수류탄을 찾아냈다.

리처드는 꿈을 꾸듯 생각했다. 여긴 시브룩섬이야, 잭은 이곳을 테러토리라고 부르지만 사실은 시브룩섬이야, 그러니 두려워할 필요 없어, 정말이야, 이건 모두 꿈에 불과하고 저 괴물의 비늘 덮인 발톱이 내 목으로 다가온다 해도 난 틀림없이 꿈에서 깨어날 거야, 그리고 비록 이것이 꿈이 아니라 해도 잭은 어떻게든 나를 구해 주겠지. 잭이 구해 줄 거야, 내가 알아, 여기서 잭은 신과 같은 존재니까.

리처드는 수류탄의 핀을 뽑았다. 아무 데나 내던지고 싶은 미칠 듯한 충동을 억누르고, 악어 사람을 향해 낮고 부드럽게 언더핸드로 수류탄을 던졌다.

"잭, 엎드려!"

잭은 돌아보지도 않고 얼른 기관차 측벽 아래로 엎드렸다. 리처드도 몸을 굽혔지만 그 전에 눈으로 보면서도 믿지 못할 블랙 코미디를 보고 말았다. 악어 괴물이 수류탄을 잡고…… 그것을 먹으려고 하고 있었다.

리처드가 둔한 쿵 소리가 들릴 거라 예상했지만, 실제로는 거슬리는 굉음이 귀가 아프도록 파고들었다. 뒤이어 누군가가 기차 옆면에 양동이로 물을 쏟아부은 것처럼 철퍽 하는 소리가 들려왔다.

고개를 든 리처드는 기관차와 유개화차와 무개화차가 뜨거운 내장과 검은 피와 악어 괴물의 살점 조각으로 온통 뒤덮여 있는 것을 발견했다. 막사 건물의 앞부분도 모조리 날아가 버렸고, 대부분의 잔해들이 피로 물들어 있었다. 그 한가운데에 발가락이 잘려 나간 부츠를 신은 털북숭이 발 한 짝이 뒹굴고 있었다.

리처드가 그 광경을 바라보고 있는데, 폭발로 무너진 통나무 더미에서 염소를 닮은 생명체 둘이 빠져나왔다. 리처드는 몸을 구부려 새 탄창을 찾아내 기관총에 장전했다. 잭이 말해 준 대로 총신이 점점 달아오르고 있었다.

야호! 리처드는 속으로 작게 쾌재를 부르고는 다시 사격을 개시했다.

9

수류탄이 폭발하고 나서 고개를 든 잭은 처음 두 번의 일제사격에서 살아남은 울프족 넷이 문이 있던 구멍을 통해 빠져나가는 것을 보았다. 그것들은 공포심을 이기지 못하고 늑대 울음을 울고 있었는데, 나란히 달리고 있어서 겨냥하기 퍽 좋았다. 잭은 우지 기관단총을 들어 올렸다 문득 다시 내렸다. 나중에 블랙 호텔에서 저들을 다시 만날지도 모른다는 것을 알면서도 바보짓을 한 것이다…… 하지만 바보건 아니건 등 뒤에서 쏘는 비겁한 행동을 할 수는 없었다.

별안간 막사 뒤에서 여자가 악을 쓰는 듯한 날카로운 소리가 들렸다.

"여기서 나가! 나가라고 했잖아! 서둘러! 어서!"

뒤이어 채찍 휘두르는 소리가 들려왔다.

그 소리도, 그 목소리도 잭은 알고 있었다. 그 목소리를 마지막으로 들었을 때 그는 구속복에 갇혀 있었다. 언제 어디서 듣더라도 그 목소리는 알아들을 수 있었다.

……저놈의 머저리 같은 친구 놈이 나타나면 쏴 버려.

음, 너는 결국 울프를 죽였지만 이젠 복수의 시간이다……. 네 목소리를 들어 보니, 어쩌면 너도 그걸 아는 거 같구나.

"저놈들을 해치워, 겁쟁이 놈들아, 그 정도도 못 하냐? 해치워, 너희한테 일일이 시범을 보여 줘야 하는 거야? 어서 우릴 따라와, 따라오라고!"

피조물 셋이 막사의 잔해 뒤에서 걸어 나왔다. 그중 하나는 분명 사람이었다. 오스먼드였다. 한 손엔 채찍을 쥐고, 다른 손엔 스텐 경기관총을 들고 있었다. 붉은색 망토와 검은색 부츠, 넓게 펄럭거리는 흰색 실크 바지가 온통 피투성이였다. 오스먼드 왼쪽에 청바지에 서부 시대 부츠를 신은 텁수룩한 염소 괴물이 서 있었는데, 그 피조물과 잭은 눈이 마주치자 대번에 서로를 알아보았다. 그것은 오틀리 주점의 무시무시한 카우보이였고, 랜돌프 스콧이었고, 엘로이였던 것이다. 그 괴물이 잭을 보고 히죽 웃었다. 기다란 혀가 뱀처럼 널름거리며 넓적한 윗입술을 핥았다.

"저놈을 해치워!"

오스먼드가 엘로이를 향해 외쳤다.

잭은 우지 기관총을 들려고 했지만 갑자기 너무 무겁게 느껴졌다. 오스먼드는 악당이고 엘로이가 다시 나타난 것은 최악이었지만 둘 사이에 있는 괴물이야말로 악몽 그 자체였다. 세 번째 괴물은 물론 테러토리 버전의 루엘 가드너였다. 오스먼드의 아들이자 선라이트의 아들. 아닌 게 아니라 정말 어린애처럼 보이기도 했다. 영리한 유치원생이 잔혹한 기분에 사로잡혀서 어린아이를 그린다면 저런 모습이 나올 것이다.

그것은 응축한 우유처럼 하얗고 몸은 비쩍 말랐다. 팔 한쪽은 벌레의 촉수 같아서 오스먼드의 채찍이 연상되었다. 양쪽 눈은 짝짝이에 한쪽 눈은 엉뚱한 곳을 향해 있었다. 양 볼에는 붉은 부스럼 자국이 덕지덕지 앉아 있었다.

방사능 피폭 증상 중 일부야…… 제이슨, 오스먼드의 아들은 불덩어리에 너무 가까이 갔던 모양이야…… 그리고 나머지는…… 제이슨…… 주여…… 저것의 엄마는 누구지? 도대체, 저것의 엄마는 누구냐고?

오스먼드가 새된 목소리로 외쳤다.

"제이슨을 사칭하는 자를 해치워! 모건의 아들을 구하고 위선자를 해치워라! 가짜 제이슨을 죽여 버려! 얼른 움직여, 이 겁쟁이들아! 저 녀석들은 총알이 다 떨어졌단 말이다!"

포효 소리와 고함 소리. 즉시로 잭은 울프족들이 갖가지 괴물들을 이끌고 기다란 막사 뒤에서 다시 쏟아져 나오리라는 걸 알아차렸다. 막사 뒤에 숨어 고개를 숙이고 웅크린 채로 폭발을 피한 그것들이 남아 있을 터였다…… 오스먼드가 먼저 나왔을 뿐.

"길을 떠나지 말라고 일렀거늘, 애송이야."

엘로이는 끙 하고 신음을 뱉더니 기차를 향해 달려들었다. 꼬리가 휙휙 소리를 내며 허공을 갈랐다. 루엘 가드너 ─ 이쪽 세계에서 무엇이 되었는지는 모르지만 ─ 가 굵은 목소리로 고양이처럼 울면서 따라오려 애쓰고 있었다. 오스먼드가 손을 내밀어 그를 돌려보낼 때 그의 손가락이 괴물 소년의 늘어진 피부에 힘줄만 두드러진 혐오스러운 목으로 미끄러져 들어가는 것을 잭은 보았다.

이윽고 잭은 우지 기관단총을 들어 올려 엘로이의 얼굴에 대고 탄창 한 개를 쏟아부었다. 염소 괴물의 머리통이 완전히 찢겨져 나간 후에도 몸통은 잠시 동안이지만 계속 기차에 올라오려 했다. 손가락들이 두 덩어리로 합쳐진 손을 잭의 머리를 향해 무턱대고 휘두르더니 뒤로 벌렁 나동그라졌다.

잭은 얼어붙은 채로 뚫어져라 그 광경을 보고 있었다. 오틀리 주점에서 마지막으로 맞붙었던 악몽 같은 순간이 몇 번이나 꿈에 나타났는지 모른다. 잭은 괴물을 피해 비틀거리며 도망치고 있었다. 어두운 정글처럼 보이는 곳이었는데, 침대 스프링과 깨진 유리 조각이 가득했다. 이제 그는 그 괴물과 다시 맞닥뜨렸고 어찌어찌 그것을 죽였다. 그 사실을 받아들이기는 쉽지 않았다. 마치 어린 시절에 본 유령을 죽인 것 같은 기분이었다.

리처드는 비명을 지르며 기관총을 마구 쏘아 대고 있었다. 잭은 거의 고막이 터질 지경이었다.

"저건 루엘이야! 오 잭 오 하느님 오 제이슨 저건 루엘이라고, 루엘……."

리처드의 손에 들린 우지가 한 차례 총알을 퍼붓고는 이내 잠잠해졌다. 총알이 떨어진 것이다. 루엘은 자신의 아비를 휙 뿌리치더니, 고양이 울음을 울며 기차를 향해 휘청거리는 몸을 이끌고 경중경중 달려왔다. 윗입술이 말려 올라가 기다란 이빨이 드러났다. 마치 핼러윈 때 아이들이 끼는 밀랍으로 만든 조잡한 가짜 이빨 같았다.

리처드의 마지막 사격이 루엘의 가슴과 목에 명중했다. 루엘이 입은 갈색 킬트 겸 웃옷에 구멍이 뚫리고 몸이 갈가리 찢어졌다. 상처에서 검은 피가 조금씩 흘러나와 작은 개울을 이뤘다. 하지만 그뿐이었다. 루엘은 한때 인간이었을지도 몰랐다. 잭도 그 부분까지 부정할 생각은 없었다. 그렇더라도 지금의 루엘은 인간이 아니었다. 총알에 맞고도 그것은 멈출 생각을 하지 못했다. 엘로이의 몸 위로 엉거주춤 뛰어오른 그 괴물은 악의 화신이었다. 독버섯 냄새가 확 끼쳤다.

잭의 다리 쪽에서 점점 온기가 느껴지고 있었다. 처음엔 그냥 따뜻한 정도였지만…… 곧 뜨거워지기 시작했다. 뭐지? 마치 주머니에 뜨거운 찻주전자가 들어 있는 것 같았다. 하지만 그런 걸 생각할 겨를이 없었다. 그의 눈앞에서 총천연색 영화처럼 사건이 전개되고 있었다.

리처드는 우지를 떨어뜨리고 양손으로 얼굴을 감싼 채 뒷걸음질쳤다. 겁에 질린 두 눈이 손가락 사이로 루엘 괴물을 응시하고 있었다.

"나 좀 살려 줘, 잭! 제발 도와줘어어어어……."

루엘은 거품을 뿜으며 가냘픈 울음소리를 냈다. 손으로 기관차 옆을 찰싹 쳤는데, 그 소리는 마치 커다란 지느러미로 두터운 진흙을 내려친 것 같았다.

잭이 보니 루엘의 손가락 사이에 실제로 두툼하고 노르스름한 물갈퀴가 보였다.

"돌아와! 돌아오라고, 저놈은 악당이야, 널 해칠 거라고, 소년들은 모두 *나빠*, 그건 자명한 이치라고, 돌아와. *돌아오라고!"*

오스먼드가 아들에게 소리쳤다. 그의 목소리에는 분명 두려움이 묻어 있었다.

루엘은 열에 들떠 중얼중얼하거나 끙끙거렸다. 그가 일어서자 리처드는 미친 듯이 비명을 지르며 운전석 구석으로 몸을 피했다.

"제발 살려 줘, 나 좀……."

더 많은 울프족과 더 많은 기괴한 괴물이 구석구석에서 쏟아져 나왔다. 그중에 머리 양쪽에 구부러진 숫양의 뿔이 튀어나오고 릴 애브너(매사에 서투른 시골뜨기 릴 애브너의 이야기를 해학적으로 그린 미국의 연재만화—옮긴이)가 입을 만한 군데군데 기운 반바지를 입은 괴물이 넘어져 다른 놈들의 발에 짓밟혔다.

잭은 다리의 동그란 자국에서 열기를 느꼈다.

루엘은 어느새 가느다란 다리를 기관차 측벽에 걸쳐 놓고 있었다. 침을 흘리면서 잭을 향해 손을 뻗고 있었다. 다리를 비비 꼬고 있었는데, 다시 보니 다리가 아니라 촉수였다. 잭은 우지 기관단총을 들어 발사했다.

루엘 괴물의 얼굴 반쪽이 푸딩처럼 뭉텅 날아가 버렸다. 남은 반쪽에서 벌레들이 우르르 쏟아져 나오기 시작했다.

루엘은 여전히 다가오고 있었다.

물갈퀴가 달린 손을 잭을 향해 내뻗고 있었다.

리처드의 날카로운 비명 소리와 오스먼드의 날카로운 비명 소리가 하나로 합쳐졌다.

불에 달군 낙인으로 지지는 것처럼 다리에 느껴지는 열기가 뜨거워질 무렵, 잭은 문득 그것의 정체를 깨달았다. 루엘의 두 손이 그의 어깨를 짓눌러 오는 와중에도 똑똑히 알아챌 수 있었다. 그것은 캡틴 파렌이 준 동전, 앤더스가 받기를 거절한 바로 그 동전이었다.

잭은 주머니에 손을 넣어 보았다. 손안에 들어온 동전은 마치 광석 덩어리 같았다. 주먹을 쥐자 엄청나게 강력한 힘이 그를 향해 밀려들었다. 루엘도 그 힘을 느꼈다. 침을 흘리며 의기양양하게 으르렁거리던 소리가 두려움에 떠는 가냘픈 울음소리로 변했다. 놈은 남은 한쪽 눈을 정신없이 굴리며 뒤로 물러나려 했다.

잭은 동전을 꺼냈다. 동전은 그의 손에서 시뻘겋게 이글거렸다. 열기는 똑똑히 느껴졌지만 손을 데지는 않았다.

여왕의 옆모습이 태양처럼 환하게 빛났다.

잭은 소리쳤다.

"여왕의 이름으로 말하노니, 이 추잡스럽고 용렬한 악마야, 이 세계에서 떠나라!"

잭은 주먹을 펴고 그 손으로 루엘의 이마를 찰싹 때렸다.

루엘과 그 아비가 동시에 비명을 질렀다. 오스먼드가 거의 소프라노에 가까운 테너였다면, 루엘은 벌레가 웅웅거리는 듯한 베이스였다. 뜨겁게 달궈진 부지깽이를 버터 통에 찔러 넣은 것처럼, 동전은 루엘의 이마를 사정없이 파고들었다. 너무 오래 우려낸 찻물처럼, 보는 것만으로도 역겨운 검은색 체액이 루엘의 머리에서 흘러나와 잭의 손목을 적셨다. 그것은 뜨거웠고, 안에 작은 벌레들이 우글거렸다. 벌레들은 잭의 살갗에 달라붙어 온몸을 비틀며 꿈틀거렸다. 깨무는 놈들도 있었다. 그럼에도 잭은 엄지와 검지에 더 힘을 주어, 동전을 괴물의 이마에 더 깊이 찔러 넣었다.

"이 세계에서 사라져라, 이 비열한 것아! 여왕과 그 아들의 이름으로 말하노니, 이 세계에서 흔적도 없이 사라져라!"

루엘 괴물이 날카로운 비명을 지르며 울부짖자 오스먼드도 똑같이 날카롭게 비명을 지르며 울부짖었다. 몰려나오던 괴물들이 걸음을 멈추고 오스먼드 뒤로 몰려들었다. 놈들은 미신적인 두려움에 사로잡힌 얼굴이었다. 놈들 눈에는 잭이 어느새 훌쩍 커져 밝은 빛을 내뿜고 있는 것처럼 보였다.

루엘이 몸을 홱 돌리더니 다시 한 번 입에 거품을 문 채 꽥 소리를 질렀다. 머리에서 흘러나오는 검은색 물질이 노란색으로 변했다. 흐리멍덩한 흰색의 기다란 벌레가 마지막으로 동전이 만든 구멍에서 꿈틀거리며 나왔다. 벌레가 기관차 바닥에 떨어지자 잭이 발로 밟았다. 벌레는 잭의 발밑에서 으깨져 터졌고, 루엘은 쓰러져 질척한 덩어리로 변했다.

흙먼지 자욱한 방책 안마당에서 날카롭게 울려 퍼지는 비애와 분노의 통곡 소리에 잭은 두개골이 두 쪽으로 갈라지는 것 같았다. 리처드는 태아처럼 양팔로 머리를 감싼 채 동그랗게 몸을 말았다.

오스먼드가 통곡을 하면서 채찍과 자동권총을 집어던졌다. 그러고는 잭을 향해 주먹질을 하며 울부짖었다.

"아, 이 추잡스러운 놈! 네가 한 짓을 좀 봐! 아, 이 추잡스럽고 나쁜 놈! 너를 증오하고, 영원히 증오하고, 영원 너머까지 증오할 것이다! 아, 추잡스러운 위선자! 널 죽이고 말겠어! 모건 님이 널 죽여 주실 게다! 아, 사랑하는 하나뿐인 내 아들! 추접스러운! 모건 님이 네가 한 짓을 응징하실 게다! 모건……."

다른 괴물들이 나지막이 따라 울기 시작했다. 그 모습을 보니 선라이트 홈의 소년들이 생각났다. *할렐루야를 외쳐 주겠니.* 그때 다른 소리가 들려와 모두들 입을 다물었다.

그 순간 잭은 울프와 보냈던 즐거운 오후를 문득 떠올렸다. 둘은 시냇가에 앉아 가축들이 풀을 뜯고 물을 마시는 모습을 지켜보았고, 울프는 가족 얘기를 했다. 너무나 즐거운 시간이었는데…… 정말 너무나 즐거운 시간이었는데, 모건이 나타나기 전까지는.

그리고 지금 다시 모건이 다가오고 있었다. 순간이동이 아니라 공간을 찢어 열며 이곳으로 쳐들어오고 있었다.

"모건 님! 그건……."

"……모건 님, 주인님……."

"오리스의 영주님……."

"모건 님…… 모건 님…… 모건 님……."

허공을 잡아뜯는 소리가 점점 더 커졌다. 울프족들은 땅바닥에 납작 엎드려 있었다. 오스먼드는 발을 끌며 춤을 추면서 검정 부츠로 채찍의 생가죽 끈에 달린 쇠장식을 지근지근 밟고 있었다.

"나쁜 녀석! 추잡스러운 놈! 이제 그 대가를 치르게 될 게다! 모건 님이 오시고 있다! 모건 님이 오신다고!"

오스먼드의 오른편으로 6미터 정도 떨어진 곳에서 공기가 흐릿해지면서 불타는 소각로 위의 공기처럼 희미하게 일렁이기 시작했다.

잭은 리처드를 돌아보았다. 리처드는 기관총과 탄약과 수류탄이 널브러진 곳에 웅크리고 앉아 있었다. 그 모습은 마치 전쟁놀이를 하다 잠이 든 조그마한 소년 같았다. 다른 점이 있다면, 리처드는 자고 있지 않았고 이건 놀이가 아니었다. 만약 자신의 아버지가 두 세계 사이의 구멍으로 걸어 나오는 장면을 본다면 리처드는 완전히 돌아 버릴 수도 있었고, 그것이야말로 잭이 두려워하는 일이었다.

잭은 리처드 곁에 털썩 주저앉아 양팔로 그를 꼭 안았다. 침대 시트를 찢는 듯한 소리가 점점 더 커지더니 갑자기 격분한 모건의 고함 소리가 들렸다.

"기차가 지금 여기서 왜 이러고 있는 거냐, 이 바보 천치들아?"

오스먼드가 울부짖는 소리가 들려왔다.

"그 추잡한 위선자가 제 아들을 죽였습니다!"

"자 이제 가자, 리치. 탈출할 시간이야."

잭이 녹초가 된 리처드의 허리를 감싼 손에 힘을 주며 속삭였다.

잭은 눈을 감고 정신을 집중해서…… 아주 잠깐 빙빙 도는 듯한 현기증이 난다 싶었을 때 두 소년은 이미 순간이동을 하고 있었다.

37장

리처드의 추억

1

옆으로 구르다 아래로 굴러떨어진 느낌이었다. 마치 두 세계 사이에 짧은 경사로가 있는 것 같았다. 어둑어둑해지다 그나마 남아 있던 빛도 바래는 순간, 마침내 비틀거리며 무(無)의 상태로 들어섰다. 잭의 귓가에 오스먼드의 절규가 들려왔다.

"나빠! 소년들은 다 나빠! 이건 자명해! 다 나쁘니까! 추잡해! 추잡스럽다고!"

아주 잠깐, 두 소년 주위의 공기가 희박해졌다. 리처드가 울음을 터뜨렸다. 잭의 한쪽 어깨가 땅바닥에 충돌하는 순간, 리처드의 머리가 잭의 가슴에 부딪혔다. 잭은 눈을 감은 채 리처드를 끌어안고 바닥에 누워 조용히 귀를 기울이고 냄새를 맡았다.

고요. 완전한 고요는 아니었지만 전체적으로 고요했다. 새 두세 마리가 지저귀는 소리가 두드러지게 들릴 정도였다.

소금기를 머금은 선선한 냄새. 좋은 냄새였다…… 하지만 테러토리의 냄새처럼 좋지는 않았다. 이곳에서도 — 이곳이 어디인지는 모르겠지만 — 희미하지만 역한 냄새를 느낄 수 있었다. 예를 들면, 주유소 차고의 콘크리트 바닥에 고여 있는 폐유의 냄새 같은 것이었다. 그것은 너무도 많은 사람들이 너무도 많은 자동차를 몰고 다녀서 대기 전체가 오염된 냄새였다. 잭의 코는 그런 냄새에 민감해서 자동차 소리 하나 들리지 않는 이곳에서도 그 냄새를 맡을 수 있었다.

"잭? 우리 괜찮은 거야?"

"물론이지."

리처드의 말을 듣고서야 잭은 눈을 뜨고 자신의 말이 맞는지 알아보려 주위를 살펴보았다.

하지만 주위를 언뜻 둘러보고는 소름이 쫙 끼치고 말았다. 모건이 오기 전에 그곳에서 벗어나려고 정신없이 서두르다 보니, 아메리카 테러토리로 순간이동을 하지 못하고 시간을 앞질러 버린 것이었다. 이곳은 좀 전과 같은 곳이었지만 세월의 흔적이 보였다. 방치된 것이 아니라 한 세기나 두 세기가 훌쩍 지난 느낌이었다. 기차는 여전히 철로 위에 서 있었고 달라진 부분도 없었지만, 주위 다른 것은 완전히 변해 있었다. 오래되어 녹이 슨 철로는 두 소년이 서 있는 잡초가 우거진 연병장을 지나 신만이 알 곳으로 이어지고 있었다. 침목들은 심하게 썩어서 구멍이 숭숭 뚫려 있었다. 침목과 침목 사이에는 키 큰 잡초가 무성했다.

잭은 리처드를 잡은 손에 힘을 주었다. 그제야 리처드는 잭의 품 안에서 꼼지락거리며 눈을 떴다.

"여기가 어디야?"

리처드가 주위를 돌아보며 물었다. 합숙소 모양의 막사가 있던 자리에는 기다란 퀸셋(반원형 간이 건물 — 옮긴이)이 있었고, 골이 진 함석 지붕은 드문드문 녹슬어 있었다. 지붕은 또렷이 보였지만 나머지는 나무를 타고 올라간 담쟁이덩굴과 무성한 잡초에 묻혀 보이지 않았다. 그 앞에는 한때 표지판이 달렸을 기둥 두 개가 서 있었지만 표지판은 이미 오래전에 없어져 버렸다.

"나도 몰라."

잭은 이렇게 대답하고 장애물 코스가 있던 곳을 바라보았다. 지금은 야생 꽃잔디와 미역취가 자랐던 흔적으로 뒤덮인 흙바닥에 언뜻 바큇자국이 보였다. 결국 그는 가장 걱정하던 일을 입 밖에 내고 말았다.

"아무래도 우리는 미래로 온 것 같아."

놀랍게도 리처드가 웃음을 터뜨렸다.

"그런 거라면, 미래에도 별로 달라지는 건 없다는 걸 알게 되어 좋군."

리처드는 퀸셋/막사 앞에 서 있는 기둥에 못으로 꽂아 놓은 종이를 가리켰다. 세월에 다소 빛이 바랬지만 아직 충분히 읽을 수 있었다.

출입금지 구역!
멘도시노 카운티 보안관
캘리포니아주 경찰
위반 시 기소됨

2

"참 나, 여기가 어딘지 알면서 왜 물어봤어?"

잭은 무안하긴 했지만 마음이 놓였다.

"방금 보고 안 거야."

리처드의 얼굴을 본 순간 잭은 그를 놀리려던 마음을 접었다. 차마 눈 뜨고 볼 수 없을 만큼 처참해 보였던 것이다. 마치 폐가 아니라 정신에 작용하는 기괴한 결핵에 걸린 사람 같았다. 테러토리로 왔다 갔다 하느라 분별이 흐려졌기 때문만은 아니었다. 리처드는 실제로 적응해 가고 있었다. 하지만 지금은 또 다른 뭔가를 알고 있었다. 그가 신중하게 쌓아 온 관념과 근본적으로 다른 현실과 마주쳤기 때문만은 아니었다. 충분한 시간을 들여 돌아본다면 그 정도는 리처드도 얼마든지 적응할 수 있을 터였다. 하지만 자신의 아빠가 악당과 한패라는 것을 알게 되었으니 그다지 유쾌한 기분은 아니리라고 잭은 생각했다.

"좋아."

잭이 애써 쾌활한 목소리로 말했다. 약간은 기운이 나는 것도 사실이었다. 루엘과 같은 흉물로부터 벗어날 수 있다면 말기 암으로 죽어 가고 있는 어린아이라도 약간은 기분이 좋아질 것이다.

"자, 일어나서 길을 떠나자, 꼬마 리치야. 약속을 지켜야지. 자기 전에 갈 길이 먼데 넌 아직 꼬물거리고 있구나."

리처드가 얼굴을 찡그리며 말했다.

"너보고 유머 감각이 있다고 한 놈들은 다 총살감이야, 동지."

"나의 친구여, 내 재치를 이해하지 못하다니."

"어디로 갈 건데?"

"나도 몰라. 하지만 이 근처일 거야. 그런 느낌이 들어. 낚시 같고 리처럼 내 마음을 잡아끄는 게 있거든."

"포인트 베누티 말이야?"

잭은 고개를 돌려 한참 동안 리처드를 응시했다. 이상하게도 리처드의 지친 눈에서는 아무것도 읽어 낼 수가 없었다.

"왜 그런 질문을 하는 거지, 동지?"

"그곳이 우리가 가는 곳이야?"

리처드의 물음에 잭은 어깨를 으쓱해 보였다. 그럴 수도 있고, 아닐 수도 있어.

그들이 잡초가 무성한 연병장을 가로질러 천천히 걷기 시작하자 리처드가 화제를 바꿨다.

"그게 전부 현실이었어?"

두 소년은 녹슨 이중문으로 향하고 있었다. 풀숲 위로 빛바랜 하늘이 드리워져 있었다. 리처드가 거듭 물었다.

"그중에 현실인 게 있었냐니까?"

"우린 시속 40킬로미터, 기껏해야 50킬로미터 정도인 전동 기차를 타고 이틀 정도 달렸을 뿐이야. 하지만 어떻게 하다 보니 일리노이주의 스프링필드에서 빠져나와 캘리포니아 북부의 해변에 이르렀어. 그런데도 너는 *나에게* 그것이 현실이냐고 묻고 있구나."

"응…… 그래, 하지만…….''

잭이 양팔을 내밀었다. 손목이 붉게 부르튼 자국으로 뒤덮여 보기만 해도 가렵고 쑤시는 기분이었다.

"벌레한테 물린 자국이야. 루엘 가드너의 머리에서 떨어진 벌레들 말이야."

리처드가 고개를 돌려 요란하게 구역질을 했다.

잭이 리처드를 붙잡았다. 안 그랬으면 리처드는 그냥 대자로 나동그라졌을 것이다. 잭은 교복 셔츠 사이로 리처드가 얼마나 마르고 열이 펄펄 끓는지 느끼고는 간담이 서늘해졌다.

"그런 말 해서 미안해. 좀 더 생각을 하고 말했어야 하는데."

리처드가 좀 나아지는 것을 보고 잭이 사과했다.

"응, 맞아. 하지만 그 말이 아니었으면 난 아마…… 그러니까……"

"인정할 수 없었을 거라고?"

"응. 어쩌면."

리처드가 안경을 안 쓴 맨눈으로, 상처입은 눈동자로 잭을 보며 대답했다. 이젠 이마 전체에 뾰루지가 나고 입가에는 부스럼이 더 많아졌다.

"잭, 물어볼 게 있어, 네가…… 네가 솔직하게 대답해 주면 좋겠어. 내가 물어보고 싶은 건……."

오, 네가 뭘 물어보고 싶은 건지 알고도 남지, 꼬마 리치야.

"조금만 기다려. 조금 있으면 우리는 모든 질문과 마주하게 될 거야. 그때 내가 알고 있는 것을 다 이야기해 줄게. 하지만 그 전에 할 일이 있어."

"무슨 일?"

대답 대신 잭은 작은 기차 쪽으로 갔다. 그러고는 그 자리에 선

채로 잠시 그것을 쳐다보았다. 작달막한 기관차와 텅 빈 유개화차와 무개화차. 어쩌다 보니 이 기차까지 북부 캘리포니아로 순간이동을 시킨 것일까? 그럴 리가 없었다. 울프를 데리고 순간이동을 할 때도 정말 힘들었다. 리처드를 끌고 테이어 학교에서 테러토리로 이동할 때는 팔이 떨어지는 줄 알았다. 두 경우 모두 잭이 의식적으로 노력을 기울여 이뤄 낸 일이었다. 아무리 생각해 보아도 그는 순간이동 할 때 기차를 염두에 두지 않았다. 오직 리처드가 자기 아빠를 보기 전에 불법적으로 무장한 울프족의 훈련장에서 데리고 나와야겠다는 생각밖에 하지 않았다. 한쪽 세계에서 다른 세계로 건너가고 나면 모든 것이 약간씩 변형되곤 했다. '옮겨 간다'라는 행위 자체가 모종의 변형 과정을 요구하는 것 같았다. 셔츠는 저킨이 되고, 청바지는 모직 바지가 되는가 하면, 돈은 나무막대로 변형되었으니 말이다. 하지만 이 기차는 그곳에 있을 때와 똑같은 모습으로 여기에 서 있었다. 모건이 '옮겨 가는 과정'에서 아무것도 상실하지 않는 어떤 것을 만드는 데 성공한 것이었다.

그뿐만이 아니야, 그들은 저쪽 세계에서도 청바지를 입고 있었어, 재키.

그래, 오스먼드도 평소 애용하는 채찍에 자동권총까지 들고 있었잖아.

모건의 자동권총. 모건의 기차.

잭은 등줄기에 소름이 돋는 것을 느꼈다. 앤더스가 중얼거리던 말이 들려오는 듯했다. 승산 없는 게임 아닐까요?

맞아, 그거였어. 아주 승산 없는 일이었다. 앤더스가 옳았다. 악마들이 떼를 지어 돌진해 오고 있었다. 잭은 기관실을 뒤져 우지 한 정을 찾아 새 탄창을 장전한 뒤 리처드의 곁으로 돌아왔다. 리처드는 파리한 얼굴로 주위를 돌아보며 생각에 잠겨 있었다.

잭이 말했다.

"여긴 마치 생존주의자(전쟁이나 천재지변에서 살아남기 위해 대피 시설을 마련하고 식량을 비축해 두는 사람 — 옮긴이)가 오래전에 마련해 둔 캠프장 같은걸."

"용병들이 모여 제3차 세계대전을 대비하는 그런 곳 말이야?"

"그래, 말하자면 그렇지. 북부 캘리포니아에는 이런 곳이 아주 많아…… 그곳들은 갑자기 생겨나서 잠시 반짝하지만 제3차 세계대전이 바로 발발하지 않거나 불법 총기나 마약이 발각되면 사람들은 금세 흥미를 잃었지. 우리…… 우리 아빠가 들려준 얘기야."

잭은 잠시 침묵을 지켰다. 리처드가 물었다.

"그 총으로 뭐 하려고, 잭?"

"저 기차를 날려 버리려고. 이의 있어?"

"전혀 이의 없어."

리처드가 부들부들 떨더니 입을 떡 벌린 채 혐오감을 드러내며 인상을 찡그렸다.

"이 우지 기관단총으로 해치울 수 있을까, 어떻게 생각해? 플라스틱 폭탄을 쏘면 되지 않을까?"

"한 발로는 어림없을걸. 탄창을 다 써야 할 거야."

"해 보면 알겠지."

잭이 안전장치를 풀었다.

리처드가 잭의 팔을 잡으며 말했다.

"실험을 시작하기 전에 울타리 뒤로 숨는 게 좋겠어."

"좋아."

담쟁이덩굴로 뒤덮인 울타리 뒤에서 잭은 납작하게 찌그러진 플라스틱 폭탄 꾸러미에 총구를 겨누었다. 방아쇠를 당기자 우지는 적막을 갈가리 찢어 놓았다. 신비롭게도 총신 끝에는 불길이 잠시 매달려 있었다. 예배당처럼 조용하던 버려진 야영장에 총소리가 쩌렁쩌렁 울렸다. 놀라고 겁에 질린 새들이 짹짹거리며 으슥한 숲속으로 숨어 버렸다. 리처드는 움찔하면서 손바닥으로 귀를 막았다. 방수포가 펄럭 젖혀지다가 위아래로 흔들거렸다. 잭은 여전히 방아쇠를 당기고 있었지만 총성은 잠잠해졌다. 탄창이 비었던 것이다. 기차는 여전히 철로 위에 앉아 있었다.

잭이 말했다.

"음, 대단하군. 다른 방법이 없을……"

그 순간 무개화차가 폭발했다. 거대한 파란색 화염이 솟구치더니 엄청난 폭발음이 뒤를 따랐다. 무개화차가 마치 비행기가 이륙할 때처럼 철로에서 일어나는 것을 본 잭은 리처드의 목에 팔을 두른 다음 바닥으로 밀어붙였다.

폭발은 한참 동안 계속되었다. 금속 조각들이 쌩쌩 소리를 내며 하늘 높이 날아올라 퀸셋 지붕 위로 소나기처럼 쏟아졌다. 이따금 커다란 조각들이 떨어지며 텅 소리를 냈고 정말로 큰 것이 지붕을 관통하며 우두둑 으스러지는 소리를 냈다. 어느 순간 뭔가가 잭의 머리 바로 위쪽 펜스에 세게 부딪쳐 주먹 두 개는 너끈히 들어갈 구멍을 남겼다. 잭은 이제 그만 빠져나가야겠다고 생각했다. 그는 리처드를 잡아 문 쪽으로 끌고 가기 시작했다. 리처드가 외쳤다.

"안 돼! 저 철로로!"

"뭐라고?"

"저 철……"

무언가가 그들 머리 위에서 나지막한 소리를 내자 두 소년은 납작 엎드렸다. 그 바람에 머리끼리 세게 부닥쳤다.

"저 철로 말이야! 길로 가면 안 돼! 저 철로로 가야 해!"

리처드가 핏기 없는 손을 들어 머리통을 문지르며 소리쳤다.

"알았어!"

잭은 얼떨떨했지만 묻지는 않았다. 그들은 어디로든 가야 했다.

두 소년은 교전 중인 위험지대를 지나는 병사들처럼 녹슨 철망 울타리를 따라 기어가기 시작했다. 리처드가 약간 앞서서, 철로가 빠져나가는 쪽 울타리에 난 구멍을 향해 잭을 이끌었다.

잭은 기어가면서 어깨 너머로 뒤를 돌아보았다. 살짝 열린 문을 통해 그가 필요한 만큼 — 아니면 보고 싶은 만큼 — 볼 수 있었다. 기차는 마치 증발해 버린 것 같았다. 거의 형체를 알아볼 수 없을 만큼 뒤틀린 금속 덩어리가 커다란 원을 그리며 누워 있었다. 기차는 처음에 조립되고 매매되고 대금을 치른 미국으로 되돌아와 파괴된 것이었다. 두 소년이 폭발의 와중에 파편에 맞아 죽지 않은 것도 놀라웠지만, 찰과상 하나 입지 않은 것은 그야말로 불가능에 가까운 일이었다.

최악의 상황은 이제 끝났다. 그들은 문밖으로 나와 일어섰다.(하지만 폭발이 다시 일어나면 몸을 수그리고 달아날 대비는 하고 있었다.)

"네가 기차를 날려 버렸으니 우리 아빠가 언짢아하실 거야, 잭."

리처드는 극히 차분한 목소리로 이렇게 말했지만 잭이 돌아보았을 때 그는 흐느끼고 있었다.

"리처드……"

"그냥 하는 말이 아니야. 아빠가 진짜로 언짢아하실 거야."

리처드가 자신이 한 말에 대꾸하듯이 중얼거렸다.

3

철로 사이에는 무릎까지 오는 잡초가 무성하게 자라 빽빽한 줄무늬를 이루고 있었다. 잭이 보기엔 캠프에서 뻗어 나온 철로가 대략 남쪽으로 이어지는 것 같았다. 철로는 오랫동안 사용하지 않은 듯 심하게 녹슬어 있었고, 군데군데 물결치듯 기괴하게 뒤틀려 있었다.

지진 탓이야. 잭은 불안한 가운데에도 자연에 대한 경외심을 느꼈다.

뒤에서는 플라스틱 폭탄이 계속 터지고 있었다. 이제 다 끝났으려니 생각한 순간 또 다른 거친 폭발음이 길게 꼬리를 물었다. 부아아아앙! 마치 거대한 거인이 헛기침을 하거나 방구를 뀌는 소리 같았다. 언뜻 뒤를 돌아보자 검은색 연기가 먹구름처럼 하늘을 뒤덮고 있었다. 잭은 불길이 거세게 타오르는 소리가 나지는 않는지 귀를 기울였다. 한때 캘리포니아 해안에서 살았던 사람답게 잭은 화재를 두려워했다. 하지만 여기서는 아무 소리도 들리지 않았다. 숲조차도 여기선 뉴잉글랜드처럼 습기를 잔뜩 머금고 있었다. 분명히 청량하고 바싹 마른 바하칼리포니아주(미국 캘리포니아 남쪽과 면해 있는 멕시코 북서부의 주―옮긴이)의 다갈색 대지와 대조를 이루었다. 나무들은 충만한 생명력을 자랑하는 듯했다. 철로는 야금야금 영역을 넓혀 가는 나무들과 덤불, 어디에서나 볼 수 있는 담쟁이덩굴(분명 독이 있을 거야. 잭은 벌레에 물린 손을 무의식적으로 긁으며 생각했다.) 사이로 천천히 좁아지고 있었다. 저 높이 빛바랜 파란 하늘도 그와 어울려 좁아지는 듯했다. 철도 노반에 쌓인 석탄재에도 이끼가 뒤덮여 있었다. 이곳은 감추어진 곳처럼, 은밀한 비밀을 위한 곳처럼 보였다.

잭은 서둘러 발길을 옮겼다. 경찰이나 소방관이 나타나기 전에 철로에서 벗어나기 위해서만은 아니었다. 걸음을 재촉함으로써 리처드의 입을 막을 수 있었다. 리처드는 걷는 게 너무 힘겨워서 말을 할 수가 없었고…… 질문은 더더욱 할 수 없었다.

그들이 대략 3킬로미터 정도 걸었을 무렵이었다. 잭이 자신의 질문 봉쇄 계책이 맞아떨어졌다고 자축하고 있는데, 리처드가 작게 쌕쌕거리는 소리로 그를 불렀다.

"잠깐만 잭……."

잭이 돌아보니 조금 뒤처져서 따라오던 리처드가 마침 앞으로 넘어지려 하고 있었다. 종잇장처럼 새하얀 피부에 난 부스럼이 얼룩덜룩한 점처럼 두드러져 보였다.

잭은 간신히 리처드를 붙잡았다. 종이가방보다도 가벼운 것 같았다.

"오, 이런, 리처드!"

"방금 전까지만 해도 괜찮았어."

리처드가 아까처럼 작게 쌕쌕거리는 소리로 말했다. 호흡이 매우 가쁘고 메말랐을 뿐만 아니라 눈도 반쯤 감겨 있었다. 흰자위 조금과 파란 홍채의 가장자리만 보였다.

"그냥 좀…… 현기증이 나서. 미안해."

뒤에서 또다시 폭발로 연기가 뭉게뭉게 피어오르고 기차 파편들이 퀸셋의 함석 지붕 위로 타다닥 떨어지는 소리가 들렸다. 잭은 그쪽을 흘긋 돌아본 다음 철로 앞쪽을 걱정스럽게 살폈다.

"나를 꽉 붙잡을 수 있어? 내가 업어 줄게."

울프가 떠오르는걸. 잭은 생각했다.

"붙잡을 수 있어."

"못 할 거 같으면 말해."

"잭, 못 하는데 할 수 있다고 대답할 리가 없잖아."

리처드가 으레 하던 것처럼 까탈을 부리자 잭은 오히려 마음이 놓였다.

잭이 일으켜 세우자 리처드는 휘청거리면서 간신히 몸을 지탱했다. 누가 얼굴에 입김만 불어도 뒤로 벌렁 나동그라질 것 같았다. 잭은 몸을 돌린 다음 스니커즈 신은 발을 썩어 가는 오래된 침목에 올린 채 쪼그리고 앉았다. 그가 팔을 뒤로 돌려 안장처럼 만들자 리처드가 양팔로 잭의 목을 안았다. 잭은 몸을 일으키고 침목을 따라 나아가기 시작했다. 거의 조깅만큼 빠른 걸음이었다. 리처드를 업는 게 쉬워 보였던 것은 그가 가벼웠기 때문만은 아니었다. 잭은 맥

주통을 굴려 나르고 상자들을 운반하고 사과를 따는 일을 했다. 선라이트 가드너의 '먼 밭'에서는 돌을 골랐다, 할렐루야를 외쳐 주겠니. 그 모든 경험이 그를 강인하게 만들었다. 그 강인함은 잭의 본성 구석구석에 근성을 불어넣어 주었다. 근육을 키우는 데만 골몰하는 단순한 체력 훈련과는 차원이 달랐다. 이 모든 것은 두 세계 사이를 공중곡예 하듯 오가며 순간이동을 하는 단순한 기능만이 아니었고, 아무리 멋진 곳에 다녀왔더라도 다녀온 흔적이 갓 칠한 페인트처럼 몸에 남는 것도 아니었다. 잭은 막연하게나마 그가 하려는 일이 단순히 엄마를 구하는 것 이상이라는 것을 깨달았다. 애초부터 잭은 그보다 더 위대한 일에 뛰어든 것이었다. 선한 일을 하려고 했던 것인데, 이제 그는 이 모든 역경이 사람을 강인하게 만든다는 것을 어렴풋이 자각하기 시작했다.

잭은 *실제로* 달리기 시작했다.

"자꾸 멀미가 나게 하면 네 머리에 토할지도 몰라."

잭의 발걸음에 따라 등에 업힌 리처드의 말소리가 떨려 나왔다.

"나는 너를 믿어, 꼬마 리치야."

잭이 헐떡거리면서도 싱긋 웃었다.

"난…… 여기서는 완전히 바보가 된 것 같아. 인간 포고스틱(기다란 막대기 끝에 용수철이 달린 놀이기구. 두 개의 발판이 있어 폴짝폴짝 타고 다닐 수 있다. ─옮긴이)처럼 말이야."

"그게 바로 지금 네 모습이야, 동지."

"그렇게 부르지 마…… 동지라고 하지 말란 말이야."

리처드가 속삭이자 잭은 만면에 웃음을 지었다. 오 리처드, 이 빌어먹을 개자식, 영원히 살아 다오.

4

"난 그 사나이를 알고 있었어."

리처드가 등 뒤에서 속삭였다.

그 말을 듣자 잭은 선잠에서 깬 사람처럼 정신이 번쩍 났다. 리처드를 업은 지 10분이 지나 1킬로미터 넘게 걸어왔지만 여전히 문명의 흔적이라곤 보이지 않았다. 오직 철로와 공기 중에 흩어져 있는 갯내뿐이었다.

잭은 의아했다. 저 철로가 내가 생각하는 곳으로 가는 게 맞을까?

"어떤 사나이?"

"채찍과 자동권총을 가진 사나이 말이야. 그 사람을 알고 있다고. 전에 자주 보았거든."

"언젠데?"

잭이 헉헉거리며 물었다.

"아주 오래전이야. 내가 아주 어렸을 때 말이야."

리처드가 한참 동안 망설이다가 다시 말을 이었다.

"그때쯤일 거야. 그러니까…… 내가 벽장 속에서 그 괴상한 꿈을 꾸었을 때 말이야."

잠시 쉬었다가 다시 덧붙였다.

"아무래도 꿈은 아니었겠지만, 그렇지?"

"아마 그럴걸."

"맞아. 채찍 사나이가 루엘의 아빠야?"

"네 생각은 어때?"

"응, 루엘의 아빠 맞아."

리처드는 침울하게 대답했다.

"리처드, 이 철로가 어디로 향하는 거지?"

잭이 걸음을 멈추고 물었다.

"어디로 가는지 알잖아."

리처드는 이상하리만큼 건조하고 차분한 말투였다.

"응, 나도 알아. 하지만 네가 직접 말해 줬으면 좋겠어."

잭이 잠시 망설이다 다시 말했다.

"네 입으로 *직접* 들어야 할 것 같아. 저 철로는 어디로 가는 거지?"

"포인트 베누티라는 마을로 이어져. 그곳에는 커다란 호텔이 있어. 네가 찾는 곳인지 잘은 모르겠지만 아마도 맞을 거야."

다시금 리처드의 목소리에 울음기가 섞여 들었다.

"나도 그렇게 생각해."

잭은 다시금 발걸음을 재촉했다. 리처드를 업고 있어서 등은 점점 더 아파 왔지만, 엄마를 구원할 방법을 찾을 수 있을 그곳으로 그를 —두 소년을 — 이끌어 갈 철로를 따라 힘차게 발걸음을 내디뎠다.

5

걸어가는 동안 리처드가 끝없이 말했다. 이 말도 안 되는 일과 자기 아빠의 연관성이 제기될 만한 이야기는 아예 꺼내지도 않았지만, 말을 빙빙 돌리면서도 점점 그 주제를 향해 가기 시작했다.

"예전부터 그 사나이를 알고 있었어. 확실히 말할 수 있어. 그가 집에 오곤 했어. 늘 뒷문으로 왔지. 벨을 울리거나 노크를 하지 않았어. 말하자면…… 문을 긁었지. 소름이 돋더라고. 너무 무서워서 바지에 오줌을 쌀 것 같았어. 키가 컸는데, 오, 아이들 눈에 어른은 다 커 보이지만 이 사나이는 *정말* 키가 컸어. 게다가 머리가 새하얬어. 대개는 검은 안경을 쓰고 왔지만 가끔 미러 렌즈가 달린 선글라스를 쓰고 올 때도 있었어.《선데이 리포트》에서 그자에 관한 이야기를 다룰 때 전에 *어디선가* 본 적이 있다는 걸 떠올렸지. 그 프로그램이 방영되던 날 밤 아빠는 2층에서 서류 작업을 하고 있었어. 내가 텔레비전 앞에 앉아 있을 때 아빠가 들어왔는데, 그 프로그램을 보고는 들고 있던 물잔을 떨어뜨릴 뻔했어. 그러더니 「스타트렉」 재방송으로 채널을 바꾸더라고.

그런데 그 사내는 아빠를 만나러 올 때 선라이트 가드너라는 이름을 대지 않았어. 그 사람 성이…… 잘 생각이 안 나네. 성이 밴런이라고 했던가…… 아니, 올런이었던가……."

"오스먼드?"

리처드의 얼굴이 환해졌다.

"그래, 그거였어. 그 사람 이름은 들어 본 적이 없지만, 한두 달에 한두 번은 꼭 찾아왔어. 더 자주 온 적도 있고. 한번은 일주일 동안 하루 걸러 한 번씩 찾아오더니 그다음엔 반년 동안 코빼기도 안 보이더라고. 난 그 사람이 오면 내 방에서 안 나왔어. 그 사람 냄새가 싫었거든. 무슨 오드콜로뉴…… 같은 걸 뿌렸는데 냄새는 더 지독했어. 싸구려 잡화점에서 파는 향수처럼 말이야. 하지만 그 밑에서는……"

"그 밑에서는 한 10년 동안 목욕을 하지 않은 것 같은 냄새가 났지."

리처드가 눈을 동그랗게 뜨고 잭을 쳐다보았다.

"나도 그가 오스먼드일 때 본 적이 있어."

잭이 설명했다. 전에도 설명한 적이 있지만 그때는 리처드가 — 적어도 일부분은 — 귀 기울여 듣지 않았다. 지금 리처드는 귀 기울여 듣고 있었다.

"인디애나주에서 선라이트 가드너로 만나기 전에 테러토리 버전의 뉴햄프셔에서 만난 적이 있어."

"그럼 너는 그걸…… 그 괴물을 보았겠네."

잭은 고개를 저었다.

"루엘 말이야? 루엘은 그때 '초토화된 땅'에 있었던 게 틀림없어. 철저한 코발트 치료(코발트의 감마선을 이용한 방사선 치료의 일종. 여기서는 방사능 피폭을 가리킨다. —옮긴이)를 받고 있었을 거야."

잭은 부스럼으로 뒤덮인 괴물의 얼굴을 생각하고는 벌레를 떠올렸다. 벌레에 물려 벌겋게 부은 손목에 눈길이 가자 절로 진저리가 났다.

"끝까지 루엘은 보지 못했어. 그의 아메리카 트윈너도 보지 못했고. 오스먼드가 나타나기 시작한 건 네가 몇 살 때였어?"

"네 살 때였던 게 분명해. 그 괴물이…… 알잖아, 그 벽장…… 그 사건이 일어나기 전이었으니까. 그 일이 있은 다음에 그자를 더한층 무서워했던 게 기억나."

"그 괴물이 벽장에서 너를 만진 다음에 그랬다고."

"응."

"그 일은 네가 다섯 살 때였고."

"맞아."

"우리 둘 다 다섯 살 때였지."

"그래. 이젠 내려 줘도 돼. 한동안은 걸을 수 있겠어."

잭은 리처드를 내려 주었다. 둘은 입을 다물고 고개를 떨군 채 서로의 시선을 피하며 걸었다. 다섯 살 때 뭔가가 어둠 속에서 손을 뻗어 리처드를 만졌다. 둘 다 여섯 살 때

(여섯, 재키가 여섯 살 때)

잭은 아빠와 모건 슬로트가 그들이 다녀온 어떤 곳에 관해 주고받는 얘기를 우연히 듣게 되었다. 재키가 백일몽의 나라라고 부르는 곳에 관한 얘기였다. 그리고 그해가 지나기 전에 무언가가 어둠 속에서 나와 잭과 잭의 엄마를 건드렸다. 그것은 다름 아닌 모건 슬로트의 목소리였다. 모건 슬로트는 유타주의 그린리버에서 전화를 걸어왔다. 울먹이고 있었다. 모건과 필 소여, 토미 우드바인은 사흘 전에 해마다 가는 11월 사냥 여행을 떠났다. 또 다른 대학 시절 친구인 랜디 글로버는 유타주 블레싱턴에 고급 사냥용 별장을 가지고 있었다. 글로버는 대개 그들과 함께 사냥을 즐겼다. 하지만 그해에는 카리브해로 크루즈 여행을 가고 없었다. 모건은 전화를 걸어 필이 다른 사냥꾼의 총에 맞은 것 같다는 소식을 전했다. 그와 토미 우드바인은 급조한 들것에 필을 묶어 싣고 황야에서 데리고 나왔다. 필은 글로버의 지프 체로키 뒷좌석에서 의식을 회복해, 릴리와 잭에게 사랑한다는 말을 남겼다고 모건은 말했다. 그리고 15분 후

모건이 그린리버에 있는 가장 가까운 병원으로 정신없이 차를 몰고 가는 와중에 사망했다.

모건은 필을 죽이지 않았다. 총소리가 울렸을 때 세 명이 함께 있었다고 토미가 증언할 수 있었다. 증언이 필요하다면 말이다.(물론 증언을 요구한 사람은 없었다.)

하지만 모건이 살인 청부 혐의까지 벗을 수는 없다는 것이 지금 잭의 생각이었다. 아마도 토미 우드바인은 그 사건에 대해 오랫동안 의구심을 품었을 것이다. 그렇지 않았다면 토미 아저씨는 살해당하지 않았을 것이고, 그리하여 잭과 그의 죽어 가는 엄마가 모건의 야욕 앞에 완전히 무방비 상태로 놓이지도 않았을 것이다. 아마도 모건은 토미 아저씨가 필 소여의 죽음에는 사고 이상의 무엇이 있다고 그의 하나뿐인 아들에게 말할까 봐 전전긍긍하다가 마침내 그를 살해했을 것이다. 잭은 경악과 혐오감으로 소름이 쫙 끼쳤다.

"지난번에 네 아빠랑 우리 아빠가 함께 사냥 가기 전에 그자가 온 적 있어?"

잭이 매섭게 몰아붙였다.

"잭, 나는 네 살이었……"

"아니, 너 네 살 아니었어, 너 *여섯* 살이었어. 그자가 오기 시작했을 때가 네 살이었고, 우리 아빠가 유타주에서 살해당했을 때 넌 여섯 살이었어. 그리고 넌 기억력이 좋잖아, 리처드. 우리 아빠가 돌아가시기 전에 그자가 온 적 있어?"

"그 무렵 그자는 일주일 동안 거의 하루도 빠지지 않고 왔어. 마지막 사냥 여행 전이었지."

리처드가 간신히 들릴 만큼 작은 소리로 대답했다.

리처드는 아무 잘못이 없다는 걸 알면서도 잭은 비통함을 금할 수 없었다.

"아빠는 유타주에서 사냥 사고로 돌아가셨고, 토미 아저씨는 로스앤젤레스에서 뺑소니차에 치여 돌아가셨어. 네 아빠 친구들은 사망률이 아주 빌어먹게 높구나, 리처드."

"잭……."

리처드가 입을 열었지만 나지막이 떨리는 목소리만 나왔다.

"내 말은, 그 일은 이미 댐에서 떨어진 물이고 엎질러진 우유야, 어떤 표현을 쓰든 달라지는 건 없겠지. 그런데 내가 네 학교에 나타났을 때 넌 나보고 머리가 돈 게 아니냐고 했어, 리처드."

"잭, 넌 이해하지 못……"

"그래, 난 이해 못 해. 나는 지쳐 있었고 넌 잘 곳을 주었지. 좋아. 난 배가 고팠고 넌 먹을 것을 주었어. 훌륭해. 하지만 내게 가장 필요했던 것은 나에 대한 너의 *믿음*이었어. 거기까지 기대하는 건 지나치다고 생각했지, 하지만 이런! 넌 내가 말한 그자를 알고 있었어! 그자가 네 아빠와 관련이 있다는 걸 알고 있었다고! 게다가 넌 이런 말도 했지. '우리 착한 잭이 시브룩섬에서 햇볕을 너무 많이 쐰 모양이야, 어쩌구저쩌구!' 젠장, 리처드, 난 우리 사이가 그 정도인 줄 몰랐어."

"넌 아직 이해 못 해."

"뭐? 시브룩섬 이야기가 너무 무서워서 나를 조금도 믿을 수 없었다고?"

이제는 화를 내기도 지쳤는지 잭의 목소리가 심하게 흔들렸다.

"아니, 내가 두려워하는 건 그 이상이야."

잭이 걸음을 멈추고 리처드를 죽일 듯이 노려보았다. 리처드의 파리한 얼굴이 처참하게 일그러지고 있었다.

"오, 그래? 이성적인 리처드가 두려워하는 '그 이상'이 대체 뭐지?"

리처드가 더할 나위 없이 차분한 목소리로 대답했다.

"나는 두려웠어, 두려웠다고, 만일 내가 그 비밀에 대해…… 오스먼드라는 그자에 대해, 아니면 그때 벽장에서 있었던 일에 대해 더많이 알게 된다면 아빠를 더 이상 사랑하지 못하게 될 것 같았거든. 그리고 내 생각이 맞았어."

리처드는 더러워진 가느다란 손가락으로 얼굴을 가리고 울기 시작했다.

6

멍하니 서서 리처드가 우는 모습을 지켜보던 잭은 스무 종류의 저주를 자신에게 퍼부었다. 모건이 어떤 사람이건 간에 그는 여전히 리처드 슬로트의 아빠였던 것이다. 리처드의 손 모양, 리처드의 얼굴 윤곽, 모두 모건을 떠올리게 했다. 그 사실을 잊고 있었단 말인가? 그럴 리가 없다. 리처드에게 실망하고 분개한 나머지 잠시 눈이 멀었던 것이다. 점점 더 심해지는 초조감도 한몫 거들었다. 부적은 이제 아주 아주 가까이 있었다. 말이 사막에서 물 냄새를 맡거나 먼 평원에서 일어난 들불 냄새를 맡듯, 잭은 신경 말단에서 그것을 느낄 수 있었다. 그 초조한 심장은 스치는 바람에도 놀라서 날뛰곤 했다.

맞아, 그래, 이 아이는 둘도 없는 친구야, 재키야. 항상 사이좋게 지낼 수 없다는 건 이해하지만 이렇게 짓밟아서는 안 돼. 혹시 네가 못 봤을까 봐 말해 주는데, 저 아이는 아파.

잭이 리처드를 향해 손을 내밀었다. 리처드는 그 손을 뿌리치려 했다. 잭은 개의치 않고 리처드를 끌어안았다. 두 소년은 버려진 철로 한가운데에 그렇게 한동안 서 있었다. 리처드가 잭의 어깨에 얼굴을 묻었다.

잭이 어색하게 말했다.

"자, 너무 걱정하지 마…… 알잖아…… 모든 일은…… 적어도 아직은, 리처드. 흐름에 너 자신을 맡겨 봐. 알겠지?"

맙소사, 이런 바보 같은 말이 어디 있담. 마치 우리가 암에 걸리긴 했지만 곧 「스타워스」를 볼 수 있을 테고 그러면 기운이 날 테니 걱정하지 말자고 말하는 것이나 같았다.

"알았어."

리처드가 잭한테서 몸을 떼며 말했다. 더러워진 얼굴에 눈물 자국이 선명히 그어져 있었다. 그가 한 팔을 들어 눈을 닦고는 애써 미소를 지었다. 그리고 앤더스의 말투를 흉내 내기 시작했다.

"모든 일이 잘 풀리고, 예, 모든 일이 잘 풀리고……."

"모든 것이 제자리를 찾아 돌아가겠군요."

잭과 리처드는 동시에 말을 맺고 함께 큰 소리로 웃었다. 그것으로 충분했다. 리처드가 말했다.

"자, 이제 가자."

"어디로?"

"너의 부적을 찾으러. 네 설명을 들어 보면, 부적은 포인트 베누티에 있는 게 틀림없어. 저쪽으로 가서 다음 마을이야. 자, 잭. 길을 떠나자. 하지만 천천히 걸어야 해. 아직 할 말이 많으니까."

잭은 호기심 가득한 얼굴로 리처드를 쳐다보았다. 그리고 그들은 다시 걷기 시작했다, 천천히.

7

일단 댐이 무너지자 리처드는 기억나는 이야기를 모조리 털어놓기 시작했다. 그는 뜻밖의 사실을 아주 많이 알고 있었다. 잭은 정작 가장 중요한 조각들을 놓친 것도 모른 채 퍼즐 맞추기를 하고 있었던 건 아닌가 하는 기분이 들었다. 알고 보니 리처드는 그 조각들을 거의 대부분 갖고 있었다. 리처드는 생존주의자 캠프장에 가 본 적이 있었는데, 그것이 첫 번째 조각이었다. 그의 아빠가 그곳 주인이었던 것이다. 잭이 의심 가득한 얼굴로 물었다.

"그곳이 같은 곳이라고 확신해?"

"확신해. 저쪽 세계에 있을 때도 어쩐지 낯이 익더라 했어. 우리가 여기…… 이쪽 세계로 돌아왔을 때…… 확실히 알게 되었어."

잭은 고개를 끄덕였다. 달리 뭘 어째야 할지 알 수 없었다.

"아빠랑 나는 포인트 베누티에서 머물곤 했어. 여기로 오기 전에 언제나 거기에서 묵었지. 기차는 정말 특별한 선물이었어. 내 말은, 전용 기차를 가진 아빠가 몇 명이나 되겠어?"

"많지는 않겠지. 다이아몬드 짐 브래디(다이아몬드로 온몸을 치장하는

소비 습관으로 유명한 미국의 대부호 — 옮긴이) 같은 사람이나 전용 기차
가 있겠지. 하지만 그들한테 자식이 있는지는 모르겠어."

"우리 아빠는 그 정도는 아니야."

리처드가 피식 웃으며 말했다. *리처드, 사실을 알고 나면 정말 놀
라 자빠지겠구나.* 잭은 생각했다.

"우리는 렌터카를 타고 로스앤젤레스에서 포인트 베누티까지 여
행을 가곤 했어. 거기에 우리가 묵었던 모텔이 있어. 아빠랑 나랑
단둘이서."

리처드가 잠시 말을 멈추었다. 아빠에 대한 사랑과 추억으로 소
년의 눈가가 촉촉해졌다.

"거기서 아빠랑 얼마 동안 시간을 보내다가 아빠 기차를 타고 속
성훈련 캠프까지 가곤 했지. 그건 그냥 작은 기차였어."

리처드가 깜짝 놀라 잭을 돌아보았다.

"그러고 보니 우리가 타고 온 기차랑 비슷한 것 같아."

"속성훈련 캠프?"

잭이 물었지만 리처드는 못 들은 것 같았다. 리처드는 녹슨 철로
를 바라보고 있었다. 두 사람은 이곳에 있었지만, 잭이 보기에 리처
드는 그들이 지나온 물결치듯 뒤틀린 철로를 떠올리고 있는 것 같
았다. 철로 끝이 끊어진 기타 줄처럼 하늘을 향해 말려 올라간 곳이
두어 군데 있었다. 테러토리에서 그 철로는 깔끔하게 관리되어 보
기 좋은 상태였을 거라고 잭은 생각했다.

리처드가 말했다.

"이것 좀 봐, 예전에는 여기로 전차가 다녔어. 1930년대에 그런

일이 있었다고 아빠가 말씀하였어. 멘도시노 카운티 레드라인 말이야. 그건 카운티 소유가 아니라 사기업이 운영했는데 결국 파산했지. 왜냐면 이곳 캘리포니아에선…… 너도 알잖아……."

잭은 고개를 끄덕였다. 캘리포니아에선 다들 자동차를 타기 때문이었다.

"리처드, 그나저나 왜 나한테 이곳 얘기를 안 했니?"

"아빠가 이 얘기는 절대로 너한테 하지 말라고 했거든. 너랑 너희 부모님도 우리가 가끔 북부 캘리포니아로 휴가를 오는 걸 알고 있고, 그건 큰 문제가 아니라고 하셨어. 하지만 기차나 속성훈련 캠프에 대해선 말하지 못하게 하셨어. 만약 얘기하면 필 아저씨가 무척 화를 낼 거라고. 왜냐하면 이건 비밀이니까."

리처드가 잠시 말을 끊었다가 다시 시작했다.

"아빠는 내가 입을 열면 다시는 안 데려갈 거라고 하셨어. 난 동업자란 원래 그런 건가 하고 생각했지. 하지만 그 이상의 이유가 있었던 같아."

리처드가 잠시 생각에 잠겼다가 다시 말을 이었다.

"전차 회사는 자동차와 고속도로 때문에 파산했지. 그런데 네가 나를 데려간 곳은 다른 점이 한 가지 있었어, 잭. 이상하게 석유 악취 같은 게 안 났어. 특이하다고 생각했지."

잭은 말없이 다시 고개를 끄덕였다.

"전차 회사는 마침내 전 노선을 기존의 특혜까지 포함해서 모조리 부동산개발 회사에 팔았어. 그들도 사람들이 내륙으로 이동하게 될 거라고 생각했어. 하지만 그런 일은 일어나지 않았지."

"그럼 너희 아빠가 그걸 샀구나."

"으응, 그런 것 같아. 나도 잘은 몰라. 아빠는 노선을 사들이는 일에 대해서는 거의 얘기해 주지 않았거든……. 어떻게 전차 선로를 이 철로로 바꾸었는지도."

그러자면 엄청난 규모의 공사를 벌여야 했을 거야, 잭은 생각했다. 그러자 오리스의 모건이 소유한 광석 채취장과 그곳에 무제한으로 공급되었을 노예들이 떠올랐다.

리처드가 말했다.

"철로로 바뀌었다는 것은 알았지만 철도에 관한 책이 생긴 덕에 알게 된 거야. 게이지가 다르다는 걸 알게 됐거든. 전차 선로는 10게이지인데 이 철로는 16게이지야."

잭은 무릎을 꿇었다. 그랬다, 지금 있는 철로 안쪽으로 희미하지만 이중으로 움푹 파인 자국이 보였다. 전차 선로의 흔적이었다.

리처드가 꿈을 꾸듯 말했다.

"아빠는 작은 빨간색 기차를 가지고 있었어. 기관차 한 량이랑 객차 두 량뿐이었지. 디젤 기차였어. 웃으면서 이렇게 말하곤 했지. 성인 남자와 소년을 가르는 기준은 가지고 있는 장난감의 가격이라고. 포인트 베누티 위 언덕에는 오래된 전차 역이 있었어. 우린 렌터카를 타고 그곳에 올라가 주차를 해 놓은 다음 전차를 탔지. 그 역의 냄새가 기억나. 오래되었지만 좋은…… 오래된 햇살이 가득한 그런 냄새였어. 그리고 거기 기차가 있었지. 아빠는 이렇게 말했어…… '속성훈련 캠프행 열차에 올라타라, 리처드! 차표는 준비 됐겠지?' 그리고 레모네이드가 있었어…… 아이스티가 있을 때도 있었지…… 그리고 우리는 운전석에 앉았어…… 때로 아빠는……
뒷좌석에…… 화물을 싣고…… 우리는 앞쪽에 앉아서…… 그리
고…… 그리고…….”

리처드는 침을 꿀꺽 삼키고 한 손으로 눈을 비볐다.

“그때는 정말 즐거웠지. 아빠랑 나랑 단둘이서. 정말 신났어.”

마침내 리처드가 말을 마치고 주위를 둘러보았다. 촉촉이 젖은
눈가가 햇빛을 받아 반짝였다.

“속성훈련 캠프에는 기차의 방향을 돌릴 수 있는 회전판이 있었
어. 그 시절에는. 옛날에는.”

리처드가 흐느낌을 억지로 삼켰다.

“리처드…….”

잭이 리처드에게 손을 뻗었다.

리처드는 그 손을 밀어내고 뒤로 물러났다. 그러고는 뺨에 흘러
내리는 눈물을 손등으로 닦아 냈다. 잠시 후 미소를 지으며, 정확히
는 미소를 지으려 애쓰며 말했다.

“그때는 세상 물정을 몰랐어. 그때는 어른들의 일에 대해 아는 게
하나도 없었다고, 안 그래, 잭?”

“맞아.”

잭은 불쑥 대답하고는 자신도 울고 있다는 것을 깨달았다.

오, 리처드. 소중한 내 친구야.

“그랬지.”

리처드가 미소를 지으며 말했다. 그러고는 더러운 손등으로 눈
물을 닦으며 철로를 침범해 올 듯이 울창한 숲을 둘러보았다.

"그때는 어른들의 일에 대해 아는 게 정말 하나도 없었어. 옛날에, 우리가 아이였을 때 말이야. 우리가 모두 캘리포니아에 살았을 때, 그곳이 세상의 전부인 줄 알았을 때 말이야."

리처드는 잭을 보며 미소를 지으려 애썼다.

"잭, 나 좀 도와줘. 발이 제, 젠장 맞을 더, 덫에 걸린 것 같아. 난…… 난……."

그리고 리처드는 무릎을 꿇고 쓰러졌다. 지친 얼굴에 머리카락이 쏟아져 내렸다. 잭은 그 옆에 같이 무릎을 꿇고 앉았다. 그다음은 차마 말로 옮기기가 어렵다. 말해 줄 수 있는 것은 두 소년이 최선을 다해 서로를 위로해 주었다는 것뿐. 힘겨운 시절을 겪어 본 사람이라면 이미 짐작하겠지만, 사실 어떤 말도 위로가 되어 주지는 못하는 법이다.

8

"그 시절에는 울타리가 새것이었어."

기운을 차린 리처드가 다시 입을 열었다. 그들은 어느새 꽤 먼 거리를 왔다. 큼지막한 떡갈나무에서 쏙독새가 지저귀었다. 갯내는 더 강해졌다.

"생생히 기억나. 그리고 '속성훈련 캠프'라는 표지판도. 말 그대로였어. 장애물 코스는 물론 밧줄 타기와 밧줄에 매달려 커다란 물웅덩이를 건너는 코스도 있었지. 제2차 세계대전 배경의 해병대 영화에 나오는 신병훈련소 같았어. 하지만 시설을 이용하는 사내들은 해병대와는 딴판이었어. 다들 뚱뚱했거든. 그들은 모두 같은 옷을 입었어. 회색 운동복이었는데 가슴에는 작은 글자로 '속성훈련 캠프'라고 적혀 있었고, 바지 옆선이 빨간 띠로 장식되어 있었지. 모두들 당장에라도 심장마비나 심장 발작을 일으킬 것 같았어. 어쩌면 동시에 둘 다 일으킬 수도 있을 것 같았지. 때때로 아빠랑 나는 밤새도록 있었어. 주말 내내 지낸 적도 두어 번이었지. 퀸셋에서 지낸 건 아니지만. 그곳은 몸매 유지를 위해 돈을 쓰는 사내들을 위한 막사 같았어."

"그 남자들이 정말로 체력 관리를 하고 있었다면 말이지."

"그래, 맞아. 정말 체력 관리를 하고 있었을까. 어쨌든, 우린 커다란 텐트에서 지내고 간이침대에서 잠을 잤어. 정말 신나는 일이었지."

또다시 리처드가 생각에 잠겨 미소를 지었다.

"하지만 네 말이 맞아, 잭. 그곳에서 어슬렁거리던 모든 사내들이 몸매 관리를 위해 오는 사업가 같지는 않았어. 좀 다른 부류도 있었어⋯⋯."

"그 사람들은 어땠는데?"

잭이 조용히 물었다.

"그들 중 몇몇은, 아니 많은 수가 저쪽 세계의 커다란 털북숭이 피조물하고 닮았어."

리처드의 목소리가 너무 작아서 잭은 귀를 쫑긋 세워야 했다.

"울프족이었어. 그들은 어느 정도는 보통 사람처럼 보였지만 그리 많이 닮지는 않았어. 말하자면⋯⋯ 대충 닮았어. 무슨 말인지 알겠어?"

잭은 고개를 끄덕였다. 그도 알고 있었다.

"그들의 눈을 가까이서 들여다보기가 겁났어. 어떨 때 보면 그 눈 속에서 괴상한 섬광 같은 것이 일어나곤 했어…… 그들의 뇌에 불이 붙은 것처럼 말이야. 다른 자들은…….."

뭔가가 생각난 듯 리처드의 눈이 반짝거렸다.

"다른 부류는 대리 농구 코치 같았어, 내가 전에 말해 준 적 있잖아. 가죽 재킷을 입고 마리화나를 피우던 사람 말이야."

"포인트 베누티까지는 얼마나 남았어, 리처드?"

"정확히는 나도 몰라. 하지만 두 시간 정도 달렸고 기차는 그다지 빨리 달리지 않았어. 아마도 뜀박질하는 속도 정도. 그 이상은 아니야. 모두들 속성훈련 캠프에서 30킬로미터 이상은 아니라고 했거든. 어쩌면 그거에도 못 미칠 거야."

"그럼 24킬로미터 정도 남았네. 그것으로부터……"

(부적으로부터)

"그래. 맞아."

잭은 어둑어둑해지는 하늘을 올려다보았다. 인간이 감상적 오류(동물 또는 사물도 인간처럼 감정이 있다고 여기는 표현법. 19세기 시인 존 러스킨이 처음 만들어 낸 용어로, 올바른 시 창작을 위해서는 이 오류에서 벗어나야 한다고 주장했다. ―옮긴이)에 빠지는 것이 결코 한심한 일이 아니라는 걸 알려 주려는 듯 태양은 이제 구름 뒤로 숨어 버렸고 기온도 5도 정도 떨어진 것 같았다. 시간의 흐름이 느려지는 것 같았고, 쏙독새도 울음을 그쳤다.

9

리처드가 먼저 표지판을 보았다. 하얀색 페인트를 칠한 사각형 나무판에 검은색 글자가 적혀 있었다. 철로 왼쪽에 있었는데, 이곳에 아주 오랫동안 서 있었는지 담쟁이덩굴이 표지판 기둥을 뒤덮고 있었다. 하지만 거기엔 다분히 현재 상황을 반영한 글이 적혀 있었다.

착한 새는 날아간다.
나쁜 소년은 반드시 죽는다.
지금이 마지막 기회다.
집으로 돌아가라.

"너는 가도 돼, 리치. 나는 괜찮아. 그들도 너는 가게 놔둘 거야, 걱정 마. 너랑은 상관없는 일이니까."

잭이 나직하게 말했다.

"나랑 상관이 있을 수도 있어."

"내가 너를 끌어들인 거야."

"아니, 아빠가 나를 끌어들인 거야. 아니면 운명이 나를 끌어들인 건지도 모르지. 아니면 신이거나. 아니면 제이슨이거나. 그게 누가 되었든, 나를 떼어 놓고 갈 생각은 마."

"좋아. 가자."

표지판 옆을 지날 때 잭이 제법 멋진 쿵푸 발차기를 날려 그것을 떨어뜨렸다.

"잘했어, 동지."

리처드가 살짝 미소를 지으며 말했다.

"고마워. 그런데 나보고 동지라고 부르지 마."

잭이 응수했다.

10

리처드는 다시 창백하고 지쳐 보이기 시작했지만 이후 한 시간 동안 연신 종알거렸다. 철로를 따라 걷는 동안 태평양의 갯내는 점점 더 강해졌다. 지난 수년 동안 리처드의 가슴속에 봉인되어 있던 추억들이 홍수처럼 밀려나왔다. 잭은 내색은 안 했지만 놀라서 할 말을 잃었다…… 아빠의 사랑의 작은 조각이라도 찾아보려고 열심인 고독한 아이의 모습에 잭의 마음 저 깊숙한 곳에서 동정심이 샘솟았다. 의도한 건지 어쩐지는 알 수 없지만 리처드는 그의 진심을 들키고 말았던 것이다.

잭은 리처드의 파리한 얼굴을 들여다보았다. 볼과 이마와 입가에 난 부스럼이 눈에 들어왔다. 리처드는 조심스럽게 속삭이는 목소리로 말했지만 이제는 망설이거나 더듬거리지 않았다. 그 모든 이야기를 털어놓을 기회가 마침내 찾아온 것이다. 잭은 다시 한 번 모건 슬로트가 *자신의* 아빠가 아니어서 다행이라는 생각을 했다.

리처드는 이쪽 철로 부근에서 본 눈에 띄는 지형지물들이 기억난다고 말했다. 어느 지점에 서자 숲 너머로 체스터필드 킹 담배회사의 빛바랜 광고판을 얹은 외양간 지붕이 보였다.

리처드가 미소를 지으며 말했다.

"스무 개비의 담배 모두 스무 번의 멋진 담배 연기를 선사합니다. 그런데 그때는 헛간이 다 보였어."

리처드는 끝이 둘로 갈라진 커다란 소나무도 가리켜 보였다. 15분 뒤에는 또 이렇게도 말했다.

"이 언덕 반대편에 개구리랑 똑 닮은 바위가 있었어. 아직 있는지 가서 보자."

바위는 그곳에 있었다. 잭의 눈에도 개구리를 닮은 것처럼 보였다. 아주 살짝. 상상의 나래를 펼친다면 말이지만. 아마도 세 살 아이에게 그렇게 보일지도. 아니면 네 살. 아니면 일곱 살. 아니면 나이가 몇이든 상관없을 수도 있겠지.

리처드는 철로를 좋아했으며, 달릴 경주로가 있고 허들이 있고 밧줄 타기도 할 수 있는 속성훈련 캠프가 정말로 멋지다고 생각했다. 하지만 포인트 베누티 자체는 싫어했다. 잠시 끙끙대던 리처드는 마침내 그와 그의 아빠가 작은 해변 마을에서 묵었던 모텔의 이름까지 기억해 냈다. 리처드가 말했다, 킹스랜드 모텔…… 잭은 그 이름을 듣고도 별로 놀라지 않았다.

킹스랜드 모텔. 그것은 리처드의 아빠가 늘 관심을 보이던 낡은 호텔 옆에 있었다. 모텔 방 창문으로 그 호텔이 보였는데 리처드는 그 건물이 싫었다. 그것은 작은 포탑과 박공지붕과 맞배지붕, 둥근 지붕, 탑이 제멋대로 뻗어 나간 거대한 건물이었다. 탑 꼭대기에서는 으레 기묘한 형태의 황동 풍향계들이 빙글빙글 돌고 있었다. 그것들은 바람이 불지 않을 때도 돈다고 리처드가 말했다. 그는 모텔 방 창가에 서서 풍향계가 도는 모습을 한량없이 바라보던 일을 똑똑히 기억하고 있었다. 초승달과 왕쇠똥구리, 한자 등 온갖 기괴한 모양의 황동 풍향계들이 햇살을 받아 반짝거리고 그 아래는 넓은 대양이 물보라를 뿌리며 으르렁거리고 있었다.

아 맞아요, 의사 선생님, 이제 모든 기억이 돌아오고 있어요. 잭은 생각했다.

잭이 물었다.

"사람은 살지 않았어?"

"응. 팔려고 내놓은 곳이었어."

"이름이 뭐였는데?"

"아진코트."

리처드가 잠시 어린애처럼 얘기할까 말까 머뭇거렸다. 솔직히 애들도 조금만 크고 나면 이런 말버릇은 금방 고치는데 말이지.

"검은색 건물이었어. 나무로 만들었지만 돌로 만든 것처럼 보였지. 오래된 검은 돌 말이야. 아빠랑 아빠 친구들은 그렇게 불렀어. 블랙 호텔이라고."

11

"너희 아빠가 그 호텔을 샀어? 속성훈련 캠프를 산 것처럼?"

잭이 이렇게 물은 데는 리처드의 주의를 다른 데로 돌리려는 의도가—그게 전부는 아니지만—있었다.

리처드는 잠시 생각한 뒤 고개를 끄덕였다.

"응, 그런 것 같아. 얼마 후에. 아빠가 처음에 거기로 나를 데려갔을 때는 문 앞에 매물 표지판이 있었는데 언젠가 다시 그곳에 갔을 때는 그것이 없어졌거든."

"하지만 한 번도 그곳에서 머문 적은 없어?"

"절대로 없었어! 아빠가 나를 그곳에 데려가려면 견인 사슬로 끌고 가야만 할걸…… 그래도 안 들어갔을 테지만."

리처드는 진저리를 쳤다.

"절대로 들어간 적 없어?"

"아냐. 절대로 간 적 없어, 절대로 가지 않을 테고."

야, 꼬마 리치, 누가 너한테 절대로 '절대로'라는 말은 쓰지 말라고 가르쳐 준 적 없니?

"너희 아빠는 어땠어? 너희 아빠도 절대로 들어간 적 없어?"

안경을 쓰지 않은 리처드가 안경 코걸이를 검지로 밀어 올리는 시늉을 하며 교수인 양 하는 목소리로 말했다.

"내가 아는 한은 없어. 아빠도 절대로 들어간 적 없다는 건 확실히 말할 수 있어. 아빠도 나처럼 그것을 두려워했거든. 내 입장에서는 그게 다였어…… 무섭기만 했지. 하지만 아빠한테는 그 이상의 뭔가가 있었어. 아빠는 그러니까……."

"그러니까 뭐?"

"그 호텔에 집착하는 것 같았다고나 할까."

리처드가 마지못해 대답하고는 뭔가를 회상하는 듯 멍한 눈이 되었다.

"포인트 베누티에 갈 때면 아빠는 날마다 그 앞에 서 있었어. 내 말은 그냥 일이 분 서 있었다, 그 정도가 아니라 그 앞에 서게 되면 세 시간은 흘려보냈단 말이야. 더 오래 서 있을 때도 있었고. 대부분 아빠 혼자였어. 하지만 늘 그런 것은 아니었지. 아빠한테는……
이상한 친구들이 있었어."

"울프족 말이야?"

"그런 것 같아, 그래, 그들 중 몇 명은 울프족이었을 거야. 네가
뭐라고 부르건 간에 말이야. 그들은 옷이 불편한 것 같았어. 늘 몸
을 긁었거든. 대개는 신사들은 긁어서는 안 되는 곳을 긁었지. 다른
부류는 대리 코치랑 비슷했어. 거칠고 야비해 보였지. 속성훈련 캠
프에서 본 사람들도 있었고. 한 가지 알려 줄게, 잭. 그자들은 아빠
보다 훨씬 더 그 호텔을 두려워했어. 가까이만 가도 움찔했거든."

리처드는 거의 화가 난 말투였다.

"선라이트 가드너? 그자도 거기에 왔어?"

"응, 하지만 포인트 베누티에서 그자는 우리가 저쪽 세계에서 본
사내랑 더 비슷했어. 누구더라……"

"오스먼드."

"하지만 그자들은 그리 자주 오지 않았어. 대개 아빠 혼자였지.
때때로 아빠는 우리가 묵는 모텔 레스토랑에서 샌드위치를 주문
해 인도 벤치에 앉아 점심을 먹으며 그 호텔을 바라보았어. 난 킹스
랜드 모텔 로비 창문 앞에 서서 아빠가 그 호텔을 바라보는 모습을
바라보곤 했지. 그럴 때는 아빠 얼굴을 보기가 싫었어. 아빠는 겁
에 질려 있었지만, 그 모습은…… 마치 회심의 미소를 짓는 것 같
았거든."

"회심의 미소라."

잭이 혼잣말을 했다.

"가끔 아빠가 나한테 같이 가겠냐고 물었지만 난 늘 싫다고 했지.
한번은 아빠가 고개를 끄덕이곤 이렇게 말한 게 기억나. '때가 되면
너도 모든 걸 이해하게 될 거야, 리치…… 때가 되면.' 블랙 호텔에
관한 일이라면 결코 이해하고 싶지 않다고 생각했던 게 기억나.

한번은 아빠가 술에 취했을 땐데 그 건물 안에는 뭔가가 있다고
말했어. 아주 오랫동안 거기 있었던 거래. 내가 기억하기로는, 나랑
아빠는 침대에 누워 있었어. 그날 밤은 바람이 많이 불었어. 해변에
부닥치는 파도 소리랑 아진코트 탑 꼭대기의 풍향계들이 삐걱거리
며 돌아가는 소리가 들렸어. 정말 소름 끼치는 소리였지. 다 생각
나. 그 호텔, 호텔의 방 하나하나, 한결같이 텅 비어 있고……"

"귀신 나올 것 같은."

잭이 중얼거렸다. 문득 발소리를 들은 것 같아서 재빨리 뒤를 돌
아다보았다. 아무것도 없었고 아무도 없었다. 도로 표면에는 시선
이 닿는 한 사람의 흔적을 찾아볼 수 없었다.

리처드가 동의했다.

"맞아, 귀신 나올 것 같은. 그래서 내가 물었지. '그게 가치가 있
는 거야, 아빠?'

아빠가 말했어. '이 세상에서 가장 값진 거야.'

'그럼 마약쟁이가 몰래 들어와서 훔쳐 갈지도 모르겠네.' 하고 내
가 말했어. 하지만 그건 내가…… 어떻게 표현해야 할까? 그건 내
가 정말로 하고 싶은 얘기가 아니었어. 하지만 난 아빠가 잠이 들어
버리는 것도 싫었어. 밖에서 몰아치는 바람이나 한밤중에 삐걱거
리는 풍향계 소리 때문에 그런 건 아니었어.

아빠는 껄껄거리며 웃었어. 그리고 바닥에서 버번위스키 병을 집어 잔에 따를 때 나는 쨍 소리가 들렸어.

아빠가 술을 마셨어. 졸린 것 같았지.

'아무도 그걸 훔치지 않을 거야, 리치. 아진코트에 마약쟁이가 들어가더라도 태어나 한 번도 본 적 없는 것을 보게 될 거란다. 세상에서 오직 한 사람만이 그것을 만질 수 있지만 그는 결코 그곳에 다가갈 수 없을 거야, 리치. 장담할 수 있어. 한 가지 재미있는 점은 그건 이쪽 세계에서나 저쪽 세계에서나 똑같다는 거지. 결코 변하지 않아. 어쨌든 내가 아는 한, 그것은 변하지 않는단다. 아빠도 그것을 가지고 싶지만 적어도 지금은 시도해 볼 생각이 없어. 하지만 영원히 이렇게 놔두지는 않을 거란다. 그것이 있으면 많은 일을 할 수 있지. 그럼! 하지만 전체적으로 봤을 때 아빠는 그게 그 자리에 있는 게 가장 좋단다.'

그때쯤에 나도 졸리기 시작했지만 아빠가 계속 말하는 그게 뭐냐고 물었어."

"뭐였는데?"

잭이 마른 침을 삼키며 물었다.

리처드는 머뭇거리다 미간을 찌푸리며 잠시 생각한 다음에야 대답했다.

"아빠는 그걸…… 그걸 '가능한 모든 세계의 축'이라고 불렀어. 그러고는 소리 내어 웃었지. 또 다른 이름으로도 불렀는데. 네가 좋아하지 않을 이름이었어."

"그게 뭔데?"

"네가 화낼 텐데."

"그러지 말고 털어놔, 리처드."

"아빠는 그걸…… 음……'필 소여의 망상'이라고 불렀어."

잭이 느낀 것은 분노가 아니라 머리가 어쩔할 만큼 강렬한 흥분이었다. 그렇다, 바로 그것이다. 그것이 부적이었다. 모든 가능한 세계들의 축, 얼마나 많은 세계가 있을까? 신만이 아시겠지. 아메리카의 테러토리들, 테러토리 그 자체, 가상의 테러토리의 테러토리. 이런 식으로 끝없이 이어진다, 빙글빙글 돌아가는 이발소 간판에서 끊임없이 수많은 빛의 띠가 떠오르는 것처럼. 세계들의 우주, 세계들의 차원적인 대통합. 그리고 그 모든 것 속에 결코 변하지 않는 한 가지가 있으니, 그것은 지금은 사악한 곳에 갇혀 있는 완벽히 선한 통합의 힘, 바로 부적, 가능한 모든 세계의 축이었던 것이다. 그것은 또한 필 소여의 망상이기도 했을까? 아마도 그럴 것이다. 필의 망상…… 잭의 망상…… 모건 슬로트의…… 가드너의…… 그리고 물론 두 여왕의 희망이었다.

잭이 나지막한 목소리로 말했다.

"트위너 이상의 것이 있겠군."

발밑의 썩은 침목을 내려다보며 무겁게 발걸음을 옮기고 있던 리처드가 불안한 얼굴로 잭을 올려다보았다.

"트위너만 있는 게 아니야. 두 세계만 있는 게 아니니까. 세 번째 트위너…… 네 번째 트위너…… 더 있을지 누가 알겠어? 이쪽 세계의 모건 슬로트, 저쪽 세계의 오리스의 모건, 어쩌면 아즈릴의 공작인 모건도 어딘가에 있을지 모르지. 하지만 모건은 호텔에 들어가지 못했어!"

"무슨 말인지 도무지 모르겠네."

리처드가 체념한 목소리로 말했다. *하지만 넌 어쨌든 계속 나아가겠지. 체념한 목소리가 말하고 있었다. 터무니없는 생각을 완전한 광기로 발전시키겠지. 모두 시브룩섬으로 가는 거야.*

잭이 말했다.

"모건은 안에 들어가지 못해. 다시 말하면, 캘리포니아의 모건은 들어가지 못해. 왜 그런지 알겠니? 오리스의 모건이 들어가지 못하기 때문이지. 오리스의 모건도 들어가지 못해, 왜냐하면 *캘리포니아의* 모건이 들어갈 수 없으니까. 둘 중 하나가 *자기 세계의* 블랙 호텔에 들어가지 못하면, 둘 *다* 들어가지 못하는 거야. 무슨 말인지 알겠어?"

"아니."

잭은 새로운 발견에 몹시 흥분한 나머지 리처드의 대답을 듣지 못했다.

"두 명의 모건일 수도 있고, 열 명의 모건일 수도 있지. 몇 명이든 상관없어. 두 명의 릴리, 열 명의 릴리…… 열 개의 세계의 열 명의 여왕을 생각해 봐, 리처드! 어떻게 모를 수가 있어? 열 개의 블랙 호텔…… 어떤 세계에서는 블랙 놀이공원일 수도 있고…… 아니면 블랙 이동주택 주차장일 수도 있고…… 또 뭐가 되어 있을지 모르지. 하지만 리처드……."

잭은 말을 멈추고 돌아서서 리처드의 어깨를 붙잡았다. 그리고 이글거리는 눈으로 그를 바라보았다. 리처드는 몸을 뿌리치려 했지만 곧 포기했다. 타오르는 불꽃처럼 아름다운 잭의 얼굴에 매혹되었기 때문이다. 불현듯 잠시나마 모든 것이 가능할지도 모른다는 믿음이 고개를 들었다. 불현듯 잠시나마 *치유*되는 기분이었다.

리처드가 작은 목소리로 물었다.

"뭔데?"

"*어떤* 것은 제거할 수 없어. 어떤 *사람*은 제거할 수 없어. 그것들은…… 음…… 단일한 성질을 가졌어. 그렇게밖에 설명할 수가 없네. 그것들은 부적과 같아. 단일한 성질이라고. 나도 그래. 단일한 존재야. 나도 트위너가 있었지만 그는 죽었어. 난 테러토리에서만이 아니라 이 세계를 제외한 모든 세계에서 단일한 존재인 거야. 난 알 수 있어. 느낄 수 있다고. 우리 아빠도 알고 있었어. 그래서 나를 방랑자 잭이라고 부른 거야. 내가 여기 있을 때 난 저쪽 세계에는 없어. 내가 저쪽 세계에 있을 때 난 이쪽 세계에 없어. 그건 리처드 *너도 마찬가지야!*"

리처드는 할 말을 찾지 못해 잭을 응시하고만 있었다.

"넌 기억나지 않을 거야. 내가 앤더스랑 얘기하고 있었을 때 넌 주로 현실을 외면하느라 바빴으니까. 하지만 그는 오리스의 모건에게 러슈턴이라는 아들이 있었다고 했어. 그 애가 누군지 알겠지?"

"응, 그 애는 나의 트위너야."

리처드가 작은 소리로 말했다. 여전히 잭의 얼굴에서는 눈을 떼지 못했다.

"맞아. 그 작은 소년은 죽었습죠, 앤더스가 말했어. 부적은 단일한 존재야. 우리도 단일한 존재야. 너희 아빠는 아니지, 저쪽 세계에서 오리스의 모건을 보았으니까. 그것은 너희 아빠를 *닮았지만* 그렇다고 진짜 너희 아빠는 *아니야.* 너희 아빠는 블랙 호텔에 들어가지 못했어, 리처드. 그건 지금도 마찬가지야. 하지만 너희 아빠는 네가 단일한 존재라는 것을 알았고, 마찬가지로 내가 단일한 존재라는 것도 알았어. 너희 아빠는 내가 죽기를 바랐어. 너는 자기편으로 삼으려고 했고.

그건 그렇게 되고 난 후에는, 언제든 너희 아빠가 *마음만* 먹으면 너를 보내 부적을 가지고 올 수 있기 때문이 아니었을까?"

리처드가 바르르 몸을 떨기 시작했다.

잭이 냉혹하게 말했다.

"걱정하지 마. 결코 그렇게 되지는 않을 테니까. 우리는 그것을 가지러 갈 거야. 하지만 *너희 아빠*는 결코 그것을 가질 수 없어."

"잭, 난 그곳에 못 들어가겠어."

리처드가 낮은 소리로 힘없이 중얼거려 이미 앞으로 걸어 나가고 있던 잭은 듣지 못했다.

리처드는 총총걸음으로 잭을 따라갔다.

12

대화는 끝났다. 이미 정오가 지나 있었다. 숲속은 아주 고요했다. 잭의 눈에 기괴한 나무들이 두 번 눈에 띄었는데, 옹이진 나무줄기와 뒤엉킨 뿌리들이 철로 가까이에서 자라고 있었다. 그 모습이 맘에 들지는 않았지만 왠지 낯이 익었다.

발밑의 침목만 뚫어져라 보며 한 발 한 발 옮기던 리처드가 결국

발이 걸려 넘어지며 머리를 찧었다. 리처드가 일어나자 잭이 다시 그를 업어 주었다.

계속 철로를 따라 걸으며 영원처럼 느껴지는 시간이 흐른 후, 리처드가 소리쳤다.

"저기 봐, 잭!"

저 앞쪽의 낡은 기차 차고 안으로 철로가 사라졌다. 이끼 낀 칙칙한 문은 열려 있었고, 그 안으로 어두운 그림자만 보였다. 기차 차고(한때는 리처드가 말한 것처럼 즐거운 곳이었겠지만 지금 잭의 눈에는 귀신이 나올 듯 을씨년스럽기만 했다.) 너머에는 고속도로가 있었다. 101번 도로일 거라고 잭은 추측했다.

그 너머에 바다가 있었다. 해변을 때리는 파도 소리가 들렸다.

잭이 메마른 소리로 말했다.

"이제 다 왔구나."

"거의 다 온 거지. 포인트 베누티까지는 길을 따라 일이 킬로미터 더 가야 해. 맙소사, 안 가도 됐으면 좋겠는데, 잭…… 잭? 어디 가는 거야?"

잭은 돌아다보지 않았다. 철로에서 빠져나가 그 기괴하게 생긴 나무(키가 덤불 정도밖에 안 되는)를 돌아 길 쪽으로 향했다. 키 큰 풀과 잡초에 잭의 닳고 닳은 청바지가 쓸렸다. 전차 차고 — 오래전 모건 슬로트 전용 기차역으로 쓰던 — 안에서 뭔가가 주르륵 미끄러지다 철썩 부딪치는 기분 나쁜 소리가 났지만 잭은 그쪽은 쳐다보지도 않았다.

잭은 길에 다다랐고, 건넜고, 바다를 향해 걸어갔다.

13

1981년 12월 중순, 바다와 육지가 만나는 곳에 잭 소여라는 이름의 소년이 서 있었다. 청바지 주머니에 손을 집어넣은 채 잔잔한 태평양을 바라보고 있었다. 열두 살이지만 나이에 비해 눈부시게 아름다웠다. 바다에서 미풍이 불어와 기다란—지나치다 싶을 정도로 길게 자란—갈색 머리를 뒤로 넘기자 환하고 번듯한 이마가 드러났다. 잭은 거기 서서 머릿속으로는 죽어 가는 엄마, 친구들—그의 곁을 지켜 주고 있거나 아니거나—그리고 세계 속의 세계를 차례차례 떠올리고 있었다.

먼 길을 왔구나, 대서양 해안에서 태평양 해안까지 방랑자 잭 소여와 함께. 잭은 이렇게 생각하며 몸을 부르르 떨었다. 갑자기 눈물이 핑 돌았다. 갯내를 깊숙이 들이마셨다. 마침내 도착한 것이다. 그리고 부적은 가까이에 있었다.

"잭!"

처음에 잭은 리처드가 부르는데도 돌아보지 않고 태평양을 응시하고 있었다. 햇살이 파도 꼭대기를 반짝이는 금빛으로 물들였다. 이제 도착한 것이다. 마침내 해낸 것이다. 잭은…….

"잭!"

리처드가 잭의 어깨를 쳤다. 그제야 잭은 현실로 돌아왔다.

"어?"

"저걸 봐! 저길 보라고!"

리처드가 헐떡거리며 포인트 베누티 방향으로 추정되는 길 앞쪽에 있는 뭔가를 가리켰다.

잭이 고개를 돌렸고, 리처드가 왜 놀랐는지 이해할 수 있었지만 그뿐이었다. 리처드가 포인트 베누티에서 그의 아빠와 머물렀던 모텔 이름을 말했을 때 정도의 느낌이랄까. 그다지 놀랍지는 않았다. 하지만…….

하지만 엄마를 다시 보니 무지하게 반가운 건 사실이었다.

엄마의 얼굴은 6미터 정도 위에 있었다. 잭이 기억하는 얼굴보다 훨씬 더 젊어 보였다. 릴리의 전성기 시절의 모습이었다. 화려하고 강렬하게 빛나는 연한 노란색 금발을 튜즈데이 웰드(1950년대 유명 아역스타 — 옮긴이)처럼 포니테일로 묶고 있었다. 그럼에도 무심히 '꺼져 버려.'라고 말하는 듯한 미소는 그녀만의 것이었다. 지금까지 스크린에서 저런 미소를 보여 준 배우는 그녀 말고는 없었다. 그녀는 그 미소를 발명했고 지금도 그 특허를 갖고 있었다. 그녀는 드러난 어깨 너머로 잭을…… 리처드를…… 푸른 태평양을 바라보고 있었다.

잭의 엄마였다…… 하지만 그가 눈을 한 번 깜박이자 그 얼굴은 살짝 변해 있었다. 턱 선이 조금 둥글어지고, 광대뼈가 조금 들어가고, 머리카락이 조금 어두워지고, 눈빛은 훨씬 짙어지고 푸르러졌다. 이제 그것은 로라 델루시안, 제이슨 엄마의 얼굴이었다. 잭이 다시 눈을 깜박이자 그것은 다시 엄마의 얼굴이 되어 있었다. 스물여덟 살의 엄마가 세상을 향해 '농담 한마디에 정색할 거면 썩 꺼져 버려.'라고 말하는 듯한 도전적인 얼굴로 쾌활하게 웃고 있었다.

그것은 옥외 광고판이었다. 광고판 꼭대기에 전설적인 광고 문구가 적혀 있었다.

제3회 명품 B급 영화 페스티벌

캘리포니아주 포인트 베누티

비트커 극장

12월 10일부터 20일까지

올해의 초대 배우 릴리 카바노

B급 영화의 여왕

"잭, 너희 엄마야. 그냥 우연의 일치일까? 아닐 거야, 그렇지?"

리처드의 목소리가 경외심으로 거칠게 갈라졌다.

잭은 고개를 저었다. 아니, 이건 우연의 일치가 아냐.

잭이 응시하고 있는 것은 물론 '여왕'이라는 글자였다.

"자, 이제 가자. 거의 다 온 것 같아."

잭은 리처드를 재촉했다.

두 소년은 포인트 베누티를 향해 나란히 길을 걸어갔다.

38장
여행의 끝

1

걸어가는 동안 잭은 리처드를 유심히 살폈다. 리처드는 어깨가
축 처진 채 얼굴이 땀으로 번들거리고 있었다. 이제 오직 의지력 하
나만으로 버티고 있는 것 같았다. 진물이 흐르는 뾰루지가 얼굴에
몇 군데 더 생겨나 있었다.

"괜찮아, 리치?"

"아니. 별로 안 좋아. 하지만 아직은 걸을 수 있어, 잭. 업지 않아
도 돼."

리처드는 고개를 숙이고 침울한 얼굴로 계속 무거운 발걸음을
옮겼다. 잭은 친구의 마음을 알 수 있을 것 같았다. 그 독특한 작은
철로와 그 독특한 작은 기차역에 얽힌 추억이 많은 만큼 눈앞에 펼
쳐진 현실을 받아들이기가 견딜 수 없이 고통스러운 것이었다. 녹
슬고 끊어진 침목, 잡초와 덩굴옻나무…… 그리고 철로 끝에는 기
억 속 밝게 빛나던 기차역 대신 빛바랜 페인트칠에 금방이라도 무

너질 듯한 건물이 서 있고, 그 안에는 뭔가가 기분 나쁘게 미끄러지고 있는 어둠뿐이었다.

발이 젠장 맞을 덫에 걸린 것 같아. 리처드는 이렇게 말한 적이 있다. 잭은 그 말을 충분히 이해할 수 있다고 생각했다…… 하지만 리처드만큼 절절이 실감한 건 아니었다. 그것은 리처드로서는 도저히 참고 넘기기 어려운 일이었다. 어린 시절의 한 조각이 완전히 뒤집힌 채 파괴되지 않았는가. 깨진 유리창만 남은 쓸쓸한 기차역과 철로가 그에게는 추억의 끔찍한 패러디로 비쳤을 것이다. 그것은 그가 아버지의 실체를 알고 받아들이면서 파괴된 과거의 잔해들이었다. 잭과 마찬가지로 리처드의 인생도 테러토리와 밀접하게 연결되기 시작하고 있었다. 하지만 리처드는 이러한 변화에 대처할 준비가 제대로 되어 있지 않았다.

2

리처드한테 말해 준 부적에 얽힌 이야기들에 대해, 잭은 그것이 진실이라고 맹세할 수 있었다. 부적은 그들이 오고 있음을 알고 있었다. 잭은 엄마의 사진이 실린 반짝이는 광고판을 보았을 때 이미 그것을 느끼기 시작했다. 이제 그 느낌은 아주 절박하고 강렬해졌다. 마치 몇 킬로미터 떨어진 곳에서 거대한 동물이 잠에서 깨어 가르랑거리는 소리가 땅을 통해 울려 오는 것 같았다…… 마치 지평선 위에 선 100층짜리 건물의 모든 전구가 별빛을 가릴 만큼 강렬한 불을 일제히 뿜어내는 것 같기도 했다…… 마치 세상에서 가장 큰 자석에 스위치를 켜 잭의 벨트 버클과 호주머니에 있는 동전과 치아의 충전재까지 끌어당기려는 것 같기도 했다. 그 강력한 자석은 잭이 끌려와 찰싹 붙어야 만족할 것 같았다. 거대한 동물의 가르랑 소리, 갑작스레 눈부시게 밝혀진 조명, 끈질기게 끌어당기는 자력, 이 모든 것이 잭의 가슴에 반향을 일으켰다. 저 멀리 있는 어떤 것, 포인트 베누티 방향에 있는 어떤 것이 잭 소여를 원하고 있었고, 그를 그토록 간절히 부르는 대상에 대해 아는 거라곤 아주 크다는 것뿐이었다. 컸다. 작은 것은 저렇게 큰 힘을 가질 수 없기 때문이다. 그것은 코끼리만큼 컸다. 아니, 도시만큼 컸다.

잭은 자신에게 그렇게 엄청난 것을 다룰 능력이 있는지 궁금해졌다. 부적은 사악하고 신비로운 힘의 지배를 받는 낡은 호텔에 감금되어 있었다. 짐작컨대 그 이유는 악의 손으로부터 지키려는 목적이 아니더라도, 누구든 어떤 목적으로든 그 부적을 다루기가 어렵다는 점도 어느 정도 작용했을 것이다. 어쩌면 제이슨이 자신이나 부적 자체에 해를 끼치지 않으면서 그것을 다룰 수 있는 유일한 존재가 아닐까 하고 잭은 생각했다. 그를 부르는 절박하고 강렬한 힘을 느끼면서 잭은 부적 앞에서 약해지지 않기만을 바랐다.

"'너도 이해하게 될 거야, 리치.' 아버지가 그렇게 말했어. 아버지는 내가 이해할 거라고 했어. '너도 *이해하게 될 거야, 리치.*'"

리처드가 갑자기 이렇게 말해서 잭은 소스라치게 놀랐다. 느릿느릿하고 나지막한 목소리였다.

"그래, 기분은 좀 어때, 리처드?"

잭은 근심스러운 얼굴로 친구를 바라보았다.

입 주변에 난 부스럼 말고도 뾰루지가 난 이마와 관자놀이에 새로 벌겋게 두드러기가 일어난 것이 보였다. 마치 벌레 떼가 피부 속으로 파고들려고 해서 얼굴이 벌겋게 부풀어 오른 것처럼 보였다. 문득 잭은 자신이 테이어 학교의 넬슨 기숙사 창문으로 기어 올라간 그날 아침의 리처드 슬로트가 생각났다. 리처드 슬로트는 안경을 바짝 당겨 쓰고 스웨터를 바지 속에 단정하게 집어넣고 있었다. 그렇게 매사에 정확하고 흔들림 없는 소년의 모습이 다시 돌아올 수 있을까?

리처드가 말했다.

"아직 걸을 수 있어. 이게 아버지가 말한 걸까? *이게* 내가 이해해야 하는 가르침, 뭐 그런 걸까?"

"얼굴에 또 뭐가 났어. 좀 쉴래?"

"아니, 괜찮아. 발진이 난 건 알고 있었어. 가렵거든. 등에도 잔뜩 생긴 것 같아."

리처드는 여전히 흙탕물이 들어찬 술통 밑바닥에서 말하는 것 같은 목소리였다.

"한번 보자."

리처드가 강아지처럼 순순히 길 한가운데 멈춰 섰다. 그는 눈을 감고 입으로 숨을 쉬었다. 이마와 관자놀이에 난 반점이 타는 듯 붉었다. 잭은 뒤로 돌아가 리처드의 재킷을 들추고, 얼룩지고 더러워진 파란색 버튼다운 셔츠의 뒷자락을 들어 올렸다. 여기는 반점이 더 작아서 벌겋게 일어나거나 튀어나오지 않았다. 진드기보다 작은 점 같은 것이 가녀린 어깨뼈에서 등허리까지 퍼져 있었다.

리처드가 체념한 듯 무의식중에 크게 한숨을 쉬었다.

잭이 말했다.

"등에도 있는데 심하지는 않아."

"고맙다."

리처드가 고개를 들고 숨을 들이마셨다. 머리 위로 잿빛 하늘이 땅에 부딪칠 듯 무겁게 드리워져 있었다. 저 멀리 거친 경사면 아래에서는 대양이 바위에 부닥치며 포말을 내뿜고 있었다.

리처드가 말했다.

"이제 정말 3킬로미터 정도밖에 안 남았다. 내 힘으로 갈 수 있어."

"필요하면 언제든지 업어 줄게."

잭은 리처드가 오래지 않아 그의 도움이 필요할 거라고 확신하고 있음을 무심결에 들키고 말았다.

리처드는 고개를 저으며 셔츠 자락을 다시 바지에 단정하게 집어넣으려고 했지만 잘되지 않았다.

"때때로 난 생각해…… 때때로 내가 할 수 없을……"

잭은 리처드의 팔에 자신의 팔을 끼워 넣고 슬쩍 걸음을 재촉하며 말했다.

"우리는 그 호텔에 들어갈 거야, 리처드. 너랑 나랑 함께. 일단 그곳에 들어가면 무슨 일이 벌어질지 잘 모르겠지만, 너와 나 우리는 들어갈 거야. 그 누가 우리를 방해하더라도. 그것만 기억해 둬."

리처드는 반은 두렵고 반은 고마워하는 얼굴로 잭을 쳐다보았다. 리처드의 뺨 밑으로 곧 돋아나려고 도사리고 있는 우둘두둘한 발진의 윤곽이 잭의 눈에 들어왔다. 잭은 다시 그를 끌어당기는 강력한 힘을 느꼈다. 그가 리처드에게 강권하듯, 엄청난 힘도 그를 끌어당기고 있었다.

"내 아버지를 말한 거구나."

리처드가 눈을 깜박이며 말했다. 잭이 보기엔 리처드가 울음을 애써 참고 있는 것 같았다. 너무 지친 나머지 극도로 예민해진 상태로 보였다.

"누가 될지는 나도 몰라. 어서 가자, 내 오랜 동무야."

대답은 그렇게 했지만 잭 스스로도 사실이 아니라는 것을 알고 있었다.

"난 무엇을 이해해야 하는 거지? 난 잘 모르겠어⋯⋯."

리처드가 안경을 쓰지 않은 눈을 깜박이며 주위를 돌아보았다. 그의 눈에 모든 세계가 흐릿하게만 보인다는 걸 잭은 새삼 떠올렸다.

"넌 이미 아주 많은 것을 이해하고 있잖아, 리치."

잭의 일침에 리처드는 잠시 당혹스러운 표정이 되더니 입이 뒤틀리며 씁쓸한 미소를 지었다. 그는 자신이 알고 싶지 않은 것까지 알아야 할 운명이었던 것이다. 잭은 순간적으로 한밤중의 테이어 학교에 리처드를 두고 혼자 도망쳐 나오는 게 나았을지도 모르겠다고 생각했다. 하지만 리처드의 천진무구함을 지킬 기회는 이미 오래전에 사라졌다. 그럴 기회가 실제로 있었다면 말이지만. 리처드는 잭의 임무에 필요불가결한 요소가 되었다. 잭은 뭔가 강한 손이 그의 심장을 움켜잡은 것처럼 느꼈다. 제이슨의 손, 부적의 손.

"이미 나선 길이잖아."

잭의 말에 리처드는 다시 터벅터벅 걷기 시작했다.

리처드가 물었다.

"포인트 베누티에 가면 아버지를 만나겠지, 그렇지?"

"내가 너를 보호해 줄 거야, 리처드. 지금 넌 내 가축이니까."

"그게 무슨 말이야?"

"아무도 널 해칠 수 없어. 네가 너무 긁다가 죽지만 않는다면 말이야."

길을 터덜터덜 걸어가며 리처드는 혼잣말로 중얼거렸다. 손으로는 벌겋게 부어오른 관자놀이를 긁고 또 긁었다. 가끔은 개가 몸을 긁어 대듯이 머리를 박박 긁었다. 그래도 영 시원치 않은지 끙끙 소리를 냈다.

3

리처드의 셔츠를 들추어 등에 난 붉은 종기들을 살펴보고 난 지 얼마 안 되어 그들은 처음으로 테러토리의 나무를 발견했다. 고속도로 내륙 쪽에 자라고 있었는데 검은 가지와 줄기 들이 얽히고설켜 있었고, 불그스레하고 번들번들한 덩굴옻나무 사이로 울퉁불퉁한 나무껍질이 보였다. 나무껍질에 난 옹이구멍들이 부릅뜬 눈깔인 양, 떡 벌린 아가리인 양 두 소년을 노려보고 있었다. 밑바닥에 두툼하게 엉겨 붙은 덩굴옻나무 뿌리들은 뭔가 불만이라도 있는지 번들번들한 나뭇잎을 부스럭부스럭 흔들어 대고 있었다. 마치 그 사이로만 미풍이 지나가는 듯했다.

"길 건너편으로 가자."

리처드가 그 나무를 못 보았기를 바라며 잭이 말했다. 뒤에서는 두툼하고 탄력 있는 뿌리들이 덩굴옻나무 줄기 사이로 기어 다니는 소리가 여전히 들려왔다.

*저건 사내아이일까? 저쪽에 있는 것이 정말 사내애일까? 어쩌면 **특별한** 아이일까?*

리처드의 손이 옆구리와 어깨와 관자놀이와 두피를 분주히 오가고 있었다. 뺨에는 새로 두드러기가 일어나 이제는 흡사 공포영화의 분장처럼 보였다. 릴리 카바노의 옛날 영화에 나오는 청소년 괴물이라고 해도 될 것 같았다. 손등에도 벌겋게 두드러기가 나더니 커다랗게 부풀어 오르기 시작했다.

"정말 계속 갈 수 있겠어, 리처드?"

"응, 당분간은."

리처드는 고개를 끄덕이고는 눈을 찡그리며 다시 길 건너편을 보았다.

"저건 보통 나무가 아니지? 책에서도 저런 나무는 본 적이 없어. 저건 테러토리의 나무지, 안 그래?"

"맞아."

"그 말은 테러토리가 아주 가깝다는 뜻이지?"

"아마 그럴걸."

"그럼 길을 갈수록 저런 나무가 더 많이 보이겠네?"

"알면서 왜 물어. 오 제이슨, 이런 바보 같은 말을 하다니. 미안해, 리치. 네가 저걸 안 봤으면 좋겠다고 생각했거든. 그래, 저 위쪽에는 저런 나무들이 더 많을 거야. 나무에 너무 가까이 가지 마."

잭은 어떤 경우에도 '저 위쪽'이 그들이 향하는 방향에 대한 정확한 묘사가 될 수 없다고 생각했다. 고속도로는 계속 내리막길이었고 300미터마다 빛에서 멀어지고 있었다. 테러토리가 모든 것에 침투한 것 같았다.

리처드가 물었다.

"등 좀 다시 봐 줄래?"

"알았어."

잭은 다시 리처드의 셔츠를 걷어 올렸다. 신음 소리가 나올까 봐 아무 말도 하지 않았다. 리처드의 등은 이제 뜨거운 열기를 뿜어낼 듯 시뻘게진 종기가 뒤덮고 있었다.

잭이 말했다.

"조금 나빠졌네."

"그럴 줄 알았어. 아주 조금 나빠졌어, 응?"

"아주 조금이야."

머잖아 리처드는 악어가죽으로 만든 여행가방처럼 변할 거야, 잭은 생각했다. 악어 소년, 엘리펀트 맨(얼굴을 뒤덮은 거대한 종양 때문에 평생을 서커스단의 구경거리로 살아간 19세기의 실존 인물 조지프 메릭을 가리킨다.—옮긴이)의 아들.

조금 더 가자 한 몸처럼 자라는 나무 두 그루가 보였다. 혹이 불거진 나무줄기가 서로 뒤엉킨 모습은 사랑의 표현이라기보다는 강제로 껴안고 있는 것처럼 보였다. 빠른 걸음으로 지나쳐 가면서 잭은 나무의 검은색 옹이구멍이 마치 그들을 향해 저주를 퍼붓거나 키스를 보낼 듯이 움직거리는 것을 본 것만 같았다. 엉켜 있는 뿌리들이 저 밑바닥에서부터 이를 갈듯 웅얼거리는 소리도 들었다.(*소년이다! 소년이 저 밖에 있다! 우리 소년이 저 밖에 있어!*)

아직 오후의 중반이었지만 주위는 옛날 신문에 실린 흑백사진처럼 어두웠고 안개가 낀 것처럼 이상하게 뿌옜다. 고속도로의 내륙 쪽 풀이 자라는 곳에서는 올망졸망 새하얀 야생당근꽃이 피고 이름 없는 키 작은 잡초가 담요처럼 땅을 뒤덮고 있었다. 꽃도 없고 잎도 거의 없는 그 잡초는 뱀 여러 마리가 한데 똬리를 틀고 있는 형상이었고 희미하게 디젤 냄새가 났다. 먼지가 낀 듯 어스레한 가운데 붉게 타오르는 태양이 때로 흐릿한 오렌지색 불꽃처럼 보였다. 잭은 예전에 본 인디애나주 개리시의 야경 사진을 떠올렸다. 오염된 어두운 하늘을 배경으로 그 오염 물질을 먹고사는 지옥의 불꽃이 타오르고 있었다. 저 태양 아래 어딘가에서 부적이 그를 끌어당기고 있었다. 거인이 양팔로 잭의 옷자락을 잡아당기듯이 분명했다. 모든 가능한 세계의 결합체. 잭은 그 지옥으로 리처드를 데려가는 것이었다. 리처드의 발목을 잡고서라도 끌고 들어가 온 힘을 다해 목숨을 걸고 싸울 각오를 하고 있었다. 리처드는 잭의 이러한 결의를 알아차렸기에 옆구리와 어깨를 벅벅 긁으면서도 그 옆에서 힘겹게 걷고 있었던 것이다.

나는 이 일을 기필코 해낼 것이다. 잭은 스스로에게 다짐하면서 용기를 지탱하는 것만으로 얼마나 엄청난 노력이 필요한지는 무시해 버렸다. *열 개의 세계를 통과해야 할지라도 난 해내고 말 거야.*

4

길을 따라 300미터를 더 걸어가자 흉측한 테러토리의 나무들이 고속도로 옆에 마치 노상강도처럼 얼쩡거리고 있었다. 그 맞은편으로 지나가는데 잭의 눈에 똬리를 튼 나무뿌리들이 들어왔다. 자세히 보니 나무뿌리들이 작은 해골 하나를 얽어서 땅에 반쯤 묻어놓고 있었다. 한때 여덟아홉 살이었던 소년은 썩어 가는 녹색과 검은색의 체크무늬 셔츠를 입고 있었다. 잭은 마른 침을 삼키고는 리처드를 목줄에 매인 강아지처럼 잡아끌며 서둘러 발걸음을 옮겼다.

5

몇 분 뒤 잭 소여는 처음으로 포인트 베누티를 목격했다.

39장

포인트 베누티

1

포인트 베누티는 태평양을 향해 내려가는 절벽 측면에 매달리듯 낮게 늘어져 있었다. 그 뒤에는 어두운 하늘을 배경으로 웅장한 절벽들이 불규칙하게 솟아 있었다. 절벽들은 굵은 주름살이 잡힌 고대의 코끼리를 연상시켰다. 길은 높은 목책을 따라 공장이나 창고로 보이는 키 큰 갈색 금속 건물 모퉁이를 돌아 점점 낮아지는 건물 테라스들과 칙칙한 색깔의 창고 지붕들 속으로 사라져 버렸다. 잭이 있는 곳에서는 길이 한동안 보이지 않다가 남쪽 샌프란시스코로 향하는 저 맞은편 오르막에서 다시 나타났다. 그는 오직 계단처럼 점점 낮아지는 창고 지붕들과 울타리를 친 주차장과 저 멀리 오른쪽의 잿빛 겨울 바다밖에 볼 수 없었다. 길 어디를 봐도 사람 그림자라곤 찾아볼 수 없었고 가장 가까운 공장 뒤쪽 일렬로 난 작은 창문들에서도 인기척은 찾아볼 수 없었다. 텅 빈 주차장에는 먼지만이 소용돌이치고 있었다. 겉으로 보기에 포인트 베누티는 버려진 것 같았지만 잭은 그렇지 않다는 것을 잘 알고 있었다. 모건 슬로트와 그 패거리 ─ 어쨌든 테러토리 칙칙폭폭의 급습에서 살아남은 자들 ─ 가 방랑자 잭과 이성적인 리처드를 기다리고 있을 터였다. 부적이 우렁찬 목소리로 잭을 부르며 어서 오라고 재촉하고 있었다.

"자, 이제 시작이야, 젊은이."

잭은 이렇게 말하고 발을 내디뎠다.

포인트 베누티의 새로운 면모 두 가지가 금세 눈에 들어왔다. 첫째는 캐딜락 리무진이 뒤꽁무니를 20센티미터 정도 드러내 놓고 있었다. 잭은 윤이 나는 검은색 차체와 빛나는 범퍼, 오른쪽 미등의 일부를 알아보았다. 잭은 그 차를 몰았던 변절한 울프족이 속성훈련 캠프의 부상자이기를 간절하게 바랐다. 그런 다음 다시 태평양을 바라보았다. 잿빛 바닷물은 해변으로 몰려와 물보라를 일으키고 있었다. 잭은 다음 발을 내딛는 중에 공장과 창고 지붕 위로 무언가가 천천히 움직이는 것을 알아챘다. 이리 와, 부적이 그 절박하게 잡아끄는 말투로 불렀다. 포인트 베누티는 주먹 쥔 손처럼 작게 오그라든 것 같았다. 지붕들 위로 어두운 무채색의 늑대 머리 모양 풍향계가 바람을 거스르며 앞으로 뒤로 변덕스럽게 도는 모습이 그제야 눈에 들어왔다.

오른쪽에서 왼쪽으로, 왼쪽에서 오른쪽으로 제멋대로 움직이며 계속해서 완전한 원을 그리고 있는 풍향계를 보면서 잭은 비로소 블랙 호텔과, 적어도 그 일부와 첫 대면을 하게 되었다는 것을 깨달았다. 창고 지붕에서, 저 앞길에서, 눈에 보이지 않는 마을 전체에서 얼굴을 찰싹 맞은 것처럼 생생한 적의가 분명하게 느껴졌다. 테러토리의 피가 포인트 베누티를 흠뻑 적시고 있었던 것이다. 잭은 느낄 수 있었다. 이곳에서 현실은 사포로 오래 문지른 것처럼 얇아져 있었다. 그 늑대의 머리는 의미 없이 허공 속에서 빙빙 돌고 있었다. 부적은 계속 잭을 끌어당겼다. 이리 와 이리 와 어서 와 어서 와 어서…… 잭은 부적이 믿을 수 없을 만큼 점점 더 강력한 힘으로 끌어당기는 한편, 그에게 노래를 하고 있다는 사실을 깨달았다. 가사도 없고 곡조도 없지만 저주파와 고주파를 오가는 고래의 노랫소리처럼 잭에게만 들리게 노래하고 있었다.

부적은 잭이 블랙 호텔의 풍향계를 보았다는 것을 알고 있었다.

포인트 베누티가 북미와 남미를 통틀어 가장 부패하고 위험한 곳일지 모르겠다는 생각이 들었지만 잭은 오히려 불쑥 오기가 났다. 그런 이유로 아진코트 호텔로 가는 걸 포기할 수는 없었다. 잭은 마치 한 달 동안 쉬었다 훈련하기를 반복한 사람처럼 의욕에 넘쳐 리처드를 돌아보았다. 그리고 그 순간, 리처드의 상태를 알아차리고 당황한 내색을 하지 않으려 애썼다. 리처드도 그를 막을 수 없었다. 정 필요하다면 그 망할 호텔 벽을 부숴서라도 리처드를 끌고 들어갈 작정이었다. 리처드는 두피와 관자놀이와 뺨에 난 벌집 같은 발진을 박박 긁으며 고통스러워 어쩔 줄 몰라 하고 있었다. 잭이 말했다.

"우리는 이 일을 해낼 거야, 리처드, 난 알아. 그들이 그 어떤 터무니없는 수단을 동원하더라도 상관없어. 우리는 기필코 해낼 테니까."

"우리의 골칫거리들이 우리 때문에 골치 좀 썩게 될 거라는 얘기지."(미국의 유명 동화작가 닥터 수스의 『솔라솔루로 가는 길에 고생했어요』에서 주인공이 살면서 마주치게 되는 여러 문제를 외면하지 않고 최선을 다해 맞서기로 결심하는 순간 "이제 내 골칫거리들은 나 때문에 골치 좀 썩게 될 거야!"라고 말한다. ― 옮긴이)

리처드가 닥터 수스를 인용하고는 ― 무의식적으로 나온 말이 틀림없었다. ― 잠시 멈췄다가 말했다.

"내가 해낼 수 있을지 잘 모르겠어. 이게 진실이야. 선 채로 죽은 것 같아."

잭을 돌아보는 리처드의 얼굴은 완전한 고통 그 자체였다.

"나한테 무슨 일이 일어나고 있는 거지, 잭?"

"나도 몰라. 하지만 어떻게 해야 이 고통이 끝나는지는 알아."

잭은 자신이 한 말이 사실이기를 간절히 바랐다.

"아버지 때문에 이런 일을 겪게 된 걸까?"

리처드가 절망스러운 얼굴로 묻고는 퉁퉁 부은 얼굴을 시험 삼아 양손으로 문질러 보았다. 그러고는 바지에서 셔츠 자락을 빼내 복부를 뒤덮은 커다란 발진을 보았다. 얼핏 보면 오클라호마주를 닮은 그 발진들은 허리선에서 시작해서 양 옆구리와 목까지 침범해 있었다. 리처드가 말했다.

"바이러스나 뭐 그런 게 아닐까 싶어. 이것도 아버지 때문에 생긴 걸까?"

"너희 아버지가 일부러 이런 건 아닐 거야, 리치. 네가 지금 진심으로 하는 말이라면 얘기지만."

"그렇지는 않아."

"곧 모든 게 끝날 거야. 시브룩섬행 급행 열차가 종점으로 가고 있습니다."

리처드 바로 옆에 서 있던 잭이 앞으로 한 걸음 나섰다. 그때 캐딜락의 미등이 켜졌다 다시 꺼지더니 시야에서 미끄러지듯 사라졌다.

이번에는 기차 가득 총과 화약을 싣고 달려가 우당탕 울타리를 무너뜨리는 식의 기가 막힌 기습 공격을 할 수 없을 것이다. 하지만 포인트 베누티 사람들이 그들이 오고 있다는 걸 다 안다 해도 잭은 발길을 돌릴 생각이 없었다. 갑자기 갑옷을 입고 마법의 칼을 들고 있는 기분이 들었다. 포인트 베누티 사람 그 누구라도 그를 해칠 수 없었다, 적어도 아진코트 호텔에 도착하기 전까지는. 잭은 길을 나섰고, 곁에서 이성적인 리처드가 함께 걷고 있었다. 모든 일이 잘 풀릴 것이다. 그리고 세 발짝을 더 가기 전에 그의 근육이 부적의 부름에 맞춰 노래하기 시작했다. 그는 전쟁터로 출정하는 기사가 된 듯한 자신의 모습을 생생히 그려 볼 수 있었다. 그것은 엄마가 출연한 영화 속 한 장면으로, 마치 하늘에서 뚝 떨어진 것 같았다. 잭은 챙 넓은 모자를 쓰고 허리에 총을 찬 채 데드우드 협곡을 소탕하기 위해 말을 달리고 있는 기분이었다.

기억났다, 「행타운행 마지막 열차」였다. 릴리 카바노와 클린트 워커, 윌 허친스가 주연한 1960년 영화였다. 그래, 이걸로 하자.

2

테러토리 나무 네다섯 그루가 갈색 대지에서 빠져나오려고 몸부림치고 있었고, 거기서부터 버려진 건물들이 보이기 시작했다. 아마도 그 나무들은 지금까지 그 자리에서 가지를 도로 위로, 거의 흰색 선까지 뻗기 위해 꿈틀거리고 있었을 것이다. 아닐 수도 있고. 잭은 숨겨진 마을을 처음 굽어보았을 때 그 나무들을 본 기억이 없었다. 못 봤을 수도 있지만, 그건 야생 개 떼를 못 보고 지나쳤다는 말보다도 더 설득력이 없는 얘기로 들렸다. 잭과 리처드가 창고로 다가가는데 나무뿌리들이 부스럭거리며 지면을 따라 기어오는 소리가 들렸다.

(우리 소년인가? 우리 소년이야?)

"길 건너편으로 가자."

잭이 이렇게 말하고는 리처드의 혹투성이 손을 잡고 길을 건넜다.

길 건너편에 도착하자마자 테러토리 나무 한 그루가 그들을 향해 뿌리와 가지를 뻗어 오는 것이 똑똑히 보였다. 나무한테 위장이 있다면 꼬르륵 소리가 들렸을 것이다. 옹이진 가지와 뱀처럼 매끄러운 뿌리가 찰싹찰싹 소리를 내며 황색 선을 건너더니, 소년들 쪽으로 성큼 다가왔다. 잭은 헉헉거리는 리처드의 옆구리를 쿡쿡 찌르고는 팔을 잡아끌었다.

(우리 우리 우리 우리 소년이다! 좋다!)

갑자기 무언가를 찢고 잡아 뜯는 소리가 대기를 가득 채웠다. 잠시 동안 잭은 오리스의 모건이 모건 슬로트가 되어 두 세계 사이의 통로를 뚫으며 다시 침입해 오는 건 아닐까 생각했…… 기관총과 토치램프, 시뻘겋게 달궈진 펜치를 들고 최후의 통첩을 하려는 모건 슬로트…… 하지만 알고 보니 리처드의 성난 아버지가 아니라 테러토리 나무가 도로 한가운데에 대가리를 박았다가 나뭇가지를 타닥 부러뜨리며 한 번 튕겨 올라가더니 죽은 동물처럼 옆으로 나뒹구는 소리였다.

리처드가 외쳤다.

"세상에 이럴 수가. 나무가 땅에서 솟아나와 우리를 뒤쫓아 오고 있어."

잭도 바로 그렇게 생각하고 있었다.

"가미카제 나무로군. 포인트 베누티에서는 모든 게 조금 거친 것 같아."

"블랙 호텔 때문일까?"

"그래, 하지만 부적 때문이기도 할 거야."

길을 내려다보던 잭은 언덕을 10미터 정도 내려간 곳에도 육식 나무가 우거져 있는 것을 알아차렸다.

"분위기라고 해야 할지, 대기라고 해야 할지, 아니면 뭐라고 부르건 상관없지만 하여튼 모든 게 엉망으로 뒤틀려 있어. 왜냐하면 선악과 흑백이 모두 뒤섞여 있기 때문이지."

잭은 자신이 말하는 사이 천천히 접근해 오기 시작하는 나무들에서 눈을 떼지 않았고, 가장 가까운 나무가 그의 말을 엿듣기라도한 것처럼 그들을 향해 꼭대기를 휙 뒤트는 것을 알아차렸다.

아마도 이 마을 전체가 거대한 오틀리일지 모르지만 결국엔 통과할 수 있을 거라고 잭은 생각했다. 하지만 저 앞에 터널이 있다면 잭 소여는 결코 들어가고 싶지 않았다. 정말로 포인트 베누티 버전의 엘로이는 만나고 싶지 않았다.

리처드가 뒤에서 말했다.

"무서워, 잭, 더 많은 나무들이 땅에서 뛰쳐나오면 어쩌지?"

"그게, 내가 봤는데 나무들이 움직일 수는 있어도 그리 멀리 가지는 못하더라고. 너 같은 느림보도 나무는 따돌릴 수 있어."

잭은 마지막 길모퉁이를 돌고 마지막 창고를 지나 언덕 아래로 내려갔다. 부적은 「잭과 콩나무」 속 노래하는 하프처럼 소리 내어 잭을 부르고 또 불렀다. 마침내 모퉁이를 돌자 포인트 베누티의 나머지가 눈 아래 펼쳐졌다.

잭 내면의 제이슨이 그를 재촉했다. 포인트 베누티는 한때 작지만 쾌적한 리조트 마을이었을 것이다. 하지만 그 시절은 오래전에 지나가 버렸다. 이제 포인트 베누티는 그 자체가 오틀리 터널이었고 그는 그곳을 곧장 통과해야 했다. 쩍쩍 갈라지고 뚝뚝 끊어진 길은, 화재로 무너진 뒤 테러토리 나무로 둘러싸인 불탄 집들이 모여 있는 지역으로 내려갔다. 비어 있는 공장과 창고의 일꾼들이 이 작은 목조 가옥들에서 살았을 것이다. 한두 채의 잔해를 보자 예전의 모습을 떠올릴 수 있었다. 불타 버린 자동차들의 비틀린 차체가 잡초가 무성한 집 주위에 여기저기 나뒹굴고 있었다. 작은 집이 무너져 내린 집터를 테러토리 나무들의 뿌리가 느릿느릿 돌아다니고 있었다. 검게 그을린 벽돌과 판자, 거꾸로 뒤집혀 박살 난 욕조, 비비 꼬인 파이프들이 불타 버린 땅 위에 흩어져 있었다. 잭은 하얀 빛이 번뜩이는 걸 봤다고 생각했지만 엉킨 뿌리 아래 어지럽게 걸려 있는 새하얀 해골이라는 것을 알자마자 얼른 고개를 돌렸다. 한때 아이들은 자전거를 타고 이 거리를 누비고, 아내들은 주방에 모여 임금과 실업 문제에 대해 불평을 늘어놓고, 남자들은 진입로에서 자동차에 왁스칠을 했을 테지만, 지금은 모두 사라지고 없었다. 점점이 녹이 슨 채 뒤집힌 그네가 돌무더기와 잡초 사이로 다리를 내밀고 있었다.

흐린 하늘을 배경으로 작고 불그스름한 불꽃이 깜박거리고 있었다.

두 블록에 걸쳐 있는 불타 버린 집들과 육식 나무들을 지나 텅 빈 교차로에 불 꺼진 신호등이 걸려 있었다. 교차로 건너 새카맣게 탄 건물 옆면에는 아직도 '어이쿠! 메이…… 가야겠네!(미국의 차량 도장재 회사 메이코의 홍보문구가 일부 지워졌다. ─옮긴이)'라고 씌어 있는 것을 알아볼 수 있었다. 위에는 자동차 앞부분이 판유리 창문을 뚫고 들어가는 그림이 열기에 부풀고 우묵우묵 파여 있었다. 화재 흔적은 거기서 멈춰 있었지만 잭은 더 멀리까지 타 버렸으면 좋았을 거라고 생각했다. 황폐해진 포인트 베누티 마을에는 화재가 부패보다는 어울렸다. 반쯤 부서진 메이코 차량 도장재 광고판을 단 건물이 상점가 맨 앞에 서 있었다. '위험한 행성' 서점, '차와 함께하는 위로' 찻집, 퍼디의 건강식품상점, 네온 빌리지. 잭은 몇몇 가게의 이름만 알아볼 수 있었다. 대부분은 전면에 칠한 페인트가 오래전에 벗겨지고 떨어져 나간 상태였다. 이들 상점들은 언덕 위 공장과 창고처럼 버려진 채 문이 닫혀 있었다. 잭이 서 있는 자리에서도 판유리 창문들은 너무 오래전에 깨져서 안경알이 빠진 안경테 사이로 드러난 흐리멍덩한 눈처럼 보였다. 상점가 앞면을 뒤덮은 빨간색과 검은색, 노란색 페인트 얼룩도 탁한 잿빛 공기 속에서 기이할 정도로 선명한 흉터 자국처럼 보였다. 갈비뼈를 셀 수 있을 만큼 앙상하게 마른 벌거벗은 여인이 상점가 앞 지저분한 거리에서 마치 풍향계인 양 천천히 의식을 치르듯 몸을 비비 꼬고 있었다. 축 늘어진 가슴과 음모 뭉치를 드러냈는데, 파리한 몸뚱이에 얼굴은 타는 듯한 오렌지색으로 칠해져 있었고 머리도 오렌지색이었다. 잭은 걸음을 멈추고 얼굴에 페인트를 칠하고 머리를 염색한 그 미치광이 여자를 지켜보았다. 그녀는 팔을 올리고 태극권을 하듯 일부러 상체를 꼬더니 구더기가 들끓는 개의 사체 위로 왼발을 날리고는 조각상처럼 그 자세로 얼어붙었다. 그 자세를 유지하고 선 광녀는 포인트 베누티의 상징처럼 보였다. 이윽고 여자는 천천히 발을 내리더니 마른 몸뚱이로 빙빙 돌기 시작했다.

그 여인과 텅 빈 상점가를 지나 중심가에서 주택가로 접어들었다. 적어도 한때는 주택가였을 거라고 잭은 생각했다. 이곳에서도 선명한 흉터 같은 페인트 자국이 건물들을 뒤덮고 있었다. 한때는 눈부신 하얀색이었을 작은 이층집에도 페인트로 죽죽 긋고 지저분하게 낙서를 해 놓았다. 낙서 하나가 눈에 확 들어왔다. '넌 이제 죽은 목숨이야.'라는 낙서가 한때는 하숙집이었을 페인트가 벗겨진 외딴 건물 옆면에 휘갈겨져 있었다. 그 낙서는 그 자리를 오랫동안 지켜 온 것처럼 보였다.

제이슨, 네가 필요해, 부적의 말 이상이자 이하인 언어가 잭을 향해 우렁우렁 울려 왔다.

리처드가 옆에서 작은 소리로 중얼거렸다.

"안 되겠어. 잭, 난 못 하겠어."

페인트칠이 벗겨진 가망 없어 보이는 집들을 지나자 길은 다시 내리막이었다. 잭은 중심가 양쪽에 한 대씩 서 있는 검은색 캐딜락 리무진의 뒤꽁무니만 볼 수 있었다. 리무진들은 앞부분을 언덕 아래로 향하고 시동을 건 채 서 있었다. 캐딜락 뒤꽁무니와 절망스러운 작은 집들 위로, 마치 트릭 사진처럼 믿을 수 없을 정도로 크고 믿을 수 없을 정도로 사악한 블랙 호텔의 꼭대기가 — 전체의 절반? 3분의 1? — 모습을 드러냈다. 그것은 마지막 언덕 굽이에 가려져 마치 허공에 떠 있는 것처럼 보였다.

리처드가 다시 투덜거렸다.

"나는 안에 못 들어가."

"나도 우리가 저 숲을 지나갈 수 있을지조차 자신이 없어. 좀 참아 봐, 리치."

리처드는 코를 훌쩍이는 듯한 이상한 소리를 냈다. 잭은 그것이 울음소리라는 것을 금세 알아차렸다. 그는 리처드의 어깨를 감싸 안았다. 블랙 호텔은 주위 경관을 압도하고 있었다. 틀림없는 사실이었다. 블랙 호텔은 포인트 베누티를, 그리고 그 위의 하늘과 그 아래 대지를 자신의 발아래 두고 있었다. 그것을 보다가 잭은 풍향계들이 반대 방향으로 돌고 있는 것을 깨달았다. 작은 탑과 박공지붕이 잿빛 하늘을 배경으로 사마귀처럼 튀어나와 있었다. 아진코트 호텔은 타르같이 시커먼 수천 년 된 돌로 만들어진 것처럼 보였다. 위층 창문 하나에서 돌연 빛이 번쩍였다. 잭의 눈에는 마치 블랙 호텔이 그가 마침내 가까이 온 것을 알고 내심 즐거워 윙크를 보낸 것처럼 보였다. 희미한 물체가 창문에서 미끄러져 지나가는 것 같았다. 그 직후 구름 그림자가 유리창 위를 흘러갔다.

블랙 호텔 안 어딘가에서 부적이 떨리는 소리로 잭만이 들을 수 있는 노래를 불렀다.

3

"더 커진 것 같아."

리처드가 나직이 말했다. 마지막 언덕 너머에 떠 있는 블랙 호텔을 본 뒤로 그는 긁는 것조차 잊고 있었다. 벌겋게 부어오른 두 뺨에 눈물이 흘러내렸다. 그의 눈은 이제 부풀어 오른 발진에 완전히 가려져 버렸다. 리처드는 곁눈질을 할 때 더 이상 눈을 가늘게 뜰 필요가 없었다.

리처드가 말했다.

"불가능한 일이지만 저 호텔은 더 작았어, 잭. 확실해."

"이제 와서 더 이상 불가능한 일은 없어."

잭은 거의 하나 마나 한 말을 내뱉었다. 두 사람은 이미 오래전에 불가능의 영역으로 들어섰던 것이다. 그리고 아진코트 호텔은 너무 크고 압도적이어서 마을 전체의 균형을 크게 깨뜨리고 있었다. 세로로 홈이 새겨진 탑에 붙은 온갖 작은 탑과 황동 풍향계를 비롯해, 돔 지붕과 박공지붕까지 달린 블랙 호텔의 화려한 건축 구조는 장난스러운 판타지를 연출했어야 하지만, 오히려 위협적이고 악몽 같은 분위기를 자아냈다. 도널드 덕이 조카 휴이와 듀이와 루이를 목 졸라 죽이고, 미키 마우스가 헤로인에 취한 미니 마우스를 총으로 쏘는, 반(反)디즈니랜드에나 있어야 할 건물처럼 보였다.

리처드가 말했다.

"무서워."

부적이 노래했다, 제이슨 어서 와.

"나한테 딱 붙어 있어, 친구, 우리는 저곳을 눈 깜짝할 사이에 통과할 테니까."

제이슨 어서 와!

잭이 앞으로 한 걸음 옮기자, 바로 앞에 모여 있던 테러토리 나무들이 부스럭거렸다.

리처드는 겁에 질려서 뒤로 물러섰다. 이제 리처드는 안경도 없고 눈이 퉁퉁 부어 앞을 못 보는 것이나 다름없었던 것이다. 잭은 손을 뻗어 리처드를 앞으로 잡아끌었다. 그의 손과 손목은 너무도 말라 있었다.

리처드는 발을 헛디디며 따라왔다. 잭의 손에 들어온 앙상한 그의 손목은 타는 듯이 뜨거웠다. 잭이 말했다.

"뭘 하든 속도를 줄이면 안 돼. 우린 저것들을 뚫고 지나가야 해."

"난 못 하겠어."

리처드가 흐느끼며 말했다.

"업어 줄까? 난 심각해, 리처드. 그러니까, 훨씬 더 힘든 상황이 닥칠 수 있어. 우리가 거기서 많은 군인들을 물리치지 않았다면 그는 15미터마다 경비병을 세워 뒀을 거야."

"나를 업으면 빨리 가지 못하잖아. 나 때문에 속도가 느려질 거야."

도대체 너 지금 무슨 소릴 하는 거야? 속으론 어처구니가 없었지만 잭은 이렇게만 말했다.

"내 뒤에 딱 붙어서 미친 듯이 달려, 리치. 내가 셋을 셀게. 알겠지? 하나…… 둘…… 셋!"

잭은 리처드의 팔을 홱 잡아당기고는 나무들을 지나쳐 질주하기 시작했다. 리처드는 발을 헛디디고 숨을 헐떡거리다 간신히 몸을 바로 세워 넘어지지 않고 뒤를 따라왔다. 나무뿌리 밑에서 모래먼지가 솟구쳐 오르고, 땅바닥이 갈라지며 요란하게 흔들리더니 그 속에서 구두약으로 닦은 것처럼 빛나는 딱정벌레처럼 생긴 것들이 앞다퉈 기어 나왔다. 같은 꿍꿍이로 모여 있는 나무들 근처의 잡초 풀숲에서 작은 갈색 새 한 마리가 날아올랐다. 코끼리의 코처럼 생긴 유연한 뿌리가 모래먼지에서 뻗어 나와 냉큼 그 새를 낚아챘다.

또 다른 뿌리가 잭의 왼쪽 발목을 향해 기어왔지만 거리가 미치지 못했다. 거친 나무껍질에 뚫린 입들이 울부짖으며 소리 질렀다.

(우리의 사아랑? 사랑하는 소오오년?)

잭은 이를 악물고 리처드 슬로트에게 더한층 서두르라고 재촉했다. 복잡하게 얽힌 나무 꼭대기들이 흔들거리며 절을 하듯 고개를 숙였다. 얼기설기 얽힌 뿌리 뭉치들이 흰색 선을 향해 미끄러져 오고 있었다. 뿌리들은 마치 독립된 의지를 가지고 있는 것처럼 제각기 움직였다. 리처드가 비틀거리더니 고개를 돌려 잭의 어깨 너머로 다가오는 나무들을 보고는 눈에 띄게 걸음이 느려졌다.

"어서 달려!"

잭이 외치고 리처드의 팔을 잡아당겼다. 빨간 발진이 피부 밑에 묻힌 뜨거운 돌덩이처럼 느껴졌다. 리처드를 끌고 가면서 보니 나지막이 우는 소리를 내던 수많은 뿌리들이 유쾌하게 흰색 선을 넘으며 그들을 향해 기어 오고 있었다.

잭이 팔로 리처드의 허리를 안은 순간 기다란 뿌리가 공기를 가르고 날아와 리처드의 팔을 감았다. 리처드가 비명을 질렀다.

"주여! 제이슨! 당했어! 뿌리가 날 붙잡았다고!"

공포심에 사로잡힌 잭의 눈에 뿌리의 끝이 보였다. 그것은 마치 눈이 없는 벌레인 양 고개를 들어 그를 응시했다. 그것은 허공 속에서 느릿느릿 경련을 일으키더니 다시 한 번 리처드의 벌게진 팔을 감았다. 다른 뿌리들도 길을 건너 그들을 향해 미끄러져 오고 있었다.

잭은 있는 힘껏 리처드를 잡아당겨 15센티미터 정도 거리를 벌렸다. 리처드의 팔을 감은 뿌리가 팽팽해졌다. 잭은 양팔로 리처드의 허리를 껴안고 인정사정없이 뒤로 잡아당겼다. 리처드가 넋이 나간 듯한 오싹한 비명을 질렀다. 잠시 잭은 리처드의 어깨가 빠질까 봐 걱정되었다. 하지만 내면의 목소리가 크게 외치고 있었다. *잡아당겨!* 잭은 뒤꿈치에 힘을 주고 더한층 세게 잡아당겼다.

다음 순간, 두 소년은 기어오는 우글거리는 뿌리 뭉치 한가운데로 굴러떨어질 뻔했다. 리처드의 팔을 감은 덩굴손 가닥이 맥없이 딱 부러진 것이다. 잭은 리처드를 꼭 붙잡은 채 허리를 굽히고 미친 듯이 뒷걸음치며 버티다 그를 끌어내렸다. 이런 식으로 두 소년이 마지막 나무를 지나친 순간, 뭔가가 부러지고 잡아 뜯기는 소리가 들렸다. 전에 한 번 들어 본 적이 있는 소리였다. 이번에는 리처드한테 달아나라고 말할 필요가 없었다.

가장 가까이 있는 나무가 포효하며 땅에서 솟아오르더니 지축을 흔드는 쿵 소리와 함께 리처드한테서 1미터 정도 떨어진 곳에 쓰러졌다. 그 뒤를 따르던 나무들도 요란한 소리를 내며 길바닥에 쓰러졌다. 뿌리들이 산발한 머리처럼 나부꼈다.

"네가 나를 살려 줬어."

리처드는 다시 울고 있었다. 공포 때문이라기보다는 심신이 약해지고 지쳤을 뿐만 아니라 충격을 받은 상태이기 때문이었다. 잭이 말했다.

"지금부터는 나한테 업혀서 가는 걸로 하자, 내 오랜 친구야."

잭은 헐떡이며 리처드가 업히기 쉽도록 몸을 낮췄다.

4

"너한테 말했어야 했어."

리처드가 소곤거렸다. 잭의 목에 닿은 그의 얼굴과 잭의 귀에 닿은 그의 입은 모두 불덩이처럼 뜨거웠다. 리처드가 말을 이었다.

"네가 날 싫어할까 봐 걱정이야. 하지만 네가 날 싫어해도 네 탓은 안 할 거야, 진짜로. 진작 너한테 말했어야 하니까."

리처드는 이제 껍질만 남은 것처럼 가벼웠다. 마치 그의 안에 아무것도 남지 않은 것 같았다.

"무슨 얘기?"

잭이 리처드를 제대로 고쳐 업으며 물었다. 그리고 육신의 빈껍데기만 업은 것 같은 생각에 다시금 마음이 불안해졌다.

"아버지를 만나러 온 사내…… 그리고 속성훈련 캠프…… 그리고 그 벽장."

리처드의 텅 빈 것 같은 몸뚱이가 잭의 등에서 바르르 떨렸다.

"너한테 말했어야 했어. 하지만 *나 자신한테도* 말할 수 없었는걸."

심란한 리처드의 피부처럼 뜨거운 입김이 잭의 귀에 느껴졌다.

잭은 생각했다, *리처드가 이렇게 된 건 부적 때문이야.* 다음 순간 생각을 바꿨다. *아니. 블랙 호텔 때문이야.*

두 소년이 테러토리 나무들과 사투를 벌이는 동안, 앞쪽으로 보이는 언덕 비탈에 아래를 향해 주차되어 있던 리무진 두 대는 어느 틈에 사라지고 없었다. 하지만 호텔은 그 자리에 그대로 있었으며, 잭이 한 걸음씩 내디딜 때마다 점점 더 커졌다. 블랙 호텔의 또 다른 희생자인 뼈만 남은 벌거벗은 여성은 여전히 암울한 상점가 앞에서 천천히 광기의 춤을 추고 있었다. 작은 빨간 불꽃이 깜박이며 흐린 하늘을 배경으로 춤을 추었다. 시간은 의미가 없었다. 지금은 아침도 오후도 밤도 아니었다. 시간의 '초토화된 땅'에 들어섰기 때문이다. 아닌 줄 알고 있었음에도 잭의 눈에 아진코트 호텔은 여전히 돌로 만든 것처럼 보였다. 나무가 석회화되면서 두꺼워지고 안쪽에서부터 새까맣게 변한 것 같았다. 늑대, 까마귀, 뱀, 그리고 잭이 알아볼 수 없는 신비로운 원형 문양의 황동 풍향계들이 바람의 반대 방향으로 돌고 있었다. 몇 개의 창이 잭에게 경고의 빛을 번쩍였다. 아니면, 단순히 빨간 불꽃이 반사된 것일 뿐일 수도 있었다. 잭의 눈에는 아직 언덕 너머가 완전히 보이지 않았고 아진코트의 전경도 볼 수 없었다. 서점과 찻집, 화마를 피한 다른 상점들을 지나고 나서야 마침내 그 모습을 볼 수 있었다. *모건 슬로트는 어디에 있지?*

말이 나왔으니 말인데, 신에게 버림받은 환영 위원회는 어디에 있지? 잭은 리처드의 막대기 같은 다리를 잡은 손에 힘을 주면서 부적이 다시 그를 부르는 소리를 들었다. 그의 내면에서 더욱 끈질기고 강인한 힘이 솟아오르고 있었다.

"날 미워하지 마. 왜냐하면 난 어쩔 수⋯⋯."

리처드가 말끝을 흐렸다.

제이슨, 어서 와 어서 와라!

잭은 리처드의 가느다란 다리를 꽉 잡은 채 한때 많은 집들이 서 있었지만 화재로 파괴되어 버린 공터를 지나갔다. 이 버려진 구역을 간이 식탁 삼아 점심을 즐기던 테러토리 나무들이 수군거리며 술렁거렸지만 잭을 괴롭히기에는 너무 멀리 있었다.

아무도 없는 지저분한 거리 한복판에서 천천히 돌던 여인이 언덕 아래로 내려오는 두 소년의 존재를 알아챘다. 그녀는 태극권을 연상시키는 복잡한 운동을 하고 있었는데 처들었던 두 팔과 내뻗었던 다리 한 짝을 내리고는 죽은 개 옆에 꼼짝도 않고 서서 리처드를 업고 그녀를 향해 언덕을 내려오는 잭을 지켜보았다. 잠시 그녀는 신기루처럼 보였다. 머리칼과 얼굴에 똑같이 불타는 오렌지색을 칠해 너무나도 눈에 띄는 이 굶주린 여인은 환각 속 한 장면처럼 여겨져서 현실 같지가 않았다. 그녀는 우물쭈물 거리를 건너 이름을 알아볼 수 없는 상점 속으로 달아났다. 잭은 무심결에 씩 웃었다. 갑자기 갑옷을 두른 듯 든든한 느낌이 들었다고밖에는 표현할 수 없는, 승리의 감각이었다. 리처드가 헐떡이며 물었다.

"정말 그곳에 갈 수 있겠어?"

"지금 이 순간 내가 해내지 못할 건 없어."

잭은 블랙 호텔에 갇힌 그 거대한 노래하는 물체가 명령하기만 한다면 리처드를 업고 일리노이주로 되돌아갈 수도 있었다. 잭은 다시금 결의를 다지며 생각했다. 그 모든 *세계가* 집합해 있으니까 *이곳이 이토록 어두운 거야. 필름의 삼중 노출처럼 중첩되어 있으니 말이야.*

5

잭은 포인트 베누티 사람들을 보기 전부터 그들이 있다는 것을 느끼고 있었다. 그들은 잭을 공격하려 하지 않았다. 잭은 그 미치광이 여자가 상점가로 도망가는 것을 본 뒤로 절대적으로 확신할 수 있었다. 그들은 그저 그를 지켜보고 있었다. 현관 아래서, 격자창을 통해, 텅 빈 방 뒤편에서 그를 내다보고 있었다. 그들을 지배하는 게 공포인지, 격노인지, 좌절인지는 잭이 알 수 없었다.

리처드는 잭의 등에서 잠이 들었거나 기절한 모양이었다. 뜨겁고 거친 입김이 조금씩 느껴졌다.

잭은 죽은 개를 빙 둘러가며 '위험한 행성' 서점의 진열창이 있던 자리를 곁눈으로 흘끗 봤다. 처음엔 바닥을 지저분하게 뒤덮고 있는 쓰고 버린 피하주사기들이 보였다. 여기저기 펼쳐진 채 흩어진 책 옆이나 위에도 주사기가 수북이 쌓여 있었다. 벽에는 키 큰 서가들이 텅 빈 입을 벌리고 서 있었다. 그때 어둠침침한 상점 뒤쪽에서 발작적인 움직임이 눈에 띄었다. 그리고 창백한 두 개의 형체가 합쳐진 모습이 어둠 밖으로 나왔다. 둘 다 수염을 길렀고 벌거벗은 긴 몸뚱이에는 굵은 밧줄처럼 힘줄이 튀어나와 있었다. 네 개의 광기 어린 흰자위가 그를 향해 번들거렸다. 한 손밖에 없는 벌거벗은 사내가 히죽거리고 있었다. 발기한 음경이 창백하고 굵은 곤봉처럼 그 앞에서 흔들거렸다. 저 사내는 저걸 못 봤을 거야, 잭이 혼잣말을 했다. 저 사내의 다른 쪽 손은 어디 있는 거지? 다시 흘긋 보니 이젠 서로 엉켜 있는 하얗고 깡마른 팔다리로밖에 보이지 않았다.

잭은 다른 상점들의 창문은 들여다보지 않았지만 그들의 눈은 그가 지나갈 때마다 뒤를 쫓아왔다.

곧 작은 이층집을 지나쳤다. 옆면에 '넌 이제 죽은 목숨이야.'라고 휘갈겨져 있었다. 잭은 창문 안을 들여다보지 않을 작정이었고, 스스로에게도 약속했다. 도저히 그럴 수가 없었다.

오렌지색 머리를 한 오렌지색 얼굴들이 1층 창문으로 머리를 흔들었다.

다음 집에서는 한 여자가 속삭였다.

"꼬마야, 사랑스러운 아기 제이슨."

이번에는 잭도 쳐다보았다. 넌 이제 죽은 목숨이야. 그 여자는 깨진 작은 창문 바로 뒤에 서 있었다. 유두에 끼운 사슬을 비비 꼬더니 그를 향해 웃었는데, 입술 한쪽만 끌어 올린 비틀린 미소였다. 잭이 그녀의 텅 빈 눈을 보자 여자는 손을 내리고 머뭇거리며 창가에서 물러났다. 기다란 사슬이 가슴 사이에 늘어져 있었다.

어두운 방 뒤편에서, 격자창 사이로, 현관 아래 비좁은 공간에서 눈들이 잭을 지켜보고 있었다.

블랙 호텔은 그 앞에 희미하게 모습을 드러냈지만 더 이상 정면은 아니었다. 길이 살짝 구부러져서 이제 분명 아진코트는 그의 왼쪽에 우뚝 서 있었다. 실제로는 앞에서 본 것처럼 위엄 있는 모습으로 솟아 있는 것 같지 않았다. 잭 내면의 제이슨 또는 제이슨 그 자체가 활활 타오르면서 저 블랙 호텔을 바라보고 있었다. 그것은 여전히 아주 컸지만 산처럼 거대하지는 않았다.

와라 이제 네가 필요해 네가 옳아 블랙 호텔은 보이는 것만큼 그렇게 대단하지 않아. 부적이 노래했다.

마지막 언덕 꼭대기에서 발을 멈추고 아래를 내려다보았다. 거기에 사람들이 있었다, 그렇다, 모두가 있었다. 그리고 블랙 호텔이 있었다. *전체가* 내려다보였다. 중심가는 해변으로 내려갔는데, 해변의 하얀 모래밭에 군데군데 변색되고 들쭉날쭉한 치아를 연상시키는 커다란 바위들이 노출되어 있었다. 아진코트는 잭의 왼쪽으로 아주 가까이 있었다. 바다를 향해 뻗은 거대한 돌로 된 방파제 곁에 바다 쪽을 보며 가로로 누워 있었다. 블랙 호텔 앞에는 기다란 검은색 리무진이 열 대 정도 줄지어 서 있었다. 어떤 차는 더러웠지만 어떤 차는 거울처럼 윤이 났고, 시동을 켠 채 정차 중이었다. 많은 차에서 하얀 배기가스의 기다란 띠가 뿜어져 나와 낮게 드리운 새하얀 구름처럼 떠돌고 있었다. FBI 요원처럼 검은 정장을 차려입은 사내들이 울타리를 따라 순찰을 돌고 있었다. 그들은 양손을 눈높이까지 올리고 있었는데, 잭은 한 사내의 얼굴에서 두 개의 붉은 섬광이 뿜어져 나오는 것을 보고 반사적으로 작은 집들 옆길로 몸을 숨겼다. 숨고 난 뒤에야 그들이 쌍안경을 가지고 있다는 것을 알아챘다.

불과 일이 초 동안이었지만 잭은 언덕 비탈에 똑바로 서 있는 등대처럼 보였을 것이다. 한순간이라도 방심했다가는 그들에게 잡힐 것을 알고 있기에 잭은 숨을 깊이 내쉬고는 칠이 벗겨진 잿빛 지붕 널에 어깨를 기댔다. 그러고는 리처드를 추켜 좀 더 편하게 고쳐 업었다.

어째서인지 잭은 바닷가 쪽에서 블랙 호텔에 접근해야 한다는 것을 알고 있었다. 그것은 아무에게도 발각되지 않고 해변을 질러 가야 한다는 것을 뜻했다.

다시 몸을 곧추세운 잭은 집의 옆벽을 슬쩍 보고 아래쪽을 보았다. 모건 슬로트의 소수정예 군단이 리무진 안에 앉아 있거나 높은 검은색 담장 앞에서 개미처럼 이리저리 돌아다니고 있었다. 엉뚱하게도 잭은 잠시 여왕의 여름궁전을 처음 보았을 때가 생생하게 떠올랐다. 그때도 이리저리 걸어 다니는 사람들로 북적거리는 광경 속에 서 있었다. 그곳은 지금 어떤 모습일까? 어쨌든 그날 — 돌아보면 선사시대처럼 까마득하게 여겨지는 — 파빌리온 앞에 모여 있던 사람들의 전체적인 광경이 평화와 질서의 기운으로 가득했음은 누구도 부정할 수 없었다. 이제 그 평화와 질서는 찾아볼 수 없다는 걸 잭은 알고 있었다. 지금은 오스먼드가 거대한 천막 같은 구조물 앞에 서서 세상을 호령하고 있을 것이다. 파빌리온에 들어갈 만큼 용감한 사람들은 얼굴을 돌린 채 종종걸음을 쳐 안으로 사라질 것이다. 여왕은 어떻게 되었을지 궁금했다. 잭은 새하얀 리넨 침대에 누워 있던 충격적일 정도로 낯익은 얼굴을 잊을 수가 없었다.

바로 그때 잭은 심장이 얼어붙을 뻔했다. 파빌리온과 병약한 여왕의 모습도 기억 저편으로 보내 버렸다. 선라이트 가드너가 확성기를 손에 들고 잭의 시야 안으로 어슬렁거리며 나타났기 때문이다. 해풍에 밀려 하얀 머리카락이 그의 선글라스에 걸렸다. 잠시 동안 잭은 틀림없이 그의 달콤한 향수와 열대 피부병 냄새를 맡은 것 같았다. 잭은 한 5초 동안 숨 쉬는 것을 잊어버린 채 갈라지고 칠이 벗겨진 지붕널 벽에 기대 그 미치광이를 응시했다. 그자는 검은 정장을 입은 사내들에게 소리쳐 명령하더니 한쪽 발끝으로 돌아 잭에게는 보이지 않는 무언가를 손가락으로 가리키고 있었다. 뭔가가 불만스럽다는 것을 노골적으로 드러내고 있었다.

잭은 그제야 숨 쉬는 것이 기억났다.

"음, 일이 재미있게 되었는걸, 리처드. 우리 앞에는 마음 내킬 때마다 두 배로 커지는 호텔이 있는 것 같고, 저 아래에는 세상에서 제일가는 미치광이가 있다고."

잠든 줄 알았던 리처드가 *이랴랴*와 비슷하게 들리는 말을 중얼거려 잭은 깜짝 놀랐다.

"뭐?"

"가자고. 출발하라, 동지."

리처드가 들릴락 말락 한 목소리로 소곤거려 잭은 소리 내어 웃었다. 잠시 후 잭은 조심스럽게 아래로 내려가 늘어선 집들의 뒤쪽을 지나고 키 큰 쇠뜨기풀밭을 헤쳐 해변을 향해 걸어갔다.

40장
해변의 스피디

1

언덕 아래로 내려오자 잭은 전에 배낭을 짊어졌던 것처럼 리처드를 업고 풀밭에 납작 엎드린 채 기어가기 시작했다. 길가를 따라 난 누런 키다리 잡풀 가장자리에 도착했을 때 잭은 포복으로 조금씩 나아가며 고개를 쑥 빼고 주위를 둘러보았다. 바로 앞 길만 건너면 해변이 시작되었다. 커다란 바위들이 잿빛 모래사장에 튀어나와 비바람에 시달리고 있었고, 잿빛 바닷물이 해변에 부딪치며 물보라를 일으켰다. 잭은 길 왼쪽을 쳐다보았다. 블랙 호텔에서 조금 내려가면 해안도로의 내륙 쪽에 잘라 놓은 웨딩케이크처럼 허물어진 기다란 건물이 있었다. 그 위에는 커다란 구멍이 뚫려 '킹스랜○○텔'이라고 읽히는 나무 간판이 있었다. 킹스랜드 모텔, 잭은 기억났다. 거기서 모건 슬로트는 어린 아들과 머물며 블랙 호텔을 탐욕스럽게 관찰했던 것이다. 하얀 불빛이 번쩍거렸다. 거리 위쪽에서 어슬렁거리는 선라이트 가드너였다. 그는 검은 정장 사내들을 질

책하며 언덕 쪽으로 손을 휘젓고 있었다. *저자는 내가 이미 여기 내려와 있는 걸 모르는군.* 잭은 깨달았다. 그때 그중 한 사내가 좌우를 두리번거리며 해안 도로를 터덜터덜 건너기 시작했다. 가드너가 또다시 갑작스럽게 명령을 내리는 손짓을 보내자 중심가 끄트머리에 서 있던 리무진이 블랙 호텔을 빠져나와 검은 정장을 입은 사내 곁으로 다가가기 시작했다. 중심가 인도에 도착하자마자 사내는 재킷 단추를 풀고 어깨에 찬 권총집에서 총을 빼어 들었다.

리무진을 타고 있던 운전수들이 일제히 고개를 들고 언덕을 올려다보았다. 운이 좋았다. 5분만 늦었더라면 특대형 총을 든 변절한 울프족 때문에 호텔에서 노래하고 있는 위대한 그것을 찾으러 가는 잭의 원정이 막을 내릴 뻔했다.

잭은 밑에서 올려다보고 있었기에 건축적으로 호사를 부린 호텔 지붕에 매달려 미친 듯이 돌고 있는 풍향계들과 그 아래 2개 층만 볼 수 있었다. 엎드리고 봐서 그런지 호텔 오른쪽 해변을 둘로 나누는 방파제 높이가 6미터는 되어 보였다. 방파제는 모래사장을 가르고 달려가 먼 바다 속으로 모습을 감췄다.

이제 와 이제 와, 부적이 말이 아닌 말로 불렀다. 이제는 거의 몸으로 절박함을 표현한 것처럼 느껴졌다.

총을 든 사내는 이제 잭의 눈에 보이지 않았지만 운전자들은 포인트 베누티의 미치광이를 향해 언덕을 올라가는 그 사내를 눈으로 좇고 있었다. 선라이트 가드너가 확성기를 들고 으르렁거렸다.

"그놈을 찾아내! 어서 찾아내라고!"

선라이트 가드너는 확성기로 또 다른 검은 정장의 사내를 찌르고는 쌍안경을 들고 잭이 있는 쪽의 도로를 내려다보았다.

"너! 이 돼지 대가리들! 거리 반대편을 뒤져…… 그리고 그 나쁜 녀석을 찾아내, 오 그래, 천하에 가장 나쁜 놈, *나쁘기 그지없는*……."

가드너의 목소리는 두 번째 사내가 반대쪽 인도로 총총히 건너가자 곧 잦아들었다. 가드너의 손에는 이미 권총이 들려 있었다.

잭은 절호의 기회가 찾아왔다는 걸 깨달았다. 해안 도로를 보고 있는 사람은 아무도 없었다.

"꽉 잡아. 출발이야."

잭은 죽은 듯 업혀 있는 리처드에게 속삭였다. 그는 꿈쩍도 하지 않았다.

잭은 마침내 몸을 일으켰다. 하지만 누런 잡초와 키 큰 잡풀 위로 리처드의 등이 보일 수도 있으므로 허리를 숙인 채 잡초밭을 지나 해안 도로 쪽으로 달렸다.

잠시 후 잭 소여는 자갈 섞인 모래사장에 납작 엎드렸다. 그는 양 발로 땅을 박차면서 앞으로 나아갔다. 리처드가 한 손으로 그의 어깨를 꽉 잡았다. 잭은 모래사장을 꿈틀꿈틀 기어 가까운 키 큰 바위 뒤까지 나아갔다. 그러고는 그 자리에 멈추고 머리를 손등에 얹었다. 나뭇잎처럼 가벼워진 리처드가 등에 업힌 채 거친 숨을 몰아쉬었다. 물가까지는 6미터 정도 남았다. 파도가 해안에 부딪쳐 철썩 거렸다. 아직도 선라이트 가드너가 천치니 무능력자니 하며 꽥꽥 거리는 소리가 들렸다. 가드너가 언덕 위 중심가에서 쏟아내는 광기가 여기까지 흘러 내려오는 듯했다. 부적은 잭에게 앞으로 나아가라고 재촉하고 있었다, 재촉하고, 재촉하고 또 재촉하고…….

리처드가 등에서 내려왔다. 잭이 물었다.

"괜찮아?"

리처드가 가느다란 손을 들어 손가락으로 이마를 만지고는 엄지로 광대뼈를 만져 보았다.

"괜찮겠지. 우리 아버지를 봤어?"

"아니, 아직. 하지만 여기 있는 건 분명해."

잭이 고개를 저으며 말했다.

"그렇겠지. 아버지는 여기 있어야 하니까."

잭은 킹스랜드 모텔의 음침한 정면 현관과 깨진 나무 간판이 눈앞에 어른거렸던 것이 기억났다. 모건 슬로트는 육칠 년 전에 자주 묵었던 모텔에 몸을 숨기고 있을 것이다. 잭은 즉각적으로 성난 모건 슬로트의 존재가 가까이 있다는 걸 느꼈다. 마치 슬로트가 어디에서 잭을 소환했는지 아는 것 같았다.

"우리 아버지는 걱정하지 마. 내가 아버지 걱정할까 봐 걱정하지 말라는 뜻이야. 내 생각에 아버지는 죽었으니까, 잭."

리처드의 목소리가 종잇장처럼 가늘었다.

잭은 새삼 걱정이 되어 친구의 얼굴을 들여다보았다. 리처드가 정말 머리가 이상해진 건 아닐까? 열이 심한 건 확실했다. 저 높이 언덕에서 선라이트 가드너가 확성기에 대고 호통치고 있었다.

"흩어져서 찾아!"

"넌 그렇게 생각하……"

잭이 말을 끝내기도 전에 또 다른 목소리가 들렸다. 처음엔 작은 목소리로 말해서 가드너의 화가 난 명령 소리에 묻혀 잘 들리지 않았다. 어딘지 낯익은 목소리였다. 잭은 목소리의 주인공이 누구인지 확인하기 전인데도 음색과 억양만으로 어디서 들어 본 것 같다는 느낌을 받았다. 기이하게도 이 특이한 목소리를 알아듣자 마음이 놓였다. 이젠 복잡한 계획을 세우거나 조바심치지 않아도 일이 다 처리될 것 같은 기분이 들었다. 아직 목소리 주인공의 이름을 떠올리지 못했는데도 말이다.

그 목소리가 다시 말했다.

"잭 소여, 이리로 오렴, 얘야."

스피디 파커의 목소리였다.

"난 그렇게 생각해."

리처드가 이렇게 말하고 퉁퉁 부은 눈을 다시 감았다. 마치 조수에 밀려 올라온 시체 같았다.

나는 정말 아버지가 죽었다고 생각해. 리처드는 이 말을 하려던 거였지만 잭은 리처드의 엉뚱한 이야기에 신경 쓸 여유가 없었다.

"여기야, 재키."

스피디가 다시 불렀고 잭은 그 목소리가 커다란 바위들이 모여 있는 데서 들려온다는 것을 알아챘다. 물가에서 몇 미터밖에 안 떨어진 곳에 수직으로 서 있는 세 개의 바위기둥 뒤였다. 그 바위들의 밑에서 4분의 1 지점에 어두운 선이 있었다. 만조 때의 수위였다.

잭이 속삭였다.

"스피디 할아버지."

"지당하신 말씀, 저 좀비들한테 안 들키고 혼자 힘으로 여기까지 오렴, 할 수 있겠니? 네 친구도 데려오고."

리처드는 손으로 얼굴을 가린 채 여전히 모래사장에 등을 대고 누워 있었다.

잭이 그의 귀에 대고 속삭였다.

"가자, 리치, 해변을 조금 더 내려가야 해. 스피디 할아버지가 있어."

"스피디 할아버지?"

리처드가 너무 작은 목소리로 말해서 잭은 간신히 알아들었다.

"내 친구야. 저 아래 있는 바위들이 보여?"

잭은 갈대처럼 마른 리처드의 목을 받쳐 주었다.

"스피디는 저 바위들 뒤에 있어. 우릴 도와줄 거야, 리치, 우리는 지금 당장 도움이 절실한 상황이야."

"정말로 안 보여. 그리고 너무 *지쳐서*……."

리처드가 투덜거렸다.

"다시 내 등에 업혀."

잭은 몸을 돌려 모래사장에 엎드리다시피 했다. 리처드가 힘없이 잭의 어깨에 팔을 올리고는 목을 끌어안았다.

잭은 바위 밖으로 머리를 내밀고 살펴보았다. 해안 도로 저쪽에서 선라이트 가드너가 머리를 쓸어 올리며 킹스랜드 모텔 정문을 향해 성큼성큼 걸어가고 있었다. 블랙 호텔은 음산하게 우뚝 서 있었다. 부적은 목청껏 잭 소여를 불렀다. 가드너는 모텔 문 밖에서 머뭇거리더니 양손으로 머리를 쓸어 넘긴 뒤 고개를 흔들었다. 그러고는 재빨리 몸을 돌리더니 속도를 높여 길게 늘어선 리무진들을 거슬러 올라가기 시작했다. 가드너가 확성기를 들어 올리고 꽥꽥거렸다.

"15분마다 보고해! 거기 망꾼은 벌레 한 마리라도 움직이면 즉시 얘기해! 그냥 하는 말 아냐, 정신 똑바로 차려!"

가드너가 사라지자 모두들 그의 뒷모습을 보았다. 기회는 지금이었다. 잭은 바위 은신처에서 박차고 나와 리처드의 가냘픈 팔뚝을 꽉 잡고 몸을 숙인 채 해안을 달렸다. 젖은 모래에 박혀 있던 가리비들이 발에 차였다. 세 개의 바위기둥은 스피디와 얘기할 때는 아주 가까워 보였지만 지금은 100미터는 떨어져 보였다. 그와 바위 사이의 텅 빈 공간은 좁혀지지 않았다. 잭이 달리는 동안 바위들이 뒷걸음치는 것 같았다. 금방이라도 총소리가 날 것 같았다. 총알을 먼저 맞을까? 아니면 총알에 맞아 쓰러지기 전에 총소리를 먼저 들을까? 마침내 세 개의 바위가 점점 더 크게 보였고 잭은 그곳에 도착해 그들을 숨겨 줄 바위 뒤로 가슴부터 미끄러져 들어갔다.

"스피디 할아버지!"

잭은 이런 상황 속에서도 거의 웃음을 터뜨릴 뻔했다. 하지만 색이 화려한 작은 담요를 옆에 둔 채 가운데 바위기둥에 기대앉은 스피디를 보자 웃음소리는 목구멍으로 다시 기어 들어갔고 적어도 희망의 절반이 사라져 버렸다.

2

스피디 파커는 리처드보다 더 참혹해 보였다. 훨씬 더 안 좋았다. 스피디는 갈라지고 고름이 흐르는 얼굴로 잭을 향해 힘겹게 고개를 끄덕였다. 잭은 스피디가 그에게 희망이 없음을 확인해 주고 있다고 생각했다. 스피디는 낡은 갈색 반바지만 입고 있었고 피부 전체가 심하게 감염되어 마치 한센병에 걸린 것 같았다.

"이제 앉아, 우리 방랑자 잭, 해 줄 말이 많아, 그러니 단단히 챙겨 들어."

스피디가 거칠고 컥컥거리는 목소리로 속삭였다.

"어떻게 된 거예요? 그러니까…… 맙소사, 스피디…… 제가 도와드릴까요?"

잭은 리처드를 부드럽게 모래 위에 내려놓았다.

"내가 말하잖아, 내 말 잘 들으라고. 스피디는 걱정하지 마. 보시는 바와 같이 내가 편안한 상태는 아니야. 하지만 다시 회복할 수 있단다, 네가 이 일만 성공시킨다면 말이지. 네 친구의 아비가 나를 이 꼴로 만들었어. 친자식도 해친 모양이로군. 못돼먹은 블로트는 자기 아이가 그 호텔에 들어가는 걸 원치 않아, 절대 안 될 일이지. 하지만 넌 그 애를 데리고 거기로 들어가야 한단다, 애야. 다른 도리가 없어. 넌 반드시 해내야 해."

스피디는 잭과 얘기하는 동안 촛불이 깜박거리는 것처럼 뚜렷하게 보였다가 희미해졌다가 했다. 울프를 떠나보낸 이후로 이렇게 소리치고 통곡하고 싶은 기분이 들기는 처음이었다. 눈이 따가웠다. 울고 싶었다.

"알아요, 스피디 할아버지. 나도 그럴 것 같았어요."

"넌 착한 아이야."

노인은 다시 고개를 젖히고 잭을 유심히 바라보았다.

"너밖에 없어. 그래. 길이 너를 인도하고 있어, 그렇구나. 네가 적

임자야. 네가 해야 해."

"엄마는 어때요, 스피디 할아버지? 말해 줘요. 아직 살아 있죠, 그렇죠?"

"지금이라도 전화해서 잘 있는지 알아볼 수 있어, 하지만 먼저 그것을 가져와야 해, 잭. 그것을 얻지 *못하면* 네 엄마는 죽을 테니까. 마찬가지로 로라 여왕도 죽을 테고."

스피디가 몸을 일으키더니 얼굴을 찡그리며 등을 폈다.

"말해 둘 게 있어. 궁전에 있는 사람들은 대부분 여왕을 포기했어. 이미 죽은 사람처럼 취급하지."

스피디의 얼굴은 넌더리가 난다는 표정이었다.

"사람들은 모두 모건을 두려워해. 이제 그에게 충성을 맹세하지 않으면 등가죽을 벗길 거라는 걸 알거든. 아직 로라에게 숨이 붙어 있는데도 그래. 하지만 저 먼 테러토리에서는 두 발 달린 뱀 같은 오스먼드랑 그 패거리들이 사람들한테 여왕이 이미 죽었다고 떠들며 돌아다니고 있어. 그리고 여왕이 죽는다면, 방랑자 잭, 만약 여왕이 죽는다면⋯⋯."

스피디가 소년이 볼 수 있게끔 코앞에 망가진 얼굴을 들이밀고 말을 이었다.

"그때는 두 세계 모두 암흑의 공포가 지배하게 될 거야. 암흑의 공포가. 어쨌든 넌 엄마한테 전화해도 돼. 하지만 먼저 부적을 얻어야 해. 해야 해. 이제 그것만 하면 돼."

잭은 스피디의 말이 무슨 의미인지 물어볼 필요가 없었다.

"말을 알아들으니 좋구나, 얘야."

스피디는 눈을 감고 바위에 머리를 기대더니 곧바로 다시 천천히 눈을 떴다.

"운명이야. 이 모든 것이 운명에 대한 거야. 네가 아는 것보다 더 많은 운명들, 더 많은 생명들. 러슈턴이라는 이름 들어 봤니? 못 들어 봤을 리가 없지, 이 모든 일을 겪었는데 말이야."

잭이 고개를 끄덕였다.

"그 모든 운명들로 인해 네 엄마가 너를 알람브라 호텔까지 데려가게 된 거야, 방랑자 잭. 난 네가 나타날 줄 알고 기다리고 있었어. 부적이 너를 이곳으로 끌어들였지, 애야. 제이슨. 너는 그 이름도 들어 보았을 거야, 아마도."

"그건 나예요."

"그럼 이제 부적을 가져와. 내가 이걸 가져왔으니 조금은 도움이 될 게다."

스피디가 힘겹게 담요를 집어 들었다. 잭이 보니 담요가 아니라 고무로 만든 물건이었다.

잭은 스피디의 시커먼 손에서 고무 다발 같은 걸 받아 들고 물었다.

"그렇지만 어떻게 해야 호텔로 들어갈 수 있죠? 난 울타리를 뛰어넘을 수도 없고 리처드를 업고 수영을 할 수도 없어요."

"그걸 불어 보렴."

스피디가 다시 눈을 감았다.

잭은 그 물건을 펼쳐 보았다. 다리 없는 말 모양의 고무 보트였다.

"알아볼 수 있겠니? 예전에 너랑 내가 세웠던 거잖아. 내가 회전목마의 이름들을 말해 주었잖니."

여전히 컥컥거리는 목소리였지만 스피디는 옛 추억에 잠기면서 잠시 활기를 띠었다.

잭은 불현듯 스피디를 만나러 가던 그날이 생각났다. 빛과 그림자의 사선으로 가득 찬 것처럼 보였던 그날, 잭은 원형 창고에 앉아 회전목마의 말들을 수리하고 있던 스피디를 발견했다. *자기 자리로 돌아가도록 도와주려는 거니까 설령 좀 만진다 해도 레이디는 크게 신경 쓰지 않을 게다.* 지금 생각하니 그날의 일에는 좀 더 큰 의미가 있었다. 세계의 또 하나의 조각이 잭을 위해 제자리를 찾은 셈이었다.

"실버 레이디."

잭의 한마디에 스피디가 잭을 향해 윙크했다. 잭은 다시금 그의 인생 전체가 정확히 이곳으로 그를 데려오기 위해 공모한 게 아닌가 하는 생각에 으스스해졌다.

"여기 있는 네 친구는 괜찮아?"

스피디가 —거의— 휘어지고 있었다.

"그런 것 같아요."

잭은 불안한 얼굴로 리처드를 바라보았다. 그는 몸을 웅크린 채 옆으로 누워 눈을 꼭 감고 얕은 숨을 몰아쉬고 있었다.

"그렇게 생각한다면 여기 있는 실버 레이디를 불어라. 무슨 일이 있어도 저 애를 데려가야 한다. 그 애도 이 일의 일부니까."

해변에 앉아 있는 사이에 스피디의 피부는 더 상태가 나빠진 것 같았다. 얼굴에 병색이 짙은 잿빛이 내려앉아 있었다. 잭은 공기 주입구에 입을 대기 전에 물었다.

"도와드릴 일 없어요, 스피디 할아버지?"

"물론 있지. 포인트 베누티 약국에 가서 리디아 핑크램 연고(약초를 원료로 한 폐경 증상 완화제 ─ 옮긴이) 한 병 사다 주렴."

스피디가 고개를 저으며 덧붙였다.

"넌 스피디 파커를 도울 방법을 알고 있잖니, 애야. 부적을 가져오렴. 그게 내가 바라는 바야."

잭은 공기 주입구에 입을 대고 불기 시작했다.

3

얼마 지나지 않아 잭은 유난히 등이 넓은 말처럼 생긴 1.2미터짜리 고무보트 꼬리 옆에 있는 마개를 닫았다. 그가 말했다.

"리처드를 어떻게 여기 태우죠?"

불평이 아니라 그냥 생각나는 대로 말했을 뿐이었다.

"그 애는 명령대로 실행할 수 있단다, 우리 방랑자 잭. 그냥 뒤에 앉아서 안아 주면 돼. 그거면 충분해."

사실 리처드는 바위 뒤로 바람을 피해 들어가 입을 벌린 채 부드럽고 규칙적으로 숨을 쉬고 있었다. 자고 있는지 아닌지는 잭도 알 수 없었다. 그가 말했다.

"좋아요. 저 뒤에는 부두 같은 게 있나요?"

"부두보다 더 좋은 게 있지, 재키. 방파제 너머로 나가면 커다란 말뚝이 보일 거야. 그들은 호텔 일부를 바다 위에 지었어. 말뚝에는 사다리가 달려 있지. 리처드를 사다리로 올라가게 해. 그러면 뒤쪽으로 넓은 테라스가 나올 거야. 거기에는 커다란 창이 있어. 유리창으로 된 문 말이야, 알지? 그 창인지 문인지를 열고 들어가면 식당이 나와."

스피디는 어렵게 미소를 지어 보였다.

"일단 식당에 들어가기만 하면 부적 냄새를 맡을 수 있을 거야. 부적을 두려워하지 마라, 아이야. 부적이 너를 기다리고 있으니까. 부적은 말 잘 듣는 사냥개처럼 너한테 다가올 거야."

"저자들이 모두 나를 쫓아 들어오면 어떻게 해요?"

"이런, 그들은 블랙 호텔에 못 들어가."

스피디는 그런 바보 같은 질문을 하다니 넌더리가 난다는 얼굴이었다.

"그건 나도 알아요, 내 말은, 바다 말이에요. 보트 같은 걸 타고 쫓아올지도 모르잖아요."

스피디는 고통스러운 가운데서도 진심으로 미소를 지어 보였다.

"곧 그 이유를 알게 될 거란다, 방랑자 잭. 블로트와 그 패거리들은 물가에 얼씬도 못 할 거다, 흐흐. 이제 그런 건 걱정하지 마라. 내 말만 명심하고 어서 부적을 가져와, 알아들었니?"

"이제 들어간 거나 마찬가지예요."

잭은 바위 쪽으로 나가 해안 도로와 블랙 호텔을 살펴보았다. 어쨌든 들키지 않고 도로를 건너 스피디의 은신처로 왔던 것이다. 틀림없이 리처드도 몇 미터 끌어서 물가로 데려가 보트에 태울 수 있을 것이다. 운이 좋다면 말뚝까지도 눈에 띄지 않고 갈 수 있을 것이다. 가드너와 그 패거리들은 쌍안경으로 마을과 언덕 쪽에 집중하고 있으니까.

잭은 키 큰 기둥 옆으로 내다보았다. 리무진들은 여전히 호텔 앞에 서 있었다. 잭은 목을 살짝 빼어 거리 건너편을 보았다. 검은 정장의 사내가 허물어진 킹스랜드 모텔의 문으로 들어서고 있었다. 잭이 보기에 사내는 블랙 호텔 쪽으로 눈길을 주지 않으려 애쓰고 있었다.

호루라기가 여자의 비명 소리처럼 높고 집요하게 꽥 소리를 내기 시작했다.

"어서 가!"

스피디가 쉰 목소리로 속삭였다.

잭이 고개를 빼고 올려다보니 허물어져 가는 집들 뒤쪽, 수풀로 뒤덮인 비탈 꼭대기에서 검은 정장 사내 하나가 연신 호루라기를 불며 언덕 아래의 잭을 똑바로 가리키고 있었다. 사내의 검은 머리카락이 어깨 위에서 흔들렸다. 검은 머리카락, 검은 정장, 검은 선글라스의 그는 마치 죽음의 사자 같았다. 가드너가 버럭 고함을 질렀다.

"놈을 찾았다! 찾았다고! 쏴 버려! 놈의 불알을 가져오는 자에게는 1000달러를 주겠다!"

잭은 다시 바위 뒤로 움찔 물러났다. 그 직후 총알이 가운데 바위 기둥 전면을 때렸다가 튕겨 나가고 총소리가 뒤따랐다. *이제 알겠어, 먼저 총에 맞은 다음 총소리를 듣는 거야.* 잭은 리처드의 팔을 잡고 보트 쪽으로 끌고 가며 생각했다.

스피디가 숨도 쉬지 않고 말을 쏟아 냈다.

"이제 가야 해, 30초 뒤에 한바탕 총알 세례가 있을 거야. 최대한 방파제 뒤에 숨어 있다가 얼른 질러 가. 어서 부적을 가져와, 잭."

잭이 다급해서 정신이 나간 얼굴로 스피디를 돌아보는데, 두 번째 총알이 그들의 작은 요새 앞 모래사장을 강타했다. 이윽고 잭이 리처드를 보트 앞까지 밀어 내렸다. 리처드가 고무로 만든 말갈기를 붙잡고 매달려 있을 만큼 의식이 있는 것을 보자 마음이 놓였다. 스피디는 오른손을 들어 작별 인사와 축복을 동시에 보내 주었다. 잭이 무릎을 꿇고 보트를 떠밀자 거의 물가까지 밀려 나갔다. 또다시 고막을 찢을 듯한 호각 소리가 들려 잭은 벌떡 일어나 마구 달렸다. 보트가 물에 뜬 뒤에도 계속 달렸다. 보트에 올라타고 보니 허리까지 젖어 있었다.

잭은 방파제를 향해 쉴 새 없이 물을 저어 나갔다. 그 방파제 끝에 이르러서는 망망대해로 나아가 계속 물을 저었다.

4

그 후 잭은 오직 물을 젓는 데만 집중했다. 모건이 스피디를 죽이면 어떡하나 하는 걱정도 애써 무시했다. 말뚝 아래로 가야 했다. 그뿐이었다. 총알이 수면을 때리자 왼쪽으로 2미터 정도 떨어진 곳에 작은 물기둥이 솟구쳤다. 또다시 총알이 방파제를 스치고 지나가는 핑 소리가 들렸다. 잭은 전력을 다해 물을 저어 앞으로 나아갔다.

얼마나 시간이 흘렀는지도 몰랐다. 마침내 잭은 보트 옆으로 내려와 뒤쪽으로 헤엄쳐 갔다. 발장구를 치면서 보트를 미는 편이 더 빨랐다. 감지할 수 없을 만큼 잔잔한 물의 흐름이 그를 목적지 가까이로 밀어 주었다. 마침내 말뚝이 보이기 시작했다. 전봇대만큼 굵은 딱딱한 껍질로 덮여 있는 나무기둥이 저 높이까지 뻗어 있었다. 물 밖으로 턱을 들어 보니 널찍한 검은색 테라스 위로 우뚝 솟은 웅장한 호텔이 압도하듯 그를 내려다보고 있었다. 그는 뒷눈질을 하여 오른쪽을 흘끗 보았다. 스피디는 꼼짝도 안 했다. 아니, 움직였나? 스피디의 팔이 좀 달라 보였다. 어쩌면…….

무너져 가는 폐가들 뒤쪽, 풀로 뒤덮인 기다란 비탈에서 소란스러운 움직임이 보였다. 잭은 고개를 들어 검은 정장 사내 넷이 해변으로 달려 내려오는 것을 보았다. 파도가 철썩 보트를 치는 바람에 잭은 보트를 놓칠 뻔했다. 리처드가 신음 소리를 냈다. 두 사내가 손으로 잭을 가리켰다. 뭐라고 떠드는지 입이 씰룩거렸다.

또다시 높은 파도가 보트를 흔들어 보트와 잭 소여를 다시 해안으로 밀어 버릴 듯이 위협했다.

잭은 생각했다, 파도? 무슨 파도지?

보트가 다시 파도 사이에 묻히자 잭은 보트 너머를 올려다보았다. 물고기라고 하기엔 너무 넓적한 어떤 물체의 잿빛 등판이 수면 아래로 가라앉고 있었다. 상어? 잭은 자신의 두 발이 물속에서 퍼덕거리고 있는 것을 깨닫고는 불안해졌다. 물속으로 고개를 처박고 기다란 시가 모양의 몸통을 가진 물고기가 이빨을 드러낸 채 그를 향해 빠르게 헤엄쳐 오는 것은 아닌가 하고 두려움에 떨었다.

잭은 그 형태를 정확히 보지는 못했지만 이미 본 것만으로도 대경실색했다.

어느새 수심이 아주 깊어진 물속은 정상적인 크기나 모양의 물고기는 하나도 없었지만 수족관처럼 고기들로 가득했다. 이 수족

관에는 괴물들만 헤엄치고 있었다. 잭의 발밑은 특대형 동물들의 동물원이나 마찬가지였다. 보는 것만으로 불쾌해질 정도로 흉측한 놈들도 간간이 보였다. 그것들은 보트와 잭이 물에 뜰 만큼 수심이 깊어진 이후 내내 아래에 있었을 것이 틀림없었다. 물속에는 그것들이 어디고 들끓었으니까. 변절한 울프족을 기겁하게 만들었던, 남부행 화물 열차만큼이나 기다란 생명체가 3미터 정도 아래로 미끄러져 내려왔다. 그것은 잭이 지켜보는 동안 헤엄쳐 올라 안막을 껌벅거렸다. 동굴 같은 입에서는 기다란 수염이 뻗어 나왔다. 엘리베이터처럼 생긴 입이구나, 잭은 생각했다. 그 피조물은 그를 미끄러져 지나가며 밀어낸 물의 무게로 잭을 호텔 쪽으로 더 가까이 옮겨 주었다. 그러고는 물이 줄줄 흐르는 코를 수면 위로 내밀었다. 털로 덮인 옆모습이 네안데르탈인과 흡사했다.

블로트와 그 패거리들은 물가에 얼씬도 못 할 거다. 스피디는 이렇게 말하며 껄껄 웃었더랬다.

어떤 힘이 부적을 블랙 호텔에 봉인했든 그것은 포인트 베누티 앞바다에 이 피조물들을 풀어 놓아 악당들이 오지 못하게 막아 놓았고, 스피디는 그것을 알고 있었다. 물속 피조물들이 거대한 몸뚱이로 보트를 말뚝 가까이로 살살 밀어 주었지만 그 바람에 일어난 파도 때문에 잭은 해변에서 벌어지고 있는 일을 언뜻언뜻 볼 수밖에 없었다.

물마루에 올라갔을 때 선라이트 가드너가 머리를 휘날리며 검은 울타리 옆에 서서 커다란 사냥총을 들고 잭의 머리를 겨누고 있는 것이 보였다. 보트가 파도 사이로 가라앉은 순간 벌새가 나는 소리

를 내며 총탄이 머리 위를 지나갔다. 총소리는 그 후에 들렸다. 가
드너가 다음 총알을 쏘았을 때 3미터가 넘는 물고기처럼 생긴 것이
커다란 등지느러미를 날리며 물 밖으로 솟아올라 똑바로 선 채 총
알을 몸으로 받아냈다. 그러곤 한 번 움찔하더니 스르르 무너져 다
시 물을 가르고 내려갔다. 옆구리에는 너덜너덜한 구멍이 큼지막
하게 뚫려 있었다. 다음에 파도 물마루 위로 올라갔을 때 가드너는
해변을 가로질러 총총히 걸어가고 있었다. 분명 킹스랜드 모텔로
가는 것이리라. 거대한 물고기는 계속해서 물을 비스듬히 밀어내
어 잭이 말뚝 쪽으로 나아가게 했다.

5

넓은 테라스 아래에 닿자마자 잭은 스피디가 말한 사다리를 찾
으려고 어둠 속에서 두리번거렸다. 해조류와 따개비, 물이 뚝뚝 듣
는 해초가 다닥다닥 붙은 굵은 말뚝들이 네 줄로 늘어서 있었다. 만
약 테라스를 만들었을 때 사다리도 함께 만들었다면 지금은 사용
이 불가능한 상태이기가 쉬웠다. 적어도 나무 사다리는 해초와 따
개비에 가려져 보이지 않을 수도 있었다. 그리고 보니 커다란 말뚝
들도 무성하게 자라난 해초들 때문에 원래보다 더 두꺼워져 있었
다. 잭은 보트 뒤를 팔로 누른 채 고무 꼬리를 붙잡고 다시 보트에
올라탔다. 그리고는 몸을 떨면서 흠뻑 젖은 셔츠 — 리처드가 '초
토화된 땅' 저편에서 그에게 준, 적어도 한 치수는 작은 그 하얀색
버튼다운 셔츠 — 의 단추를 풀어 보트 바닥에 철퍼덕 떨어뜨렸다.
신발은 물속에서 벗겨져 잃어버렸고, 젖은 양말은 벗어서 셔츠 위

에 던져 버렸다. 리처드는 무릎을 끌어안은 채 보트 앞머리에 구부 정하게 앉아 있었다. 눈은 여전히 꼭 감겨 있었고 입도 다물려 있 었다.

"사다리를 찾아야 해."

잭의 말에 리처드는 보일락 말락 하게 고개를 조금 움직여 알겠 다는 표시를 했다. 잭이 다시 말했다.

"사다리를 타고 올라갈 수 있겠니, 리치?"

"할 수 있을 것 같아."

리처드가 속삭이는 듯한 목소리로 대답했다.

"음, 이 근처에 있을 거야. 이 말뚝 어딘가에 달려 있을 거라고."

잭은 양손으로 물을 저어 첫 번째 줄의 말뚝 두 개 사이로 보트를 밀고 갔다. 부적은 여전히 외치고 있었다. 그를 보트에서 끌어 올려 테라스 위로 올려놓을 수 있을 만큼 강력한 위력이 느껴졌다. 그들 은 첫 번째 줄과 두 번째 줄 사이로 흘러들면서 어느새 테라스 널 빤지가 만든 넓적한 그늘 속으로 들어와 있었다. 밖에서와 마찬가 지로 여기서도 허공에 작은 빨간 불꽃이 피어나 이리저리 구불구 불 돌아다니며 깜박거렸다. 잭은 말뚝들의 수를 세어 보았다. 말뚝 은 모두 네 줄이었고 한 줄에 다섯 개씩 있었다. 사다리는 그 스무 개 중 하나에 있을 것이다. 테라스 아래 어둠 속에서 끝없이 이어지 는 회랑을 연상시키는 말뚝들을 보고 있자니 마치 카타콤(초기 기독 교 시대의 비밀 지하 묘지 — 옮긴이)을 순례하는 것 같았다.

"총에 맞지 않고 살았네."

리처드가 무감각하게 말했다. 마치 빵가게에 빵이 떨어졌다고 말할 때와 같은 어조였다.

"도움을 받았거든."

잭은 이렇게 대답하고는 주저앉아 무릎에 상체를 기댄 리처드를 보았다. 리처드는 충격 요법이라도 쓰지 않는 한 결코 사다리를 올라가지 못할 것처럼 보였다.

"보트가 이제 말뚝에 닿으려고 해. 네가 몸을 앞으로 뻗어 좀 떠밀어 줄래?"

"뭐?"

"말뚝에 부딪히지 않게 해 달라고. 자, 리처드, 네 도움이 필요해."

말이 통한 모양이었다. 리처드는 왼쪽 눈을 간신히 뜨고 오른손을 보트 가장자리에 올려놓더니 보트가 굵은 말뚝 가까이 다가가자 왼손을 내밀어 밀어냈다. 그때 말뚝에 붙어 있던 뭔가가 쩝 하고 입맛을 다시는 소리를 냈다.

리처드는 끙 소리를 내고는 얼른 손을 치웠다.

"뭔데?"

잭이 물었지만 리처드는 대답할 필요가 없었다. 곧 두 소년의 눈에 말뚝에 달라붙은 민달팽이 같은 생명체가 들어왔기 때문이다. 그것들은 눈을 감고 주둥이를 다물어 버렸다. 그러고는 불안한지 이빨을 달가닥거리며 위치를 바꾸기 시작했다. 잭은 물을 저어 뱃머리를 말뚝에서 떼어 놓았다. 그 생명체들의 입술 없는 작은 입에는 이빨이 꽉 들어차 있었다.

"하느님 맙소사. 난 도저히 저걸 만질……"

리처드가 망설이자 잭이 설득에 나섰다.

"넌 해야만 해, 리처드. 스피디 할아버지가 해변에서 한 말 들었지? 할아버지는 지금쯤 죽었을지도 몰라, 리처드. 만약 죽었다면 그건 네가 호텔에 들어가야 한다는 걸 나에게 확실히 알려 주려다 그런 거라고."

리처드가 다시 눈을 감았다. 잭은 계속 말했다.

"사다리를 올라가기 위해 얼마나 많은 민달팽이를 죽여야 하건 상관 안 해, 너는 사다리를 올라가야 해, 리처드. 그뿐이야. 얘기 끝이라고."

"그래 너 잘났다, 너 나한테 그런 식으로 말하지 마. 너 혼자 그렇게 고고하고 전지전능한 척하는 거 진절머리가 나. 그게 어디 있든 사다리를 올라가야 한다는 건 나도 알아. 난 체온이 40도가 넘겠지만 그 사다리를 올라가야 한다는 걸 안다고. 그냥 난 저걸 못 만지겠다는 거야. 너 혼자 올라가든지 말든지 알아서 해."

리처드는 눈을 감은 채 이 모든 말을 쏟아 내고는 간신히 다시 눈을 떴다.

"미친놈."

"네 도움이 필요해."

"미친놈. 사다리를 올라가겠다고, 이 등신아."

"그렇다면 어서 사다리를 찾아야겠군."

잭은 그렇게 말하고는 다음 말뚝을 향해 뗏목을 밀었고, 마침내 그것을 발견했다.

6

사다리는 안쪽에 늘어선 두 개의 말뚝 사이에 매달려 있었는데, 수면 1미터 정도 위에서 끝나 있었다. 사다리 꼭대기에 희미하게 직사각형이 보였다. 테라스로 올라가는 뚜껑 문이 있다는 뜻이었다. 어둠 속에서 절반 정도만 보여 사다리의 유령 같기도 했다. 잭이 말했다.

"준비 다 됐어, 리치."

잭은 말뚝에 긁히지 않도록 조심하면서 보트를 다음 말뚝 쪽으로 밀었다. 수백 마리의 민달팽이 같은 생물이 이빨을 드러낸 채 말뚝에 달라붙어 있었다. 잠시 후 보트 앞쪽의 말 머리가 사다리 아래를 미끄러져 지나갔다. 그 순간 잭은 손을 뻗어 사다리의 맨 아래 가로대를 붙잡았다.

"좋았어."

먼저 잭은 젖은 셔츠의 한쪽 소매를 가로대에 묶고 다른 한쪽은 보트의 뻣뻣한 고무 꼬리에 묶었다. 만약에 그들이 블랙 호텔을 빠져나올 수 있다면 적어도 보트는 이 자리에 있을 것이다. 잭은 갑자기 입이 타는 듯 말랐다. 부적은 잭을 부르면서 큰 소리로 노래했다. 잭은 조심스럽게 보트에서 일어나 사다리에 매달렸다. 잭이 말했다.

"네가 먼저 올라가. 쉽지는 않겠지만 내가 도와줄게."

"네 도움 따위 필요 없어."

리처드는 이렇게 대꾸했지만 일어서자마자 앞으로 고꾸라지면서 둘 다 보트에서 떨어질 뻔했다.

"침착해."

"너나 침착해."

리처드는 양손을 펼쳐 균형을 잡았다. 입을 꼭 다문 모습이 숨 쉬기조차 겁이 나는 모양이었다. 그가 앞으로 나섰다.

"잘했어."

"등신."

리처드는 왼발을 앞으로 옮기고 오른팔을 올린 다음 오른발을 앞으로 가져갔다. 가늘게 뜬 오른쪽 눈으로 열심히 살펴 사다리 맨 아랫단을 두 손으로 붙잡았다.

"봤지?"

"잘했어."

잭은 부축해 주겠다고 나서서 리처드의 노력을 폄훼할 의도가 없다는 걸 알리기 위해 양 손바닥을 쫙 펴서 내보였다.

리처드가 양손으로 사다리를 끌어당겼을 때 발이 속수무책으로 미끄러지면서 보트가 밀려났다. 순식간에 그는 물 위에 반쯤 매달리게 되었다. 오직 잭의 셔츠만이 보트가 리처드의 발끝에서 멀어지지 않도록 막아 주고 있었다.

"도와줘!"

"발을 도로 당겨."

리처드는 그 말대로 했고 거칠게 숨을 쉬면서 다시 똑바로 섰다.

"이제 도와줘도 괜찮아?"

"응."

잭은 보트 바닥을 기어 얼른 리처드 앞으로 갔다. 신중하게 몸을 일으켜 보니 리처드는 떨면서 양손으로 맨 아래 가로대를 붙잡고 있었다. 잭이 리처드의 앙상한 엉덩이를 떠받쳐 주었다.

"널 밀어 올릴 거야. 발로 날 차지만 마. 몸을 위로 뻗어서 무릎을 가로대 위로 올려. 먼저 다음 칸 가로대를 잡아."

리처드가 눈을 가늘게 뜨고 다음 칸 가로대를 잡았다.

"준비됐어?"

"그래."

보트가 앞으로 미끄러졌지만 잭이 높이 밀어 올려 준 덕분에 리처드는 손쉽게 오른쪽 무릎을 맨 아래 가로대에 올릴 수 있었다. 잭은 사다리 양쪽을 잡고 팔과 다리 힘으로 보트가 움직이지 않도록 버텼다. 리처드는 다른 쪽 무릎도 가로대에 걸치려 애쓰며 끙끙댔다. 일단 무릎을 올려놓고 나니, 바로 사다리 위에 똑바로 올라설 수 있었다. 리처드가 투덜거렸다.

"더 이상은 못 올라가겠어. 떨어질 것 같아. 토할 것 같아, 잭."

"한 번만 더 올라가, 제발. 부탁이야. 그럼 내가 도울 수 있어."

리처드가 겨우겨우 다음 가로대에 두 손을 올렸다. 잭이 테라스 쪽을 올려다보니 사다리 높이가 10미터 정도 되어 보였다. 잭이 재촉했다.

"이제 다리를 올려. 제발, 리처드."

리처드가 느릿느릿 두 번째 가로대 위에 한쪽 발을 올리고 다시 다른 쪽 발을 올렸다.

잭은 리처드의 발 바깥쪽을 붙잡고 몸을 끌어 올렸다. 보트가 반원을 그리며 빙글 돌았지만 그는 이미 무릎을 끌어당겨 안전하게 두 다리를 맨 아래 가로대에 올려놓은 뒤였다. 잭의 늘어진 셔츠에 매달린 보트는 끈에 묶인 개처럼 다시 빙 돌아왔다.

세 번째 가로대로 올라가면서 잭은 한 팔로 리처드의 허리를 감싸 안아 그가 어두운 물속으로 빠지지 않도록 도와주었다.

마침내 잭의 머리 위로 검은 나무바닥에 난 직사각형 모양의 뚜껑문이 모습을 드러냈다. 잭이 리처드를 꽉 잡아 끌어당기자, 리처드는 무의식중에 고개를 잭의 가슴에 떨어뜨렸다. 그는 왼손으로 리처드와 사다리를 감싸 안고 오른손으로 문을 밀어 보았다. 만약 못이라도 박혀 있으면 어쩌지? 하지만 문은 금세 젖혀져 테라스 바닥에 쾅 하고 부딪혔다. 잭은 리처드의 겨드랑이에 왼팔을 단단히 끼워 넣은 다음 그를 잡아끌며 어둠에서 벗어나 테라스의 뚜껑문 밖으로 나왔다.

이쪽 세계의 슬로트(V)

킹스랜드 모텔은 거의 6년 동안 비어 있었기에 오랫동안 버려진 건물 특유의 곰팡내와 누렇게 변색된 신문지 냄새가 났다. 슬로트는 처음에 이 냄새가 거슬렸다. 슬로트가 어린 소년이었을 때 외할머니가 집에서 ──4년이나 앓으신 끝에 ──돌아가셨는데, 그때 죽어 가던 외할머니한테서도 이 냄새가 났다. 자신의 가장 위대한 승리를 눈앞에 둔 이런 때에 그런 냄새나 그런 기억을 떠올리고 싶지 않았다.

하지만 지금 그런 건 아무 의미가 없었다. 잭이 속성훈련 캠프에 일찍 도착하는 바람에 병사들을 잃고 머리끝까지 화가 났던 일도 이제는 문제가 되지 않았다. 그가 느꼈던 실망과 분노는 이제 신경질적인 흥분을 넘어 광분 상태에 이르렀다. 고개를 숙인 채 입술을 씰룩이고 눈을 번들거리며 예전에 리처드와 함께 묵었던 방 안에서 이리저리 걸어 다녔다. 때로는 뒷짐을 지고, 때로는 한쪽 주먹으로 다른 손바닥을 내리치고, 때로는 머리카락이 나지 않은 정수리를 두드렸다. 하지만 주로 예전 대학 시절처럼 두 주먹을 꽉 움켜쥔 채 서성거렸다. 주먹 속 손톱은 사정없이 손바닥을 파고들고 있었다. 속이 쓰렸다가 현기증 날 만큼 허했다가 했다.

모든 일이 정점으로 치닫고 있어.

아니, 아니야. 맞는 말이지만 표현이 틀렸어.

모든 일이 통합되고 있어.

리처드는 이제 죽었을 거야. 내 아들은 죽었어. 죽었음이 틀림없다고. 그 애는 '초토화된 땅'에서 간신히 살아남았지만 아진코트에서는 결코 살아남지 못할 거야. 그 애는 죽었어. 그 문제에 관해서는 너 자신을 위해서라도 쓸데없는 희망은 버려. 잭 소여가 리처드를 죽였으니, 그에 대한 보복으로 그 자식을 산 채로 잡아 양쪽 눈알을 도려내 버릴 거야.

"하지만 그 애를 죽인 것은 *나이*기도 해."

모건이 잠시 생각을 멈추고 소곤거렸다.

불현듯 아버지가 생각났다.

고든 슬로트는 오하이오주의 완고한 루터교 목사였다. 모건은 소년 시절 내내 그 엄격하고 두렵기만 한 사내로부터 도망치기 위해 안간힘을 다했다. 마침내 그는 예일 대학교로 도망쳤다. 그는 고등학교 2학년 때 예일 대학교에 들어가기 위해 전심전력을 다하기로 결심했던 것이다. 그 이유는 단 한 가지였다. 그의 의식은 인정하지 않았지만 저 깊은 무의식 속에는 오직 한 가지 생각뿐이었다. 예일대는 거친 시골 사람인 아버지가 결코 찾아올 엄두도 낼 수 없는 곳이었다. 부친이 예일대 교정에 발을 딛는 순간 부친에게 뭔가 엄청난 일이 일어날 터였다. 그 *뭔가*가 무엇인지는 고등학생 슬 로트로서는 정확히 알 수 없었지만…… 아마 도로시가 사악한 마 녀에게 양동이로 물을 확 끼얹었을 때 일어난 일과 비슷할 것 같았 다.(「오즈의 마법사」에서 사악한 마녀는 물이 닿으면 녹는 약점이 있었다. — 옮 긴이) 그리고 이러한 그의 판단은 사실임이 입증되었다. 그의 부친 은 단 한 번도 예일대 캠퍼스에 발을 들여놓지 못했다. 그곳에 도착 한 첫날부터 그의 아들에 대한 고든 슬로트의 영향력은 줄어들기 시작했다. 그것만으로도 그토록 안간힘을 쓰고 노력한 데 대한 보 상이 되었다.

하지만 주먹을 너무 꽉 쥐어 손톱이 연약한 손바닥을 파고들고 있는 지금, 그의 아버지가 소리 높여 외치고 있었다. *사내가 세계를 다 얻는다 해도 자신의 아들을 잃는다면 무슨 이득이 있겠느냐?*

잠시 동안 그 축축한 누런 냄새 — 텅 빈 모텔의 냄새, 외할머니 의 냄새, 죽음의 냄새 — 가 콧구멍을 가득 메워 질식할 것 같았다. 모건 슬로트/오리스의 모건은 두려워졌다.

사내에게 무슨 이득이 있단 말이냐…….

『훌륭한 영농의 책』에도 씌어 있듯이 사람은 자기 자식을 어떤 희생 제물로도 바쳐서는 안 된다. 무슨 이유로든…….

무슨 이득이 있단 말이냐…….

그런 자는 지옥에 떨어지고, 떨어지고 또 떨어질 것이다.

……세계를 다 얻는다 해도 아들을 잃는다면?

고약한 냄새가 나는 회반죽. 벽 뒤 음침한 곳에서 가루로 변한 오 래된 쥐똥의 건조한 냄새. 미치광이들. 거리에 미치광이들이 있었다.

사내에게 무슨 이득이 있겠느냐?

죽었다. 저쪽 세계에서 한 아들이 죽었다. 이쪽 세계에서 한 아들이 죽었다.

사내에게 무슨 이득이 있겠느냐?

네 아들은 죽었어, 모건. 죽은 게 틀림없어. 물속이나 말뚝 아래에서 죽어 물속에서 떠다니고 있거나 테라스에 올라가서 죽었어. 틀림없다고! 용납할 수 없어. 결코…….

무슨 이득이 있겠느냐…….

느닷없이 그 질문에 대한 대답이 떠올랐다.

"사내에게는 세계가 남는다!"

모건이 썩어 가고 있는 방에서 소리쳤다. 그는 다시금 껄껄 웃으며 왔다 갔다 하기 시작했다.

"사내에게는 *세계가* 남는다. 제이슨께 맹세코, 세계를 얻는 것만으로도 충분하다!"

소리 내어 웃는 그의 발걸음이 점점 더 빨라졌다. 곧이어 꽉 움켜진 주먹에서 피가 흘러나오기 시작했다.

10분 뒤 건물 앞에 자동차 한 대가 멈춰 섰다. 모건은 창가로 가서 선라이트 가드너가 캐딜락에서 뛰쳐나오는 것을 보았다.

몇 초 만에 가드너는 두 주먹으로 문을 두드렸다. 마치 세 살짜리 어린애가 생떼를 쓰며 바닥을 치는 모습 같았다. 모건은 이 사내가 완전히 이성을 잃은 것을 알 수 있었다. 좋은 소식일지, 나쁜 소식일지 궁금했다.

가드너가 고함을 질렀다.

"모건 님! 저 문 좀 열어 주세요, 주인님! 소식을 전하러 왔습니다. 새로운 소식이 있다고요!"

네가 가져온 소식은 쌍안경으로 이미 모두 본 것 같은데. 내가 마음을 정할 때까지 잠시 더 문을 두드리고 있어라, 가드너. 네가 이성을 잃을 정도면 좋은 소식인 거냐, 아니면 나쁜 소식인 거냐?

좋은 소식일 거야, 모건은 마음을 정했다. 인디애나주에서 가드너는 결정적인 순간에 겁쟁이 선라이트가 되어 잭의 문제를 아예 손놓고 도망쳐 버렸다. 하지만 지금 미칠 듯이 비통해하는 모습을 보임으로써 가드너는 다시 신임을 얻었다. 만일 모건에게 가미카제 파일럿이 필요하게 된다면 선라이트 가드너가 맨 처음으로 그 비행기에 올라타게 될 것이다.

"문 좀 열어 주세요, 주인님! 소식! 전해 드릴 소식이 있어요! 새로운……."

모건이 문을 열었다. 그 자신도 미칠 듯이 흥분해 있었지만 가드너를 맞은 얼굴은 기이하리만큼 평온했다.

"침착해, 정신 차려, 가드너. 그러다 혈관 터지겠다."

"그들이 블랙 호텔에 들어갔습니다…… 해변에서…… 그들이 해변에 있을 때 총을 쏘았지만…… 그 멍청한 개자식들이 총을 제대로 못 쏴서…… 바다 쪽으로 해서 들어간 거 같은데…… 그들을 바다까지 쫓아가려 했지만…… 심해 괴물들이 솟아올라…… 놈에게 조준을 했습니다만…… 그 나쁘고 나쁜 놈에게 정확히 조준을 했습니다만…… 그다음엔…… 괴물들이…… 괴물들이…… 그 괴물들이……."

"천천히 하게."

모건이 달래 주었다. 그는 문을 닫고 안쪽 주머니에서 술병을 꺼냈다. 그것을 가드너에게 건네주자 그는 마개를 돌려 열어 두 모금을 벌컥벌컥 마셨다. 모건은 기다렸다. 그의 얼굴은 온화하고 고요했지만 이마 한가운데에 정맥이 불끈 솟아 있었고 손은 쥐었다 폈다를 반복했다.

블랙 호텔에 들어갔단 말이지, 좋아. 모건은 페인트칠이 된 말 머리와 고무 꼬리를 까닥거리며 나아가는 우스꽝스러운 보트를 본 적이 있었다.

모건이 가드너에게 물었다.

"우리 아들 말이야, 자네 부하 중에 잭이 그 애를 보트에 태웠을 때 살아 있는지 아닌지 본 자가 있나?"

가드너는 고개를 저었지만 그의 눈은 속마음을 보여 주고 있었다.

"아무도 확실히는 모릅니다, 주인님. 어떤 자들은 그 애가 움직이는 것을 보았다고 하고 어떤 자들은 아니라고도 합니다."

상관없어. 그때 그 애가 죽지 않았다 해도 지금은 죽었을 거야. 그곳의 공기를 한 번만 들이마시면 폐가 폭발할 테니까.

위스키를 마신 가드너의 뺨이 불콰해지고 눈은 촉촉해졌다. 그는 술병을 돌려주지 않고 그대로 들고 서 있었다. 슬로트는 아무래도 괜찮았다. 위스키도 코카인도 필요 없었다. 그는 1960년대의 히피들이 '자연적으로 찾아온 환희'라고 부르던 그런 상태에 있었다. 모건이 말했다.

"처음부터 다시 말해 봐. 이번에는 조리 있게 말해야 하네."

가드너가 처음에 두서없이 늘어놓은 얘기 중에 모건이 유일하게 놓친 것은 해변에 늙은 흑인이 있다는 사실뿐이었는데, 그 정도는 그도 대강 짐작할 수 있는 내용이었다. 그는 계속 가드너가 떠들게 내버려 두었다. 가드너의 부드러운 목소리가 그의 분노에 기름을 부어 주었기 때문이다.

가드너가 말하는 동안 모건은 마지막으로 선택의 여지를 훑어보았다. 잠시 회환으로 가슴이 저미는 것을 느끼며 아들을 계산식에서 제외했다.

그게 사내에게 무슨 이득이 있냐고? 사내에게는 세계가 남지. 그 세계만 있으면 충분해⋯⋯ 아니지, 이 경우에는 세계들이지. 우선은 둘이지만 그것들을 잘 활용하면 더 많아질 거야. 맘만 먹으면 그 세계들을 전부 통치할 수 있어. 나는 우주의 신 같은 존재가 될 수 있어.

부적. 부적은⋯⋯.

열쇠?

아냐, 오, 아니고말고.

열쇠가 아니라 문이야. 그와 그의 운명 사이에 서 있는 잠긴 문. 그는 문을 열기를 원하지 않았고 파괴하길 원했다, 완전히 철저하게 영원히 파괴하길 원했다. 그렇게 되면 그 문은 다시 잠기기는커녕 결코 닫히는 일도 없게 될 것이다.

부적이 박살 나면 그 모든 세계가 모건의 세계가 될 것이다.

"가드너!"

모건은 가드너를 불러 놓고 다시 발작적으로 왔다 갔다 하기 시작했다.

가드너는 의아한 얼굴로 모건을 쳐다보았다.

"사내에게 무엇이 가장 이득이 될까?"

모건이 들뜬 목소리로 밝게 물었다.

"주인님? 무슨 말씀인지 알 수 없……."

모건은 가드너의 앞에서 걸음을 멈추었다. 그의 눈은 열에 들떠 번쩍거렸다. 그의 얼굴에 잔물결이 일더니 오리스의 모건의 얼굴이 되었다가 다시 모건 슬로트의 얼굴로 되돌아왔다.

"사내에겐 *세계가* 남는 거야."

모건이 오스먼드의 어깨에 두 손을 얹으며 말했다. 잠시 후 그가 손을 떼자 오스먼드는 다시 가드너로 변했다.

"사내에게 *세계가* 남는 거야. 세계를 얻는 것만으로도 충분하지."

"주인님, 잘 모르시는 것 같은데요."

가드너는 모건이 미친 건 아닌가 하는 얼굴로 그를 쳐다봤다.

"그들은 안으로 들어간 것 같습니다. 그것이 있는 곳으로요. 그 애들을 총으로 쏘려고 해 봤지만 그 괴물이…… 심해 괴물이…… 솟구쳐 올라 그들을 보호했습니다. 마치 『훌륭한 영농의 책』에서 말한 것처럼요…… 만약 그들이 안에 있다면……."

가드너의 목소리가 높아지고 있었다. 오스먼드의 눈알이 증오와 경악의 빛을 띠고 데룩거렸다.

"나도 알아."

모건이 다독이듯 말했다. 그의 얼굴과 목소리는 다시 평정을 찾앉지만 주먹에는 계속 힘이 들어갔고 결국 흰곰팡이가 핀 카펫에 피가 뚝뚝 떨어졌다.

"그래, 그렇고말고, 두말하면 입 아프고 세말하면 잔소리지. 두 사람은 안에 들어갔고 내 아들은 결코 나오지 못할 거야. 너도 아들을 잃었지, 가드너, 이제 나도 아들을 잃었어."

"소여! 잭 소여! 제이슨! 그것은……."

가드너가 거의 5분 동안 온갖 끔찍한 저주를 쏟아냈다. 그는 잭을 두 가지 언어로 저주했다. 쩌렁쩌렁 울리는 목소리로 비탄과 미칠 듯한 분노를 발산해 냈다. 모건은 가만히 서서 가드너가 묵은 원한을 다 털어낼 때까지 기다려 주었다.

가드너가 헐떡거리며 말을 멈추고 또다시 술병을 들어 한 모금 들이마시자 모건이 말했다.

"자! 두 가지 언어로! 자, 잘 들어, 가드너, 듣고 있지?"

"네, 주인님."

가드너/오스먼드의 눈이 반짝반짝 빛났다. 적의에 차서 한마디라도 놓치고 싶지 않은 듯했다.

"내 아들은 블랙 호텔에서 결코 나올 수 없어. 내 생각엔 소여도 결코 나올 수 없을 거야. 그 자식은 그 안에서 벌어지는 일을 다룰 만한 *제이슨*이 되지 못했을 가능성이 높아. 부적은 그를 죽이거나 미치게 만들거나 100개의 세계 너머로 던져 버릴 거야. 하지만 잭이 *나올* 가능성도 있어, 가드너. 그래, 그 자식은 *나올지도* 몰라."

"그 자식은 일찍이 살아 숨 쉬었던 그 어떤 놈보다도 가장 나쁘고 나쁜 개새끼입니다."

가드너가 낮은 소리로 중얼거렸다. 그는 술병을 굳게 부여잡고…… 더 굳게 부여잡고…… 계속 굳게 부여잡아…… 강철로 만든 술병이 움푹 들어가게 만들었다.

"늙은 흑인이 해변에 있다고 했지?"

"네."

"파커야."

"파커스입니다."

모건이 말하는 것과 동시에 오스먼드도 말했다.

"죽었나?"

모건이 별로 관심없다는 투로 물었다.

"저도 잘 모릅니다. 죽었을 겁니다. 부하들을 보내 수습해 올까요?"

모건이 날카롭게 외쳤다.

"*아니!* 그럴 게 아니라, 우리가 직접 그 근처로 가 보자, 알겠나, 가드너?"

"우리가요?"

모건이 이를 드러내며 웃었다.

"그래. 너랑…… 나랑…… 우리 둘 다. 잭이 블랙 호텔에서 나오면, 제일 먼저 그곳으로 갈 테니까. 그 새끼는 죽어 가는 늙은 친구를 해변에 남겨 두지 않을 거야, 안 그래?"

어느새 가드너도 이를 드러내고 웃기 시작했다.

"네. 물론이죠."

처음으로 모건은 손바닥에 무지근하게 욱신거리는 통증을 느꼈다. 주먹을 펴고 손바닥에 난 반달 모양의 깊은 상처에서 흘러나오는 피를 유심히 보았다. 그는 웃음을 멈추지 않았다. 오히려 그 웃음은 더 크게 번졌다.

가드너가 엄숙하게 모건을 응시하고 있었다. 거대한 힘이 차오르는 것을 모건은 느꼈다. 그는 목으로 손을 뻗어 피 묻은 손으로 벼락을 일으키는 열쇠를 감아쥐었다.

모건이 낮은 소리로 말했다.

"사내에게는 *세계가* 남지. 할렐루야를 외쳐 주겠나?"

모건의 입술이 더한층 헤벌어졌다. 흉포한 늑대처럼 역겨운 누런 이를 드러내며 웃었다. 늙었지만 여전히 교활하고 집요하며 힘이 센 늑대의 웃음이었다.

"자, 가드너, 해변으로 가자."

41장
블랙 호텔

1

리처드 슬로트는 죽지 않았다. 하지만 잭이 오랜 친구를 팔로 안아 올렸을 때 그는 의식이 없었다.

잭의 머릿속에서 울프가 물었다. *지금 누가 가축이냐? 조심해, 재키! 울프! 조심……*.

나에게 와라! 어서 와라! 부적이 소리 없는 강력한 목소리로 노래했다. *나에게 와, 가축을 데리고, 그리고 모든 일이 잘 풀릴 것이다 그리고 모든 일이 잘 풀릴 것이다 그리고……*.

"……모든 것이 제자리를 찾아갈 거야."

잭이 쉰 목소리로 중얼거렸다.

앞으로 발을 내디디다가 하마터면 뚜껑문에 발이 빠질 뻔했다. 마치 두 사람이 동시에 교수형에 처해지는 것과 비슷한 괴상한 상황이 펼쳐질 뻔한 것이다. *친구와 함께 흔들리기*, 터무니없는 생각이 잭의 머릿속을 스쳤다. 심장 박동 소리가 귓가를 가득 울렸고,

잠깐이지만 말뚝들을 찰싹거리는 잿빛 파도에 대고 토할 것 같았
다. 잭은 몸을 추스르고 발로 뚜껑문을 닫았다. 이제 귀에 들리는
것은 풍향계 소리뿐이었다. 난해한 모양의 황동 풍향계들이 하늘
을 배경으로 쉴 새 없이 돌고 있었다.

잭은 아진코트를 향해 돌아섰다.

잭이 올라온 곳은 고층에 설치된 베란다처럼 생긴 넓은 테라스
였다. 한때는 멋쟁이 20대와 30대 들이 칵테일 시간에 이곳에 나와
파라솔 그늘 아래 앉아 진 릭키와 사이드카 칵테일을 마셨을 것이
다. 어쩌면 에드거 월리스(영국의 유명 추리소설가 겸 극작가. 「킹콩」의 원
작자로도 유명하다. —옮긴이)나 엘러리 퀸의 신간 소설을 읽거나, 수평
선에서 꿈을 꾸는 청회색 고래처럼 어슴푸레하게 보이는 로스캐번
스 섬을 흘긋 보았을지도 모른다. 사내들은 흰옷을 입고 여인들은
파스텔 톤의 옷을 입었을 것이다.

한때는 그랬을지도 모르지.

이제 널빤지들은 휘어지고 뒤틀리고 쪼개져 있었다. 테라스가
전엔 어떤 색으로 페인트칠되어 있었는지 짐작할 수 없지만 지금
은 블랙 호텔처럼 검은색이 되었다. 이곳의 색깔은 엄마의 폐에 자
라고 있을 악성 종양을 떠올리게 했다.

6미터 앞에 스피디가 '유리창으로 된 문'이라고 불렀던 것이 보
였다. 지금은 희미해진 옛날에는 손님들이 그 문을 통해 빈번히 드
나들었을 것이다. 창문들은 시각장애인의 눈처럼 불투명한 것이
누가 넓적한 솔로 허옇게 비누칠을 해 놓은 듯한 모양새였다.

그중 하나에 다음과 같이 씌어 있었다.

철썩거리는 파도 소리. 모난 지붕에서 빙빙 돌고 있는 철제 풍향계 소리. 바다의 소금기 섞인 악취, 오래전에 흘린 술에서 나는 악취. 그 술은 한때는 아름다웠지만 지금은 쭈글쭈글 늙거나 죽어 버린 사람들이 오래전에 쏟은 것이었다. 호텔 자체의 악취. 비누칠이 된 듯 불투명한 창문을 다시 보자 글자가 바뀌어 있었지만 잭은 전혀 놀라지 않았다.

네 엄마는 이미 죽었는데 왜 여기서 고생하고 있는 거지?

(이제 누가 가축이지?)
"네가 가축이야, 리치. 하지만 넌 혼자가 아니야."
리처드는 잭의 팔에 안긴 채 항의하듯 코 고는 소리를 냈다.
"자, 어서 가자. 아직 한 고비 남았어."

2

불투명한 창문은 실제로 잭이 아진코트로 가까이 다가갈수록 더 확장되는 것처럼 보였다. 마치 블랙 호텔은 깜짝 놀라면서도 무턱대고 업신여기는 눈으로 그를 응시하고 있는 것 같았다.
네가 정말 여기에 들어왔다가 다시 나갈 희망이 있다고 생각하니, 꼬마야? 정말로 네 안의 제이슨이 그렇게 강하다고 생각해?
공중에서 보았던 것과 같은 붉은 불꽃이 불투명 유리 너머에서 번쩍거리며 꿈틀거렸다. 한순간 불꽃들이 형태를 갖추기 시작했다. 잭은 불꽃들이 작은 불도깨비로 변하는 모습을 감탄하며 바라보았다. 불꽃들은 유리를 타고 내려와 문의 황동 손잡이에서 한데 모였다. 손잡이들은 대장간의 시뻘겋게 단 쇠처럼 서서히 붉게 물들기 시작했다.

어서, 꼬마야. 만져 봐. 어디 해 봐.

여섯 살 무렵이었을까, 예전에 잭은 전기스토브의 차가운 코일에 손가락을 댄 채 손잡이를 '고온'으로 돌린 적이 있었다. 단지 가열기가 얼마나 빨리 뜨거워지는지 알고 싶었을 뿐이었다. 1초 뒤그는 고통의 비명을 지르며 이미 물집이 잡힌 손가락을 잡아뗐다. 필 소여가 달려와 상처를 살펴보고는 잭한테 언제부터 산 채로 불에 타고 싶은 말도 안 되는 충동을 느끼기 시작했느냐고 물었다.

잭은 두 팔로 리처드를 안은 채 서서히 달아오르는 손잡이를 바라보며 서 있었다.

어서, 꼬마야. 스토브가 얼마나 뜨거웠는지 기억나? 아무 때고 손가락을 떼면 된다고 생각했겠지. 넌 '까짓거, 빨갛게 달아오를 때까지 1분은 걸릴 거야.'라고 생각했잖아. 하지만 스토브는 금방 뜨거워졌어, 그렇지? 자, 이건 어떨 것 같아, 잭?

더 많은 붉은색 불꽃이 흐느적거리며 유리를 타고 내려와 프랑스식 창문 손잡이에 모여들었다. 손잡이들은 가장자리가 미묘한 붉은색을 띤 채 하얗게 달궈져서 1~2도만 더 높아지면 용해되어 뚝뚝 떨어질 것 같았다. 손잡이를 만지는 순간 그것은 그의 육신으로 흘러들어 세포 조직을 시커멓게 태우고 피를 끓게 만들 것이다.

그 고통은 일찍이 그가 느낀 어떤 것과도 비할 바 없을 것이다.

잭은 리처드를 안고 잠시 기다렸다. 부적이 다시 그를 부르기를, 아니면 '내면의 제이슨'이 수면 위로 올라오기를 간절히 바랐다. 하지만 잭의 머릿속에 거칠게 울려 퍼진 것은 엄마의 목소리였다.

늘 뭔가가 나타나거나 누가 나서서 도와줘야 하니, 재키야? 자, 너도 이제 다 컸잖니, 이 일은 네가 시작한 일이야. 네가 마음만 먹으면 해낼 수 있어. 누가 일일이 대신 해 주어야 하는 거니?

"알았어요, 엄마."

잭은 살짝 미소 짓고 있었지만 목소리는 두려움으로 떨렸다.

"엄마를 위해 할게요, 그냥 솔라카인(화상 치료에 쓰는 국소 마취제—옮긴이)이 있었으면 좋겠다고 생각했을 뿐이야."

잭은 손을 뻗어 시뻘겋게 달궈진 손잡이를 잡았다.

하지만 손잡이는 뜨겁지 않았다. 모든 것이 환각이었다. 손잡이는 따듯했지만 그게 다였다. 손잡이를 돌리자 가장자리에 어려 있던 붉은빛도 일제히 사라졌다. 그리고 유리문을 밀고 들어가자, 부적이 다시 노래하기 시작했다. 잭은 온몸에 소름이 돋았다.

잘했어! 제이슨! 나에게! 나에게 와!

잭은 리처드를 껴안고 블랙 호텔의 식당으로 들어섰다.

3

문턱을 넘어설 때 잭은 무생물 — 죽은 사람의 손 같은 어떤 것 — 이 뒤로 힘껏 떠미는 듯한 힘을 느꼈다. 손으로 뿌리치자 밀쳐내는 느낌은 일이 초 후 사라졌다.

그 방은 딱히 어둡지는 않았지만 불투명 유리창 때문에 단일한 흰색으로 가득 차 있어서 잭의 마음에 들지 않았다. 수증기가 어린 듯 앞이 잘 보이지 않았다. 이곳에는 벽 안에서 뭔가가 부패하는 것 같은 찌든 냄새가 났다. 회반죽이 불쾌한 냄새를 풍기는 걸쭉한 액체로 서서히 변하고 있었다. 텅 빈 채로 흘러간 세월과 시큼한 어둠의 냄새였다. 하지만 이곳에는 그 이상의 것이 있었고 잭은 그것이 무엇인지 알았기에 두려웠다.

왜냐하면 이곳은 비어 있지 않기 때문이야.

정확히 어떤 종류의 것이 있는지 잭은 알 수 없었다. 하지만 슬로트가 감히 들어올 엄두를 내지 못했던 건 알았다. 다른 누군가가 들어오려 했을 것 같지도 않았다. 공기를 들이마시자 폐가 무겁고 불유쾌한 느낌을 감지했다. 마치 서서히 독이 퍼지는 느낌이랄까. 미지의 여러 층위가 느껴졌다. 기울어진 회랑과 비밀의 방, 막다른 길들이 겹겹이 쌓여 복잡한 대규모 지하 묘지의 벽처럼 그를 짓누르는 기분이었다. 이곳에는 광기와 걸어 다니는 죽음, 무의미한 말을 지껄이는 비합리성이 존재했다. 어떻게 표현해야 좋을지 알 수 없었지만, 그래도 역시 느낌으로 알 수 있었다……. 그는 내내 그것들이 무엇인지 알고 있었다. 마찬가지로 질서 속에 있는 어떠한 부적도 그것들로부터 자신을 지켜 줄 수 없다는 것도 알고 있었다. 그는 낯선, 춤을 추는 의식의 한가운데로 발을 들여 놓은 것이다. 그 끝이 어떠할지는 전혀 예정된 바가 없었다.

잭은 완전히 홀로 남았다.

뭔가가 목 뒤를 간질였다. 잭은 손으로 목 뒤를 쓸어 떼어 내고는 한쪽으로 재빨리 비켜났다. 잭의 팔에 안긴 리처드가 잠긴 목소리로 신음했다.

그것은 한 가닥 거미줄에 매달린 커다란 검은색 거미였다. 위를 올려다보자 머리 위 정지된 환풍기의 나무로 만든 딱딱한 날개 사이에 지저분하게 엉켜 있는 거미집이 보였다. 거미는 몸통이 아주 비대해서 눈알까지 보일 정도였다. 지금껏 거미의 눈을 본 적은 한 번도 없는 것 같았다. 잭이 거미를 피해 빙 돌아 테이블 쪽으로 가자 거미가 거미줄 끝에서 방향을 바꾸고 그를 따라왔다.

"뻔뻔한 또뚝놈!"

거미가 느닷없이 잭을 향해 꽥 소리를 질렀다.

잭은 비명을 지르며 허둥대다 발작적으로 리처드를 꼭 끌어안았다. 천장이 드높은 식당에 그의 비명 소리가 메아리쳤다. 저 너머 그늘 속 어딘가에서 공허하게 텅 하고 울리는 금속성의 소리가 났고 뭔가가 웃음을 터뜨렸다.

"뻔뻔한 또뚝놈, *뻔뻔한 또뚝놈!*"

거미가 꽥 소리를 지르고는 갑자기 종종걸음을 치더니 소용돌이 무늬 주석으로 장식된 천장 아래 거미집으로 도망가 버렸다.

쿵쾅거리는 가슴을 안고 잭은 식당을 가로질러 리처드를 테이블 위에 내려놓았다. 리처드는 다시 들릴락 말락 한 소리로 신음했다. 리처드의 옷 너머로 뒤틀린 혹들이 만져졌다. 잭이 말했다.

"잠시 혼자 있어야 해, 친구."

저 위쪽 그늘 속에서 무슨 소리가 들려왔다.

"……내가 보호…… 잘 보호…… 그 애를 잘 보호해 줄 테니 뻔

뻔한…… 뻔뻔한 또뚝……."

음침하게 킬킬거리는 소리가 웅웅 울렸다.

잭이 리처드를 내려놓은 테이블 밑에는 리넨 더미가 쌓여 있었다. 맨 위 두세 장의 식탁보는 흰곰팡이가 피어 끈적거렸다. 하지만 중간쯤에 쓸 만한 것이 있기에 펼쳐서 리처드의 목까지 덮어 주었다. 그리고 돌아서려고 했다.

거미가 가느다랗게 속삭이는 소리가 환풍기 날개 구석, 썩어 가는 파리와 고치 상태의 말벌이 악취를 풍기는 어둠 속에서 들려왔다.

"내가 그 애를 돌봐줄게, 이 뻔뻔한 또뚝…….

잭이 문득 위를 올려다보았지만 거미는 보이지 않았다. 그 차가운 작은 눈을 마음속으로 그려 볼 수는 있었지만 그것은 그저 상상에 불과했다. 고통스럽고 역겨운 그림이 눈앞에 그려졌다. 그 거미가 리처드의 얼굴로 기어올라 벌어진 입술 사이를 파고들어 입안으로 들어가며 계속 노래한다. *뻔뻔한 또뚝놈, 뻔뻔한 또뚝놈…….*

잭은 식탁보를 끌어 올려 리처드의 입을 덮어 줄까 하는 생각도 해 봤지만 리처드가 시체 같은 모습이 되게 할 수는 없다는 것을 깨달았다. 그래서야 죽음을 불러들이는 셈이나 마찬가지가 아니겠는가.

잭은 리처드에게 돌아갔지만 마음을 정하지 못하고 그 자리에 서 있었다. 그가 우물거릴수록 그를 부적으로부터 밀어내려는 그곳에 깃들어 있는 힘이 크게 기뻐할 것이 틀림없었다.

잭은 주머니에 손을 넣어 커다란 암녹색 구슬을 꺼냈다. 다른 세계의 마법의 거울이었다. 구슬이 사악한 힘과 대적할 특별한 힘이 있다고 믿을 만한 이유는 없었다. 하지만 구슬은 테러토리에서 온 것이었다…… 그리고 '초토화된 땅'은 별도로 하더라도 테러토리는 천부적으로 선한 것이다. 그리고 천부적인 선함은 악을 물리칠 고유의 힘이 있을 거라고 잭은 판단했다.

잭은 구슬을 리처드의 손에 쥐여 주었다. 하지만 잭이 손을 떼자마자 리처드의 손은 천천히 다시 벌어졌다.

머리 위 어딘가에서 거미가 자지러져라 추잡한 웃음을 터뜨렸다.

잭은 리처드 위로 몸을 굽히고 질병의 냄새 — 이곳의 냄새와 아주 흡사한 — 를 애써 무시하면서 소곤거렸다.

"이걸 손에 쥐고 있어, 리치. 꼭 잡고 있어, 동지."

"동지라고…… 부르지 마."

리처드가 투덜거리면서도 힘없는 손으로 구슬을 쥐었다.

"고마워, 꼬마 리치."

잭은 리처드의 뺨에 부드럽게 입을 맞추고 식당을 가로질러 반대쪽에 있는 닫힌 이중문으로 걸어갔다. 잭은 생각했다. 알람브라 호텔하고 비슷하네. 그곳에선 식당이 정원으로 통했는데 이곳에선 식당이 바다 위 테라스로 통하는군. 두 곳에 이중문이 있어 호텔 전체와 통하고.

식당을 가로질러 갈 때 다시 죽은 자의 손이 그를 뒤로 밀치는 것을 느꼈다. 호텔이 그를 떠밀어 쫓아내려 하고 있었다.

신경 쓰지 마. 잭은 계속 앞으로 나아갔다.

그 즉시 그 힘은 사라져 버린 것 같았다.

우리에게는 다른 방법이 있어. 가까이 다가오는 잭에게 이중문이

561

속삭였다. 또다시 금속성의 공허한 텅 소리가 어렴풋이 들려왔다.

넌 슬로트를 걱정하고 있어. 이중문이 속삭였다. 하지만 지금은 단순히 문만이 아니었다. 이제 잭이 듣고 있는 목소리는 블랙 호텔 전체의 소리였다. 넌 슬로트를, 나쁜 울프족과 염소 괴물들과 가짜 농구 코치들을 걱정하고 있어. 넌 총과 플라스틱 폭탄과 마법의 열쇠를 걱정하고 있어. 아이야, 여기에 있는 우리는 그런 것들은 조금도 걱정하지 않아. 우리한테 그것들은 아무것도 아니야. 모건 슬로트는 종종걸음으로 돌아다니는 개미에 불과해. 그자는 앞으로 기껏해야 20년밖에 살지 못해. 그 정도는 우리가 숨을 한 번 쉬는 사이보다도 짧아. 블랙 호텔에 있는 우리는 오직 부적에만 관심이 있어. 모든 가능한 세계의 축이지. 너는 우리 것을 훔치러 온 강도야. 다시 한 번 말해 줄게, 우리에게는 너처럼 뻔뻔한 또뚝놈을 쫓아낼 방법이 있어. 네가 계속 고집을 부린다면 그것이 무엇인지 알게 될 거야. 몸소 깨닫게 될 거라고.

4

잭은 이중문 한쪽을 열고 나서 다른 쪽 문을 열었다. 문 아래 붙은 바퀴가 귀에 거슬리는 쇳소리를 내며 몇 년 만에 처음으로 오목 파인 레일을 따라 굴러가기 시작했다.

문 너머는 어두운 복도로 이어져 있었다. 잭은 생각했다. 이 복도는 로비로 통할 거야. 그런 다음에는 중앙 계단을 한 층 올라가야 할 거야. 이곳이 알람브라 호텔과 정말로 같다면 말이야.

2층에는 대연회장이 있을 것이고, 그 대연회장에서 잭은 원하던 것을 발견하게 될 것이다.

잭은 뒤를 한 번 돌아보았다. 리처드는 꼼짝도 않고 누워 있었다. 잭은 복도로 나가 문을 닫았다.

복도를 따라 천천히 걸어가기 시작했다. 다 해진 지저분한 운동화로 썩어 문드러지고 있는 카펫을 디디자 조그맣게 발소리가 났다.

조금 더 가자 새가 그려진 또 다른 이중문이 나왔다.

더 가까이 가자 많은 회의실이 나왔다. 골든스테이트 룸이 있었고, 그 맞은편에 포티나이너(금광 붐이 일어난 캘리포니아에 일확천금을 노리고 몰려든 사람들을 가리킨다. ─옮긴이) 룸이 있었다. 새가 그려진 이중문으로 다섯 발짝 더 걸어가자 멘도시노 룸(마호가니 문 아래쪽에는 '네 엄마는 절규하면서 죽었어!'라고 휘갈겨져 있었다.)이 나왔다. 복도 저 먼 끝에서 ─믿을 수 없을 만큼 멀었다! ─희미한 불빛이 새어 나왔다. 로비였다.

철커덕.

잭은 재빨리 빙글 돌아섰다. 이 복도 끝 돌벽에 삼각형 아치를 파서 만든 출입구 너머로 뭔가가 언뜻 움직이는 걸 본 것 같았다.

(석조?) (삼각형 아치?)

잭은 불안해하며 눈을 깜박였다. 복도 벽에 까만 마호가니 패널을 댔는데, 이제 바다에 향한 쪽이 습기 때문에 썩기 시작하고 있었다. 돌로 만든 건 아니었다. 골든스테이트 룸과 포티나이너 룸과 멘도시노 룸으로 통하는 문들도 윗부분이 삼각형으로 파이지 않은 장방형의 실용적인 문이었다. 그런데도 한순간 잭은 대성당의 아치를 닮은 출입구들이 늘어서 있는 것을 본 듯했다. 이 출입구들은 윈치로 오르내리는 철제 내리닫이문이었다. 내리닫이문은 아래에 날카로운 쇠못이 달려 있어서 출입구를 막기 위해 문을 내리면 바닥에 파인 구멍에 딱 들어맞았다.

석조 아치 따위는 없어, 재키야. 네 눈으로 잘 봐. 그냥 평범한 문이잖아. 내리닫이문은 런던탑에서 봤지, 엄마랑 토미 아저씨랑 여행 갔을 때 말이야, 3년 전에. 너는 그냥 겁을 집어먹은 거야, 그게 다야······.

하지만 가슴이 철렁 내려앉은 건 단순한 착각이 아니었다.

그것들은 거기에 있었어, 틀림없어. 난 순간이동을 한 거야. 잠깐 동안이지만 난 테러토리에 있었던 거야.

철커덕.

잭은 반대쪽으로 몸을 돌렸다. 뺨과 이마에 땀방울이 맺히고 머리카락이 목 뒤에 달라붙었다.

또 보였다······. 한쪽 방의 그늘 속에서 금속성의 섬광이 번쩍였다. 거친 표면이 초록색 이끼로 얼룩진, 크고 시커먼 돌덩이들이 보였다. 물렁물렁해 보이는 불쾌한 흰색 벌레들이 돌벽 사이에서 썩어 가는 회반죽에 뚫린 커다란 구멍을 꿈틀거리며 들락거렸다. 빈 촛대가 4~6미터 간격으로 서 있었다. 촛대에 꽂혀 있던 횃불은 꺼진 지 오래였다.

철커덕.

이번에는 눈조차 깜박이지 않았다. 세계는 흐르는 맑은 물 너머로 보이는 물체처럼 흔들거리며, 잭의 눈앞에서 옆으로 미끄러지고 있었다. 벽은 돌벽에서 다시 검은 마호가니 패널로 변해 있었다. 문도 격자로 된 철제 내리닫이문이 아니라 평범한 문이었다. 여성용 실크스타킹처럼 얇은 막으로 분리되어 있었던 두 세계가 이 순간 실제로 겹쳐지기 시작했다.

그리고 잭은 어렴풋이 깨달을 수 있었다. '내면의 제이슨'이 '내면의 잭'과 겹쳐지면서 쌍방이 합쳐진 제3의 존재가 모습을 드러내기 시작한 것이다.

그 조합이 정확히 무엇인지는 모르겠지만, 강력한 힘을 가진 거였으면 좋겠어. 저 문들 뒤에…… 저 모든 것 뒤에 뭔가가 있기 때문이지.

잭은 로비를 향해 쭈뼛쭈뼛 복도를 걸어가기 시작했다.

철커덕.

이번에는 두 세계가 변하지 않았다. 단단한 문들은 그대로 남아 있었고 아무런 움직임도 포착되지 않았다.

하지만 거기 바로 뒤야, 바로 뒤라고…….

페인트가 칠해진 —습지의 풍경 위로 하늘에 '왜가리 바'라고 씌어 있었다.— 이중문 뒤에서 무슨 소리가 들렸다. 마치 커다란 녹슨 기계가 작동하는 것 같은 소리였다. 잭은 빙글 돌아서서

(*제이슨은 빙글 돌아서서*)

저 열리기 시작한 문을 바라보며

(*저 위로 올라가는 내리닫이문을 바라보며*)

입고 있는 청바지에 달린

(*입고 있는 저킨 벨트에 달린*)

주머니에

(쌈지주머니에)

손을 찔러 넣어

스피디가 아주 오래전에 준 기타 피크를 꽉 움켜쥔 채

(상어의 이빨을 꽉 움켜쥔 채)

왜가리 바에서 무엇이 나올까 기다렸다. 그때 호텔의 벽이 희미하게 중얼거렸다. 우리에게는 너처럼 뻔뻔한 또뚝놈을 다루는 방법이 있어. 아직 시간이 있을 때 떠나는 게 좋았을 텐데…….

……*왜냐하면, 꼬마야, 이젠 시간이 다 됐거든.*

5

철커덕…… 쿵!

철커덕…… 쿵!

철커덕…… 쿵!

그 소리는 금속성의 둔탁한 굉음이었다. 비인간적이고 가차 없는 소리에 잭은 더럭 겁이 났다. 인간의 소리라면 이 정도로 놀라진 않았을 것이다.

그것이 움직이기 시작하더니 얼이 빠진 듯한 느린 리듬에 맞춰 발을 끌며 걸어오기 시작했다.

철커덕…… 쿵!

철커덕…… 쿵!

그리고 한참 동안 중단되었다. 잭은 그림이 그려진 문 오른쪽으로 일이 미터 떨어진 벽에 기대어 기다렸다. 귀에서 웅웅 소리가 날 정도로 신경이 곤두섰다. 오랜 시간 동안 아무 일도 벌어지지 않았다. 잭은 철커덕 소리를 내는 저것이 차원 사이에 있는 뚜껑문으로 떨어져 그것이 속했던 세계로 돌아갔으면 하고 바랐다. 긴장한 채 부자연스러운 자세로 꼼짝 않고 서 있다 보니 허리가 아파 오기 시작했다. 그는 그 자리에 주저앉았다.

그때 우지끈 갈라지는 소리가 나더니 손가락 관절에 5센티미터짜리 뭉툭한 쇠못이 달린 커다란 철갑 주먹이 문에 그려진 칠이 벗겨진 푸른 하늘을 뚫고 나왔다. 잭은 입을 딱 벌린 채 다시 벽에 바짝 붙으며 움츠러들었다.

그리고 속수무책으로 테러토리로 순간이동했다.

6

내리닫이문 건너편에 녹이 슨 시커먼 갑옷이 서 있었다. 원통형 투구에는 폭 2센티미터 정도의 시커먼 눈구멍만 수평으로 뚫려 있었다. 투구 위에는 너저분한 붉은색 깃털이 달려 있었고, 꿈틀거리는 하얀색 벌레가 그 사이로 들락거리고 있었다. 제이슨이 보기에 그것은 처음에 살덩어리 앨버트의 방에서 기어 나와 테이어 학교 전체를 뒤덮었던 벌레와 같은 종류였다. 투구 아랫부분은 쇠비늘 두건으로 되어 있어 귀부인의 숄처럼 기사의 녹슨 어깨까지 늘어져 있었다. 상완과 팔뚝은 묵중한 강철 갑옷으로 무장되어 있었고, 그 사이 팔꿈치에는 가리개가 달려 있었다. 갑옷에는 오랜 세월 쌓인 먼지가 켜켜이 쌓여 있었다. 기사가 움직일 때마다 팔꿈치 가리개에서 짜증난 아이들이 투정을 부리듯 날카로운 끽끽 소리가 났다.

철갑으로 중무장한 주먹에는 쇠못이 빼곡히 박혀 있었다.

제이슨은 돌벽에 기대선 채 그것을 바라보고 있었다. 사실은 눈을 돌릴 수가 없었다. 입은 열병에 걸린 것처럼 타들어 갔고, 눈구멍 속 눈알은 심장 박동에 따라 부풀어 오르는 듯했다.

기사의 오른손에는 녹슨 *마텔더퍼* — 10킬로그램짜리 벼린 쇠가 달린, 무시무시한 살상력을 자랑하는 전투용 해머 — 가 들려 있었다.

내리닫이문, 내리닫이문이 너와 그것 사이에 존재한다는 것을 기억해⋯⋯.

하지만 그때 주위에 사람 그림자도 없는데 윈치가 돌아가기 시작했다. 잭의 팔뚝만 한 쇠고리들로 이어진 강철 사슬이 감기면서 문이 올라가기 시작했다.

7

철갑 주먹을 문에서 빼자 문에 뚫린 구멍이 드러나면서 목가적이고 낭만적인 풍경을 그린 빛바랜 벽화가 순식간에 초현실주의적인 낙인으로 변해 버렸다. 이제는 어떤 종말론적인 사냥꾼이 습지에서 허탕을 치고 언짢은 김에 하늘을 향해 산탄총을 마음껏 쏘아 놓은 것처럼 보였다. 그때 묵직하게 휘두른 전투용 해머가 단번에 문을 뚫고 나와 날아오르기 위해 다투던 왜가리 두 마리 중 한 마리를 흔적도 없이 날려 버렸다. 나무 파편이 튀어 잭은 한 손을 들어 얼굴을 가렸다. *마텔더퍼*가 도로 들어갔다. 잠시 해머가 멈춘 동안 잭은 그제야 도망갈 궁리를 할 수 있었다. 그때 못이 잔뜩 박힌 쇠주먹이 다시 뚫고 나왔다. 처음에는 한쪽으로 비틀고 다음에는 다른 쪽으로 비틀어 구멍을 넓혀 놓고는 도로 들어갔다. 잠시 후 해머가 갈대밭 한가운데를 쾅 하고 강타하자 오른쪽 문에서 큼지막한 파편이 카펫 위로 떨어졌다.

잭은 이제 왜가리 바의 그림자 속에서 갑옷을 두른 거대한 형체를 알아볼 수 있었다. 블랙 캐슬에서 제이슨이 맞닥뜨리고 있는 형체가 입은 것과는 다른 갑옷이었다. 그것은 붉은 깃털 장식이 달린 원통형에 가까운 투구를 쓰고 있었다. 이놈은 새 대가리처럼 생긴 광택 나는 강철 투구를 쓰고 있었다. 대략 귀 높이 정도에서 투구 양쪽에 뿔이 돋아 있었다. 흉갑은 판금 갑옷이고 그 아래 가장자리에는 쇠사슬 갑옷이 늘어져 있었다. 해머는 두 세계에서 모두 똑같았다. 두 세계에서 기사의 트위너들이 동시에 경멸스럽다는 듯이 해머를 내려놓았다. 도대체 누가 이렇게 연약한 적수를 물리치기 위해 전투용 해머가 필요하겠는가?

도망가! 잭, 도망가!

맞아, 달아나! 그게 뻔뻔한 또뚝들이 하는 짓이잖아! 도망가! 달아나! 호텔이 속삭이고 있었다.

하지만 잭은 달아나지 않았다. 죽을지도 모르지만 달아나지 않았다. 왜냐하면 저 음흉하게 속삭이는 목소리가 하는 말이 맞았기 때문이었다. 도망가는 것이야말로 뻔뻔한 또뚝들이나 하는 짓이었다.

잭은 단단히 결심했다, *하지만 난 도둑이 아니야. 저것이 나를 죽일지라도 도망가는 일은 없을 거야. 난 도둑이 아니니까.*

잭은 광택 나는 새 대가리 강철 투구의 텅 빈 얼굴에 대고 소리쳤다.

"난 도망가지 않을 거야! 난 도둑이 아니야! 내 말 알아듣겠어? 나는 내 것을 찾으러 왔어. 나는 도둑이 아니란 말이야!"

새 대가리 투구 아래 숨 쉬는 구멍으로 괴로워하는 듯한 비명 소리가 새어 나왔다. 기사는 못이 박힌 두 주먹을 올려 한 손으로는 축 늘어진 왼쪽 문을, 또 한 손으로는 축 늘어진 오른쪽 문을 내리쳤다. 문에 그려진 목가적인 습지는 파괴되고 말았다. 경첩이 툭 끊어지고…… 양쪽 문이 잭을 향해 넘어지는 순간 그는 문에 그려진 왜가리 한 마리가 월트 디즈니의 만화 속에서처럼 그림 밖으로 나와 날아가는 것을 똑똑히 보았다. 새의 눈은 공포로 형형히 빛나고 있었다.

갑옷이 킬러 로봇처럼 잭을 향해 다가왔다. 한 발을 올리고는 쿵 내리찍었다. 키가 2미터가 넘어서 갑옷의 기사가 문을 넘어올 때 투구 양쪽에 돋은 뿔에 걸려 문설주에 너덜너덜한 두 줄이 그어졌다. 그 모습은 마치 인용부호 같았다.

달아나! 잭의 마음속에서 울먹이는 소리가 비명을 질렀다.

달아나, 이 또뚝놈아. 호텔이 속삭였다.

싫어. 잭이 대답했다. 그리고 다가오는 기사를 응시하며 주머니 속 기타 피크를 더 꽉 움켜쥐었다. 쇠못이 박힌 갑옷용 장갑이 새 대가리 투구의 얼굴 가리개로 다가갔다. 얼굴 가리개가 들어 올려졌다. 잭은 입이 떡 벌어졌다.

투구 안은 텅 비어 있었다.

그때 쇠못 박힌 두 손이 잭을 향해 뻗어 나왔다.

8

쇠못이 박힌 두 손이 올라가더니 원통형 투구의 양쪽을 잡았다. 두 손이 천천히 투구를 벗기자 적어도 300살 이상은 되어 보이는 사내의 초췌한 납빛 얼굴이 드러났다. 이 고대인의 머리 한쪽은 함몰되어 있었다. 깨진 달걀껍데기 같은 뼛조각들이 피부를 뚫고 튀어나와 있었고, 상처에는 검은색 걸쭉한 덩어리가 달라붙어 있었는데, 제이슨이 보기엔 부패한 두뇌인 것 같았다. 그것은 숨을 쉬지 않았지만 붉게 충혈된 채 섬뜩한 탐욕으로 반짝이는 눈이 제이슨을 응시하고 있었다. 그것이 히쭉 웃자 제이슨은 바늘같이 예리한 이빨을 보았다. 갈가리 찢어발겨질 것 같은 공포가 덮쳐 왔다.

그것은 휘청거리며 철커덕철커덕 앞으로 걸어 나왔다······. 하지만 소리는 그것만이 아니었다.

제이슨은 왼쪽을 바라보았다, 중앙 홀 쪽을

(로비 쪽을)

캐슬의

(호텔의)

그리고 두 번째 기사를 보았다. 두 번째 기사는 '그레이트 헬름'(중세 시대에 유행한 투구.—옮긴이)으로 알려진 둥글고 얄팍한 그릇 모양의 머리 보호구를 쓰고 있었다. 그 뒤로 세 번째······ 그리고 네 번째 기사가 보였다. 기사들은 복도를 지나 느릿느릿 다가오고 있었다. 마치 고대의 갑옷에 뱀파이어가 들어가 있는 것 같았다.

그때 쇠못이 박힌 두 손이 제이슨의 어깨를 잡았다. 장갑에 박힌 무딘 쇠못들이 어깨와 팔에 미끄러져 들어왔다. 따뜻한 피가 흘러내리자 주름살투성이의 납빛 얼굴이 소름 끼치는 굶주린 웃음을 히쭉 웃었다. 죽은 기사가 소년을 잡아당길 때 팔꿈치 보호대에서 요란하게 끼익 소리가 났다.

9

잭은 고통을 못 이겨 울부짖었다. 장갑에 박힌 짧고 무딘 못들이 파고들었다, 살 속 깊이 파고들었다. 그 순간 잭은 이것이 현실이라는 것을 확실히 깨달았다. 다음 순간, 이것이 자신을 죽이려 한다는 깨달음도 따라왔다.

잭은 입을 크게 벌린 투구의 텅 빈 어둠 속으로 빨려 들어갔다…….

하지만 그것은 정말 텅 빈 것일까?

잭은 어둠 속에서 몽롱하고 흐릿한 불빛 두 개를 본 듯했다…….마치 두 개의 눈알 같은. 그리고 철갑을 두른 두 손이 그를 점점 더 높이 들어 올리자 잭은 온몸이 얼어붙을 듯한 추위를 느꼈다. 마치 일찍이 존재했던 모든 겨울이 어떻게 해선지 모두 결합되어 하나의 겨울이 되기라도 한 모양이었다……. 그리고 그 텅 빈 투구 속에서 싸늘한 공기가 강물처럼 쏟아져 나왔다.

이것은 정말로 나를 죽일 거야. 우리 엄마도 죽을 거고, 리처드도 죽을 거고, 슬로트가 이길 거야, 나를 죽일 거야, 정말로

(이빨로 나를 찢어발기고 잡아 뜯어서)

나를 꽝꽝 얼려서…….

잭! 스피디의 외침이 들려왔다.

(제이슨! 파커스의 외침이 들려왔다.)

기타 피크, 얘야! 기타 피크를 사용해! 너무 늦기 전에! 제이슨을 위해서라도 너무 늦기 전에 기타 피크를 사용하려무나!

잭은 손으로 기타 피크를 꽉 움켜쥐었다. 그것은 동전이었을 때처럼 아주 뜨거웠다. 감각을 마비시킬 정도의 추위가 돌연 두뇌가 터져 나갈 듯한 승리감으로 변했다. 주머니에서 기타 피크를 꺼내기 위해 움직이자, 쇠못이 박힌 근육들이 고통을 못 이겨 울부짖었다. 하지만 그 와중에도 승리감은 여전했다. 테러토리의 온기에 감싸인 양 기분이 좋았고, 무지개도 분명히 감지할 수 있었다.

잭이 다시 기타 피크 형태로 돌아온 그것을 손가락으로 집었다. 그것은 기이하고 섬세한 무늬가 새겨진 견고하고 묵직한 세모 모양의 상아였다. 그리고 그 순간 잭은

(제이슨은)

그 무늬들이 합쳐지며 변하는 것을 보았다, 하나의 얼굴로……로라 델루시안의 얼굴로.

(릴리 카바노 소여의 얼굴로.)

10

"여왕의 이름으로 너 불결하고 못난 것!"

잭과 제이슨이 동시에 소리쳤다. 하지만 그것은 하나의 아우성이었다. 잭/제이슨이라는 단일한 성질의 아우성이었다.

"이 세계에서 썩 꺼져라! 여왕과 그 아들의 이름으로 명령하건대 이 세계에서 썩 꺼져라!"

제이슨이 갑옷으로 무장한 늙은 뱀파이어 괴물의 거죽만 남은 허연 얼굴을 향해 기타 피크를 내렸다. 그와 동시에 괴물은 옆으로 미끄러졌다. 눈도 깜빡이지 않고 잭을 바라보고 있던 괴물의 눈에 얼어 버린 검은 허공을 가르며 떨어지는 기타 피크가 들어왔다. 바로 그 순간 제이슨은 보았다. 기타 피크 모서리가 뱀파이어 괴물의 깊이 주름진 이마 한가운데에 꽂히자 괴물의 충혈된 눈알이 툭 불거져 나왔다. 도저히 이것이 현실이라는 것을 믿을 수가 없다는 표정이었다. 뒤이어 어느새 하얀 막으로 뒤덮인 눈알이 저절로 폭발하더니 김이 나는 검은 체액이 제이슨의 손과 손목을 타고 흘러내렸다. 체액 속에는 물어뜯는 작은 벌레들이 가득했다.

11

잭은 벽에 내팽개쳐지면서 머리를 부딪혔다. 어깨와 위팔이 견딜 수 없이 욱신거렸지만 기타 피크는 놓치지 않았다.

갑옷이 주석 깡통으로 만든 허수아비처럼 덜거덕거리기 시작했다. 잭은 어떤 이유에서인지 갑옷이 부풀어 오르는 것을 보고 나서야 한 손을 들어 얼굴을 가렸다.

갑옷은 저절로 파괴되었다. 파편을 사방에 뿌리지 않고 그냥 허물어졌다. 만약 지금처럼 악취가 진동하는 호텔의 1층 복도에 웅크린 채 겨드랑이까지 피가 흘러내리는 상황을 영화에서 보았더라면 웃었을 거라고 잭은 생각했다. 새 대가리를 닮은 광택 나는 강철 투구가 둔중한 텅 소리를 내며 바닥에 떨어졌다. 적의 칼날이나 창끝으로부터 기사의 목을 보호하기 위해 만든 구부러진 목 가리개도 갑옷들을 촘촘히 엮은 고리의 쟁그랑 소리와 함께 폭삭 주저앉았다. 흉갑도 구부러진 강철 책꽂이처럼 땅에 떨어졌다. 정강이받이도 쪼개졌다. 2초 동안 금속 조각들이 곰팡이가 핀 카펫 위로 비처럼 쏟아져 내렸다. 어느새 그 자리에는 고철 더미만이 남았다.

잭은 벽을 짚고 일어나면서 휘둥그레진 눈으로 그것을 지켜보았다. 언제라도 갑옷이 다시 벌떡 일어설 것만 같았다. 사실 그는 정말로 그런 상상을 했다. 하지만 아무 일도 일어나지 않자 왼쪽으로 돌아섰다, 로비를 향해…… 그리고 세 개의 갑옷이 느릿느릿 그를 향해 다가오는 것을 보았다. 하나는 곰팡이가 덕지덕지 붙은 깃발을 들고 있었는데, 잭은 깃발 속 문양을 알아볼 수 있었다. 오리스의 모건의 병사들이 모건의 검은색 승합마차를 호위해 변경 도로를 따라 로라 여왕의 파빌리온으로 질주할 때 들고 있던 깃발에도 똑같은 문양이 있었다. 모건의 표지……. 하지만 이 갑옷들은 모건의 피조물이 아니었다. 잭이 어렴풋이 짐작해 보기로, 깃발들은 그들의 유일한 존재 이유를 훔쳐 갈 이 가공할 침입자에게 던지는 음울한 비아냥의 의미가 있는 모양이었다.

"더 이상은 못 해."

잭이 거친 목소리로 소곤거렸다. 기타 피크는 손가락 사이에서 떨고 있었다. 피크에 무슨 일이 벌어지고 있었다. 잭이 피크를 가지고 왜가리 바에서 나온 갑옷 기사를 파괴할 때 다소 손상되었다. 신선한 크림 빛깔이던 상아가 눈에 띄게 누레졌다. 어느새 전체적으로 미세한 금이 퍼져 있었다.

갑옷들이 철커덕거리며 잭을 향해 꾸준히 다가왔다. 한 기사가 서서히 장검을 빼 들었다. 칼끝이 둘로 갈라진 무시무시한 칼이었다.

잭이 신음했다.

"더 이상은 못 해, 오 제발, 더 이상은 못 하겠어, 너무 지쳐서 할 수 없어, 제발, 더 이상은 못 해. 더 이상은……"

방랑자 잭, 우리 친구 방랑자 잭……

"스피디 할아버지, 난 못 하겠어요!"

잭이 절규했다. 눈물이 더러워진 뺨 위로 흘러내렸다. 갑옷들이 조립 라인에 올라탄 자동차 부품들처럼 피할 수 없는 힘에 이끌리듯 접근해 왔다. 갑옷들 속 차갑고 어두운 공간에서 북극의 바람 소리가 들렸다.

……넌 부적을 가지러 캘리포니아에 온 거야.

"제발, 스피디 할아버지, 더 이상은 못 해요!"

잭을 향해 손을 뻗었다. 금속으로 만든 로봇 얼굴과 녹슨 정강이받이, 이끼와 곰팡이로 얼룩진 사슬 갑옷이었다.

최선을 다해야 해, 방랑자 잭. 스피디가 이렇게 속삭이고는 연기처럼 사라져 버렸다. 잭은 혼자 일어서서 싸우든지, 쓰러져 죽든지 해야 했다.

42장
잭과 부적

1

넌 실수한 거야. 잭 소여가 왜가리 바 밖에서 자신을 향해 압박해 들어오는 다른 갑옷들을 지켜보고 있을 때, 그의 머릿속에서 유령 같은 목소리가 들려왔다. 마음속에서 그는 한쪽 눈만 동그랗게 뜬 채, 성난 얼굴의 한 사내를 ─ 사내라기보다는 몸집만 큰 소년에 불과했지만 ─ 보았다. 권총 벨트 두 줄을 가슴에 엇갈리게 차고 카메라를 향해 서부의 거리를 성큼성큼 걸어오고 있었다. *너 실수한 거야…… 엘리스 형제를 둘 다 죽였어야지!*

2

엄마가 출연한 영화 가운데 잭이 언제나 가장 좋아하는 것은 「행타운행 마지막 열차」였다. 1960년에 제작되어 1961년에 개봉한 영화였다. 그것은 워너브라더스의 영화였고 대부분의 장면에서 ─ 그 시기 워너브라더스가 만든 많은 저예산 영화들이 그랬듯이 ─정기적으로 제작 중인 여섯 개 워너브라더스 텔레비전 시리즈에 나오는 배우들이 출연했다. 잭 켈리(상냥한 도박사 역)는 「매버릭」에 나왔고, 앤드루 더건(사악한 거대 목장주 역)은 「버번 스트리트 비트」에 나왔고, 텔레비전에서 샤이엔 보디 캐릭터를 연기했던 클린트 워커는 주인공인 레이프 엘리스(마지막으로 다시 총을 들게 된 은퇴한 보안관 역)를 맡았다. 잉거 스티븐스는 원래 마음씨 곱고 헌신적인 댄스홀 무희 역에 캐스팅되었지만 악성 기관지염에 걸리는 바람에 그 역이 릴리 카바노에게 돌아갔다. 그것은 릴리가 눈 감고도 할 수 있는 역이었다. 언젠가 잭의 부모가 그가 자는 줄 알고 아래층 거실에서 얘기하고 있었다. 잭은 물 한 잔 마시려고 맨발로 화장실로 터벅터벅 걸어가다가 엄마가 하는 말을 우연히 듣게 되었는데…… 너무도 충격적이어서 결코 잊을 수가 없었다. 엄마가 아빠한테 말했다.

"내가 맡은 배역들은 모두 섹스를 잘하는 법은 알지만 방귀를 뀌는 법 따위는 모르는 여자들이에요."

또 다른 워너브라더스 텔레비전 시리즈(「슈거풋」이라고 불렸다.)에서 주인공을 맡은 윌 허친스도 그 영화에 나왔다. 「행타운행 마지막 열차」를 잭이 가장 좋아하는 이유는 주로 허친스가 연기한 앤디 엘리스라는 캐릭터 때문이었다. 갑옷들이 잭을 향해 어두운 복도를 걸어오는 걸 지켜보고 있는 이 순간, 지치고 혹사당해 위태로운 잭의 머릿속에 떠오른 것이 바로 그 앤디 엘리스였다.

앤디 엘리스는 겁쟁이 동생이었지만 마지막 순간에 분투하는 인물이었다. 영화 내내 뒤에 숨어 웅크리고 있다가 우두머리 악당(음험한 표정에 짧은 수염과 사시를 가진 잭 엘람이 연기했다. 그는 극장 영화든 텔레비전 드라마든 워너브라더스가 제작하는 모든 대하역사물에서 우두머리 악당 역할을 도맡았다.)이 형 레이프를 등 뒤에서 저격하자, 더건의 사악한 부하들과 대적하기 위해 뛰쳐나오는 역할이었다.

허친스는 서투른 솜씨로 형의 권총 벨트를 몸에 두르고 스크린 속 먼지가 휘날리는 거리를 성큼성큼 걸어 나와 외쳤다.

"자, 덤벼! 내가 상대해 줄 테다! 너희가 실수한 거야! 엘리스 형제를 둘 다 죽였어야지!"

윌 허친스는 늘 최고의 배우는 아니었지만 바로 그 순간만은—적어도 잭의 눈에는—사실감이 넘치는 탁월한 연기를 보여 주었다. 죽음을 향해 다가가고 있었고, 스스로도 그 사실을 알고 있었지만 *어쨌든 끝까지 갈 생각이었다.* 겁에 질리긴 했지만 최후의 결전을 향해 그 거리를 성큼성큼 걸으며 윌 허친스는 조금도 망설이지 않았다. 자신이 무엇을 하려는지 확실히 알고 있었기에, 의욕적으로 발걸음을 옮겼다. 비록 권총 벨트의 버클을 찾기 위해 계속 더듬거려야 했지만 말이다.

갑옷들이 장난감 로봇처럼 좌우로 부딪치며 거리를 좁혀 오고 있었다. 그것들 등에 태엽을 감는 열쇠가 붙어 있는 건 아닐까. 잭은 생각했다.

잭은 그것들을 마주 보고는 한 곡조 연주할 것처럼 오른손 엄지와 검지로 누렇게 변색된 기타 피크를 쥐었다.

갑옷들은 잭의 대담무쌍함을 느낀 듯 머뭇거렸다. 호텔도 갑자기 주저하는 듯했다. 아니면 처음 예상한 것보다 더 급박해진 위험에 눈을 뜬 것 같았다. 마룻바닥도 삐걱이며 신음했고 어딘가에서 문들이 차례차례 탕탕 닫히는 소리가 들렸다. 그리고 지붕 위 황동 장식들도 잠시 돌기를 멈추었다.

바로 그때 갑옷들이 철커덕거리며 다시 앞으로 걸어왔다. 어느새 세 기사는 나란히 서서 판금 갑옷과 사슬 갑옷, 정강이받이와 투구, 번쩍거리는 목 가리개로 된 갑옷의 벽을 이루며 다가오고 있었다. 하나는 쇠못이 박힌 쇠공이 달린 나무 손잡이를, 또 하나는 *마텔더퍼*를, 가운데 기사는 칼끝이 둘로 갈라진 검을 들고 있었다.

잭은 느닷없이 그것들을 향해 걸어가기 시작했다. 눈을 초롱초롱 빛내며 기타 피크를 앞으로 내밀었다. 그의 얼굴은 눈부신 제이슨의 광채로 가득 차 있었다. 잭은

옆으로 미끄러져

일시적으로 테러토리로 들어가 제이슨이 되었다. 이제 기타 피크는 상어 이빨이 되어 불타올랐다. 제이슨이 세 기사에게 다가가자 하나가 투구를 벗었다. 이번에도 늙고 창백한 얼굴을 드러냈다. 이자는 두툼한 턱살이 늘어지고 목에는 녹은 밀랍 같은 살덩어리가 늘어져 있었다. 그 기사가 그를 향해 투구를 들어 올리자 제이슨은 가볍게 몸을 피하고

다시

미끄러져 돌아와

잭이 되었다. 투구는 등 뒤 패널 벽에 부딪혔다. 앞에 머리 없는 갑옷이 서 있었다.

그렇다고 내가 두려워할 줄 알아? 그런 속임수는 전에 본 적 있

어. 그런 수작 따위 무섭지 않고 너도 무섭지 않아. 난 부적을 가지러 갈 거야. 그뿐이야. 이제 잭에게 그 정도 위협은 우스웠다.

이번에는 호텔이 엿듣고 있는 것 같지 않았다. 이번에는 잭을 둘러싼 모든 것이 움찔 물러나는 것처럼 보였다. 마치 소화기관의 세포 조직이 독이 든 고깃덩이를 피해 움찔하는 것과도 같았다. 다섯 수호기사가 죽은 위층 다섯 개의 방에서 다섯 장의 유리창이 총에 맞은 것처럼 터져 나갔다. 잭은 갑옷들을 향해 돌진해 나아갔다.

위쪽 어딘가에서 부적이 맑고 다정한 목소리로 승리를 노래했다.

제이슨! 나에게로!

"자, 덤벼!"

잭은 갑옷들을 향해 소리치고는 웃음을 터뜨렸다. 도저히 참을 수 없었다. 이처럼 활력과 힘을 느끼며 유쾌하게 웃은 적은 일찍이 없었던 듯했다. 마치 샘이나 깊은 강에서 물이 솟구쳐 오르는 것 같았다.

"자 덤벼, 내가 상대해 줄 테다! 너희들이 어떤 빌어먹을 원탁에서 왔는지 모르지만, 거기 그냥 있었어야지 어딜 기어 나와! 너희 실수한 거야!"

더 큰 소리로 웃으며 발퀴레의 바위산에 들이닥친 보탄처럼(바그너의 오페라 「발퀴레」 중 3막의 내용이다. 신들의 왕 보탄이 자신의 명령을 어긴 딸을 벌하려 발퀴레의 바위산 꼭대기까지 추격해 온다. ─옮긴이) 무시무시한 결의를 다지던 잭은 머리가 없이 흔들거리며 다가오는 가운데 갑옷을 향해 뛰어올랐다.

"너흰 엘리스 형제를 둘 다 죽였어야 했어!"

잭이 소리치면서 스피디의 기타 피크로 기사의 머리가 있어야 할 얼어붙을 듯 차가운 공기가 새어 나오는 자리를 그어 버렸다. 갑옷은 산산이 무너져 내렸다.

3

알람브라 호텔의 침실에서 릴리 카바노 소여는 불현듯 읽고 있던 책에서 눈을 떼고 위를 올려다보았다. 누군가가 —— 아니, 누군가가 아니라 잭이! —— 저 멀리 텅 빈 회랑에서, 어쩌면 로비에서 소리쳐 부른 것 같았다. 그녀는 눈을 동그랗게 뜨고 입술을 오므리고 가슴을 두근거리면서 귀를 기울였다……. 하지만 아무 소리도 들리지 않았다. 재키는 여전히 그녀 곁에 없었고 암은 여전히 조금씩 그녀를 잠식해 들어오고 있었다. 통증을 조금이나마 가라앉혀 줄 커다란 갈색 알약을 복용하고 싶어도 아직 한 시간 반을 더 기다려야 했다.

릴리는 커다란 갈색 알약들을 한꺼번에 삼켜 버릴까 하는 생각을 점점 더 자주 하기 시작했다. 그러면 잠시 통증을 가라앉히는 것 이상을 해 줄 테니까, 아예 영원히 잠재워 줄 테니까. 사람들은 암이 불치의 병이라고 말하지만 그따위 허튼소리는 믿지 말아요, 암 선생. 이 약을 두 다스 먹어 보세요. 어때요? 한번 해 볼래요?

릴리가 그렇게 하지 않은 것은 잭 때문이었다. 지금도 간절하게 아들을 다시 만나고 싶다고 생각하다가 그의 목소리를 들었다고 상상해 버렸던 것이다……. 단순히 진부하게 그녀의 이름을 부른 게 아니라 그녀가 예전에 출연한 영화의 한 장면을 인용한 것 같았다.

"릴리, 이 늙어 빠진 미친년아."

릴리가 쉰 목소리로 중얼거리고는 가냘픈 손가락을 떨며 허버트 태리툰 담배에 불을 붙였다. 두 모금을 마시고 꺼 버렸다. 요즘은 두 모금 이상 마시면 기침이 심해져서 온몸이 갈가리 찢어질 것만 같았다.

"이 늙어 빠진 미친년아."

릴리는 책을 다시 집어 들었지만 읽을 수가 없었다. 눈물이 얼굴을 타고 흘러내리고 속도 쓰렸다. 정말 속이 쓰려서 견딜 수가 없었다. 그녀는 갈색 알약을 한꺼번에 다 삼켜 버리고 싶은 생각이 간절했다. 하지만 그 전에 아들을 다시 만나고 싶었다. 잘생긴 훤한 이마와 반짝이는 눈을 가진 사랑하는 아들을.

집으로 돌아와, 재키야. 제발 얼른 집으로 돌아와. 아니면 다음에 나랑 이야기할 땐 위자보드(서양 심령술에서 혼령과 대화하기 위해 사용하는 널빤지 —옮긴이)*를 써야 할 거야. 제발, 잭, 제발 집으로 돌아와.* 릴리는 생각했다.

릴리는 눈을 감고 잠을 청했다.

4

쇠못이 박힌 쇠공을 들고 있던 기사가 잠시 더 흔들거리다 텅 빈 몸통을 보이고는 역시 폭발했다. 마지막으로 남은 기사는 전투용 해머를 치켜 올리다가…… 맥없이 허물어져 고철 더미로 변했다. 잭은 잔해 더미 한가운데에 잠시 서 있었다. 여전히 웃고 있었지만 스피디의 기타 피크를 보고는 웃음을 그쳤다. 이제 기타 피크는 오랜 세월이 느껴지는 누런색으로 변했고 광택 나는 표면이 갈라진 자국마다 어지럽게 실금이 가 있었다.

신경 쓰지 마, 방랑자 잭. 계속 나아가는 거야. 근처 어딘가에 이런 걸어 다니는 맥스웰 하우스 커피 깡통 같은 게 하나 더 있을 거야. 만약 그렇다면 그걸 가지고 있는 편이 낫지 않을까?

"그래야 한다면 갖고 있을 거야."

잭이 큰 소리로 중얼거렸다.

잭은 정강이받이와 투구, 흉갑을 발로 걸어찼다. 홀 가운데를 성큼성큼 걸어가자 스니커즈 아래 카펫들이 쩍쩍 소리를 냈다. 그는 로비에 도착해 흘끗 주위를 둘러보았다.

부적이 노래했다. *잭! 나에게 와! 제이슨! 나에게 와!*

잭은 계단을 올라가기 시작했다. 계단 중간쯤에서 층계참을 보니 마지막 기사가 그를 내려다보고 서 있었다. 3미터가 훌쩍 넘는 거구였다. 갑옷과 깃털 장식은 검은색이었고, 투구의 눈구멍으로 불길한 붉은색의 눈부신 빛이 새어 나왔다.

철갑을 두른 한쪽 손에는 커다란 철퇴를 들고 있었다.

잭은 잠시 동안 얼어붙은 채 서 있다가 다시 계단을 올라가기 시작했다.

5

제일 무시무시한 놈이 마지막에 남아 있었군. 잭은 이렇게 생각하며 흑기사를 향해 흔들림 없이 올라갔다. 그는

　　다시

미끄러져

넘어가

제이슨으로 변했다. 기사는 여전히 검은색 갑옷을 입고 있었지만 조금 달라 보였다. 투구의 얼굴 가리개가 위로 젖혀지면서 말라붙은 상처 자국들 때문에 이목구비를 알아보기 어려운 얼굴이 드러났다. 제이슨은 그 상처를 알아보았다. 이자는 자신의 이익을 위해 '초토화된 땅'에서 굴러다니는 그 불덩어리에 너무 가까이 갔던 것이다.

다른 그림자들이 계단에서 잭을 지나쳐 갔다. 제이슨은 서인도에서 가져온 마호가니가 아니라 테러토리의 경질 목재로 만든 넓은 난간을 꼭 붙잡고 있었기에 그 그림자들을 제대로 볼 수가 없었다. 더블릿(중세에 유럽 남성들이 입던 짧고 몸에 딱 붙는 상의 ― 옮긴이)을 입은 그림자들, 품이 넓은 실크 블라우스를 입은 그림자들, 멋지게 장식한 머리 위에 희미하게 빛나는 흰색 고깔을 쓰고 동그랗게 부푼 드레스를 입은 여성들, 이 사람들은 아름답지만 저주받은 존재였다. 아마도 산 자들에게는 유령들이 항상 그렇게 보일 것이다. 그렇지 않다면 왜 유령 생각만 해도 그렇게 겁이 나겠는가?

부적이 노래했다, *제이슨! 나에게!* 잠시 모든 분할된 현실이 붕괴되는 것 같았다. 순간이동을 하지 않았지만 여러 세계를 관통하며 *추락하는* 것처럼 느껴졌다. 마치 오래된 나무 탑의 썩은 바닥을 차례로 뚫고 나가며 낙하하는 것 같았다. 두려움은 전혀 느끼지 않았다. 결코 돌아오지 못하거나, 영원히 현실들의 연쇄를 관통하며 추락을 거듭하거나, 드넓은 숲 같은 곳에서 길을 잃는 신세가 될지도

모른다는 생각이 들었지만 잭은 바로 무시해 버렸다. 이 모든 일은
제이슨에게

(그리고 잭에게)

겨우 눈 깜박할 사이에 일어난 일이었다. 폭넓은 계단을 한 계단
올라가는 시간보다 짧은 사이에 일어난 일이었다. 그는 돌아올 것
이다. 그는 단일자이며 단일자가 길을 잃는다는 것은 있을 수 없는
일이다. 이 모든 세계에 그만의 장소가 있기 때문이다. *하지만 나는
그 모든 곳에 동시에 존재할 수는 없어. 제이슨.*

(잭이)

생각했다. *그것은 중요한 일이고, 그것이 차이점이야. 난 여러 세
계를 스쳐 지나가고 있어, 아마 너무 빨리 지나가서 눈에 보이지도
않겠지, 그리고 찰나라도 내가 머문 자리를 공기가 차지하면서 짝
하는 박수 소리나 폭발음이 남을 거야.*

이들 세계의 대부분에서 블랙 호텔은 검은 폐허였다. 거대한 악
이 캘리포니아와 테러토리를 동시에 덮치기 위해 똬리를 틀고 있
는 세계들이 이럴 거라는 생각이 어렴풋이 들었다. 한 세계에서는
해변에서 으르렁거리며 용솟음치는 바다도 우중충하고 구역질 나
는 녹색이었고, 하늘은 괴저병에 걸린 듯했다. 다른 세계에서 잭은
포장마차처럼 커다란 피조물이 날아다니다가 날개를 접고 매처
럼 땅으로 곤두박질치는 것을 보았다. 그것은 양처럼 생긴 피조물
을 잡아채더니 부리에 그것의 피 묻은 뒷다리를 물고 다시 급강하
했다.

순간이동…… 순간이동…… 순간이동. 세계들이 유람선에 탄 도

박사가 이리저리 뒤섞는 카드처럼 눈앞을 스쳐 지나갔다.

다시 블랙 호텔이 나타났다. 그 위쪽에 대여섯 가지 다른 버전의 흑기사들이 나타났지만 그것들의 의도는 한결같았다. 그 차이라고 해 봤자, 마치 경쟁 자동차 회사들이 저마다 다른 스타일의 차를 만들겠다고 하면서 결국 비슷비슷한 제품을 내놓을 때와 별로 다르지 않았다. 썩어 가는 캔버스 천의 메마르고 퀴퀴한 냄새로 가득한 블랙 텐트가 있었다. 그것은 여러 군데가 찢어져 사이사이로 쏟아져 들어온 햇살 속으로 먼지가 떠다니고 있었다. 이 세계에서 잭/제이슨은 팽팽히 당겨서 매듭을 지어 놓은 밧줄 위에 있었고 흑기사는 까마귀 둥지처럼 생긴 나무바구니 안에 서 있었다. 밧줄을 기어오르면서 다시 순간이동을 했다…… 순간이동에…… 순간이동을 거듭했다.

어느 세계에서는 바다 전체가 불타고 있었다. 어느 세계의 블랙 호텔은 포인트 베누티와 비슷했지만 반쯤 바다에 잠겨 있었다. 한순간, 엘리베이터 안에 있는 것 같았는데, 흑기사가 그 꼭대기에 서서 뚜껑문으로 잭을 내려다보았다. 그다음엔 경사로에 있었는데, 거대한 뱀이 그 위쪽을 지키고 있었다. 기다란 뱀은 근육질의 몸뚱이가 희미하게 빛나는 검은 비늘로 뒤덮여 있었다.

언제 이 모든 게 끝날까? 언제야 바닥을 뚫고 나가는 것이 끝나고 어둠에 돌입하게 될까?

잭! 제이슨! 부적이 불렀다. 그것은 모든 세계에서 외쳤다. *나에게 와!* 잭은 부적에게로 갔다. 마치 집으로 가는 것과도 같았다.

6

잭은 자신이 옳았다는 것을 알 수 있었다. 그는 겨우 계단 하나만을 올라왔을 뿐이었다. 하지만 현실은 다시 견고해졌다. 흑기사—그의 흑기사, 잭 소여의 흑기사—는 계단참을 가로막고 서 있었다. 흑기사가 철퇴를 들어 올렸다.

잭은 두려웠지만 스피디의 기타 피크를 앞으로 내민 채 계속 올라갔다.

"너랑 상대하고 싶지 않아. 내 앞에서 사라지는 게 좋을……"

잭이 말을 마치기도 전에 검은 그림자가 철퇴를 휘둘렀다. 어마어마한 위력이었다. 잭은 재빨리 옆으로 피했다. 철퇴가 방금 전까지 그가 서 있던 자리를 내리치자 계단이 아예 박살 나며 공허한 어둠 속으로 떨어졌다.

흑기사는 철퇴를 자유자재로 휘둘렀다. 잭은 여전히 스피디의 기타 피크를 엄지와 검지 사이에 끼운 채 두 계단을 더 돌진했다……. 그때 난데없이 기타 피크가 저절로 해체되더니 누런 상아색 파편들이 부스러진 달걀껍데기처럼 우수수 떨어졌다. 대부분이 잭의 운동화 위에 떨어졌다. 그는 멍한 얼굴로 그 모습을 응시했다.

둔탁한 웃음소리가 들려왔다.

기사가 작은 나무 파편과 낡고 축축한 융단 부스러기가 아직 붙어 있는 철퇴를 철갑 두른 두 손으로 치켜 올렸다. 유령의 뜨거운 안광이 투구 틈 사이로 뿜어져 나왔다. 잭의 얼굴을 콧마루 높이에서 수평으로 쳐내 피를 볼 작정인 듯했다.

식식거리는 웃음소리가 다시 들렸다. 귀로 들은 것은 아니었다.

잭은 이 갑옷도 다른 것처럼 완전히 죽지 않은 유령의 텅 빈 강철 재킷에 불과하다는 걸 알고 있었다. 그 소리는 그의 머릿속에서 들려왔다. *넌 졌어, 꼬마야……. 정말 고작 그 보잘것없는 작은 물건으로 나를 통과할 수 있을 거라고 생각했니?*

철퇴가 다시 휙 소리를 내며 날아오더니 이번에는 대각선으로 내리꽂혔다. 잭은 그 시뻘건 안광에서 눈을 돌려 늦지 않게 몸을 낮췄다. 잭의 긴 머리털 끝을 아슬아슬하게 스쳐 지나간 철퇴는 난간을 1미터 넘게 뜯어내 허공으로 날려 보냈다.

금속이 딸각 긁히는 소리가 나는가 싶더니 기사가 잭을 향해 몸을 굽혔다. 젖혀진 투구는 걱정해 주는 제스처라기보다는 왠지 가증스럽게 비꼬는 것처럼 보였다. 이윽고 기사가 다시 한 번 과장되게 휘두를 요량으로 철퇴를 당겨 들어 올렸다.

잭, 네가 순간이동 할 때도 마법 주스가 필요 없었잖아, 이 커피 깡통을 처리하는 데도 마법의 기타 피크 같은 건 필요 없어!

또다시 철퇴가 세차게 공기를 가르며 날아왔다. *히이이이이이익!* 잭은 숨을 훅 들이마시며 뒤로 휘청 물러났다. 쇠못 박힌 장갑에 찔렸던 자리가 벌어지면서 어깨 근육이 비명을 질렀다.

이삼 센티미터 차이로 잭의 가슴을 스쳐 지나간 철퇴는 굵은 마호가니 난간 기둥들을 이쑤시개처럼 휩쓸어 버렸다. 잭은 텅 빈 계단을 우스꽝스러운 상황에 빠진 버스터 키튼(찰리 채플린과 함께 미국의 무성영화 시대를 이끈 코미디언으로 스턴트 액션의 대가이다. ─옮긴이)이 된 기분으로 허둥거리며 달아났다. 왼쪽 바닥에 남아 있는 너덜너덜한 난간 잔해를 와락 붙잡았지만 두 손톱 밑에 가시가 박힐 뿐이었다. 가는 철사로 고문당한 것처럼 너무 고통이 심해서 잠깐이지만 눈알이 폭발할 것 같았다. 얼마 후 오른손으로 잘 붙잡아 떨어지지 않도록 균형을 잡을 수 있었다.

모든 마법은 네 안에 있어, 잭! 아직도 모르겠어?

잠시 헐떡거리며 멈춰 서 있던 잭이 위쪽의 텅 빈 철가면을 응시하며 다시 계단을 올라가기 시작했다.

"그만 꺼지시지, 가웨인 경(아서왕의 원탁의 기사 중 한 명 — 옮긴이)."

기사가 다시 한 번 기묘할 만큼 섬세한 몸짓으로 거대한 투구를 젖혔다. *뭐라고, 꼬마야…… 그거 나보고 한 말이니?* 그런 다음 다시 철퇴를 휘둘렀다.

겁에 질려 제대로 보지 못했던 걸까, 잭은 그제야 철퇴를 휘두르려는 기사의 몸놀림이 얼마나 느린지, 과장되게 한 번 휘두를 때마다 어떤 궤적을 그릴지가 얼마나 분명하게 보이는지를 깨달았다. 연결 부위에 녹이 슬어서 그런 모양이었다. 어쨌든 이제 머리가 맑아졌으니 철퇴가 그리는 원 안으로 들어가는 것은 식은 죽 먹기였다.

잭은 발끝으로 디디고 선 다음, 양손을 뻗어 검은 투구를 붙잡았다. 금속은 역겨울 만큼 뜨끈했다. 마치 열병에 걸린 딱딱한 피부 같았다.

잭이 낮고 침착한 목소리로 말했다. 평상시 대화할 때 말투와 거의 다르지 않았다.

"여왕의 이름으로 명령한다, 이 세계에서 사라져."

투구에서 쏟아져 나오던 붉은 빛이 핼러윈 호박 속 촛불처럼 피식 꺼져 버렸다. 그리고 갑자기 투구의 무게가 — 7킬로그램은 될 법한──잭의 양손을 내리눌렀다. 갑옷을 지탱하던 힘이 사라지면서 투구 아래 갑옷이 허물어져 버렸기 때문이다.

"엘리스 형제를 둘 다 죽였어야지."

잭은 이렇게 말하고 텅 빈 투구를 층계참 너머로 던져 버렸다. 투구는 세게 탕 소리를 내며 저 아래 바닥에 떨어지고는 장난감처럼 굴러갔다. 블랙 호텔이 움찔한 것 같았다.

잭은 넓은 2층 회랑을 향해 돌아섰다. 그리고 마침내 그곳에서 비쳐 오는 빛이 보였다. 하늘에서 날아다니는 사람들을 본 그날처럼 맑고 깨끗한 빛이었다. 복도 끝에는 또 다른 이중문이 있었다. 그 문은 닫혀 있었지만 양쪽 문의 위아래 틈과 수직으로 난 틈에서도 밝은 빛이 새어 나왔다. 그 안의 빛이 얼마나 밝을지 짐작이 가고도 남았다.

잭은 그 빛과 그 빛의 근원을 너무나 보고 싶었다. 그것을 보기 위해 그토록 멀리서 고단한 어둠을 뚫고 온 것이다.

육중한 문에는 섬세한 소용돌이 문양이 상감되어 있었다. 그 위에는 황금 잎사귀로 글자가 씌어 있었는데, 조금 벗겨지긴 했지만 로버트 번스 말투를 쓰는 사람들은 여전히 분명하게 알아볼 수 있을 터였다. 거기에는 '테러토리 무도회장'이라고 쓰여 있었다.

"엄마, 엄마, 내가 도착한 거 같아, 진짜로 도착했다고."

경탄에 젖은 잭 소여가 부드러운 목소리로 소곤거리며 은은한 불빛을 향해 걸어 들어갔다. 행복감으로 마음이 환하게 밝아졌다. 그 느낌은 무지개, 무지개, 무지개였다.

이윽고 두 손에 경외심을 담아 이중문의 좌우 손잡이를 잡은 다음 부드럽게 아래로 눌렀다. 문이 열리자 깨끗하고 하얀 빛줄기가 감탄으로 고개를 쳐든 잭의 얼굴에 쏟아졌다.

7

잭이 다섯 수호기사 중 마지막 놈을 처치한 바로 그 순간, 선라이트 가드너는 우연히 해변 쪽을 돌아다보았다. 둔중한 폭발음이 들렸다. 블랙 호텔 안 어딘가에서 화약이 조금 들어간 다이너마이트가 터지는 소리 같았다. 동시에 아진코트 2층의 모든 창문에서 밝은 빛이 번쩍했다. 그리고 황동으로 조각된 모든 문양이 ─ 달, 별, 미행성, 기괴하게 구부러진 화살을 가리지 않고 ─ 일제히 정지했다.

가드너는 촌스럽게 로스앤젤레스 경찰특공대처럼 차려입고 있었다. 하얀색 셔츠 위에 벙벙한 검은색 방탄조끼를 입고, 한쪽 어깨에 캔버스 줄로 연결된 배낭식 무전기를 메고 있었다. 걸을 때마다 두툼하고 뭉툭한 무전기 안테나가 앞뒤로 흔들렸다. 다른 쪽 어깨에는 웨더비 360구경이 걸려 있었다. 거의 대공포만큼 큰 사냥용 라이플이었다. 로버트 루아크(미국의 유명 작가이자 사냥꽝. 사파리 사냥에 관한 소설을 여러 편 발표했다. ─옮긴이)도 부러워서 군침을 흘릴 총이었다. 가드너는 그것을 6년 전에 샀다. 사정상 옛 사냥용 라이플을 처리해야 했기 때문이다. 진짜 얼룩말 가죽으로 만든 웨더비 케이스는 검은 캐딜락 트렁크에 그의 아들의 시신과 함께 들어 있었다.

"모건!"

모건은 뒤돌아보지 않았다. 그는 검은 송곳니처럼 모래사장 위로 돌출한 기울어진 바위들 뒤로 살짝 왼편에 서 있었다. 이 바위 너머 6미터 정도 지점, 밀물선 위 1.5미터 지점에 스피디 파커이자 파커스가 누워 있었다. 파커스로서 그는 언젠가 오리스의 모건에게 낙인을 찍어 놓았다. 모건 오리스의 희고 넓적한 허벅지 안쪽에 검푸른 상처 자국들이 있었다. 테러토리에서 배신자에게 주는 표지였다. 뺨 대신 넓적다리 안쪽에 낙인을 찍게 해야 한다고 중재한 것은 로라 여왕이었다. 그 상처들은 거의 언제나 옷으로 숨겨졌다. 그런데도 모건은——이쪽 세계와 저쪽 세계의 모건 모두——자신에게 선처를 해 준 여왕을 좋아하지 않았다······. 더군다나 자신의 음모를 초기에 간파해 낸 파커스에 대한 증오심은 기하급수적으로 커져 갔다.

이제 파커스/파커는 해변에 엎드려 있었다. 머리는 곪은 상처투성이였고, 귀에서는 조금씩 피가 흘러나왔다.

모건은 파커가 아직 살아서 여전히 고통받고 있다고 믿고 싶어 했다. 하지만 모건과 가드너가 이 바위산에 도착했을 무렵 그의 등이 마지막으로 한 번 올라갔다 내려오고 나서는 5분이 넘도록 아무런 움직임이 없었다.

가드너가 불렀을 때 모건은 이제 축 늘어진 오래된 원수를 골똘히 쳐다보느라 돌아보지 않았던 것이다. 복수가 달콤하지 않다고 누가 말했는지 모르지만 그것은 잘못된 말이었다.

"모건!"

가드너가 씩씩 소리를 내며 다시 불렀다.

이번에는 모건도 인상을 쓴 채 뒤를 돌아보았다.

"뭐? 무슨 일인데?"

"보세요! 블랙 호텔의 지붕을!"

모건은 모든 풍향계와 지붕 장식이 — 바람이 완전히 그쳤거나 허리케인이 으르렁거리거나 상관없이 정확히 같은 속도로 회전했던, 황동을 두드려 만든 문양들이 — 움직임을 그친 것을 보았다. 동시에 땅바닥이 발아래에서 잠시 꿈틀거리더니 다시 잠잠해졌다. 마치 지하에 사는 거대한 야수가 겨울잠을 자면서 몸을 뒤척인 것 같았다. 가드너의 충혈된 두 눈이 휘둥그레지는 것을 보지 않았다면 자신이 상상한 거라고 믿었을 것이다. 모건은 생각했다. *인디애나주를 떠나지 말걸 하고 생각하고 있구나, 가드너. 인디애나주엔 지진이 없으니까, 그렇지?*

다시 한 번 아진코트의 모든 창문에서 소리 없이 불빛이 번뜩였다.

"저게 무슨 일이죠, 모건 님?"

가드너가 쉰 목소리로 물었다. 아들을 잃은 미칠 듯한 분노에 사로잡혀 있던 가드너가 처음으로 자신의 안전을 염려하기 시작했다는 것을 모건은 알아차렸다. 좀 번거롭게 되긴 했지만 필요하다면 가드너는 언제든 다시 이전의 광기에 휩싸이게 될 것이다. 지금 이 시점에서 모건은 잭 소여의 세계 — 모든 *세계* — 를 제거하는 문제와 직접 관련이 없는 일에 힘을 낭비하고 싶지 않았다. 한낱 성가신 꼬맹이였던 잭이 어느새 슬로트 인생 최대의 골칫거리가 되어 있었던 것이다.

가드너의 배낭식 무전기에서 치직 소리가 났다.

"붉은 4분대장이 선라이트 맨에게! 들립니까. 선라이트 맨!"

가드너가 얼른 무전기를 낚아채 대답했다.

"선라이트 맨이다, 붉은 4분대장, 무슨 일인가?"

그렇게 해서 연달아 네 명이 가드너에게 보고하겠다며 흥분한 목소리로 떠들어 댔지만 모두 똑같은 내용이었다. 두 사람이 이미 보고 느낀 것 이상의 소식은 없었다. 창문에 섬광이 번뜩였고 풍향계가 멈췄으며 땅이 흔들렸는데 지진의 전조일 수도 있다는 얘기뿐이었다. 하지만 가드너는 그때마다 집중한 표정으로 열심히 보고를 들었다. 날카롭게 캐묻거나 "*이상!*"이라고 외치며 무전을 끝내거나 중간중간 "다시 말해 봐." 또는 "알았다." 같은 말을 던졌다. 슬로트의 눈에는 가드너가 재난 영화의 한 장면을 연기하고 있는 것처럼 보였다.

하지만 저렇게 해서 가드너의 마음이 누그러진다면 그것으로 좋다고 슬로트는 생각했다. 덕분에 그의 질문에 대답하지 않아도 되었으니까……. 그리고 이제 생각해 보니 가드너는 대답을 듣고 싶*지 않은* 건지도 몰랐다. 그것이 바로 그가 이렇게 무전기를 붙잡고 장황하게 지껄이고 있는 이유일지도 몰랐다.

수호기사들은 죽었거나 어쨌든 무용지물이 되었다. 그래서 풍향계가 정지하고 섬광이 번쩍인 것이었다. 잭은 부적을 손에 넣지 못했다…… 적어도 아직까지는. 잭이 부적을 얻었다면 포인트 베누티의 모든 사물이 실제로 흔들리고 덜컹거리며 굴러다닐 것이다. 그리고 슬로트는 이제 잭이 부적을 손에 넣을 *거라고* 생각했다……. 언제나 그가 부적을 손에 쥐기로 *정해져* 있었다는 것을 깨달았던 것이다. 그렇다고 해도 그런 일로 두려움에 사로잡힐 슬로트가 아니었다.

슬로트는 손을 뻗어 목에 걸린 열쇠를 만져 보았다.

이제 "이상."과 "알았다."와 "오케이."를 끝낸 가드너가 무전기를 다시 메고는 겁에 질려 휘둥그레진 눈으로 모건을 바라보았다. 가드너가 입을 열려 해서 모건이 먼저 그의 어깨에 부드럽게 두 손을 올렸다. 만약 모건이 그의 가여운 죽은 아들 외에 사랑을 느끼는 사람이 있다면 ─왜곡된 변종의 사랑임은 분명했지만─ 이 사내밖에 없었다. 그들은 오리스의 모건과 오스먼드로서, 그리고 모건 슬로트와 로버트 '선라이트' 가드너로서 오랫동안 함께해 왔다.

그것은 가드너가 유타주에서 필 소여를 쏴 죽일 때 쓰고 지금도 어깨에 메고 있는 라이플과의 관계와 같은 것이었다.

모건이 침착하게 말했다.

"잘 들어, 가드너, 우리는 이길 거야."

"정말이에요? 그놈이 수호기사들을 죽인 것 같아요, 모건 님. 당치도 않은 말이지만 정말로 그런 생각이……."

가드너는 소곤거리다 말고 멈추었다. 입은 불안정하게 떨렸고 입술은 얇은 침의 막으로 뒤덮여 번들거렸다.

"우리는 이길 거야."

모건이 아까처럼 조용한 목소리로 거듭 말했고 그것은 그의 진심이었다. 모건은 자신의 숙명을 분명히 자각하고 있었다. 그는 이것을 위해 오랜 세월 기다려 왔다. 그의 결의는 확고했고 지금도 변함없었다. 잭은 부적을 안고 나올 것이다. 부적에는 헤아릴 수 없는 힘이 깃들어 있었다…… 하지만 약점이 있었다.

모건은 조준경이 달린 웨더비를 바라보았다. 돌진해 오는 코뿔소라도 쓰러뜨릴 수 있는 총이었다. 얼마 후 벼락을 일으키는 열쇠를 만지작거리며 모건이 말했다.

"우린 그놈이 나오면 처치해 버릴 만반의 준비가 되어 있어. 두 세계 중 어느 쪽이든. 자네만 용기를 잃지 않으면 돼, 가드너. 내 곁에 바싹 붙어 있기만 해."

가드너의 입술이 조금은 덜 떨리게 되었다.

"모건 님, 물론 저는……"

"네 아들을 누가 죽였는지 잊지 마."

모건이 조용히 말했다.

잭 소여가 테러토리에서 괴물의 이마에 불타는 동전을 밀어 넣은 바로 그 순간, 루엘 가드너가 격렬한 간질 발작을 일으킨 게 분명했다. 루엘은 여섯 살 때부터 비교적 가벼운 간질 발작을 일으켜 왔는데(오스먼드의 아들도 그 나이부터 '초토화된 땅의 병'으로 불리는 증세가 나타나기 시작했다.), 하필 울프족이 운전해 일리노이에서 서쪽으로 캘리포니아를 향해 70번 주간고속도로를 달리는 캐딜락 뒷자리에서 극심한 간질 발작을 일으켰던 것이었다.

숨을 제대로 쉬지 못해 얼굴이 보랏빛으로 변한 루엘은 선라이트 가드너의 팔에 안긴 채 죽었다.

어느새 가드너는 눈이 튀어나오기 시작했다.

"잊지 마."

모건이 다시 조용히 말했다.

가드너가 속삭였다.

"나빠, 소년들은 모두 다 나빠. 자명한 이치지. 그 자식은 특히 더 나빠."

"맞아! 그 생각을 잊지 마! 우린 그놈을 막을 수 있어, 하지만 난 그놈이 반드시 육지를 통해 블랙 호텔을 나오게 해야겠어."

모건은 가드너를 데리고 파커를 지켜보던 바위로 내려갔다. 모건은 통통한 알비노 파리들이 흑인의 사체에 자리를 잡는 광경을 지켜보았다. 너무나도 생생한 광경이었다. 만약 파리들의 세계에 《버라이어티》 잡지가 있다면 모건은 기꺼이 지면을 사서 파커의 위치를 광고했을 것이다. 한 마리가 오고 이어서 모조리 몰려오겠지. 파리들은 스피디의 썩어 가는 주름살마다 알을 깔 것이고 모건의 트위너의 허벅지에 낙인을 찍게 한 작자는 구더기로 득실거릴 것이다. 얼마나 보기 좋은 그림인가.

모건이 테라스 쪽을 가리키며 말했다.

"보트는 저쪽 아래에 있어. 말처럼 생겼지. 왜 하필 말 모양인지는 주님만이 아실 거고. 그래, 보트는 그늘 속에 있어. 하지만 넌 사격의 명수잖아. 그것을 찾으면 말이야, 가드너, 총을 두어 발 쏴 버려. 그 빌어먹을 물건을 가라앉혀 버리라고."

가드너는 어깨에서 라이플을 내리고 조준경으로 들여다봤다. 커다란 총을 휘두르며 총구로 전후방을 세세히 한참 동안 훑었다.

"찾았습니다."

가드너가 흡족한 목소리로 속삭이고는 방아쇠를 당겼다. 메아리가 물 위로 길게 울려 퍼지며 점점 작아지다 마침내 들리지 않게 되었다. 총신이 올라갔다가 다시 내려왔다. 가드너의 총이 다시 불을 뿜고 또 뿜었다.

"맞혔습니다."

가드너가 총신을 내리며 말했다. 용기를 되찾고 다시 콧대가 올라간 가드너는 유타주에서 과업을 마치고 돌아왔을 때처럼 만족스럽게 미소 지었다.

"이제 거죽만 남아 물 위에 떠 있습니다. 조준경으로 보시겠습니까?"

가드너가 라이플을 내밀었지만 슬로트는 거절했다.

"됐어. 네가 맞혔다면 맞힌 거지. 이제 놈은 육지로 나올 수밖에 없고, 우린 그놈이 어느 쪽으로 나올지 알고 있어. 그 자식은 오랫동안 우리가 사용한 통로로 나올 거야."

가드너가 눈을 빛내며 모건을 우러러보았다.

"저쪽으로 올라가는 게 좋겠어."

모건이 낡은 보드워크를 가리키며 말했다. 보드워크는 모건이 블랙 호텔을 응시하고 무도회장에 무엇이 있나 생각하며 오랜 시간을 보낸 울타리 바로 안에 있었다.

"알겠습……"

바로 그때 그들 발아래 땅이 으르렁거리며 들썩거리기 시작했다. 조금 전 지하 괴물이 잠에서 깨어 몸을 흔들며 포효하는 것 같았다.

바로 그 순간, 휘황찬란한 하얀 빛이 아진코트의 모든 창문을 가득 채웠다. 천 개의 태양이 뿜어내는 빛 같았다. 창문이 일제히 터져 나가고 다이아몬드처럼 반짝이는 유리 조각이 소나기처럼 쏟아져 내렸다.

"아들을 절대 잊지 말고 나를 따라와!"

슬로트가 소리 질렀다. 다가올 숙명에 대한 자각은 이제 그 안에서 분명해졌다. 도저히 부정할 수 없을 만큼 분명해졌다. *어쨌든 그는 이길 운명이었던 것이다.*

두 사람은 보드워크를 향해 들썩거리는 해변을 달려가기 시작했다.

8

잭은 경탄에 사로잡힌 채 무도회장의 단단한 마룻바닥을 천천히 가로질러 갔다. 위를 올려다보는 잭의 눈은 별처럼 반짝 빛나고 있었다. 얼굴은 모든 색깔을 아우르는 — 일출의 색깔, 일몰의 색깔, *무지개의 색깔* — 맑고 하얀 광채에 잠겨 있었다. 부적은 저 높이 허공에 매달려 천천히 회전하고 있었다.

부적은 둘레가 1미터 정도 되는 크리스털 공이었다. 그 빛무리가 너무나 찬란해서 그 크기를 정확히 가늠할 수가 없었다. 표면에 새겨진 우아한 곡선들은 마치 경도와 위도 같았다…… 잭은 생각했다, *실제로 그럴지도 모르지.* 여전히 깊은 경외감과 찬탄에 잠겨 얼이 빠진 상태였다. *이것은 소우주 속 세계, 모든 세계야. 그리고 모든 가능한 세계의 축이지.*

노래하고 회전하고 눈부시게 빛나는.

잭은 부적 아래 서서 선의의 힘이 안겨 주는 온기와 분명한 감각에 흠씬 젖어 들었다. 그 자리에 선 채로 그 힘이 수억 개의 작은 씨앗에 숨겨진 에너지를 일깨우는 맑은 봄비처럼 그의 안으로 흘러들어 오는 꿈을 꾸었다. 엄청난 환희가 의식을 관통해 로켓처럼 상승했다. 잭 소여는 치켜든 얼굴 위로 두 손을 올려 웃으며 그 환희에 답하는 한편, 몸으로 그 상승감을 표현해 냈다.

"그럼 이제 나에게 와!"

잭이 외치고는

미끄러져

(통과해? 가로질러?)

들어갔다

잭 소여에게로.

"이제 나에게 와!"

제이슨이 테러토리의 달콤한 침 속에서 살짝 매끄러운 혀로 다시 외쳤다. 웃으며 외치고 있었지만 눈물이 뺨을 따라 흘러내리고 있었다. 그리고 잭 소여가 시작한 이 원정이 반드시 그에 의해 끝나야 한다는 것을 깨달았다. 그래서 빠져나와

다시

미끄러져

들어갔다

잭 소여에게로.

잭의 머리 위 허공에서 부적이 천천히 회전하며, 빛과 열기와 진정한 선함이 줄 수 있는 순백의 감동을 내뿜으며 떨고 있었다.

"나에게 와!"

부적이 허공에서 내려오기 시작했다.

9

그렇게 몇 주에 걸친 역경과 암흑과 좌절 뒤에, 친구들을 만나고 친구들을 다시 잃은 뒤에, 고역의 나날과 축축한 건초 더미에서 잠을 자는 밤들 뒤에, 사악한 곳의 악령들(그의 영혼의 그늘 속에 도사린 것도 만만치 않았다.)과 대면한 뒤에, 이 모든 일을 겪은 뒤에, 이렇게 부적은 잭 소여에게 온 것이다.

잭은 부적이 내려오는 것을 지켜보았다. 도망가고 싶다는 생각이 들지는 않았지만 위험에 처한 불안정한 상태의 세계들이 그를 압도하는 느낌이었다. 잭 내면의 제이슨은 정말 실재하는 걸까? 로라 여왕의 아들은 살해당했다. 그는 유령이었고 테러토리 사람들은 맹세할 때 그의 이름을 들먹였다. 그럼에도 잭은 자신이 제이슨이라고 판단을 내렸다. 부적을 얻기 위한 잭의 원정은 제이슨이 완성해야 했던 일이기에 잠시 동안이지만 제이슨이 되살아난 것이었다. 어떻게 보면 잭은 일종의 트위너를 실제로 *가지고* 있었다. 기사들이 유령이었던 것처럼 제이슨이 유령이라면 그 휘황찬란한 빛을 뿜어내며 빙글빙글 도는 공이 위로 뻗은 잭의 손가락에 닿자마자 제이슨 역시 사라졌을 것이다. 잭은 다시 한 번 그를 죽인 셈이 되었을 것이다.

걱정하지 마, 잭. 어떤 목소리가 속삭였다. 따뜻하고 분명한 목소리였다.

그것이 내려왔다, 공, 세계, 모든 *세계*……. 그것은 영광이자 따듯함이며, 선함이며, 순백의 재림이었다. 그리고 순백은 언제나 그래 왔고, 언제나 그래야 하듯, 무척이나 취약했다.

크리스털 공이 내려오자 세계들이 잭의 머리 주위를 돌기 시작했다. 지금은 중첩된 현실을 돌파할 수 없을 것 같았지만 겹겹이 포개진 현실의 질서 전체를 보자 알 수 있었다. 서로 연결되어 있었던 것이다. 한 벌의

(현실이)

사슬갑옷처럼.

너는 세계들의 우주, 선함의 질서를 차지하기 위해 손을 뻗고 있는 거야, 잭. 부적을 떨어뜨리지 마라, 아들아. 제이슨을 위해서라도 절대 떨어뜨려선 안 돼. 아빠의 목소리였다.

세계들 위에 세계들, 그 위에 또 세계들, 멋진 세계들, 생지옥 같은 세계들, 정교한 선들이 새겨진 크리스털 공이 별이 되어 뿜어낸 따뜻한 백색의 빛이 그 모든 것을 잠시 비추고 있었다. 부적은 위로 뻗은 잭 소여의 떨리는 손가락을 향해 천천히 허공을 내려왔다.

부적이 잭에게 노래를 불렀듯, 그는 부적에게 소리를 질렀다.

"나에게 와! 어서 나에게 와!"

부적은 잭의 1미터 위에서 부드러운 치유의 열기로 그의 손을 발갛게 물들이고 있었다. 이제 60센티미터, 이제 30센티미터. 부적은 잠시 망설이면서 천천히 회전하고 축을 살짝 기울였다. 잭은 그 표면에서 대륙과 대양, 만년설 들의 찬란한 윤곽이 변해 가는 모습을 알아볼 수 있었다. 부적은 망설이다가…… 이윽고 천천히 내려와 소년의 손으로 미끄러져 들어왔다.

43장
곳곳에서 들려온 뉴스

1

저 아래에서 잭의 목소리가 들려온 것 같다고 상상하며 깜빡 졸
던 릴리 카바노가 이제는 침대에서 벌떡 일어나 앉았다. 몇 주 만에
처음으로 밀랍 같은 누런 뺨에 밝은 빛이 번졌다. 그녀의 눈도 생생
한 희망으로 반짝반짝 빛났다.

"제이슨?"

릴리는 헉 숨을 들이켰다가 얼굴을 찌푸렸다. 그것은 아들의 이
름이 아니었다. 하지만 그녀가 방금 소스라치게 놀라 깨어나기 전
까지만 해도 그런 이름의 아들이 있는 꿈을 꾸고 있었다. 게다가 꿈
속에서 그녀는 다른 사람이었다. 이것은 물론 약 때문이었다. 약 때
문에 완전히 말도 안 되는 꿈을 꾸었던 것이다.

그녀가 다시 이름을 고쳐 불렀다.

"잭? 잭, 어디 있니?"

대답은 없었다…… 하지만 릴리는 잭이 살아 있다는 것을 느낄

수 있었다, 확실히 알 수 있었다. 오랜만에 처음으로 ── 아마 6개월 만이리라 ── 그녀는 정말로 기분이 유쾌해졌다.

"재키야."

릴리는 담배를 집어 들면서 불러 보았다. 잠시 담배를 바라보다가 방 저쪽 편으로 던져 버렸다. 담배는 오후에 태워 버릴 작정으로 잡동사니들을 모아 둔 난로 위에 떨어졌다.

"엄마는 방금 금연 결심을 했단다, 재키야, 이번이 두 번째이자 마지막 금연 결심이 될 것 같구나. 잘 견뎌라, 꼬마. 엄마가 너를 사랑한단다."

그리고 릴리는 아무 이유도 없이 바보처럼 함박웃음을 웃고 있었다.

2

울프가 상자에서 탈출한 그 끔찍한 밤에 선라이트 홈에서 주방 일을 하고 있던 도니 키건은 살아남았다. 함께 주방 일을 하던 조지 어윈슨은 그다지 운이 좋지 않았다. 지금 도니는 인디애나 먼시에 있는 좀 더 평범한 고아원에서 지내고 있다. 선라이트 홈의 일부 아이들과는 달리 도니는 진짜 고아였다. 가드너는 주의 기준을 충족하기 위해 최소한의 고아들을 받아들일 필요가 있었다.

지금 도니는 어두운 2층 복도에서 멍청히 대걸레질을 하고 있었다. 그러다 문득 위를 올려다보았다. 흐리멍덩한 눈이 휘둥그레졌다. 창밖에서는 12월의 버려진 들판에 가벼운 눈송이를 날리던 구름이 돌연 밀려나 서쪽 하늘이 열리며 드넓은 대지에 한 줄기 햇살이 쏟아졌다. 황량한 벌판 한가운데에서 홀로 지독히도 고고한 아름다움이었다.

도니는 의기양양하게 소리쳤다.

"*네가 맞았어. 난 정말 그 애를 좋아해!*"

도니는 퍼드 장클로에게 외치고 있었다. 비록 머릿속이 수많은 장난감 생각으로 가득 차 이미 그의 이름을 잊은 지 오래였지만.

"*그 애는 아름다워. 그래서 그 애가 정말 좋아!*"

도니는 바보처럼 껄껄 소리를 내며 웃었지만 지금 이 순간만은 그 웃음을 아름답다고 할 수 있었다. 몇몇 소년이 문가로 나와 의아한 얼굴로 도니를 응시했다. 아주 잠깐이지만 그의 얼굴이 깨끗한 햇살에 둘러싸였다. 그날 밤 한 소년이 가까운 친구에게 한순간 도니 키건이 예수처럼 보였다고 속삭일 것이다.

그 순간이 지나자 기이하게 개어 있던 하늘 한쪽을 구름이 다시 메웠고, 저녁 무렵 눈발이 강해지면서 그해의 첫 번째 겨울 폭풍이 몰아쳤다. 도니는 아주 잠깐이지만 진정한 사랑과 승리의 기분을 만끽했다. 그 감정은 순식간에 지나가 버렸다, 마치 꿈에서 깬 것처럼…… 하지만 그는 그때 느낀 기분만은 결코 잊지 않았다. 약속이 부정당하지 않고 단 한 번이라도 지켜져 거의 까무러칠 듯한 은총의 느낌에 충만해 봤다면, 맑고 달콤하며 경이로운 사랑의 감정, 순백이 다시 한 번 돌아올 때의 황홀한 감정을 잊을 수는 없는 것이다.

3

잭과 울프를 선라이트 홈으로 보낸 페어차일드 판사는 더 이상 판사가 아니었다. 최종 상고심이 끝나는 대로 감옥에 갈 것이다. 그가 감옥에서 형을 살 거라는 데는 의심의 여지가 없었다. 영원히 나오지 못할지도 몰랐다. 고령에 건강도 좋은 편이 아니었으니까. 그때 그 빌어먹을 *시신*들이 발견되지만 않았어도…….

페어차일드는 이런 상황에서도 되도록 유쾌하게 지내려 했다. 하지만 자택 서재에서 날이 긴 주머니칼로 손톱을 다듬고 있는 지금 불현듯 우울이 거대한 잿빛 파도처럼 그를 덮쳐 왔다. 돌연 그는 두툼한 손톱을 갈던 주머니칼을 들어 잠시 주의 깊게 들여다보더니 곧 칼끝을 오른쪽 콧구멍에 넣었다. 잠시 주머니칼을 들고 있던 그가 속삭였다.

"빌어먹을. 못 할 것도 없잖아?"

페어차일드가 주먹을 위로 쑤셔 박자 15센티미터짜리 칼날은 먼저 부비강을 꿰뚫고 다음엔 뇌수를 찌르는 짧지만 치명적인 여정을 마쳤다.

4

스모키 업다이크는 오틀리 주점의 칸막이 안에 앉아 송장을 훑어보며 텍사스 인스트루먼트 계산기로 숫자를 더하고 있었다. 잭을 만났던 그때와 달라진 게 없는 모습이었다. 다만 지금은 이른 저녁이었고, 로리가 첫 번째 저녁 손님의 시중을 들고 있는 것 정도만 다르다고 할까. 주크박스에서는 「난 내 눈앞의 술병이 좋아(전두엽

절제술보다)」(1980년 발표된 랜디 핸즐릭 M.D.의 컨트리송 ─옮긴이)가 흘러
나오고 있었다.

한순간 모든 것이 정상이었다. 다음 순간 스모키가 벌떡 일어났
고 작은 종이모자가 머리에서 굴러 떨어졌다. 스모키는 심장이 있
는 흰색 티셔츠의 왼쪽 가슴을 움켜잡았다. 가슴에 은못을 두드려
박는 듯한 격통이 몰려왔다. *벼락을 맞을 거야.* 울프가 했던 말이다.

바로 그 순간 그릴이 돌연 요란한 탕 소리를 내며 폭발했다. 천장
에 붙어 있던 부쉬 맥주 디스플레이가 그릴에 맞아 떨어지며 와장
창 소리가 났다. 거의 순식간에 강한 LP 가스 냄새가 바 뒤쪽을 뒤
덮었다. 로리가 비명을 질렀다.

주크박스의 속도가 점점 빨라졌다. 분당 회전수가 45에서, 78,
150, 400까지 육박했다! 로리의 슬프면서도 우스꽝스러운 한탄 소
리는 마치 로켓 썰매를 탄 미친 다람쥐가 빠르게 지껄이는 소리 같
았다. 다음 순간 주크박스의 뚜껑이 폭발해 색유리가 사방으로 튀
었다.

스모키는 계산기를 내려다보았다. 하나의 단어가 붉은 액정 속
에서 깜박이고 있었다.

　부적 ─ 부적 ─ 부적 ─ 부적

뒤이어 스모키의 눈알이 터졌다.
"*로리, 가스를 잠가!*"
손님 하나가 이렇게 외치고는 의자에서 내려와 스모키 쪽으로

돌아섰다.

"스모키, 로리한테 말……"

그 사내는 스모키 업다이크의 눈이 있던 구멍에서 피가 세차게 뿜어져 나오는 것을 보고 겁에 질려 울부짖었다.

다음 순간 오틀리 주점 전체가 폭발해 하늘 높이 올라갔다. 그리고 도그타운과 엘마이라에서 소방차가 도착하기 전에 읍내의 태반이 화염에 휩싸였다.

대단한 손실은 아니란다, 얘들아, 아멘을 외쳐 주겠니.

5

언제나처럼 정상적으로 운영되고 있는 테이어 학교에서(캠퍼스에서는 짧은 막간극이 있긴 했지만, 내용이 이어지는 꿈을 연속해서 꾼 것 같다는 희미한 기억으로만 남아 있었다.) 마지막 수업이 방금 시작된 참이었다. 인디애나주에서 가벼운 눈송이가 날릴 때 일리노이주에서는 차가운 보슬비가 내렸다. 학생들은 교실 책상에 앉아 꿈을 꾸고 있거나 생각에 잠겨 있었다.

돌연 예배당에서 종소리가 울리기 시작했다. 학생들은 고개를 들고 눈을 동그랗게 떴다. 테이어 교정 전체에서 희미해져 가던 꿈들이 돌연 다시 시작되려 하는 것 같았다.

6

에서리지는 심화수학반에 앉아 늙은 헝킨스 선생님이 칠판에 길게 써 내려가는 대수식을 보는 척하면서 맹렬하게 발기한 음경을 리드미컬하게 주물럭거리고 있었다. 사실 그는 조금 있다 섹스를 하기로 한 귀여운 읍내 웨이트리스를 생각하고 있었다. 그녀는 팬티스타킹 대신 가터벨트를 착용하는데 그들이 뒹구는 동안에도 기꺼이 스타킹을 신고 있겠다고 했다. 이제 창가로 시선을 돌린 에서리지는 발기한 것도, 긴 다리에 부드러운 나일론 스타킹을 신은 웨이트리스도 잊고, 불현듯 아무 이유 없이 슬로트를 떠올렸다. 지나치게 얌전한 꼬마 리처드 슬로트. 슬로트는 겁쟁이로 분류되어야 마땅했지만 어떤 이유에서인지 그렇지는 않았다. 슬로트를 생각하자 잘 지내는지 궁금해졌다. 어쨌든 나흘 전에 무단으로 학교에서 빠져나간 이후 아무 소식도 없는 것으로 보아 잘 지내고 있지는 않을 것 같았다.

예배당 종들이 댕그랑거리며 예정에 없는 곡조를 연주하기 시작했을 때 더프리 씨는 교장실에서 부정행위를 한 조지 해트필드라는 소년의 퇴학 문제로 노발대발하는 ─ 그리고 부자인 ─ 그의 부친과 상의하던 참이었다. 종소리가 그치자 더프리 씨는 손과 무릎으로 땅을 짚은 채 눈가까지 은발 머리가 흘러내리고 혓바닥을 축 늘어뜨린 자신의 모습을 발견했다. 해트필드 씨는 눈을 휘둥그렇게 뜨고 입을 딱 벌린 채 문가에 서 있었다. ─ 사실은 문에 달라붙어 있다시피 했다. ─ 놀라고 겁에 질린 나머지 화도 잊어버린 듯했다. 더프리 씨는 어느새 개처럼 짖으며 양탄자 위를 기어오고 있었다.

종소리가 울리기 시작했을 때 살덩어리 앨버트는 과자를 먹고 있었다. 잠시 창가로 시선을 돌린 그는 혓끝에 맴도는 뭔가를 기억해 내려고 애쓰는 사람처럼 얼굴을 찡그리고 있었다. 하지만 이내 어깨를 으쓱하고는 다시 나초칩 봉투를 열었다. 마침 엄마가 나초를 상자째로 보내 준 참이었다. 그의 눈이 동그래졌다. 잠시 ── 정말 한순간이었지만 그것으로도 충분했다. ── 과자 봉지 안에 하얗고 통통한 벌레들이 우글거리고 있는 것 같은 생각이 들었던 것이다.

살덩어리 앨버트는 기절했다.

다시 정신이 돌아오자 용기를 내어 다시 봉지 안을 들여다보았다. 그제야 그것이 환각이었다는 것을 깨달았다. 당연하지! 환각이 아니면 뭐겠어? 어쨌든 그 환각은 장차 그에게 이상한 영향을 미치게 된다. 과자 봉지나 캔디 바 또는 슬림 짐이나 빅저크 비프저키 봉지를 열 때마다 머릿속으로 그 벌레들을 떠올리게 되었으니까. 봄이 되면 앨버트는 15킬로그램이나 살이 빠져서 테이어 학교의 테니스 팀에서 경기를 하고 섹스도 할 수 있게 된다. 그는 너무 황홀해서 정신이 오락가락할 지경이다. 난생처음으로 그는 엄마의 사랑 없이도 살 수 있겠다는 생각을 한다.

7

종소리가 울리기 시작했을 때 학생들은 일제히 주위를 둘러보았다. 어떤 아이는 웃고, 어떤 아이는 인상을 썼다. 드물게 울음을 터뜨리는 아이도 있었다. 개 두 마리가 어딘가에서 울부짖었다. 참으로 희한한 일이었다. 테이어 캠퍼스에는 개가 들어올 수 없으니까.

종소리가 연주한 곡조는 컴퓨터에 저장된 일정에 따라 흘러나온

게 아니었다. 기분이 단단히 상한 관리소장이 나중에 그 사실을 입증했다. 그 주에 발행한 학교 신문에서 한 익살꾼 학생이 암시한 바에 따르면, 어떤 열성적인 아이가 크리스마스 방학을 염두에 두고 컴퓨터 프로그램에 입력해 둔 것일 수도 있었다.

그 곡조는 「행복한 나날이 다시 여기에」(1930년 영화 「체이싱 레인보」의 엔딩곡으로 1932년 미 대선 당시 프랭클린 루스벨트의 선거운동 노래로 쓰이면서 오랜 경제공황으로 시름에 젖어 있던 미국인들의 가슴에 희망의 불씨를 안겨 주었다. ― 옮긴이)였다.

8

잭 소여의 친구인 울프의 엄마는 자신이 임신하기엔 너무 늙었다고 생각했음에도 열두 달쯤 전부터 변신의 시기에 월경이 나오지 않기 시작했다. 석 달 전 그녀는 세쌍둥이를 낳았다. 둘은 딸이고 하나는 아들이었다. 진통도 힘들었지만 먼저 낳은 아들 중 한 아이가 곧 죽을 거라는 예감마저 있었다. 그 아이는 가축을 구하기 위해 다른 곳으로 갔고, 거기서 죽을 것이며, 다시는 만날 수 없다는 것을 엄마는 알고 있었다. 그 사실이 너무 가슴 아파서 산고를 치를 때보다 더 많이 울었다.

그래도 지금 울프의 엄마는 보름달 아래서 갓 태어난 아기들과 자고 있었다. 아기들은 모두 당분간 가축들에게서 떨어져 안전하게 지낼 것이다. 그녀는 만면에 미소를 지으며 굴러가 막내아들을 끌어안고 핥기 시작했다. 아기 울프는 자면서도 엄마의 북슬북슬한 목을 껴안고 솜털이 폭신한 가슴에 뺨을 대었다. 어느새 엄마와 아들은 미소 짓고 있었다. 잠을 청하던 울프 엄마는 문득 멀리 떨어진 인간 세계를 떠올렸다. *하느님이 벼락을 내리실 때는 정확하고 놓치시는 바가 없나니.* 그리고 두 사람이 두 딸 옆에서 서로의 품에 안겨 잠들어 있는 동안 사랑스러운 세계의 달빛이 그들을 비추었고 그곳에는 좋은 향기만 가득했다.

9

오하이오주의 고슬린이라는 마을(아만다에서 멀지 않고 콜럼버스에서 남쪽으로 50킬로미터 떨어진)에서 버디 파킨스라는 사내가 저물녘에 닭장에서 삽으로 닭똥을 푸고 있었다. 성긴 면으로 만든 마스크가 그의 입과 코를 덮고 있었다. 그가 퍼 올리고 있는 질식시킬 것 같은 구아노(바닷새의 배설물로 비료 재료로 쓰인다. ― 옮긴이) 가루의 하얀 구름이 코와 입으로 들어오는 것을 막기 위해서였다. 암모니아 냄새가 사방에 진동했다. 그 악취 때문에 머리가 아팠다. 허리도 아팠는데 그는 키가 컸지만 닭장은 낮았기 때문이었다. 모든 상황을 고려하면, 그야말로 불쾌하기 짝이 없는 작업을 하고 있다고 할 수 있었다. 버디 파킨스는 아들이 셋 있었지만 닭장을 청소해야 할 때마다 다들 자취를 감춰 버렸다. 할 수 있는 말은 이제 지쳐 쓰러지기 일보 직전이라는 것이었다. 그리고…….

그 애가! 와, 세상에 맙소사! 그 아이가!

버디 파킨스는 문득 자신을 루이스 파렌이라고 소개한 소년이 생각났다. 그러자 더할 나위 없이 순수한 사랑의 마음이 솟구쳐 얼떨떨할 정도였다. 버카이 레이크에 사는 헬렌 본이라는 고모한테

가고 있다고 주장한 소년, 버디가 그 소년에게 가출했냐고 물었을 때 돌아선 소년의 얼굴은 정직하고 선하며 뜻밖에도 놀랄 만큼 아름다웠다. 그 모습이 어찌나 아름다운지 폭풍이 지나간 후 잠깐 볼 수 있는 무지개가 연상되었고, 땀범벅이 되고 끙 소리가 절로 나올 정도로 고되었지만 그래도 제대로 일을 마쳐 기분 좋은 날의 석양이 떠올랐다.

버디는 입을 딱 벌린 채 허리를 쭉 펴다가 닭장 대들보에 머리를 세게 부딪혔다. 눈물이 핑 돌 정도였다……. 그래도 그는 미친 사람처럼 싱글거리고 있었다. *오 하느님, 그 소년이 그곳에 도착했어, 그곳에 도착했다고.* 버디 파킨스가 생각했다. '그곳'이 어디인지는 알 수 없었지만 압도적인 모험을 마주했을 때처럼 달콤하고 강렬한 감동에 사로잡혔다. 열두 살 때 『보물섬』을 읽은 이후로, 열네 살 때 처음으로 소녀의 젖가슴을 만져 보았을 때 이후로, 이처럼 놀라고 흥분되고 훈훈한 환희에 넘쳐 본 적은 한 번도 없었다. 버디 파킨스는 웃기 시작했다. 삽을 떨어뜨리고 닭들이 놀라서 멍하니 쳐다보거나 말거나 닭똥 더미 사이에서 발을 구르며 춤을 추었다. 마스크를 쓰고 있었지만 여전히 웃으며 손가락으로 딱딱 소리를 내고 있었다.

"그 애가 그곳에 도착했어! 지랄 염병, 그곳에 도착했다고, 결국 해낸 거야, 그곳에 가서 *그것을 얻은 거라고!*"

버디 파킨스가 웃으면서 닭들에게 소리쳤다.

한참이 지나서야 버디는 닭똥에서 풍기는 악취 때문에 기분이 이상해졌던 모양이라고 어렴풋이 ─딱 결론을 내린 건 아니고 어렴풋이 ― 생각했다. 하지만 그게 전부가 *아니었다*, 빌어먹을, 그게 전부가 *아니었던 것이다*. 그는 일종의 계시를 받았는데 그게 무엇인지 좀처럼 기억나지 않았다……. 고등학교 영어 선생님이 들려준 이야기 속 영국 시인도 이런 심정이 아니었을까 하는 생각이 들었다. 그 시인은 아편을 많이 피우고 나서 몽롱한 상태에서 가상의 중국 사창굴에 대한 시를 쓰기 시작했는데, 다시 정신이 돌아오자 그 시를 끝낼 수 없었다고 한다.

이것도 그런 걸 거야. 버디는 이렇게 생각했지만 사실은 다르다는 걸 알고 있었다. 그 환희를 불러온 것이 무엇인지는 정확히 기억나지 않았지만, 도니 키건이 그랬던 것처럼 그도 그 환희가 전혀 짐작도 못 하고 있을 때 아주 기분 좋게 찾아왔다는 것만은 결코 잊을 수 없었다. 위대한 모험에 한 발 내디딘 것 같은 달콤하면서도 강렬한 기분과 무지개의 모든 색깔을 띤 아름다운 하얀색 빛을 한 순간 본 것 같은 기분은 평생토록 잊을 수 없었다.

10

바비 다린의 노래에 다음과 같은 구절이 나온다.

"그리고 땅이 기침을 해서 뿌리들을 토해 낸다/ 데님 셔츠와 부츠를 신은/ 그들을 실어 나른다…… 그들을 실어 나른다."(감미로운 목소리로 1950~60년대 크게 인기를 끈 미국의 가수 겸 배우 바비 다린의 노래 「롱라인라이더」를 가리킨다. ―옮긴이)

오래전 유행이 지난 그 노래는 인디애나 카유가의 아이들 사이에서 뜨거운 공감을 얻고 있었다. 선라이트 홈은 빈집이 된 지 일주일 정도밖에 안 되었지만 이미 그 동네 아이들은 그곳을 유령의 집이라고 부르고 있었다. 굴착기가 '먼 밭' 뒤쪽 암벽 근처에서 찾아낸 소름 끼치는 사체들을 생각한다면 놀랄 일도 아니었다. 동네 부동산업자가 세워 놓은 '집을 팝니다'라는 표지는 겨우 9일이 아니라 1년 동안 잔디 위에 서 있었던 것처럼 보였다. 부동산업자는 이미 한 번 내린 가격을 또 한 번 내려야 할지 고민하고 있었다.

그 일이 있었으니 부동산업자는 그럴 필요가 없게 되었다. 카유가의 납빛 하늘에서 부슬부슬 첫눈이 내리기 시작한 순간(그리고 잭소여가 3000킬로미터 떨어진 곳에서 부적을 손에 넣은 순간) 주방 뒤 LP 가스탱크들이 폭발했기 때문이다. 이해할 수 없는 것은, 일주일 전에 동부 인디애나 가스전력회사의 작업자가 찾아와 모든 가스를 그의 트럭으로 옮겨 놓은 상태였다는 것이다. 작업자는 가스탱크 안에 기어들어 가 담뱃불을 붙여도 아무 일도 없을 거라고 맹세라도 할 수 있었다. 어쨌든 폭발은 일어났다. 가스탱크들은 오틀리 주점의 창문들이 폭발해 길거리로 쏟아져 나온(데님 셔츠와 부츠를 신은 많은 단골들도 함께…… 그리고 엘마이라 구급대가 그들을 실어 날랐다.) 바로 그 순간에 폭발했다.

선라이트 홈은 거의 순식간에 잿더미가 되었다.

할렐루야를 외쳐 주겠니?

11

모든 세계에서 거대한 야수 같은 뭔가가 이동해 살짝 위치를 옮겨 자리를 잡았다……. 하지만 포인트 베누티에서 그 야수는 땅속에 있었고, 깨어나 포효했다. 캘리포니아공과대학 지진학 연구소에 따르면 그것은 79초간 이어지고 잠잠해졌다고 한다.

지진이 시작되었다.

44장
지진

1

아진코트가 흔들리며 무너지고 있다는 것을 잭이 깨닫기까지는
시간이 걸렸다. 잭은 그다지 놀라지도 않았다. 경이감에 넋을 잃은
상태였기 때문이다. 어떤 면에서 잭은 아진코트에 있는 것이 아니
었다. 포인트 배누티에도, 멘도시노 카운티에도, 캘리포니아에도,
아메리카 테러토리에도, 다른 테러토리들에도 있는 것이 아니었
다. 하지만 그는 그 모든 것 안에 *있었으며*, 무한한 다른 세계들에
도 동시에 존재했다. 또한 그 모든 세계에서 잭은 단지 한 곳에 있
는 것이 아니라 모든 곳에 존재했다. 그가 그 세계들 *자체였기* 때문
이다. 부적은 아빠의 예상을 뛰어넘는 존재인 듯 보였다. 부적은 모
든 가능한 세계의 축에 그치는 것이 아니라 세계들 그 자체이자 세
계와 세계 사이의 공간까지도 아울렀다.

이곳에는 동굴에 사는 티베트의 성인조차 정신 이상으로 몰아갈
만큼 불가해한 일들이 차고 넘쳤다. 잭 소여는 모든 곳에 있었고,

잭 소여는 모든 것이었다. 지구와 연쇄적으로 연결된 5만 번째 세계의 풀잎 하나가 대략 아프리카에 해당하는 대륙 한가운데에 있는 보잘것없는 평원에서 말라 죽었다. 잭도 그 풀잎과 함께 죽었다. 또 다른 세계에서는 지구 저 높이 떠 있는 구름 한가운데서 용들이 교미하고 있었다. 황홀경에 빠진 그들의 뜨거운 숨결이 찬 공기와 만나 땅에 비를 내리게 하고 홍수를 일으켰다. 잭은 수컷 용이었고, 잭은 암컷 용이었다. 잭은 정자였고, 잭은 난자였다. 잭은 정자이자 알이었다. 저 멀리 100만 개 우주 너머의 허공에서는 세 개의 먼지 입자가 서로 떨어지지 않은 채 행성 사이를 표류하고 있었다. 잭은 먼지였고, 행성 사이 허공이었다. 잭의 머리 주위에서 은하들이 화장실 휴지처럼 풀려 나왔고, 운명이 그 종이의 칸칸마다 임의의 패턴을 찍어 래그타임(19세기 말 미국 흑인들 사이에서 처음 연주되기 시작한 피아노 연주법으로 특히 초기 재즈의 발전에 지대한 영향을 끼쳤다. —옮긴이)에서 장송곡까지 모든 곡을 연주하는 대우주의 자동피아노(특수 롤에 기록된 악보를 읽고 자동적으로 연주하는 피아노—옮긴이)의 악보로 만들어 버렸다. 잭은 행복하게 오렌지를 깨물었다. 치아에 갈가리 찢긴 잭의 근육이 불만스럽게 비명을 질렀다. 잭은 10억 개의 침대 아래의 1조 개의 먼지 덩이였다. 엄마 캥거루의 주머니 속에서 전생을 꿈꾸는 새끼였고, 엄마 캥거루는 사슴만 한 토끼가 뛰어다니며 장난치는 보라색 평원에서 깡충거리고 있었다. 페루에 사는 돼지 뒷다리의 무릎 관절에 붙은 고기였고, 오하이오의 버디 파킨스가 청소한 닭장에 사는 암탉이 둥지에 낳은 달걀이었다. 버디 파킨스의 코로 들어간 닭똥 가루였고, 곧 버디 파킨스가 재채기를 하게 간질

일 떨리는 머리카락이었다. 재채기였고, 재채기할 때 나온 세균이었고, 세균 속 원자였다. 천지창조 순간의 빅뱅을 향해 시간을 거슬러 올라가는 원자 속 타키온 소립자였다.

잭의 심장이 한순간 박동을 멈추자 천 개의 태양이 신성이 되어 폭발했다.

그는 무한히 많은 세계 속 무한히 많은 참새를 보았고, 한 마리 한 마리의 행복과 추락을 표시했다.

그는 테러토리의 초열지옥 광산에서 죽었다.

그는 에서리지의 넥타이에 감기 바이러스로 살았다.

그는 바람이 되어 먼 곳으로 질주해 다녔다.

그는…….

아, 그는…….

그는 신이었다. 신, 아니면 신과 별로 다르지 않은 존재였다.

아냐! 잭은 공포에 사로잡혀 비명을 질렀다. 아냐, 난 신이 되고 싶지 않아! 제발! 제발, 나는 신이 되고 싶지 않아, 나는 엄마를 살리고 싶을 뿐이라고!

마치 카드놀이 사기꾼의 손아귀에 가망 없는 패가 섞여 들어간 것처럼 무한한 세계의 문이 느닷없이 닫히기 시작했다. 그것은 눈부신 한 줄기 하얀 빛으로 좁아졌고, 잭은 그 빛을 따라 테러토리의 무도회장으로 돌아왔다. 그러나 그곳에서는 몇 초가 지나 있을 뿐이었다. 그리고 잭은 두 손에 부적을 쥐고 있었다.

2

밖에서 땅이 서커스단 무희가 성행위를 연상시키는 춤을 추듯 들썩거리기 시작했다. 우르르 밀려오던 밀물이 생각을 고쳐먹고 다시 썰물이 되어 물러나자 신인 여배우의 허벅지처럼 검게 그을린 모래사장이 눈앞에 드러났다. 드러난 모래 위에서는 이상한 물고기들이 팔딱거리고 있었는데, 눈알을 닮은 젤라틴 덩어리처럼 보이는 것들도 있었다.

마을 뒤의 절벽들은 명목상 퇴적암이었지만 어떤 지질학자도 한 번만 훑어보면 이 바위들을 퇴적암 범주에 넣는 건 졸부를 사교계 명사라고 부르는 것이나 마찬가지라고 망설이지 않고 말할 것이다. 딱딱하게 굳은 진흙 더미에 불과했던 포인트 베누티의 산악지대들은 지금 균열이 생기면서 천 개의 방향으로 불규칙하게 갈라지고 있었다. 잠시 동안은 버텼지만 새로운 균열이 생겨나 입을 벌리고 헐떡거리는 것처럼 늘어났다 줄어들었다 하더니 산사태가 일어나 마을을 덮쳤다. 체로 거른 듯한 흙먼지가 소나기처럼 쏟아졌다. 흙먼지 한가운데는 톨레도 타이어 공장처럼 커다란 바위들이 있었다.

모건의 울프족 여단은 잭과 리처드의 속성훈련 캠프 기습 당시 대부분 궤멸되었다. 그나마 살아남은 울프족도 대부분 미신적인 공포에 휩싸여 비명을 지르고 울부짖으며 달아나는 바람에 그 수는 한층 더 줄어들었다. 몇몇은 원래의 세계로 내던져졌는데, 일부는 도망쳤지만 대부분 그곳에서 일어난 대격변에 희생되었다. 유사한 지각 변동이 이곳에서부터 모든 세계로 퍼져 나갔다. 마치 측

량사가 빈 시료 채취용 막대로 줄줄이 꿰뚫어 놓은 듯했다. 프레즈노 악마 오토바이 재킷을 입은 울프족 세 명이 자동차를 구해 타고 육감적인 구형 링컨 마크 Ⅳ(1970년대 포드사에서 생산된 높은 배기량과 넉넉한 차체를 자랑하는 쿠페. 당시 캐딜락과 함께 고급차의 대명사로 통했다.—옮긴이) 테이프 플레이어에서 들려오는 울부짖는 듯한 해리 제임스(미국의 유명 재즈 트럼펫 연주자이자 빅밴드의 리더—옮긴이)의 트럼펫 연주를 들으며 한 블록 반을 갔을 때 커다란 돌덩이가 하늘에서 떨어져 자동차를 납작하게 으스러뜨렸다.

남은 울프족들이 새된 비명을 지르며 거리를 내달리자 변신이 시작되었다. 유두에 사슬을 건 여인이 그들 앞에서 평온하게 거닐고 있었다. 그녀는 평온하게 머리카락을 한 뭉텅이 뜯어내어 한 울프족에게 내밀었다. 그녀가 흔들리는 땅 위에서 왈츠를 추기 시작하자 피 묻은 모근이 해초 끄트머리처럼 흔들렸다.

그녀가 평온하게 미소 지으며 소리쳤다.

"이것 봐요! 부케예요! 당신을 위한 거예요!"

전혀 평온하지 않았던 그 울프족은 그 여인의 목을 단번에 물어뜯고는 달리고 또 달렸다.

3

잭은 어렵게 손에 넣은 부적을 자세히 관찰했다. 마치 풀숲에서 나와 자신의 손에 든 먹이를 먹는 겁 많은 숲속 생물을 숨소리를 죽인 채 바라보는 아이 같았다.

부적은 잭의 양 손바닥 위에서 은은하게 빛을 발했다. 그 빛은 반짝이다 약해지고 반짝이다 약해지기를 반복했다.

내 심장 박동에 맞추는 거야. 잭은 생각했다.

부적은 유리처럼 보였지만 손으로 느끼기에는 살짝 유연한 것 같기도 했다. 잭이 누르자 옴폭 들어갔다. 누르고 있는 부분 안쪽에서 매혹적인 색이 소용돌이쳐 나왔다. 왼손 밑에서는 군청색이, 오른손 아래에서는 짙은 암적색이 올라왔다. 그는 미소를 지었다…… 뒤이어 미소가 사라졌다.

이러고 있는 사이에 10억 명이 죽고 있을지도 몰라…… 화재, 홍수, 무슨 일이 벌어지고 있을지 누가 알아. 뉴욕주의 앙골라에서 무너져 내린 건물을 잊지 마, 그 뒤에…….

아니에요, 잭. 부적이 속삭였다. 그제야 잭은 가볍게 눌렀는데도 부적이 왜 옴폭 들어갔는지 그 이유를 깨달았다. 부적은 살아 있었던 것이다. 당연히 살아 있었다. *아니에요, 잭. 모든 일이 잘 풀릴 거예요…… 모든 일이 잘 풀리고…… 모든 것이 제자리를 찾아 돌아갈 거라고요. 오직 믿음뿐이에요. 진심을 다하세요. 지금 흔들려서는 안 돼요.*

잭의 마음에 평화가 찾아왔다. 오, 너무도 깊은 평화가.

무지개, 무지개, 무지개. 잭은 자신이 과연 이 경이로운 구슬을 내려놓을 수 있을지 궁금해졌다.

4

해변의 나무가 깔린 보도 아래에서 가드너는 너무 두려운 나머지 모래사장에 납작 엎드려 있었다. 손가락으로 푸석푸석한 모래를 움켜쥔 채 가냘프게 울고 있었다.

모건이 술 취한 사람처럼 비틀거리며 그쪽으로 오더니 가드너의 어깨에서 배낭식 무전기를 뜯어냈다.

"밖에 있어!"

모건은 무전기에 대고 소리 질렀다. 그러고는 송신 버튼을 누르는 걸 잊었다는 것을 깨달았다. 다시 버튼을 누르고 외쳤다.

"밖에 나와 있으라고! 마을 밖으로 나가려고 하면 저 빌어먹을 절벽들이 너희를 덮칠 거야! 이리로 내려와! 나한테 오라고! 이건 젠장맞을 특수효과 같은 것일 뿐이야! 이리로 내려와! 해변에 내려와 원을 그리고 서! 이리로 오는 자는 포상을 주지! 안 내려오는 자는 '초토화된 땅'의 광산에서 죽게 될 거야! 이리로 내려와! 여기는 트여 있다고! 이리로 내려와, 여기선 아무것도 덮치지 않으니까! 이리로 내려오라고, 제기랄!"

모건은 배낭식 무전기를 옆으로 던져 버렸다. 무전기가 쪼개져 열리자 그 안에서 기다란 더듬이가 달린 풍뎅이들이 수십 마리씩 꿈틀거리며 기어 나오기 시작했다.

모건은 몸을 굽혀 창백하게 질린 채 울부짖고 있는 가드너를 일으켜 세웠다. 그가 소리쳤다.

"아주 꼴좋구먼, 똑바로 서."

5

리처드가 누워 있던 테이블에서 바닥에 내동댕이쳐지고 무의식 중에 울음을 터뜨렸다. 그 울음소리는 부적에 매료되어 생각에 잠겨 있던 잭을 현실로 돌려보냈다.

잭은 아진코트가 강한 돌풍을 만난 배처럼 삐걱거리고 있다는 것을 깨달았다. 주위를 둘러보자 널빤지들이 부러져 나가면서 그 아래 먼지 긴 대들보가 드러났다. 대들보들은 베틀 북(베틀에서 날실 사이를 오가며 천을 짜는 기구 — 옮긴이)처럼 좌우로 흔들리고 있었다. 부적의 맑은 빛이 비추자 꿈틀거리는 하얀 벌레들이 허둥지둥 달 아났다.

"금방 갈게, 리처드!"

잭은 소리치고 홀 바닥을 가로질러 돌아가기 시작했다. 한 번 내 동댕이쳐졌지만 부적이 깨지기 쉽다는 걸 알면서도 다시 그 은은 히 빛나는 구체(球體)를 높이 쳐들었다. 부적이 세게 부딪친다면 깨 질 수도 있었다. 그 후에 어떤 일이 일어날지는 그 누구도 알 수 없 었다. 잭은 한쪽 무릎을 세운 채로 넘어져 엉덩이를 찧었다. 하지만 다시 휘청거리며 일어섰다.

아래층에서 다시 리처드의 비명 소리가 들렸다.

"리처드! 금방 갈게!"

머리 위에서 썰매 방울 소리를 들은 것 같았다. 위를 올려다보자 샹들리에가 앞뒤로 진자 운동을 하고 있었고, 그 속도는 점점 더 빨 라지고 있었다. 샹들리에의 크리스털 펜던트끼리 부딪히며 나는 소리였다. 잭이 지켜보고 있는 사이 사슬이 끊어진 샹들리에는 탄 두에 고농도 폭약 대신 다이아몬드를 적재한 폭탄처럼 이미 무너 져 내리기 시작한 바닥에 추락했다. 사방으로 유리 조각이 튀었다.

잭은 몸을 돌려 휘적휘적 큰 걸음으로 그 방에서 나왔다. 그 모 습은 흡사 벌레스크 쇼(미국에서 발달한 통속 회가극. 익살스러운 촌극과 마술, 합창, 선정적인 여성 무용수의 공연 등이 뒤섞인 복합 공연이다. ─옮긴이)의 코미디언이 술 취한 선원을 흉내 내며 휙 돌아선 것 같았다.

홀로 내려오자 바닥이 아래위로 들썩거리며 갈라지는 통에 먼저 한쪽 벽에 부딪치고 다시 다른 쪽 벽에 부닥쳤다. 벽에 부닥칠 때마다 잭은 팔을 부젓가락처럼 뻗으며 부적을 몸에서 멀리 떨어뜨렸고, 부적은 그의 손끝에서 백열 상태의 석탄처럼 빛났다.

넌 결코 계단을 내려가지 못할 거야.

가야 해. 가야 한다고.

흑기사와 마주쳤던 층계참에 이르렀다. 세계가 새로운 방식으로 솟아올랐다. 잭은 비틀거리다 투구가 아래층 바닥에 떨어져 이리 저리 굴러다니는 것을 보았다.

계속 아래를 내려다보았다. 계단이 용트림하는 거대한 파도처럼 흔들려 잭은 토할 것처럼 속이 거북해졌다. 계단 발판이 부서지며 위로 솟구친 자리에는 비틀린 검은 구멍만이 남았다.

"잭!"

"금방 갈게, 리처드!"

넌 결코 저 계단을 내려갈 수 없어. 절대로 못 가, 아가야.

난 가야 해. 가야 한다고.

깨지기 쉬운 부적을 두 손으로 소중히 들고 내려가기 시작했다. 이제 계단은 하늘을 나는 아라비아의 카펫이 토네이도에 휩쓸리기라도 한 것처럼 흐느적거리고 있었다.

계단이 기우뚱하는 바람에 잭은 흑기사의 투구가 떨어진 틈 쪽으로 나동그라졌다. 그는 비명을 지르며, 오른손으로 부적을 가슴에 안고 왼손으로 뒤쪽을 마구 더듬으며 난간 쪽을 향해 뒷걸음쳤다. 손에 잡히는 것은 아무것도 없었다. 뒤꿈치가 난간에 부딪히는 순간 뒤로 기울어진 등 뒤에는 망각 외에 아무것도 없었다.

6

지진이 시작된 이후 50초가 지나갔다. 단지 50초에 불과했다. 하지만 지진에서 살아남은 사람들은 지진이 일어나면 객관적인 시간이나 시계가 알리는 시간 따위는 아무 의미가 없어진다고 말할 것이다. 1964년 로스앤젤레스 지진이 일어나고 사흘 뒤 한 텔레비전 뉴스 리포터가 진앙 근처에 있었던 생존자에게 지진이 얼마 동안 계속되었는지를 물어보았다. 그 생존자가 차분하게 대답했다.

"지진은 지금도 일어나고 있습니다."

지진이 시작된 지 62초 뒤에 포인트 베누티 산악지대는 거의 전체가 운명에 굴복해 포인트 베누티 저지대가 되었다. 산사태가 일어나 거대한 흙탕물이 우르르르르콰쾅 마을을 덮친 자리에는 조금 더 단단한 바위만이 쓸려 나가지 않고 돌출해 있었다. 바위는 마치 아진코트를 비난하는 손가락인 양 호텔을 가리키고 있었다. 산이 무너지면서 새로 생겨난 언덕들 사이로 더러운 굴뚝이 발기된 페니스처럼 불쑥 튀어나와 있었다.

7

해변에서는 모건 슬로트와 선라이트 가드너가 서로를 부둥켜안고 서 있었는데, 그 모습은 마치 훌라춤을 추는 것 같았다. 가드너

는 어깨에 멘 웨더비 라이플을 풀어 내렸다. 울프족 몇 명이 다가왔
다. 그들은 겁에 질려 눈이 툭 불거져 나왔다가 다시 또 지독한 분
노로 눈을 번득이고 있었다. 그리고 더 많은 울프족이 가세했다. 그
들은 한결같이 변신을 했거나 변신 중이었다. 그들의 옷은 누더기
가 되어 매달려 있었다. 그중 하나가 땅바닥에 털썩 엎드려 마치 울
퉁불퉁해진 땅이 죽일 수 있는 적이라도 되는 것처럼 흙바닥을 물
어뜯기 시작했다. 모건은 이런 광란의 도가니를 슬쩍 보고 외면해
버렸다. 차 옆에 사이키델릭한 글씨체로 '와일드 차일드'라고 쓰인
밴 하나가 포인트 베누티 광장의 흙탕물을 헤치며 전속력으로 질
주해 왔다. 그 광장에서는 한때 아이들이 부모에게 아이스크림과
아진코트의 그림이 새겨진 삼각 깃발을 사 달라고 졸라 댔을 것이
다. 광장 끝에 다다른 밴은 인도를 뛰어넘더니 판자로 지은 가게들
을 닥치는 대로 무너뜨리고 굉음을 내며 해변으로 달려갔다. 마지
막으로 땅이 갈라지면서 토미 우드바인을 치어 죽인 그 '와일드 차
일드' 밴은 앞부분부터 땅속으로 추락해 영원히 사라져 버렸다. 밴
의 가스탱크가 폭발하면서 불길이 치솟았다. 이 광경을 지켜보던
슬로트는 오순절파의 불세례(오순절파는 20세기 초 미국에서 시작된 근본
주의자의 일파로 불세례는 신자에게 주어지는 축복과 비신자에게 내리는 심판이
라는 이중적인 의미가 있다. ─옮긴이)에 대해 설교하던 부친을 희미하
게 떠올렸다. 이윽고 땅은 탁 하고 닫혀 버렸다.

　슬로트가 가드너에게 소리쳤다.

　"꼼짝 말고 거기 서 있어. 블랙 호텔이 무너져 내려 그 자식을 깔
아뭉갤 거야. 하지만 만약에 녀석이 살아서 나온다면 네가 쏴 버려.

지진이 나거나 말거나."

"그것이 깨지면 우리도 알 수 있을까요?"

가드너가 짜증 섞인 목소리로 묻자, 모건 슬로트는 대나무 숲을 헤집고 다니는 멧돼지처럼 씩 웃었다.

"알 수 있을 거야. 태양이 검게 변할 테니까."

74초가 흘렀다.

8

잭의 왼손이 너덜거리는 난간 기둥을 잡기 위해 허우적거리고 있었다. 부적은 그의 품에서 맹렬하게 빛을 발했고, 부적 표면에 새겨진 경도선과 위도선은 전구 속 필라멘트처럼 밝게 빛났다. 뒤꿈치가 기울더니 발바닥이 미끄러지기 시작했다.

떨어질 것 같아요! 스피디 할아버지! 곧 떨어질⋯⋯.

79초.

지진이 끝났다.

별안간 저절로 멈췄다.

다만 잭에게는 여전히 지진이 일어나고 있었다, 1964년의 지진 생존자가 그랬던 것처럼. 적어도 그의 머릿속에서는 땅이 계속해서 교회 피크닉의 젤리처럼 흔들리고 있었다.

잭은 난간에서 뒤로 물러나 휘청거리며 비틀린 층계 중간으로 걸어갔다. 헐떡거리며 서 있었다, 땀으로 번들거리는 얼굴로 밝고 동그란 별 같은 부적을 가슴에 안고 있었다. 그렇게 선 채로 고요에 귀를 기울이고 있었다.

어딘가에서 뭔가 무거운 것 — 아마도 책상이나 옷장이리라 — 이 비틀비틀 간신히 균형을 유지하다가 떨어져 우렁찬 굉음과 함께 메아리를 일으켰다.

"잭! 도와줘! 나 죽을 것 같아!"

리처드의 힘없이 신음하는 목소리는 단말마의 비명처럼 들렸다.

"리처드! 금방 갈게!"

잭은 계단을 다시 내려가기 시작했다. 계단은 이제 비틀리고 구부러져 휘청거렸다. 계단 발판들이 대부분 허물어져서 그 공간을 건너뛰어야 했다. 한 번은 연달아 네 칸이 부서져 한 손으로 부적을 안고 다른 손으로는 휘어진 난간 기둥을 잡은 채 훌쩍 뛰어넘어야 했다.

여전히 온갖 것들이 떨어지고 있었다. 유리가 깨지며 쨍그랑거리는가 하면, 어디에선가는 화장실 변기가 귀신이 들린 것처럼 연신 물을 내리고 있었다.

로비에 있는 삼나무로 만든 프런트데스크는 한가운데가 동강이 나 있었다. 하지만 이중문이 약간 열려 있어서 그 틈으로 한 줄기 밝은 햇살이 들어오고 있었다. 낡고 눅눅한 양탄자가 이 햇살에 항의하듯 지글거리며 김을 뿜어내고 있었다.

밖에선 구름이 사라지고 태양이 빛나고 있어. 이 문을 열고 밖으로 나가는 거야, 꼬마 리치. 너랑 나 함께 말이야. 멀쩡히 살아서 보무도 당당하게 걸어 나가는 거야. 잭은 생각했다.

왜가리 바를 지나 식당으로 이어지는 복도는 드라마 「환상특급」에 나오는 세트를 연상시켰다. 그곳에서는 모든 것이 삐뚜름하고 어딘가 어긋나 있었다. 이쪽에선 바닥이 왼쪽으로 기울었고 저쪽에선 오른쪽으로 기울었다. 또 어느 곳은 마치 낙타의 쌍봉 같았다. 잭은 세상에서 가장 큰 회중전등처럼 길을 밝혀 주는 부적의 힘으로 어둠을 뚫고 나갔다.

잭은 식당으로 뛰어 들어가 리처드가 식탁보에 감싸인 채 바닥에 누워 있는 것을 보았다. 리처드의 코에서 피가 흐르고 있었다. 더 가까이 가자 붉고 단단한 혹이 갈라진 자리에서 살 속에 숨어 있던 하얀 벌레들이 나와 느릿느릿 리처드의 뺨을 기어 다니는 모습이 보였다. 그가 지켜보고 있는 동안에도 한 마리가 리처드의 코에서 기어 나왔다.

리처드는 거품을 입에 문 채 허약하고 비참하게 비명을 지르며 벌레를 할퀴었다. 그것은 극도의 고통 속에서 죽어 가는 사람의 비명이었다.

리처드의 셔츠 속에서도 벌레들이 불거지며 꿈틀거렸다.

잭은 뒤틀린 바닥을 비틀비틀 가로질러 리처드를 향해 다가갔다……. 그때 어둠 속에 있던 거미가 미끄러져 내려와 닥치는 대로 허공에 독을 쏘아 댔다.

거미는 칭얼거리듯 웅웅거리는 벌레 목소리로 횡설수설했다.

"뻔뻔한 또뚝놈! 오, 이런 뻔뻔한 또뚝놈, 부적을 돌려줘 돌려주라고!"

잭이 무심코 부적을 들어 올리자, 부적은 깨끗하고 하얀 불꽃—무지개의 모든 색깔을 가진 불꽃—을 번쩍 토했다. 거미는 쪼글쪼글해지더니 검게 변해 버렸다. 곧이어 작은 숯 덩어리처럼 연기를 내뿜으며 천천히 진자 운동을 하다 허공에 멈추었다.

이런 일에 놀라 넋을 놓고 있을 때가 아니었다. 리처드가 죽어 가고 있었다.

잭은 리처드에게 다가가 곁에 무릎을 꿇고는 마치 시트를 벗기듯 그의 몸에서 식탁보를 벗겨 냈다.

"이제야 내가 왔어, 동지."

리처드의 살 속에서 기어 나오는 벌레들에게서 슬쩍 눈길을 돌리며 속삭였다. 그러고는 부적을 들어 올리고 잠시 생각하다가 리처드의 이마에 올려놓았다. 리처드는 끔찍스러운 비명을 지르고 온몸을 비틀며 부적을 피하려 했다. 잭은 뼈만 남은 리처드의 가슴에 팔을 둘러 그를 붙잡았다. 전혀 힘들지 않았다. 부적 아래서 벌레가 시커멓게 타들어 가는 악취가 퍼져 나갔다.

이제 어쩌지? 뭔가가 더 있을 텐데, 그게 뭘까?

잭은 방 건너편을 보다가 자신이 리처드에게 쥐여 준 녹색 유리구슬에 시선이 고정되었다. 저쪽 세계에서 마법의 거울이었던 구슬이었다. 그가 보고 있는 동안에도 유리구슬은 자신의 자유의지로 2미터 정도를 굴러가다 멈추었다. 구슬이 굴렀다, 그렇다. 그것은 구슬이고, 구슬은 원래 구른다. 구슬은 둥글다. 구슬도 둥글고 부적도 둥글다.

어지러운 잭의 머릿속에서 빛이 반짝였다.

리처드를 잡은 채 잭은 그의 머리에서 아래로 부적을 굴렸다. 부적이 가슴에 이르렀을 때 리처드가 몸부림을 멈추었다. 잭은 리처드가 기절한 줄 알았지만 흘깃 보니 그렇지 않았다. 리처드가 경탄에 젖은 얼굴로 그를 바라보고 있었다…….

……그리고 얼굴의 종기가 없어졌다! 붉고 단단한 혹들도 사라지고 있었다!

"리처드! 이봐, 리처드, 이걸 좀 봐! 이 형님께서 마술을 부린다 이거야."

잭이 미친 사람처럼 웃으면서 소리치고는 손바닥을 써서 리처드의 배 위로 부적을 천천히 굴렸다. 부적이 건강과 치유의 맑고 조화로운 무언의 노래를 부르며 밝게 빛나고 있었다. 리처드의 가랑이를 지난 뒤 가냘픈 두 다리를 모아 그 사이로 발목까지 부적을 굴렸다. 부적은 밝은 청색에서…… 진홍색으로…… 다시 노란색이 되었다가…… 마침내 6월의 들풀 같은 초록색이 되었다.

이윽고 다시 백색으로 돌아왔다.

리처드가 속삭였다.

"잭, 그게 우리가 찾던 거야?"

"그래."

리처드가 머뭇거리다 물었다.

"정말 아름다워. 나도 만져 봐도 돼?"

잭은 느닷없이 스크루지처럼 인색해져 잠시 부적을 바짝 끌어당겼다. 안 돼! 네가 깨트릴 수도 있잖아! 게다가 이건 내 거야! 난 이것을 찾으려고 대륙을 가로질렀어! 이것을 차지하려고 기사들과도 싸웠어! 넌 그걸 만지면 안 돼! 내 거야! 내 거라고! 내 거…….

잭이 들고 있던 부적이 돌연 차디찬 냉기를 뿜어냈다. 그리고 한순간―잭에게는 모든 세계에서 과거에 일어났고 미래에 일어날 모든 지진을 합친 것보다 더 섬뜩한 그 짧은 순간에 ─ 부적이 음산한 검은색으로 변하고 순백의 빛이 꺼져 버렸다. 불길하고 치명적인 기운으로 가득 찬 부적 안에서 잭은 블랙 호텔을 보았다. 커다란 악성 종양이 꽉 들어찬 사마귀처럼 불거진 작은 탑, 맞배지붕, 박공지붕, 둥근 지붕 위에서 신비로운 문양의 풍향계들이 늑대와 까마귀와 뒤틀린 생식기처럼 생긴 별이 되어 빙글빙글 돌고 있었다.

그렇다면 당신은 새로운 아진코트가 되고 싶은 건가요? 소년도 호텔이 될 수 있어요…… 마음만 먹는다면요. 부적이 속삭였다.

엄마의 목소리가 잭의 머릿속에서 쟁쟁 울렸다. 재키야, 그걸 나누고 싶지 않다면, 친구를 위해서 위험을 무릅쓸 수 없다면, 거기 그냥 있는 게 낫겠구나. 보상을 나누고 싶지 않다면, 기꺼이 내주지 못하겠다면, 굳이 힘들여 집에 돌아올 필요도 없다. 어린아이들은 늘상 이런 말을 듣겠지만, 지금이야말로 행동으로 옮겨야 할 때야, 그렇지 않니? 만약에 친구와 나누고 싶지 않다면, 이 몸을 그냥 내버려 두는 게 낫겠어, 동지, 왜냐하면 엄마는 그렇게까지 해서 살고 싶지는 않거든.

부적의 무게가 난데없이 죽은 자의 몸처럼 천근만근 무거워졌다. 그런데도 잭은 어찌어찌 부적을 들어 올려 리처드에게 주었다. 해골처럼 희멀건 리처드의 손에……. 하지만 리처드는 부적을 쉽게 들어 올렸다. 그제야 잭은 무겁다고 생각한 것이 자신의 왜곡되고 역겨운 욕망이 빚어낸 상상에 불과했다는 것을 깨달았다. 부적이 다시 영광스러운 백색의 빛을 내뿜자 잭은 마음속에서 어둠이 빠져나가는 것을 느꼈다. 잭은 어떤 것에 대한 소유권을 주장하려면 그것을 기꺼이 내려놓을 수 있어야 한다는 것을 어렴풋이 깨달았다…… 그러고 나자 그 생각 역시 빠져나가 버렸다.

리처드가 미소를 짓자 그의 얼굴이 아름답게 빛났다. 잭은 리처드가 미소 짓는 것을 여러 번 보았지만 이 미소에는 일찍이 보지 못한 평화가 깃들어 있었다. 잭의 이해를 뛰어넘는 평화로움이었다. 부적이 새하얀 치유의 빛을 비추자 아직은 파리하고 초췌한 리처드의 얼굴이 치유되기 시작했다. 그는 마치 아기를 안듯이 부적을 품에 안았다. 그러고는 초롱초롱한 눈으로 잭을 보며 미소 지었다.

"*이것이 시브룩섬행 급행이라면 정기 승차권을 살 거야. 만약에 여기서 나갈 수 있다면 말이지만.*"

"몸이 좀 나아졌어?"

리처드의 미소가 부적의 빛처럼 반짝였다.

"엄청나게 좋아졌어. 이제 나 좀 일으켜 줘, 잭."

잭이 리처드의 어깨를 감싸 안자 그가 부적을 내밀었다.

"먼저 이것부터 받는 게 좋겠어. 난 아직 기운이 없는 데다 부적이 너에게 돌아가고 싶어 해. 느낌으로 알 수 있어."

잭은 부적을 받아 들고 리처드를 부축했다. 리처드가 한 팔로 잭의 목을 감았다. 잭이 물었다.

"준비됐나…… 동지?"

"응, 준비됐어. 하지만 왠지 바다 쪽으로 나가는 길이 끊긴 것 같아, 잭. 아까 우르르 덜컹거릴 때 저 밖의 테라스가 무너지는 소리를 들은 것 같아."

"우린 정문으로 나갈 거야. 설령 하느님이 대양 위로 저기 뒤쪽 창에서 해변까지 길을 만들어 놓았다 해도 난 정문으로 나갈 거야. 우리는 이곳에서 도망치는 게 아니니까, 리치. 우린 돈을 치른 손님처럼 나갈 거야. 내 생각에 난 이미 많이 지불한 거 같거든. 네 생각은 어때?"

리처드는 손바닥을 위로 한 채 가냘픈 손을 내밀었다. 치유되고는 있지만 여전히 손바닥에서 붉은 반점이 번들거리고 있었다.

"나도 우리가 가서 부딪쳐 봐야 한다고 생각해. 하이파이브 한 번 하자, 재키."

잭은 손바닥으로 리처드의 손바닥을 철썩 내리쳤다. 이윽고 두 소년은 복도로 돌아가기 시작했다. 리처드는 여전히 한 팔로 잭의 목을 감고 있었다.

복도를 반쯤 지나왔을 때 리처드가 찌그러진 고철 더미를 발견했다.

"대체 저게 뭐지?"

"커피 깡통이지, 맥스웰 하우스 커피 깡통."

잭이 대답하고는 슬며시 미소 지었다.

"잭, 도대체 너한테 무슨 일이……"

"신경 쓰지 마, 리처드."

잭이 싱긋 웃으며 말했다. 여전히 기분은 좋았지만 다시금 긴장의 끈이 팽팽히 당겨지면서 몸이 굳어졌다. 지진은 끝났다…… 하지만 아직 끝나지 않은 게 있었다. 모건은 지금 그들이 나오기만을 기다리고 있을 터였다, 가드너와 함께.

신경 쓰지 마. 어디 해볼 테면 해보라지.

로비에 이르러 리처드는 어리벙벙한 얼굴로 계단과 부서진 프런트데스크, 엉망으로 뒤섞인 트로피와 깃발 들을 둘러보았다. 검은색 곰 인형의 머리가 편지 보관함에 코를 박고 있었는데, 그 모습은 마치 맛있는 꿀 냄새를 맡고 있는 것 같았다.

리처드가 외쳤다.

"와, 아주 그냥 다 무너져 버렸네."

잭은 이중문으로 리처드를 데려가 한 줌의 햇살이라도 느끼고 싶어 안달하는 그의 모습을 지켜보았다.

"정말 준비된 거 맞아, 리처드?"

"물론이지."

"너희 아버지가 밖에 있어."

"아니, 그자는 내 아버지가 아니야. 아버지는 돌아가셨어. 저 밖에 있는 것은 그의…… 뭐라고 불러야 하지? 맞아. 아버지의 트위너야."

"오, 그렇구나."

"그렇다니까."

리처드가 고개를 끄덕였다. 부적이 가까이 있는데도 다시금 지친 얼굴이 되었다.

"밖으로 나가면 한바탕 싸움이 벌어질 거야."

"그럼 나도 최선을 다할게."

"사랑해, 리처드."

"나도 너를 사랑해, 잭. 얼른 가서 부딪쳐 보자, 내가 겁에 질리기 전에."

리처드가 파리하게 웃었다.

9

슬로트는 정말로 자신이 이 상황은 물론, 모든 것을 지배하고 있다고 믿었다. 하지만 더 중요한 것은 스스로를 통제하고 있다는 사실이었다. 누가 봐도 연약하고 누가 봐도 병들었지만 아직 멀쩡히 살아 있는 자신의 아들을 볼 때까지는 그런 확신이 있었다. 아들은 잭 소여의 목에 팔을 감고 어깨에 머리를 기댄 채 블랙 호텔에서 나오고 있었다.

또한 슬로트는 마침내 필 소여의 애새끼에 대한 감정을 다스리는 데도 성공했다고 믿었다. 처음에 여왕의 파빌리온에서, 그다음에 중서부에서 잭을 놓친 것도 분노를 품고 있었기 때문이었다. 빌어먹을 잭이 오하이오주를 털끝 하나 다치지 않고 횡단했다. 오하이오주는 또 다른 모건의 본거지인 오리스에서 엎어지면 코 닿을 만큼 가까운 곳이었다. 그런데도 분노로 이성을 잃는 바람에 그 녀석이 빠져나갔던 것이다. 그래서 분노를 꾹꾹 눌러 왔건만 이제 그것은 사악한 얼굴을 드러내고 고삐 풀린 망아지처럼 날뛰기 시작했다. 마치 차곡차곡 쌓아 놓은 불더미에 석유를 끼얹은 것처럼 걷잡을 수가 없었다.

모건의 아들이 아직 살아 있다. 그의 사랑하는 아들이, 세계들과 우주들의 통치권을 물려받을 아들이, 제대로 서 있지 못해 잭 소여에 기대어 있다.

그것만이 아니었다. 지구에 떨어진 별처럼 소여의 손에서 희미하게 빛나기도 하고 번쩍거리기도 하는 것은 부적이었다. 이곳에서도 슬로트는 부적을 감지할 수 있었다. 마치 지구의 중력장이 갑자기 강해져 그를 끌어 내리고 심장을 빨리 뛰게 만드는 것 같았다. 마치 시간의 흐름이 빨라져 그의 살이 메마르고 눈조차 희미해지는 것 같았다.

"너무 아파요!"

가드너가 옆에서 울부짖었다.

지진에서 살아남아 모건의 곁에 모여 있던 울프족들도 대부분 손으로 얼굴을 가린 채 비틀거리며 달아나고 있었다. 그중 두세 명은 속수무책으로 토하고 있었다.

모건은 잠시 기절할 만큼 극심한 공포를 느꼈다······ 그리고 모든 세계와 우주를 차지하려는 거창한 꿈의 원동력이 되었던 그의 분노와 흥분과 광기와······ 이런 것들이 마침내 자제력의 한계를 넘어서고 말았다.

모건은 양손 엄지를 귀까지 올려 귓구멍 깊숙이 쑤셔 넣었다. 너무 깊이 찔러서 아플 정도였다. 그러고는 곧 죽게 될 더러운 후레자식 잭 소여 씨에게 혀를 내밀고 손가락을 양옆으로 흔들어 보였다. 다음 순간 그의 윗니가 내리닫이문처럼 내려오며 날름거리는 혀끝을 절단해 버렸다. 슬로트는 혀가 잘린 것도 알아차리지 못한 채로 가드너의 방탄조끼를 잡아당겼다.

가드너가 공포심으로 넋이 나간 얼굴로 말했다.

"그들이 나왔고 놈이 그것을 갖고 있습니다, 모건 님······ 주인님…… 우리는 달아나야 합니다, 달아나지 않으면……"

"저놈을 쏴! 저놈을 쏘라고, 이 천지 분간도 못 하는 멍청이 같으니라고, 저놈이 네 아들을 죽였어! 저놈도 쏘고 빌어먹을 부적도 쏘라고! 저놈의 팔을 쏴서 부적을 부숴 버려!"

모건이 가드너의 얼굴에 대고 고함을 질렀다. 잘린 혀에서 시뻘건 피가 점점이 뿜어져 나왔다.

슬로트는 이제 가드너의 앞에서 천천히 깡충거리며 춤을 추기 시작했다. 무섭게 찡그린 얼굴에 양손 엄지를 다시 귓구멍에 꽂고 머리 옆으로 손을 까딱이며, 잘린 혀를 입 밖으로 내밀었다 도로 넣었다 했다. 그 모습은 마치 뿌 소리를 내며 펴지는 새해 전야 파티용 피리 같았다. 그는 마치 살의를 품은 아이처럼, 유쾌하지만 동시에 끔찍해 보였다.

"저놈이 네 아들을 죽였어! 아들의 복수를 하라고! 저놈을 쏴! 부적을 쏘라고! 저놈 아빠를 쏘았으니 이제 저놈도 쏴 버려!"

가드너가 생각에 잠긴 채로 말했다.

"루엘…… 네. 저놈이 루엘을 죽였습니다. 저놈은 이 세상에서 가장 나쁜 개새끼지요. 모든 소년이 그렇듯이 자명한 이치예요. 하지만 그는…… 그는……."

가드너는 블랙 호텔을 향해 돌아서서 웨더비를 어깨에 올렸다. 잭과 리처드는 비틀린 정문 계단 밑바닥에 도착해 넓은 보도를 따라 내려오기 시작했다. 몇 분 전까지만 해도 평평했던 보도블록은 엉망으로 뒤집어져 있었다. 조준경으로 보니 두 소년은 이동 주택만큼이나 크게 보였다.

"저놈을 쏘라고!"

모건이 고함을 질렀다. 피가 뚝뚝 흐르는 혀를 다시 내밀고는 승리를 확신하는 유치원생이 낼 법한 추악한 소리를 냈다. *빰빰빰-빰빠밤-빰빰빰빠밤-빰빰빰-빰빠밤!* 더러운 구찌 로퍼를 신은 발을 동동 굴렀다. 한쪽 발이 잘려 나간 혀끝을 짓밟아 모래 깊숙이 처박았다. 모건이 울부짖었다.

"저놈을 쏴! 부적을 쏴!"

말 모양 고무보트를 쏠 때 했던 것처럼 이번에도 가드너는 웨더비의 총구로 원을 그리며 세세히 살펴보았다. 그리고 딱 멈추었다. 잭은 가슴에 부적을 안고 있었다. 번쩍이는 원형의 빛을 십자선 중심에 두었다. 웨더비의 360구경 탄환이 부적을 관통해 산산이 박살 내면 태양은 검게 변할 것이다⋯⋯ *하지만 그 전에 저 가장 나쁘고 나쁜 자식의 가슴이 터져 나가는 것을 보고 말 테다.* 가드너는 생각했다.

"저놈은 죽은 목숨이야."

가드너가 중얼거리며 웨더비의 방아쇠에 지그시 힘을 주기 시작했다.

10

리처드는 안간힘을 써서 고개를 들었다. 강렬한 햇살이 반사되어 눈이 타는 듯했다.

두 사내가 있었다. 하나는 고개를 살짝 기울였고 다른 하나는 춤을 추는 것 같았다. 햇살이 다시 한 번 번쩍이자 리처드는 이해할 수 있었다. 모든 상황을 이해할 수 있었다……. 하지만 잭은 엉뚱한 곳을 바라보고 있었다. 잭은 스피디가 누워 있던 바위 쪽을 내려다보고 있었다. 리처드가 소리쳤다.

"잭, 조심해!"

잭은 화들짝 놀라 주위를 둘러보았다.

"뭐야……"

순식간이었다. 잭은 거의 눈치채지 못했다. 리처드는 그것을 보고 모든 상황을 이해했지만 잭한테 설명할 길이 없었다. 다시 한 번 햇빛이 살인자의 라이플 조준경을 비추자, 이번에는 반사된 햇살이 부적을 강타했고, 부적은 햇살을 살인자를 향해 곧바로 되쏘았다. 이것은 나중에 리처드가 잭에게 말해 준 내용이다. 하지만 그것은 엠파이어스테이트 빌딩을 서너 층짜리 건물이라고 말한 것이나 다름없었다.

부적은 햇살을 곧바로 반사하지 않았다. 어떻게 했는지는 몰라도 그 힘을 증강시켰다. 부적은 우주 영화에 나오는 살인 광선 같은 두터운 빛줄기를 되돌려 주었다. 그 빛은 아주 잠깐 동안만 비추었지만 그 후로도 리처드의 망막에 족히 한 시간은 각인되어 있었다. 맨 처음에는 하얀색, 그다음에는 녹색, 또 그다음에는 파란색, 그리고 마지막으로 흐릿해지면서 레몬처럼 노란 햇살로 변했다.

11

"저놈은 죽은 목숨이야."

가드너가 이렇게 속삭인 바로 그 순간, 조준경이 살아 움직이는 듯한 불길에 휩싸이더니 두꺼운 유리 렌즈가 박살 나 버렸다. 녹아 내린 유리가 연기를 내며 가드너의 오른쪽 눈으로 빠르게 밀려들어 갔다. 웨더비의 탄창 카트리지가 폭발해 총신 중간을 찢어 버렸다. 나지막한 소리를 내며 날아가던 금속 파편 하나가 가드너의 오른쪽 뺨을 거의 찢어 놓았다. 다른 구부러지고 비틀어진 금속 파편들이 폭풍처럼 슬로트 주변으로 날아갔지만 놀랍게도 찰과상 하나 입히지 못했다. 끝까지 남아 있던 울프족 셋 가운데 둘이 뺑소니를 쳤다. 세 번째 울프족은 하늘을 노려보며 벌렁 누워 죽어 있었다. 미간 한가운데에 웨더비의 방아쇠가 직각으로 꽂혀 있었다.

"뭐야? 뭐야? 무슨 일인데?"

모건이 울부짖었다. 피로 물든 입을 떡 벌리고 있었다.

가드너는 와일 E. 코요테가 아크메 회사에서 구매한 폭탄을 설치했다가 로드러너를 잡기는커녕 오히려 폭탄을 맞았을 때처럼 처참한 모습이었다.

가드너는 총을 내팽개쳤다. 슬로트는 가드너의 왼손 손가락이 몽땅 찢겨 나간 것을 보았다.

가드너가 오른손으로 핀셋으로 뽑아내듯 여성스럽고 세심하게 셔츠 자락을 꺼냈다. 바지 벨트 안에 칼집이 끼워져 있었는데, 결이 고운 염소 가죽으로 만든 갸름한 모양이었다. 가드너가 칼집에서 크롬 띠를 두른 상아를 꺼내 버튼을 누르자 18센티미터짜리 얇은 칼날이 튀어나왔다. 그가 작은 소리로 중얼거렸다.

"나쁜 놈."

가드너의 목소리가 높아지기 시작했다.

"나빠! 사내자식들은 다 *나쁘다고! 그건 자명한 이치야! 자명한* 이치라고!"

가드너는 잭과 리처드가 서 있는 아진코트의 보도를 향해 해변을 가로질러 달렸다. 그의 목소리는 계속 높아져서 가늘고 열띤 목소리가 되었다.

"*나쁜 놈! 악마 같은 놈! 나쁜 자식! 악마! 나쁘으은 노오옴! 악마아아아아......*"

모건은 잠시 더 서 있다가 목에 걸린 열쇠를 그러잡았다. 그것을 잡자 혼란스럽게 날뛰던 생각도 정리되는 듯했다.

놈은 늙은 검둥이한테 갈 거야. 나는 거기서 놈을 붙잡을 거고.

"*악마아아아아아아......*"

가드너가 찢어지는 목소리로 외치며 칼을 쳐들고 달려갔다.

모건도 몸을 돌려 해변으로 내려갔다. 울프족은 모조리 달아난 모양이라고 어렴풋이 짐작이 갔다. 그런 건 아무래도 상관없었다.

모건은 오직 자신의 힘으로 잭 소여를 ─그리고 부적도 ─처리할 작정이었다.

45장
해변에서 많은 일이 결말에 이르다

1

선라이트 가드너는 이성을 잃고 잭을 향해 달려들었다. 갈기갈
기 찢긴 얼굴에서 핏물이 줄줄 흘러내렸다. 그는 완전히 황폐해져
광기만 남은 상태였다. 환한 햇빛 아래에서, 몇십 년 만에 처음으
로 화상을 입힐 듯 따갑게 쏟아지는 햇빛 아래에서, 포인트 베누티
는 폐허 그 자체였다. 건물은 무너지고 파이프는 부러지고 보도블
록은 책장에 비스듬히 꽂힌 책처럼 뒤엎어져 있었다. 책꽂이에 꽂
혀 있어야 할 책들은 여기저기 굴러다니고 있었고, 찢긴 표지는 맨
땅 틈에서 펄럭거리고 있었다. 잭 뒤에서 아진코트 호텔이 신음하
듯 기이한 소리를 뱉어 냈다. 잭은 블랙 호텔의 1000개의 판자들이
저절로 허물어지고 벽들이 기울어지면서 부러진 철망과 석고 먼지
가 소나기처럼 쏟아지는 소리를 들었다. 모건 슬로트가 벌처럼 분
주하게 해변으로 달려 내려가는 것을 언뜻 알아차린 소년은 그의
적수가 스피디 파커 ─ 또는 스피디 ─ 의 시신을 향해 가고 있다

는 것을 깨닫고 불안감에 사로잡혔다. 리처드가 속삭였다.

"가드너가 칼을 가지고 있어, 잭."

가드너의 뭉개진 손이 한때는 티 하나 없이 하얬던 실크 셔츠에 닥치는 대로 피 얼룩을 묻히고 있었다.

"악마아아아……!"

가드너가 날카로운 목소리로 외쳤다. 그의 목소리는 해변에서 쉬지 않고 철썩이는 파도 소리와, 역시 호텔이 쉬지 않고 간헐적으로 무너져 내리는 소음에 묻혀 여전히 희미하게 들렸다.

"악마아아아……!"

"어떻게 할 거야?"

"내가 어떻게 알아?"

리처드의 물음에 잭이 대답했다. 최선의 대답이자 있는 그대로의 대답이었다. 이 광인을 어떻게 물리쳐야 할지 그도 알 수 없었다. 그렇지만 그는 가드너를 물리칠 것이다. 그는 확신하고 있었다.

"너는 엘리스 형제를 둘 다 죽였어야지."

잭이 혼자 중얼거렸다.

가드너는 여전히 날카롭게 소리 지르며 모래사장을 질주해 오고 있었다. 아직 상당히 거리가 떨어져 있어서, 이제 울타리 끝과 블랙 호텔 정문 사이 중간쯤에 다다른 참이었다. 얼굴 아래쪽이 붉은 마스크를 쓴 것처럼 피로 물들어 있었고, 쓸모없어진 왼손에서 쉬지 않고 후두두 떨어지는 피가 모래에 기다란 줄기를 그리고 있었다. 광인과 소년들 사이의 거리가 순식간에 절반으로 줄어들었다. 모건 슬로트는 지금쯤 해변에 있을까? 잭은 부적이 재촉하는 것을 느낄 수 있었다. 부적이 그를 앞으로, 계속 앞으로 몰아붙이고 있었다. 가드너가 악을 썼다.

"악마! 자명하지! 악마 같은 놈!"

"순간이동!"

리처드가 큰 소리로 외쳤다…….

그러자 잭은

옆으로 미끄러졌다

블랙 호텔에서 했던 것처럼.

어느새 따가운 테러토리의 햇살을 받으며 오스먼드의 정면에 서 있는 자신을 발견했다. 돌연 잭 내면의 모든 확신이 물거품처럼 사그라져 갔다. 모든 것이 같았지만 모든 것이 달랐다. 뒤돌아보지도 않고도 잭은 뒤에 있는 것이 아진코트보다 훨씬 더 사악한 존재임을 알고 있었다. 테러토리에서 블랙 호텔에 해당하는 성의 외관을 본 적이 없는데도 문득 알 수 있었다. 거대한 정문에서 혀가 소용돌이쳐 나와 그를 감으려 하고 있었다…… 그리고 오스먼드가 자신과 리처드를 다시 호텔로 밀어 넣으려 하고 있었다.

오스먼드는 오른쪽 눈에 안대를 하고 왼손엔 얼룩진 장갑을 끼고 있었다. 복잡한 덩굴손 같은 채찍이 그의 어깨에서 스르르 미끄러져 내렸다.

"오, 그래, 이 꼬마였군. 캡틴 파렌의 아들."

오스먼드가 반은 쉿 소리를 내듯 반은 속삭이듯 말했다.

잭이 부적을 보호하려 배 쪽으로 끌어당겼다. 오스먼드의 채찍이 마치 경주마가 기수의 손에 반응하듯 오스먼드의 섬세한 팔과 손목의 움직임에 반응해 땅바닥에 복잡한 무늬를 그리며 미끄러졌다. 채찍이 저절로 땅바닥을 치고 올라오는 것 같았다.

"싸구려 유리 장식을 얻는다 해도 세계를 잃으면 소년에게 무슨 이득이 있지? 아무것도 없어! 아무것도 안 남는다고!"

오스먼드의 진짜 냄새, 썩은 오물과 숨겨진 타락의 냄새가 주변을 가득 채웠고, 광기 어린 길쭉한 얼굴이 어른거리는 빛에 감싸였다. 마치 그 밑에서 번쩍 벼락이 치기라도 한 것 같았다. 그는 환하지만 공허하게 미소 짓고는 똬리를 튼 채찍을 어깨 위로 올렸다.

"쥐새끼 같은 놈."

오스먼드가 귀엽다는 투로 말했다. 채찍의 가죽 끈이 윙 소리를 내며 잭을 향해 날아왔다. 잭은 덜컥 공포에 휩싸여 뒤로 물러섰지만 충분하지 않았다.

리처드의 손이 잭의 어깨를 잡은 순간 잭은 다시 순간이동을 했다. 그리고 그 끔찍한, 왠지 비웃는 듯한 채찍 소리도 즉각적으로 공기 중에서 지워져 버렸다.

칼! 스피디의 목소리가 들렸다.

잭은 뒤로 물러서려는 본능을 온몸으로 억누르며 바로 전에 채찍이 날아다니던 공간으로 발을 들여놓았다. 그의 어깨를 잡고 있던 리처드의 손이 떨어지고 울부짖는 스피디의 목소리가 점점 희미해져 갔다. 잭은 왼손으로 은은히 빛나는 부적을 배에 틀어잡고 오른손을 리처드 쪽으로 뻗었다. 잭의 손안에 마법처럼 리처드의 앙상한 손목이 들어왔다.

선라이트 가드너가 낄낄거렸다.

"잭!"

리처드가 뒤에서 고함쳤다.

잭은 다시 이쪽 세계에, 주변을 소독할 기세로 쏟아지는 햇빛 아래 서 있었다. 칼을 쥔 선라이트 가드너의 손이 그를 겨누고 있었다. 뭉개진 가드너의 얼굴이 코앞까지 다가왔다. 길가에 남아 있는 오물과 죽은 지 오래된 동물들의 냄새가 그들을 뒤덮었다.

"아무것도 남지 않아, 할렐루야를 외쳐 주겠니?"

가드너가 우아하지만 치명적인 칼로 내려찍으려는 걸 잭이 간신히 저지하고 있었다. 리처드가 다시 소리쳤다.

"잭!"

선라이트 가드너가 번뜩이는 매의 눈으로 잭을 응시했다. 여전히 칼로 내리누르고 있었다.

선라이트가 한 짓을 모르겠어? 아직 모르겠냐고? 스피디의 목소리가 들려왔다.

잭은 미친 듯이 춤추는 가드너의 눈동자를 똑바로 쳐다보았다. 그래.

리처드가 돌진해 와 가드너의 발목을 걷어차고 여린 주먹으로 그의 관자놀이를 가격했다. 잭이 말했다.

"네가 우리 아빠를 죽였어."

가드너의 외눈이 번쩍였다.

"넌 내 아들을 죽였어, 이 가장 나쁜 개새끼야!"

"모건 슬로트가 우리 아빠를 죽이라고 명령했고 넌 그 말대로 했어."

가드너의 칼이 5센티미터 넘게 내려왔다. 그의 오른쪽 눈이 있던 구멍에서 누런 연골 같은 것이 엉킨 덩어리와 핏방울이 비어져 나왔다.

잭은 절규했다. 아빠를 떠나보낸 뒤로 오랫동안 숨겨 온 그 모든 체념과 무력감이 공포와 분노와 함께 터져 나온 것이었다. 칼을 쥔 가드너의 손을 다시 위로 밀쳐냈다. 다시 절규했다. 손가락을 잃은 가드너의 왼손이 잭의 왼팔을 강타했다. 잭이 간신히 가드너의 손목을 비틀어 돌리자 그의 살점이 뚝뚝 떨어져 잭의 가슴과 팔 사이에 내려앉았다. 리처드가 계속 가드너를 공격하려 하고 있었지만 가드너는 손가락이 없는 손으로 부적을 잡으려 발버둥 치고만 있었다.

가드너가 잭의 코앞까지 얼굴을 들이밀고는 속삭였다.

"할렐루야."

잭은 젖 먹던 힘까지 동원해 온몸을 비틀고는 칼을 쥔 가드너의 손을 잡아 끌어 내렸다. 손가락이 없는 다른 손이 잭의 옆구리를 찔렀다. 잭은 칼을 쥔 손목을 세게 *비틀었다*. 불거진 힘줄이 꿈틀거리더니 칼이 툭 떨어졌다. 칼은 이제 반복해서 잭의 갈비뼈를 찌르고 있는 손가락이 잘린 뭉툭한 손처럼 아무 힘도 쓸 수 없었다. 중심을 잃은 가드너를 향해 잭이 몸을 날리자 그가 휘청거리며 물러났다.

잭은 가드너를 향해 부적을 내밀었다. 리처드가 꽥 소리 질렀다. *지금 무슨 짓을 하는 거야?* 하지만 이것이 옳은 방법이야, 옳아, 이게 옳다고. 가드너는 여전히 잭을 노려보고 있었다. 잭은 가드너를 향해 나아가 확신이 조금 약해지는 것을 느끼면서도 부적을 그에게 내밀었다. 가드너가 히죽 웃으며 부적을 향해 휙 달려들었다. 텅 빈 눈구멍 속에서 또다시 큼직한 피거품이 뿜어져 나왔다. 가드너가 칼을 집으려고 몸을 수그린 사이 잭은 돌진하여 부적의 홈이 파인 따뜻한 표면을 그의 피부에 갖다 대었다. 루엘에게 한 것처럼 선라이트에게도 했던 것이다. 그런 다음 뒤로 펄쩍 물러섰다.

가드너가 길 잃고 상처입은 동물처럼 포효했다. 부적으로 문지른 부위가 검게 변하더니 서서히 미끄러운 액체가 되어 두개골에서 떨어져 나갔다. 잭은 다시 뒷걸음질 쳤다. 가드너가 무릎을 꿇었다. 머리 가죽이 모조리 밀랍처럼 변했다. 눈 깜짝할 사이에 더럽고 찢긴 셔츠 깃 위에 어슴푸레 빛나는 두개골만 남아 있었다.

이것으로 넌 처리되었어. 속이 다 후련하네. 잭은 생각했다.

2

"됐어, 가서 그자를 해치우자, 리치. 어서……."

잭이 넘치는 자신감에 고무된 얼굴로 리처드를 돌아보았을 때 그의 친구는 다시 쓰러지기 직전이었다. 반쯤 감긴 몽롱한 눈으로 모래 위에서 휘청거리고 있었다.

"다시 생각해 보니까 이번 대결이 끝날 때까지 넌 여기 앉아 있는 게 좋겠어."

리처드가 고개를 저었다.

"나도 갈 거야, 잭. 시브룩섬으로. 끝까지…… 최후의 순간까지 함께 갈 거야."

"나는 그자를 죽여야 할 거야, 그러니까, 내가 죽일 수 있다면 말이야."

리처드는 계속 고개를 저었다. 완강하고 고집스럽고 집요했다.

"우리 아버지가 아니야. 내가 말했잖아. 우리 아버지는 죽었어. 네가 혼자 가면 난 기어서라도 따라갈 거야. 필요하다면 *저* 남자가 뒤에 남긴 배설물 위를 기어서라도 갈 거라고."

잭은 바위 쪽을 바라보았다. 모건의 모습은 보이지 않았지만 그가 그곳에 있다는 데는 의심의 여지가 없었다. 그리고 만약 스피디가 아직 살아 있다면 모건은 지금의 형세를 뒤집기 위해 당장에라도 무슨 짓을 벌일지 몰랐다.

잭은 미소를 지으려 애썼지만 잘 되지 않았다.

"세균에 감염될지도 몰라."

한참 망설이던 잭이 마지못해 부적을 리처드에게 내밀었다.

"내가 너를 업을 테니 넌 부적을 들고 있어. 절대 떨어뜨리면 안 돼, 리처드. 만약 떨어뜨리면……."

스피디가 뭐라고 했더라?

"만약에 떨어뜨리면 모든 게 사라져 버려."

"떨어뜨리지 않을게."

잭이 부적을 리처드의 손에 쥐여 주었다. 리처드는 부적이 닿은 것만으로도 다시금 호전되는 듯 보였다…… 하지만 눈에 띄게 좋아지지는 않았다. 리처드의 얼굴은 처참할 만큼 창백했다. 부적의 밝은 빛에 감싸인 와중에도 경찰이 플래시를 터뜨리고 찍은, 죽은 아이 얼굴 사진처럼 보였다.

블랙 호텔 때문이야. 그것이 리처드를 중독시키고 있어.

하지만 전적으로 블랙 호텔만은 아니었다. 모건이 있었다. 모건이 리처드를 중독시키고 있었던 것이다.

잭은 주위를 둘러보았다. 잠시라도 부적에서 눈을 떼는 게 영 꺼림칙했지만 허리를 굽히고 양손을 등자처럼 만들었다.

리처드가 잭의 등에 업혀 한 손으로 부적을 들고 다른 손으로 잭의 목을 감았다. 잭은 리처드의 허벅지를 단단히 잡았다.

리처드는 엉겅퀴처럼 가벼웠다. 그도 암에 걸렸다. 평생 암을 키워 오고 있었다. 모건 슬로트가 사악함의 방사능을 뿜어내 리처드가 피폭되어 죽어 가고 있는 것이다.

잭은 스피디가 누워 있는 바위 뒤쪽을 향해 빠른 걸음으로 내려가기 시작했다. 바로 위쪽에서 부적이 빛과 열기를 내뿜는 것이 느껴졌다.

3

잭은 여전히 넘치는 확신에 고무된 채 리처드를 등에 업고 늘어선 바위들 왼쪽으로 뛰어갔다…… 무모했다는 깨달음이 돌연 그의 뒤통수를 세게 후려쳤다. 바위 무더기에서 벗어나려는 찰나 뒤에서 연갈색 모직 바지를 입은 오동통한 다리가(접어 올린 바짓단 아래로 제대로 갖춰 신은 갈색 나일론 양말이 언뜻 보인 것도 같았다.) 고속도로 톨게이트처럼 난데없이 튀어나왔던 것이다.

이런! 놈이 너를 기다리고 있었어! 이 구제 불능 얼간이 같으니라고! 잭은 속으로 비명을 질렀다.

리처드가 울부짖었다. 달리던 잭이 멈춰 서려고 했지만 그럴 수가 없었다.

놀이터에서 학교의 폭군 상급생이 하급생의 발을 걸어 넘어뜨리듯, 모건은 아주 쉽게 잭의 발을 걸었다. 스모키 업다이크에서부터 시작해서, 오스먼드, 가드너, 엘로이, 악어와 셔먼 탱크(제2차 세계대전 당시 미군이 사용한 탱크 — 옮긴이)를 합쳐 놓은 듯한 괴물까지 물리치고 여기까지 온 잭이 피둥피둥한 고혈압의 모건 슬로트에 의해 쓰러진 것이다. 모건은 바위 뒤에 몸을 숙인 채 자신감에 도취된 잭 소여라는 소년이 경쾌한 발걸음을 옮기며 그의 머리 바로 위로 지나가기만을 호시탐탐 엿보고 있었던 것이다.

"히이이이익!"

잭이 앞으로 고꾸라지자 리처드가 울부짖었다. 잭은 그들의 뒤엉킨 그림자가 왼쪽으로 뻗은 것을 어렴풋이 알아차렸다. 그 모습은 마치 팔이 여럿 달린 힌두교의 우상처럼 보였다. 그때 부적에 담겨 있는 초능력의 힘이 이동하고…… 또다시 이동하는 것이 느껴졌다…….

잭이 비명을 질렀다.

"부적 조심해, 리처드!"

리처드는 잭의 머리 너머로 고꾸라졌다. 경악에 차 휘둥그렇게 뜬 눈과 피아노줄처럼 툭 불거져 나온 목 힘줄. 넘어지면서도 부적을 높이 쳐들려 했지만 이미 입꼬리는 절망으로 일그러지고 있었다. 리처드는 결함 있는 로켓의 원추형 머리처럼 얼굴부터 땅에 부닥쳤다. 스피디가 눈을 감은 이곳은 엄밀히 말하면 모래사장보다는 자갈, 조개껍데기가 비죽비죽 밟히는 거친 자갈밭에 가까웠다. 리처드는 지진 당시 땅 위로 불거져 나온 바위에 세게 부딪쳤다. 짧게 쿵 소리가 났다. 잠시 리처드는 머리를 모래에 처박은 타조처럼 보였다. 더러운 면바지를 입은 그의 엉덩이가 술에 취한 것처럼 공중에서 앞뒤로 흔들렸다. 다른 상황에서라면 — 예컨대 그 무시무시한 쿵 소리가 없었더라면 — 이것은 코닥 필름으로 인화해서 '이성적인 리처드, 해변에서 야성적인 광기'라는 이름을 붙일, 코믹한 포즈에 불과했을 것이다. 하지만 지금 이 상황은 재미하고는 거리가 멀었다. 리처드의 손이 서서히 벌어지더니…… 부적이 해변의 완만한 경사면을 따라 1미터 정도 굴러가다 멈추었다. 표면이 아니라 부드러운 빛으로 감싸인 부적 내부에 하늘과 구름이 비치고 있었다.

잭이 다시 고함을 쳤다.

"*리처드!*"

모건이 뒤쪽 어딘가에 있었지만 잭은 잠시 그를 잊고 있었다. 그의 모든 자신감은 산산이 부서졌다. 연갈색 모직 바지를 입은 다리가 톨게이트처럼 갑자기 앞에 튀어나왔을 때 맥없이 무너져 버렸던 것이다. 유치원 놀이터에서 놀림받는 아이가 된 것 같았다……. 그리고 리처드…… 리처드는…….

"*리치…….*"

리처드가 몸을 돌리자 지칠 대로 지친 가엾은 친구의 얼굴이 피로 범벅이 되어 있는 게 보였다. 두피 일부가 너덜너덜한 삼각돛처럼 벗겨져 한쪽 눈 위에 늘어져 있었다. 두피에 붙어 있던 머리카락이 모래 색 풀처럼 리처드의 뺨에 흘러내렸다…… 그리고 두피가 벗겨진 자리에서는 드러난 두개골이 희미하게 빛나고 있었다.

"부적이 깨졌어? 잭, 내가 넘어질 때 부적이 깨졌냐고?"

리처드가 비명을 지르는 것처럼 갈라진 목소리로 물었다.

"괜찮아, 리치…… 이건……"

잭 뒤에서 누군가를 발견했는지 리처드의 핏발 선 눈이 아예 튀어나올 듯했다.

"*잭! 잭, 조심……!*"

뭔가 가죽 벽돌 같은 것 ─ 모건 슬로트의 구찌 로퍼 ─ 이 잭의 다리 사이로 들어와 불알을 강타했다. 치명적인 급소를 노린 것이다. 잭은 앞으로 허물어졌다. 느닷없이 태어난 이래로 가장 극심한 통증에 던져진 것이다. 상상을 초월한 육체적 고통에 비명조차 나오지 않았다.

모건 슬로트가 말했다.

"부적은 괜찮아. 하지만 *너는* 안색이 안 좋은걸, 꼬마 재키.

아주

안

좋아."

이제 그 남자가 잭을 향해 천천히 다가오고 있었다. 이 순간을 음미하기 위해 천천히 다가오고 있었다. 잭은 그 남자를 한 번도 제대로 본 적이 없었다. 그 남자는 커다란 검은색 사륜마차의 창문으로 얼핏 본 하얀 얼굴이었으며, 어떻게 해선지 늘 그의 존재를 알아차리는 검은 눈의 얼굴이었다. 잭과 울프가 들판에서 한배에 태어난 형제들과 대발정의 달처럼 경이로운 일들을 얘기하고 있을 때 아지랑이처럼 어른거리며 형체를 바꿔 그들의 현실로 강제로 침입해 들어왔으며 앤더스의 눈동자에 비친 그림자였다.

하지만 난 지금까지 한 번도 오리스의 모건을 본 적이 없어. 잭은 생각했다. 그리고 그는 여전히 잭이었다. 동양인 막노동꾼이나 입을 빛바래고 더러운 면바지를 입고 생가죽 끈으로 엮은 샌들을 신고 있는, 제이슨이 아니라 잭이었다. 그리고 그의 사타구니에는 고통의 비명이 응결되어 있었다.

부적은 10미터 떨어진 곳에서 해변의 검은색 모래 위로 찬란한 빛을 던지고 있었다. 리처드는 보이지 않았다. 하지만 잭은 조금 뒤에야 이 사실을 알아차렸다.

모건은 은을 두드려 만든 걸쇠로 여민 암청색 망토를 목에 걸치고 있었다. 바지는 슬로트의 바지와 같은 가벼운 모직 바지였는데, 여기서는 넓은 바짓단을 검은 부츠에 욱여넣고 있었다.

모건이 조금씩 절뚝거리며 다가오기 시작했다. 기형인 왼발을 모래사장에 디딜 때마다 짧은 한일자가 찍혔다. 그가 움직일 때마다 은으로 만든 망토 걸쇠가 낮고 느슨하게 출렁거렸다. 잭은 걸쇠가 망토와는 상관없이 밋밋한 검은 줄에 걸려 있을 뿐이라는 것을 알아차렸다. 말하자면 펜던트 같은 것이었다. 잭은 잠시 걸쇠가 골프채의 미니어처같이 생겼다고 생각했다. 팔찌를 차고 있는 여성이 그것을 벗고 재미 삼아 목에 걸쳐 보고 싶게 만드는 그런 종류 말이다. 하지만 슬로트가 가까이 다가옴에 따라 그것은 점점 더 가늘어졌다. 그 끝이 골프채의 머리와는 다르게 뾰족하게 변했다.

그것은 피뢰침처럼 보였다.

"그래, 넌 전혀 좋아 보이지 않는구나, 꼬마야."

오리스의 모건이 말했다. 양다리를 끌어당긴 채 가랑이를 잡고 신음하며 누워 있는 잭에게 다가왔다. 허리를 구부리고 양손을 무릎 위에 올린 채 마치 자신의 차에 치인 동물을 보듯 잭을 찬찬히 살펴보았다. 그것도 마멋이나 다람쥐 같은 시시한 동물을 보듯 했다. 모건이 허리를 더 깊이 숙이고 말했다.

"전혀 좋지가 않아."

오리스의 모건이 몸을 한층 더 낮추고 으르렁거렸다.

"정말 골칫덩이였어. 너 때문에 막심한 손해를 입었어. 하지만 결국에는……"

"난 죽어 가고 있어."

잭이 속삭였다.

"아직은 아니야. 오, 그런 생각이 들 만도 하지, 나도 알아, 하지만 내 말을 믿으렴, 넌 아직 죽지 않아. 5분 정도는 지나야 *진짜* 죽음이 무엇인지 느끼게 될 거다."

잭은 *끙끙거리며* 말을 이었다.

"안 돼…… 정말로…… 몸속에서…… 뭐가 부러진 것 같아. 얼굴을 더 가까이…… 말하고 싶은 게…… 부탁이…… 있어……."

모건의 창백한 얼굴에서 검은 눈동자가 번들거렸다. 아마도 잭이 애걸하고 있다는 생각 때문이었으리라. 그가 잭의 얼굴에 거의 닿을 정도로 몸을 굽힌 순간, 잭이 고통으로 움츠러들었던 두 다리를 피스톤처럼 뻗어 올려 찼다. 한순간 녹슨 칼이 성기부터 내장까지 잘라 내는 듯한 격렬한 통증이 올라왔지만 그의 샌들 신은 발이 정확히 모건의 얼굴을 가격하는 소리가 났다. 모건의 입술이 찢어지고 코가 한쪽으로 으스러지자 고통을 보상받는 기분이었다.

오리스의 모건이 팔다리를 휘젓고 고통과 경악으로 으르렁거리며 뒤로 물러섰다. 그의 망토가 거대한 박쥐의 날개처럼 펄럭거렸다.

잭은 간신히 몸을 일으켰다. 잠시 눈앞에 블랙 캐슬이 보였다. 그것은 아진코트 호텔보다 규모가 훨씬 더 커서, 족히 1만 평방미터는 넘어 보였다. 잭은 경련을 일으키면서도 의식이 없는(아니면 죽은!) 파커스를 지나 돌진해 나갔다. 부적을 향해 달려갔다. 모래 위에서 평화롭게 빛나고 있는 부적을 향해. 잭은 달리면서

다시 아메리카 테러토리로

순간이동을 했다.

"이런 개새끼! 망할 놈의 개새끼, 내 얼굴을, 내 얼굴을 망치다니, 네가 내 얼굴을 망쳐 놨어!"

모건 슬로트가 울부짖고 있었고, 치직 소리와 함께 오존 같은 냄새가 퍼졌다. 눈부신 청백색 번갯불이 잭의 오른쪽 바로 곁을 스쳐지나며 모래알을 유리처럼 녹여 버렸다.

다음 순간 잭은 부적을 손에 쥐었다. 다시 얻은 것이다! 찢어질 듯 쑤시던 가랑이의 고통이 단번에 사라졌다. 그는 빛나는 유리공을 높이 치켜들고 모건을 향해 돌아섰다.

모건 슬로트는 입술에서 피를 흘리며 한 손으로 다친 볼을 받치고 있었다. 잭은 아까 걷어찰 때 슬로트의 치아를 부러뜨렸으면 좋았을걸 하고 생각했다. 마치 손을 뻗고 있는 잭을 흉내 내듯 내밀

어진 슬로트의 다른 손에는 열쇠 같은 것이 들려 있었다. 방금 전에 벼락을 내리쳐 잭 옆 모래를 철썩 때린 것이었다.

잭은 팔을 앞으로 뻗은 채 옆으로 비켜섰다. 부적 내부는 무지개처럼 색깔이 바뀌고 있었다. 마치 슬로트가 가까이 있다는 것을 알고 있는 것 같았다. 홈이 파인 유리공이 놀랍게도 잭의 손안에서 부드러운 음조의 콧노래를 흥얼거리는 것을 ― 들었다기보다는 ― 손바닥의 따끔거리는 감각으로 느낄 수 있었기 때문이다. 부적이 열리면서 그 중심에서 한 줄기 광선이 맑고 환한 하얀색 띠처럼 쏟아져 나왔다. 슬로트는 옆으로 홱 비켜서며 열쇠로 잭의 머리를 겨냥했다.

모건은 아랫입술에 묻은 피를 닦아 내며 부르짖었다.

"나를 해치다니, 이 냄새 나는 개새끼야. 이제 유리공이 너를 도와줄 거라곤 기대하지 마. 너를 해치우기 전에 그것부터 작살을 내 버릴 참이니까."

"그럼 왜 부적을 두려워하지?"

잭이 다시 부적을 앞으로 내밀며 물었다.

슬로트는 재빨리 몸을 피했다. 마치 부적이 벼락이라도 내려칠까 봐 두려워하는 듯했다. 잭은 깨달았다. 모건도 부적의 능력을 모르는 거야, 부적에 대해 하나도 모르면서 단지 갖고 싶어 할 뿐이지.

"얼른 그거 내려놔, 손 떼라고, 이 애송이 사기꾼 놈아. 아니면 지금 당장 네 머리 뚜껑을 날려 버릴 테니까. 얼른 내려놔."

"너는 두려워하고 있어. 이제 부적이 코앞에 있는데도 무서워서 가지러 오지 못하잖아."

"난 그걸 가지러 갈 필요 없어, 너야말로 주인인 척 설치지나 마. 어서 내려놔. 네 손으로 직접 그것을 깨뜨려 버리는 걸 보고 싶구나, 재키."

"와서 가져가, 블로트."

잭은 격렬한 분노로 온몸의 피가 솟구치는 기분이었다. *재키*. 엄마가 그를 부르던 애칭이 슬로트의 추접스러운 입에서 나오는 것이 너무도 *역겨웠다*.

"난 블랙 호텔이 아니야, 블로트. 난 그냥 어린아이야. 어린애한테서도 유리공을 빼앗을 수 없나 보지?"

잭이 부적을 들고 있는 한 교착 상태는 계속되리라는 것이 분명해졌다. 부적의 중심에서 앤더스의 '악마의 상자'에서 피어올랐던 것 같은 암청색 불꽃이 세차게 불타오르다 사그라졌다. 곧바로 또 다른 불꽃이 피어올랐다 스러졌다. 잭은 홈이 파인 유리공의 중심에서 흘러나오는 강력한 콧노래를 여전히 감지할 수 있었다. 그는 부적을 얻을 운명이었고 그것은 그의 *의무였다*. 잭은 이제 알 수 있었다. 부적은 잭이 태어난 순간부터 그 존재를 알고 있었고 줄곧 잭이 자신을 해방시키기를 기다려 왔다. 부적은 오직 잭 소여만을 필요로 했다.

잭이 조롱했다.

"와서 부적을 가져가 보라니까."

슬로트가 으르렁거리며 잭을 향해 열쇠를 내밀었다. 턱에서 피가 흘러내리고 있었다. 잠시 슬로트는 우리에 갇혀 좌절하고 광분한 황소처럼 당혹스러워 보였고 잭은 정말로 그를 향해 미소 지어 보였다. 뒤이어 리처드가 누워 있는 모래사장을 흘끗 보자 잭의 얼굴에서 미소가 사라졌다. 리처드의 얼굴은 말 그대로 온통 피철갑이었고 검은 머리는 피떡이 되어 있었다.

"이런 개새끼……."

잭의 입에서 절로 욕이 나왔다. 하지만 한눈을 판 것이 실수였다. 폭발하듯 타오르는 파랗고 노란 빛이 잭 바로 옆 해변을 세게 때렸다.

잭은 슬로트를 향해 돌아섰다. 슬로트는 다시 한 번 잭의 발에 벼락을 내리치려던 참이었다. 잭은 춤을 추듯 유연하게 뒤로 물러났고 파괴적인 힘을 가진 빛줄기가 날아와 발밑의 모래를 녹여 노란 액체로 만들어 버렸다. 노란 액체는 거의 곧바로 굳어 길고 평평한 유리가 되었다. 잭이 말했다.

"네 아들은 죽을 거야."

슬로트도 지지 않고 으르렁거렸다.

"네 어미도 죽을 거야. 네 머리를 날려 버리기 전에 그 빌어먹을 것을 내려놔. 지금 당장. 그것을 버려."

"가서 접싯물에 코 박고 죽는 건 어때?"

"네 *시체*를 찢어발기겠어!"

모건 슬로트가 입을 벌리고 날카롭게 비명을 지르자 피로 물든 치아가 드러났다. 잭의 머리를 향해 슬금슬금 다가오던 뾰족한 열쇠가 거두어졌다. 슬로트가 눈을 번득이더니 휙 손을 뻗어 열쇠를 하늘로 향했다. 기다란 번갯불의 타래가 슬로트의 주먹에서 퍼져 나와 하늘로 솟구쳤다. 하늘이 검게 변했다. 부적과 모건 슬로트의 얼굴은 갑작스러운 어둠에도 여전히 빛나고 있었다. 슬로트의 얼굴을 향해 부적이 빛을 내뿜고 있었기 때문이다. 잭은 부적이 자신의 얼굴에도 맹렬한 빛을 쏟아내고 있을 거라고 생각했다. 잭은 은은하게 빛나는 부적을 슬로트를 향해 휘둘렀다. 부적이 어떻게 작동할지는 알 수 없지만, 그가 열쇠를 떨어뜨리고 분통을 터뜨리며 사실은 자신이 무력하다는 것을 깨닫게 만들기 위해서였다. 하지만 잭은 자신이 모건 슬로트가 가진 능력에 무지했다는 것만 확인할 수 있었다. 어두운 하늘에서 묵직한 눈송이가 춤추듯 내려오더니, 슬로트가 굵은 눈발 뒤로 사라져 버렸던 것이다. 잭의 귀에 그의 추접스러운 웃음소리가 들려왔다.

4

릴리는 간신히 병상에서 일어나 창가로 다가갔다. 그녀는 인적이 끊긴 12월의 해변을 내다보았다. 해변 보드워크에는 가로등 하나만이 불을 밝히고 있었다. 난데없이 갈매기 한 마리가 나타나 창문틀에 내려앉았다. 부리 한쪽에 연골 조각을 물고 있었는데 보자마자 대뜸 슬로트가 연상되었다. 갈매기가 슬로트처럼 보였다.

처음엔 흠칫 놀랐지만 금세 다시 회복되었다. 릴리는 터무니없이 화가 났다. 갈매기가 슬로트를 닮을 리 없었고 갈매기는 그녀의 영역을 침범할 수 없었다……. 그건 정상이 아니었다. 그녀는 차가운 유리를 톡톡 두드렸다. 갈매기는 잠깐 날개를 퍼덕거렸지만 날아가지는 않았다. 그때 새의 냉혹한 머릿속 생각이 라디오 전파처럼 또렷이 전해져 왔다.

잭은 죽어 가고 있어, 릴리…… 잭은 죽어 가아아아고…….

갈매기는 고개를 앞으로 숙이고 에드거 앨런 포의 까마귀처럼 일부러 유리창을 두드렸다.

죽어 가아아아아아고오오오…….

"아니야! 슬로트, 꺼져!"

릴리는 갈매기를 향해 날카롭게 외치고는 아예 주먹을 뻗어 유리창을 깨뜨려 버렸다. 갈매기는 꽥꽥거리며 날개를 퍼덕이다 자칫 떨어질 뻔했다. 창문에 뚫린 구멍을 통해 차가운 공기가 밀려 들어왔다.

릴리의 손에서 피가 뚝뚝 떨어졌다. 아니다, 아니다, 그 정도가 아니라 철철 흘러내리고 있었다. 심하게 베인 상처가 두 군데 보였다. 그녀는 손바닥에서 유리 조각을 빼낸 다음 잠옷 윗도리에 대고 손을 문질렀다.

"이럴 줄은 몰랐겠지, 어떠냐, 이 새대가리야?"

릴리는 갈매기를 향해 소리쳤다. 새는 정원 위를 쉬지 않고 빙빙 돌고 있었다. 그녀가 눈물을 터뜨렸다.

"이제 그 애를 내버려 둬! 내버려 두라고! 내 아들을 내버려 둬!"

릴리는 피투성이가 되었다. 살을 에일 듯한 바람이 그녀가 깨뜨린 유리창으로 휘몰아쳐 들어왔다. 그리고 밖에서는 세찬 바람 소리와 함께 쏟아지기 시작한 눈보라를 하얀 가로등 불빛이 비추고 있었다.

5

"조심해, 재키."

부드러운 목소리. 왼쪽이다.

잭은 서치라이트처럼 부적을 높이 치켜 든 채 소리가 나는 쪽으로 빙글 돌았다. 부적이 빛줄기를 쏟아낸 자리에는 하늘에서 쏟아지는 눈발뿐이었다.

그 밖에는 아무것도 보이지 않았다. 어둠…… 눈…… 철썩이는 파도 소리.

"그쪽이 아니야, 재키."

잭은 오른쪽으로 돌다 얼어붙은 눈밭에서 발이 미끄러졌다. 더 가까워졌다. 모건은 더 가까이 있었다.

잭이 부적을 치켜 올렸다.

"와서 가져가 보시지, 블로트!"

"넌 기회를 놓쳤어. 잭, 난 맘만 먹으면 아무 때나 널 해치울 수 있어."

그 소리는 뒤에서 들려왔다…… 그리고 훨씬 더 가까웠다. 하지만 잭이 작열하는 부적을 들어 올렸을 때 슬로트는 이미 사라진 뒤였다. 눈발이 잭의 얼굴을 덮쳤다. 그는 눈을 들이마셨다. 추워서 기침이 났다.

슬로트가 바로 코앞에서 키득거렸다.

잭은 움찔하고 뒷걸음치다 스피디에 걸려 넘어질 뻔했다.

"후후, 재키!"

왼쪽 어둠에서 손이 나와 잭의 귀를 비틀었다. 잭은 그쪽으로 돌아섰다. 가슴이 세차게 뛰고 눈이 튀어나올 것 같았다. 그는 미끄러져 한쪽 무릎을 꿇었다.

리처드가 근처 어딘가에서 코를 고는 듯 신음하는 듯 알아듣기 어려운 소리를 냈다.

머리 위 어둠에서는 슬로트가 일으킨 요란한 천둥 소리가 연속적으로 울려 퍼졌다.

"부적을 나한테 던져."

슬로트가 도발적으로 말했다. 폭풍우가 몰아치는 캄캄한 어둠 속에서 춤추며 앞으로 걸어 나왔다. 오른손 손가락을 퉁겨 딱 소리를 내며 왼손으로 잭을 향해 주석 열쇠를 흔들었다. 그 몸짓에 기이하고 변덕스러운 리듬이 배어 있었다. 잭이 보기에 슬로트는 구식 라틴음악 밴드의 리더처럼, 어쩌면 사비에르 쿠가트(스페인에서 태어나 미국에서 활약한 라틴음악 오케스트라 밴드의 지휘자로 라틴음악의 대중화에 지대한 영향을 끼쳤다.—옮긴이)처럼 미쳐 날뛰고 있었다.

"부적을 나한테 던져, 어서! 사격 연습 좀 해 봐, 잭! 표적은 모건 아저씨야! 어때, 잭? 한번 해 볼래? 공을 던져서 큐피 인형을 타!"

그리고 잭은 슬로트의 말에 따르듯 부적을 오른쪽 어깨 뒤로 당기고 있는 자신을 발견했다. 슬로트는 *너를 겁주고 있는 거야, 정신을 빼놓으려는 거라고, 네가 부적을 토해 놓게 만들려는 거야……*.

슬로트가 다시 어둠 속으로 사라졌다. 눈발이 회오리치고 있었다.

잭은 초조하게 주위를 둘러보았지만 슬로트는 간 곳이 없었다. *어쩌면 급히 떠났는지도 몰랐다. 어쩌면……*.

"무슨 일이야, 재키?"

아니다, 모건은 아직 이곳에 있었다. 어딘가에. 왼쪽에.

"친애하는 네 아빠가 죽었을 때 말이야, 재키, 난 한참을 웃었어.

그의 면상에 대고 웃어 주었지. 그의 심장이 마침내 멎었을 때 내 기분이……."

주절거리던 목소리가 잠시 사라졌다. 다시 돌아왔다. 오른쪽에. 잭은 그쪽으로 몸을 빙글 돌렸지만 갈피를 못 잡은 채 신경은 점점 날카로워지고 있었다.

"……내 심장은 하늘을 나는 새처럼 날아올랐어. *이렇게 날았단다, 꼬마 재키야.*"

어둠 속에서 돌멩이가 날아왔다. 그것은 잭이 아니라 유리공을 겨냥했다. 잭은 재빨리 몸을 피했다. 슬로트의 모습이 잠시 흐릿하게 보였다. 다시 사라졌다.

그리고 잠시…… 이윽고 슬로트가 돌아와 새로운 노래를 주절거렸다.

"네 엄마랑 그 짓을 했지, 재키."

그 소리는 뒤에서 잭을 괴롭히고 있었다. 뜨겁고 뚱뚱한 손이 그의 바지 엉덩이 부분을 낚아챘다.

잭은 한 바퀴 빙글 돌았다. 이번에는 리처드에 걸려 거의 넘어질 뻔했다. 눈에서 눈물이 — 뜨겁고 고통스럽고 울분에 찬 눈물이 — 찔끔 나왔다. 그는 눈물이 싫었지만 이미 눈물은 나왔고 이 세상 그 무엇도 그것을 부정할 수 없었다. 바람이 윈드터널(실험을 위해 인위적으로 빠르고 강한 공기의 흐름이 가능하도록 만든 장치 — 옮긴이)에 갇힌 용처럼 울부짖었다. *마법은 네 안에 있어.* 스피디는 이렇게 말했다. 하지만 마법은 지금 어디에 있는 거지? 어디에, 아, 어디에, 도대체 어디에 있는 거지?

"우리 엄마를 욕보이지 마!"

"네 엄마랑 그 짓을 많이 했지."

슬로트가 자기만족에 젖어 쾌활하게 지껄였다.

다시 오른쪽. 어둠 속에서 춤추는 뚱뚱한 실루엣.

"네 엄마가 먼저 하자고 했어, 재키!"

바로 뒤! 가까이!

잭은 부적을 들고 빙글 돌았다. 부적은 하얀 빛을 한 차례 번쩍였다. 슬로트가 그 빛을 피해 뒤로 물러섰지만 잭은 고통과 분노로 찡그린 그의 얼굴을 보았다. 그 빛이 슬로트에게 닿아 상처를 입혔던 것이다.

저자가 무슨 말을 하든 신경 쓰지 마⋯⋯. 다 거짓말이라는 건 너도 알잖아. 하지만 어떻게 저렇게 숨을 수 있는 거야? 마치 에드거 버겐(미국의 유명 코미디언이자 복화술사 —옮긴이) *같아. 아니⋯⋯ 어둠 속에서 포장마차 행렬을 급습하는 인디언 같아. 저자는 어떻게 하는 거지?*

"아까 내 수염을 좀 태웠더군, 재키."

슬로트가 흥미진진하다는 듯 낄낄거렸다. 숨이 조금 가쁜 목소리였지만 그리 심하지는 않았다. 여유롭다고 할 수도 있었다. 반면에 잭은 복날의 개처럼 헐떡거리고 있었다. 정신없이 눈을 움직여 폭풍우 치는 어둠 속 슬로트를 찾았다.

"하지만 그런 일로 너한테 원한을 품지는 않아, 재키. 자, 보자. 우리가 무슨 얘기를 하고 있었더라? 아, 그래. 네 엄마가⋯⋯."

잠시 주절거리다⋯⋯ 잠시 사라지고⋯⋯ 얼마 후 오른쪽 어둠에서 돌멩이가 휙 날아와 잭의 관자놀이를 쳤다. 곧바로 몸을 돌렸지만 슬로트는 민첩하게 눈 속으로 뛰어들어 다시 사라졌다.

"네 어미가 그 긴 다리로 나를 감곤 했지. 내가 그만 좀 하라고 울부짖을 때까지!"

슬로트는 뒤에 있다가 오른쪽으로 이동했다.

"이렇게 울부짖었지, *오우우우오오오오!*"

넘어가지 마 저놈한테 말려들면 안 돼 절대로……

하지만 잭은 참을 수 없었다. 이 저급한 사내가 입에 올리고 있는 것은 자신의 엄마였기 때문이다. *엄마.*

"그만둬! 입 닥치라고!"

지금 슬로트는 앞에 있었다. 너무 가까워서 휘날리는 눈발 가운데에서도 똑똑히 볼 수 있었다. 하지만 그것은 밤중에 물속에 비친 얼굴처럼 희미한 그림자일 뿐이었다. 또다시 어둠 속에서 돌이 튀어나와 뒤통수를 쳤다. 앞으로 고꾸라지면서 또다시 리처드에 걸려 넘어질 뻔했다. 리처드는 내리는 눈에 뒤덮여 재빠르게 사라지고 있었다.

잭은 별을 보았다…… 그리고 어떤 상황인지를 깨달았다.

슬로트는 순간이동을 하고 있는 거야! 순간이동을 하고…… 위치를 바꾸고…… 다시 순간이동을 하는 거라고!

잭은 마치 단지 한 사람이 아니라 백 명의 적에게 둘러싸인 사람처럼 비틀거리며 빙빙 돌았다. 어둠 속에서 번갯불이 기다란 청록색 빛줄기를 날름거렸다. 그것을 향해 부적을 뻗어 슬로트에게 돌려보내려고 해 보았다. 너무 늦었다. 슬로트는 눈 깜짝할 사이에 사라졌다.

그럼 어째서 난 저쪽 세계에 있는 그를 보지 못하지? 테러토리로 순간이동을 하면 왜?

그 대답이 눈부신 섬광처럼 번뜩 떠올랐다…… 그리고 그에 호응하듯 부적이 찬란한 흰 빛을 넓게 펼쳐 냈다. 그 빛이 기관차의 헤드라이트처럼 새하얀 눈발을 가르고 있었다.

난 저쪽 세계에 있는 모건을 보지 못해, 저쪽 세계에 있는 모건에게 대응하지 못해, 왜냐하면 난 저쪽 세계에 존재하지 않으니까! 제이슨은 죽었어…… 그래서 나는 단독자야! 슬로트가 순간이동을 한 해변에는 오리스의 모건과 이미 죽었거나 죽어 가는 파커스밖에 없어. 리처드도 그곳에 없어, 오리스의 모건의 아들인 러슈턴은 아주 오래전에 죽어서 리처드도 단독자니까! 내가 전에 순간이동을 했을 때 부적은 거기에 있었어…… 하지만 리처드는 없었어! 모건은 순간이동을 하고…… 위치를 바꾸고…… 다시 순간이동 하고…… 나를 겁주기 위해…….

"후후! 꼬마 재키!"

왼쪽.

"여기다!"

오른쪽.

하지만 잭은 더 이상 그 소리가 나는 곳을 좇고 있지 않았다. 부적을 들여다보며 신호를 보내 주기를 기다렸다. 그의 인생에서 가장 중요한 신호.

뒤쪽. 이번에는 모건이 뒤쪽에서 올 것이다.

부적이 거친 눈발 속에서 등불처럼 환한 섬광을 번뜩였다.

잭은 회전했다…… 회전하면서 테러토리로, 환한 햇살 속으로 순간이동 했다. 그곳에 정말로 두 배는 추악한 오리스의 모건이 있었다. 그는 아직 잭이 자신의 속임수를 간파한 것을 깨닫지 못했다. 그는 아메리카 테러토리로 되돌아갔을 때 잭의 뒤쪽에 서게 될 곳으로 절뚝거리며 걸어가고 있었다. 얼굴에는 심술궂은 소년 같은 미소가 어려 있었고, 등 뒤에는 망토가 펄럭거렸다. 왼발을 끌고 다녔기에 주변 모래에는 온통 질질 끌린 자국이 나 있었다. 모건은 이렇게 잭의 주위를 빠르게 돌아다니며 엄마에 대한 음란한 거짓말로 못살게 굴고 돌을 던지고 이리저리 순간이동 했던 것이다.

잭이 목이 터져라 큰 소리로 외쳤다.

"난 네가 보여!"

모건은 깜짝 놀라 멍한 얼굴로 잭을 보고 있다가 한 손으로 그 은막대를 쥐어 들었다.

잭이 다시 외쳤다.

"네가 보인다고! 어디 한 번 더 해 볼까, 블로트?"

오리스의 모건이 은막대 끝을 잭을 향해 휘둘렀다. 충격으로 한동안 멍하니 넋이 나가 있던 얼굴이 순식간에 모사꾼 특유의 표정으로 되돌아왔다. 지금 상황에서 동원 가능한 모든 변수를 즉각 파악한 간교한 사내로 돌아온 것이다. 오리스의 모건이 눈을 가늘게 떴다. 오리스의 모건이 치명적인 은막대를 자신을 향해 겨누고 눈을 찡그리며 조준하자마자, 잭은 아메리카 테러토리로 다시 순간이동할 뻔했다. 그랬으면 잭은 목숨을 부지하지 못했을 것이다. 하지만 조심성 때문에든 공포감 때문에든 몸을 날리기 직전에, 모건이 두 세계를 순간이동으로 넘나들고 있음을 간파했던 통찰력이 또 한 번 힘을 발휘했다. 적의 술수를 알아냈던 것이다. 그는 꿈쩍도 않고 다시 신비스러운 신호가 떨어지기를 기다렸다. 찰나의 순간 잭 소여는 숨을 멈췄다. 만약 모건이 자신의 술책에 자신만만해하지 않았다면, 바로 그 순간 그가 그토록 원하던 대로 잭 소여를 죽일 수 있었을 것이다.

하지만 잭의 예상대로 모건의 모습은 돌연 테러토리에서 사라져 버렸다. 잭은 숨을 들이마셨다. 지척에 스피디의 몸(파커스의 몸이라는 걸 잭은 깨달았다.)이 미동도 없이 누워 있었다. 신호가 왔다. 잭은 숨을 내뱉으며 *다시 순간이동 했다.*

포인트 베누티 해변을 가르는 유리 줄무늬가 생겨나 문득 부적에서 뿜어져 나온 흰 빛줄기를 은은하게 반사해 냈다.

"1점 실점이야, 그렇지?"

모건 슬로트가 어둠 속에서 속삭였다. 눈보라가 잭을 강타했다. 찬바람에 사지와 목구멍 그리고 이마까지 얼어붙는 듯했다. 앞쪽으로 자동차 길이만큼 떨어진 곳에 슬로트의 얼굴이 떠 있었다. 이마에는 낯익은 주름이 보였고 벌린 입에서는 피가 흐르고 있었다. 폭풍 속에서 잭을 향해 열쇠를 뻗고 있었다. 갈색 정장 소매에는 주름마다 눈가루가 수북이 쌓여 있었다. 어울리지 않게 작은 코의 왼쪽 콧구멍에서 검은 피가 흘러내렸다. 고통으로 핏발 선 슬로트의 눈이 어둠 속에서 번뜩였다.

6

리처드 슬로트가 혼란 속에서 눈을 떴다. 온몸이 차가웠다. 처음에는 자신이 죽었다고 생각했고 그러면서도 아무런 감정을 느끼지 못했다. 어딘가에서 떨어졌을 것이다. 어쩌면 테이어 학교 대운동장 뒤의 가파르고 위태로운 계단에서 굴렀을지도 모른다. 지금 그는 차갑게 식어 죽어 있다. 더 이상 아무 일도 일어나지 않을 것이다. 리처드는 잠시 아찔할 만큼 안심이 되었다.

갑자기 두통이 밀려오기 시작했다. 흘러나온 따뜻한 피가 차가운 손에 묻었다. 이 두 가지 감각 모두—지금 당사자가 달가워하는지와는 별개로—리처드 르웰린 슬로트가 아직 죽지 않았다는 증거였다. 그는 상처입고 고통스러워하는 존재에 불과했다. 머리 가죽이 통째로 도려내진 느낌이었다. 자신이 어디 있는지조차 알 수 없었다. 추웠다. 눈에 초점이 돌아오자 자신이 눈을 맞으며 누워 있다는 것을 깨달았다. 겨울이 온 것이다. 하늘에서 점점 더 많은 눈송이가 내려 그의 몸을 뒤덮고 있었다. 이윽고 아버지의 목소리가 들려오면서 모든 기억이 돌아왔다.

리처드는 한 손으로 정수리를 붙잡은 채 아주 천천히 턱을 기울여 아버지의 목소리가 들리는 쪽을 보았다.

잭 소여는 부적을 들고 있었다. 그것이 리처드가 인지한 두 번째 현실이었다. 부적은 깨지지 않았다. 자기가 죽었다고 생각했을 때 경험한 안도감을 조금이나마 다시 느낄 수 있었다. 안경은 없지만 잭의 얼굴에서 패배를 모르는 불굴의 의지가 엿보여 가슴이 뭉클했다. 잭은 마치…… 영웅 같았다. 물론 그게 다였지만. 지저분하고 흐트러진 행색에 터무니없을 만큼 젊은 영웅, 거의 모든 기준에 못 미쳤지만 영웅이라는 사실만은 여전히 부정할 수 없었다.

이제 친구가 본래의 잭으로 돌아온 것을 리처드는 알아볼 수 있었다. 영화배우가 영 내키지는 않지만 초라한 열두 살 소년의 행색으로 돌아다니는 듯한 비범하고 특별한 면모는 사라지고 없었다. 그래서 그의 눈에는 친구의 영웅적인 모습이 더욱 인상 깊게 느껴졌다.

아버지는 탐욕스럽게 웃고 있었다. 하지만 그자는 아버지가 아니었다. 아버지는 아주 오래전에 몸에서 빠져나가 이제 허물만 남아 있었다. 필 소여에 대한 질투와 탐욕스러운 야망으로 빈 껍질만 남은 것이다. 잭이 말했다.

"우린 이 놀이를 영원히 계속할 수도 있어. 하지만 난 절대 부적을 주지 않을 거야. 그리고 그따위 장난감으로는 부적을 파괴할 수 없어. 포기해."

아버지가 손에 든 열쇠의 끝으로 허공을 가르다 내리더니, 그 탐욕스럽고 갈급한 얼굴을 쳐드는 것과 동시에 똑바로 리처드를 가리키며 말했다.

"먼저 리처드를 날려 버릴 거야. 네 친구 리처드가 베이컨처럼 구워지는 걸 정말 보고 싶은 거냐? 응? 정말이야? 그리고 물론 리처드 옆에 있는 저 성가신 놈도 주저 없이 해치울 거야."

잭과 슬로트의 시선이 잠시 서로 얽혔다. 리처드는 아버지가 한 말이 농담이 아니라는 것을 알고 있었다. 잭이 부적을 내놓지 않으면 아버지는 자신을 죽일 것이다. 그런 다음에는 늙은 흑인, 스피디도 죽일 것이다.

리처드가 간신히 말을 뱉었다.

"그러면 안 돼. 엿이나 먹으라고 해, 잭. 뒈져 버리라고 해."

잭이 윙크를 해 보여 리처드는 미치고 팔짝 뛸 것 같았다.

"부적을 버려."

아버지의 목소리가 들렸다.

잭이 손바닥을 기울여 부적을 굴러 떨어뜨리는 것을 리처드는 공포에 질린 얼굴로 지켜보았다.

7

"잭, 안 돼!"

잭은 리처드를 돌아보지 않았다. *내려놓을 수 없다면 그것을 소유한 게 아니야, 내려놓을 수 없다면 그것을 얻은 게 아니라고. 소유한다고 해서 사내에게 뭐가 남겠어, 소유해도 사내에게는 아무것도 남지 않아, 개뿔 아무것도 남지 않는다고, 이런 건 학교에서 배울 수 없어, 너는 거리에서 배웠지, 너는 그것을 퍼드 장클로와 울프한테서 배웠어, 그리고 잘못 발사된 타이탄 2호 미사일처럼 머리부터 바위 위로 떨어진 리처드한테서도 배웠고.* 머릿속 목소리가 거듭거듭 그에게 타일렀다.

이것을 배우지 않았다면 선명한 불빛 하나 없이 캄캄한 세계 어딘가에서 이미 죽었을 것이다.

"살인은 더 이상 안 돼."

캘리포니아 해변의 오후, 눈발로 가득한 어둠 속에서 잭이 외쳤

675

다. 그는 완전히 녹초가 된 게 분명했다. 도합 나흘이나 그 끔찍한 시련을 헤쳐 와 여정의 끝을 목전에 둔 지금, 아무것도 모르는 1학년생 쿼터백처럼 부적을 토해 버렸다. 아예 멀리 던져 버렸다. 그 순간 들려온 것은 틀림없이 앤더스의 목소리였다. 앤더스가 잭/제이슨 앞에 무릎을 꿇고 킬트 치마를 펼친 채 머리를 조아렸을 때처럼 말이다. 모든 일이 잘 풀리겠군요, 모든 일이 잘 풀리고, 모든 것이 제자리를 찾아 돌아갈 것입니다.

부적은 해변에서 은은히 빛나고 있었다. 그 위로 눈송이가 녹아 작고 동그란 물방울로 내려앉으며, 그 물방울마다 무지개가 맺혔다. 바로 그 순간 잭은 *소중한 것을 내려놓은 사람만이 느낄 수 있는 깜짝 놀랄 만한 후련함*을 느꼈다.

잭이 소리쳤다.

"더 이상 *살생*은 안 돼. 할 수 있으면 어서 가서 저것을 깨뜨려 봐. 넌 정말 불쌍한 인간이야."

모건 슬로트를 확실히 파괴한 것은 바로 이 마지막 한마디였다. 그가 조금이라도 이성적인 사고를 지켜 냈더라면 다른 세계에서 온 눈 더미 속에서 이 세계의 돌멩이를 파내 부적을 내리쳤을 것이다…… 그것은 외피조차 없는 연약한 것이었기에 간단히 부숴뜨릴 수 있었을 것이다.

그 대신에 모건은 부적을 향해 열쇠를 겨누었다.

그 순간 모건의 마음은 제리 블레드소와 제리 블레드소의 아내에 대한 애증이 교차하는 회상에 젖어 있었다. 그가 살해한 제리 블레드소, 그리고 니타 블레드소…… 릴리 카바노야말로 일찌감치

과부로 만들었어야 했는데. 릴리, 한번은 그가 술에 취해 릴리를 만지려 했을 때 그의 코를 세게 때려서 코피가 나게 했다.

불꽃이 포효했다. 싸구려 주석 열쇠에서 청록색 불꽃이 뻗쳐 나오고 있었다. 불꽃은 부적을 향해 쏜살같이 날아가 세게 부딪쳤고, 불꽃에 감싸인 부적은 불타는 태양으로 변했다. 잠시 세상의 모든 색깔이 그곳에 있었다…… 잠시 모든 *세계*가 그곳에 있었다. 그리고 그것은 사라져 버렸다.

부적이 모건의 열쇠가 뿜어낸 불꽃을 삼켜 버렸다.

완전히 먹어 버렸다.

어둠이 다시 찾아왔다. 잭은 다리가 미끄러지면서, 힘없이 널브러져 있던 스피디 파커의 종아리를 털썩 깔고 앉고 말았다. 스피디가 신음 소리를 내며 몸을 비틀었다.

2초 동안 모든 것이 정지되었다…… 그러다 난데없이 부적에서 불길이 홍수처럼 밀려 나왔다. 머릿속으로는 걱정이 되어 미쳐 버릴 것 같은 상황이었는데도 잭은 눈을 휘둥그렇게 뜬 채 보고만 있었다.

(눈이 멀 거야! 잭! 눈이 멀 거라고!)

이윽고 지형이 바뀐 포인트 베누티가 모든 우주의 신이 사진을 찍으려고 몸을 앞으로 구부려 플래시를 터뜨린 것처럼 눈부시게 빛났다. 잭은 반쯤 파괴되어 폭삭 주저앉은 아진코트를 보았다. 그리고 무너져서 이제는 저지대가 되어 버린 고지대를 보았다. 벌렁 누워 있는 리처드를 보았고, 얼굴을 한쪽으로 돌린 채 엎드려 있는

677

스피디를 보았다. 스피디는 미소 짓고 있었다.

바로 그때 모건 슬로트가 뒤로 밀려나면서 자신의 열쇠에서 밀려 나온 불길의 울타리에 갇혀 버렸다. 그 화염은 선라이트 가드너의 망원 조준기가 번쩍이는 햇살을 빨아들인 것처럼 부적 안에 흡수된 것이었다. 그리고 그것은 천 배로 증폭되어 모건에게 되돌아갔다.

두 세계 사이에 오틀리 터널처럼 커다란 구멍이 열렸다. 세련된 갈색 양복이 불타고 있는데도 창백한 뼈만 남은 손으로 여전히 열쇠를 쥐고 있는 슬로트가 그 구멍으로 빨려 들어가는 광경을 잭은 보았다. 슬로트의 눈은 눈구멍 속에서 끓고 있었지만 부릅뜬 채······ 자신에게 벌어지고 있는 일들을 *지켜보고* 있었다.

잭은 모건이 구멍으로 떨어지며 조금씩 달라지는 모습을 지켜보았다. 망토는 횃불을 향해 급강하하는 박쥐의 날개 같았고, 부츠도 머리도 지글지글 불타고 있었다. 열쇠는 피뢰침의 미니어처가 되었다.

그리고······ *햇빛이 비쳤다!*

8

햇빛이 다시 홍수처럼 쏟아졌다. 잭은 햇빛을 피하기 위해 눈 덮인 해변을 굴렀다. 눈이 부셨다. 귓가에 —머릿속 깊은 곳에— 모건이 존재하는 모든 세계를 거쳐 망각 속으로 끌려 들어가며 내지르던 단말마의 비명이 맴돌고 있었다.

"잭? 잭, 무슨 일이야? 난 경기장 계단에서 굴러떨어진 것 같아."

리처드가 머리를 잡은 채 멍한 얼굴로 일어나 앉았다.

스피디가 눈 속에서 몸을 비틀더니 어느새 가볍게 팔굽혀 펴기를 하며 잭을 쳐다보았다. 그의 눈은 지친 기색이 역력했다…… 하지만 얼굴이 티 하나 없이 깨끗했다.

"잘했어, 잭. 아주 잘했어……."

스피디가 씩 웃으며 말했다. 앞으로 나오려다 다시 넘어져 헐떡거렸다.

무지개. 잭이 멍한 얼굴로 생각했다. 일어나려 했지만 다시 넘어지고 말았다. 싸늘한 눈발이 얼굴을 덮더니 눈물처럼 녹아내리기 시작했다. 무릎을 짚고 다시 일어섰다. 시야에 검은 점들이 가득 차 있었다…… 하지만 눈밭에 커다랗게 남아 있는 불탄 자국은 볼 수 있었다. 모건이 서 있던 자리였다. 그것은 눈물방울처럼 작아지다 마침내 사라져 버렸다.

"무지개다!"

잭 소여가 소리치며 하늘을 향해 두 팔을 뻗어 올리고는 울다 웃었다.

"무지개다! 무지개야!"

잭은 부적이 있는 곳으로 달려가서 그것을 안아 올렸다. 여전히 눈물이 앞을 가렸다.

잭은 러슈턴이었던 리처드 슬로트에게 부적을 안겨 주었다. 그리고 예전에도 그 자신이었던 스피디 파커에게도 안겨 주었다.

잭은 그들을 치유해 주었다.

무지개, 무지개, 무지개!

46장
또 하나의 여정

1

잭은 부적의 힘으로 두 사람을 치유해 주었지만 그 과정이 어땠는지, 구체적으로 무슨 일이 있었는지는 정확히 기억나지 않았다. 부적은 한동안 그의 손에서 눈부시게 빛나며 노래했고, 그 불빛이 계속 두 사람에게 흘러들어 마침내 그들이 그 빛에 푹신 잠겼던 모습만이 희미하게 기억날 뿐이었다. 그 정도가 잭이 떠올릴 수 있는 전부였다.

그것을 마지막으로 장엄한 부적의 빛이 차츰…… 차츰 흐려지다…… 마침내 꺼져 버렸다.

잭은 엄마를 생각하며 목이 쉬도록 울었다.

스피디가 비틀거리며 질척하게 녹고 있는 눈 위를 지나 잭에게 다가와 한 팔로 어깨를 안으며 위로했다.

"부적은 되살아날 거야, 방랑자 잭."

스피디는 웃고 있었지만 잭보다 두 배는 더 지쳐 보였다. 스피디는 치유되었다…… 하지만 아직 온전히는 아니었다. 이 세계가 스피디 할아버지를 죽이고 있어. 적어도 스피디 파커의 일부를 죽이고 있는 거야. 부적이 치유해 주었지만…… 할아버지는 여전히 죽어 가고 있어. 잭은 막연히 생각했다.

스피디가 잭을 위로했다.

"너는 부적을 손에 넣었어. 그리고 넌 부적이 너를 도와줄 거라고 믿고 싶어 하지. 걱정할 것 없다. 이리 오렴, 잭. 네 친구가 있는 곳으로 가 보자꾸나."

잭이 가 보니, 리처드는 질척거리는 눈 속에서 자고 있었다. 딱지가 너덜거리던 지긋지긋한 그 상처들은 없어졌지만 머리카락 사이로 두피에 길게 난 상처 자국이 하얗게 보였다. 그 자리에는 더 이상 머리카락이 자라지 않을 것이다.

"친구 손을 잡으렴."

"왜요? 뭐 때문에요?"

"순간이동 해야지."

잭이 의아한 얼굴로 스피디를 보았지만 그는 아무런 설명도 하지 않고 고개만 끄덕였다. 그래, 네가 생각한 바로 그 이유야. 마치 이렇게 말하는 듯했다.

잭은 생각했다. 그래, 지금까지 스피디 할아버지를 믿었으니까…….

잭이 리처드의 손을 잡자 스피디도 잭의 다른 손을 잡았다.

아무런 방해도 받지 않고 세 사람은 저쪽 세계로 건너갔다.

2

잭의 직감이 맞았다. 검은 모래는 오리스의 모건이 발을 질질 끌며 곳곳에 남겨 놓은 발자국으로 가득했고, 그 옆에는 건강하고 활달하며 원기 왕성해 보이는 사람이 서 있었다.

잭은 스피디 파커의 동생처럼 보이는 이 낯선 사람을 경외감과 불안이 뒤섞인 얼굴로 뚫어져라 바라보았다.

"스피디 할아버지…… 그러니까 파커스 씨…… 당신은 무엇을……."

"너희 둘은 좀 쉬어야겠어. 너도 그렇지만 이 젊은 친구는 훨씬 더 안 좋아 보이는군. 이 친구는 죽음의 문턱까지 가 있어. 그 자신이 더 잘 알 거야…… 하지만 이 친구는 그걸 인정하지 않겠구나, *자기 자신에게조차.*"

"네, 그 말이 맞아요."

"리처드는 이곳에서 쉬는 게 좋겠어."

파커스는 잭에게 이렇게 말하고 리처드를 안고 블랙 캐슬을 뒤로한 채 해변을 빠져나갔다. 잭은 비틀거리며 열심히 그를 따라갔지만 점차 뒤처지고 있었다. 금방 숨이 차고 다리가 흐느적거리고 머리도 아팠다. 최후의 결전을 치렀고 그 충격의 여운이 아직 남아 있기 때문인 것 같았다.

"그런데…… 어디로……."

잭은 가까스로 이 말만 뱉어 냈다. 그는 여전히 부적을 품에 안고 있었다. 부적에서는 이제 반짝임을 찾아볼 수 없었다. 거무스름하고 탁해져서 시시해 보이기만 했다. 파커스가 말했다.

"조금만 더 가자. 너나 네 친구도 *그자*가 있었던 곳에서 쉬고 싶지는 않겠지?"

그 말에 녹초가 되어 있었음에도 잭은 고개를 끄덕였다.

파커스가 어깨 너머로 돌아보고는 슬픈 얼굴로 잭을 바라보았다.

"저 뒤쪽에서는 그자의 악의 냄새가 나거든. 그리고 너희 세계의 냄새도 나지, 잭. 나에게는 두 냄새가 너무도 비슷해서 아주 불편하구나."

파커스가 리처드를 안고 다시 출발했다.

3

해변에서 40미터쯤 걸어간 후에야 파커스는 걸음을 멈췄다. 이곳에서는 검은 모래의 색이 조금 연해져 있었다. 하얗지는 않지만 너무 어둡지 않은 회색이었다. 파커스가 조심스럽게 리처드를 내려놓았다. 잭도 그 옆에 큰대자로 누웠다. 모래는 다행히도 따듯했고, 이곳에는 눈도 내리지 않았다.

파커스가 책상다리를 하고 잭 곁에 앉아 말했다.

"이제 눈 좀 붙여라. 깨어났을 때는 내일이 되어 있을 거야. 아무도 너희를 해치지 않아. 저것 좀 보렴."

파커스가 팔을 뻗어 아메리카 테러토리의 포인트 베누티가 있었던 곳을 가리켰다. 맨 처음 잭의 눈에 들어온 것은 블랙 캐슬이었다. 마치 안에서 엄청난 폭발이 있었던 것처럼 한쪽 면 전체가 부서지고 허물어져 있었다. 이제 그 블랙 캐슬은 아주 평범해 보였다. 그곳을 위협하던 존재가 불타 죽었고 몰래 감추어 두었던 보물이 사라졌기 때문이다. 호텔은 이제 뒤죽박죽으로 쌓인 돌무더기에 불과했다.

더 먼 곳을 보자 여기서는 지진이 그리 심각하지 않았다는 것을 알 수 있었다. 파괴된 것도 얼마 없었다. 바닷가에 떠내려 온 나무로 만든 것 같은 오두막 몇 채가 쓰러져 있었고, 아메리카 테러토리에서 캐딜락이었을지도 모르는 사륜마차도 다수 보였다. 길거리 여기저기에는 털투성이 몸뚱이가 쓰러져 있었다.

파커스가 말했다.

"여기서 살아남은 사람들은 이제 다 떠나 버렸단다. 그들은 그간의 사정을 다 알고 오리스가 죽었다는 것도 알기 때문에 더 이상 너희를 괴롭히지 않을 거야. 이곳을 지배하고 있던 악이 물러난 거라고. 무슨 말인지 알겠지? 느낄 수 있겠니?"

잭이 작은 목소리로 대답했다.

"네, 하지만…… 파커스 씨…… 당신은 그러니까…… 설마……"

"떠나지 않을 거냐고? 떠나지. 난 곧 떠날 거란다. 너랑 네 친구는 한숨 푹 자 두어라. 하지만 그 전에 들려줄 얘기가 있구나. 오래 걸리지 않을 테니까 일단 우선은 고개를 똑바로 들고 잘 들어야 한다."

잭은 간신히 고개를 쳐들고 다시 눈을 크게 — 뭐, 되도록 크게 — 떴다.

파커스가 고개를 주억거리며 설명을 시작했다.

"아침에 잠이 깨면 동쪽으로 가거라……. 하지만 순간이동을 하면 안 돼! 얼마 동안은 이곳에서 지내야 해. 테러토리에 있어야 한다는 뜻이야. 네가 사는 저쪽 세계에서는 너무나 많은 일들이 벌어지고 있으니까. 구조대며 뉴스 기자들 말이야, 뭐가 또 있을지는 제이슨만이 알겠지. 적어도 사람들이 알아차리기 전에 눈은 녹을 테고 설령 몇 명이 봤다 해도 미친 사람으로 치부될 거야."

"왜 가셔야 하나요?"

"이젠 그냥 몇몇 군데만 둘러보면 된단다, 잭. 이곳에서 해야 할 일이 제법 많아. 모건이 죽었다는 소식이 이미 동쪽으로 번지고 있어. 아주 빠른 속도로. 지금은 내가 뉴스보다 뒤처져 있지만 할 수만 있다면 그것보다 앞서가야 해. 변경 지대로 돌아가야 하고…… 그리고 동쪽으로…… 수많은 못된 놈들이 다른 곳을 침범하기 전에."

파커스가 바다 쪽으로 눈길을 돌렸다. 그의 눈은 부싯돌처럼 차가운 잿빛이었다.

"어음이 기한이 되면 돈을 지불해야 하지. 모건은 죽었지만 아직 갚을 빚이 많단다."

"당신은 이쪽 세계에서는 경찰 같은 사람인가 봐요, 그래요?"

파커스가 고개를 끄덕이고는 억세지만 따뜻한 손으로 잭의 머리를 쓰다듬었다.

"난 말하자면 심판관과 사형집행관을 한데 합친 존재란다, 여기서는 그렇지. 저쪽 세계에서 나는 이곳저곳으로 돌아다니며 잡다한 일을 하고 기타를 치며 산단다. 그리고 가끔씩은, 저쪽 세계가 훨씬 좋다고 생각한단다, 정말로."

파커스가 다시 미소 지었다. 하지만 이번에는 *스피디*로서 웃고 있었다.

"그리고 가끔씩 넌 나를 만나게 될 게다, 재키. 그럼, 때때로 여기저기서. 어쩌면 쇼핑센터나 공원 같은 곳에서 말이야."

파커스가 윙크하자 잭이 말했다.

"하지만 스피디 할아버지는…… 몸이 안 좋아요. 어디가 잘못되었는지는 모르겠지만 부적으로도 치유할 수 없는 것 같아요."

"스피디는 노인이야. 나랑 동갑이지만 너희 세계에 있으면서 나보다 더 늙게 된 거란다. 그럼에도 스피디에게는 아직 살날이 많이 남았어. 아마도 오래 살 거야. 너무 걱정하지 마라, 잭."

"약속할 수 있어요?"

"그럼, 지당하신 말씀이지."

파커스가 싱긋 웃자 잭도 지친 얼굴로 미소 지었다.

"너랑 네 친구는 동쪽으로 가야 해. 8킬로미터는 걸었다 싶을 때까지 계속 걷는 거야. 저쪽 낮은 언덕들을 몇 개 넘으면 좋아질 거야. 걷기도 편하고. 거기서 큰 나무를 찾아봐. 지금까지 네가 본 중에 가장 큰 나무를 보게 될 게다. 그 크고 오래된 나무 옆으로 가서 리처드의 손을 잡고 다시 순간이동 하는 거야, 잭. 그러면 나무 밑으로 차가 지나가도록 터널을 파 놓은 거대한 삼나무 옆으로 나오게 돼. 그 길은 17번 도로이고 북부 캘리포니아의 스토리빌이라는 작은 마을 근처란다. 그 마을로 들어가면 점멸 신호기가 있는 곳에 모빌(미국의 석유회사 — 옮긴이) 주유소가 보일 게다."

"그다음에는요?"

파커스는 어깨를 으쓱했다.

"그건 나도 확실히는 모른단다. 어쩌면, 잭, 거기서 아는 사람을 만나게 될지도 모르겠구나."

"하지만 어떻게 그를 알아볼 수……"

"쉿."

파커스가 말을 막고는 잭의 이마를 만져 주었다, 엄마가 해 주었던 것처럼

(아기는 포대기 안에, 아빠는 사냥 가고, 온갖 좋은 걸 가져오고, 라라, 어서 자라, 우리 재키, 모든 일이 잘 풀리고 모든 일이 잘 풀리고)

그가 아주 작은 어린아이였을 때.

"질문은 이제 그만. 내 생각엔, 이제는 너도 리처드도 모든 일이 잘 풀릴 거야."

잭은 어두운 색 공을 팔꿈치 안쪽과 겨드랑이 사이에 끼우고 벌렁 드러누웠다. 시멘트블록이 매달리기라도 한 것처럼 눈꺼풀이 무거웠다.

파커스가 차분하고 엄숙한 목소리로 선언했다.

"잭, 넌 용감하고 진실한 모습을 보여 주었다. 네가 내 자식이라면 좋았을 텐데…… 너의 용기에 경의를 표한다. 그리고 너의 신념에도. 많은 세계의 사람들이 너에게 무척 감사해하고 있어. 대부분의 사람들이 막연하게라도 진실을 느끼고 있을 거야."

잭이 힘겹게 미소를 지어 보이고는 애걸하듯 말했다.

"조금만 더 있으면 안 돼요?"

"그래, 네가 잠들 때까지 있어 주마. 너무 걱정하지 마라, 잭. 여기서는 아무것도 너를 해치지 않을 테니까."

"엄마는 항상 말했지……"

하지만 그 말이 끝나기도 전에 잭은 잠이 들어 버렸다.

4

다음 날 잭은 엄밀히 말하면 깨어 있었지만, 어떤 신비로운 방식으로 여전히 잠을 자고 있었다. 어쩌면 그것은 잠이 아니라 정신을 보호하고자 스스로를 마비시키는 능력을 발휘한 것인지도 몰랐다. 어쨌든 그날은 종일 느릿느릿 꿈처럼 지나갔다. 앞서거니 뒤서거니 하며 천천히 머뭇머뭇 걸어가던 잭과 리처드는 어느새 세계에서 가장 큰 나무 아래 서 있었다. 두 사람 주변으로는 나무들 사이 바닥에 영롱이는 빛이 가로지르고 있었다. 성인 남자 열 명이 손에 손을 잡아도 닿을 수 없을 만큼 커다란 나무였다. 그 나무는 높이와 폭에서 그 끝을 짐작도 할 수 없게 솟아 있었다. 숲속의 그 많은 키 큰 나무들 가운데서도 독보적이어서 그 자체로 테러토리의 풍성함을 보여 주는 본보기였다.

너무 걱정하지 않아도 돼. 파커스는 체셔 고양이(『이상한 나라의 앨리스』에 등장하는 고양이 — 옮긴이)처럼 희미하게 사라질 조짐이 보이는 와중에도 잭을 다독여 주었다. 잭은 고개를 젖혀 그 나무의 꼭대기를 올려다보았다. 스스로 알아차리지 못했지만 잭은 감정적으로 너무 지친 상태였다. 그 나무의 엄청난 크기를 보면서도 아주 잠깐 신기하다는 생각이 들었을 뿐이었다. 잭은 한 손을 나무껍질에 올려놓았다. 놀랄 만큼 부드러운 나무껍질이었다. *난 내 아빠를 죽인 자를 살해했어.* 잭은 혼잣말을 하고는 죽은 것처럼 검게 변한 부적을 다른 손에 꽉 쥐었다. 리처드는 마천루만큼 높다란 나무 꼭대기를 응시하고 있었다. 모건은 죽었고 가드너도 죽었다. 지금쯤은 해변의 눈도 녹았을 것이 틀림없다. 그렇다고 그 모든 것이 사라진

것은 아니었다. 잭은 머릿속이 해변에 가득 쌓였던 눈으로 가득 차 버린 느낌이었다. 한번은 이런 생각을 한 적이 있었다. ─ 지금은 1000년 전 일처럼 느껴지지만 ─ 만약에 정말로 부적을 손에 넣는다면 넘치는 승리감과 흥분, 경외감에 젖어 하늘을 나는 기분일 거라고 말이다. 하지만 지금은 그런 감정들을 조금 느낄까 말까 하는 정도였다. 그의 머릿속에서는 여전히 눈이 내렸고, 파커스가 일러준 것 외에는 아무것도 알 수 없었다. 잭은 이 거대한 나무가 자신을 지탱해 주고 있는 느낌이었다.

잭이 리처드에게 말했다.

"내 손을 잡아."

"하지만 어떻게 해야 집에 돌아갈 수 있지?"

"너무 걱정하지 마."

잭이 이렇게 말하고는 리처드의 손을 꼭 잡았다. 잭에게는 의지할 나무가 필요 없었다. 잭 소여는 '초토화된 땅'도 지나왔고 블랙호텔을 파괴했으며 무엇보다도 *용감하고 진실했다*. 하지만 머릿속에서는 눈이 내리고 있는 녹초가 된 열두 살 소년이기도 했다. 잭은 별 어려움 없이 자신의 세계로 순간이동 해 돌아갔다. 리처드도 뭔지는 모르겠지만 그 옆에 있는 장애물을 미끄러져 통과했다.

5

숲은 작아져 있었다. 이제 아메리카 숲속에 들어온 것이다. 부드럽게 가지를 흔드는 나무 꼭대기는 현저하게 낮아졌고, 그들 주위의 나무들도 파커스가 가리켜 보였던 테러토리 숲속의 나무들보다 눈에 띄게 작았다. 잭이 희미하게나마 주위 모든 것의 규모가 바뀌었다는 것을 의식한 순간 앞에 놓인 2차선 아스팔트 도로가 눈에 들어왔다. 그리고 곧바로 20세기의 현실이 그의 정강이를 걷어찼다. 그 길을 발견하자마자 엔진이 털털거리는 소리가 들려 잭은 본능적으로 뒤로 물러나며 리처드를 잡아당겼다. 바로 그때 하얀색 르노 5 자동차가 핑 소리를 내며 지나쳤다. 그 차는 미국 삼나무(테러토리 삼나무의 절반 크기밖에 안 되었다.) 줄기를 뚫어 만든 터널을 빠르게 뚫고 지나갔다. 하지만 적어도 르노에 타고 있던 성인 한 명과 아이 두 명은 삼나무 숲을 보기 위해 뉴햄프셔(자유가 아니면 죽음을!)(뉴햄프셔주의 정신을 상징하는 슬로건. 뉴햄프셔주는 대영제국으로부터 독립을 선언한 미국의 첫 번째 주이기도 하다.—옮긴이)에서 먼 길을 달려왔는데도 그쪽을 보고 있지 않았다. 뒷좌석에 타고 있던 여인과 두 아이는 고개를 홱 돌려 얼빠진 얼굴로 잭과 리처드를 바라보았다. 그들은 어두운 작은 동굴 같은 입을 헤벌리고 있었다. 방금 전 두 소년이 유령처럼 길옆에 나타난 것을 목격했기 때문이었다. 아무것도 없는 곳에서 기적처럼 순식간에 등장한 그 모습은 마치 커크 선장과 미스터 스팍이 우주선 엔터프라이즈호에서 빔을 타고 내려오는 영화 「스타트렉」의 한 장면을 연상시켰다.

잭이 말했다.

"잠시 혼자 걸을 수 있겠어?"

"물론이지."

잭은 17번 도로에 올라서서 나무에 뚫린 커다란 구멍 속으로 들어가기 시작했다.

잭은 이 모든 게 꿈인 것만 같았다. 그는 아직 테러토리의 해변에 있고, 리처드는 옆에 널브러져 있고, 파커스가 다정한 눈길로 그들을 바라보고 있는 것만 같았다. *엄마는 항상 말했지…… 엄마는 항상 말했어…….*

6

짙은 안개 속에서 움직이는 것처럼(사실 그날 북부 캘리포니아는 햇빛이 쨍쨍하고 건조했지만) 잭 소여는 리처드 슬로트의 손을 잡고 삼나무 숲에서 데리고 나와 경사진 도로를 따라 메마른 12월의 초원을 지나갔다.

……어떤 영화든 가장 중요한 사람은 대개 카메라맨이라고 했어…….

잭의 육체는 더 많은 잠을 요구했고, 그의 정신은 휴식이 필요했다.

……베르무트에 따라 마티니의 맛을 망치게 된다고 했어…….

리처드는 골똘히 생각에 잠겨 말없이 따라오고 있었다. 그의 걸음이 너무 느려서 잭은 길가에 멈춰 서서 리처드가 따라올 때까지 기다려야 했다. 스토리빌이 분명해 보이는 작은 마을이 일이 킬로미터 앞에 나타났다. 길가 양옆에 야트막한 하얀색 건물 몇 채가 있었고, '골동품 상점' 간판이 한 건물 위에 붙어 있었다. 건물들을 지나가자 인적이 끊긴 교차로에 신호등만 깜박이고 있었다. 주유소 밖 '모빌 주유소' 간판의 한쪽 모서리가 보였다. 리처드는 터덜터덜 걷고 있었는데, 고개를 너무 깊이 숙여서 턱이 가슴에 달라붙은 것처럼 보였다. 리처드가 가까이 다가온 뒤에야 잭은 친구가 울고 있다는 것을 알았다.

잭은 한 팔로 리처드의 어깨를 껴안으며 말했다.

"네가 알아야 할 게 있어."

리처드가 눈물로 얼룩진 작은 얼굴을 쳐들며 시비조로 물었다.

"뭔데?"

"널 사랑한다고."

고개가 다시 푹 꺾였다. 잭은 여전히 친구의 어깨를 부여안고 있었다. 잠시 후 리처드가 고개를 들고 ─ 잭을 똑바로 바라보고 ─ 끄덕였다. 릴리 카바노 소여가 한두 번인가 이런 말을 한 적이 있었다. *재키야, 때로는 속을 다 보여 주지 않아도 될 때가 있단다.*

잭은 리처드가 눈물을 닦는 동안 가만히 기다렸다.

"이제 다 왔어, 리치. 내 생각엔 저기 있는 모빌 주유소에서 누군가를 만나게 될 것 같아."

"히틀러 같은 사람?"

리처드가 손바닥 둔덕으로 눈을 비비며 물었다. 잠시 후 리처드는 다시 마음을 추슬렀고 두 소년은 함께 스토리빌 마을로 걸어 들어갔다.

7

모빌 주유소의 그늘에 캐딜락 한 대가 서 있었다. 부메랑처럼 생긴 텔레비전 안테나가 뒤에 달려 있는 엘도라도(캐딜락의 최상위 모델. 큼지막한 차체와 고풍스러운 외관 등이 부와 명예, 성공의 상징으로 여겨지며 높은 판매가에도 뜨거운 인기를 끌었다. — 옮긴이)였다. 차는 트레일러만큼 크고 죽음처럼 어두워 보였다.

"오, 잭, 저기 *나아아아쁜* 놈이."

리처드가 신음하며 잭의 어깨에 매달렸다. 눈을 휘둥그레 뜨고 입술은 가냘프게 떨렸다.

또다시 온몸에 아드레날린이 퍼지고 있었다. 하지만 예전처럼 가슴이 미친 듯이 뛰지는 않았다. 그냥 천근만근 마음만 무거웠다. 이미 너무 많은, 정말로 많은, 진저리나도록 많은 시련을 겪어 왔지 않은가.

잭은 음산한 중고가게에서 팔 법한 유리구슬처럼 변한 부적을 움켜쥐고 모빌 주유소를 향해 언덕을 내려가기 시작했다.

리처드가 뒤에서 가냘픈 목소리로 비명을 질렀다.

"*잭! 대체 무슨 짓을 하려는 거야? 저건 그자들의 차야. 테이어 학교에 있던 바로 그 차라고! 포인트 베누티에 있던 것과 똑같은 거라니까!*"

"파커스가 이곳으로 가라고 했잖아."

"동지, 정신이 나갔군."

리처드가 작은 목소리로 말했다.

"나도 알아. 하지만 이번에는 다 잘될 거야. 두고 보면 알겠지. 그리고 나더러 동지라고 부르지 마."

잭이 말을 끝내기가 무섭게 캐딜락의 문이 탁 열리며 빛바랜 청바지를 입은 탄탄한 근육질의 다리가 튀어나왔다. 운전자가 신은 검은 엔지니어 부츠의 앞코가 길게 잘려 나가 털북숭이 발가락이 드러나는 것을 본 순간, 불안감은 무시무시한 공포로 돌변했다.

옆에서 리처드가 들쥐처럼 꽥꽥거렸다.

그자는 틀림없이 울프였다. 잭은 그자가 돌아서기 전에 이미 알아보았다. 키는 2미터가 훌쩍 넘었고, 길고 거칠고 그다지 청결하지 못한 머리카락이 목덜미에 뒤엉켜 있었다. 머리카락에는 우엉꽃도 두어 송이 붙어 있었다. 이윽고 그 거구가 몸을 돌렸을 때 잭은 번뜩이는 오렌지색 눈을 알아보았다. 그리고 공포감은 돌연 환희로 변했다.

잭은 무슨 일인가 하고 밖으로 나와 뚫어져라 쳐다보는 주유소 직원과 잡화점 앞에서 어슬렁거리는 사내들은 아랑곳없이 그 거인을 향해 일직선으로 달려갔다. 머리카락이 이마 뒤로 흩날리고 다 해진 운동화가 지면을 박찰 때마다 철퍼덕거렸다. 입이 헤벌쭉 벌어지고 눈동자는 부적처럼 눈부시게 빛났다.

오버올 작업복. 오슈코시였다. 존 레논이 쓰던 둥근 무테안경. 그리고 두 사람을 반겨 주는 환한 웃음.

잭 소여는 울부짖었다.

"울프! 울프, 살아 있었구나! 울프, 네가 살아 있었어!"

울프는 아직 2미터 정도 떨어져 있었지만 잭은 그를 향해 몸을 날렸다. 울프는 심상하게 잭을 받아 주며 활짝 웃었다.

"잭 소여! 울프! 이걸 좀 봐라! 파커스가 말한 대로다! 난 똥물 냄새 나는 벼락 맞을 이곳에 왔고, 너도 이곳에 왔구나! 잭과 그의 친구가 왔다! 울프! 좋다! 굉장하다! 울프!"

잭이 이 울프가 그의 울프가 아닌 것을 알게 된 것은 냄새 때문이었다. 마찬가지로 울프와 관련이 있다는 것을 알려 준 것도 그 냄새였다…… 아주 가까운 혈연관계임이 분명했다.

"난 당신과 한배에서 난 형제를 알아요."

잭은 여전히 울프의 힘센 털북숭이 팔에 안긴 채 중얼거렸다. 이제 그의 얼굴을 보니 자신의 울프보다 나이도 많고 더 현명하다는 것을 알 수 있었다. 하지만 상냥한 표정은 똑같았다.

"내 동생 울프를 말하는구나."

울프가 이렇게 말하며 잭을 내려놓았다. 그는 손을 뻗어 손끝으로 부적을 만져 보았다. 그의 얼굴에는 두려움과 외경심이 가득했다. 그가 부적을 만지자 환한 불꽃이 피어나더니 구슬 속 탁한 심층으로 혜성처럼 곤두박질쳐 들어갔다.

울프가 숨을 들이마시며 잭을 보고는 싱긋 웃었다. 잭도 싱긋 웃어 주었다.

이제야 따라잡은 리처드가 한편으로는 놀라고 한편으로는 경계하며 두 사람을 응시했다. 잭이 말을 꺼냈다.

"테러토리에는 나쁜 울프족만큼 좋은 울프족도 많아……"

"좋은 울프족이 훨씬 더 많다."

울프가 불쑥 끼어들었다.

울프는 리처드를 향해 손을 뻗었다. 리처드는 일순 물러났지만 다시 울프의 손을 잡고 악수했다. 울프의 커다란 손에 리처드의 손이 파묻히는 순간, 입술이 긴장으로 굳어졌다. 그 모습을 보며 잭은 리처드가 아주 오래전에 울프가 헥 바스트를 혼쭐냈을 때처럼 손목을 뽑힐까 봐 겁을 낸다는 것을 알 수 있었다.

"이분은 *나의* 울프의 형이야."

잭이 자랑스럽게 말하고는 헛기침을 했다. 이 울프의 동생에 대한 자신의 감정을 어떻게 표현하면 좋을지 알 수가 없었다. 울프족도 애도를 이해할 수 있을까? 그들에게도 과연 그런 관습이 있을까? 잭이 말했다.

"난 당신 동생을 사랑했어요. 그가 내 목숨을 구해 주었으니까. 여기 있는 리처드를 제외하면 가장 가까운 친구였다고 할 수 있을 것 같아요. 그런데 애통하게도 죽어 버렸지요."

"내 동생은 지금 달 속에 있다. 그는 돌아올 것이다. 저 달처럼 모든 것은 사라진다, 잭 소여. 저 달처럼 모든 것은 되돌아오게 마련이다. 자, 이 냄새 나는 곳에서 어서 빠져나가자."

리처드는 무슨 뜬구름 잡는 소리냐는 표정이었지만 잭은 이해하는 정도가 아니라 가슴 깊이 공감할 수 있었다. 모빌 주유소는 불완전 연소된 연료의 자극적인 기름 냄새로 뒤덮여 있었다. 그것은 속을 들여다볼 수 있는 갈색 장막 같았다.

울프는 캐딜락으로 가서 운전기사 ― 잭이 보기엔 그것이 그의 직업인 거 같았다. ― 처럼 뒷문을 열었다.

"잭?"

리처드는 덜컥 겁을 집어먹은 표정이었다.

"괜찮아."

"하지만 어디로……"

"우리 엄마한테 갈 거야. 대륙을 횡단해 뉴햄프셔의 아케이디아 해변으로. 일등석을 타고 달려가는 거야. 자, 가자, 리치."

두 소년은 차를 향해 걸어갔다. 널찍한 뒷좌석 한구석에 손때 묻은 기타 케이스가 처박혀 있었다. 잭은 다시 가슴이 뛰기 시작했다. 울프의 형을 향해 몸을 돌리며 물었다.

"스피디 할아버지다! 스피디도 우리랑 함께 가는 거예요?"

"난 스피디한 사람을 모른다. 삼촌이 스피디했는데 절름발이가 되었다. 울프! 그래서 심지어 가축도 돌보지 못하게 됐다."

잭은 기타 케이스를 가리키며 물었다.

"저건 어디서 난 거죠?"

울프는 빽빽이 들어찬 커다란 이빨을 드러내며 싱긋 웃었다.

"파커스 거다. 너 주라고 놓고 간 거다. 깜박 잊었다."

울프는 뒷주머니에서 아주 오래된 엽서를 꺼냈다. 앞면에는 회전목마가 있었는데 눈에 익은 다양한 말들 ─ 그중에서도 특히 엘라 스피드와 실버 레이디 ─ 이 줄지어 서 있었다. 하지만 사진 속 숙녀들은 버슬(스커트 뒤쪽을 부풀리기 위해서 이용하는 허리받이 ─ 옮긴이)을 받쳐 입고, 소년들은 반바지를 입고, 신사들은 대부분 중산모를 쓰고 롤리 핑거스(뾰족한 끝이 위로 향하는 덥수룩한 수염으로 유명한 미국의 야구선수 ─ 옮긴이)의 콧수염을 기르고 있었다. 우편엽서는 너무 오래되어서 미끈미끈했다.

엽서를 뒤집으니 가운데에 있는 글자가 먼저 눈에 들어왔다. '아케이디아 해변의 회전목마. 1894년 7월 4일.'

엽서 빈칸에 두 개의 문장을 갈겨쓴 것은 파커스가 아니라 스피디였다. 워낙 글씨를 갈겨써서 그다지 학식 있어 보이지는 않았다. 심이 무르고 무딘 연필로 쓴 글씨였다.

넌 참 놀라운 일을 해냈어, 잭. 기타 케이스에 들어 있는 건 필요한 만큼 가져다 써라. 나머지는 가지든지 버리든지 마음대로 하렴.

잭은 엽서를 뒷주머니에 넣고 플러시 천이 깔린 캐딜락 뒷좌석으로 미끄러져 들어갔다. 낡은 기타 케이스의 걸쇠 하나가 부서져 있었다. 나머지 세 개를 열어 보았다.
뒤따라 차 안으로 들어오던 리처드가 속삭였다.
"정말 굉장하다!"
기타 케이스에는 20달러짜리 지폐가 가득했다.

8

울프는 그들을 집으로 데려가기 위해 차를 몰았다. 잭의 기억 속에서 그해 가을에 일어난 사건들은 금세 흐려졌지만 그 여정의 매 순간은 평생 그의 마음에 아로새겨져 있었다. 잭과 리처드를 엘도라도 뒷좌석에 앉힌 채 울프는 동쪽으로, 동쪽으로, 동쪽으로 차를 달렸다. 울프는 길을 환히 꿴 상태에서 차를 운전해 갔다. 울프는 이따금 록밴드 '크리던스 클리어워터 리바이벌'의 테이프를 틀곤 했다. 「정글을 헤치고 달려라」가 그가 제일 좋아하는 곡인 모양이었다. 볼륨이 너무 높아서 고막이 터질 듯했다. 그러고 나면 창문을 여닫는 버튼을 조종해 아주 오랫동안 바람의 다양한 음조에 귀를 기울이곤 했다. 그럴 때면 바람 소리에 완전히 매혹된 것 같았다.
동쪽으로, 동쪽으로, 동쪽으로, 매일 아침 일출 속으로 달리고, 매일 저녁 신비롭게 깊어지는 푸른 황혼 속으로 달렸다. 먼저 존 포거티(크리던스 클리어워터 리바이벌의 보컬 — 옮긴이)의 목소리를 듣고 그다음엔 바람 소리에 귀를 기울이고, 다시 존 포거티의 목소리를 듣고 바람 소리에 귀를 기울이기를 되풀이했다.

그들은 스터키스(미국의 고속도로 편의점 체인 — 옮긴이)에서 끼니를 때웠다. 버거킹에서도 먹고 켄터키프라이드치킨에도 들렀다. 잭과 리처드가 켄터키프라이드치킨에서 저녁을 먹을 때 울프는 패밀리 스타일 버킷을 시켜서 스물한 조각을 남김없이 먹어 치웠다. 소리를 들어 보니 뼈까지 씹어 먹는 것 같았다. 잭은 울프와 팝콘 사건이 생각났다. 거기가 어디였더라? 먼시. 먼시 교외의 타운라인 식스플렉스 극장에서였다. 선라이트 홈에 끌려가기 바로 전이었다. 잭은 싱긋 웃었다…… 그때 화살이 심장에 푹 박히는 듯한 고통이 밀려왔다. 리처드에게 눈물을 들킬까 봐 창밖으로 고개를 돌렸다.

둘째 날 밤에는 콜로라도주 줄스버그에서 보냈다. 울프는 트렁크에서 휴대용 바비큐 세트를 꺼내 푸짐한 피크닉 식사를 만들어 주었다. 그들은 기타 케이스에서 꺼낸 돈으로 산 두툼한 파카로 중무장한 채 눈 덮인 들판에서 별을 보며 식사했다. 머리 위로 반짝이는 유성우가 쏟아졌고 울프는 눈밭으로 나아가 어린아이처럼 춤을 추었다.

리처드가 생각에 잠긴 채 말했다.

"난 저 사람이 마음에 들어."

"나도 그래. 네가 그의 동생을 만났더라면 좋았을 텐데."

"그러게 말이야."

리처드가 뒷정리를 시작하려 일어서며 툭 던진 말에 잭은 어리둥절해졌다.

"점점 기억이 희미해져, 잭."

"무슨 뜻이야?"

"그냥 그렇다고. 1킬로미터를 갈 때마다 그동안 일어난 일이 점점 더 생각이 안 나. 마치 안개가 낀 것처럼 뿌예지는 것 같아. 사실은…… 내가 그걸 원하는 것 같아. 그런데 네 엄마가 정말 괜찮으실까?"

잭은 세 번이나 엄마한테 전화했지만 아무도 전화를 받지 않았다. 하지만 그리 걱정은 하지 않았다. 괜찮을 거야. 잭은 희망을 버리지 않았다. 그곳에 도착하면 엄마를 만날 수 있을 거야. 아프기는 하겠지만…… 아직 살아 있을 거야. 그는 간절히 바랐다.

"물론이지."

"그런데 왜 전화를 안 받으시는 거지?"

"슬로트가 장난질을 해 놨겠지. 알람브라 호텔 직원을 매수해서 전화에 손을 써 놓았을 거야, 틀림없어. 엄마는 아직 아무 일 없을 거야. 아프기는 하겠지만…… 괜찮을 거야. 지금도 그곳에 있다고. 난 그걸 느낄 수 있어."

"그리고 이 치유의 부적이 효과가 있다면……."

얼굴을 일그러뜨리고 있던 리처드가 불쑥 말했다.

"그런데 말이야…… 그러니까, 너희 엄마가 나를…… 받아 주실까?"

"아니, 아마 네가 고아원에 들어가기를 바랄걸. 어쩌면 감옥에 보내려고 할 수도 있지. 맹꽁이 같은 소리 하지 마, 리처드, 당연히 엄마는 너를 무척 반기실 거야."

잭은 리처드가 뒷정리하는 걸 돕기 시작했다.

"그래도…… 아버지가 그런 짓을 했는데……"

"그건 네 아버지잖아, 리치, 네가 아니잖아."

잭이 대수롭지 않다는 투로 말해 주었다.

"앞으로도 그 일을 들먹이지 않을 거지? 내 말은…… 아픈 기억을 들추거나 그러지 않을 거지?"

"네가 잊고 싶다면 안 그럴게."

"잊어야지, 잭. 난 정말 잊고 싶어."

울프가 돌아오고 있었다.

"친구들, 준비됐냐? 울프!"

"준비 완료, 그런데, 울프, 내가 샤이엔(와이오밍주의 주도 — 옮긴이)에서 산 스콧 해밀턴(미국의 유명 테너색소폰 연주자 — 옮긴이) 테이프는 어때요?"

"좋지, 잭. 그러고 나서 크리던스를 틀면 안 될까?"

"「정글을 헤치고 달려라」 말이지요?"

"좋은 노래다, 잭! 강력하지! 울프! 벼락 맞게 강력한 곡이다!"

"그렇고말고요, 울프."

잭은 리처드에게 눈을 찡긋했다. 리처드도 눈을 찡긋하며 씩 웃었다.

다음 날 그들은 네브래스카와 아이오와를 가로질렀다. 그다음 날에는 선라이트 홈을 천천히 지나쳤다. 그곳은 처참하게 파괴된 폐허였다. 잭이 보기에 울프는 일부러 그곳을 지나친 게 틀림없었다. 아마도 동생이 죽은 곳을 눈으로 확인하고 싶었으리라. 울프가 크리던스의 테이프를 카세트 플레이어에 넣고 볼륨을 있는 대로 높였지만 여전히 잭의 귀에는 흐느끼는 울음소리가 들리는 것만 같았다.

시간이…… 잠시 흐르기를 멈추었다. 잭은 허공에 붕 뜬 기분이었다. 정지된 것도 같고 의기양양하기도 하고 누군가와 작별하는 것 같기도 했다. 멋지게 임무를 마치고 집으로 돌아가는 것이다.

다섯째 날 해 질 녘에 그들은 뉴잉글랜드에 들어섰다.

47장
여행의 끝

1

캘리포니아에서 뉴잉글랜드까지 대륙을 횡단하는 여정이 끝나고 돌아보니 단 하루의 기나긴 오후와 밤 동안에 일어난 일처럼 느껴졌다. 여러 날이 걸린 단 한 번의 오후, 평생이 걸린 단 한 번의 밤이 일몰과 음악과 온갖 희로애락과 함께 부풀어 오른 기분이었다. *무섭게 쏟아지는 불덩어리 세례에서 정말로 벗어난 거야.* 잭은 생각했다. 그때 잭은 계기판에 달린 작은 시계를 보았다. 마지막으로 시계를 보고 한 시간 정도 지났을 거라고 생각했지만 세 시간이 훌쩍 지나 있었다. 심지어 같은 날인지도 확신이 서지 않았다. 「정글을 헤치고 달려라」가 울려 퍼지고 울프는 지름길을 놓치지 않고 찾아 달리면서도 연신 싱글거리는 얼굴로 박자에 맞춰 고개를 까닥거리고 있었다. 뒤쪽 창문으로는 황혼의 색깔들이 넓게 퍼지며 온 하늘을 뒤덮고 있었다. 저무는 태양의 보라색과 파란색과 특별히 깊은 애조를 띤 붉은색이었다. 잭은 이 길고 긴 여정의 사소한 것 하나까지 똑똑하게 기억할 수 있었다. 모든 말과 모든 식사와 모든 음악의 뉘앙스, 특히 주트 심스(미국의 재즈 색소폰 연주가 — 옮긴이) 와 존 포거티는 물론 바람 소리에 취해 있는 울프의 흥얼거림까지 하나도 빠짐없이 귀에 생생했다. 하지만 실제 시간의 흐름은 그의 마음속에 다이아몬드처럼 단단하게 응축되어 뒤틀려 있었다. 잭은 폭신한 뒷좌석에서 잠을 자며 간간이 눈을 뜨고 빛과 어둠, 햇살과 별빛을 바라보았다. 유난히 뚜렷하게 기억나는 것은 그들이 뉴잉 글랜드로 들어섰을 때 부적이 다시 빛나기 시작해 이제 정상적인 시간대로 돌아간다는 — 어쩌면 잭에게 시간이 돌아왔다는 — 것을 알려 주었던 것과, 엘도라도의 뒷좌석을 들여다보던 사람들의 얼굴(주차장에 있던 사람들, 아이오와의 햇살이 눈부신 작은 마을에서 정지 신호등에 멈춰 선 컨버터블에 타고 있던 선원과 얼굴이 황소처럼 생긴 소녀, 「브레이킹 어웨이」(갑갑한 현실에서 탈출하고자 자전거 대회에 도전하는 젊은이들의 이야기를 다룬 1979년 개봉된 미국 영화 — 옮긴이) 스타일의 사이클복을 입은 비쩍 마른 소년)이었다. 그 동네에 믹 재거나 프랭크 시나트라가 타고 있는 건 아닌가 하는 기대를 품고 들여다보는 모양이었다. 아닙니다, 여러분, 그냥 우리뿐입니다. 잠은 여전히 집요하게 잭을 쫓아다녔지만 한 번인가 (콜로라도였나? 일리노이였나?) 쿵쾅거리는 록 음악에 깨어난 적이 있었다. 울프는 오렌지색과 보라색, 파란색으로 시시각각 변하는 하늘 아래서 손가락을 퉁기며 커다란 차를 부드럽게 몰고 있었다. 리처드는 어디에서 찾아냈는지 엘도라도 조수석의 매립 조명등 아래서 책을 읽고 있었다. 『브로카의 뇌』(칼 세이건이 여러 잡지에 기고한 에세이들을 묶어 엮은 교양과학서 — 옮긴이)라는 책이었다. 리처드는 언제나 정확히 시간을 알고 있었다. 잭은 눈을 위쪽으로 향한 채 음악과 저녁의 빛깔에 몸을 맡겼다. 그들은 임무를 해냈다, 모든 것을 해냈다…… 이제 뉴햄프셔의 텅 빈 휴양지로 돌아가는 일만 남았다.

닷새였을까? 아니면 기나긴 꿈을 꾼 한 번의 황혼이었을까? 「정글을 헤치고 달려라」. 주트 심스의 테너색소폰이 노래하고 있었다. 너한테 들려줄 이야기가 있어. 이 이야기가 마음에 들어? 리처드는 형제였다, 잭의 형제.

다섯째 날의 마법 같은 일몰 동안 부적이 다시 살아나면서 잭에게도 시간이 돌아왔다. 여섯째 날 잭은 생각했다. 오틀리, 리처드한테 오틀리 터널과 주점의 잔해를 보여 줄 수 있었어. 울프에게 그곳에 가려면 어느 길로 가야 하는지 알려 줄 수도 있었다…… 하지만 오틀리는 두 번 다시 보고 싶지 않았다. 다시 가 봤자 아무런 만족도 즐거움도 느끼지 못할 것이기 때문이었다. 그리고 이제 잭은 자신이 바람 소리와 함께 시간 속을 떠다니는 동안 얼마나 가까이 도착했는지, 얼마나 먼 길을 달려왔는지 의식하고 있었다. 울프는 널찍한 주간고속도로 95번을 달려 이제 코네티컷에 들어섰고, 아케이디아 해변까지는 두세 번의 주 경계를 지나 들쭉날쭉한 뉴잉글랜드 해안을 따라 달리기만 하면 되었다. 그때부터 잭은 매 킬로미터와 매 분을 헤아리기 시작했다.

2

잭 소여가 부푼 희망을 안고 서쪽을 향해 길을 떠난 지 석 달여가 흐른 12월 21일 5시 15분에 검은 엘도라도 캐딜락이 뉴햄프셔 아케이디아 해변에 있는 알람브라 호텔의 깨진 자갈이 깔린 진입로로 고개를 틀었다. 서쪽 하늘에서는 낮에 작별을 고하는 붉은색과 오렌지색의 은은한 황혼이 노란색으로…… 그리고 파란색으로…… 그리고 푸르스름한 자줏빛으로 흐려지고 있었다. 정원에는 벌거벗은 나뭇가지들이 매서운 겨울바람을 받아 달그락거리고 있었다. 이 중 어느 나무 하나가 작은 동물들 — 다람쥐들과 새들과 프런트데스크 직원이 기르던 말라서 갈비뼈가 보이는 고양이까지 — 을 다 잡아먹은 지 일주일도 안 된 참이었다. 그 나무는 갑작스레 말라 죽었고, 정원에 있는 다른 생물들은 이젠 뼈만 남은 채 동면 중이었다.

엘도라도의 스틸 벨티드 레이디얼 타이어(바닥에 닿는 부분을 보호하기 위해 철제 벨트를 추가한 타이어 — 옮긴이)가 지나가는 자리마다 자갈이 갈라지고 튀었다. 편광 코팅이 된 차 유리창 안쪽에서는 크리던스 클리어워터 리바이벌의 음악 소리가 나지막이 흘러나왔다. 존 포거티가 노래 불렀다.

"내 마법을 아는 자들이 대지를 연기로 가득 채웠도다."

캐딜락은 건물 정면의 넓은 이중문 앞에 멈춰 섰다. 그 너머에는 오직 어둠만이 있었다. 헤드라이트가 꺼지고 기다란 차체가 그림자 속에 서 있었다. 꼬리파이프에서는 하얀 배기가스가 뿜어져 나오고 오렌지색 주차등에 불이 들어왔다.

이제 하루가 끝나려 하고 있었다. 서쪽 하늘에서 찬란한 황혼이 번져 나가고 있었다.

이제.

지금 당장 여기.

3

캐딜락의 뒷좌석에서 희미한 빛이 보이기도 하고 안 보이기도 했다. 부적이 깜박거렸던 것이다…… 하지만 그 빛은 죽어 가는 반딧불처럼 희미했다.

리처드가 천천히 잭을 향해 몸을 돌렸다. 파리한 얼굴이 겁에 질려 있었다. 양손으로 칼 세이건의 책을 움켜쥔 채 세탁부가 시트를 쥐어짜듯 종이를 비틀고 있었다.

리처드의 부적. 잭은 씩 웃으며 생각했다.

리처드가 입을 열었다.

"잭, 나도……"

"아냐, 내가 부를 때까지 기다려 줘."

잭은 뒷좌석 오른쪽 문을 열고 차에서 내린 다음 리처드를 돌아보았다. 리처드는 종이책을 비틀며 조그마하게 웅크리고 앉아 있었다. 그 모습이 너무 안쓰러웠다.

잭은 저도 모르게 도로 차 안으로 들어가 리처드의 볼에 입맞춤했다. 리처드는 잠시 양팔로 잭의 목을 꽉 끌어안고는 곧 놓아주었다. 둘 다 아무 말도 하지 않았다.

4

잭은 로비로 가는 계단을 올라가기 시작했다…… 그러다 방향을 바꿔 오른쪽으로 돌아 진입로 가장자리 쪽으로 잠시 걸어갔다. 이곳에 쇠로 만든 난간이 있었고, 그 아래에는 깨진 돌들이 층층이 단을 이루며 해변까지 이어져 있었다. 저 멀리 오른쪽에는 어스름한 하늘을 배경으로 아케이디아 펀월드의 롤러코스터가 보였다.

잭은 동쪽으로 고개를 돌렸다. 기하학적 조경의 정원을 헤집어 놓은 바람이 그의 이마에 흘러내린 긴 머리를 뒤로 날려 보냈다.

잭은 마치 바다에 제물을 바치듯 양손으로 부적을 들어 올렸다.

5

1981년 12월 21일, 바다와 육지가 만나는 곳에 잭 소여라는 이름의 소년이 손에 소중한 무엇인가를 안은 채 한밤의 잔잔한 대서양을 바라보고 있었다. 그 자신은 몰랐지만 그날 그는 열세 살이 되었다. 그는 놀랄 만큼 아름다웠다. 기다란 갈색 머리가 자라 — 어쩌면 지나치다 싶을 정도로 자라 — 치렁거렸지만 바닷바람이 쓸어가자 환하고 반듯한 이마가 드러났다. 그는 그 자리에 서서 엄마를, 엄마와 함께 묵었던 방들을 생각하고 있었다. 엄마가 그 방에 있다가 불을 켤까? 그러지 못할 수도 있을 것 같았다.

잭이 돌아섰다, 부적의 불빛을 받아 그의 눈이 거칠게 번뜩였다.

6

릴리는 뼈만 남은 떨리는 손으로 벽을 더듬어 스위치를 찾았다. 그리고 불을 켰다. 그 순간 그녀를 본 사람이라면 누구나 고개를 돌렸을 것이다. 최근 일주일 동안 암은 그녀의 몸속에서 급속도로 퍼졌다. 암 덩어리는 마치 자신의 재미있는 먹잇감을 망치려고 무언가가 다가오고 있다는 것을 알아차리기라도 한 것처럼 위세를 떨었다. 릴리 카바노는 지금 35킬로그램밖에 나가지 않았다. 피부는 병색이 완연해서 마치 양피지를 두개골에 발라 놓은 것 같았다. 눈밑 갈색 다크서클은 말기 환자의 생기 없는 검은색으로 변해 있었다. 퀭한 눈은 열에 들뜨고 지쳐 있었으나 아직 지성이 엿보이는 눈동자가 응시하고 있었다. 가슴도 말라붙고 팔도 거죽만 남았다. 엉덩이와 허벅지 뒤에는 욕창이 기승을 부리기 시작했다.

그게 전부가 아니었다. 이번 주에는 폐렴에 걸렸다.

극도로 쇠약해져 있었기에 릴리는 각종 호흡기 질환을 위한 최고의 토양이나 다름없었다. 폐렴은 최적의 환경에 찾아왔던 것이다……. 그럼에도 상황은 더욱 최악으로 치달았다. 밤마다 덜컹거리던 알람브라 호텔의 라디에이터가 얼마 전에 멎어 버렸던 것이다. 그녀는 얼마가 흘렀는지도 알 수 없었다. 엘도라도에 탄 잭이 그랬던 것처럼, 그녀에게 시간은 흐릿하고 알 수 없는 것이 되어 버렸다. 그녀가 아는 거라곤 자신이 주먹으로 창문을 깨뜨려 슬로트처럼 생긴 갈매기가 날아가 버린 바로 그날 난방이 꺼졌다는 것뿐이었다.

그날 밤 이후 알람브라 호텔은 버려진 냉장고가 되었다. 그녀가 곧 죽어서 묻힐 지하 묘지.

슬로트가 알람브라 호텔에서 일어난 일에 대해 책임이 있다면 일을 정말 제대로 해낸 셈이었다. 모든 사람들이 사라져 버렸던 것이다. 한 명도 *빠짐없이.* 복도에서 끽끽거리며 카트를 밀고 다니던 하녀들도 없었고, 호각을 불어 대던 관리인들도 더 이상 없었다. 속을 알 수 없는 음흉한 데스크 직원도 더 이상 없었다. 슬로트가 그들을 한꺼번에 호주머니에 넣어 멀리 데려간 것이다.

나흘 전, 새 모이만큼 먹는 식욕조차 채울 수 없게 된 릴리가 침대에서 나와 복도를 가로질러 느릿느릿 엘리베이터로 나아갔다. 이 원정을 위해 의자를 가져와 지팡이로 활용하는 한편 조금 가다 지치면 앉아 지친 머리를 기대기를 반복했다. 그런 식으로 복도를 지나 엘리베이터까지 12미터를 가는 데 40분이 걸렸다.

릴리는 버튼을 계속 눌렀지만 엘리베이터는 올라오지 않았다. 버튼엔 불조차 들어오지 않았다.

"빌어먹을."

쉰 목소리로 내뱉고는 계단통을 향해 복도를 따라 천천히 6미터를 더 나아갔다.

"*여보세요!*"

아래층을 향해 소리치자 발작적인 기침이 튀어나와 의자 뒤에 몸을 기댔다.

그녀는 생각했다. *내 고함 소리는 못 들어도 폐가 터질 듯한 이 기침 소리는 들을 수 있을 테지.*

하지만 아무도 나타나지 않았다.

릴리는 다시 큰 소리로 두 번 고함을 질렀다. 또다시 기침 발작이 터져 나와 다시 돌아가기 시작했다. 하지만 그 복도는 맑은 날에 보는 네브래스카 고속도로만큼이나 끝없이 멀어 보였다. 감히 그 계단을 내려갈 수 없었다. 다시 올라올 자신이 없었기 때문이었다. 게다가 저 아래에는 아무도 없었다. 로비에도, '새들 오브 램'에도, 커피숍에도, 그 *어디에도* 사람 그림자 하나 없었다. 전화도 끊겨 있었다. 적어도 *그녀의* 방 전화는 끊겼고, 이 고색창연한 묘지 그 어느 곳에서도 전화벨 소리는 들리지 않았다. 그래 봐야 소용없었다. 쓸데없는 도박이었다. 로비에서 얼어 죽고 싶지는 않았다. 그녀가 중얼거렸다.

"재키야, 대체 어디 있는 거니……."

그때 다시 기침이 시작되었다. 이번엔 정말 심해서 기침을 하던 중 기절하듯 한쪽으로 주저앉았다. 그 바람에 의자가 그녀 위로 엎어졌다. 그리고 그녀는 거의 한 시간 동안이나 차가운 바닥에 쓰러져 있었다. 아마도 바로 그때 급속히 쇠약해지고 있던 릴리 카바노의 몸에 폐렴이 침투했을 것이다. *이봐 거기, 암 선생! 이제 내가 이 몸뚱이를 접수하려고 하거든! 나는 폐렴 선생이라고 해! 누가 먼저 이 몸을 작살 내는지 어디 겨뤄 볼까?*

어찌어찌해서 간신히 방으로 돌아오기는 했다. 그 이후로 릴리는 소용돌이치는 열병 속에서 자신의 숨이 점점 더 가빠져 오는 소리를 듣고만 있었다. 그리고 마침내 열에 들뜬 그녀의 정신은 자신의 허파가 두 개의 수조이고 그 속에 잠긴 사슬이 덜거덕거리고 있다는 상상에 빠지게 되었다. 하지만 그럼에도 그녀는 기다렸다. 그녀의 정신 한쪽에선 잭이 반드시 어디에선가 돌아오고 있다고 주장하고 있었기 때문이었다. 말이 안 되는 것을 알면서도, 별다른 확신이 없는데도 그 생각을 놓을 수가 없었던 것이다.

7

릴리의 마지막 혼수상태는 모래밭 속 보조개 같은 작은 구멍으로 시작되었다. 그것이 다시 소용돌이처럼 회전하기 시작했다. 가슴 속에 잠긴 사슬 소리는 메마른 긴 날숨이 되었다. *후아아아아…….*

그때 무슨 이유 때문인지 릴리는 그 깊은 소용돌이 속에서 빠져나와 차가운 어둠에 잠긴 벽을 더듬으며 전등 스위치를 찾아야 한다는 생각을 하게 되었다. 그녀는 침대에서 일어나 앉았다. 그럴 만한 힘이 조금도 남아 있지 않았는데도 말이다. 의사도 릴리가 일어나 앉았다는 얘기를 들었다면 실소를 금치 못했을 것이다. 하지만 그녀는 해냈다. 두 번이나 쓰러졌지만 입술을 악물고 마침내 두 발로 딛고 일어섰다. 더듬거린 끝에 의자를 찾았고 창가를 향해 비틀비틀 방을 가로질러 가기 시작했다.

B급 영화의 여왕 릴리 카바노는 사라지고 없었다. 여기 있는 이 여인은 암에 잡아먹히고 열이 불처럼 끓어오른 채 걸어 다니는 공포 그 자체였다.

마침내 창가에 이르자 바깥을 내다보았다.

저 아래 사람 그림자가 보였다. 그리고 빛나는 유리공도 보였다.

"잭!"

릴리는 소리치려 했으나 귀에 거슬리는 속삭임 외에는 아무 소리도 나오지 않았다. 그녀는 손을 들었다. 흔들어 보려 했다. 현기증이 일었다.

(하아아아아아아아아아아아…….)

온몸에서 힘이 빠져나갔다. 창턱을 움켜잡았다.

"잭!"

불현듯 그 그림자의 손에 들린 빛나는 유리공이 눈부시게 번쩍이며 그의 얼굴을 비추었다. 그것은 잭의 얼굴이었고 그것은 잭이었다. 오 하느님 감사합니다, 그것은 잭이었다. 잭이 집으로 돌아온 것이다.

그 그림자가 갑자기 달리기 시작했다.

잭!

죽어 가던 릴리의 퀭한 눈이 활기로 빛나기 시작했다. 축 늘어진 누런 뺨을 타고 눈물이 흘러내렸다.

8

"엄마!"

잭은 로비를 달려가며 구식 전화 교환대가 전기 화재라도 난 듯 시커멓게 타서 녹아내린 것을 보았지만 곧 무시해 버렸다. 그는 엄마를 보았고 그녀는 눈 뜨고 볼 수 없을 만큼 *처참했다*. 창가에 받쳐 놓은 허수아비의 그림자를 보는 듯했다.

"엄마!"

잭은 계단을 박차며 올라갔다. 처음에는 두 계단씩, 곧이어 세 계단씩. 부적은 간간이 연분홍과 진홍의 빛을 뿜어내다 곧 다시 빛을 잃었다.

"엄마!"

그들의 방으로 향하는 복도를 날 듯이 달려가던 잭은 마침내 엄마의 목소리를 들었다. 시끄러운 고함 소리도, 목이 쉰 듯한 웃음소리도 아니었다. 그것은 죽음의 문턱에 선 자의 메마른 껄껄 소리였다.

"재키?"

"*엄마!*"

잭은 방으로 뛰어 들어갔다.

9

캐딜락 안에서는 리처드 슬로트가 불안한 얼굴로 편광 유리창을 통해 위쪽을 응시하고 있다. 그는 여기서 무엇을 하고 있는 걸까? 잭은 여기서 무엇을 하고 있는 걸까? 리처드는 눈이 따가웠다. 어둠 속에서 눈을 크게 뜨고 위층 창문을 뚫어져라 응시하고 있었기 때문이었다. 그가 옆으로 몸을 돌려 위를 올려다보았을 때 위층 창문들에서 눈이 멀 것 같은 새하얀 빛이 솟아났다. 순간적으로 눈을 찌를 듯 휘황찬란한 빛의 장막이 호텔 정면을 뒤덮을 기세였다. 리처드는 고개를 무릎 사이에 묻고 신음했다.

10

릴리는 창문 아래 바닥에 주저앉았다. 잭은 마침내 엄마를 발견했다. 헝클어진 다소 지저분한 침대는 비어 있었고, 침실 전체가 마치 어린아이의 방처럼 어질러져 있었다. 그리고 방은 텅 비어 있는 듯했다……. 잭은 배 속이 얼어붙는 듯했고 말은 목구멍에 걸린 듯했다. 그때 부적이 또다시 눈부신 섬광을 쏘아 곧바로 방 안에 있던 모든 것을 순전한 무채색의 흰 빛으로 뒤덮었다. 그녀가 쉰 목소리로 불렀다.

"재키?"

다시 한 번 잭은 고함쳤다.

"엄마!"

엄마는 창문 아래 사탕 껍질처럼 구겨진 채 쓰러져 있었다. 가늘고 뻣뻣한 머리칼은 더러운 카펫 위에 끌리고, 파리한 손은 작은 동물의 발처럼 허우적거리고 있었다.

"어, 이런 엄마. 하느님 맙소사."

잭은 횡설수설하다 어떻게 했는지 발도 대지 않고 방을 가로질러 갔다. 꽁꽁 얼어붙은 지저분한 침실을 물에 *떠가듯, 헤엄치듯* 나아갔다. 그때 그곳의 모습이 사진 건판의 이미지처럼 뚜렷하게 보였다. 때 묻은 카펫 위에 뭉쳐 있는 머리칼, 울퉁불퉁한 작은 손.

잭은 병과 임박한 죽음의 진한 냄새를 들이마셨다. 의사가 아니라 엄마의 몸이 얼마나 잘못되었는지는 잘 알 수 없었다. 하지만 한 가지만은 알 수 있었다. 엄마는 죽어 가고 있고, 남은 생명이 눈에 보이지 않는 틈 속으로 빨려 들어가고 있었으며, 시간이 얼마 남지 않았다는 것이다. 그녀는 두 번 그의 이름을 불렀는데, 그것은 그녀에게 남은 모든 생명력을 기울인 것이었다. 진작부터 울고 있던 잭은 이미 의식을 잃은 엄마의 머리에 손을 얹었다. 그리고 부적을 엄마 곁 바닥에 내려놓았다.

엄마의 머리칼은 모래투성이 같았고 머리는 불덩어리였다.

"오 엄마, 엄마."

잭은 부르짖으며 손을 엄마의 몸 밑으로 집어넣었다. 아직 얼굴은 볼 수 없었다. 얇은 잠옷을 통해 오븐의 문처럼 뜨거운 엄마의 엉덩이가 느껴졌다. 다른 손에는 똑같이 펄펄 끓는 왼쪽 어깨뼈가 닿았다. 그녀의 뼈 위에는 살점 하나 남아 있지 않았다. 병든 채 홀로 남겨진 작은 아이 같은 엄마를 보자, 한순간 시간이 정지된 듯한 느낌과 함께 화가 나서 견딜 수가 없었다. 뜻밖에 눈물이 흘러 나왔다. 잭은 엄마를 안아 올렸다. 마치 옷가지만 들어 올리는 것 같았다. 잭은 신음했다. 릴리의 팔은 볼품없이 축 늘어졌다.

(리처드)

리처드도…… 이처럼 최악은 아니었다. 중독된 포인트 베누티로 들어서기 위해 마지막 언덕을 내려올 때 잭의 등에서 메마른 빈 껍질처럼 느껴지던 리처드도 이 정도는 아니었다. 그때 리처드에게 남아 있는 거라곤 발진과 혹 같은 것뿐이었고 그 역시 열이 펄펄 끓었다. 하지만 잭은 그때의 리처드조차 지금의 엄마보다 더 생명력이 있고 더 물질적이었다는 것을 무심결에 깨닫고 소스라치게 놀랐다. 그렇지만 엄마는 잭의 이름을 불렀다.

(그리고 리처드는 거의 죽음의 문턱에 다가가 있었다.)

엄마는 잭의 이름을 불렀다. 그는 그 사실에 매달렸다. 엄마는 창가까지 걸어왔다. 그리고 그의 이름을 불렀다. 그녀가 죽어 가고 있다니, 그것은 상상도 할 수 없는, 결코 불가능한, 생각조차도 해서는 안 되는 일이었다. 엄마의 한쪽 팔이 마치 곧 낫으로 잘리게 될 갈대처럼 그 앞에서 덜렁거렸다…… 결혼반지가 손가락에서 빠져 떨어졌다. 잭은 더 이상 참을 수 없어 하염없이 눈물을 흘리며 큰 소리로 울어 댔다.

"괜찮아요, 엄마. 괜찮아요, 이제 괜찮아, 괜찮아, 다 괜찮아."

잭의 팔에 안겨 있는 흐물흐물한 몸에서 동의한다고 말하는 듯한 떨림이 느껴졌다.

잭이 부드럽게 침대에 내려놓자 엄마는 힘없이 옆으로 누웠다. 잭은 침대 맡에 무릎을 꿇고 엄마를 내려다보았다. 힘없는 머리칼이 그녀의 얼굴에서 흘러 떨어졌다.

11

막 여행을 떠나려 할 때였다. 한순간 잭의 눈에 창피하게도 엄마가 노파처럼 보인 적이 있었다. 찻집에 앉아 있는 지치고 늙은 노파. 하지만 그가 엄마를 알아본 순간 환영은 사라졌다. 그리고 릴리 카바노 소여는 결코 늙지 않는 본연의 모습을 되찾았다. 실제로 릴리 카바노는 결코 늙을 수 없었다. 그녀는 영원히 잭나이프처럼 톡 튀어나오는 시원한 미소로 보기만 해도 즐거워지는 금발 여인이었다. 광고판에 실린 사진만으로 아들에게 커다란 힘을 실어 준 릴리 카바노였다.

침대에 누운 여인은 광고판 속 배우처럼 아주 작아 보였다. 잭은 눈물이 고여 잠시 앞이 안 보였다. 거칠고 메마르고 손톱까지 꺼메진 엄마의 손을 자신의 손으로 감쌌다.

"안 돼요. 안 돼, 엄마."

잭이 엄마의 누런 얼굴을 손바닥으로 어루만지며 말했다.

엄마는 손을 들 힘조차 없어 보였다.

"제발 안 돼요……."

하지만 잭은 차마 말을 잇지 못했다.

그리고 그때 이 쪼그라든 여인이 얼마만한 노력을 했는지 알 수 있었다. 잭은 엄마가 애타게 자신을 찾고 있었다는 것을 깨닫고 아찔할 만큼 큰 충격을 받았다. 엄마는 그가 오고 있다는 것을 알고 있었다. 그녀는 그가 돌아오리라 믿었고, 부적과 연결된 것이 분명한 모종의 방법을 통해 아들이 돌아오는 순간을 알 수 있었던 것이다.

"엄마, 제가 왔어요."

코에서 찝찔한 콧물이 흘러내렸다. 잭은 코트 소매를 들어 닥치는 대로 코를 닦았다.

잭은 처음으로 온몸이 와들와들 떨리고 있다는 것을 깨달았다.

"그것을 가져왔어요."

그 순간 마침내 해냈다는 성취감과 가슴 뿌듯한 자부심이 찾아왔다. 그가 거듭 말했다.

"부적을 가져왔어요."

잭은 쭈글쭈글한 엄마의 손을 침대보에 내려놓았다.

잭이 의자 옆 바닥에 (아주 조심스럽게) 내려놓은 부적이 여전히 빛나고 있었다. 하지만 그 빛은 주저하는 듯 희미하고 흐렸다. 리처드를 치유할 때는 부적을 친구의 몸 위로 굴리기만 하면 되었다. 스피디에게도 같은 방법을 사용했다. 하지만 지금은 다른 것이 필요한 것 같았다. 그 사실은 알고 있었지만 정확히 무엇인지는 알 수 없었다……. 아니면 알고는 있지만 믿고 싶지 않은 것일지도 모른다.

아무리 엄마의 생명을 구하기 위해서라도 부적을 깰 수는 없다. 그런 일을 결코 할 수 없다는 것만은 분명했다.

이제 부적의 내부가 천천히 희뿌연 흰색으로 가득 차고 있었다. 파동이 점차 희미해지더니 차분하고 단일한 빛으로 변했다. 잭이 부적에 손을 올리자 눈부신 빛의 장막이 쏟아졌다. *무지개다!*

마치 부적이 말을 하는 것 같았다. 마침내!

잭이 방을 가로질러 침대 쪽으로 돌아가자 부적이 튀어 오르며 바닥에서 벽 그리고 천장까지 빛을 뿌리더니, 휙 방향을 돌려 침대에 요란한 빛을 비추었다.

잭이 엄마의 침대 옆에 서자 양손에 든 부적의 촉감이 미묘하게 변하는 것이 느껴졌다. 딱딱한 유리가 어떻게 해선지 미끄럽다기보다는 구멍이 송송 뚫린 표면으로 *변하고* 있었다. 손끝으로 누르면 쑥 들어갈 것 같았다. 부적을 채우고 있는 탁한 기운이 끓어오르며 검게 변했다.

바로 이때 잭은 불가능할 것 같은 강렬한 기분을 느꼈다. 아주 오래전 그가 테러토리로 첫발을 내디뎠을 때 느꼈던 것과 같은 기분이었다. 그는 뜻밖에도 그토록 많은 피와 분쟁의 대상이었던 부적이 변하고 있다는 것을 알아차렸다. 부적은 영원히 변할 테고 그러면 그는 그것을 잃게 될 것이다. 부적은 *더 이상 그의 것이 아니었다.* 맑은 표면도 점점 탁해지고, 홈이 파인 아름다운 둥근 표면 전체가 부드러워지고 있었다. 지금은 유리가 아니라 따뜻한 플라스틱 같은 느낌이었다.

잭은 변모하고 있는 부적을 서둘러 엄마의 손에 올려놓았다. 부적은 자신의 임무를 알고 있었다. 그것은 이 순간을 위해 만들어진 것이었다. 솜씨 좋은 대장간에서 다른 것이 아니라 이 특별한 순간에 필요한 임무에 응답하기 위해 창조된 것이었다.

무슨 일이 일어날지 짐작도 할 수 없었다. 빛의 폭발? 약 냄새? 천지창조의 빅뱅?

아무 일도 일어나지 않았다. 여전히 엄마는 미동도 없이 죽어 가고 있는 것이 분명했다. 잭의 입에서 불쑥 이 말이 튀어나왔다.

"오, 제발, 제발…… 엄마…… 제발……."

숨조차 폐 속에서 얼어붙은 것 같았다. 부적에 수직으로 새겨진 홈 하나가 소리 없이 벌어지고 있었다. 천천히 빛이 쏟아져 나와 엄마의 두 손 위에 고였다. 탁한 내부는 느슨히 텅 비어 갔고, 열린 틈으로 더 많은 빛이 흘러나왔다.

돌연 창밖에서 자신의 존재를 구가하는 새들의 요란한 음악 소리가 들려왔다.

12

하지만 잭은 새소리에 정신 팔릴 여유가 없었다. 숨을 죽이고 몸을 숙인 채 부적이 엄마의 침대에 자신을 쏟아 내는 모습을 바라볼 뿐이었다. 그 속에서 탁하고 밝은 빛이 차올랐다. 부적에 여러 군데 틈이 생기고 불꽃들이 피어나 살아 있는 것처럼도 보였다. 엄마의 눈이 꿈틀거렸다.

"오, 엄마, 오……."

어스레한 황금색 빛줄기가 부적의 열린 틈으로 밀물처럼 흘러나와 엄마의 팔 위로 부유하는 모습이 어렴풋이 보였다. 누렇게 뜬 쭈글쭈글한 얼굴이 아주 조금 찌푸려졌다.

잭은 자신도 모르게 헉 하고 숨을 들이마셨다.

(무슨 일이지?)

(음악 소리?)

부적의 심장에서 나온 어스레한 황금빛 구름이 엄마의 키만큼 길어지더니 투명한 듯 살짝 불투명하며 섬세하게 움직이는 막으로 엄마를 뒤덮었다. 잭은 이 액체로 된 소재가 릴리의 강퍅한 가슴을 지나 지친 다리로 흘러 내려가는 모습을 지켜보았다. 부적의 열린 틈에서 경이로운 냄새가 어스레한 황금빛 구름과 함께 쏟아져 나왔다. 꽃과 흙의 달콤하고 달콤하지 않은, 완전히 좋지만 불완전한 냄새였다. 잭은 실제 출산 장면을 보지는 못했지만 탄생의 냄새가 이런 것이 아닌가 생각되었다. 폐 깊숙이 그 냄새를 들이마시고는 경이로움에 빠져 잭 소여 자신이 바로 이 순간 태어나고 있는 건 아닌가 하는 생각에 잠겼다. 그리고 부적의 틈이 여성의 질 같은 건 아닌가 하는 상상을 하며 자신도 모르게 적잖이 놀랐다.(그는 물론 여성의 질을 한 번도 본 적이 없었고, 그 구조에 대해서는 아주 기초적인 것밖에 아는 것이 없었다.)

잭은 팽창해 느슨해진 부적의 틈을 똑바로 들여다보았다.

지금 잭은 처음으로 캄캄한 창문 밖에서 희미한 음악 소리와 더불어 새들이 요란하게 지저귀고 있다는 것을 깨달았다.

(음악 소리? 무슨……?)

빛으로 충만한 작은 컬러 구슬이 잭의 시계를 벗어나 열려진 틈 속에서 잠시 번쩍이고는 부적의 구름 긴 표면 아래로 계속 내려가 바뀌고 움직여 실체가 없는 내부로 깊숙이 파고들었다. 잭은 깜짝 놀라 눈을 깜박였다. 뒤를 이은 구슬도 모양이 비슷했다. 이번에는 그 작은 구슬의 파란색과 갈색, 녹색의 경계선을 볼 수 있었다. 그 것은 해안선과 작은 산맥을 연상시켰다. 그 작은 세계 속에 마비된 잭 소여가 서서 훨씬 더 작은 컬러 입자를 내려다보고 있었고, 그 입자 위에 티끌만 한 잭 소여가 서서 원자처럼 작은 세계를 응시하고 있었다. 처음 두 세계에 이어 다른 세계가 부적 내부의 넓은 구름 속으로 들어갔다 나왔다 하면서 회전하고 있었다.

엄마가 오른손을 움직이더니 나지막이 신음했다.

잭은 소리 내어 흐느끼기 시작했다. 엄마는 살아날 것이다. 지금은 그것을 알 수 있었다. 모든 일이 스피디가 말한 대로 이루어졌다. 부적은 병마에 시달리는 지친 엄마의 몸에 생명을 다시 불어넣고 그녀를 죽이려던 악을 물리치고 있었다. 잭은 고개를 숙였다가 부적에게 입맞춤할 뻔했다. 머릿속이 온통 그 생각뿐이었기 때문이다. 재스민과 히비스커스와 갓 일군 흙냄새가 코 안에 가득 찼다. 코끝에 맺힌 눈물방울이 부적의 빛을 받아 보석처럼 빛났다. 띠를 이룬 별들이 열려 있는 틈을 지나 떠다니고, 밝게 빛나는 노란 태양이 광대한 암흑 속에서 유영하고 있었다. 음악 소리가 부적과 그 방과 바깥의 온 세계를 가득 채웠다. 낯선 여성의 얼굴이 열린 틈을 가로질렀다. 어린아이의 얼굴도 그리고 다른 여성들의 얼굴도……
눈물이 볼을 타고 흘러내렸다. 엄마의 얼굴이 부적 안에서 유영하고 있는 것을 보았기 때문이었다. 50편이 넘는 B급 영화의 여왕인 엄마의 당당하고 재치 있고 온화한 얼굴이었다. 부적 안에서 탄생하고 있는 모든 세계와 생명 가운데서 잭의 얼굴이 부유하고 있는 것을 보자 너무 감격한 나머지 가슴이 터질 듯했다. 그는 *확장되었* *다.* 그는 빛을 흡입했다. 감사하게도 엄마의 눈이 적어도 2초 동안 떠지는 것을 보고 나서야 마침내 주위에서 들려오는 놀라운 소리를 알아차리기 시작했다.

(새처럼 활기차고, 부적 안에 담긴 세계들처럼 생동하는 트롬본과 트럼펫 소리가, 색소폰의 절규가 들려왔다. 개구리와 거북, 회색 비둘기가 한 목소리로 노래했다. 나의 마법을 아는 자들은 대지를 연기로 가득 채울 것이다. 달 속에서 울프의 음악을 만드는 울프족의 목소리도 들려왔다. 파도가 뱃머리를 찰싹 두드리고, 물고기가 호수 위를 찰싹 뛰놀고, 무지개가 땅에 찰싹 붙어 걸려 있고, 방랑하는 소년이 어디로 가야 할지 정하기 위해 침을 찰싹 뱉어 보고, 엉덩이를 찰싹 맞은 아기가 얼굴을 찡그리고 울음을 터뜨렸다. 그리고 그때 심장이 터질 듯 우렁찬 오케스트라의 소리가 들려왔다. 그리고 방 안은 이 모든 소리의 급습을 받고 점점 더 높아지는 하나의 목소리로 가득 찼다. 트럭은 기어를 밀고, 공장의 사이렌이 울려 퍼지고, 어딘가에서는 타이어가 펑크 나고, 어딘가에서는 폭죽이 터지고, 연인들은 *다시 한 번* 사랑을 속삭이고, 아이는 악을 쓰며 울어 댔다. 그 소리가 점점 더 높아져서 아주 잠깐 앞이 안 보인다는 것을 잭은 깨닫지 못했지만 곧 다시 보게 되었다.)

릴리가 눈을 활짝 떴다. 그녀의 눈이 여기가 어디지 하며 놀라는 표정으로 잭의 얼굴을 올려다보았다. 그것은 방금 전에 이 세상에 태어나 엉덩이를 찰싹 맞은 갓난아기의 표정이었다. 그녀가 놀란 숨을 내뱉었다…….

……세계와 기울어진 은하와 우주 들이 한 줄기 강이 되어 부적 밖으로 끌려 나왔다. 그것은 무지개 색의 강이 되어 있었다. 그것은

엄마의 입과 코로 흘러들어…… 그녀의 누런 피부에 이슬방울처럼 내려앉아 빛을 발했고 몸속으로 녹아들었다. 잠시 엄마는 온몸이 찬란한 광채에 잠겼다…….

……잠시 동안 엄마는 부적이었다.

모든 질병이 엄마의 얼굴에서 물러났다. 그것은 영화의 저속 촬영된 연속 장면처럼 빠르게 진행된 게 아니라 한순간에 벌어진 일이었다. 그것은 찰나에 일어났다. 그녀는 아팠다…… 그리고 지금 회복되었다. 볼에는 건강한 장밋빛 색조가 피어났다. 성긴 머리카락도 단번에 윤기가 돌면서 풍성하고 매끄러워지고 진한 벌꿀 색을 띠었다.

잭은 자신을 올려다보는 엄마의 얼굴을 바라보았다. 그녀가 속삭였다.

"오…… 오…… 맙소사……."

무지갯빛 광채가 이제 희미해지고 있었다. 하지만 건강은 그대로 남아 있었다.

"엄마?"

잭은 엄마를 향해 몸을 구부렸다. 뭔가가 손가락 사이에서 셀로판지처럼 구겨졌다. 그것은 부적의 여린 껍질이었다. 그는 부적을 탁자에 올려놓았다. 그러느라 엄마의 약병을 밀어내 바닥에 떨어뜨렸고 몇몇은 깨져 버렸다. 하지만 상관없었다. 엄마는 더 이상 약이 필요 없을 테니까. 그는 부적이 곧 사라질 것을 염려하면서 — 아니, 예상하면서 — 공경의 마음으로 부적의 껍질을 내려놓았다.

엄마가 미소를 지었다. 사랑스럽고 충만한, 다소 놀란 듯한 미소였다……. *여보세요. 내가 다시 세상에 나왔어요! 어떻게 생각해요?*

"잭, 네가 돌아왔구나."

엄마가 마침내 입을 열고 이 모든 게 신기루가 아닌지 확인하려는 듯 눈을 비볐다.

"그럼요, 이렇게 돌아왔어요."

잭은 애써 미소를 지어 보였다. 얼굴에 눈물이 쏟아져 내리고 있었지만 너무나 상냥한 미소였다.

"엄마는…… 아주 많이 좋아졌어. 재키야."

"정말이에요? 다행이에요, 엄마."

잭은 손바닥 둔덕으로 젖은 눈가를 비볐다. 엄마의 눈이 빛나고 있었다.

"어디 좀 안아 보자, 재키."

뉴햄프셔의 소규모 해변, 인적 없는 리조트 호텔의 4층 방에서 잭 소여라는 열세 살의 소년이 미소를 띤 채 눈을 꼭 감고 엄마를 힘껏 껴안았다. 학교와 친구와 게임과 음악 같은 일상이 돌아올 것이다. 학교에 가고 밤에는 뻣뻣한 이불 밑으로 기어 들어가는 열세 살 소년의 평범한 일상(질풍노도의 열세 살 아이를 평범하다고 할 수 있다면 말이지만)으로 돌아왔다는 것을 잭은 깨달았다. 부적이 그를 위해 해 준 일이었다. 문득 생각이 나서 두리번거렸지만 부적은 사라지고 없었다.

에필로그

　하얀 커튼으로 감싸인 침대에서 걱정스러운 얼굴로 지켜보는 여인들에 둘러싸여 있던 테러토리의 여왕, 로라 델루시안이 눈을 떴다.

맺음말

"이렇게 해서 이 글은 막을 내렸다. 이것은 엄밀히 말해 소년의 역사이므로 여기서 끝나야 한다. 더 이상 계속되면 남성의 역사가 되기 때문이다. 어른에 관한 소설을 쓸 때는 정확히 어디서 끝내야 할지를 작가는 안다. 예를 들어 결혼 같은 것으로 끝내기 마련이다. 하지만 청소년에 관한 글을 쓸 때는 절정에서 끝내는 것이 좋다."

"이 책에 나온 인물들은 거의 대부분 여전히 행복하게 잘살고 있다. 언젠가 다시 얘기를 계속해서 그들이 어떻게 지내고 있는지 알고 싶을 날이 올지도 모른다. 그러므로 그들이 현재 어떻게 사는지 아무 말도 하지 않는 게 현명할 것이다."

— 마크 트웨인,『톰 소여의 모험』

옮긴이 | 김순희

연세대 사학과 졸업. 방송대 영어영문학과 졸업. 대학원 실용영어학과 졸업. 한국브리티태니커 회사, 사회평론, 넥서스 팀장 등을 지냄. 지은 글로『말없이 통하는 손가락 여행영어』, 옮긴 글로『중국현대사』,『러빙초이스』,『비즈니스 잉글리시』,『네이버세계문화유산』(공역),『종말일기Z』등이 있다.

부적 2

1판 1쇄 찍음 2020년 9월 10일
1판 1쇄 펴냄 2020년 9월 17일

지은이 | 스티븐 킹, 피터 스트라우브
옮긴이 | 김순희
발행인 | 박근섭
편집인 | 김준혁
펴낸곳 | 황금가지

출판등록 | 2009. 10. 8 (제2009-000273호)
주소 | 06027 서울 강남구 도산대로 1길 62 강남출판문화센터 5층
전화 | 영업부 515-2000 **편집부** 3446-8774 **팩시밀리** 515-2007
홈페이지 | www.goldenbough.co.kr

도서 파본 등의 이유로 반송이 필요할 경우에는 구매처에서 교환하시고
출판사 교환이 필요할 경우에는 아래 주소로 반송 사유를 적어 도서와 함께 보내주세요.
06027 서울 강남구 도산대로 1길 62 강남출판문화센터 6층 민음인 마케팅부

한국어판 © ㈜민음인, 2020. Printed in Seoul, Korea
ISBN 979-11-5888-667-7 04840(2권)
ISBN 979-11-5888-665-3 04840(set)

㈜민음인은 민음사 출판 그룹의 자회사입니다.
황금가지는 ㈜민음인의 픽션 전문 출간 브랜드입니다.